HEYNE <

Zum Buch

Der aus dem Elsass stammende Offizier Alfred Dreyfus, einziger Jude im französischen Generalstab, soll Militärgeheimnisse an die Deutschen weitergeleitet haben. Unter Ausschluss der Öffentlichkeit findet ein reiner Indizienprozess mit zweifelhaften Beweisen gegen ihn statt, während die Degradierung nach dem Urteil dann jedoch mit viel Pomp und Getöse öffentlich zelebriert wird. Die Hetzartikel in der Massenpresse tun ein Übriges, dass die gesamte Französische Republik in eine tiefe Krise stürzt. Krawalle, Intrigen, Fälschungen, Ministerstürze, Attentate, versuchte Staatsstreiche sind an der Tagesordnung; kriegerische Auseinandersetzungen mit Deutschland können nicht ausgeschlossen werden. Der offene Antisemitismus in weiten Teilen der Bevölkerung bricht sich Bahn. Zu den wenigen, die von Dreyfus' Unschuld überzeugt sind, gehört Oberstleutnant Picquart, der neue Geheimdienstchef. Mit dem Kampf für die Rehabilitierung von Dreyfus setzt er allerdings das eigene Leben aufs Spiel.
Es wäre kein Roman von Robert Harris, ginge er nicht universellen und mitunter sehr aktuellen Fragen nach: Was passiert, wenn Geheimdienste außer Kontrolle geraten, wenn der Staat geheime Gerichte zulässt, wenn Minderheiten zum Sündenbock gemacht werden, wenn Politiker ihre Verbrechen zu vertuschen suchen?

»Nah an den historischen Fakten und gleichzeitig bestechend aktuell.«
Der Tagesspiegel

Zum Autor

Robert Harris wurde 1957 in Nottingham geboren und studierte in Cambridge. Er war Reporter bei der BBC und Redakteur bei großen Tageszeitungen. 2003 wurde er als bester Kolumnist mit dem »British Press Award« ausgezeichnet. Seine Romane *Vaterland, Enigma, Aurora, Pompeji, Imperium, Ghost, Titan, Intrige, Dictator, Konklave, München* und zuletzt *Der zweite Schlaf* wurden allesamt internationale Bestseller. Seine Zusammenarbeit mit Roman Polanski bei der Verfilumg von Ghost (als *Der Ghostwriter*) brachte ihm den französischen »César« und den »Europäischen Filmpreis« für das beste Drehbuch ein. Robert Harris lebt mit seiner Familie in Berkshire.

ROBERT
HARRIS

INTRIGE

ROMAN

Aus dem Englischen von
Wolfgang Müller

WILHELM HEYNE VERLAG
MÜNCHEN

Die Originalausgabe AN OFFICER AND A SPY
erschien bei Hutchinson, London

MIX
Papier aus verantwortungsvollen Quellen
FSC® C014496
FSC www.fsc.org

Verlagsgruppe Random House FSC® N001967

3. Auflage
Vollständige deutsche Taschenbuchausgabe 04/2015

in der Verlagsgruppe Random House GmbH,
Neumarkter Straße 28, 81673 München
Printed in Germany
Umschlaggestaltung: Eisele Grafik-Design, München
Satz: Leingärtner, Nabburg
Druck und Bindung: GGP Media GmbH, Pößneck
ISBN: 978-3-453-43800-2

www.heyne.de

Für Gill

Anmerkungen des Autors

Das Buch nutzt die Techniken des Romans, um die wahre Geschichte der Dreyfus-Affäre zu erzählen, dem vielleicht größten politischen Skandal und Justizirrtum der Geschichte. Die Affäre schlug in den 1890er-Jahren erst Frankreich und schließlich die ganze Welt in ihren Bann. Sie ereignete sich, nur fünfundzwanzig Jahre nachdem die Deutschen die Franzosen im Krieg von 1870/71 vernichtend geschlagen und Elsass-Lothringen besetzt hatten – ein seismischer Schock für das Kräfteverhältnis in Europa und Vorbote des Ersten und Zweiten Weltkriegs.

Keine der Personen des Buches, nicht einmal die nebensächlichste, ist gänzlich erfunden, und fast alle geschilderten Ereignisse haben sich zumindest in irgendeiner Form im wirklichen Leben tatsächlich abgespielt.

Aber um Geschichte in einen Roman zu verwandeln, war ich natürlich genötigt, zu vereinfachen, zu dramatisieren, manche Figuren ganz wegzulassen und viele persönliche Details zu erfinden. Insbesondere hat Georges Picquart nie einen geheimen Bericht über die Dreyfus-Affäre geschrieben, und er hat diesen auch nicht in einem Bankschließfach in Genf hinterlegt mit der Anweisung, ihn erst einhundert Jahre nach seinem Tod zu veröffentlichen.

Aber ein Schriftsteller kann sich eben was einfallen lassen.

Robert Harris, am französischen Nationalfeiertag 2013

Dramatis Personae

Die Familie Dreyfus
Alfred Dreyfus
Lucie Dreyfus, *seine Frau*
Mathieu Dreyfus, *sein Bruder*
Pierre und Jeanne Dreyfus, *seine Kinder*

Die Armee
General Auguste Mercier, *Kriegsminister, 1893–1895*
General Jean-Baptiste Billot, *Kriegsminister, 1896–1898*
General Raoul le Mouton de Boisdeffre, *Chef des Generalstabs*
General Charles-Arthur Gonse, *Chef der Zweiten Abteilung (Militärischer Geheimdienst)*
General Georges Gabriel de Pellieux, *Militärkommandant, Département Seine*
Oberst Armand du Paty de Clam, *stellvertretender Chef der Dritten Abteilung (Einsätze und Ausbildung)*
Oberst Foucault, *Militärattaché in Berlin*
Major Marie Charles Ferdinand Walsin-Esterházy, 74. *Infanterieregiment*

Die Statistik-Abteilung
Oberst Jean Sandherr, *Chef, 1887–1895*
Oberstleutnant Marie-Georges Picquart, *Chef, 1895–1897*
Major Hubert-Joseph Henry
Hauptmann Jules-Maximilien Lauth
Hauptmann Junck
Hauptmann Valdant
Felix Gribelin, *Archivar*
Madame Marie Bastian, *Agentin*

Die Sûreté (Kriminalpolizei)
François Guénée
Jean-Alfred Desvernine
Louis Tomps

Der Schriftsachverständige
Alphonse Bertillon

Die Anwälte
Louis Leblois, *Picquarts Freund und Anwalt*
Fernand Labori, *Anwalt von Zola, Picquart und Alfred Dreyfus*
Edgar Demange, *Anwalt von Alfred Dreyfus*
Paul Bertulus, *Untersuchungsrichter*

Georges Picquarts privater Kreis
Pauline Monnier
Blanche de Comminges und Familie
Louis und Martha Leblois, *Freunde aus dem Elsass*
Edmond und Jeanne Gast, *Cousins*
Anna und Jules Gay, *Schwester und Schwager*
Germain Ducasse, *Freund und Protegé*
Major Albert Curé, *alter Armeekamerad*

Die Diplomaten
Oberstleutnant Maximilian von Schwartzkoppen, *deutscher Militärattaché*
Major Alessandro Panizzardi, *italienischer Militärattaché*

Die »Dreyfusarden«
Émile Zola
Georges Clemenceau, *Politiker und Zeitungsverleger*
Albert Clemenceau, *Anwalt*
Auguste Scheurer-Kestner, *Vizepräsident des französischen Senats*
Jean Jaurès, *Führer der französischen Sozialisten*
Joseph Reinach, *Politiker und Schriftsteller*
Arthur Ranc, *Politiker*
Bernard Lazare, *Journalist*

Teil I

I

»Major Picquart für den Kriegsminister …«

Der Wachposten an der Rue Saint-Dominique tritt aus seinem Häuschen, öffnet das Tor, und ich laufe im wirbelnden Schnee durch den windigen Innenhof in das warme Foyer des Hôtel de Brienne, wo ein schneidiger junger Hauptmann der Republikanischen Garde aufsteht, um mir zu salutieren. Ich wiederhole in dringlicherem Ton: »Major Picquart für den Kriegsminister …!«

Der Hauptmann geht vor, ich folge. Wir gehen über den schwarz-weißen Marmorboden in der offiziellen Residenz des Ministers, eine geschwungene Treppe hinauf, vorbei an silbernen Rüstungen aus der Zeit des Sonnenkönigs Ludwig XIV., vorbei an Davids *Bonaparte beim Überschreiten der Alpen am Großen Sankt Bernhard,* einem scheußlichen Stück imperialen Kitschs, und erreichen den ersten Stock, wo der Hauptmann meine Ankunft meldet und ich neben einem Fenster mit Blick auf das Anwesen stehen bleibe und allein für ein paar Augenblicke etwas Seltenes und Wunderschönes betrachten kann: einen unter einer Schneedecke stumm daliegenden Garten an einem Wintermorgen mitten in einer Stadt. Sogar das gelbe elektrische Licht im Kriegsministerium, das durch die feingliedrigen Äste der Bäume schimmert, hat eine magische Qualität.

»General Mercier erwartet Sie, Herr Major.«

Das Büro des Ministers ist riesig, kunstvoll in zartem Grünblau vertäfelt und hat einen Doppelbalkon mit Blick auf den verschneiten Rasen. Zwei ältere Männer in schwarzer Uniform, die ranghöchsten Offiziere des Kriegsministeriums, stehen mit dem Rücken vor dem offenen Kamin und wärmen sich die Beine. Der eine ist General Raoul Le Mouton de Boisdeffre, Chef des Generalstabs, Experte in russischen Angelegenheiten, Architekt unserer aufkeimenden Allianz mit dem neuen Zaren und schon so lange mit dem Zarenhof beschäftigt, dass er mit seinem steifen Backenbart zunehmend wie ein russischer Graf aussieht. Der andere, etwas über sechzig Jahre alt, ist sein Vorgesetzter; der Kriegsminister persönlich, General Auguste Mercier.

Ich gehe bis zur Mitte des Teppichs und salutiere.

Merciers Gesicht ist eigenartig zerknittert und regungslos, wie eine Ledermaske. Manchmal bilde ich mir ein, dass mich durch seine schmalen Augenschlitze ein anderer Mann anschaut. »Nun, Major Picquart, das hat ja nicht lange gedauert«, sagt er mit seiner ruhigen Stimme. »Wann war es zu Ende?«

»Vor einer halben Stunde, Herr General.«

»Jetzt ist also alles vorbei?«

Ich nicke. »Es ist alles vorbei.«

Und damit beginnt es.

◆

»Kommen Sie, setzen Sie sich vor den Kamin«, sagt der Minister. Er spricht wie immer mit sehr leiser Stimme und deutet auf einen vergoldeten Stuhl. »Na los, holen Sie ihn her. Ziehen Sie Ihren Mantel aus. Erzählen Sie uns alles, was passiert ist.«

Gespannt vor Erwartung sitzt er auf der Kante seines Stuhls: den Oberkörper vorgebeugt, die Hände verschränkt, die Unterarme auf die Knie gestützt. Das Protokoll hat ihn daran gehindert, dem morgendlichen Spektakel persönlich beizuwohnen. Er befindet sich in der Lage eines Impresarios, der die eigene Vorführung verpasst hat. Er giert nach Einzelheiten: Einsichten, Beobachtungen, Farbe.

»Als Erstes, wie war die Stimmung auf den Straßen?«

»Ich würde sagen, die Stimmung war … erwartungsvoll.«

Ich schildere, wie ich noch vor Anbruch der Dämmerung im Dunkeln meine Wohnung verließ, um zu Fuß zur École Militaire zu gehen. Auf den Straßen war es für einen Samstag ungewöhnlich ruhig, zumindest anfangs und wohl auch wegen der Eiseskälte. »Der jüdische Sabbat«, wirft Mercier mit einem leichten Lächeln ein. Unterwegs kam mir, was ich jetzt allerdings nicht erwähne, auf den tristen Trottoirs der Rue Boissière und Avenue du Trocadéro der Gedanke, ob die große Inszenierung des Ministers sich nicht als Reinfall erweisen könnte. Doch dann erreichte ich den Pont de l'Alma und sah die schattenhafte Menschenmenge, die sich über das dunkle Wasser der Seine wälzte. Und da wurde mir klar, was Mercier schon die ganze Zeit gewusst haben musste: dass der menschliche Trieb, der Demütigung eines anderen Menschen zuzuschauen, immer genügend Schutz gegen die Kälte bot.

Ich schloss mich den Menschen an, die in Richtung Süden strömten, sich über den Fluss und dann durch die Avenue Bosquet bewegten – die Menge war so dicht, dass sie sich von den hölzernen Gehsteigen auf die Straßen ergoss. Sie erinnerte mich an Rennbahnbesucher – es herrschte die gleiche gemeinschaftliche Spannung, das gleiche einfache Streben nach einem klassenlosen Vergnügen. Zeitungsverkäufer drängten sich immer wieder durch die Menschen, um die Morgenausgaben anzupreisen. Der Duft von gerösteten Kastanien stieg aus den Kohlenpfannen am Straßenrand auf.

Am Ende der Avenue löste ich mich aus der Menge und überquerte die Straße zur École Militaire, wo ich bis vor einem Jahr als Dozent für Topografie gelehrt hatte. Die Menschen strömten an mir vorbei zum offiziellen Sammelpunkt auf der Place de Fontenoy. Es wurde langsam hell. Die École hallte vom Lärm von Trommeln und Blashörnern, Pferdehufen und Flüchen, gebrüllten Befehlen und stampfenden Stiefeln wider. An jedes der neun in Paris stationierten Infanterieregimenter war der Befehl ergangen, zwei Kompanien für die Zeremonie abzustellen, eine mit erfahrenen Männern, die andere mit frischen Rekruten, deren Charakter, so Merciers Meinung, durch dieses Beispiel gestärkt würde. Als ich die großen Salons durchquert hatte und auf die Cour Morland hinaustrat, waren schon Tausende Männer auf dem gefrorenen Matsch angetreten.

Ich habe nie an einer öffentlichen Hinrichtung teilgenommen, habe nie zuvor diese besondere Atmosphäre geschmeckt, aber ich stelle mir vor, dass es so ähnlich sein muss wie an jenem Morgen in der École Militaire. Die Weite der Cour Morland bildete die passende Bühne für ein großartiges Spektakel. Und in der Ferne, jenseits der Absperrungen hinter einer Reihe schwarz uniformierter Gendarmen, wogte auf dem Halbkreis der Place de Fontenoy das große raunende Meer aus rosafarbenen Gesichtern. Jeder Zentimeter war besetzt. Die Leute standen auf den Bänken und auf den Dächern von Kutschen und Pferdeomnibussen, sie saßen auf den Ästen der Bäume, und ein Mann hatte es sogar geschafft, auf die Spitze des Kriegerdenkmals von 1870 zu klettern.

Mercier saugt jedes Detail auf. »Was schätzen Sie, wie viele Menschen waren da?«, fragt er mich.

»Der Polizeipräfekt sagt, bestimmt zwanzigtausend.«

»Tatsächlich?« Der Minister ist weniger beeindruckt, als

ich erwartet habe. »Eigentlich wollte ich ja, dass die Zeremonie auf der Rennbahn Longchamp stattfindet. Die hat ein Fassungsvermögen von *fünfzigtausend.*«

»Und hört sich ja ganz so an, als hätten Sie die auch füllen können«, sagt Boisdeffre schmeichlerisch.

»Natürlich hätten wir die füllen können! Aber das Innenministerium hatte Bedenken wegen öffentlicher Unruhen. Während ich der Meinung bin: Je größer die Menge, desto stärker die Lektion.«

Trotzdem kamen mir zwanzigtausend viel vor. Der Lärm der Menge war gedämpft, aber unheilvoll, wie das Atmen eines gewaltigen Tieres, das vorübergehend ruhig dalag, aber binnen eines Augenblicks gefährlich zuschnappen konnte. Kurz vor acht erschien eine Eskorte Kavallerie, die an der Menge vorbeitrabte, und plötzlich begann sich die Bestie zu regen, weil zwischen den Reitern eine von vier Pferden gezogene Gefangenenkutsche zu sehen war. Eine Woge aus höhnischem Gejohle erhob sich und schwappte über die Kutsche hinweg. Die Kolonne verlangsamte ihr Tempo, ein Tor wurde geöffnet, und das Gefährt und seine Bewacher klapperten über das Kopfsteinpflaster in die École.

»Schauen Sie genau hin, Major Picquart«, sagte ein Mann neben mir, während die Kutsche im Innenhof verschwand. »Die Römer warfen den Löwen Christen zum Fraß vor, wir nehmen Juden. Das nennt man wohl Fortschritt.«

Er war in einen Wintermantel mit hochgestelltem Kragen gehüllt, trug einen grauen Schal um den Hals und eine tief ins Gesicht gezogene Mütze. Als Erstes erkannte ich ihn an seiner Stimme, dann an dem hemmungslosen Zittern seines Körpers.

Ich salutierte. »Oberst Sandherr.«

»Von wo schauen Sie sich das Schauspiel an?«, fragte Sandherr.

»Ich weiß noch nicht.«

»Sie können mich und meine Männer gern begleiten.«

»Es wäre mir eine Ehre. Aber zuerst muss ich noch überprüfen, ob alles nach den Anweisungen des Ministers abläuft.«

»Erfüllen Sie Ihre Pflichten, wir erwarten Sie dann dort drüben.« Er zeigte mit zitternder Hand quer über die Cour Morland. »Von da hat man einen guten Blick.«

Meine Pflichten! Im Rückblick frage ich mich, ob er das sarkastisch gemeint hat. Ich ging hinüber zum Garnisonsbüro, wo sich der Gefangene in Gewahrsam von Hauptmann Lebrun-Renault von der Republikanischen Garde befand. Ich hatte kein Verlangen, den Verurteilten wiederzusehen. Er war vor zwei Jahren genau in diesem Gebäude einer meiner Studenten gewesen. Ich hatte ihm nichts zu sagen. Ich empfand nichts für ihn. Ich wünschte, er wäre nie geboren worden, und jetzt wollte ich, dass er verschwand – aus Paris, aus Frankreich, aus Europa. Ein Soldat holte Lebrun-Renault, der sich als großer junger Mann mit einem roten Pferdegesicht entpuppte und mir eher wie ein Polizist vorkam. Der Hauptmann erstattete Bericht. »Der Verräter ist nervös, aber ruhig. Ich glaube nicht, dass er Ärger macht. Man hat die Fäden seiner Uniform gelöst und seinen Säbel eingekerbt, damit er leicht bricht. Nichts bleibt dem Zufall überlassen. Wenn er versucht, eine Rede zu halten, wird General Darras der Kapelle ein Zeichen geben, in deren Marsch der Redner dann untergeht.«

»Welchen Marsch man wohl wählt, um einen Redner untergehen zu lassen?«, sagt Mercier nachdenklich.

»Vielleicht ein Seemannslied, Herr Minister«, sagt Boisdeffre.

»Der war gut!«, sagt Mercier bedächtig. Aber er lächelt nicht, er lächelt nur selten. Er wendet sich wieder an mich.

»Dann haben Sie also das Zeremoniell zusammen mit Sandherr und seinen Männern beobachtet. Was halten Sie von denen?«

Unsicher, was ich ihm antworten soll – schließlich ist Sandherr Oberst –, wähle ich vorsichtig meine Worte. »Passionierte Patrioten, die unschätzbare Arbeit leisten und dafür wenig oder gar keine Anerkennung erhalten.«

Eine gute Antwort. So gut, dass sie vielleicht mein ganzes Leben veränderte – und damit auch die Geschichte, die ich im Begriff bin zu erzählen. Wie auch immer, Mercier, oder der Mann hinter der Maske Merciers, schaut mich eindringlich an, als wollte er sich vergewissern, ob ich das wirklich ernst meinte, und nickt dann zustimmend. »Sie haben recht, Picquart. Frankreich verdankt ihnen viel.«

Die sechs Musterpatrioten waren an diesem Morgen vollzählig anwesend, um der Krönung ihrer Arbeit beizuwohnen: der Arbeit der Statistik-Abteilung des Generalstabs, wie ihr beschönigender Name lautete. Nach meinem Gespräch mit Lebrun-Renault stieß ich zu ihnen. Sie standen etwas abseits von allen anderen in der südwestlichen Ecke des Exerzierplatzes im Windschatten eines der niedrigen, rundum laufenden Gebäude. Sandherr hatte die Hände in die Taschen gesteckt, hielt den Kopf gesenkt und machte einen vollkommen abwesenden Eindruck …

»Erinnern Sie sich noch?«, unterbricht mich der Kriegsminister und wendet sich an Boisdeffre. »Früher hieß es, Jean Sandherr sei der attraktivste Mann in der französischen Armee.«

»Ja, ich erinnere mich, Herr Minister«, sagt der Chef des Generalstabs. »Kaum zu glauben, wenn man ihn jetzt sieht. Armer Kerl.«

Auf der einen Seite von Sandherr stand sein Stellvertreter, ein fetter Alkoholiker mit ziegelsteinrotem Gesicht, der regelmäßig einen Schluck aus seinem metallisch graublauen Flachmann nahm, auf der anderen Seite das einzige Mitglied seines Stabs, das ich vom Sehen kannte, der massige Hauptmann Hubert-Joseph Henry. Er klopfte mir auf die Schulter und gab mit dröhnender Stimme seiner Hoffnung Ausdruck, dass ich ihn in meinem Bericht an den Minister erwähnen würde. Die beiden rangniedrigeren Offiziere der Abteilung, beides Hauptleute, sahen dagegen vergleichsweise farblos aus. Zu der Gruppe gehörte auch ein Zivilist, ein knochendürrer Angestellter, der ein Opernglas in der Hand hielt und aussah, als käme er nur selten an die frische Luft. Sie machten mir Platz, und der Alkoholiker bot mir einen Schluck von seinem billigen Kognak an. Kurz darauf gesellten sich zwei weitere Außenstehende zu uns, ein eleganter Beamter aus dem Außenministerium und Major Armand du Paty de Clam vom Generalstab, ein irritierender Einfaltspinsel, dessen Monokel im Morgenlicht wie eine leere Augenhöhle blinkte.

Inzwischen war es fast so weit, und man konnte spüren, dass die Spannung unter dem unheilvoll blassen Himmel anstieg. Fast viertausend Soldaten waren angetreten, und doch machten sie nicht das geringste Geräusch. Sogar die Menschenmenge war verstummt. Die einzige Bewegung war an den Rändern der Cour Morland auszumachen, wo noch einige geladene Gäste, in Eile und sich wie verspätete Nachzügler bei einer Beerdigung entschuldigend, zu ihren Plätzen geführt wurden. Eine winzige, schlanke Frau, die eine weiße Pelzkappe, einen Muff und einen rüschenbesetzten Schirm trug und von einem groß gewachsenen Dragonerleutnant begleitet wurde, war von einigen Zuschauern direkt hinter den Absperrungen erkannt worden, und ein leises Prasseln klatschender Hände sowie vereinzelte Hurras und Bravos wehten über den harten Matsch.

Sandherr hob den Kopf. »Wer zum Teufel ist das?«, grummelte er.

Einer der Hauptleute ließ sich von dem Angestellten das Opernglas geben und richtete es auf die Dame im Pelz, die jetzt huldvoll der Menge zunickte und mit ihrem Schirm winkte.

»Ich will verflucht sein, wenn das nicht Sarah die Göttliche ist!« Er stellte die Schärfe etwas nach. »Und das ist Rochebouët vom Achtundzwanzigsten, dieser verdammte Glückspilz!«

Mercier lehnt sich zurück und streichelt seinen weißen Schnurrbart. Sarah Bernhardt bei seiner Inszenierung, das ist der Stoff, den er von mir haben will: künstlerisches Flair, Gesellschaftstratsch. Trotzdem spielt er den Ungehaltenen. »Ich kann mir nicht vorstellen, dass jemand eine *Schauspielerin* einladen würde ...«

Zehn vor neun ritt der Kommandant der Parade, General Darras, auf dem Kopfsteinpflasterpfad zur Mitte des Exerzierplatzes. Das Pferd des Generals schnaubte und neigte den Kopf, als der General es anhielt. Er ließ es sich einmal um die eigene Achse drehen, wobei es die riesige Menschenmenge beäugte. Dann stampfte das Pferd einmal auf den harten Boden auf und blieb still stehen.

Um neun begann die Uhr zu schlagen, und es ertönte das Kommando: »Kompanien! Stillgestanden!« In donnerndem Gleichklang schlugen die Stiefel von viertausend Männern zusammen. Im gleichen Augenblick erschienen am äußersten Rand des Exerzierplatzes fünf Gestalten und gingen auf den General zu. Als sie näher kamen, verwandelten sich die verschwommenen Umrisse in eine Eskorte aus vier Artilleristen, die den verurteilten Mann auf den Platz begleiteten. Sie marschierten zügig und so perfekt aufeinander abgestimmt, dass der rechte Stiefel genau bei jedem fünften Schritt zusammen mit einem Glockenschlag auf den Boden traf. Nur einmal stolperte der Gefangene, fand aber schnell wieder in den Gleichschritt zurück. Als das Echo des letzten Schlags verklungen war, blieben sie stehen und salutierten. Dann machten die Artilleristen kehrt und marschierten davon. Der Verurteilte stand jetzt allein vor dem General.

Trommelwirbel. Eine Hornfanfare. Ein Beamter trat vor und hob wie ein Herold in einem Theaterstück ein Schriftstück auf Gesichtshöhe. Die Worte der Verlautbarung flatterten im eisigen Wind, aber seine Stimme war für einen kleinen Mann wie ihn erstaunlich kraftvoll.

»Im Namen des französischen Volkes«, verkündete er. »Das erste permanente Kriegsgericht der Militärregierung von Paris hat unter Ausschluss der Öffentlichkeit getagt und sein Urteil wie folgt in öffentlicher Sitzung verkündet. Über die folgende einzige Frage hatten die Mitglieder des Gerichts zu befinden: Ist Alfred Dreyfus, Hauptmann des 14. Artillerieregiments, dem Generalstab zugeteilter Offizier und Anwärter für den Generalstab der Armee, schuldig, im Jahr 1894 einer fremden Macht oder ihren Mittelspersonen in Paris eine bestimmte Anzahl von geheimen oder vertraulichen die Landesverteidigung betreffende Dokumenten ausgehändigt zu haben?

Die Richter haben einstimmig erklärt: Ja, der Angeklagte ist schuldig.

Das Gericht verurteilt Alfred Dreyfus einstimmig zur Deportation und lebenslänglichen Haft an einem befestigten Ort, verkündet die Entlassung des Hauptmanns Alfred Dreyfus und bestimmt, dass seine militärische Degradierung vor der ersten Paradeformation der Garnison von Paris stattzufinden hat.«

Der Beamte trat zurück. General Darras richtete sich in den Steigbügeln auf und zog seinen Säbel. Der Verurteilte musste den Kopf zurücklegen, um zu ihm aufschauen zu können. Der Kneifer war ihm abgenommen worden. Er trug eine randlose Brille.

»Alfred Dreyfus, Sie sind unwürdig, Waffen zu tragen. Im Namen des französischen Volkes sind Sie hiermit degradiert!«

»Und das war der Augenblick, in dem der Gefangene zum ersten Mal etwas von sich gab«, sage ich zu Mercier.

Mercier zuckt überrascht zurück. »Er hat etwas gesagt?«

»Ja.« Ich ziehe mein Notizbuch aus der Hosentasche. »Er hob beide Arme in die Höhe und rief …« Ich schaue auf meine Notizen, um Dreyfus' Worte genau wiedergeben zu können. »Soldaten, man degradiert einen unschuldigen Mann … Soldaten, man entehrt einen unschuldigen Mann … Lang lebe Frankreich … Lang lebe die Armee …« Ich lese es einfach vor, ohne jede Emotion, was angemessen ist, da die Worte genauso vorgetragen wurden. Der einzige Unterschied ist der, dass Dreyfus, ein Jude aus Mülhausen, mit einem leichten deutschen Akzent sprach.

Der Minister runzelt die Stirn. »Wie konnte das passieren? Ich dachte, man wollte einen Marsch spielen lassen, wenn der Gefangene zu einer Rede anhebt?«

»General Darras war der Ansicht, dass einige wenige Worte des Protests nicht als Rede anzusehen wären und dass die Musik die Würde des feierlichen Ereignisses gestört hätte.«

»Hat es irgendeine Reaktion aus der Menge gegeben?«

»Ja.« Ich schaue wieder in meine Notizen. »Sie haben angefangen ›Tod … Tod … Tod …‹ zu skandieren.«

Als wir die Sprechchöre hörten, schauten wir zu den Absperrungen. »Sie müssen weitermachen, oder aber das Ganze ufert aus«, sagte Sandherr.

Ich bat um das Opernglas, hob es an die Augen, stellte

scharf und sah einen Riesen von Mann, einen Feldwebel der Republikanischen Garde, der Hand an Dreyfus legte. Mit einer Serie kraftvoller Bewegungen riss er Dreyfus die Epauletten von den Schultern, die Knöpfe vom Uniformrock und die Goldtressen von den Ärmeln, kniete sich dann auf den Boden und riss ihm die roten Streifen von der Hose. Ich stellte auf Dreyfus' Gesicht scharf. Es war ausdruckslos. Er schaute geradeaus, während er hin und her gezerrt wurde und die Demütigungen über sich ergehen ließ wie ein Kind, dem ein wütender Erwachsener die Kleidung in Ordnung brachte. Schließlich zog der Feldwebel Dreyfus' Säbel aus der Scheide, steckte die Spitze in den harten Matsch und zerbrach die Klinge mit einem Kniestoß. Er warf die beiden Hälften auf den kleinen Kurzwarenhaufen vor Dreyfus' Füßen, trat zwei zackige Schritte zurück, wandte den Kopf dem General zu und salutierte, während Dreyfus den Blick senkte und die zerrissenen Symbole seiner Ehre betrachtete.

»Na los, Picquart, Sie haben das Fernglas«, sagte Sandherr ungeduldig. »Erzählen Sie uns, wie er aussieht.«

»Er sieht aus wie ein jüdischer Schneider, der den Preis für all die unbrauchbaren Goldtressen abschätzt«, sagte ich und gab dem Angestellten das Opernglas zurück. »Fehlt nur noch das Maßband um den Hals, dann könnte er in jeder Schneiderei in der Rue Auber stehen.«

»Das ist gut«, sagte Sandherr. »Das gefällt mir.«

»Sehr gut«, sagt Mercier wie ein Echo und schließt die Augen. »Ich sehe ihn genau vor mir.«

Wieder erklang Dreyfus' laute Stimme. »Lang lebe Frankreich! Ich schwöre, ich bin unschuldig!«

Dann begann er seinen langen Marsch entlang den vier Seiten der Cour Morland. In seiner zerrissenen Uniform schritt er jede Einheit ab, damit die Soldaten sich immer daran erinnerten, wie die Armee mit Verrätern umging. Gelegentlich rief er: »Ich bin unschuldig!«, was höhnisches Gejohle und Rufe wie »Judas!« oder »jüdischer Verräter!« seitens der Menge hervorrief. Die gesamte Prozedur schien sich endlos hinzuziehen, obwohl sie meiner Uhr nach höchstens sieben Minuten dauerte.

Als Dreyfus in unsere Richtung ging, war gerade der Mann aus dem Außenministerium mit dem Fernglas an der Reihe. »Ich verstehe das nicht«, sagte er mit seiner gelangweilten Stimme. »Wie kann der Bursche nach einer derartigen Erniedrigung immer noch behaupten, dass er unschuldig ist? Wenn er wirklich unschuldig wäre, dann müsste er doch dagegen ankämpfen, anstatt sich so zahm herumführen zu lassen. Oder ist das ein Wesenszug der Juden, was meinen Sie?«

»Natürlich ist das ein Wesenszug der Juden!«, erwiderte Sandherr. »Das ist eine Rasse ohne jeden Patriotismus, ohne Ehre oder Stolz. Sie kennen nichts anderes, nur Verrat an den Menschen, mit denen sie seit Jahrhunderten zusammenleben. Seit Jesus Christus.«

Als Dreyfus an uns vorbeiging, wandte ihm Sandherr zum Zeichen seiner Verachtung den Rücken zu. Ich jedoch konnte meinen Blick nicht von ihm losreißen. Ob wegen der drei Monate im Gefängnis oder wegen der bitteren Kälte an jenem Morgen, sein Gesicht war grauweiß und aufgedunsen: die Farbe einer Made. Der knopflose schwarze Uniformrock stand offen, darunter war sein weißes Hemd zu sehen. Das spärliche Haar stand in Büscheln ab, und irgendetwas glänzte darin. Immer noch ging er im Gleichschritt, als er mit seinen Wachen an uns vorbeimarschierte. Er schaute in unsere Richtung, und kurz begegneten sich unsere Blicke. Ich blickte direkt in seine Seele, sah die animalische Angst, sah den verzweifelten psychischen Kampf, der ihn vor dem

Zusammenbruch bewahrte. Als er weiterging, begriff ich, dass das Glänzende in seinem Haar Spucke war. Er muss sich gefragt haben, welche Rolle ich bei seinem Untergang gespielt habe.

Nur eine Etappe seines Golgathas war noch übrig: entlang den Absperrungen direkt an der Menschenmenge vorbei, für ihn die schwierigste, da bin ich mir sicher. Die Polizei versuchte, die Menschen mit verschränkten Armen auf Abstand zu halten. Aber als die Zuschauer den Gefangenen näher kommen sahen, drängten sie vorwärts. Der Polizeikordon quoll nach vorn, spannte sich und zerriss. Eine Flut von Zuschauern ergoss sich auf das Pflaster und lief zu den Absperrungen. Dreyfus blieb stehen, drehte sich um, hob die Arme und sagte etwas. Da er mir den Rücken zuwandte, konnte ich nichts verstehen, nur die vertrauten Verhöhnungen wie »Judas!« und »Verräter!« und »Tod dem Juden!«, die ihm ins Gesicht schlugen.

Seine Eskorte zog ihn schließlich weg und schob ihn zu der Gefängniskutsche, die mit ihren Vorreitern nur ein paar Meter entfernt wartete. Die Hände des Verurteilten wurden mit Handschellen auf den Rücken gefesselt. Er stieg in die Kutsche. Die Türen wurden geschlossen und verriegelt, Peitschen knallten, und die Kutsche schoss durch das Tor hinaus auf die Place de Fontenoy. Einen Augenblick lang hatte ich meine Zweifel gehabt, ob sie den herandrängenden Menschen entkommen würde, die mit den Fäusten auf die Seitenwände der Kutsche zu schlagen versuchten. Aber die Kavallerieoffiziere trieben sie mit den flachen Seiten ihrer Säbel zurück. Dann hörte ich zweimal die Peitsche knallen, danach ein Kommando des Kutschers, die Kutsche beschleunigte, löste sich aus dem Mob, bog nach links ab und verschwand.

Kurz danach erhielten die Kompanien den Befehl zum

Abmarsch. Das Stampfen der Stiefel ließ den Boden erzittern. Hörner ertönten, Trommeln schlugen den Takt. Als die Kapelle *Le Régiment de Sambre-et-Meuse* zu spielen begann, fing es an zu schneien. Ich fühlte eine große Erleichterung. Ich glaube, wir alle waren erleichtert. Spontan schüttelten wir uns die Hände. Es war, als hätte sich ein gesunder Körper von etwas Verfaultem, Schädlichem befreit, damit das Leben jetzt von Neuem beginnen konnte.

◆

Ich beende meinen Bericht. Im Zimmer des Ministers herrscht Stille. Nur das Prasseln des Kaminfeuers ist zu hören.

»Schade nur, dass der Verräter am Leben bleibt«, sagt Mercier schließlich. »Der Tod wäre vor allem für ihn selbst das Beste. Was für ein Leben hat er jetzt noch vor sich? Es wäre menschlicher gewesen, ihm den Garaus zu machen. Deshalb wollte ich, dass die Abgeordnetenkammer die Todesstrafe für Landesverrat wieder einführt.«

Boisdeffre nickt unterwürfig. »Sie haben Ihr Bestes getan, Herr Minister.«

Merciers Kniegelenke knacken, während er sich langsam erhebt. Ich stehe ebenfalls auf. Er geht zu einem großen Globus, der sich in einem Gestell neben seinem Schreibtisch befindet. Er winkt mich zu sich, setzt eine Brille auf und schaut wie eine kurzsichtige Gottheit hinunter auf die Erde.

»Er muss an einen Ort verbannt werden, wo es ihm unmöglich ist, mit irgendwem zu reden. An einen Ort, von wo er keine weiteren verräterischen Botschaften herausschmuggeln kann. Und, was genauso wichtig ist, wo niemand mit *ihm* in Kontakt treten kann.«

Der Minister berührt mit seiner überraschend zartgliedrigen Hand die nördliche Halbkugel und dreht sachte den

Globus. Der Atlantik gleitet vorbei. Er hält den Globus an und zeigt auf einen Punkt vor der Küste von Südamerika, siebentausend Kilometer von Paris entfernt. Er schaut mich an und wartet mit erhobener Augenbraue auf meine Vermutung.

»Die Strafkolonie in Cayenne«, sage ich.

»Fast, aber noch sicherer.« Er beugt sich vor und tippt auf die Stelle. »Die Teufelsinsel: fünfzehn Kilometer vor der Küste. Da wimmelt es von Haien. Wegen der riesigen Wellen und starken Strömung kann man kaum mit einem Boot anlanden.«

»Ich dachte, die hätte man schon vor Jahren geschlossen.«

»Stimmt. Zuletzt war da eine Strafkolonie mit Leprakranken. Dafür brauche ich die Zustimmung der Abgeordnetenkammer, aber diesmal bekomme ich sie. Die Insel wird speziell für Dreyfus wieder in Betrieb genommen. Nun, was sagen Sie dazu?«

Meine erste Reaktion ist Überraschung. Mercier, der mit einer Engländerin verheiratet ist, gilt als Republikaner und Freidenker – er lehnt es zum Beispiel ab, in die Kirche zu gehen. Ich bewundere diese Eigenschaften, und trotzdem, er hat etwas von einem besessenen Jesuiten. Teufelsinsel, denke ich. Wir stehen kurz vor dem zwanzigsten Jahrhundert, nicht dem achtzehnten …

»Nun?«, sagt er noch einmal. »Was meinen Sie?«

»Hat das nicht einen Hauch von …« Ich wähle das Wort mit großem Bedacht, da ich nicht taktlos erscheinen will. »… Dumas?«

»Dumas? Was meinen Sie mit Dumas?«

»Nur dass es sich anhört wie eine Bestrafung aus einem historischen Roman. Es klingt nach *Der Mann mit der eisernen Maske*. Wird Dreyfus dann nicht als *Der Mann auf der Teufelsinsel* bekannt werden? Es wird ihn zum berühmtesten Sträfling der Welt machen …«

»Genau!«, ruft Mercier und schlägt sich in einem seltenen Gefühlsausbruch auf die Schenkel. »Das genau ist es, was mir daran so gefällt. Es fesselt die Fantasie der Öffentlichkeit.«

Ich beuge mich seinem überlegenen politischen Urteilsvermögen, frage mich aber gleichzeitig, was die Öffentlichkeit damit zu tun hat. Erst als ich schon meinen Mantel in der Hand habe, gibt er mir einen Hinweis.

»Gut möglich, dass Sie mich heute zum letzten Mal in diesem Büro angetroffen haben«, sagt der Minister.

»Tut mir leid, das zu hören, Herr General.«

»Sie sollten wissen, dass mich Politik nicht sonderlich interessiert. Ich bin Berufssoldat, kein Politiker. Wie es scheint, herrscht große Unzufriedenheit mit den Parteien. Möglicherweise wird diese Regierung nur noch ein oder zwei Wochen Bestand haben. Vielleicht werden wir sogar einen neuen Präsidenten bekommen.« Er zuckt mit den Achseln. »Wie auch immer, so ist es nun mal. Wir Soldaten dienen da, wo man uns hinstellt.« Er schüttelt mir die Hand. »Sie haben mich während dieser elenden Dreyfus-Affäre mit Ihrem Scharfsinn beeindruckt, Major Picquart. Das wird man ihm nicht vergessen, oder, Herr General?«

»Nein, Herr Minister.« Boisdeffre steht ebenfalls auf und schüttelt mir die Hand. »Danke, Picquart. Höchst aufschlussreich. Fast so, als wäre man selbst dabei gewesen. Ach, übrigens, wie geht es Ihren Russischstudien?«

»Ich bezweifele, dass ich die Sprache jemals werde sprechen können, Herr General, aber inzwischen kann ich schon Tolstoi lesen – mit Wörterbuch natürlich.«

»Ausgezeichnet. Zwischen Frankreich und Russland sind große Dinge im Entstehen. Eine gute Kenntnis des Russischen wird für einen aufstrebenden Offizier von großem Nutzen sein.«

Ich habe schon den Türgriff in der Hand und fühle mich angesichts all des Lobes angemessen geschmeichelt, als Merciers Stimme plötzlich noch einmal erklingt. »Ach, sagen Sie, ist eigentlich irgendwann mal mein Name erwähnt worden?«

»Pardon?« Ich bin mir nicht sicher, was er meint. »Erwähnt in welchem Zusammenhang?«

»Während der Zeremonie heute Morgen …«

»Ich glaube nicht …«

»Nun ja, spielt ja auch keine Rolle.« Mercier macht eine wegwerfende Handbewegung. »Ich habe mich nur gefragt, ob es in der Menge irgendeine Art von Demonstration gegeben hat.«

»Nein, nicht dass es mir aufgefallen wäre.«

»Gut. Das habe ich auch nicht erwartet.«

Ich schließe leise die Tür hinter mir.

◆

Ich trete wieder hinaus in die windige Schlucht der Rue Saint-Dominique, setze meine Mütze auf und gehe die hundert Meter zum benachbarten Kriegsministerium. Ich treffe niemand. Vermutlich haben meine Offizierskollegen an einem Samstag Besseres zu tun, als sich mit der Bürokratie der französischen Armee herumzuplagen. Schlaue Burschen! Ich werde meinen offiziellen Bericht schreiben, meinen Schreibtisch aufräumen und dann versuchen, mir Dreyfus aus dem Kopf zu schlagen. Ich gehe die Treppe hinauf und weiter durch den Korridor zu meinem Büro.

Seit Napoleons Zeiten ist das Kriegsministerium in vier Abteilungen gegliedert: die Erste Abteilung ist für die Verwaltung zuständig, die Zweite für den Geheimdienst, die Dritte für Einsätze und Ausbildung, die Vierte für Transport.

Ich arbeite in der Dritten, unter dem Kommando von Oberst Boucher, der – ebenfalls ein schlauer Bursche – an diesem Morgen nirgendwo zu sehen ist. Als sein Stellvertreter habe ich ein eigenes kleines Büro, eine kahle Mönchszelle mit einem Fenster auf einen trostlosen Innenhof. Mein gesamtes Mobiliar besteht aus zwei Stühlen, einem Schreibtisch und einem Aktenschrank. Die Heizung funktioniert nicht. Die Luft ist so kalt, dass ich meinen Atem sehen kann. Ich sitze im Mantel am Schreibtisch und betrachte den Berg Papiere, der sich in den letzten Tagen angesammelt hat. Seufzend greife ich nach einem der Ordner.

Es muss ein paar Stunden später sein, am frühen Nachmittag, als ich schwere Stiefelschritte höre, die im verlassenen Korridor näher kommen. Wer immer das ist, er geht an meinem Büro vorbei, bleibt stehen, geht zurück und verharrt dann vor meiner Tür. Ich stehe auf, gehe leise zur Tür und lausche. Das Holz ist so dünn, dass ich sein keuchendes Atmen hören kann. Ich reiße die Tür auf und blicke dem Leiter der Zweiten Abteilung ins Gesicht – sprich, dem Chef des gesamten militärischen Geheimdienstes.Ich bin mir nicht recht sicher, wer von uns beiden verwirrter ist.

»General Gonse«, sage ich und salutiere. »Ich hatte keine Ahnung, dass Sie das sind.«

Gonse ist berühmt für seine Vierzehnstundentage. Ich hätte es wissen können. Wenn überhaupt jemand um diese Zeit noch im Haus ist, dann er. Seine Feinde sagen, anders könne er seine Spitzenposition nicht halten.

»Schon in Ordnung, Major Picquart. Das Haus ist ein Kaninchenbau. Darf ich?« Er zieht an seiner Zigarette und watschelt auf seinen kurzen Beinen in mein Büro. »Tut mir leid, dass ich Sie störe. Ich habe gerade von der Place Vendôme eine Nachricht von Oberst Guérin bekommen. Er sagt, dass Dreyfus bei der Zeremonie heute Morgen gestanden hat. Wussten Sie das?«

Ich glotze ihn an wie ein Volltrottel. »Nein, Herr General, das wusste ich nicht.«

»Anscheinend hat er in der halben Stunde vor der Zeremonie dem Hauptmann, der ihn bewachte, erzählt, dass er die Dokumente den Deutschen *doch* übergeben hat.« Gonse zuckt mit den Achseln. »Ich dachte, Sie sollten das wissen, da Sie ja vom Minister den Auftrag hatten, die Zeremonie zu beobachten.«

»Aber ich habe ihm schon Bericht erstattet ...« Ich bin fassungslos. Das ist genau die Art von Inkompetenz, die einen Mann die Karriere kosten kann. Trotz erdrückender Beweise gegen ihn hat es Dreyfus seit Oktober abgelehnt, seine Schuld zu gestehen. Und jetzt erzählt man mir, dass er schließlich doch gestanden habe, praktisch unter meinen Augen, und ich habe es nicht mitbekommen! »Ich mache mich am besten auf den Weg und gehe der Sache auf den Grund.«

»Das würde ich auch vorschlagen. Und danach kommen Sie zurück und erstatten *mir* Bericht.«

Wieder haste ich hinaus in das frostige, graue Halbdunkel. Am Stand an der Ecke zum Boulevard Saint-Germain steige ich in eine Droschke. Wir fahren zur École Militaire, wo ich den Kutscher bitte zu warten. Die Stille auf dem riesigen verlassenen Exerzierplatz verhöhnt mich. Die einzigen Lebenszeichen stammen von den Arbeitern, die die Abfälle von der Place de Fontenay räumen. Ich kehre zur Droschke zurück und sage dem Kutscher, dass er mich so schnell wie möglich zum Hauptquartier des Militärgouverneurs von Paris an der Place Vendôme bringen solle. Dort warte ich in der Eingangshalle des düsteren und heruntergekommenen Gebäudes auf Oberst Guérin. Er lässt sich Zeit, und als er schließlich auftaucht, vermittelt er mir den Eindruck, dass ich ihn bei einem guten Essen gestört habe, zu dem er möglichst schnell wieder zurückkehren möchte.

»Ich habe das alles schon General Gonse erklärt.«

»Es tut mir leid, Herr Oberst. Würden Sie es mir bitte auch erklären?«

Er seufzt. »Hauptmann Lebrun-Renault war eingeteilt, um Dreyfus im Garnisonsbüro bis zu Beginn der Zeremonie im Auge zu behalten. Er übergab ihn der Eskorte, und gerade als die Degradierung begann, stieß er zu unserer Gruppe und sagte etwas in der Art: Verdammt, jetzt hat dieser Dreckskerl gerade alles zugegeben.«

Ich ziehe mein Notizbuch aus der Tasche. »Was hat der Hauptmann gesagt, was Dreyfus ihm erzählt hat?«

»An die genauen Worte kann ich mich nicht erinnern. Im Wesentlichen, dass er Geheimnisse an die Deutschen weitergegeben hätte, dass sie aber nicht von großer Bedeutung gewesen seien und der Minister das wisse, und dass in ein paar Jahren die ganze Geschichte herauskommen werde. Etwas in der Art. Sie müssen mit Lebrun-Renault darüber reden.«

»Das werde ich. Wo ist er?«

»Ich habe keine Ahnung. Er hat dienstfrei.«

»Ist er in Paris?«

»Mein lieber Herr Major, woher soll ich das wissen?«

»Ich verstehe das nicht«, sage ich. »Warum sollte Dreyfus plötzlich gegenüber einem völlig Fremden seine Schuld eingestehen, nachdem er drei Monate lang geleugnet hat, in so einem Augenblick, wo es nichts mehr für ihn zu gewinnen gibt?«

»Da kann ich Ihnen auch nicht weiterhelfen.« Der Oberst schaut sich in Richtung seines Essens um.

»Und wenn er gerade erst Hauptmann Lebrun-Renault

gestanden hat, warum geht er dann raus und ruft vor Zehntausenden von feindseligen Menschen, dass er unschuldig ist?«

Der Oberst drückt die Schultern durch. »Wollen Sie einen meiner Offiziere der Lüge bezichtigen?«

»Ich danke Ihnen, Herr Oberst.« Ich stecke mein Notizbuch ein.

Im Ministerium gehe ich sofort zu Gonse' Büro. Er müht sich mit einem Stapel Akten ab. Er legt die Füße auf den Schreibtisch und lehnt sich zurück, während ich Bericht erstatte. »Sie glauben also, dass da nichts dran ist?«, sagt er.

»Nein. Nicht nachdem ich die Einzelheiten gehört habe. Es ist sehr viel wahrscheinlicher, dass dieser tumbe Hauptmann der Garde etwas in den falschen Hals bekommen hat. Entweder das, oder er hat eine Geschichte ausgeschmückt, um sich vor seinen Kameraden wichtigzumachen.« Abschließend füge ich hinzu: »Natürlich gehe ich davon aus, dass Dreyfus kein auf die Deutschen angesetzter Doppelagent war.«

Gonse lacht und zündet sich eine neue Zigarette an. »Schön wär's.«

»Was soll ich jetzt tun, Herr General?«

»Ich wüsste nicht, was es da groß zu tun gäbe.«

Ich zögere.

»Es gibt natürlich eine Möglichkeit, wie wir eine eindeutige Antwort bekommen könnten.«

»Und die wäre?«

»Wir fragen Dreyfus.«

Gonse schüttelt den Kopf. »Völlig ausgeschlossen. Eine Kontaktaufnahme ist nicht mehr möglich. Außerdem wird er schon bald aus Paris abtransportiert.« Er nimmt die Füße vom Tisch und zieht einen Stapel Akten zu sich heran. Zigarettenasche fällt vorn auf seinen Uniformrock. »Überlassen

Sie das einfach mir. Ich werde dem Chef des Generalstabs und dem Minister alles erklären.« Er öffnet einen Ordner und fängt an zu lesen. Er schaut nicht mehr auf. »Danke, Major Picquart. Sie können wegtreten.«

2

Am Abend fahre ich in Zivilkleidung hinaus nach Versailles, um meine Mutter zu besuchen. Der Zug schwankt durch verschneite Pariser Vororte, deren Umrisse sich im Licht der Gaslaternen bizarr abzeichnen. Die Fahrt dauert fast eine Stunde. Ich habe den zugigen Waggon für mich allein und versuche einen Roman zu lesen, *Der Jüngling* von Dostojewski, aber jedes Mal, wenn wir über eine Weiche fahren, gehen die Lichter aus, und die Zeilen verschwinden in der Dunkelheit. Im blau glänzenden Licht der Notbeleuchtung schaue ich aus dem Fenster und stelle mir Dreyfus in seiner Zelle im Gefängnis La Santé vor. Häftlinge werden in umgebauten Viehwaggons transportiert. Ich nehme an, dass man ihn zu einem Atlantikhafen im Westen bringt, wo er dann auf seine Deportation wartet. Bei diesem Wetter wird die Reise die Hölle sein. Ich schließe die Augen und versuche ein bisschen zu schlafen.

Meine Mutter hat eine kleine Wohnung in einer neuen Straße in der Nähe des Bahnhofs von Versailles. Sie ist siebenundsiebzig, seit fast dreißig Jahren Witwe und lebt allein. Meine Schwester und ich besuchen sie abwechselnd. Anna ist älter als ich und hat im Gegensatz zu mir Kinder. Ich besuche unsere Mutter immer am Samstagabend, die einzige Zeit, in der ich nicht im Ministerium sein muss.

Als ich ankomme, ist es schon dunkel. Die Temperatur

liegt bei minus zehn Grad. Hinter der verschlossenen Tür ruft meine Mutter: »Wer ist da?«

»Ich bin's, Maman, Georges.«

»Wer?«

»Georges, dein Sohn.«

Es dauert eine Minute, bis ich sie überredet habe, mir aufzumachen. Manchmal hält sie mich für meinen älteren Bruder Paul, der vor fünf Jahren gestorben ist. Manchmal – was mir seltsamerweise schlimmer vorkommt – für meinen Vater, der gestorben ist, als ich elf war. (Eine andere Schwester ist noch vor meiner Geburt gestorben, ein Bruder, als er elf Tage alt war. Etwas hat Altersschwäche für sich – seit ihr Geist sie verlassen hat, braucht sie keine Gesellschaft mehr.)

Brot und Milch sind steinhart gefroren, die Wasserleitungen vereist. Die erste halbe Stunde bringe ich damit zu, Feuer zu machen und die Wohnung einigermaßen aufzutauen, die zweite auf dem Rücken liegend, um einen tropfenden Abfluss zu reparieren. Wir essen das Bœuf bourguignon, das das Mädchen, das einmal am Tag kommt, beim Traiteur im Ort gekauft hat. Maman hat sich gefangen, sie scheint sich sogar daran zu erinnern, wer ich bin. Ich erzähle ihr von meinem Tag, erwähne aber weder Dreyfus noch seine Degradierung: Sie würde sich nur damit herumquälen zu verstehen, worüber ich da rede. Später setzen wir uns ans Klavier, das den meisten Platz in ihrem winzigen Wohnzimmer einnimmt, und spielen ein Duett, ein Rondo von Chopin. Sie spielt fehlerlos. Der musikalische Teil ihres Gehirns ist noch ziemlich intakt, er wird sie als Letztes verlassen. Nachdem sie zu Bett gegangen ist, setze ich mich wieder auf den Hocker und betrachte die Fotos auf dem Klavier: die ernsten Familienporträts in Straßburg, den Garten des Hauses in Geudertheim, eine winzige Fotografie meiner Mutter als Musikstudentin, ein Picknick in den Wäldern von Neudorf –

Artefakte aus einer verschwundenen Welt, einem Atlantis, das in der Belagerung untergegangen ist.

Ich war sechzehn, als die Deutschen Straßburg bombardierten und mir freundlicherweise Gelegenheit gaben, aus erster Hand Zeuge eines Ereignisses zu werden, das wir in der Ausbildung an der École Supérieure de Guerre als den ersten »flächenmäßigen Einsatz von modernen Langstreckengeschützen zur gezielten Dezimierung der Zivilbevölkerung« bezeichnen. Ich habe gesehen, wie die Kunstgalerie und die Bibliothek der Stadt bis auf die Grundmauern niederbrannten und ganze Stadtviertel in die Luft gesprengt wurden, habe neben sterbenden Freunden gekniet, habe mitgeholfen, fremde Menschen aus dem Schutt auszubuddeln. Nach neun Wochen kapitulierte die Garnison. Man stellte uns vor die Wahl, zu bleiben und Deutsche zu werden oder alles aufzugeben und nach Frankreich zu gehen. Wir erreichten Paris mittellos, aller Illusionen von einem gesicherten, zivilisierten Leben beraubt.

Vor der Demütigung von 1870/71 wäre ich vielleicht Musikprofessor geworden. Danach wäre mir jede andere berufliche Laufbahn als die in der Armee anstößig vorgekommen. Das Kriegsministerium kam für meine Ausbildung auf, und so wurde das Militär mein Vater. Und niemals hat sich ein Sohn gewissenhafter darum bemüht, seinen anspruchsvollen Vater zufriedenzustellen. Mein etwas träumerisches, künstlerisches Wesen kompensierte ich mit eiserner Disziplin. An der Militärakademie Saint-Cyr war ich in einem Jahrgang mit dreihundertvier Kadetten der Fünftbeste. Ich spreche deutsch, italienisch, englisch und spanisch. Für meinen Einsatz im Aurès-Gebirge in Nordafrika hat man mir die Médaille Coloniale verliehen, für meinen Einsatz am Roten Fluss in Indochina die Tapferkeitsmedaille. Ich bin Ritter der Ehrenlegion. Und heute, nach vierundzwanzig Jahren im Dienst, haben mich der Kriegsminister wie der Chef des Generalstabs mit einem Anerkennungsschreiben belobigt. Als ich in Versailles im Gästezimmer meiner Mutter liege und der fünfte Januar 1895 in den sechsten übergeht, höre ich in meinem Kopf nicht die Stimme des seine Unschuld beteuernden Alfred Dreyfus', sondern die von Auguste Mercier, der meine Beförderung andeutet. *Sie haben mich mit Ihrem Scharfsinn beeindruckt … Das wird man nicht vergessen …*

◆

Am nächsten Tag nehme ich unter dem Geläut der Glocken meine gebrechliche Mutter am Arm und begleite sie auf der vereisten Straße zur nahe gelegenen Kathedrale von Saint-Louis – einem meiner Meinung nach besonders schwülstigen Monument des staatlichen Aberglaubens. Warum konnten die Deutschen nicht *das* in die Luft jagen? Die Kirchgänger bilden eine eintönige Gemeinde in Schwarz und Weiß, Nonnen und Witwen. Am Eingang lasse ich ihren Arm los. »Ich hole dich nach der Messe hier wieder ab.«

»Kommst du nicht mit?«

»Ich komme doch nie mit, Maman. Jede Woche fragst du mich das Gleiche.«

Sie schaut mich mit feuchten grauen Augen an. Ihre Stimme bebt. »Aber was soll ich Gott sagen?«

»Sag ihm, dass ich im Café du Commerce gegenüber bin.«

Ich überlasse sie der Obhut eines jungen Priesters und gehe über den Platz zu dem Café. Vorher kaufe ich noch zwei Zeitungen, *Le Figaro* und *Le Petit Journal*. Ich setze mich an einen Tisch am Fenster, bestelle Kaffee und zünde mir eine Zigarette an. Beide Blätter bringen die Degradierung auf der Titelseite – das *Journal* sogar fast nichts anderes. Der Artikel ist mit einer Serie plumper Zeichnungen bebildert: von Dreyfus, wie er auf den Exerzierplatz geführt wird, von dem rundlichen kleinen Beamten, wie er das Urteil verliest, von den Rangabzeichen, die man von Dreyfus' Uniform gerissen hat, und von Dreyfus selbst, der mit seinen fünfunddreißig Jahren wie ein weißhaariger alter Mann aussieht. »Die Sühne« lautet die Schlagzeile. »Wir haben die Höchststrafe für den Landesverräter Dreyfus gefordert. Und wir sind immer noch der Überzeugung, dass die einzig angemessene Bestrafung der Tod ist ...« Es ist, als hätten die seit der Niederlage von 1870 angestaute Verachtung und Schuldzuweisung ihr Ventil in einer einzigen Person gefunden.

Ich nippe an meinem Kaffee und überfliege die reißerische Schilderung der Zeremonie, bis mir plötzlich mehrere Sätze ins Auge springen: »Dreyfus wandte sich an seine Eskorte und sagte: ›Wenn ich Dokumente weitergegeben habe, dann nur deshalb, weil ich dafür andere von größerer Bedeutung in die Hand bekommen wollte. In drei Jahren wird die Wahrheit ans Licht kommen, und dann wird der Minister meinen Fall neu aufrollen.‹ Dieses halbe Geständnis ist das erste, das der Verräter seit seiner Verhaftung gemacht hat ...«

Ohne den Blick von der Zeitung abzuwenden, stelle ich langsam die Tasse ab und lese den Absatz noch einmal. Dann schaue ich in den *Figaro*. Auf der ganzen Titelseite kein Wort von irgendeinem Geständnis, ob halb oder sonst wie. Ich bin erleichtert. Aber auf der zweiten Seite steht eine nachgeschobene Meldung, die mit folgenden Worten beginnt: »Hier der Bericht eines Zeugen, der uns vor einer Stunde erreicht hat ...« Ich lese eine weitere Version der gleichen Geschichte, nur dass diesmal Lebrun-Renault als Quelle genannt wird und Dreyfus als authentische Stimme zweifelsfrei erkennbar ist. Ich kann die fieberhafte Verzweiflung, mit der er jeden überzeugen will, sogar den ihn bewachenden Offizier, aus jeder Zeile heraushören:

Herr Hauptmann, hören Sie doch. In der Botschaft hat man einen Brief gefunden, in einem Schrank. Ein Begleitschreiben für vier andere Dokumente. Das hat man Schriftexperten vorgelegt. Drei sagen, ich hätte ihn geschrieben, zwei, dass ich es nicht war. Und nur deshalb hat man mich verurteilt. Mit achtzehn hat man mich an der École Polytechnique angenommen. Ich hatte eine herausragende Militärlaufbahn vor mir, ich hatte ein Vermögen von fünfhunderttausend Francs und die Aussicht auf ein Einkommen von fünfzigtausend im Jahr. Ich war nie hinter den Mädchen her. Ich habe in meinem ganzen Leben keine Spielkarte angerührt. Ich brauchte kein Geld. Warum also sollte ich zum Verräter werden? Für Geld? Nein. Warum also?

Keine dieser Einzelheiten ist für die Öffentlichkeit bestimmt, und meine erste Reaktion ist, dass ich Lebrun-Renault als gottverdammten jungen Idioten verfluche. Vor Journalisten das Maul aufzureißen ist für einen Offizier unverzeihlich – und dann auch noch in einer so sensiblen Angelegenheit wie dieser. Er muss betrunken gewesen sein. Eigentlich müsste ich sofort nach Paris ins Kriegsministerium fahren. Aber dann denke ich an meine Mutter, die vermutlich genau in diesem Augenblick auf ihren Knien für meine unsterbliche Seele betet, und komme zu dem Schluss, dass ich wahrscheinlich besser dran bin, wenn ich mich heraushalte.

Und so verläuft der Tag wie geplant. Ich befreie meine Mutter aus den Fängen zweier Nonnen, wir gehen zu ihrer Wohnung zurück, und um Mittag holt uns die Kutsche meines Cousins Edmond Gast ab und fährt uns zum Essen in sein Haus im nicht weit entfernten Dorf Ville-d'Avray, zu einer angenehmen, ungezwungenen Zusammenkunft von Familienmitgliedern und Freunden: die Art von Freunden, die man schon so lange kennt, dass sie sich wie Familie anfühlen. Edmond ist ein paar Jahre jünger als ich, aber schon Bürgermeister von Ville-d'Avray und einer jener glücklichen Zeitgenossen, die ein Talent fürs Leben haben. Er gärtnert, malt, geht auf die Jagd, verdient sein Geld mit leichter Hand, gibt es ebenso leicht wieder aus und liebt seine Frau. Kein Wunder, Jeanne ist immer noch so schön wie ein Mädchen von Renoir. Ich beneide niemand, aber wenn ich jemand beneiden wollte, dann Edmond. Am Esstisch neben Jeanne sitzt Louis Leblois, mit dem ich zur Schule gegangen bin. Neben mir sitzt seine Frau Martha, mir gegenüber Pauline Romazzotti, die trotz ihres italienischen Nachnamens mit uns in der Nähe von Straßburg aufgewachsen ist und die jetzt mit einem Beamten aus dem Außenministerium verheiratet ist, Philippe Monnier, einem Mann, der acht oder zehn Jahre älter als alle anderen ist. Sie trägt ein schlichtes, graues Kleid mit weißem Saum, von dem sie weiß, dass ich es mag, weil es mich an ein Kleid erinnert, das sie als Achtzehnjährige getragen hat.

Außer Monnier sind alle am Tisch Exilanten aus dem Elsass. Niemand lässt ein gutes Haar an unserem elsässischen Landsmann Alfred Dreyfus, nicht einmal Edmond, der ein radikaler Republikaner ist. Wir alle können mit Geschichten über Juden vor allem aus Mülhausen aufwarten, die sich, als es kritisch wurde und sie sich nach dem Krieg die Staatsbürgerschaft aussuchen konnten, für Deutschland anstatt für Frankreich entschieden.

»Sie drehen sich nach dem Wind, je nachdem, wer gerade die Macht hat«, erklärt Monnier und schwenkt dabei sein Weinglas hin und her. »Nur so hat ihre Rasse zweitausend Jahre überlebt. Daraus kann man ihnen wirklich keinen Vorwurf machen.«

Nur Leblois erlaubt sich den Hauch eines Zweifels.

»Wohlgemerkt, als Jurist bin ich prinzipiell gegen Geheimprozesse, und ich gebe zu, dass ich mich schon frage, ob man einem christlichen Offizier auf gleiche Weise die übliche juristische Vorgehensweise verweigert hätte – besonders da laut *Le Figaro* die Beweislage gegen ihn anscheinend sehr dünn war.«

»Ja, ihm wurde, wie du das nennst, die übliche juristische Vorgehensweise verweigert, Louis«, sage ich kühl. »Aber nur weil in seinem Fall Belange der nationalen Sicherheit berührt waren, und die konnten nicht in öffentlicher Sitzung verhandelt werden, egal wer der Angeklagte war. Außerdem gab es jede Menge Beweise gegen ihn: Das kann ich dir mit absoluter Sicherheit sagen!«

Als Pauline mich mit gerunzelter Stirn anschaut, wird mir klar, dass ich laut geworden bin. Alle schweigen. Louis zupft an seiner Serviette und sagt nichts mehr. Er will nicht die Stimmung verderben, und Pauline, ganz Diplomatengattin, nutzt die Gelegenheit und lenkt das Gespräch auf ein geeigneteres Thema.

»Habe ich dir eigentlich schon von dem wunderbaren neuen elsässischen Restaurant in der Rue Marbeuf erzählt, das Philippe und ich entdeckt haben …«

◆

Es ist fünf Uhr, als ich zu Hause ankomme. Meine Wohnung liegt im sechzehnten Arrondissement, in der Nähe der Place Victor-Hugo. Die Adresse klingt eleganter, als ich es in Wirklichkeit bin. Ich habe nur zwei kleine Zimmer im vierten Stock, und selbst dafür muss ich mich mit meinem Majorssold nach der Decke strecken. Ich bin kein Dreyfus mit einem Privateinkommen, das zehnmal so hoch wie mein Gehalt ist. Aber es hat schon immer meinem Naturell entsprochen, die vorzügliche Kleinigkeit einer Fülle von Mittelmaß vorzuziehen. Ich komme so eben zurecht.

Ich trete von der Straße ins Haus und bin gerade ein paar Schritte auf die Treppe zugegangen, als ich hinter mir die Stimme der Concierge höre. »Major Picquart.« Ich drehe mich um und sehe Madame Guerault, die mit einer Visitenkarte wedelt. »Ein Offizier wollte Sie sprechen«, verkündet sie und kommt auf mich zu. »Ein General.«

Ich nehme die Karte. *General Charles-Arthur Gonse, Kriegsministerium* steht da geschrieben. Auf der Rückseite hat er seine Privatadresse notiert.

Seine Wohnung befindet sich in der Nähe der Avenue du Bois de Boulogne, sodass ich leicht zu Fuß gehen kann. Fünf Minuten später klingele ich. Als sich die Tür öffnet, steht ein vollkommen anderer Mann vor mir als der entspannte Bursche von gestern Nachmittag. Er ist nicht rasiert, die Tränensäcke unter seinen Augen sind dunkel und zeugen von großer Erschöpfung. Sein Uniformrock steht bis zur Taille offen, darunter ist ein etwas schmuddeliges Unterhemd zu sehen. Er hält ein Glas Kognak in der Hand.

»Picquart. Gut, dass Sie kommen.«

»Entschuldigen Sie, dass ich nicht in Uniform bin, Herr General.«

»Macht nichts. Schließlich ist Sonntag.«

Ich folge ihm durch die dunkle Wohnung. »Meine Frau ist auf dem Land«, sagt er zur Erklärung, wobei er sich halb umdreht. Wir gehen in einen Raum, der anscheinend sein Arbeitszimmer ist. Über dem Fenster hängt ein Paar gekreuzter Speere – Erinnerungsstücke an seine Dienstzeit in Nordafrika, nehme ich an. Auf dem Kaminsims steht eine Fotografie, die ihn vor fünfundzwanzig Jahren als jungen Offizier des Generalstabs im 13. Armeekorps zeigt. Er schenkt sich aus einer Karaffe nach und gießt mir auch ein Glas ein, lässt sich dann ächzend auf die Chaiselongue fallen und zündet sich eine Zigarette an.

»Diese verdammte Dreyfus-Affäre«, sagt er. »Die bringt uns alle noch ins Grab.«

Ich versuche mich an einer lockeren Antwort – »Wirklich? Ich würde es vorziehen, ein wenig heldenhafter in die Grube zu fahren!« –, aber Gonse schaut mich mit ernsthafter Miene an.

»Mein lieber Picquart, anscheinend begreifen Sie nicht: Wir stehen inzwischen hauchdünn vor einem Krieg. Ich bin seit ein Uhr letzte Nacht auf den Beinen, und das nur wegen dieses verdammten Idioten Lebrun-Renault!«

»Mein Gott!« Fassungslos stelle ich meinen unberührten Kognak ab.

»Ich weiß, es ist kaum zu glauben, dass das Geschwätz eines Idioten so eine Katastrophe auslösen kann«, sagt er. »Aber es stimmt.«

Er erzählt mir, er sei eine Stunde nach Mitternacht von einem Boten aus dem Kriegsministerium geweckt und ins Hôtel de Brienne zitiert worden. Dort traf er Mercier im Morgenrock und einen Privatsekretär aus dem Élysée-Palast an, der die ersten Ausgaben der Pariser Zeitungen mitgebracht hatte. Der Privatsekretär wiederholte für Gonse, was er gerade Mercier erzählt hatte: Der Präsident sei aufgebracht – empört! entsetzt! – über das, was er gerade gelesen habe. Wie es sein könne, dass ein Offizier der Republikanischen Garde solche Geschichten in Umlauf bringe – insbesondere dass die französische Regierung ein Dokument aus der deutschen Botschaft gestohlen habe und das Ganze eine Art Spionagefalle für die Deutschen gewesen sei? Ob der Kriegsminister wisse, dass der deutsche Botschafter noch am selben Nachmittag im Élysée eine formale Protestnote aus Berlin überreicht habe? Dass der deutsche Kaiser damit drohe, seinen Botschafter aus Paris abzuberufen, sollte die französische Regierung nicht ein für alle Mal klarstellen, dass sie die Zusicherung der deutschen Regierung akzeptiere, niemals in irgendeinem Kontakt zu Hauptmann Alfred Dreyfus gestanden zu haben? Finden Sie ihn, lautete die Forderung des Präsidenten. Finden Sie diesen Hauptmann Lebrun-Renault *und stopfen Sie ihm das Maul!*

Und so hatte sich General Arthur Gonse, der Chef des militärischen Geheimdienstes von Frankreich, in der demütigenden Lage wiedergefunden, sich eine Kutsche nehmen und von Haus zu Haus fahren zu müssen – zum Regimentsstab, zu Lebrun-Renaults Unterkunft, zu den Amüsierlokalen an der Place Pigalle. Er stellte seine Beute schließlich kurz vor Morgengrauen im Moulin Rouge, wo der junge Hauptmann vor einem Publikum aus Reportern und Prostituierten immer noch große Reden schwang.

An dieser Stelle muss ich mir den Zeigefinger auf die Lippen drücken, um mein Lächeln zu verbergen, da der Monolog nicht ohne Komik ist – umso mehr, als Gonse ihn mit heiserer, entrüsteter Stimme vorträgt. Ich kann nur ahnen, wie Lebrun-Renault sich gefühlt haben muss, als er sich umdrehte und Gonse vor sich stehen sah, als er verzweifelt versuchte, einigermaßen nüchtern zu erscheinen, während er sich zu rechtfertigen bemühte, erst vor dem Kriegsminister und dann, was eine köstlich peinliche Unterredung gewesen sein muss, vor dem Präsidenten Casimir-Perier persönlich.

»Das ist ganz und gar nicht komisch, Herr Major!« Gonse hat meine Belustigung bemerkt. »Wir sind nicht gerüstet für einen Krieg gegen Deutschland! Wenn sie das als Vorwand für einen Angriff nehmen, dann möge Gott Frankreich beistehen!«

»Natürlich, Herr General!« Gonse gehört wie Mercier und Boisdeffre zu jener Generation junger Offiziere, die durch die verheerende Niederlage von 1870 tiefe Wunden davongetragen hat und sich seitdem vor dem Schatten der Deutschen fürchtet. *Drei zu zwei* lautet ihr pessimistisches Mantra. Auf drei Deutsche kommen zwei Franzosen. Sie geben drei Francs für Rüstung aus gegenüber zwei, die wir uns leisten können. Ich verachte sie für ihren Defätismus. »Wie hat Berlin reagiert?«

»Im Außenministerium wird gerade über eine Sprachregelung dahingehend verhandelt, dass die Deutschen genauso wenig für die ihnen übermittelten Dokumente verantwortlich sind wie wir für die, die uns erreichen.«

»Die haben Nerven!«

»Warum? Die schützen nur ihren Agenten. Wir würden das Gleiche tun. Die ganze Sache steht auf Messers Schneide, schon den ganzen Tag, das kann ich Ihnen sagen.«

Je mehr ich darüber nachdenke, desto mehr wundere ich mich darüber. »Würden die wirklich die diplomatischen Beziehungen abbrechen und einen Krieg riskieren, nur um einen Spion zu schützen?«

»Natürlich ist es ihnen peinlich, dass sie aufgeflogen sind. Es ist eine Demütigung. Typisch, diese verdammte preußische Überreaktion …«

Seine Hand zittert. Er zündet sich an seiner alten Zigarette eine neue an und lässt die Kippe in die abgesägte Spitze einer Granate fallen, die ihm als Aschenbecher dient. Er zupft sich ein paar Tabakschnipsel von der Zunge, lehnt sich wieder auf der Chaiselongue zurück und schaut mich durch die Rauchwolke an. »Sie haben Ihren Kognak ja gar nicht angerührt.«

»Wenn es um Krieg geht, behalte ich lieber einen klaren Kopf.«

»Genau dann brauche ich einen!« Er trinkt aus, spielt mit dem Glas herum, lächelt mich an. An der Art, wie er zu der

Karaffe schaut, merke ich, dass er unbedingt noch einen will, aber er möchte nicht als Säufer vor mir dastehen. Er räuspert sich, ehe er weiterspricht. »Sie haben den Minister beeindruckt, Picquart, mit Ihrer Art, wie Sie die ganze Affäre gehandhabt haben. Ebenso den Stabschef. Offenbar haben Sie in den vergangenen drei Monaten in Sachen Geheimdiensttätigkeit wertvolle Erfahrungen gewonnen. Wir beabsichtigen, Sie zur Beförderung vorzuschlagen. Wir denken daran, Ihnen das Kommando der Statistik-Abteilung anzubieten.«

Ich versuche, meine Bestürzung zu verbergen. Spionage ist Schmutzarbeit, und alles, was ich während des Dreyfus-Falles gesehen habe, hat mich in dieser Ansicht bestärkt. Dafür bin ich nicht zur Armee gegangen. »Aber die Abteilung hat mit Oberst Sandherr doch einen sehr fähigen Chef«, wende ich ein.

»Er ist sehr fähig. Aber Sandherr ist ein kranker Mann, und unter uns, er wird sich wahrscheinlich nicht mehr erholen. Außerdem hat er den Posten schon zehn Jahre, er braucht eine Pause. Verzeihen Sie, Picquart, aber angesichts der geheimen Informationen, mit denen Sie umgehen würden, muss ich Sie das fragen: Gibt es irgendetwas in Ihrer Vergangenheit oder Ihrem Privatleben, was Sie anfällig für Erpressung machen würde?«

Mit zunehmender Bestürzung wird mir klar, dass über mein Schicksal schon entschieden wurde, vielleicht gestern Nachmittag, als Gonse sich mit Mercier und Boisdeffre getroffen hat. »Nein«, sage ich. »Nicht dass ich wüsste.«

»Sie sind nicht verheiratet, soweit ich weiß.«

»Nein.«

»Gibt es irgendeinen Grund dafür?«

»Ich bin gern allein. Außerdem kann ich mir eine Frau nicht leisten.«

»Das ist alles?«

»Das ist alles.«

»Geldprobleme?«

»Kein Geld, keine Probleme«, sage ich achselzuckend.

»Gut.« Gonse sieht erleichtert aus. »Dann sind wir uns ja einig.«

Aber ich will mich mit meinem Schicksal noch nicht abfinden. »Ihnen ist sicherlich klar, dass es dem bestehenden Mitarbeiterstab nicht gefallen wird, wenn ein Außenseiter den Posten bekommt – was ist mit Oberst Sandherrs Stellvertreter?«

»Er geht in Pension.«

»Oder Major Henry?«

»Ach, Henry ist ein guter Soldat. Er wird sich schon bald wieder reinknien und das tun, was für die Abteilung das Beste ist.«

»Will er den Posten nicht?«

»Doch, aber ihm fehlen die Ausbildung und der gesellschaftliche Schliff für so eine herausgehobene Position. Soweit ich weiß, hat der Vater seiner Frau eine Kneipe.«

»Aber ich verstehe nichts von Spionage …«

»Jetzt kommen Sie, mein lieber Picquart!« Gonse wird langsam gereizt. »Sie verfügen exakt über die Qualifikation für den Posten. Wo liegt das Problem? Schon wahr, offiziell existiert die Einheit nicht. Also keine Paraden oder Geschichten in den Zeitungen. Und Sie werden auch niemand erzählen können, woran Sie gerade arbeiten. Aber jede wichtige Persönlichkeit wird genau wissen, was Sie machen. Sie haben täglichen Zugang zum Minister. Und natürlich werden Sie zum Oberstleutnant befördert.« Er schaut mich durchtrieben an. »Wie alt sind Sie?«

»Vierzig.«

»Vierzig! In der ganzen Armee gibt es niemand in Ihrem

Alter mit diesem Rang. Denken Sie doch mal nach: Wahrscheinlich schaffen Sie es bis zum General, noch bevor Sie fünfzig sind! Und danach ... Sie könnten es eines Tages zum Oberbefehlshaber bringen.«

Gonse weiß genau, wie er mich anpacken muss. Ich bin ehrgeizig – hoffentlich aber nicht zerfressen davon: Ich weiß durchaus die Dinge des Lebens außerhalb der Armee zu schätzen. Trotzdem würde ich gern meine Talente so weit wie möglich ausreizen. Die Kalkulation: Nach ein paar Jahren auf einem Posten, den ich nicht sonderlich mag, liegen goldene Zeiten vor mir. Mein Widerstand bröckelt. Ich kapituliere.

»Und wann wäre es so weit?«

»Nicht sofort. In ein paar Monaten. Ich wäre Ihnen dankbar, wenn Sie es niemand gegenüber erwähnen würden.«

Ich nicke. »Natürlich, ich werde tun, was immer die Armee von mir verlangt. Ich danke Ihnen für das Vertrauen. Ich werde versuchen, mich ihm würdig zu erweisen.«

»Guter Mann! Ich bin mir sicher, das werden Sie. Und nun bestehe ich darauf, dass Sie den Kognak trinken, der da immer noch einsam neben Ihnen steht ...«

Damit ist es beschlossene Sache. Wir stoßen auf meine Zukunft an. Wir stoßen auf die Armee an. Und dann bringt Gonse mich hinaus. An der Tür legt er mir die Hand auf den Arm und drückt ihn väterlich. Sein Atem ist vom Kognak und Zigarettenrauch süßlich. »Ich weiß, was Sie denken: Spionieren ist keine anständige Arbeit für einen Soldaten, Picquart, aber das stimmt nicht. In der modernen Zeit ist das die vorderste Kampflinie. Wir kämpfen jeden Tag gegen die Deutschen. Sie haben mehr Männer und mehr Material. Sie wissen ja: *Drei zu zwei!* Also müssen wir bei der Nachrichtenbeschaffung gerissener sein.« Der Druck seiner Hand wird stärker. »Die Enttarnung eines Verräters wie Dreyfus ist so überlebenswichtig für Frankreich wie ein Sieg auf dem Schlachtfeld.«

Es hat wieder angefangen zu schneien. Auf der Avenue Victor-Hugo tänzeln Tausende Schneeflocken im Schein der Gaslampen. Ein weißer Teppich hat sich auf die Straße gelegt. Es ist seltsam. Ich stehe kurz davor, der jüngste Oberstleutnant in der französischen Armee zu werden, aber ich verspüre keine Hochstimmung.

In meiner Wohnung erwartet mich Pauline. Sie hat immer noch das gleiche schlichte, graue Kleid an, das sie beim Essen getragen hat. So komme ich zu dem Vergnügen, es ihr auszuziehen. Sie dreht sich um und hebt beide Arme in die Höhe, sodass der oberste Haken am Rücken ihres Kleids frei liegt. Ich küsse sie auf den Nacken. »Wie lange haben wir?«, sage ich leise.

»Eine Stunde. Er glaubt, ich bin in der Kirche. Deine Lippen sind kalt. Wo warst du?«

Ich setze schon an, es ihr zu erzählen, erinnere mich dann aber am Gonse' Anweisung. »Nirgendwo«, sage ich.

3

Sechs Monate vergehen. Der Juni kommt. Die Luft erwärmt sich, und schon bald fängt Paris an nach Scheiße zu stinken. Der üble Geruch steigt aus den Abwasserkanälen und legt sich wie fauliges Gas über die Stadt. Wenn sich die Menschen vor die Tür wagen, tragen sie Leinenmasken oder halten sich Taschentücher vor die Nase, aber das hilft auch nicht viel. Die Experten in den Zeitungen sind sich einig, dass es während des sogenannten Großen Gestanks von 1880 schlimmer war – ich kann dazu nichts sagen, weil ich damals in Algerien war –, aber in jedem Fall sind die ersten Tage des Sommers ruiniert. »Es ist unmöglich, auf den Balkon zu gehen«, jammert der *Figaro*. »Unmöglich, sich auf die Terrasse eines der belebten, flotten Cafés zu setzen, dem Stolz unserer Boulevards, ohne darauf zu achten, dass man sich auf der windabgewandten Seite dieses ungehobelten, unsichtbaren Riesen niederlassen muss.« Der Geruch setzt sich in Haaren und Kleidung fest, in den Nasenlöchern und sogar auf der Zunge, sodass alles nach Fäulnis schmeckt. So ist die Stimmung an dem Tag, als ich die Leitung der Statistik-Abteilung übernehme.

Major Henry beschönigt die Lage, als er mich im Kriegsministerium abholt. »Das ist doch gar nichts. Sie hätten auf einem Bauernhof aufwachsen sollen! Menschenscheiße, Schweinescheiße: Wo ist der Unterschied?« In der Hitze glänzt sein glattes, fettes Gesicht wie das eines rosa Riesenbabys. Ein süffisant zitterndes Grinsen umspielt ständig seine Lippen. *Oberstleutnant* Picquart! Wenn er mich anspricht, betont er immer leicht übertrieben meinen Rang und schafft es, in einem einzigen Wort Respekt, Glückwünsche und Spott durchklingen zu lassen. Ich nehme es ihm nicht übel. Henry wird mein Stellvertreter, ein Trostpflaster dafür, dass er bei der Besetzung des Chefpostens übergangen wurde. Ab jetzt sind wir in Rollen gefangen, die so alt sind wie der Krieg. Er ist der erfahrene alte Soldat, der sich Rang um Rang hochgedient hat, der Spieß, der den Laden am Laufen hält; und ich der jüngere, theoretisch verantwortliche Offizier, der davor bewahrt werden muss, zu viel Schaden anzurichten. Wenn jeder von uns beiden den anderen nicht zu sehr reizt, sollten wir ganz gut miteinander auskommen.

Henry steht auf. »Also dann, Herr *Oberstleutnant*. Gehen wir?«

Ich habe nie zuvor einen Fuß in die Statistik-Abteilung gesetzt – was nicht überraschend ist, da nur wenige überhaupt von deren Existenz wissen. Deshalb habe ich Henry gebeten, mir alles zu zeigen. Ich rechne damit, in irgendeinen verschwiegenen Winkel des Ministeriums geführt zu werden. Stattdessen verlassen wir das Gebäude durch den Hintereingang und gehen zu Fuß den kurzen Weg bis zu einem uralten, schmuddeligen Haus an der Ecke zur Rue de l'Université, an dem ich oft vorbeigelaufen bin und das ich immer für verlassen gehalten habe. Die schweren Fensterläden sind geschlossen. Neben der Tür hängt kein Namensschild. Das düstere Entree ist vom gleichen süßlichen Geruch nach ungeklärtem Abwasser erfüllt wie der Rest von Paris, allerdings mit einem würzigen Schuss schimmeliger Feuchtigkeit. »Vor ein paar Jahren sollte das Gebäude abgerissen werden«, sagt

Henry. »Oberst Sandherr hat das verhindert. Hier stört uns kein Mensch.«

»Da bin ich mir sicher.«

»Das ist Bachir.« Henry deutet auf den betagten arabischen Concierge, der die blaue Uniform und Pluderhose eines Soldaten des algerischen Eingeborenenregiments trägt und in der Ecke auf einem Hocker sitzt. »Er kennt alle unsere Geheimnisse. Stimmt doch, Bachir, oder?«

»Ja, Herr Major!«

»Bachir, das ist *Oberstleutnant* Picquart ...«

Wir treten in einen schwach beleuchteten Gang, und Henry öffnet eine Tür. Dahinter befindet sich eine Handvoll zwielichtig aussehende Gestalten, die Pfeife rauchen und Karten spielen. Sie drehen sich um und schauen mich an. Ich kann gerade noch einen Blick auf das Sofa und die Sessel, die eine stumpfe, braungelbe Farbe haben, sowie den ausgefransten Teppich werfen, ehe Henry mit einer knappen Entschuldigung an die Anwesenden die Tür wieder schließt.

»Wer war das?«, frage ich.

»Nur ein paar Leute, die für uns arbeiten.«

»Was für Arbeit?«

»Polizeiagenten. Informanten. Männer mit nützlichen Kenntnissen. Oberst Sandherr vertritt die Ansicht, es sei besser, sie von der Straße fernzuhalten, damit sie keinen Unsinn machen.«

Wir gehen eine knarzende Treppe hinauf, die uns in den ersten Stock ins laut Henry sogenannte Allerheiligste führt. Da alle Türen geschlossen sind, fällt kaum natürliches Licht in den Gang. Ich sehe, wo die elektrischen Leitungen verlaufen, da man sich nicht einmal die Mühe gemacht hat, sie zu verputzen. Eine Gipsplatte, die von der Decke auf den Boden gefallen ist, hat man einfach an die Wand gestellt.

Henry stellt mir nacheinander jeden Mitarbeiter der Einheit vor. Alle haben ein eigenes Büro und arbeiten hinter verschlossenen Türen. Der Alkoholiker Major Cordier, der bald in Rente geht, sitzt in Hemdsärmeln an seinem Schreibtisch und liest antisemitische Zeitungen, *La Libre Parole* und *L'Intransigeant*. Ich frage nicht, ob privat oder beruflich. Dann ist da der Neue, Hauptmann Junck, den ich oberflächlich aus meinen Vorlesungen an der École Supérieure de Guerre kenne – ein großer, muskulöser junger Mann mit einem gewaltigen Schnauzbart, der jetzt eine Schürze und dünne Handschuhe trägt. Er öffnet über einem von einem Gasbrenner erhitzten Wasserkessel einen Stapel abgefangener Briefe. Der Wasserdampf löst den Klebstoff auf dem Umschlag. Das, so Henry, sei die nasse Methode.

Im Raum daneben wendet ein anderer Hauptmann, Valdant, die trockene Methode an, bei der man die Gummierung mit einem Skalpell aufkratzt. Ich schaue ein paar Minuten zu. Valdant kratzt die Umschlaglasche an jeder Seite ein kleines Stück auf, schiebt eine lange, schmale Zange in die Öffnung, rollt den Brief zu einem Zylinder zusammen und zieht ihn dann geschickt durch das Loch heraus, ohne eine Spur zu hinterlassen. Einen Stock höher sitzt der spinnenhafte Archivar Gribelin, der bei Dreyfus' Degradierung das Opernglas dabeihatte, in der Mitte eines großen Raums voller verschlossener Aktenschränke. Als ich hereinkomme, versteckt er das, was er gerade liest, wie zwangsläufig unter einer Zeitung. Hauptmann Mattons Büro ist leer. Er habe gekündigt, sagt Henry, die Arbeit sei nicht nach seinem Geschmack. Schließlich werde ich noch Hauptmann Lauth vorgestellt, an den ich mich auch noch von der Degradierungszeremonie erinnere: noch ein attraktiver, blonder Kavallerist aus dem Elsass, in den Dreißigern, der deutsch spricht und jetzt eigentlich auf dem Rücken eines Pferdes durch die Landschaft preschen sollte. Stattdessen ist er hier, trägt wie die anderen eine Schürze und beugt sich über einen kleinen, von einem grellen Lichtstrahl beleuchteten Haufen zerrissener Notizzettel, deren Schnipsel er mit einer Pinzette hin und her schiebt. Ich schaue fragend zu Henry. »Darüber sollten wir gleich noch reden«, sagt er.

Wir gehen wieder nach unten in den ersten Stock. »Das ist mein Büro«, sagt er und zeigt auf eine Tür, öffnet sie aber nicht. »Und das ist Oberst Sandherrs Büro.« Sein Gesicht ist plötzlich von Schmerz erfüllt. »Oder besser: war es. Schätze, das ist jetzt Ihr Büro.«

»Tja, irgendwo muss ich ja arbeiten.«

Wir gehen durch einen kleinen Vorraum mit zwei Stühlen und einem Hutständer. Das Büro dahinter ist überraschend klein und dunkel. Die Vorhänge sind zugezogen. Ich mache das Licht an. Rechts von mir steht ein großer Tisch, zu meiner Linken ein großer, stählerner Aktenschrank mit einem klobigen Schloss. Gegenüber steht ein Schreibtisch, daneben führt eine zweite Tür hinaus auf den Gang, dahinter ist ein hohes Fenster. Ich gehe zum Fenster, ziehe die staubigen Vorhänge auf und blicke überrascht auf einen großen, geometrisch angelegten Garten. Topografie ist mein Spezialgebiet – das Bewusstsein dafür, in welchem Verhältnis Dinge zueinander stehen, das präzise Gespür für Straßen, Entfernungen, Gelände. Trotzdem dauert es einen Moment, bis ich begreife, dass ich die Rückansicht des Hôtel de Brienne vor mir habe, den Garten des Ministers. Es ist ein seltsames Gefühl, ihn von dieser Seite zu sehen.

»Mein Gott«, sage ich. »Mit einem Fernrohr könnte ich praktisch ins Büro des Ministers schauen.«

»Soll ich Ihnen eines besorgen?«

»Nein.« Ich schaue Henry an. War das ein Scherz? Ich wende mich wieder zu dem Fenster um und versuche es zu öffnen. Ich schlage ein paarmal mit dem Handballen gegen den Griff, aber der ist eingerostet. Schon jetzt beginne ich dieses Büro zu hassen. »Also gut«, sage ich und wische mir die Rostflecken von der Hand. »Ich werde sicherlich oft auf Ihre Hilfe angewiesen sein, Herr Major, jedenfalls in den ersten paar Monaten. Das ist alles sehr neu für mich.«

»Gewiss, Herr Oberstleutnant. Darf ich Ihnen als Erstes die Schlüssel geben.« Er hält mir fünf Schlüssel hin. Sie hängen an einem Eisenring mit einer leichten Kette, die ich an meinen Gürtel klemmen kann. »Der ist für den Haupteingang. Der ist für Ihr Büro. Der für Ihren Tresor und der für Ihren Schreibtisch.«

»Und der?«

»Mit dem kommen Sie in den Garten vom Hôtel de Brienne. Den brauchen Sie, wenn Sie den Minister sprechen möchten. Oberst Sandherr hat den Schlüssel von General Mercier erhalten.«

»Warum nicht durch den Haupteingang?«

»So geht es schneller. Und diskreter.«

»Haben wir einen Telefonapparat?«

»Ja, draußen in Hauptmann Valdants Zimmer.«

»Habe ich eine Sekretärin?«

»Oberst Sandherr misstraute Sekretärinnen. Wenn Sie eine Akte brauchen, sagen Sie es Gribelin. Wenn Sie Hilfe bei einer Abschrift brauchen, rufen Sie einen der Hauptleute. Valdant kann tippen.«

Ich komme mir vor, als hätte es mich in eine mysteriöse religiöse Sekte mit ganz eigenen, bizarren Ritualen verschlagen. Das Kriegsministerium steht auf dem Gelände eines alten Nonnenklosters, und die Offiziere des Generalstabs in der Rue Saint-Dominique werden wegen ihrer Geheimniskrämerei gern Dominikaner genannt. Aber ich sehe schon jetzt, dass sie der Statistik-Abteilung nicht das Wasser reichen können.

»Sie wollten mir noch sagen, woran Hauptmann Lauth gerade gearbeitet hat.«

»Wir haben eine Agentin in der deutschen Botschaft. Sie versorgt uns regelmäßig mit Dokumenten, die man weggeworfen hat und die eigentlich zusammen mit dem Müll im Heizkessel der Botschaft verbrannt werden sollen. Stattdessen gelangen sie zu uns. Meistens sind sie zerrissen, also müssen wir sie wieder zusammensetzen. Arbeit für einen Fachmann. Und das ist Lauth.«

»Sind Sie so Dreyfus auf die Schliche gekommen?«

»Ja.«

»Durch einen zerrissenen Brief, den Sie wieder zusammengeklebt haben?«

»Genau.«

»Mein Gott, mit was für Kleinigkeiten alles anfängt ...! Wer ist diese Agentin?«

»Sie läuft bei uns unter dem Decknamen Auguste. Das Material bezeichnen wir als der übliche Weg.«

Ich lächele. »Na gut, dann frage ich anders: Wer ist Auguste?« Henry zögert, aber ich bin entschlossen, ihm so lange zuzusetzen, bis er den Namen herausrückt: Wenn ich jemals meiner Aufgabe Herr werden soll, dann muss ich wissen, wie der Dienst in all seinen Verästelungen funktioniert, je früher, desto besser. »Na los, Major Henry, ich bin der Chef der Abteilung. Sie müssen es mir sagen.«

»Eine Frau namens Marie Bastian«, sagt er widerwillig. »Sie ist eine der Putzfrauen in der Botschaft und vor allem für das Büro des deutschen Militärattachés verantwortlich.«

»Wie lange arbeitet sie schon für uns?«

»Fünf Jahre. Ich bin ihr Führungsoffizier. Ich bezahle ihr zweihundert Francs im Monat.« Er zögert kurz, kann der Versuchung aber nicht widerstehen. »Das ist das beste Geschäft in ganz Europa!«, fügt er prahlerisch hinzu.

»Wie übergibt sie uns das Material?«

»Ich treffe mich mit ihr in einer Kirche ganz in der Nähe. Manchmal jede Woche, manchmal nur alle zwei Wochen – am Abend, wenn es ruhig ist. Kein Mensch sieht uns. Danach gehe ich mit dem Zeug direkt zu mir nach Hause.«

»Sie nehmen das Material mit nach Hause?« Ich kann meine Überraschung nicht verbergen. »Ist das sicher?«

»Selbstverständlich. Nur ich, meine Frau und unser kleiner Junge leben in der Wohnung. Ich schaue die Sachen kurz durch und werfe einen schnellen Blick auf alles Französische. Ich spreche kein Deutsch, das deutsche Zeug schaut sich Lauth hier im Haus an.«

»Verstehe. Gut.« Obwohl ich zustimmend nicke, erscheint mir diese Vorgehensweise in höchstem Maße dilettantisch. Aber ich werde an meinem ersten Tag keinen Streit vom Zaun brechen. »Ich habe das Gefühl, dass wir gut miteinander auskommen werden, Major Henry.«

»Das hoffe ich, Herr Oberstleutnant.«

Ich schaue auf meine Uhr. »Wenn Sie mich jetzt entschuldigen würden, ich treffe mich gleich mit dem Stabschef.«

»Soll ich Sie begleiten?«

»Nein.« Wieder bin ich mir nicht sicher, ob er das ernst meint. »Das wird nicht nötig sein. Wir sind außer Haus, er hat mich zum Essen eingeladen.«

»Großartig. Ich bin in meinem Büro, wenn Sie mich brauchen.« Unser Wortwechsel ist so formell wie ein Pas de deux.

Henry salutiert und geht. Ich schließe die Tür, schaue mich um und bekomme eine leichte Gänsehaut. Ich fühle mich, als trüge ich die Kleidung eines Toten. Wo Sandherrs Bilder hingen, sind Schatten an den Wänden, auf dem Schreibtisch Brandflecken von seinen Zigaretten, auf dem

Tisch Ränder, wo er seine Getränke abgestellt hat. Ein abgewetzter Streifen auf dem Teppich verrät, wo er den Schreibtischstuhl zurückgeschoben hat. Seine Anwesenheit ist bedrückend. Ich nehme den passenden Schlüssel und öffne den Tresor. Ich finde ein paar Dutzend Briefe, ungeöffnet, mit unterschiedlichen Absendern überall in der Stadt, an vier oder fünf verschiedene Personen – vermutlich unter deren Decknamen. Ich vermute, dass es sich um Berichte von Sandherrs Agenten handelt, die nach seinem Abschied eingetroffen sind. Ich öffne einen – *Ungewöhnliche Vorgänge werden aus der Garnison von Metz gemeldet* … – und schließe ihn wieder. Wie ich Spionagearbeit verabscheue. Ich hätte den Posten nie annehmen sollen. Es erscheint mir völlig ausgeschlossen, dass ich mich hier jemals heimisch fühlen werde.

Unter den Briefen liegt eine dünne Aktenmappe, in der eine große Fotografie steckt, fünfundzwanzig mal zwanzig Zentimeter. Ich erkenne sie sofort aus Dreyfus' Verhandlung vor dem Kriegsgericht wieder – es ist eine Kopie des Begleitschreibens, des berühmten Bordereaus, der den Dokumenten beigelegt war, die er an die Deutschen weitergegeben hat. Es war das wesentliche Beweisstück, das vor Gericht gegen ihn vorgebracht wurde. Bis zu diesem Morgen hatte ich keine Ahnung, wie es in den Besitz der Statistik-Abteilung gelangt war. Kein Wunder. Ich muss Lauths handwerklichem Geschick Respekt zollen. Keiner würde je auf den Gedanken kommen, dass es einmal in kleine Schnipsel zerrissen war: Sie sind so sorgfältig zusammengefügt, dass es wie ein vollständiges Schriftstück aussieht.

Ich setze mich an den Schreibtisch und schließe ihn auf. Obwohl sich seine Krankheit nur langsam verschlimmerte, scheint Sandherr seinen Arbeitsplatz fluchtartig verlassen zu haben. Ein bisschen Krimskrams ist noch da, der hin und her rollt, als ich die Schublade herausziehe. Kreidestücke. Ein Klumpen Siegelwachs. Einige ausländische Münzen. Vier Patronen. Und verschiedene Dosen und Flaschen mit Medizin: Quecksilber, Guajak-Extrakt, Kaliumjodid.

◆

General Boisdeffre spendiert mir zur Feier meiner Ernennung ein Essen im Jockey Club, was ich sehr anständig finde. Alle Fenster und Türen sind geschlossen, auf allen Tischen stehen Schalen mit Freesien und Gartenwicken. Aber nichts kann den süßlich sauren Geruch nach menschlichen Exkrementen ganz vertreiben. Boisdeffre bestellt einen guten weißen Burgunder und trinkt auch das meiste davon. Seine hohen Wangen nehmen nach und nach die Farbe von wildem Wein im Herbst an. Ich trinke nur sparsam und habe wie ein guter Stabsoffizier mein winziges Notizbuch aufgeklappt neben dem Teller liegen.

Der Präsident des Clubs, Sosthènes de La Rochefoucauld, Herzog von Doudeauville, sitzt am Nebentisch. Er kommt herüber, um den General zu begrüßen. Boisdeffre stellt mich vor. Die Nase und die Wangenknochen des Herzogs sehen so zart modelliert und zerbrechlich aus wie ein Sahnebaiser. Sein Händedruck fühlt sich an, als striche papierne Haut über meine Finger.

Zu eingelegter Forelle spricht der General über den neuen Zaren, Nikolaus II. Boisdeffre will unbedingt alle Informationen über jede russische Anarchistenzelle, die in Paris aktiv sein könnte. »Hören Sie sich um. Alles, was wir nach Moskau weitergeben können, wird uns bei Verhandlungen von Nutzen sein.« Er isst einen Happen Fisch und fährt dann fort. »Ein Bündnis mit Russland würde unsere Unterlegenheit gegenüber den Deutschen augenblicklich beenden. Ein derartiger diplomatischer Streich wäre so wertvoll wie hunderttausend Mann, mindestens. Deshalb widme ich die Hälfte meiner Zeit der Außenpolitik. Auf der höchsten Ebene gibt es keine Unterscheidung mehr zwischen dem Militärischen und dem Politischen. Trotzdem dürfen wir nie vergessen, dass die Armee sich aus der reinen Parteipolitik herauszuhalten hat.«

Das bringt ihn auf Mercier, der inzwischen kein Kriegsminister mehr ist, sondern seine letzten Jahre bis zum Ruhestand als Befehlshaber des 4. Armeekorps in Le Mans ausklingen lässt. »Er lag richtig mit seiner Prognose, dass der Präsident gestürzt werden könnte, aber er lag falsch mit seiner Annahme, dass er ihn vielleicht beerben könnte.«

Ich bin so überrascht, dass ich aufhöre zu essen. Die Gabel verharrt regungslos auf dem Weg zum Mund. »General Mercier hat geglaubt, dass er Präsident werden könnte?«

»In der Tat hat er sich dieser Illusion hingegeben. Das ist eines der Probleme in einer Republik. In einer Monarchie bildet sich zumindest niemand ernsthaft ein, dass er König werden kann. Als sich nach Casimir-Periers Rücktritt im Januar der Senat und die Abgeordnetenkammer in Versailles zur Wahl seines Nachfolgers versammelten, hatten General Merciers Freunde – zugegeben, eine heikle Bezeichnung – schon Handzettel verteilt, in denen dazu aufgerufen wurde, den Mann zu wählen, der gerade den Verräter Dreyfus vors Kriegsgericht gebracht hatte. Er erhielt genau drei von achthundert Stimmen.«

»Das wusste ich nicht.«

»Tja, ich glaube, so etwas nennt mal wohl einen Rohrkrepierer.« Boisdeffre lächelt. »Aber jetzt werden sich die Politiker natürlich immer an ihn erinnern.« Er tupft sich mit seiner Serviette den Schnauzbart ab. »Sie werden in

Zukunft wohl etwas mehr politisch denken müssen, Herr Oberstleutnant, wenn Sie die großen Hoffnungen erfüllen wollen, die wir alle in Sie setzen.« Ich neige den Kopf leicht nach vorn, als würde mir der Stabschef einen Orden um den Hals hängen. »Nun, was halten Sie von dieser Dreyfus-Geschichte?«, fragt er mich anschließend.

»Unangenehm«, sage ich. »Armselig. Störend. Ich bin froh, dass sie vorbei ist.«

»Ach, glauben Sie das wirklich? Ich betrachte die Angelegenheit eher politisch als militärisch. Die Juden sind eine höchst hartnäckige Rasse. Für sie ist dieser Dreyfus auf seinem Felsen im Ozean wie ein eitriger Zahn. Eine Heimsuchung. Sie werden keine Ruhe geben.«

»Er ist ein Symbol ihrer Schande. Aber was können sie schon tun?«

»Ich weiß nicht. Aber irgendetwas werden sie tun, das ist sicher.« Boisdeffre lauscht den Geräuschen des Verkehrs auf der Rue Rabelais und verstummt für ein paar Sekunden. Sein Profil ist von herausragender Erhabenheit, in Fleisch modelliert durch jahrhundertelange Ahnenfolge. Es erinnert mich an die kniende Statue eines leidgeprüften normannischen Ritters in einer Kapelle in Bayeux. »Was Dreyfus zu diesem jungen Hauptmann gesagt hat, dass er kein Motiv für Landesverrat hätte – ich glaube, wir sollten darauf eine Antwort parat haben. Ich möchte, dass Sie sich weiter um den Fall kümmern. Schauen Sie sich die Familie an – füttern Sie die Akten, wie Ihr Vorgänger immer zu sagen pflegte. Vielleicht graben Sie ja noch ein paar Hinweise über seine Motive aus, damit wir noch etwas in der Hinterhand haben, nur für den Fall.«

»Selbstverständlich, Herr General.« Ich schreibe es in mein Notizbuch: »Dreyfus: Motiv?«, gleich unter »russische Anarchisten«.

Die Rillettes de Canard kommen, und die Unterhaltung wendet sich der Flottenparade der Deutschen zu, die gerade in Kiel stattfindet.

◆

Am Nachmittag nehme ich in meinem neuen Büro die Agentenbriefe aus dem Tresor, stecke sie in meine Aktentasche und mache mich auf den Weg, um Oberst Sandherr einen Besuch abzustatten. Seine Adresse, die mir Gribelin gegeben hat, ist nur zehn Minuten zu Fuß entfernt, auf der anderen Seite des Flusses in der Rue Léonce Reynaud. Seine Frau macht mir auf. Als ich ihr sage, dass ich der Nachfolger ihres Mannes sei, zuckt ihr Kopf zurück wie der einer Schlange, die in der nächsten Sekunde zustößt. »Sie haben doch jetzt seinen Posten, Monsieur, was wollen Sie denn noch?«

»Wenn ich ungelegen komme, Madame, kann ich auch ein andermal wiederkommen.«

»Ach, wirklich? Wie freundlich von Ihnen! Warum sollte ihm daran gelegen sein, überhaupt mit Ihnen zu sprechen?«

»Ist schon gut, meine Liebe.« Sandherrs müde Stimme, irgendwo aus dem Hintergrund. »Picquart ist Elsässer. Bitte ihn herein.«

»Du bist einfach zu gutmütig für diese Leute«, brummt sie verbittert und schaut mich weiter an, obwohl sie mit ihrem Mann spricht. Trotzdem tritt sie zur Seite und lässt mich herein.

»Ich bin im Schlafzimmer, Picquart, kommen Sie durch«, ruft Sandherr. Ich gehe in die Richtung seiner Stimme und betrete einen abgedunkelten Raum, in dem es nach Desinfektionsmitteln riecht. Er trägt ein Nachthemd und sitzt mit Kissen im Rücken auf seinem Bett. Er macht eine Lampe an. Als er sich zu mir umdreht, sehe ich, dass sein unrasiertes Gesicht mit Wunden übersät ist, einige noch roh und nässend, andere vernarbt und trocken. Ich hatte gehört, dass sein Zustand sich rapide verschlechtert habe, hätte aber nie gedacht, dass es schon so schlimm ist. »Bleiben Sie lieber da stehen«, warnt er mich.

»Entschuldigen Sie die Störung, Herr Oberst«, sage ich und versuche mir meinen Ekel nicht anmerken zu lassen. »Aber ich brauche dringend Ihre Hilfe.« Ich hebe die Aktentasche hoch.

»Habe ich mir schon gedacht.« Er deutet mit einem zitternden Finger auf die Aktentasche. »Also, zeigen Sie mal her.«

Ich nehme die Briefe heraus und gehe zu seinem Bett. »Ich nehme an, die stammen von Agenten.« Ich lege sie in Reichweite seiner Hände auf die Bettdecke und trete wieder zurück. »Aber ich weiß nicht, wer sie sind oder wem ich trauen kann.«

»Mein Leitspruch ist: Vertraue niemand, dann wirst du auch von niemand enttäuscht.« Er dreht sich zur Seite, um seine Brille vom Nachttisch zu nehmen. Dabei sehe ich, dass die fleckigen Wunden unter den Bartstoppeln an Kinn und Kehle in einen dunkelvioletten Streifen an der Seite seines Halses übergehen. Er setzt die Brille auf und sieht sich mit zusammengekniffenen Augen einen der Briefe an. »Setzen Sie sich. Nehmen Sie den Stuhl da. Haben Sie was zum Schreiben dabei? Sie müssen sich ein paar Dinge notieren.«

In den nächsten beiden Stunden führt mich Sandherr ohne Verschnaufpause durch seine geheime Welt. Ein Mann arbeitet in einer Wäscherei, die die deutsche Garnison in Metz beliefert, ein anderer hat eine Stellung bei der Eisenbahn an der Ostgrenze. Sie ist die Geliebte eines deutschen Offiziers in Mülhausen, er ein Kleinkrimineller in Lothringen, der auf Bestellung in Häuser einbricht. Der ist ein Säufer, ein anderer homosexuell. Sie ist eine Patriotin, die dem

Militärgouverneur den Haushalt führt und 70 ihren Neffen verloren hat. Diesem und jenem können Sie trauen. Den oder die ignorieren Sie einfach. Der braucht sofort dreihundert Francs, auf den können Sie ganz verzichten ... Ich schreibe im Diktattempo mit, bis wir alle Briefe durchgearbeitet haben. Er diktiert mir aus dem Gedächtnis eine Reihe weiterer Agenten und ihre Decknamen und sagt, ich solle mir von Gribelin deren Adressen geben lassen. Er wird allmählich müde.

»Möchten Sie, dass ich gehe?«, frage ich.

»Einen Moment noch.« Er macht eine matte Handbewegung. »In der Chiffonier-Kommode da drüben sind noch ein paar Sachen für Sie.« Ich knie mich auf den Boden, öffne eine Schublade und nehme eine schwere Stahlkassette und einen großen Umschlag heraus. »Schauen Sie hinein«, sagt er. Die Kassette ist unverschlossen. Darin befindet sich ein kleines Vermögen in Goldmünzen und Banknoten: hauptsächlich französische Francs, aber auch deutsche Mark und englische Pfund. »Das müsste der Gegenwert von ungefähr achtundvierzigtausend Francs sein«, sagt er. »Wenn Ihnen das Geld ausgeht, sprechen Sie mit Boisdeffre. Monsieur Paléologue vom Außenministerium hat ebenfalls die Anweisung, für Nachschub zu sorgen. Das ist für die Agenten, Sonderzahlungen. Achten Sie darauf, dass Sie immer flüssig sind. Stecken Sie die Kassette in Ihre Aktentasche.«

Ich verstaue die Kassette, dann öffne ich den Umschlag. Er enthält etwa hundert Blatt Papier: Namen und Adressen, in akkurater Handschrift, geordnet nach Département.

»Die Liste muss immer auf dem Laufenden gehalten werden«, sagt Sandherr.

»Was ist das?«

»Mein Lebenswerk.« Er lacht trocken, muss aber sofort husten.

Ich blättere durch die Seiten. Das müssen drei- oder viertausend Namen sein. »Wer sind all diese Leute?«

»Mutmaßliche Verräter, die im Kriegsfall sofort zu verhaften sind. Die regionalen Polizeibehörden dürfen nur die Namen in ihrem Zuständigkeitsbereich kennen. Es gibt nur eine einzige Kopie davon, die liegt beim Minister. Und es existiert noch eine andere, längere Liste, die hat Gribelin.«

»Länger?«

»Sie enthält etwa hunderttausend Namen.«

»Unglaublich!«, rufe ich aus. »Die muss ja so dick wie die Bibel sein. Was für Leute stehen da drauf?«

»Ausländer, die bei Ausbruch von Feindseligkeiten sofort zu internieren sind. Und auf dieser Liste sind die Juden noch nicht erfasst.«

»Sie glauben, dass man die Juden im Kriegsfall internieren sollte?«

»Zumindest sollte man eine Meldepflicht, Ausgangssperren und Reisebeschränkungen verhängen.« Zitternd nimmt Sandherr seine Brille ab und legt sie auf den Nachttisch. Er rutscht tiefer, lässt sich in die Kissen zurücksinken und schließt die Augen. »Meine Frau steht treu zu mir, wie Sie ja gesehen haben – treuer, als es die meisten Frauen unter diesen Umständen täten. Sie hält es für eine Schande, dass man mich in den Ruhestand abgeschoben hat. Obwohl ich ihr versichere, dass ich ganz froh bin, in den Hintergrund treten zu können. Ich schaue mich in Paris um, sehe überall die Fremden, den Verfall jeder Moral und aller künstlerischen Maßstäbe und weiß, dass ich die eigene Stadt nicht mehr kenne. Deshalb haben wir 70 verloren, Frankreich ist kein unverfälschtes Land mehr.«

Ich packe die Briefe zusammen und verstaue sie in meiner Aktentasche. Diese Art von Gerede langweilt mich: alte Männer, die jammern, dass die Welt vor die Hunde geht. Das ist abgedroschen. Ich kann es nicht erwarten, seiner bedrückenden Ausstrahlung zu entkommen. Aber eines muss ich ihn noch fragen. »Da Sie die Juden erwähnen«, sage ich. »General Boisdeffre macht sich Sorgen, dass das Interesse am Fall Dreyfus möglicherweise wieder aufflackern könnte.«

»General Boisdeffre ist ein altes Weib«, sagt Sandherr, als stellte er eine wissenschaftliche Tatsache fest.

»Er ist beunruhigt, weil es kein eindeutiges Motiv gibt.«

»Motiv?«, brummt Sandherr. Sein auf den Kissen ruhender Kopf bewegt sich hin und her, ob aus Unglauben oder wegen seines Gesundheitszustands, kann ich nicht beurteilen. »Dieser Schwätzer! Motiv? Dreyfus ist Jude, mehr Deutscher als Franzose! Die meisten seiner Familienangehörigen leben in Deutschland! Sein gesamtes Einkommen stammt aus Deutschland. Wie viele Motive braucht der General denn noch?«

»Trotzdem will er, dass ich die Akten füttere. Das waren seine Worte.«

»Die Dreyfus-Akte ist dick genug. Sieben Richter haben sie gelesen und den Mann einstimmig für schuldig befunden. Wenn man Ihnen Ärger macht, wenden Sie sich an Henry.«

Dann zieht sich Sandherr die Decke um die Schultern und dreht sich mit dem Rücken zu mir auf die Seite. Ich warte noch eine Minute. Schließlich danke ich ihm für seine Hilfe und verabschiede mich. Ich weiß nicht, ob er mich hört, jedenfalls gibt er mir keine Antwort.

◆

Nach der Dunkelheit von Sandherrs Krankenzimmer stehe ich für einen Moment vom Tageslicht geblendet auf dem Trottoir vor seinem Haus. Die Aktentasche mit dem Geld und den Namen von Verrätern und Spionen wiegt schwer in meiner Hand. Als ich auf der Suche nach einer Droschke die Avenue du Trocadéro überquere und nach links schaue, damit ich nicht überfahren werde, nehme ich flüchtig ein elegantes Mehrfamilienhaus mit einer blauen Flügeltür wahr und daneben auf den blauen Ziegeln die Nummer sechs. Erst denke ich mir nichts dabei, doch dann bleibe ich ruckartig stehen und schaue noch einmal hin: Avenue du Trocadéro, Nr. 6. Ich kenne die Adresse. Ich habe sie viele Male gelesen. Es ist das Haus, in dem Dreyfus zum Zeitpunkt seiner Verhaftung gelebt hat.

Ich schaue zur Rue Léonce Reynaud zurück. Natürlich ein Zufall, aber trotzdem bemerkenswert: Dreyfus und sein Erzfeind haben so nahe beieinander gelebt, dass sie sich praktisch von ihren Haustüren aus hatten sehen können. Da sie jeden Tag zur gleichen Zeit zum Kriegsministerium und wieder zurückgegangen sind, müssen sie auf der Straße zumindest oft aneinander vorbeigelaufen sein. Ich trete an den Rand des Trottoirs, lege den Kopf in den Nacken, halte mir die Hand über die Augen und schaue mir das prachtvolle Wohnhaus genauer an. Jedes der hohen Fenster hat einen schmiedeeisernen Balkon, breit genug, darauf sitzen zu können, mit Blick über die Seine. Das Gebäude ist wesentlich feudaler als das versteckt in einer schmalen Kopfsteinpflasterstraße gelegene Haus, in dem Sandherr wohnt.

An einem der Fenster im ersten Stock fällt mir das blasse Gesicht eines kleinen Jungen auf, der mich an einen ans Haus gefesselten Kranken erinnert. Er schaut zu mir herunter. Dann tritt ein Erwachsener zu ihm – eine junge Frau mit einem genauso weißen Gesicht, das von dunklen Locken umrahmt ist. Vielleicht seine Mutter. Sie steht hinter ihm, hat mit den Händen seine Arme umfasst, und gemeinsam schauen sie mich an – einen uniformierten Oberstleutnant, der sie von der Straße aus beobachtet. Schließlich flüstert sie ihm etwas ins Ohr und zieht ihn sanft vom Fenster weg.

4

Am nächsten Morgen schildere ich Major Henry die seltsame Erscheinung. Er runzelt die Stirn.

»Ein Fenster im ersten Stock auf Nummer sechs? Das muss Dreyfus' Frau gewesen sein, und sein kleiner Junge – wie heißt er noch gleich? – Pierre, genau. Sie haben noch ein Mädchen, Jeanne. Madame Dreyfus lässt die Kleinen nie aus dem Haus, damit sie nicht irgendwelche Geschichten über ihren Vater hören. Sie hat ihnen erzählt, dass er auf einem Sondereinsatz im Ausland ist.«

»Und das glauben sie ihr?«

»Warum nicht. Sie sind noch klein.«

»Woher wissen Sie das alles?«

»Wir behalten sie immer noch im Auge, keine Sorge.«

»Wie genau?«

»Einer der Hausangestellten ist ein Agent von uns. Wir folgen ihnen überallhin. Wir fangen ihre Post ab.«

»Auch jetzt noch, sechs Monate, nachdem Dreyfus verurteilt worden ist?«

»Oberst Sandherr hatte die Hypothese aufgestellt, dass Dreyfus sich als Mitglied eines Spionagerings herausstellen könnte. Er glaubte, wenn wir die Familie weiter beobachten, dann stoßen wir vielleicht auf Hinweise, die uns zu anderen Verrätern führen.«

»Und?«

»Noch nichts.«

Ich lehne mich auf meinem Schreibtischstuhl zurück und mustere Henry. Er hat ein sympathisches Gesicht, ist offensichtlich außer Form, aber unter der Fettschicht, würde ich schätzen, noch sehr kräftig: ein Mensch, der gern einmal in eine Bar geht, der einiges verträgt und, wenn er bei Laune ist, vermutlich gute Geschichten zu erzählen weiß. Wir sind so verschieden, wie das zwei Menschen nur sein können. »Wussten Sie, dass Oberst Sandherrs Wohnung nur hundert Meter von der von Dreyfus entfernt liegt?«, frage ich.

Hin und wieder blitzt Verschlagenheit in Henrys Augen auf. Es ist der einzige Riss in seinem jovialen Panzer. Er sagt auf beiläufige Art: »So nah? War mir noch gar nicht aufgefallen.«

»Ja. Tatsächlich könnte ich mir gut vorstellen, jetzt, da ich die Gegend gesehen habe, dass sie sich gelegentlich mal begegnet sind, und wenn auch nur zufällig auf der Straße.«

»Kann gut sein. Allerdings weiß ich, dass der Oberst ihm nach Möglichkeit aus dem Weg ging. Er mochte ihn nicht – hat seiner Ansicht nach immer zu viele Fragen gestellt.«

Darauf würde ich wetten, dass er ihn nicht mochte, denke ich. Der Jude mit der riesigen Wohnung und der Aussicht auf den Fluss ... Ich stelle mir vor, wie Sandherr eines Morgens um neun Uhr mit energischen Schritten der Rue Saint-Dominique zustrebt, und der junge Hauptmann versucht, sich ihm anzuschließen und ihn in ein Gespräch zu verwickeln. Wenn ich mit ihm zu tun hatte, kam mir Dreyfus immer wie jemand vor, in dessen Gehirn etwas fehlte: ein unverzichtbares soziales Werkzeug, das ihm Bescheid gegeben hätte, wann er die Menschen langweilte oder sie nicht mit ihm sprechen wollten. Er war unfähig, seine Wirkung auf andere einzuschätzen, während Sandherr, der schon bei einem Schmetterlingspärchen, das sich zusammen auf einer Blüte niederließ, eine Verschwörung witterte, die Neugier seines jungen jüdischen Nachbarn zunehmend misstrauischer gemacht hätte …

Ich öffne die Schreibtischschublade und nehme die Medikamente heraus, die ich am Tag zuvor entdeckt habe: ein paar Dosen und zwei dunkelblaue Fläschchen. Ich zeige sie Henry. »Die hat Oberst Sandherr dagelassen.«

»Bestimmt ein Versehen. Darf ich?« Umständlich nimmt Henry mir die Medikamente ab. In seiner Unbeholfenheit lässt er eines der Fläschchen beinah fallen. »Ich werde sie ihm bringen lassen.«

»Quecksilber, Guajak-Extrakt, Kaliumjodid …« Ich kann nicht widerstehen, ihn darauf anzusprechen. »Sie wissen, was man üblicherweise damit behandelt, oder?«

»Nein. Ich bin kein Arzt …«

Ich lasse es dabei bewenden. »Ich möchte einen umfassenden Bericht über die Unternehmungen der Familie Dreyfus – wen sie treffen, alles, was sie veranstalten, um dem Häftling zu helfen. Ich möchte außerdem, dass man mir Dreyfus' gesamte Korrespondenz vorlegt, zur und von der Teufelsinsel. Ich nehme an, seine Briefe werden zensiert und es liegen Abschriften vor?«

»Selbstverständlich. Ich werde Gribelin Bescheid sagen.« Er zögert kurz. »Wenn die Frage erlaubt ist, Herr Oberstleutnant: Warum dieses Interesse an Dreyfus?«

»General Boisdeffre meint, die Sache könnte sich zu einem politischen Thema entwickeln. Er will, dass wir vorbereitet sind.«

»Verstehe. Ich werde mich gleich darum kümmern.«

Mit Sandherrs Medikamenten verlässt Major Henry mein Büro. Natürlich weiß er genau, wofür sie verschrieben werden: Wir beide haben in unserer Laufbahn genügend Männer aus nicht registrierten Bordellen geschleift, um die Standardbehandlung zu kennen. Und so sinniere ich darüber nach, was es bedeutet, einen Geheimdienst von einem Mann zu übernehmen, der anscheinend an tertiärer Syphilis leidet, gemeinhin bekannt als Hirnerweichung.

◆

An jenem Nachmittag schreibe ich meinen ersten Geheimdienstbericht für den Generalstab – einen Blanc, wie man das in der Rue Saint-Dominique nennt. Ich schustere ihn aus Artikeln der deutschen Zeitungen vor Ort und einem der Agentenbriefe zusammen, dessen Inhalt Sandherr mir erläutert hat: »Ein Berichterstatter meldet aus Metz, dass unter den Soldaten in der Garnison Metz seit einigen Tagen rege Aktivität feststellbar ist. In der Stadt ist alles ruhig, es herrscht keine Alarmstimmung, aber die militärische Führung hält die Soldaten immer unter Spannung …«

Als ich fertig bin, lese ich den Text noch einmal durch und frage mich: Ist das wichtig? Stimmt das überhaupt? Offen gestanden, ich habe nicht die blasseste Ahnung. Ich weiß nur, dass man mindestens einen Blanc pro Woche von mir erwartet, und etwas Besseres habe ich bei meinem ersten Versuch nicht zu bieten. Ich lasse ihn über die Straße ins Büro des Stabschefs bringen und wappne mich für den Rüffel, den mir derart wertloses Gewäsch einbringen wird. Stattdessen bestätigt Boisdeffre den Empfang, dankt mir und leitet eine Abschrift des Berichts an den Oberkommandierenden der Infanterie weiter. Ich kann mir die Gespräche im Offizierskasino vorstellen: Schon von den Gerüchten gehört, dass die Deutschen in Metz irgendetwas im Schilde führen …? Und schon wird für fünfzigtausend Soldaten entlang der Grenze im Osten durch ein paar zusätzliche Tage mit Drill und Gewaltmärschen das Leben ein klein wenig elender gemacht.

Das ist meine erste Lektion hinsichtlich der kabbalistischen Macht sogenannter Geheiminformationen: Sie können sonst vernünftige Männer dazu bringen, ihren Verstand zu vergessen und wie Idioten herumzuhüpfen.

◆

Ein oder zwei Tage später erscheint Henry mit einem Agenten in meinem Büro, der mich über den Fall Dreyfus informieren soll. Er stellt ihn als François Guénée vor, Mitarbeiter der französischen Kriminalpolizei Sûreté. Er ist in den Vierzigern, seine gelbliche Gesichtsfarbe lässt auf reichlichen Genuss von Nikotin oder Alkohol oder beidem schließen, und er verkörpert die Sorte Polizist, deren Auftreten gleichzeitig herrisch und unterwürfig ist. Als wir uns die Hände schütteln, erkenne ich ihn wieder: Er war einer der Pfeife rauchenden und Karten spielenden Gestalten, die ich an meinem ersten Tag einen Stock tiefer gesehen habe. Henry erklärt mir, dass Guénée die Observation der Familie Dreyfus leitet. »Ich dachte, Sie würden gern hören, wie der aktuelle Stand ist«, sagt er.

»Bitte.« Ich deute auf die Sitzgruppe in der Ecke meines Büros, und wir setzen uns. Guénée hat eine Aktenmappe dabei, ebenso Henry.

»Entsprechend Oberst Sandherrs Anweisungen habe ich mich mit meinen Nachforschungen auf den älteren Bruder des Verräters konzentriert, auf Mathieu Dreyfus«, sagt Guénée. Er nimmt eine Studioaufnahme aus seinem Ordner und schiebt sie über den Tisch. Mathieu ist attraktiv, sogar schneidig. Er erinnert eher an einen Hauptmann der Armee als sein Bruder Alfred, der wie ein Bankdirektor aussieht. Guénée fährt fort. »Das Objekt ist siebenunddreißig Jahre alt und vom Familiensitz in Mülhausen einzig zu dem Zweck nach Paris gezogen, die Kampagne zur Unterstützung seines Bruders zu organisieren.«

»Eine Kampagne?«

»Ja, Herr Oberstleutnant. Er schreibt Briefe an prominente Bürger und hat verlauten lassen, dass er bereit sei, für Informationen gutes Geld zu zahlen.«

»Sie müssen wissen, dass die Familie sehr wohlhabend ist«, wirft Henry ein. »Seine Frau ist sogar noch reicher. Ihre Familie sind die Hadamards – Diamantenhändler.«

»Und hat der Bruder schon irgendetwas erreicht?«

»Ein Arzt aus Le Havre, ein Dr. Gibert, ist ein alter Freund des Staatspräsidenten. Er hat der Familie sofort angeboten, sich bei Präsident Fauré für sie einzusetzen.«

»Und? Hat er?«

Guénée blättert in seinem Ordner. »Dr. Gibert hat den Staatspräsidenten am 21. Februar im Élysée zum Frühstück getroffen. Danach ist er auf direktem Weg ins Hôtel de l'Athénée gefahren, wo Mathieu Dreyfus schon auf ihn gewartet hat – einer unserer Leute ist ihm von seiner Wohnung ins Hotel gefolgt.« Guénée liest den Bericht des Agenten vor: »Objekte saßen im Foyer, machten einen höchst erregten Eindruck. Saß am Nachbartisch und hörte, wie B. zu A. sagte: ›Genau das hat der Präsident gesagt – es handelte sich um geheime Beweise, die den Richtern übergeben wurden und für die Verurteilung ausschlaggebend waren, nicht die vor Gericht präsentierten Beweise.‹ Selbiger Punkt wurde mehrmals mit Nachdruck wiederholt ... Nachdem B. gegangen war, blieb A. in seinem Sessel sitzen, offensichtlich sehr aufgewühlt. A. bezahlte Rechnung (Kopie beiliegend) und verließ das Hotel um 9 Uhr 25.«

Ich schaue Henry an. »Der *Präsident* hat offen gesagt, dass den Richtern geheime Beweise vorgelegt wurden?«

Henry zuckt mit den Achseln. »Die Leute reden. Eines Tages musste es ja rauskommen.«

»Ja, aber der *Präsident* …? Macht Ihnen das keine Sorgen?«

»Nein. Warum? Eine juristische Lappalie. Das ändert nicht das Geringste.«

Ich denke darüber nach. Ich bin mir nicht so sicher. Ich stelle mir vor, was mein Freund Leblois, seines Zeichens Rechtsanwalt, dazu sagen würde. »Zugegeben, es ändert nichts an Dreyfus' Schuld. Aber wenn allgemein bekannt würde, dass er aufgrund von geheimen Beweisen verurteilt wurde, die er und sein Anwalt niemals zu Gesicht bekamen, dann würde bestimmt so mancher argumentieren, dass er keinen fairen Prozess bekommen hat.« Ich beginne zu verstehen, warum Boisdeffre politischen Ärger wittert. »Wissen wir, wie die Familie diese Information einzusetzen gedenkt?«

Henry schaut zu Guénée, der den Kopf schüttelt. »Erst waren sie alle ziemlich aufgeregt deshalb. Sie haben ein Familientreffen in Basel abgehalten. Aber das ist jetzt schon vier Monate her, und seitdem ist nichts passiert.«

»Nun ja, *eine* Sache haben sie schon unternommen«, sagt Henry und zwinkert. »Erzählen Sie das von Madame Léonie – das wird Sie erheitern, Herr Oberstleutnant!«

»Ach ja, Madame Léonie!« Guénée lacht und kramt in seinem Ordner. »Das ist eine Freundin von Dr. Gibert.« Er gibt mir eine zweite Fotografie, die eine etwa fünfzigjährige Frau mit einem hausbackenen Gesicht zeigt, die frontal in die Kamera blickt und eine normannische Haube trägt.

»Wer ist diese Madame Léonie?«

»Sie ist eine Schlafwandlerin.«

»Ist das Ihr Ernst?«

»Absolut! Sie fällt in einen hellseherischen Schlaf und erzählt Mathieu vermeintliche Tatsachen über den Fall seines

Bruders, von denen sie behauptet, dass sie sie in der Geisterwelt erfahren hat. Er hat sie in Le Havre kennengelernt und war so beeindruckt von ihr, dass er sie mit nach Paris genommen hat. Er hat ihr ein Zimmer in seiner Wohnung gegeben.«

»Ist das zu fassen?« Henry brüllt vor Lachen. »Sie stolpern buchstäblich im Dunkeln herum. Im Ernst, Herr Oberstleutnant, von diesen Leuten haben wir nicht das Geringste zu befürchten.«

Ich lege die Fotografien von Mathieu Dreyfus und Madame Léonie nebeneinander auf den Tisch und spüre, wie meine Besorgnis sich langsam zerstreut. Tischklopfen, Wahrsagerei, Zwiesprache mit den Toten: Das alles ist in Paris im Augenblick groß in Mode. Manchmal möchte man an seinen Mitmenschen verzweifeln. »Sie haben recht, Henry. Das beweist, dass sie nicht weiterkommen. Auch wenn sie von dieser geheimen Beweisakte wissen, anscheinend haben sie erkannt, dass die für sich allein noch gar nichts bedeutet. Sorgen wir also dafür, dass das so bleibt.« Ich wende mich an Guénée. »Wie läuft die Observation ab?«

»Wir sind ganz nah dran an der Familie, Herr Oberstleutnant. Madame Dreyfus' Kindermädchen liefert uns einmal die Woche einen Bericht. Die Concierge von Mathieu Dreyfus' Wohnhaus in der Rue de Châteaudun ist unsere Informantin. Das Mädchen seiner Frau arbeitet auch für uns. Sein Koch und dessen Verlobte behalten ihn für uns im Auge. Wohin er auch geht, wir folgen ihm. Der gesamte Briefverkehr der Familie wird von der Postbehörde umgeleitet. Wir haben von allem Abschriften.«

»Und das ist die Korrespondenz von Dreyfus selbst.« Henry hält die Mappe hoch, die er mitgebracht hat, und gibt sie mir. »Das Kolonialministerium braucht sie morgen wieder.«

Die Mappe ist mit einer schwarzen Schnur zusammengebunden und trägt das offizielle Siegel des Kolonialministeriums. Ich löse die Schnur und klappe den Deckel auf. Einige der Briefe sind die Originale – die, die der Zensor nicht durchgelassen hat und deshalb im Ministerium einbehalten wurden. Andere sind Kopien von Briefen, die freigegeben wurden. »Meine liebe Lucie, ich frage mich bei Gott, wie ich so weiterleben soll …« Ich lege den Brief zurück und nehme einen anderen. »Mein armer geliebter Fred, der Schmerz, den ich bei unserer Trennung empfand …« Ich bin verblüfft. Als Fred kann ich mir diese steife, ungelenke und kühle Gestalt kaum vorstellen.

»Ab jetzt möchte ich, dass jeder Brief sofort nach seinem Eintreffen im Kolonialministerium kopiert und mir vorgelegt wird«, sage ich an Henry gewandt.

»Ja, Herr Oberstleutnant.«

»Und Sie, Monsieur Guénée, führen die Observation der Familie wie gehabt fort. Solange sich die Umtriebe der Familie auf die Ebene des Schlafwandelns beschränken, braucht uns das nicht zu kümmern. Sollte es jedoch darüber hinausgehen, müssen wir uns noch einmal unterhalten. Und achten Sie außerdem auf alles, was uns einen Hinweis auf ein zusätzliches Motiv für Dreyfus' Verrat liefern könnte.«

»Ja, Herr Oberstleutnant.«

Damit ist die Besprechung beendet.

◆

Am Spätnachmittag stecke ich die Mappe mit den Briefen in meine Aktentasche und nehme sie mit nach Hause.

Es ist eine ruhige, warme, goldene Tageszeit. Meine Wohnung liegt so hoch über der Straße, dass der meiste Lärm nur gedämpft oben ankommt. Und den Rest schlucken die mit Büchern gesäumten Wände. Das Prunkstück des Wohnzimmers ist ein Flügel, den mir meine Mutter geschenkt hat, ein Érard, der in den Trümmern von Straßburg wie durch ein Wunder unversehrt geblieben war. Ich sitze in meinem Lehnstuhl und ziehe mir die Stiefel aus. Dann zünde ich mir eine Zigarette an und schaue hinüber zu der Aktentasche, die auf dem Klavierhocker liegt. Eigentlich müsste ich mich umziehen und sofort wieder aufbrechen. Ich sollte mit den Briefen warten, bis ich zurückkomme. Aber die Neugier ist zu stark.

Ich setze mich an den winzigen Sekretär zwischen den beiden Fenstern und nehme die Akte heraus. Das erste Schriftstück: ein Brief aus dem Militärgefängnis Cherche-Midi, datiert vom 5. Dezember 1894, über sieben Wochen nach Dreyfus' Verhaftung. Er ist vom Zensor sauber auf liniertes Papier übertragen worden.

Meine liebe Lucie,

schließlich kann ich Dir doch noch ein paar Zeilen schreiben. Ich bin gerade darüber informiert worden, dass mein Prozess am 19. dieses Monats beginnt. Man hat mir nicht erlaubt, Dich zu sehen.

Ich werde Dir nicht all das beschreiben, was ich hier habe erleiden müssen. Die Worte, die das wiedergeben könnten, gibt es in dieser Welt nicht.

Erinnerst Du Dich, wie ich Dir immer wieder gesagt habe, wie glücklich wir doch sind? Das ganze Leben lächelte auf uns herab. Dann plötzlich dieser furchtbare Donnerschlag, von dem mir noch heute der Kopf dröhnt. Ich, angeklagt des ungeheuerlichsten Verbrechens, das ein Soldat begehen kann! Sogar jetzt noch glaube ich, das Opfer eines schrecklichen Albtraums zu sein …

Ich drehe die Seite um und überfliege schnell die restlichen Zeilen: »Ich liebe Dich und bete Dich an. Ich umarme Dich tausendmal. Und tausend Küsse für die Kinder. Ich ertrage es nicht, über sie zu sprechen. Alfred.«

Der nächste Brief, wieder eine Abschrift, wurde zwei Wochen später in der Gefängniszelle geschrieben, am Tag nach seiner Verurteilung: »Meine Verbitterung ist so groß, mein Herz so voller Gift, dass ich mich schon längst meines traurigen Lebens entledigt hätte, wenn mich nicht der Gedanke an Dich gehindert hätte, wenn nicht die Angst, Dir noch mehr Kummer zu bereiten, meine Hand zurückgehalten hätte.«

Dann die Abschrift von Lucies Antwort am Weihnachtstag: »Ich flehe Dich an, liebster Freund, lebe für mich. Nimm all Deine Kraft zusammen und kämpfe – gemeinsam werden wir kämpfen, bis der wahre Schuldige gefunden ist. Was soll aus mir werden ohne Dich? Nichts habe ich dann mehr, was mich an die Welt bindet ...«

Ich fühle mich schmutzig, als ich das lese. Es ist, als belauschte man im Zimmer nebenan ein Paar beim Liebesspiel. Gleichzeitig kann ich nicht aufhören zu lesen. Ich blättere durch die Mappe, bis ich auf Dreyfus' Schilderung der Degradierungszeremonie stoße. Als er von den verächtlichen Blicken seiner früheren Kameraden schreibt, frage ich mich, ob er damit auch mich meint: »Es ist nicht schwer, ihre Gefühle zu verstehen. An ihrer Stelle würde ich einen Offizier, der, wie man mir versichert, ein Verräter ist, auch mit Verachtung strafen. Aber Gott sei's geklagt, das ist das Traurige daran. Es gibt einen Verräter, nur dass nicht ich es bin ...«

Ich höre auf zu lesen und zünde mir noch eine Zigarette an. Glaube ich seinen Unschuldsbeteuerungen? Nein, nicht eine Sekunde. In meinem ganzen Leben bin ich noch keinem

Schurken begegnet, der nicht mit ebenso großer Ernsthaftigkeit darauf bestanden hätte, das Opfer eines Justizirrtums zu sein. Das gehört anscheinend zwangsläufig zur kriminellen Natur: Um die Gefangenschaft zu überleben, muss man sich irgendwie von seiner Unschuld überzeugen. Andererseits tut mir Madame Dreyfus leid. Es ist offensichtlich, dass sie ihm vollkommen vertraut – nein, mehr als das, sie vergöttert ihn geradezu wie einen heiligen Märtyrer: »Deine würdevolle Haltung hat auf viele Herzen großen Eindruck gemacht. Und wenn die Stunde der Wiedergutmachung kommt, und sie wird kommen, wird das Gedenken an die Leiden, die Du an jenem furchtbaren Tag hast ertragen müssen, für immer ins Gedächtnis der Menschheit eingeschrieben sein …«

◆

Widerwillig breche ich hier ab. Ich verschließe die Mappe im Sekretär, rasiere mich, ziehe eine saubere Galauniform an und mache mich auf den Weg zum Haus zweier Freunde, Comte und Comtesse de Comminges.

Ich kenne Aimery de Comminges, Baron de Saint-Lary, seit wir vor über zehn Jahren gemeinsam in Tonkin stationiert waren. Ich war ein junger, kleiner Offizier und er ein noch jüngerer und kleinerer Leutnant. Zwei Jahre lang kämpften wir im Delta des Roten Flusses gegen die Vietnamesen und trieben uns in der Gegend von Saigon und Hanoi herum. Nach unserer Rückkehr nach Frankreich vertiefte sich unsere Freundschaft. Er stellte mich seinen Eltern und seinen jüngeren Schwestern Daisy, Blanche und Isabelle vor. Alle drei musikalische, ledige und temperamentvolle junge Frauen. Nach und nach entwickelte sich ein Salon, der aus den drei Schwestern, ihren Freunden und denen von Aimerys Armeekameraden bestand, die Interesse an Musik hatten oder zumindest so taten.

Sechs Jahre besteht der Salon nun, und es ist eine von diesen musikalischen Soireen, zu der ich heute Abend geladen bin. Wie üblich gehe ich zu Fuß und nehme keine Droschke, aus Sparsamkeit und um in Form zu bleiben. Ich gehe schnell, weil ich spät dran bin. Das uralte, riesige Stadtpalais der Familie de Comminges befindet sich auf dem Boulevard Saint-Germain. Schon von Weitem kann ich die Kutschen und Droschken sehen, die die Gäste absetzen. Im Haus begrüßt mich Aimery mit einem freundlichen Händedruck, bei dem er mit beiden Händen meine Hand umfasst. Er ist inzwischen Hauptmann und gehört zum Stab des Kriegsministers. Dann küsse ich seine Frau Mathilde, deren Familie Waldner von Freundstein zu den ältesten im Elsass gehört. Seit dem Tod des Comte vor einem Jahr ist Mathilde die Hausherrin.

»Geh schon hoch, wir fangen in ein paar Minuten an«, flüstert sie und legt mir die Hand auf den Arm. Ihr Stil als charmante Gastgeberin – kein schlechter übrigens – ist der, selbst die banalste Bemerkung wie ein intimes Geheimnis klingen zu lassen. »Mein lieber Georges, du bleibst doch zum Essen, oder?«

»Sehr gern, danke.« Eigentlich hatte ich gehofft, so früh wie möglich wieder gehen zu können, aber ich füge mich ohne Widerspruch. Junggesellen um die vierzig sind die herrenlosen Katzen der Gesellschaft. Man nimmt uns in den Haushalt auf, füttert und verhätschelt uns, und als Gegenleistung haben wir für Amüsement zu sorgen, hin und wieder mit Anstand die eine oder andere zudringliche Vertraulichkeit über uns ergehen zu lassen – wann, mein lieber Georges, wollen Sie denn nun heiraten? – und immer bereitzustehen, egal wie kurzfristig, wenn bei einer Tischgesellschaft noch ein männlicher Gast benötigt wird.

Als ich ins Haus gehe, ruft mir Aimery hinterher: »Blanche sucht dich!« Fast im gleichen Augenblick sehe ich seine Schwester, die sich durch die Halle voller Menschen auf mich zuschlängelt. Ihr Kleid und der dazu passende Kopfschmuck ziert eine große Anzahl dunkelgrün, purpurn und golden gefärbter Federn.

Sie küsst mich. »Blanche, du siehst aus wie ein besonders köstlicher Fasan«, sage ich zu ihr.

»Ich hoffe, du bist heute Abend ein guter und kein grausamer Gott, weil ich nämlich eine nette kleine Überraschung für dich habe.« Sie klingt aufgekratzt. Dann nimmt sie meinen Arm und führt mich in Richtung Garten, weg von allen anderen Menschen.

Ich leiste symbolischen Widerstand. »Ich glaube, Mathilde möchte, dass wir alle nach oben gehen …«

»Sei nicht albern! Es ist noch nicht mal sieben.« Sie senkt die Stimme. »Was ist das, etwas *Deutsches,* oder was?«

Sie geleitet mich zu der Glastür, die auf einen winzigen Gartenstreifen hinausführt. Er ist von den Nachbarn durch eine hohe Mauer abgetrennt, an der unangezündete Lampions hängen. Kellner sammeln abgestellte Orangeade- und Likörgläser ein. Die Gäste sind schon alle nach oben gegangen. Bis auf eine Frau, die mir den Rücken zuwendet. Sie dreht sich um, und vor mir steht Pauline. Sie lächelt.

»Voilà«, sagt Blanche mit seltsam beziehungsvoller Stimme. »Die Überraschung.«

◆

Blanche ist immer für das Programm des Konzerts verantwortlich. Heute Abend stellt sie ihre neueste Entdeckung vor, ein erst achtzehnjähriges katalanisches Wunderkind, Monsieur Casals, den sie als zweiten Cellisten im Orchester des Théâtre Marigny gesehen hat. Er beginnt mit einer Cello-Sonate von Saint-Saëns, und schon mit den Eröffnungsakkorden wird klar, dass er ein Juwel ist. Normalerweise sitze ich andächtig da und lausche, aber heute Abend wandern meine Blicke umher. Ich beobachte die Zuschauer, die, mit Blick auf die Musiker in der Mitte des Raums, rundherum entlang den Wänden des großen Salons sitzen. Unter den etwa sechzig Gästen zähle ich ein Dutzend Uniformträger, hauptsächlich Kavalleristen wie Aimery, von denen ich die Hälfte wegen ihrer Verbindung zum Generalstab kenne. Nach einer Weile habe ich das Gefühl, dass ich selbst einige Seitenblicke auf mich ziehe: der jüngste Oberstleutnant der Armee, unverheiratet, neben ihm die attraktive Frau eines höheren Beamten aus dem Außenministerium, und nirgendwo eine Spur vom Ehemann. Als Oberstleutnant in meiner Position bei einer Affäre mit einer verheirateten Frau ertappt zu werden würde einen Skandal verursachen, der eine Karriere ruinieren kann. Ich versuche, nicht mehr daran zu denken und mich auf Musik zu konzentrieren. Aber mir ist weiter unwohl.

In der Pause gehen Pauline und ich wieder in den Garten. Blanche hakt sich zwischen uns beiden ein. Zwei Offiziere, alte Freunde von mir, treten auf uns zu, um mir zu meiner Beförderung zu gratulieren. Ich stelle ihnen Pauline vor. »Das ist Major Albert Curé – wir waren zusammen mit Aimery in Tonkin. Madame Monnier. Und das ist Hauptmann William Lallemand de Marais ...«

»Auch bekannt als der Halbgott«, wirft Blanche ein.

Pauline lächelt. »Warum?«

»Zu Ehren von Loge natürlich, dem Halbgott des Feuers aus *Das Rheingold*. Ist die Ähnlichkeit nicht unübersehbar, meine Liebe? Diese Leidenschaft! Hauptmann Lallemand ist der Halbgott, und Georges ist der gute Gott.«

»Leider kann ich bei Wagner nicht mitreden.«

Lallemand, der eifrigste Musikschüler in unserem Kreis, spielt den ungläubig Schockierten. »Kann ich bei Wagner nicht mitreden! Oberstleutnant Picquart, Sie müssen mit Madame Monnier nach Bayreuth fahren!«

Für meinen Geschmack etwas zu spitz meldet sich Curé zu Wort. »Und Monsieur Monnier, liebt er die Oper?«

»Unglücklicherweise mag mein Mann überhaupt keine Musik.«

Nachdem sie gegangen sind, wendet sich Pauline mit leiser Stimme an mich. »Ist es dir lieber, wenn ich gehe?«

»Nein, warum denn?« Wir trinken Orangeade. Der große Gestank hat sich in den letzten ein, zwei Tagen verzogen. Der warme Wind aus Faubourg Saint-Germain schmeckt nach dem Blütenduft eines Sommerabends.

»Du scheinst dich in deiner Haut nicht recht wohlzufühlen.«

»Mir war nur neu, dass du und Blanche euch kennt, das ist alles.«

»Isabelle hat mich vor vier Wochen zum Tee bei Alix Tocnaye mitgenommen, da war sie auch dabei.«

»Und wo ist Philippe?«

»Er ist heute Abend nicht in Paris. Er kommt erst morgen zurück.«

Die Andeutung, das Angebot, hängt unausgesprochen in der Luft.

»Und die Mädchen?« Paulines Töchter sind zehn und sieben. »Musst du nicht nach Hause?«

»Sie sind bei Philippes Schwester.«

»Tja, dann weiß ich ja jetzt, was Blanche mit ihrer netten kleinen Überraschung gemeint hat.« Ich weiß nicht, ob ich belustigt oder verärgert sein soll. »Warum hast du sie ins Vertrauen gezogen?«

»Das habe ich nicht. Ich dachte, du hättest es ihr erzählt.«

»Habe ich nicht.«

»So wie sie sich ausgedrückt hat – ich habe einfach angenommen, dass sie Bescheid weiß. Nur deshalb habe ich ihr erlaubt, dass sie das heute Abend arrangiert.« Wir schauen uns an. Und dann sagt sie, nach einer für mich viel zu schnellen intuitiven oder deduktiven Überlegung: »Blanche ist in dich verliebt.«

Ich lache erschrocken. »Nein, bestimmt nicht.«

»Dann hattet ihr zumindest mal eine Affäre, richtig?«

Ich lüge. Was sonst kann ein Gentleman in einer solchen Situation tun. »Pauline, mein Liebling, sie ist fünfzehn Jahre jünger als ich! Ich bin wie ein älterer Bruder für sie.«

»Aber sie beobachtet dich die ganze Zeit. Sie ist besessen von dir, und das mit uns hat sie einfach gespürt.«

»Wenn Blanche in mich verliebt wäre, dann hätte sie wohl kaum dieses Schäferstündchen für uns arrangiert!«, sage ich leise.

Pauline lächelt und schüttelt den Kopf. »Genau deshalb hat sie es getan! Wenn sie dich schon nicht haben kann, dann will sie wenigstens Einfluss darauf nehmen, wer dich kriegt.«

Unwillkürlich schauen wir uns um, ob uns auch niemand beobachtet. Ein Diener geht herum und teilt den Gästen im Flüsterton mit, dass das Konzert gleich weitergehe. Der Garten leert sich. Ein Dragoner-Hauptmann bleibt auf der Türschwelle stehen und dreht sich zu uns um.

»Komm, lass uns jetzt sofort gehen«, sagt Pauline plötzlich. »Der zweite Teil und das Essen kommen auch ohne uns aus.«

»Damit sie alle auf die zwei leeren Plätze starren? Dann können wir ja gleich eine Anzeige im *Figaro* aufgeben!«

Nein, wir haben keine andere Wahl, als den Abend

durchzustehen: das Streichquartett in der zweiten Hälfte, die beiden Zugaben, den Champagner danach, die sich hinziehenden Verabschiedungen derjenigen, die nicht zum Essen geladen sind, aber noch auf Begnadigung hoffen … Und die ganze Zeit gehen Pauline und ich uns sorgfältig aus dem Weg, was natürlich das sicherste Zeichen für eine Affäre ist.

Es ist schon nach zehn, als wir uns zum Essen niederlassen. Wir sind eine sechzehnköpfige Tischgesellschaft. Ich sitze zwischen Aimerys verwitweter Mutter – der Comtesse, ganz in schwarzer, geraffter Seide und mit leichenblasser Haut wie der Geist in *Don Giovanni* – und Blanches Schwester Isabelle. Sie hat erst kürzlich in eine ungeheuer reiche Bankiersfamilie eingeheiratet, der eines der fünf größten Weingüter in Bordeaux gehört. Sie lässt sich anscheinend sachkundig über Appellations und Grands Crus aus, könnte allerdings genauso gut polynesisch sprechen, so viel verstehe ich von alldem. Ich fühle mich auf seltsame, fast schwindelerregende Art abgekoppelt: das weltläufige Gerede erreicht mich als Phonemgebrabbel, die Musik als Zurren und Zupfen auf Darm und Draht. Ich schaue zum anderen Ende des Tischs, wo Pauline Isabelles Ehemann zuhört, einem jungen Mann, dem sein Stammbaum ein derart edles, fast fötusartiges Aussehen beschert hat, dass schon das Verlassen des Mutterleibes einer Geschmacksverirrung gleichkommt. Im Kerzenlicht schnappe ich Blanches Blick auf, der mich aus ihrem Jagdvogelgefieder anfunkelt, die betrogene Frau. Ich wende den Blick ab. Es ist Mitternacht, als wir uns schließlich erheben.

Um den Anstand zu wahren, verlasse ich das Haus vor Pauline. »Du bist ein verruchtes Weib«, sage ich an der Tür zu Blanche und drohe ihr mit dem Finger.

»Gute Nacht, Georges,« sagt sie traurig.

Ich gehe den Boulevard hinauf und halte Ausschau nach einer Droschke mit einer weißen Laterne, die signalisiert, dass sie auf dem Weg ins Depot am Arc de Triomphe ist. Jede Menge blaue, rote und gelbe Laternen rumpeln vorbei, bis schließlich eine weiße auftaucht. Als ich auf die Straße trete, um die Droschke aufzuhalten, und sie schließlich klappernd vor mir stehen bleibt, taucht auch schon Pauline auf dem Trottoir auf. Ich nehme ihren Arm und helfe ihr beim Einsteigen. »Rue Yvon-Villarceau, Ecke Rue Copernic«, sage ich zum Kutscher und steige dann selbst ein. Pauline lässt es zu, dass ich sie kurz küsse, und stößt mich dann zurück.

»Hör auf. Ich will wissen, was das alles zu bedeuten hatte.«

»Ach, komm. Das willst du nicht wirklich wissen, oder?«

»Doch.«

Ich seufze und nehme ihre Hand. »Die arme Blanche hat einfach kein Glück mit ihrem Liebesleben. Der Mann im Raum, der völlig unpassend oder völlig unerreichbar ist, ist genau der, in den Blanche sich verliebt. Vor ein paar Jahren hat es einen ziemlichen Skandal gegeben, der natürlich vertuscht wurde, aber für die Familie trotzdem hochnotpeinlich war, besonders für Aimery.«

»Warum besonders für Aimery?«

»Weil der darin verwickelte Mann ein Offizier aus dem Generalstab war, den Aimery ins Haus eingeführt hatte – ein höherer Offizier, frisch verwitwet, deutlich älter als Blanche.«

»Was ist passiert?«

Ich ziehe mein Zigarettenetui aus der Tasche und biete Pauline eine an. Sie winkt ab. Ich zünde mir eine Zigarette an. Mir ist unwohl dabei, die ganze Geschichte zu erzählen, aber ich schätze, Pauline hat ein Recht darauf, sie zu erfahren. Außerdem vertraue ich darauf, das sie sie für sich behält.

»Blanche und dieser Offizier hatten eine Affäre. Sie dauerte ziemlich lange, ein Jahr vielleicht. Dann hat Blanche jemand andres kennengelernt, einen jungen Aristokraten ihres Alters, wesentlich passender. Dieser junge Mann hat um ihre Hand angehalten. Die Familie war entzückt. Blanche versuchte die Beziehung mit dem Offizier zu beenden. Aber der wollte das nicht hinnehmen. Und dann hat Aimerys Vater, der alte Comte, Briefe von einem Erpresser bekommen, der damit drohte, die Affäre öffentlich zu machen. Der Comte ist schließlich zum Präfekten der Pariser Polizei gegangen.«

»Mein Gott, das ist ja wie bei Balzac.«

»Es kommt noch besser. Schließlich hat der Comte fünfhundert Francs bezahlt, um einen besonders kompromittierenden Brief zurückzubekommen, den Blanche an ihren verwitweten Liebhaber geschrieben hatte und der sich angeblich im Besitz einer geheimnisvollen Frau befand. Die Dame soll bei dem Treffen in dem Park, wo sie den Brief zurückgab, vollkommen verschleiert gewesen sein. Die Untersuchungen der Polizei haben später ergeben, dass der Erpresser der verwitwete Offizier selbst war.«

»Nein! Unglaublich! Was ist mit ihm passiert?«

»Nichts. Als ein Mann mit sehr guten Verbindungen durfte er seine Karriere fortsetzen. Er ist Oberst und immer noch im Generalstab.«

»Und Blanches Verlobter?«

»Er hat es abgelehnt, noch irgendetwas mit ihr zu tun zu haben.«

Pauline lehnt sich nachdenklich in ihrem Sitz zurück. »Sie tut mir leid.«

»Gelegentlich führt sie sich wirklich töricht auf. Aber

sie ist ein herzensguter Mensch. Und auf ihre eigene Art begabt.«

»Wie heißt dieser Oberst, damit ich ihm eine Ohrfeige verpassen kann, wenn ich ihm einmal über den Weg laufen sollte?«

»Wenn du den Namen einmal gehörst hast, vergisst du ihn nie wieder – Armand du Paty de Clam. Er trägt immer ein Monokel.« Ich bin drauf und dran, die kuriose Tatsache hinzufügen, dass er auch der federführende Offizier bei der Untersuchung gegen Hauptmann Dreyfus war, lasse es dann aber. Diese Information unterliegt der Geheimhaltung, außerdem schmiegt Pauline gerade ihre Wange an meine Schulter, und mir gehen plötzlich andere Dinge im Kopf herum.

◆

Mein Bett ist schmal, die Pritsche eines Soldaten. Nackt und eng umschlungen, um nicht auf den Boden zu fallen, liegen wir in der warmen Nachtluft. Es ist drei Uhr morgens. Pauline atmet langsam und regelmäßig in ihrem tiefen, weichen Schlaf. Ich bin hellwach, schaue über ihre Schulter zum offenen Fenster und versuche mir vorzustellen, wir wären verheiratet. Wenn wir es wären, würden wir dann jemals so eine Nacht zusammen verbringen? Ist es das Bewusstsein um ihre Vergänglichkeit, die solchen Momenten den unvergleichlichen Reiz verleiht? Außerdem graut mir vor ständiger Gesellschaft.

Ich ziehe vorsichtig meinen Arm unter ihrem Körper hervor, taste mit den Füßen nach dem Teppich und stehe auf.

Der Nachthimmel wirft genug Licht ins Wohnzimmer, dass ich mich zurechtfinde. Ich ziehe meinen Morgenrock über und zünde die Gaslampe auf dem Sekretär an. Ich schließe die Schublade auf, hole die Aktenmappe mit Dreyfus' Korrespondenz heraus, und während meine Geliebte schläft, nehme ich meine Lektüre an der Stelle wieder auf, wo ich sie unterbrochen habe.

5

Die Geschichte der vier Monate nach der Degradierung ist in der Akte leicht nachzuverfolgen, da diese von einem Bürokraten in streng chronologischer Reihenfolge dokumentiert wurde. Zwölf Tage nach der Degradierung holte man Dreyfus mitten in der Nacht aus seiner Pariser Zelle, sperrte ihn am Gare d'Orléans in einen Gefängniswaggon und schickte ihn auf eine zehnstündige Reise durch das verschneite Land zur Atlantikküste. Im Bahnhof von La Rochelle wurde er von einer Menschenmenge erwartet, die den ganzen Nachmittag mit Fäusten gegen die Seitenwände des Waggons hämmerte und Drohungen und Beleidigungen brüllte. »Tod dem Juden! Judas! Tod dem Verräter!« Erst bei Sonnenuntergang wagten es die Wachen, Dreyfus aus dem Zug zu holen. Es ist für ihn ein Spießrutenlauf geworden.

Gefängnis Île de Ré
21. Januar 1895

Meine geliebte Lucie,

gestern in La Rochelle, als man mich mit Beleidigungen überschüttete, wollte ich mich von meinen Bewachern losreißen und meine nackte Brust denen darbieten, denen ich als billiges Ziel ihrer Empörung diente. Ich wollte ihnen zurufen: »Warum beleidigt ihr mich? Ihr könnt meine Seele nicht kennen, sie ist frei von allem Makel. Aber wenn ihr dennoch glaubt, dass ich schuldig bin, kommt, nehmt meinen Leib, ich gebe ihn euch ohne jedes Bedauern.« Und wenn ich dann, unter den brennenden Qualen physischer Schmerzen, gerufen hätte: »Es lebe Frankreich!«, vielleicht hätten sie mir dann geglaubt, dass ich unschuldig bin!

Aber worum bitte ich denn bei Tag und bei Nacht? Um Gerechtigkeit! Gerechtigkeit! Leben wir denn nicht im neunzehnten Jahrhundert? Oder hat sich das Rad der Zeit um hundert Jahre zurückgedreht? Ist es möglich, dass in einem Zeitalter der Aufklärung und Wahrheit die Unschuld unerkannt bleibt? Lasst sie suchen! Ich bitte um keine Gunst, aber ich bitte um die Gerechtigkeit, auf die jedes menschliche Wesen ein Anrecht hat. Lasst sie weitersuchen! Lasst die, welche über wirksame Methoden der Nachforschung verfügen, diese auf meinen Fall anwenden. Es ist dies ihre heilige Pflicht im Dienste der Menschlichkeit und der Gerechtigkeit …

Ich lese den letzten Absatz noch einmal. Etwas ist sonderbar daran. Ich begreife, was er tut. Vordergründig schreibt er seiner Frau. Da er aber weiß, dass seine Worte bis dahin durch viele Hände gehen, sendet er auch eine Botschaft an die Lenker seines Schicksals in Paris; also an mich, obwohl er sicher nie geahnt hätte, dass ich an Sandherrs Schreibtisch sitzen könnte. *Lasst die, welche über wirksame Methoden der Nachforschung verfügen …* Das ändert zwar nichts an meiner Überzeugung, dass er schuldig ist, aber es ist eine clevere Taktik. Sie bringt mich zum Nachdenken. Der Bursche gibt jedenfalls nicht auf.

Paris
Januar 1895

Mein liebster Fred,

glücklicherweise habe ich gestern Morgen keine Zeitungen gelesen. Meine Lieben wollten die schändliche Szene in La Rochelle vor mir verbergen, sonst wäre ich vor Verzweiflung wohl verrückt geworden …

Als Nächstes ist in der Akte ein Brief Lucies an den Minister abgeheftet, in dem sie um Erlaubnis bittet, ihren Mann zum Abschied auf der Île de Ré besuchen zu dürfen. Die Erlaubnis wird für den 13. Februar unter strengen Auflagen erteilt, die ebenfalls aufgeführt werden. Der Gefangene hat an einem Ende des Raums zwischen zwei Wachen zu stehen; Madame Dreyfus hat am anderen Ende in Begleitung einer dritten Wache auf einem Stuhl zu sitzen; zwischen ihnen steht der Gefängnisdirektor; sie dürfen über nichts sprechen, was in Zusammenhang mit dem Urteil steht; physischer Kontakt ist untersagt. Ein Brief, in dem Lucie anbietet, sich die Hände auf den Rücken fesseln zu lassen, wenn sie ihm dafür etwas näher sein könne, trägt den Stempel *abgelehnt*.

Fred an Lucie: *Die wenigen Augenblicke, die ich mit Dir verbringen durfte, waren voller Freude, auch wenn es mir unmöglich war, Dir all das zu erzählen, was ich in meinem Herzen trug* (14. Februar). Lucie an Fred: *Welche Gefühle, welch angstvollen Schrecken fühlten wir beide, als wir uns wiedersahen, vor allem Du, mein armer, geliebter Mann* (16. Februar). Fred an Lucie: *Ich wollte all die Bewunderung ausdrücken, die ich für Deinen edlen Charakter empfinde, für Deine bewunderungswürdige Hingabe* (21. Februar). Stunden später befand sich Dreyfus auf einem Kriegsschiff, der *Saint-Nazaire,* und dampfte hinaus auf den Atlantik.

Bis jetzt waren die meisten Briefe in der Akte Abschriften, vermutlich weil die Originale an den Adressaten weitergeleitet wurden. Ab diesem Zeitpunkt jedoch sind die meisten Seiten, die ich lese, in Dreyfus' eigener Handschrift verfasst. Seine Schilderungen der Reise – heftige Winterstürme in einem ungeheizten, den Elementen ausgesetzten Verschlag auf dem Oberdeck, Tag und Nacht bewacht von bewaffneten Wärtern, die nicht mit ihm sprechen dürfen – sind von den Zensoren im Kolonialministerium zurückgehalten worden. Am achten Tag wurde das Wetter allmählich wärmer. Immer noch kannte Dreyfus nicht das Ziel seiner Reise. Niemand war erlaubt, es ihm zu sagen. Er vermutete Cayenne. Am fünfzehnten Tag der Reise schrieb er an Lucie, dass das Kriegsschiff schließlich vor drei kleinen überwucherten Felsenhügeln inmitten der Ödnis des Ozeans vor Anker gegangen sei: der Île Royale, der Île Saint-Joseph und der Île du Diable, der Teufelsinsel, der kleinsten der drei Inseln. Zu seinem Erstaunen musste er feststellen, dass Letztere für ihn allein vorgesehen war.

Liebste Lucie … Meine geliebte Lucie … Lucie, liebste … Geliebte Frau … Ich liebe Dich … Ich sehne mich nach Dir … Ich denke an Dich … Ich sende Dir das Echo meiner tiefen Zuneigung … So viel Gefühle, Zeit und Energie, aufgewendet in der Hoffnung auf ein bisschen Nähe, die dann doch nur in dieser dunklen Akte endet! Aber vielleicht ist es besser, denke ich, während ich die immer verzweifelteren Klagen überfliege, dass Lucie nichts davon lesen muss. Sie weiß nichts davon, dass ihr Mann, nachdem die *Saint-Nazaire* in den Tropen vor Anker gegangen ist, vier Tage lang in seiner Eisenkiste unter der grausamen Sonne eingesperrt blieb, ohne ein einziges Mal an Deck zu dürfen, und dass er schließlich auf die Île Royale geführt und in eine Zelle mit geschlossenen Fenstern gesperrt wurde, die er einen Monat lang nicht verlassen durfte, während die alte Leprakolonie auf der Teufelsinsel abgerissen und seine neue Unterkunft vorbereitet wurde.

Meine Liebe,

nach dreißig Tagen strenger Haft brachten sie mich schließlich auf die Teufelsinsel. Tagsüber darf ich auf einer Fläche von wenigen Hundert Metern im Quadrat umhergehen, wobei mir bei jedem Schritt Wärter mit Gewehren folgen. Bei Sonnenuntergang (um sechs Uhr) werde ich in meine vier mal vier Meter große, mit einem Eisengitter verschlossene Hütte gesperrt, vor der abwechselnd Wärter die ganze Nacht Wache halten. Meine Essensration besteht aus einem halben Laib Brot pro Tag, dreimal die Woche einem drittel Kilo Fleisch und an den restlichen Tagen Dosenspeck. Zu trinken bekomme ich Wasser. Ich muss Holz sammeln, Feuer machen und mein Essen selbst kochen, ich muss meine Wäsche selbst waschen und versuchen, sie in diesem feuchten Klima zu trocknen.

Es ist mir unmöglich, Schlaf zu finden. Der Käfig, vor dem in meinen Träumen der Wächter wie ein Phantom auf und ab geht, die peinigende Heimsuchung des Ungeziefers und die Qualen meines Herzens, all das macht es mir unmöglich, Schlaf zu finden.

Heute Morgen stürzte der Regen wie eine Sintflut herab. Wenn er einmal aufhörte, drehte ich eine Runde auf dem kleinen Teil der winzigen Insel, die für mich reserviert ist. Die Insel ist ein ausgedörrter Flecken. Ein paar Bananenstauden und Kokospalmen, sonst trockene Erde, aus der überall Basaltfelsen ragen. Und dann der ruhelose, zu meinen Füßen unablässig donnernde und flüsternde Ozean!

Ich denke viel an Dich, meine geliebte Frau, und an unsere Kinder. Ich frage mich, ob meine Briefe Dich erreichen.

Was für ein trauriges und schreckliches Martyrium ist das für uns beide, für uns alle! Den Wärtern ist es verboten, mit mir zu sprechen. Die Tage gehen vorüber ohne ein einziges Wort. Meine Abschottung ist so vollkommen, dass es mir oft vorkommt, als wäre ich lebendig begraben.

Die Bedingungen, unter denen es Lucie erlaubt ist zu schreiben, sind streng. Es ist ihr verboten, den Fall oder irgendein damit in Zusammenhang stehendes Ereignis zu erwähnen. Sie hat die Anweisung, alle Briefe bis zum 25. jedes Monats im Kolonialministerium einzureichen. Dort werden sie sorgfältig abgeschrieben und von den zuständigen Beamten im Kolonial- wie im Kriegsministerium gelesen. Abschriften werden auch an Major Étienne Bazeries weitergeleitet, den Chef der Verschlüsselungsabteilung im Außenministerium, der die Briefe auf verschlüsselte Botschaften überprüft. (Major Bazeries überwacht auch Dreyfus' Briefe an Lucie.) Ich erfahre aus der Akte, dass das erste Bündel Briefe Cayenne Ende März erreichte, aber nach Paris zur nochmaligen Überprüfung zurückgeschickt wurde. Erst am 12. Juni, nach viermonatigem Schweigen, erreichten Dreyfus schließlich die ersten Nachrichten aus der Heimat.

Mein geliebter Fred,

ich habe keine Worte für meine Trauer und meinen Kummer, während Du Dich immer weiter von mir entfernst. Meine Tage sind erfüllt von Gedanken voller Angst, meine Nächte quälen fürchterliche Träume. Nur die Kinder mit ihrer bezaubernden Art und der reinen Unschuld ihrer Herzen erinnern mich immer wieder an die zwingende Pflicht, die ich zu erfüllen habe, und dass ich kein Recht habe, schwach zu werden. Dann nehme ich meine Kraft zusammen und arbeite mit ganzem Herzen daran, sie so aufzuziehen, wie Du es Dir immer gewünscht hast, nach Deinen guten Ratschlägen und nach Kräften bestrebt, ihnen eine edle Gesinnung mitzugeben, damit Du sie bei Deiner Rückkehr als die Kinder vorfindest, die Deiner würdig sind und wie Du sie geformt haben würdest.

Mit immerwährender Liebe, mein liebster Mann,
Deine ergebene
Lucie.

Hier endet die Akte. Ich lege das letzte Blatt zur Seite und zünde mir eine Zigarette an. Der neue Tag ist angebrochen. Ich war so gefesselt, dass ich es nicht bemerkt habe. Hinter mir im Schlafzimmer kann ich Paulines Schritte hören. Ich gehe in die winzige Küche, um Kaffee zu machen, und als ich mit zwei Tassen in der Hand wieder ins Wohnzimmer zurückkehre, ist sie schon angezogen und sucht nach etwas.

»Nein danke«, sagt sie zerstreut, als sie den Kaffee sieht. »Ich muss sofort los. Aber ich kann einfach den Strumpf nicht finden ... Ah, da!«

Sie bückt sich und hebt ihn auf. Sie stützt die Ferse auf einer Stuhlkante ab, rollt den weißen Seidenstoff über Zehen und Spann und zieht den Strumpf über die Wade.

Ich schaue ihr zu. »Du siehst aus wie Manets *Nana.*«

»Ist Nana nicht eine Hure?«

»Nur durch die Brille der bürgerlichen Moral.«

»Nun ja, ich bin bürgerlich. Und du auch. Genauso übrigens, und da wären wir beim Punkt, die meisten deiner Nachbarn.« Sie zieht den Schuh an und streicht sich das Kleid glatt. »Und wenn ich jetzt gehe, dann sehen sie mich vielleicht nicht.«

Ich helfe ihr in die Jacke. »Warte wenigstens so lange, bis ich mir etwas angezogen habe, dann kann ich dich nach Hause bringen.«

»Damit wäre der Zweck ja wohl verfehlt, oder?« Sie nimmt ihre Handtasche. Ihre Heiterkeit ist grässlich. »Auf Wiedersehen, mein Liebling«, sagt sie. »Und schreib mir bald.« Und dann ist sie nach einem flüchtig hingehauchten Kuss auch schon verschwunden.

◆

Ich komme so früh ins Büro, dass ich damit rechne, das Gebäude für mich allein zu haben. Als ich aber den auf seinem Stuhl dösenden Bachir wachrüttele, erfahre ich, dass Major Henry schon in seinem Büro ist. Ich gehe nach oben, durch den Gang bis zu seiner Tür, klopfe und trete sofort ein. Mein Stellvertreter sitzt mit Lupe und Pinzette an seinem Schreibtisch und beugt sich über verschiedene vor ihm liegende Schriftstücke. Er hebt überrascht den Kopf. Mit der Brille, die ganz vorn auf seiner Stupsnase thront, sieht er erstaunlich alt und verletzlich aus. Er scheint das auch zu spüren, jedenfalls nimmt er sie beim Aufstehen schnell ab.

»Guten Morgen, Herr Oberstleutnant. Sie sind aber früh dran heute.«

»Na ja, Sie auch, Herr Major. Man könnte meinen, Sie wohnen hier. Das hier geht zurück ins Kolonialministerium.« Ich gebe ihm die Akte mit der Dreyfus-Korrespondenz. »Ich bin damit durch.«

»Danke. Und, was halten Sie davon?«

»Das Ausmaß der Zensur ist ungewöhnlich. Ich bin mir nicht sicher, ob eine derart drastische Beschränkung des Briefverkehrs wirklich nötig ist.«

»Ah!« Das typisch süffisante Grinsen erscheint auf Henrys Gesicht. »Vielleicht haben Sie ein weicheres Herz als der Rest von uns, Herr Oberstleutnant.«

Ich schlucke den Köder nicht. »Bestimmt nicht. Aber wenn wir Madame Dreyfus gestatten würden, ihrem Mann zu erzählen, was sie so alles unternimmt, dann brauchen wir es nicht mehr herauszufinden. Und wenn wir ihm erlauben, mehr über seinen Fall zu erzählen, dann macht er vielleicht einen Fehler und verrät uns etwas, was wir noch nicht wissen. Wie auch immer, wenn wir schon mithören, dann sollten wir sie zumindest dazu ermuntern, auch etwas zu sagen!«

»Ich werde das weitergeben.«

»Tun Sie das.« Ich schaue auf seinen Schreibtisch. »Was ist das?«

»Eine frische Lieferung von Agent Auguste.«

»Wann haben Sie das bekommen?«

»Vorgestern Abend.«

Ich werfe einen prüfenden Blick auf ein paar der zerrissenen Notizen. »Irgendwas Interessantes dabei?«

»Sieht so aus, ja.«

Die Briefe sind in fingernagelgroße Schnipsel zerrissen. Der deutsche Militärattaché Oberstleutnant Maximilian von Schwartzkoppen achtet anscheinend sorgfältig darauf, die Mitteilungen in ungewöhnlich winzige Stücke zu zerreißen. Andererseits ist er nicht schlau genug zu erkennen, dass Verbrennen die einzig sichere Methode zur Entsorgung von Papier ist. Henry und Lauth sind Experten darin, die Schnipsel mit winzigen durchsichtigen Klebestreifen wieder zusammenzufügen. Die Extraschicht verleiht den Schriftstücken eine geheimnisvolle Struktur und Steifheit. Ich drehe sie um. Sie sind auf französisch, nicht auf deutsch, und mit romantischen Einsprengseln gespickt: *mon cher ami adoré, mon adorable lieutenant, mon pioupiou, mon Maxi, je suis à toi, toujours à toi, toute à toi, mille et mille tendresses, à toi toujours.*

»Ich nehme an, die sind nicht vom Kaiser. Oder doch?«

Henry grinst. »Unser anbetungswürdiger Oberstleutnant Maxi hat eine Affäre mit einer verheirateten Frau. Äußerst töricht für einen Mann in seiner Position.«

Für einen Augenblick frage ich mich, ob das eine Spitze gegen mich ist, aber als ich den Blick hebe, schaut er nicht in meine Richtung, sondern mit einem Ausdruck wollüstiger Befriedigung auf den Brief.

»Und ich dachte, Schwartzkoppen ist homosexuell«, sage ich.

»Ehefrauen, Ehemänner, er nimmt's wohl, wie's kommt.«

»Wer ist sie?«

»Sie unterzeichnet mit Madame Cornet, aber das ist nicht ihr richtiger Name. Sie benutzt die Adresse ihrer Schwester als Postfach. Wir haben Schwartzkoppen fünfmal zu seinen kleinen Rendezvous verfolgt und sie als die Frau des holländischen Legationsrates identifiziert. Sie heißt Hermance de Weede.«

»Hübscher Name.«

»Für ein hübsches Mädchen. Zweiunddreißig. Drei kleine Kinder. Jedenfalls hurt er ganz schön herum, unser galanter Oberstleutnant.«

»Wie lange geht das schon?«

»Seit Januar. Einmal haben sie in einem Separée im Restaurant La Tour d'Argent zu Mittag gegessen und sich danach ein Zimmer im darübergelegenen Hotel genommen. Einmal sind sie im Champ-de-Mars spazieren gegangen. Er ist ziemlich leichtsinnig.«

»Und warum ist das so interessant für uns, dass wir unsere Mittel auf die Überwachung eines Mannes und einer Frau verwenden, die eine Affäre haben?«

Henry schaut mich an, als wäre ich ein Schwachkopf. »Weil ihn das für Erpressungsversuche anfällig macht.«

»Von wem?«

»Von uns. Von jedem. Das ist ja wohl kaum etwas, was jemand erfahren soll, oder?«

Der Gedanke, dass wir versuchen könnten, den deutschen Militärattaché wegen einer ehebrecherischen Liaison mit der Frau eines hochrangigen holländischen Diplomaten zu erpressen, erscheint mir etwas weit hergeholt, aber ich behalte meine Meinung für mich.

»Und Sie sagen, dieses Bündel ist vorgestern Abend hereingekommen?«

»Ja, ich habe schon zu Hause daran gearbeitet.«

In der nun folgenden Pause wäge ich genau ab, was ich ihm jetzt beibringen muss. Ich wähle meine Worte vorsichtig. »Mein lieber Henry, verstehen Sie mich bitte nicht falsch, aber ich bin der festen Überzeugung, dass so sensibles Material wie dieses hier nach der Übergabe auf direktem Weg ins Büro gebracht werden sollte. Stellen Sie sich vor, die Deutschen finden das heraus!«

»Ich lasse es keine Sekunde aus den Augen, Herr Oberstleutnant, da können Sie ganz beruhigt sein.«

»Das ist nicht der Punkt. Es ist einfach schlampige Arbeit. In Zukunft möchte ich, dass das gesamte Material von Agent Auguste direkt an mich übergeben wird. Ich bewahre es in meinem Tresor auf, und ich entscheide, welche Spuren verfolgt werden und wer sich darum kümmert.«

Henry errötet. Es überrascht mich bei einem solch großen und starken Burschen, aber es scheint, dass er den Tränen nahe ist. »Oberst Sandherr hatte an meinen Methoden nichts auszusetzen.«

»Oberst Sandherr arbeitet nicht mehr hier.«

»Bei allem Respekt, Herr Oberstleutnant, aber Sie sind neu in diesem Geschäft und …«

Ich hebe die Hand. »Das reicht jetzt, Herr Major!« Ich

weiß, dass ich ihm jetzt Einhalt gebieten muss. Ich kann nicht zurückweichen. Wenn ich jetzt nicht das Heft in die Hand nehme, dann nie mehr. »Ich muss Sie daran erinnern, dass dies eine militärische Einheit ist, kein parlamentarischer Debattierklub, und dass es Ihre Aufgabe ist, meinen Befehlen zu gehorchen.«

Er nimmt Habtachtstellung ein wie ein aufgezogener Spielzeugsoldat. »Ja, Herr Oberstleutnant!«

Als befände ich mich in einer Kavallerieattacke, nutze ich mein Momentum. »Da wir schon einmal dabei sind, es gibt noch ein paar andere Veränderungen, die ich vorzunehmen gedenke. Ich will nicht, dass Informanten und andere zwielichtige Gestalten unten im Erdgeschoss herumlungern. Sie kommen in Zukunft nur dann, wenn wir sie rufen, und danach verschwinden sie wieder. Wir sollten uns ein Passierscheinsystem einfallen lassen, damit nur autorisierte Personen Zugang zum ersten Stock haben. Und dann Bachir, der ist ein hoffnungsloser Fall.«

»Sie wollen Bachir loswerden?« In seiner Stimme lag Unglaube.

»Nicht bevor wir eine andere Verwendung für ihn gefunden haben. Bei mir werden alte Kameraden nicht fallen gelassen. Aber wir werden ein elektrisches Klingelsystem installieren, das jedesmal läutet, wenn die Vordertür geöffnet wird, damit wir wenigstens wissen, wenn jemand das Gebäude betritt – für den Fall, dass er schläft, wie vorhin, als ich gekommen bin.«

»Ja, Herr Oberstleutnant. Ist das alles?«

»Fürs Erste ja. Packen Sie das Auguste-Material zusammen, und bringen Sie es in mein Büro.«

Ich drehe mich auf dem Absatz um und verlasse den Raum, ohne die Tür hinter mir zu schließen. Noch so etwas, was ich schleunigst ändern sollte, denke ich, während ich zu meinem Büro gehe: diese verdammte Kultur der Heimlichkeit, in der sich jeder im eigenen Zimmer herumdrückt. Ich versuche links und rechts die Türen aufzureißen, aber sie sind alle verschlossen. Als ich an meinem Schreibtisch sitze, nehme ich ein Blatt Papier und schreibe ein strenges Memorandum, zu Händen aller meiner Offiziere, in dem ich die neuen Regeln festlege. Dann setze ich einen Vermerk an General Gonse auf, in dem ich um die Zuteilung neuer Büros für die Statistik-Abteilung im Hauptgebäude des Ministeriums ersuche oder zumindest die Renovierung der vorhandenen Diensträume. Als ich fertig bin, fühle ich mich besser. Ich habe das Gefühl, endlich das Kommando übernommen zu haben.

◆

Im Lauf des Vormittags bringt mir Henry wie gewünscht die letzte Lieferung von Auguste. Ich bin auf weiteren Ärger gefasst und entschlossen, nicht nachzugeben. Obwohl seine Erfahrung für das reibungslose Funktionieren der Abteilung von großer Bedeutung ist, bin ich im äußersten Fall auch gewillt, ihn in eine andere Einheit versetzen zu lassen. Doch zu meiner Überraschung ist er lammfromm. Er zeigt mir, wie viel er schon wiederhergestellt hat und was noch zu tun bleibt, und erbietet sich höflich, mir zu zeigen, wie man die winzigen Teile zusammenklebt. Um ihn bei Laune zu halten, probiere ich es, aber diese Art von Arbeit ist mir zu knifflig und zeitraubend. Außerdem habe ich die gesamte Abteilung zu leiten, auch wenn Auguste vielleicht unsere wichtigste Agentin ist. Ich mache meinen Standpunkt noch einmal klar: Ich wolle lediglich als Erster einen Blick auf das Material werfen, den Rest überließe ich dann gern ihm und Lauth.

Er dankt mir für meine Offenheit, und danach herrscht Frieden zwischen uns. In den folgenden Monaten ist er gut gelaunt, einsichtig, freundlich und engagiert – zumindest mir gegenüber. Gelegentlich, wenn ich aus meinem Büro in den Gang trete, überrasche ich ihn, Lauth und Junck, wie sie sich leise unterhalten. Die Geschwindigkeit, mit der ihre Köpfe auseinanderfahren, sagt mir, dass sie über mich gesprochen haben. Einmal, als ich vor der Tür zu Gribelins Archiv kurz stehen bleibe, um ein paar Papiere in einem Ordner zu sortieren, die ich ihm zurückgeben will, höre ich hinter der Tür deutlich Henrys Stimme. »Er glaubt, dass er ja so viel cleverer ist als wir alle, das halte ich einfach nicht aus!« Aber ich kann mir nicht sicher sein, dass er mich meint – und selbst wenn, bin ich gewillt, es zu ignorieren. Über welchen Chef welcher Organisation wird hinter dessen Rücken nicht gelästert, besonders wenn er sich bemüht, für Disziplin und Effizienz zu sorgen?

Für den Rest des Sommers und bis in den Herbst und Winter 1895 hinein konzentriere ich mich darauf, mich gründlich in meine neue Aufgabe einzuarbeiten. Ich erfahre, dass Agent Auguste immer dann, wenn sie eine Lieferung zu übergeben hat, morgens als Erstes einen bestimmten Blumentopf auf den Balkon ihrer Wohnung in der Rue Surcouf stellt. Das heißt, dass sie um neun Uhr am Abend desselben Tages in der Basilika Sainte-Clotilde sein wird. Ich sehe eine Möglichkeit, meine Praxiskenntnisse zu erweitern. »Ich möchte heute Abend das Material abholen«, erkläre ich Henry eines Tages im Oktober. »Nur um ein Gefühl dafür zu bekommen, wie das alles abläuft.«

Ich kann buchstäblich sehen, wie er seine Einwände hinunterschluckt. »Gute Idee«, sagt er.

Am Abend gehe ich in Zivil mit meiner Aktentasche zum Treffpunkt. Die Basilika, diese riesige pseudogotische Fabrik des Aberglaubens mit den zwei Türmen, befindet sich nur wenige Gehminuten entfernt. Ich kenne sie noch aus den Zeiten, als César Franck der Organist dort war und ich regelmäßig seine Konzerte besuchte. Ich bin weit vor der Zeit vor Ort und befolge Henrys Anweisungen. Ich betrete die leere Seitenkapelle, gehe zur dritten Stuhlreihe von vorn, schlüpfe vom Gang nach links in die Reihe, knie mich am dritten Sitzplatz hin und schiebe zweihundert Francs zwischen die Seiten des dort liegenden Gebetbuches. Dann ziehe ich mich in die letzte Bankreihe zurück, setze mich und warte. Ich bin völlig allein, aber wenn mich jemand sehen würde, dann hielte er mich bestimmt für einen sorgenvollen Beamten, der auf dem Heimweg vom Büro um einen Rat bei seinem Schöpfer nachsucht.

Obwohl das, was ich hier tue, ganz und gar ungefährlich ist, spüre ich meinen Herzschlag. Lächerlich! Vielleicht liegt es an den flackernden Kerzen, dem Geruch nach Weihrauch oder am Widerhall der Schritte und flüsternden Stimmen, die aus dem gewaltigen Hauptschiff der Kirche herüberdringen. Was es auch ist und obwohl ich meinen Glauben schon vor langer Zeit verloren habe, spüre ich, dass dieser Transaktion auf geweihtem Boden etwas Frevelhaftes anhaftet. Immer wieder schaue ich auf meine Uhr: zehn vor neun, punkt neun, fünf nach neun, zwanzig nach neun … Vielleicht kommt sie gar nicht. Ich höre schon jetzt Henrys mitleidige Höflichkeiten, wenn ich ihm morgen erzählen werde, dass sie nicht aufgetaucht sei.

Doch dann, kurz vor halb zehn, unterbricht ein knarzendes Geräusch die Stille: Hinter mir wird die Tür geöffnet. Eine untersetzte weibliche Gestalt, die einen schwarzen Rock und ein schwarzes Kopftuch trägt, geht an mir vorbei. Nachdem sie die Hälfte des Gangs hinuntermarschiert ist, bleibt sie stehen, bekreuzigt sich, macht einen Knicks zum

Altar und steuert dann den bewussten Sitzplatz an. Ich sehe, wie sie sich hinkniet. Keine Minute später steht sie wieder auf und kommt durch den Gang zurück geradewegs auf mich zu. Ich starre sie an, bin neugierig, wie sie aussieht, diese Madame Bastian, die eine gewöhnliche Putzfrau und dennoch vielleicht die wertvollste Geheimagentin in Frankreich, in ganz Europa ist. Als sie an mir vorbeigeht, schaut sie mich lange und durchdringend an – überrascht, wie ich annehme, statt Major Henry mich hier zu sehen. Mir fällt auf, dass an ihren harten, fast maskulinen Zügen und ihrem herausfordernden Blick durchaus nichts Gewöhnliches ist. Sie sieht unerschrocken aus, ja fast draufgängerisch. Andererseits muss man das wohl sein, wenn man unter den Augen von Wachmännern seit fünf Jahren geheime Dokumente aus der deutschen Botschaft schmuggelt.

Sobald sie die Kirche verlassen hat, stehe ich auf und gehe zu dem Platz, wo ich das Geld hinterlegt habe. Henry hat mir eingeschärft, keine Zeit zu verschwenden. Unter dem Stuhl liegt eine dreieckige Papiertüte. Sie raschelt beängstigend laut, als ich sie in meine Aktentasche stopfe. Ich verlasse hastig die Basilika, gehe die Eingangsstufen hinunter und dann mit schnellen Schritten durch die dunklen und leeren Straßen zum Ministerium. Ich bin noch ganz euphorisch über meinen Erfolg, als ich, zehn Minuten nachdem ich die Tüte an mich genommen habe, den Inhalt auf den Schreibtisch in meinem Büro kippe.

Es ist mehr, als ich erwartet habe, Abfall im Überfluss – zerrissenes, zerknülltes und mit Zigarettenasche bestäubtes Papier, weißes und graues, cremefarbenes und blaues Papier, weiche Papierservietten und steifer Karton, winzige Schnipsel und große Fetzen Papier, handgeschrieben mit Bleistift und Tinte, getippt und gedruckt, auf französisch, deutsch und italienisch, Bahn- und Theaterkarten, Umschläge, Einladungen, Restaurantrechnungen und Quittungen von Schneidern, Droschkenkutschern, Schuhmachern … Ich fasse mit den Händen in den Berg, hebe einen Haufen in die Höhe und lasse ihn durch die Finger rieseln – das meiste ist Plunder, sicherlich, aber irgendwo dazwischen könnte sich doch Gold verstecken. Ich spüre den Kitzel des Schürfers. Die Arbeit macht mir langsam Spaß.

◆

Ich schreibe zweimal an Pauline, allerdings für den Fall, dass Philippe ihre Briefe öffnet, sehr zurückhaltend. Sie antwortet nicht, und ich versuche auch nicht, dem auf den Grund zu gehen, hauptsächlich weil ich keine Zeit habe. Die Samstagabende und die Sonntage gehören meiner Mutter, deren Erinnerungsvermögen weiter nachlässt, und an den meisten anderen Abenden muss ich lange im Büro bleiben. Es gibt viele Dinge, die ich im Auge behalten muss. Die Deutschen verlegen Telefonleitungen entlang unserer Grenze im Osten. In unserer Botschaft in Moskau soll es einen Spion geben. Ein englischer Agent versucht angeblich, unsere Mobilmachungspläne an den höchsten Bieter zu verkaufen … Ich muss meine regelmäßigen Blancs abliefern. Ich bin voll und ganz eingespannt.

Ich gehe weiterhin in den Salon der de Comminges, aber meine bezaubernde Madame Monnier, wie Blanche sie gern nennt, ist nie da, obwohl Blanche mir versichert, dass sie sie jedes Mal einlädt. Einmal lade ich Blanche nach einem Konzert zum Essen ein, ins Tour d'Argent, wo man uns einen Tisch mit Blick auf den Fluss gibt. Warum suche ich gerade dieses Restaurant aus? Zum einen ist es ein angenehmer Spaziergang vom Haus der de Comminges, zum anderen bin ich neugierig auf den Ort, wohin Oberstleutnant von

Schwartzkoppen seine Geliebte ausführt. Ich schaue mich im Gastraum um. An den Tischen sitzen fast ausschließlich Paare. Die kerzenbeleuchteten Nischen sind wie geschaffen für ein intimes Rendezvous – *je suis à toi, toujours à toi, toute à toi* … Der letzte Bericht des Polizeiagenten beschreibt Hermance mit den Worten: »Anfang dreißig, blond, klein, cremefarbenes Kostüm mit schwarzem Saum … Manchmal befanden sich die Hände von beiden nicht auf dem Tisch.«

»Warum lächelst du?«, fragt Blanche.

»Ich kenne einen Oberstleutnant, der seine Geliebte hierher ausführt. Sie nehmen sich immer ein Zimmer im ersten Stock.«

Sie schaut mich an, und im gleichen Augenblick ist die Sache entschieden. Ich bespreche mich kurz mit dem Maître d'Hôtel. »Natürlich ist ein Zimmer frei, sehr geehrter Herr Oberstleutnant.« Nach dem Essen geleitet uns ein ernster junger Mann nach oben und nimmt ohne jede Regung ein üppiges Trinkgeld entgegen.

»Was meinst du, wann ist die Liebe besser: vor oder nach dem Essen?«, fragt Blanche hinterher.

»Für beides gibt es Gründe. Aber ich glaube, vorher.« Ich küsse sie und steige aus dem Bett.

»Ich glaube auch. Das nächste Mal machen wir es vorher.«

Sie ist fünfundzwanzig. Während Pauline, die vierzig ist, sich im Dunkeln auszieht und sich danach wohlig in ein Laken oder Badetuch wickelt, liegt Blanche nackt im elektrischen Licht auf dem Rücken, raucht eine Zigarette und begutachtet die zappelnden Zehen ihres rechten Fußes, der auf dem Knie ihres linken angezogenen Beins ruht. Sie streckt den Arm aus und schnippt die Zigarettenasche lässig in die Richtung des Aschenbechers.

»Na ja«, sagt sie. »Die richtige Antwort ist natürlich: beides.«

»Es kann nicht beides besser sein, mein Liebling«, sage ich, immer ganz der Lehrer. »Das wäre nämlich unlogisch.« Ich habe mir den Vorhang wie eine Toga um den Leib gewickelt, stehe am Fenster und schaue über den Uferdamm zur Île Saint-Louis. Ein Schiff gleitet vorüber und schneidet eine glänzende Furche in den schwarzen Fluss. Das Deck ist wie für eine Feier hell erleuchtet, aber vollständig leer. Ich konzentriere mich darauf, diesen Augenblick in meinem Gedächtnis abzuspeichern für den Fall, dass mich jemals jemand fragen sollte: Wann warst du ein zufriedener Mensch? Dann kann ich sagen: Es gab da einmal einen Abend mit einem Mädchen im Tour d'Argent ...

»Stimmt es, dass bei der Dreyfus-Affäre Armand du Paty irgendwie seine Hand im Spiel hatte?«, fragt Blanche plötzlich vom Bett hinter mir.

Der Augenblick erstarrt und verschwindet. Ich brauche mich nicht umzudrehen, ich sehe ihr Spiegelbild im Fenster. Ihr rechter Fuß malt immer noch unaufhörlich Kreise in die Luft. »Wo hast du denn das gehört?«

»Aimery hat gestern Abend so was angedeutet.« Sie dreht sich schnell auf den Bauch und drückt die Zigarette aus. »Was natürlich bedeutet, dass sich der arme Jude zwangsläufig als unschuldig erweisen wird.«

Das ist das erste Mal, dass mir gegenüber jemand äußert, dass Dreyfus vielleicht unschuldig sein könnte. Ihre Frivolität schockiert mich. »Das ist ein Thema, über das man keine Witze macht, Blanche.«

»Das tue ich nicht, Liebling! Das meine ich vollkommen ernst!« Sie stopft sich das Kissen zurecht und verschränkt die Hände hinter dem Kopf. »Ich fand das damals ziemlich sonderbar ... ihm in aller Öffentlichkeit die Abzeichen herunterzureißen und ihn auf einer einsamen Insel auszusetzen – alles ein bisschen übertrieben, oder? Hätte ich selbst draufkommen können, dass da Armand du Paty dahintersteckt! Er kleidet sich vielleicht wie ein Armeeoffizier, aber unter der Uniform schlägt das Herz einer romantischen Schriftsteller-Lady.«

Ich lache. »Meine Liebe, ich verneige mich vor deiner höheren Kenntnis dessen, was unter seiner Uniform vorgeht. Aber zufällig weiß ich mehr über den Dreyfus-Fall als du, und glaube mir, an den Untersuchungen waren außer deinem früheren Liebhaber noch jede Menge anderer Offiziere beteiligt!«

Im Fenster sehe ich, dass sie eine Schnute zieht. Sie mag es gar nicht, wenn man sie an die Geschmacksverirrung dieser Affäre mit du Paty erinnert. »Wie du so dastehst, Georges, siehst du aus wie Jupiter. Sei ein guter Gott, und komm wieder ins Bett …«

◆

Die Unterhaltung mit Blanche beunruhigt mich nicht sehr. Der Anflug eines Hauchs von Zweifel – nein, so würde ich es nicht gerade nennen, eher Bedenken – hat sich in meinem Kopf eingenistet, und das auch nicht so sehr wegen Dreyfus' Schuld, sondern wegen seiner Strafe. Warum, frage ich mich, bestehen wir auf diesem absurden und teuren Brimborium von Strafe, für die vier oder fünf Wachen erforderlich sind, die schweigend mit Dreyfus auf dieser winzigen Insel ausharren müssen? Was ist unsere Strategie? Wie viele Arbeitsstunden von Beamten – meine eingeschlossen – werden da durch die maßlose Verwaltung, Überwachung und Zensur gebunden, die diese Strafe erfordert?

Ich behalte diese Gedanken während der folgenden Wochen und Monate für mich. Weiterhin erhalte ich Guénées unergiebige Berichte über die Beobachtung von Lucie und Mathieu Dreyfus. Ich lese ihre Briefe an den Gefangenen

(»Mein teurer, geliebter Mann, endlos und voller Schmerz ziehen sich die Stunden und Tage dahin, seit uns diese verheerende Katastrophe ereilt hat ...«) und seine Antworten, von denen die meisten nicht weitergeleitet werden (»Nichts ist so niederdrückend, nichts erschöpft die Energie von Herz und Geist so sehr wie diese langen, qualvollen Zeiten des Schweigens, in denen ich nie ein menschliches Wort zu hören, nie ein freundliches Gesicht zu sehen bekomme oder auch nur einen Menschen, der Mitgefühl zeigt ...«) Ich erhalte ebenso in Abschrift die regelmäßigen Depeschen der Beamten des Kolonialministeriums in Cayenne, die die Gesundheit und Moral des Gefangenen protokollieren:

Der Gefangene wurde gefragt, wie es ihm gehe. »Im Augenblick gut«, antwortete er. »Es ist mein Herz, das krank ist. Nichts ...« Und dann brach er zusammen und weinte eine Viertelstunde lang. (2. Juli 1895)

Der Gefangene sagte: »Vor meiner Abreise aus Frankreich hat Oberst du Paty de Clam mir versprochen, weitere Nachforschungen in meinem Fall anzustellen. Ich hätte nicht gedacht, dass diese so viel Zeit in Anspruch nehmen würden. Ich hoffe, dass sie bald in die entscheidende Phase treten.« (15. August 1895)

Da keine Briefe von seiner Familie eintrafen, brach der Gefangene in Tränen aus und sagte: »Seit zehn Monaten leide ich nun schon unter diesen Gräueln.« (31. August 1895)

Der Gefangene fing plötzlich krampfartig an zu schluchzen und sagte: »Es kann nicht mehr lange dauern. Ich werde an gebrochenem Herzen sterben.« Wenn Briefe für ihn eintreffen, bricht der Gefangene immer in Tränen aus. (2. September 1895)

Heute saß der Gefangene stundenlang auf einem Fleck, ohne sich zu rühren. Am Abend klagte er über heftige Herzkrämpfe mit häufigen Erstickungsanfällen.
Er verlangte nach Medikamenten, um seinem Leben ein Ende setzen zu können, falls er dieses nicht länger ertragen könne. (13. Dezember 1895)

Im Lauf des Winters begreife ich nach und nach, dass wir bezüglich Dreyfus tatsächlich eine Strategie haben, nur dass man mir diese nicht ausdrücklich mitgeteilt hat, weder in mündlicher noch in schriftlicher Form. Wir warten auf seinen Tod.

6

Am 5. Januar 1896 kommt und geht der erste Jahrestag von Dreyfus' Degradierung, ohne dass die Presse groß Notiz davon nimmt. Keine Leserbriefe oder Petitionen, keine Demonstrationen dafür oder dagegen. Anscheinend hat man ihn auf seinem Felsen vergessen. Der Frühling kommt, ich leite die Statistik-Abteilung seit nunmehr acht Monaten, und alles ist ruhig.

Und dann, an einem Morgen im März, betritt Major Henry mit rosaroten, geschwollenen Augen mein Büro.

»Mein lieber Henry«, sage ich und lege die Akte, in der ich gerade gelesen habe, zur Seite. »Ist alles in Ordnung mit Ihnen? Was ist los?«

Er steht vor meinem Schreibtisch. »Ich möchte Sie bitten, mir ein paar Tage freizugeben, Herr Oberstleutnant. Ein Notfall in der Familie.«

Ich sage, dass er die Tür schließen und sich setzen solle. »Kann ich irgendetwas für Sie tun?«

»Da ist leider nicht mehr viel zu tun, Herr Oberstleutnant.« Er schnäuzt sich mit einem großen, weißen Taschentuch die Nase. »Meine Mutter liegt im Sterben.«

»Es tut mir sehr leid, das zu hören, Herr Major. Ist jemand bei ihr? Wo lebt sie?«

»Im Département Marne. In einem kleinen Dorf. Pogny.«

»Fahren Sie sofort zu ihr, und nehmen Sie sich so viel

Zeit, wie Sie brauchen. Sagen Sie Lauth oder Junck Bescheid, einer von beiden soll Ihre Arbeit übernehmen. Das ist ein Befehl. Schließlich hat jeder nur eine Mutter.«

»Sehr freundlich von Ihnen, Herr Oberstleutnant.« Er steht auf und salutiert. Wir schütteln uns herzlich die Hand. Ich bitte ihn, seiner Mutter Grüße von mir auszurichten. Nachdem er gegangen ist, frage ich mich kurz, was für eine Frau sie wohl ist, die Ehefrau eines Schweinezüchters im Flachland von Marne und Mutter eines lautstarken Soldatensohns. Kann kein leichtes Leben gewesen sein, stelle ich mir vor.

Eine Woche lang sehe ich meinen Stellvertreter nicht mehr. Dann, an einem Spätnachmittag, klopft es an meiner Tür und Henry tritt mit einer dicken, braunen Papiertüte ein, der auf eine Lieferung von Agent Auguste schließen lässt. »Tut mir leid, dass ich Sie stören muss, Herr Oberstleutnant. Ich bin in Eile, mein Zug geht gleich. Ich wollte nur das hier abgeben.«

Am Gewicht erkenne ich sofort, dass es sich diesmal um eine größere Lieferung als sonst handelt. Henry bemerkt meine Überraschung. »Leider habe ich wegen meiner Mutter das letzte Treffen verpasst«, sagt er kleinlaut. »Deshalb hatte ich mit Auguste für heute ein Treffen ausgemacht, ausnahmsweise bei Tage. Ich komme gerade von ihr. Ich muss jetzt zurück nach Pogny.«

Ich bin drauf und dran, ihm eine Rüge zu erteilen. Ich habe ihm befohlen, seine Aufgaben an Lauth oder Junck zu delegieren. Um unsere Agentin nicht dem Risiko auszusetzen, gesehen zu werden, hätte man bestimmt auch jemand andres zur üblichen Übergabe während der dunklen Tageszeit schicken können. Besagt außerdem nicht eine goldene Regel des Geheimdienstgeschäfts, dass sich eine Nachricht in den meisten Fällen als desto wertvoller erweist, je schneller sie bearbeitet wird? Er selbst hat das mir gegenüber oft genug betont. Aber Henry sieht mitgenommen aus, als hätte er die ganze Woche kaum geschlafen, und so verkneife ich mir einen Kommentar. Ich wünsche ihm einfach Bon Voyage und verstaue die Tüte bis zu Hauptmann Lauths Ankunft am nächsten Morgen im Tresor.

Meine Beziehung zu Lauth ist seit dem ersten Tag unserer Zusammenarbeit unverändert: professionell, aber kühl. Er ist ein paar Jahre jünger als ich, ziemlich intelligent, ein Elsässer, der deutsch spricht. Wir sollten eigentlich besser miteinander auskommen. Aber das Preußische an seinem blonden guten Aussehen und seiner stramm aufrechten Gestalt hindert mich daran, mit ihm warm zu werden. Allerdings ist er ein effizienter Offizier, und die Geschwindigkeit, mit der er die zerrissenen Schriftstücke wieder zusammensetzt, ist phänomenal. Also bin ich so höflich wie immer, als ich ihm die Tüte in sein Büro bringe. »Könnten Sie sich das bitte mal anschauen?«

»Natürlich, Herr Oberstleutnant.«

Während ich die Tüte auf seinem Schreibtisch ausleere, bindet er sich seine Schürze um und holt den Kasten mit den Werkzeugen aus dem Schrank. In dem weißgrauen Haufen stechen mir sofort Dutzende von blassblauen Schnipseln ins Auge, wie Himmelsfetzen an einem bewölkten Tag. Ich stupse mit dem Zeigefinger ein paar davon an. Sie sind etwas dicker als normales Papier. Lauth pickt mit der Pinzette einen davon heraus und begutachtet ihn, dreht ihn im hellen Lichtstrahl seiner elektrischen Lampe hin und her.

»Ein Petit Bleu«, murmelt er. Das ist der gängige Ausdruck für ein Rohrposttelegramm. Er schaut mich an und runzelt die Stirn. »Die Einzelteile sind in kleinere Stücke zerrissen als sonst.«

»Holen Sie raus, was Sie können.«

Etwa vier, fünf Stunden später kommt Lauth in mein Büro. Er hat eine dünne Aktenmappe unter dem Arm. Er windet sich betrübt, als er sie mir übergibt. Aus seinem ganzen Verhalten spricht Besorgnis, Unruhe. »Ich glaube, das sollten Sie sich ansehen, Herr Oberstleutnant«, sagt er.

Ich öffne die Mappe. Sie enthält das Petit Bleu. Er hat es gekonnt wieder zusammengesetzt. Die Struktur erinnert mich an etwas, was ein Archäologe rekonstruiert hat: an die Scherbe eines Glasgeschirrs oder einer blauen Marmorfliese. An der rechten Seite, wo ein paar Teile fehlen, sieht es gezackt aus, und die Linien der Risse verleihen ihm ein äderiges Aussehen. Aber die Nachricht auf französisch ist unmissverständlich:

Monsieur,

vor allem erwarte ich von Ihnen eine ausführlichere Erklärung der in Rede stehenden Angelegenheit als die, die Sie mir neulich gegeben haben. Ich bitte Sie, mir diese schriftlich zukommen zu lassen, sodass ich eine Entscheidung treffen kann, ob ich meine Verbindung zum Haus in R. aufrechterhalten soll oder nicht. C.

Verwirrt schaue ich Lauth an. Angesichts seines Verhaltens, als er mein Büro betreten hat, hatte ich etwas Spektakuläres erwartet. Das hier scheint seine Erregung nicht zu rechtfertigen. »C steht für Schwartzkoppen?«

Er nickt. »Ja. Sein bevorzugter Deckname. Drehen Sie es um.«

Auf der Rückseite wird das Netzwerk aus schmalen durchsichtigen Klebestreifen sichtbar, das die Telegrammkarte zusammenhält. Aber auch hier ist die Schrift problemlos zu lesen. In dem freien Raum für die Adresse steht unter dem Wort *Telegramm* und über dem Wort *Paris*, beide in Druckbuchstaben, handschriftlich geschrieben:

Major Esterházy,
27, Rue de la Bienfaisance

Der Name sagt mir nichts, aber ich bin so erschüttert, als hätte ich gerade in den Todesanzeigen den Namen eines alten Freundes entdeckt. »Gehen Sie zu Gribelin, er soll nachprüfen, ob es in der französischen Armee einen Major Esterházy gibt«, sage ich zu Lauth. Immerhin, denke ich, besteht die Möglichkeit, die wenn auch geringe Hoffnung, dass es sich angesichts des Nachnamens um einen österreichisch-ungarischen Offizier handelt.

»Schon erledigt«, sagt Lauth. »Major Charles Ferdinand Walsin-Esterházy dient im 74. Infanterieregiment.«

»Im Vierundsiebzigsten?« Ich versuche immer noch, das zu verdauen. »Ich habe einen Freund in dem Regiment. Die sind in Rouen stationiert.«

»Rouen? Das Haus in R.?« Lauth schaut mich erschrocken an. Seine blassblauen Augen sind weit aufgerissen, und seine Stimme ist nur noch ein Flüstern. Das lässt nur einen einzigen Schluss zu. »Heißt das, es gibt noch einen anderen Verräter?«

Ich weiß nicht, was ich ihm darauf antworten soll. Ich lese mir noch einmal die sieben Zeilen der Nachricht durch. Nach acht Monaten, in denen ich regelmäßig Schwartzkoppens Notizen und Briefentwürfe gelesen habe, bin ich mit seiner Handschrift vertraut, und diese gleichmäßige und förmliche Schrift passt gar nicht zu ihm. Tatsächlich ist sie zu gleichmäßig und förmlich, als dass sie die normale Handschrift von wem auch immer sein könnte. Es ist die Art von Schrift, wie sie auf offiziellen Einladungen verwendet wird. Die Handschrift ist verstellt. Und deshalb meine natürliche Schlussfolgerung: Wenn ein Offizier einer fremden Macht mit einem Agenten per öffentlicher Post des Gastlandes kommuniziert, dann würde er zumindest die minimale Vorsichtsmaßnahme ergreifen und seine Handschrift verstellen. Der Ton der Botschaft ist gereizt, kategorisch, drängend und lässt auf ein gestörtes Verhältnis schließen. Das Rohrpostsystem folgt der Pariser Kanalisation und kann ein Telegramm so schnell transportieren, dass Esterházy es binnen ein, zwei Stunden erhalten hätte. Aber es ist immer noch riskant, weshalb Schwartzkoppen sich vielleicht am Ende entschieden hat, es nicht abzuschicken, sondern es in möglichst winzige Schnipsel zu zerreißen und in den Papierkorb zu werfen – obwohl er die Botschaft mühsam abgeschrieben und schon die fünfzig Centimes für die Telegrammkarte ausgegeben hatte.

»Das ist offensichtlich wichtig«, sage ich zu Lauth. »Aber wenn er es nicht abgeschickt hat, was hat er dann geschickt?«

»Vielleicht eine andere Telegrammkarte?«, sagt Lauth. »Oder einen Brief?«

»Haben Sie schon das andere Material durchgeschaut?«

»Noch nicht. Ich habe mich erst einmal auf dies hier konzentriert.«

»Na schön. Dann überprüfen Sie jetzt den Rest, vielleicht finden Sie ja noch den Entwurf einer anderen Nachricht.«

»Und was sollen wir mit dem Rohrposttelegramm hier machen?«

»Lassen Sie es hier. Und kein Wort zu irgendwem. Ist das klar?«

»Ja, Herr Oberstleutnant.« Lauth salutiert.

Er hat die Tür schon fast wieder hinter sich geschlossen, als ich ihm hinterherrufe: »Ach, übrigens, gute Arbeit.«

◆

Nachdem Lauth gegangen ist, gehe ich zum Fenster und schaue durch den Garten auf den Amtssitz des Ministers. Ich sehe, dass in seinem Büro Licht brennt. Es wäre ein Leichtes, hinüberzugehen und ihm zu berichten, was wir entdeckt haben. Zumindest könnte ich General Gonse einen Besuch abstatten, der ja eigentlich mein direkter Vorgesetzter ist. Aber mir ist klar, dass ich damit die Ermittlungen aus der Hand gebe, bevor sie überhaupt begonnen haben: Keinen Schritt würde ich unternehmen können, ohne ihn vorher mit ihnen abgesprochen zu haben. Und dann ist da noch die Gefahr, dass etwas durchsickert. Unser Verdächtiger mag ein einfacher Major bei einem unbedeutenden Regiment in einer Garnisonsstadt sein, aber Esterházy ist ein schillernder Name in Mitteleuropa. Gut möglich, dass jemand aus dem Generalstab sich bemüßigt fühlt, die Familie zu warnen. Ich beschließe, dass es schlauer ist, mir vorerst nicht in die Karten schauen zu lassen.

Ich lege das Petit Bleu wieder in die Aktenmappe und verschließe es in meinem Tresor.

Am nächsten Tag kommt Lauth wieder. Er hat bis spät in die Nacht gearbeitet und den Entwurf für einen anderen Brief zusammengesetzt. Wie so oft hat Auguste nicht jeden Fetzen des Briefs erwischt: Wörter fehlen, manchmal sogar halbe Sätze. Während ich lese, beobachtet Lauth mich.

Durch die Concierge auszuhändigen.

Sehr geehrter Herr,
ich bedauere es, nicht persönlich mit Ihnen sprechen zu können … über eine Angelegenheit, die … Mein Vater hat lediglich … nötigen Mittel, um die Arbeit fortzusetzen … unter den vereinbarten Bedingungen … werde ich Ihnen seine Gründe erläutern, muss Ihnen aber vorab ohne Umschweife

sagen ... Ihre Bedingungen mir zu hart erscheinen und ... die Ergebnisse, die ... dieser Reise. Er schlägt mir vor ... betreffende Reise möglicherweise ... meine Beziehungen ... ihm bislang jenseits aller Verhältnismäßigkeit ... die ich auf diese Reise verwendet habe. Der Punkt ist ... sobald als möglich persönlich mit Ihnen zu sprechen.

Ich sende Ihnen hiermit die Skizzen zurück, die ich neulich von Ihnen erhalten habe. Es sind nicht die letzten. C.

Ich lese das Schriftstück noch mehrere Male durch. Trotz Lücken ist der Sinn klar. Esterházy hat den Deutschen Informationen geliefert, darunter Skizzen, für die er von Schwartzkoppen bezahlt wurde. Der »Vater« des deutschen Attachés, vermutlich eine Umschreibung für irgendeinen General in Berlin, beschwert sich jetzt darüber, dass der Preis angesichts des Werts der erhaltenen Informationen zu hoch sei.

»Das könnte natürlich eine Falle sein«, sagt Lauth.

»Ja.« Daran habe ich auch schon gedacht. »Wenn Schwartzkoppen entdeckt hat, dass wir seine Abfälle lesen, könnte er durchaus den Entschluss gefasst haben, dieses Wissen gegen uns einzusetzen. Er wirft getürktes Material in seinen Papierkorb und lockt uns so auf eine falsche Fährte.«

Ich schließe die Augen und versuche, mich in seine Lage zu versetzen. Es kommt mir unwahrscheinlich vor, dass ein Mann, der sich bei seinen Liebesaffären so leichtsinnig verhält und im Umgang mit seinen Schriftstücken so schlampig ist, plötzlich so verschlagen sein sollte.

»Verspricht er sich wirklich etwas davon, sich so viel Mühe zu machen?«, überlege ich laut. »Wenn man bedenkt, wie heftig die Deutschen reagiert haben, nachdem wir Dreyfus als ihren Agenten enttarnt haben? Warum sollte Schwartzkoppen noch so einen peinlichen Spionageskandal riskieren?«

»Natürlich taugt nichts von dem hier als Beweismittel, Herr Oberstleutnant«, sagt Lauth. »Wir könnten weder dieses Schriftstück noch das Petit Bleu als Vorwand benutzen, um Esterházy zu verhaften. Schließlich ist keines von beiden abgeschickt worden.«

»Richtig.« Ich öffne den Tresor und nehme die Aktenmappe heraus. Ich lege den Entwurf des Briefes zu dem Petit Bleu. Auf das Deckblatt schreibe ich Esterházy. Das, überlege ich, ist das Paradoxe an der Welt der Spione. Diese Schriftstücke sind nur dann von Bedeutung, wenn man weiß, woher sie stammen. Und da genau das, nämlich woher sie kommen, niemals enthüllt werden kann, weil das die Tarnung des eigenen Agenten auffliegen lassen würde, sind sie juristisch wertlos. Ich bin mir noch nicht einmal sicher, ob ich sie dem Kriegsminister oder dem Chef des Generalstabs zeigen soll. Möglicherweise bekommt sie dann einer ihrer untergebenen Offiziere zu Gesicht und fängt an zu tratschen: Es ist zu offensichtlich, dass sie aus Abfällen rekonstruiert sind. Ich nehme das Petit Bleu wieder aus der Mappe. »Gibt es eine Möglichkeit, davon eine Fotografie machen zu lassen, auf der man die Risse nicht sehen kann? Dass es so aussieht, als wäre es wie bei dem Dreyfus-Schriftstück eine ganz normal abgefangene Postsendung?«

»Vielleicht«, sagt Lauth skeptisch. »Aber der Dreyfus-Brief bestand nur aus sechs Einzelteilen, das hier besteht aus etwa vierzig Teilen. Und selbst wenn ich es hinkriegen würde, die Seite mit der Adresse, der die entscheidende Beweiskraft zukommt, ist nicht frankiert. Wenn sich das einer genauer anschaut, merkt er sofort, dass es nie abgeschickt wurde.«

»Vielleicht könnten wir es frankieren?«

»Keine Ahnung, ob das machbar ist.« Lauth schaut jetzt noch skeptischer.

Ich beschließe, das Thema erst einmal fallen zu lassen. »Also gut«, sage ich. »Die Existenz dieser beiden Schriftstücke bleibt fürs Erste unter uns. In der Zwischenzeit versuchen wir mehr über Esterházy herauszubekommen, vielleicht können wir ja noch andere Beweise gegen ihn ausgraben.«

Ich spüre, dass Lauth noch etwas anderes umtreibt. Er runzelt die Stirn, er kaut auf der Unterlippe. Anscheinend will er noch etwas vorbringen, besinnt sich dann aber eines anderen. Er seufzt. »Ich wünschte, Major Henry wäre jetzt hier.«

»Keine Sorge«, sage ich beruhigend. »Henry kommt bald zurück. Und bis dahin schaffen wir beide das auch.«

◆

Ich schicke ein Telegramm an meinen alten Kameraden aus Tonkin, Albert Curé, Major beim 74. Infanterieregiment in Rouen, und teile ihm mit, dass ich morgen in der Gegend sei und ob ich bei ihm vorbeischauen könne. Seine Antwort besteht aus einem einzigen Wort: Jederzeit.

Am nächsten Morgen nehme ich am Buffet im Gare Saint-Lazare ein schnelles Frühstück ein und steige dann in den Zug in die Normandie. Als die Vororte hinter uns liegen und wir durch offene Landschaft fahren, überkommt mich trotz meiner ernsten Mission ein Gefühl der Hochstimmung. Zum ersten Mal seit Wochen bin ich meinem Schreibtisch entkommen. Es ist ein Frühlingstag. Ich bin in Bewegung. Meine Aktentasche liegt geschlossen neben mir, und an meinem Fenster gleiten in einem pastoralen Diorama die ländlichen Motive vorüber – braune und weiße Kühe, die auf den saftig grünen Wiesen wie glänzend lackierte Bleifiguren aussehen, gedrungene, graue normannische Kirchen in Dörfern mit roten Dächern, bunt gestrichene Lastkähne auf dem beschaulichen Kanal, Sandwege und hohe Hecken mit ersten sprießenden Blättern. Es ist das Frankreich, für das ich kämpfe – wenn auch nur dadurch, dass ich den Müll eines phallusgesteuerten preußischen Offiziers zusammenklebe.

Knapp zwei Stunden später erreichen wir Rouen und tuckern im Schritttempo an der Seine entlang auf die große Kathedrale zu. Über dem breiten Fluss stoßen kreischende Möwen herab. Immer wieder vergesse ich, wie nah am Ärmelkanal die Hauptstadt der Normandie liegt. Vom Bahnhof mache ich mich zu Fuß auf den Weg zur Kaserne Pélissier. Ich durchquere das für eine Garnisonsstadt typische Viertel, das geprägt ist von öden Schiffsausstattern und Schuhmacherläden und jener bestimmten Art von düsteren Bars, die ausnahmslos von ehemaligen Soldaten betrieben werden und von deren Besuch man einheimischen Zivilisten nur abraten kann. Das 74. Infanterieregiment ist in drei großen, dreistöckigen Gebäuden untergebracht. Sie ragen hinter einer hohen Mauer auf und bestehen aus sich abwechselnden Streifen von roten Ziegeln und grauen Steinen. Nach allem, was man von außen erkennen kann, könnte es sich genauso gut um eine Fabrik, eine Irrenanstalt oder ein Gefängnis handeln. Am Tor zeige ich meinen Ausweis vor, und ein Ordonnanzoffizier führt mich zwischen zwei Schlafbaracken hindurch und dann über den Exerzierplatz mit Fahnenmast und Trikolore, Platanen und Wassertrögen zum Verwaltungsgebäude, das sich auf der anderen Seite des Geländes befindet.

Ich gehe die von vielen schweren Militärstiefeln ausgetretene Treppe hinauf in den ersten Stock. Curé ist nicht in seinem Büro. Sein Adjutant sagt, er mache gerade eine Ausrüstungsinspektion. Er bittet mich zu warten. Sein Büro ist bis auf einen Schreibtisch und ein paar Stühle leer. Durch das hohe, schmale Fenster, das leicht angelehnt ist, dringen die Brise des Frühlings und die Geräusche der Garnison herein. Ich höre das Klappern von Pferdehufen auf dem Kopfsteinpflaster des Stallgeländes, das rhythmische Stampfen einer Kompanie, die von der Straße in die Kaserne marschiert, und von weiter entfernt eine übende Musikkapelle. Ich könnte genauso gut wieder in Saint-Cyr oder als Hauptmann im Divisionshauptquartier in Toulouse sein. Sogar die Gerüche sind die gleichen – Pferdedung, Leder, Kantinenessen, Männerschweiß. Meine weltläufigen Freunde in Paris wundern sich immer noch darüber, dass ich das Jahr für Jahr aushalte. Ich versuche erst gar nicht, ihnen die Wahrheit zu erzählen: dass es die unveränderliche Gleichförmigkeit ist, die mich anzieht.

Curé stürzt herein und kann gar nicht aufhören, sich zu entschuldigen. Erst salutiert er, dann schütteln wir uns die Hand, und schließlich umarmen wir uns verlegen – aber erst auf meine Initiative hin. Seit dem Konzert bei den de Comminges im letzten Sommer haben wir uns nicht mehr gesehen. Damals hatte ich den Eindruck, dass ihn irgendetwas wurmt. Curé ist ein ehrgeiziger Mann, ein oder zwei Jahre älter als ich. Es wäre nur zu menschlich, wenn er mich um meinen neuen Rang beneidete.

»Nun«, sagt er, tritt einen Schritt zurück und schaut mich an. »Herr Oberstleutnant!«

»Man braucht etwas Zeit, sich daran zu gewöhnen, das stimmt.«

»Wie lange bist du in der Stadt?«

»Nur für ein paar Stunden. Mit dem Abendzug fahre ich wieder nach Paris.«

»Das verlangt nach einem kräftigen Schluck.« Er öffnet eine Schreibtischschublade und nimmt eine Flasche Kognak und zwei Gläser heraus. Er füllt sie bis zum Rand. Wir stoßen auf die Armee an. Er schenkt nach, und wir stoßen auf meine Beförderung an. Trotzdem spüre ich, dass sich tief verborgen unter seinen Glückwünschen eine Kluft zwischen uns auftut. So haarfein, dass niemand, der jetzt das Zimmer betreten würde, sie bemerken könnte. Curé schenkt die dritte Runde ein. Wir knöpfen die Uniformröcke auf, lehnen uns auf den Stühlen zurück, legen die Füße auf den Schreibtisch und rauchen. Wir reden über alte Kameraden und alte Zeiten. »Was genau tust du jetzt in Paris?«, fragt er in eine kurze Pause hinein.

Ich zögere. Eigentlich dürfte ich nicht darüber sprechen.

»Ich habe Sandherrs Posten übernommen. Ich leite den Geheimdienst.«

»Wirklich? Mein Gott!« Er runzelt die Stirn und schaut in sein leeres Glas. Diesmal verzichtet er auf einen Toast. »Dann bist du also hier, um herumzuschnüffeln?«

»So ähnlich, ja.«

Seine Fröhlichkeit flackert wieder auf. »Hoffentlich nicht bei mir!«

»Heute nicht.« Ich lächele und stelle mein Glas ab. »Ihr habt hier einen Major Esterházy.«

Curé schaut mich an. Sein Gesichtsausdruck ist undurchdringlich. »Ja, das stimmt.«

»Wie ist er so?«

»Was hat er getan?«

»Das kann ich dir nicht sagen.«

Curé nickt langsam. »Dachte ich mir.« Er steht auf und fängt an, den Uniformrock wieder zuzuknöpfen. »Ich weiß nicht, wie es dir geht, aber ich muss jetzt erst mal einen klaren Kopf bekommen.«

Vom Meer weht eine scharfe Brise landeinwärts. Wir spazieren um den Exerzierplatz herum. »Ich verstehe, dass du mir nicht verraten kannst, worum es geht«, sagt Curé nach einer Weile. »Aber wenn ich dir einen guten Rat geben darf: Sei vorsichtig, wenn du Esterházy auf die Pelle rückst. Er ist gefährlich.«

»Wie meinst du das, physisch gefährlich?«

»In jeder Hinsicht. Was weißt du über ihn?«

»Nichts. Du bist der Erste, den ich frage.«

»Denk auf jeden Fall immer daran, dass er gute Beziehungen hat. Sein Vater war General. Er nennt sich selbst Graf Esterházy, aber das ist, glaube ich, nur seiner Blasiertheit geschuldet. Wie auch immer, seine Frau ist die Tochter des Marquis de Nettancourt, er kennt also jede Menge Leute.«

»Wie alt ist er?«

»Schätze, knapp fünfzig.«

»Fünfzig?« Ich lasse meinen Blick über das Kasernengelände schweifen. Es ist später Nachmittag. Soldaten mit käsigem Gesicht und grauem, geschorenem Kopf lehnen sich rauchend aus den Fenstern ihrer Schlafquartiere. Sie sehen aus wie Sträflinge.

Curé folgt meinem Blick. »Ich weiß, was dir gerade durch den Kopf geht«, sagt er.

»Und was?«

»Er ist fünfzig, er ist der Schwiegersohn eines Marquis, und trotzdem sitzt er in diesem Drecksloch fest. Warum? Das würde jedenfalls ich mich als Erstes fragen!«

»Also gut, wenn du es schon aufbringst: Warum ist er hier?«

»Weil er kein Geld hat.«

»Mit all seinen Beziehungen?«

»Er verzockt alles. Nicht nur am Spieltisch. Auch auf der Rennbahn und an der Börse.«

»Aber seine Frau muss doch über etwas Kapital verfügen.«

»Ja, aber sie ist ihm draufgekommen. Ich habe ihn mal jammern hören, dass sie sogar das Landhaus auf ihren Namen hat überschreiben lassen, damit sie vor seinen Gläubigern sicher ist. Keinen Sou bekommt er von ihr.«

»Aber er hat eine Wohnung in Paris.«

»Du kannst dir sicher sein, dass die auch ihr gehört.«

Während ich all das verdaue, gehen wir schweigend weiter. Mir fällt Schwartzkoppens Brief ein. Da drehte sich alles um Geld: *... Ihre Bedingungen mir zu hart erscheinen ...*

»Also, erzähl mal«, sage ich. »Wie ist er als Offizier?«

»Das Letzte!«

»Vernachlässigt er seine Pflichten?«

»Ja, in jeder Hinsicht! Der Oberst überträgt ihm keine Aufgaben mehr.«

»Dann ist er gar nicht hier?«

»Im Gegenteil, er ist immer hier.«

»Und was macht er?«

»Anderen im Weg rumstehen! Er lungert herum und stellt jede Menge bescheuerte Fragen über Sachen, die ihn nichts angehen.«

»Fragen worüber?«

»Über alles.«

»Die Bewaffnung, zum Beispiel?«

»O ja.«

»Was will er über die Bewaffnung alles wissen?«

»Frag lieber, was er nicht wissen will! Er hat mindestens schon an drei Artilleriemanövern teilgenommen. Beim letzten Mal hat der Oberst sich strikt geweigert, ihn dazu abzuordnen, also hat er die Kosten selbst getragen, um mitfahren zu können.«

»Ich dachte, er hat kein Geld.«

»Das stimmt, hat er auch nicht.« Curé bleibt abrupt stehen. »Jetzt, wo du es sagst, ich habe zufällig gehört, dass er sogar einen Korporal in seinem Bataillon dafür bezahlt hat, von der Schießvorschrift Kopien anzufertigen –

es ist uns verboten, sie länger als ein, zwei Tage zu behalten.«

»Hat er einen Grund dafür genannt?«

»Er hat gesagt, dass er vielleicht ein paar Verbesserungsvorschläge hat …«

Wir gehen weiter. Die Sonne ist hinter einer der Schlafbaracken untergegangen. Der Exerzierplatz liegt jetzt im Schatten, und die Luft ist plötzlich kühl geworden. »Du hast vorhin gesagt, dass er gefährlich ist«, sage ich.

»Ja. Das ist schwer zu erklären. Er hat so eine … Wildheit an sich, und er ist durchtrieben. Aber er kann auch sehr einnehmend sein. Sagen wir so: Trotz seines Verhaltens möchte ihm keiner in die Quere kommen. Außerdem ist sein Auftreten ziemlich ungewöhnlich. Aber um zu verstehen, was ich damit meine, musst du ihn selbst sehen.«

»Das würde ich gern. Das Problem ist, dass ich nicht riskieren kann, von ihm gesehen zu werden. Gibt es einen Ort, wo ich einen Blick auf ihn werfen kann, ohne dass er es merkt?«

»Da gibt's eine Bar gleich hier in der Nähe, wo er abends meistens hingeht. Natürlich nicht immer, aber da erwischst du ihn am besten.«

»Kannst du mit mir da hingehen?«

»Ich dachte, du nimmst den Abendzug.«

»Dann bleibe ich eben bis morgen. Auf eine Nacht kommt's auch nicht an. Also, was ist, mein Freund? Wie in den alten Zeiten!«

Aber Curé scheint von dem Gerede über die alten Zeiten genug zu haben. Er wirft mir einen strengen, abschätzenden Blick zu. »Jetzt bin ich mir sicher, dass die Sache ernst ist, Georges. Wenn du eine Nacht in Paris dafür sausen lässt.«

◆

Curé will mich überreden, die Zeit bis zum Abend mit ihm zusammen in seiner Unterkunft zu verbringen, aber ich ziehe es vor, dem Kasernengelände fernzubleiben, um nicht erkannt zu werden. Ich erinnere mich an ein kleines Hotel für Handelsreisende, das ich bei meiner Ankunft in der Nähe des Bahnhofs gesehen habe. Dorthin gehe ich und nehme mir ein Zimmer. Es handelt sich um ein muffig riechendes, schmuddeliges Kabuff ohne elektrisches Licht. Die Matratze ist hart und dünn, und immer wenn ein Zug vorbeifährt, zittern die Wände. Aber für eine Nacht wird es reichen. Ich strecke mich auf dem Bett aus. Es ist so kurz, dass meine Beine über den Rand hinausragen. Ich rauche und denke über den geheimnisvollen Esterházy nach, einen Mann, der offenbar genau das im Übermaß hat, was Dreyfus eigenartigerweise fehlte: ein Motiv.

Der Tag geht zur Neige. Um sieben Uhr fangen die Glocken der Kathedrale von Rouen an zu läuten. Bleiern und laut wie Trommelfeuer wälzt sich das Dröhnen über den Fluss, und als es wieder aufhört, scheint die plötzliche Stille wie Qualm in der Luft zu hängen.

Als ich mich aufraffe und die Treppe hinuntergehe, ist es dunkel. Curé wartet schon auf mich. Er rät mir, die Rangabzeichen auf den Schultern unter meinem Umhang zu verbergen.

Wir gehen an die zehn Minuten durch Seitenstraßen mit geschlossenen Fensterläden und ein paar ruhigen Bars, bis wir schließlich in eine Sackgasse voller schattenhafter Gestalten einbiegen, hauptsächlich Soldaten und einige junge Frauen, die sich leise unterhaltend und lachend vor einem langen, niedrigen, fensterlosen Gebäude herumdrücken, das wie ein umgebautes Lagerhaus aussieht. Ein gemaltes Schild verkündet: Folies Bergère. Die Hoffnungslosigkeit dieser provinziellen Verheißung ist fast anrührend.

»Warte hier«, sagte Curé. »Ich schaue nach, ob er schon da ist.«

Er geht zur Tür, die sich kurz öffnet. In dem länglichen, leicht violett glänzenden Lichtstreifen wird Curés Silhouette sichtbar. Ich höre Lärm und Musik, dann verschwindet er im Dunkeln. Eine Frau mit einem riesigen Ausschnitt, weiß wie Gänsehaut in der Kälte, kommt mit einer unangezündeten Zigarette auf mich zu und bittet um Feuer. Ohne weiter nachzudenken, reiße ich ein Streichholz an. Im Licht der gelb aufflackernden Flamme sehe ich, dass sie jung und hübsch ist. Sie mustert mich kurzsichtig. »Kennen wir uns, Schätzchen?«

Ich merke, dass ich einen Fehler gemacht habe. »Pardon, aber ich warte auf jemand.« Ich blase das Streichholz aus und gehe weg.

»Jetzt stell dich nicht so an, Herzchen!«, ruft sie lachend hinter mir her.

Eine andere Frau mischt sich ein. »Wer war das denn?«

Und dann schreit ein betrunkener Mann: »Irgend so ein eingebildeter Arsch!«

Ein paar Soldaten drehen sich um und schauen in meine Richtung.

Curé erscheint in der Tür. Er nickt und macht mir ein Zeichen. Ich gehe zu ihm. »Ich glaube, es ist besser, ich verschwinde wieder«, sage ich.

»Du brauchst bloß kurz reinzuschauen, dann kannst du ja wieder gehen.« Er nimmt meinen Arm und schiebt mich vor sich her durch einen kurzen Gang, dann ein paar Stufen hinunter und durch einen schweren, schwarzen Samtvorhang in einen lang gestreckten Raum, in dem der Tabakqualm wie Nebel über den voll besetzten kleinen runden Tischen hängt. Vor der gegenüberliegenden Wand spielt eine Kapelle, und auf der Bühne werfen ein halbes Dutzend Mädchen in Korsetts und schrittfreien Höschen vor ihrer Kundschaft gelangweilt die Röckchen und Beine in die Luft. Die Füße stampfen auf die nackten Holzdielen. Der Laden riecht nach Absinth.

»Das ist er«, flüstert Curé.

Er nickt zu einem keine zwanzig Schritt entfernten Tisch, wo zwei Paare vor einer Flasche Champagner sitzen. Eine der Frauen, eine Rothaarige, hat mir den Rücken zugewandt, die andere, eine Brünette, hat sich auf ihrem Stuhl herumgedreht und schaut zur Bühne. Die Männer sitzen sich gegenüber und unterhalten sich ungezwungen. Curé braucht mir gar nicht zu sagen, wer das Objekt meiner Neugier ist. Major Esterházy sitzt weit zurückgelehnt auf seinem Stuhl, den er ein gutes Stück vom Tisch weggeschoben hat. Der Uniformrock ist aufgeknöpft, das Becken nach vorn geschoben, die Arme hängen links und rechts fast bis auf den Boden hinunter, in der rechten Hand hält er lässig schief, als ob es keiner Beachtung wert wäre, ein Glas Champagner. Aus dem Profil seines flachen Gesichts ragt eine Nase, die spitz zuläuft und wie der Schnabel eines Geiers aussieht. Die Augen liegen tief in ihren Höhlen. Er trägt einen großen, nach hinten gezwirbelten Schnauzbart. Dem Aussehen nach ist er betrunken. Sein Kompagnon sieht uns an der Tür stehen und in ihre Richtung schauen. Er sagt etwas zu Esterházy, der langsam den Kopf zu uns umdreht. Seine Augen sind rund und vorstehend. Sie sehen nicht natürlich aus, sondern wahnsinnig, wie Glaskugeln, die man in den Schädel eines Skeletts in einer medizinischen Fakultät gedrückt hat. Wie Curé mich schon vorgewarnt hat, ist die Wirkung verstörend. Mein Gott, denke ich, der könnte den ganzen Laden mitsamt allen Leuten abfackeln und würde sich einen Scheißdreck darum scheren. Sein Blick verweilt kurz bei uns, und für eine Sekunde entdecke ich in den sich verengenden Augen in dem zur Seite geneigten Kopf eine Spur von Neugier. Glücklicherweise ist er vom Alkohol so benebelt, dass er sich sofort ablenken lässt, als eine der beiden Frauen etwas zu ihm sagt.

Curé berührt meinen Ellbogen. »Besser, wir gehen jetzt.« Er zieht den Vorhang zur Seite und führt mich wieder nach draußen.

7

Kurz vor Mittag des nächsten Tages, eines Samstags, komme ich wieder in Paris an und beschließe, nicht mehr ins Büro zu gehen. Ich kehre also erst am Montag, vier Tage nach meiner letzten Unterredung mit Lauth, wieder in die Statistik-Abteilung zurück. Schon auf der Treppe höre ich Major Henrys Stimme. Als ich im ersten Stock ankomme, sehe ich ihn aus Lauths Zimmer treten. Er trägt eine Trauerbinde am Arm.

»Herr Oberstleutnant Picquart«, sagt er, kommt auf mich zu und salutiert. »Ich melde mich zum Dienst zurück.«

»Schön, dass Sie wieder bei uns sind, Herr Major«, sage ich und erwidere seinen Gruß. »Obwohl mir natürlich die Umstände sehr leidtun. Ich hoffe sehr, dass Ihre Mutter friedlich dahingeschieden ist.«

»Es gibt nicht viele Möglichkeiten, leicht aus dem Leben zu scheiden, Herr Oberstleutnant. Um ehrlich zu sein, am Schluss habe ich für ein schnelles Ende gebetet. Jedenfalls werde ich ab jetzt darauf achten, dass mein Dienstrevolver immer in Reichweite ist. Wenn meine Zeit kommt, möchte ich ein schnelles Ende machen können.«

»Das ist auch meine Absicht.«

»Bleibt nur das Problem, ob man dann noch die Kraft hat abzudrücken.«

»Nun ja, ich glaube, es werden sich genügend Leute finden, die das gern erledigen.«

Henry lacht. »Schätze, da haben Sie recht, Herr Oberstleutnant!«

Ich schließe die Tür auf und bitte ihn herein. Mein Büro verströmt die kalte, muffige Atmosphäre eines Zimmers, in dem einige Tage lang nicht gearbeitet wurde. Er nimmt sich einen Stuhl. Die spindeldürren Holzbeine knarzen unter seinem Gewicht.

Er zündet sich eine Zigarette an. »Wie ich höre, waren Sie während meiner Abwesenheit ziemlich beschäftigt.«

»Haben Sie mit Lauth gesprochen?« Das hätte ich mir gleich denken können: Lauth und Henry sind die dicksten Freunde.

»Ja, er hat mir alles erzählt. Kann ich das neue Material sehen?«

Ich öffne den Tresor und gebe ihm die Akte. Ich bin verärgert, und mir ist bewusst, dass ich mich kleinkariert anhöre. »Ich war davon ausgegangen, dass ich Sie als Erster informieren würde.«

»Spielt das eine Rolle?«

»Nur insofern, als ich Lauth untersagt habe, mit irgendjemand darüber zu sprechen.«

Henry, die Zigarette zwischen den Lippen, setzt seine Brille auf und hält die beiden Schriftstücke hoch. »Nun ja«, murmelt er. »Vielleicht bin ich ja mehr für ihn als nur irgendjemand.« Beim Sprechen zittert die Zigarette zwischen seinen Lippen, und Asche fällt in seinen Schoß.

»Das wollte ich damit nicht in Zweifel ziehen.«

»Haben Sie in dieser Sache schon irgendetwas unternommen?«

»In der Rue Saint-Dominique weiß noch keiner davon, wenn Sie das meinen.«

»Das ist wahrscheinlich auch schlauer so. Die verfallen nur in Panik.«

»Ganz meine Meinung. Ich möchte, dass wir erst unsere eigenen Nachforschungen anstellen. Ich war schon in Rouen ...«

Er schaut mich über den Brillenrand an. »Sie waren in Rouen?«

»Ja, im Vierundsiebzigsten – Esterházys Regiment – ist ein alter Freund von mir stationiert, ein Major. Er konnte mir schon mit einigen persönlichen Informationen dienen.«

Henry liest weiter. »Und dürfte ich fragen, was dieser alte Freund Ihnen erzählt hat?«

»Er sagt, dass Esterházy die Angewohnheit hat, jede Menge verdächtige Fragen zu stellen. Dass er sogar selbst dafür bezahlt hat, an einem Artilleriemanöver teilnehmen zu können, und danach Kopien von den Schießvorschriften gemacht hat. Und dass er in Geldschwierigkeiten steckt und nicht gerade ein Mann von einwandfreiem Charakter ist.«

»Ach, wirklich?« Henry dreht das Petit Bleu um und begutachtet die Adresse. »Hier bei uns hat er einen guten Eindruck gemacht.«

Für die Chuzpe, mit der er die Bombe hochgehen lässt, muss ich ihm Respekt zollen. Ein, zwei Sekunden lang schaue ich ihn nur an. »Lauth hat nichts davon gesagt, dass Esterházy mal hier gearbeitet hat.«

»Weil er es nicht weiß.« Henry legt die Schriftstücke auf meinen Schreibtisch und nimmt die Brille ab. »Das war lange vor Lauths Zeit. Ich selbst war gerade erst hierher versetzt worden.«

»Wann war das?«

»Das muss so fünfzehn Jahre her sein.«

»Dann kennen Sie Esterházy also?«

»Ja, allerdings nur oberflächlich. Er war nicht lange hier. Er hat als deutscher Übersetzer gearbeitet. Ich habe ihn schon Jahre nicht mehr gesehen.«

Ich lehne mich auf meinem Stuhl zurück. »Das hebt die Sache auf eine ganze neue Ebene.«

»Ach?« Henry zuckt mit den Achseln. »Ich glaube, ich kann Ihnen nicht ganz folgen. Warum?«

»Sie scheinen das ja sehr gelassen zu nehmen, Herr Major!« Henrys Gleichgültigkeit hat etwas Spöttisches. Langsam werde ich wütend. »Wenn Esterházy schon Einblick in unsere Geheimdienstmethoden hatte, dann liegt es doch auf der Hand, dass man die Sache ernster nehmen muss.«

Henry lächelt und schüttelt den Kopf. »Wenn ich Ihnen einen Rat geben darf, Herr Oberstleutnant, nehmen Sie das alles nicht so dramatisch. Es spielt keine Rolle, bei wie vielen Schießübungen er dabei war. Ich kann mir nicht vorstellen, dass Esterházy in Rouen Zugang zu irgendetwas hatte, was wichtig oder außergewöhnlich war. Und Schwartzkoppens Brief belegt das ja zweifelsfrei. Darin drohen ihm die Deutschen, die Verbindung zu ihm zu kappen. Das würden sie nicht machen, wenn sie ihn für einen brauchbaren Spion hielten.«

Henry macht eine kurze Pause, ehe er weiterspricht.

»So einen Fehler macht man schnell. Man ist neu im Geschäft, und da hält man den ersten windigen Burschen, der einem über den Weg läuft, gleich für einen Meisterspion. Das ist er nur selten. Tatsächlich kann es sogar darauf hinauslaufen, dass man durch Überreaktionen wesentlich mehr Schaden anrichtet als der mutmaßliche Verräter selbst.«

»Ich hoffe nicht, dass Sie vorschlagen, ihn einfach weiter Informationen, und seien sie noch so unbedeutend, an eine ausländische Macht liefern zu lassen?«, erwidere ich steif.

»Ganz und gar nicht! Wir sollten ihn auf jeden Fall im Auge behalten. Ich glaube nur, dass wir die Verhältnismäßigkeit wahren sollten. Ich könnte Guénée beauftragen, ein bisschen herumzuschnüffeln, mal sehen, was er herausfindet.«

»Nein, ich will nicht, dass Guénée mit dieser Sache betraut wird.« Guénée gehört auch zu Henrys Truppe. »Ich möchte zur Abwechslung mal jemand andres dafür.«

»Wie Sie wünschen«, sagt Henry. »Sagen Sie mir, an wen Sie denken, dann setze ich ihn darauf an.«

»Danke für das Angebot, aber ich werde selbst jemand darauf ansetzen.« Ich lächele Henry ins Gesicht. »Etwas praktische Erfahrung kann mir nicht schaden. Danke, Herr Major ...« Ich deute auf die Tür. »Und noch einmal: Schön, dass Sie wieder bei uns sind. Und sagen Sie doch bitte Gribelin Bescheid, dass ich ihn sprechen möchte.«

◆

Das besonders Ärgerliche an Henrys kleiner frommer Predigt ist, dass er recht hat: Ich habe meiner Fantasie erlaubt, Esterházy zu einem Verräter von der Größenordnung eines Dreyfus' aufzublasen, während alles, wie Henry sagt, darauf hinweist, dass er nichts besonders Schwerwiegendes getan hat. Trotzdem werde ich ihm nicht die Genugtuung verschaffen, ihm die Kontrolle über die Operation zu überlassen. Ich werde sie selbst leiten. Also trage ich Gribelin auf, eine Liste mit allen Polizeiagenten zusammenzustellen, die die Abteilung in jüngster Zeit eingesetzt hat, inklusive Adressen und kurzen Werdegangs von jedem Einzelnen. Eine halbe Stunde nachdem er mein Büro verlassen hat, kommt er mit einem Dutzend Namen zurück.

Gribelin ist mir ein Rätsel: der Inbegriff eines unterwürfigen Bürokraten, eine lebende Leiche. Er könnte vierzig, aber auch sechzig Jahre alt sein und ist so dünn wie ein Gespenst aus Rauch, ganz in Schwarz, der einzigen Farbe, die er trägt. Meist schließt er sich allein oben in seinem Archiv ein. In den seltenen Fällen, in denen er auftaucht, schleicht er dunkel und schweigend wie ein Schatten an der Wand entlang. Ich könnte mir vorstellen, dass er um die Kante einer geschlossenen Tür in einen Raum schlüpft – oder darunter hindurch. Das einzige Geräusch, das er manchmal macht, stammt von dem klimpernden Schlüsselbund in seiner Hosentasche, der mit einer Kette an der Hüfte befestigt ist. Jetzt steht er vollkommen regungslos und stumm vor meinem Schreibtisch, während ich mir seine Liste anschaue. Ich frage ihn, welchen der Agenten er empfehlen würde. Er lehnt es ab, sich festzulegen. »Es sind alles gute Männer.« Er fragt mich nicht, wofür ich einen Agenten brauche. Gribelin ist so diskret wie der Beichtvater des Papstes.

Schließlich entscheide ich mich für einen jungen Beamten der Sûreté, Jean-Alfred Desvernine, der in der Inspektion am Gare Saint-Lazare Dienst tut. Er ist ein ehemaliger Dragonerleutnant aus dem Médoc, der die Karriereleiter nach oben geklettert ist, dann wegen Spielschulden den Dienst quittieren musste, sich seitdem aber ehrlich durchs Leben geschlagen hat. Wenn es irgendjemand schaffen kann, die Geheimnisse um Esterházys Sucht zu entschlüsseln, dann er.

Nachdem Gribelin sich wieder davongeschlichen hat, setze ich eine Nachricht für Desvernine auf, in der ich ihn bitte, mich übermorgen zu treffen. Anstatt ihn in mein Büro zu bestellen, wo Henry und Lauth ihn sehen könnten, schlage ich ein Treffen um neun Uhr morgens auf der Place du Carrousel vor dem Louvre vor. Ich schreibe, dass ich in Zivil kommen werde – in Gehrock mit Melone, mit einer roten Nelke im Knopfloch und dem *Figaro* unter dem Arm. Als ich den Umschlag versiegle, geht mir der Gedanke durch den Kopf, wie leicht man doch den Klischees der Spionagewelt verfällt. Das beunruhigt mich. Schon jetzt traue ich niemand mehr. Wie lange wird es noch dauern, bis ich wie Sandherr über moralisch Verwahrloste und Ausländer herziehe? Das ist eine *déformation professionnelle:* Alle Meisterspione enden zwangsläufig im Wahnsinn.

Am Mittwochmorgen stehe ich passend ausstaffiert vor dem Louvre. Aus der Touristenschlange löst sich plötzlich ein jugendlich aussehender Mann mit grau meliertem Schnauzbart. Er macht einen intelligenten Eindruck. Desvernine. Wir nicken uns zu. Er muss mich schon seit einigen Minuten beobachtet haben.

»Man hat Sie nicht verfolgt, Herr Oberstleutnant«, sagt er leise. »Zumindest habe ich nichts bemerkt. Trotzdem schlage ich vor, dass wir ins Museum gehen, wenn Sie einverstanden sind. Dort fällt es nicht so auf, wenn ich mir Notizen mache.«

»Wie Sie meinen. Das ist Ihr Metier.«

»Ganz recht, Herr Oberstleutnant. Überlassen Sie das Leuten wie mir.«

Er hat die durchgedrückten Schultern und den wiegenden Gang des Sportsmanns. Ich folge ihm zum nächstgelegenen Pavillon. Es ist früh am Tag und deshalb noch nicht so voll. Im Vorraum befinden sich neben dem Eingang eine Garderobe, geradeaus eine Treppe, links und rechts Galerien. Als Desvernine sich nach links wendet, erhebe ich Einspruch. »Müssen wir dahin? Dort gibt es nur den übelsten Schrott zu sehen.«

»Wirklich? Für mich sieht das alles gleich aus.«

»Sie kümmern sich um die Polizeiarbeit, Desvernine, die Kultur überlassen Sie mir.«

Ich kaufe einen Museumsführer, dann gehen wir in die Ausstellungsräume des Denon-Flügels, wo es wie in einem Klassenzimmer riecht. Wir stehen vor einer Bronzefigur von Commodus als Herkules – eine Renaissance-Kopie aus dem Vatikan. Die Säle sind fast leer.

»Das muss unter uns bleiben, verstanden?«, sage ich.

»Wenn Ihre Vorgesetzten herausbekommen, was Sie tun, dann verweisen Sie sie an mich.«

»Verstehe.« Desvernine zückt Notizblock und Stift.

»Ich möchte alles über einen Major der Armee namens Charles Ferdinand Walsin-Esterházy erfahren.« Obwohl ich flüstere, hallt meine Stimme nach. »Manchmal nennt er sich Graf Esterházy. Er ist achtundvierzig Jahre alt und dient beim 74. Infanterieregiment in Rouen. Er ist mit der Tochter des Marquis de Nettancourt verheiratet. Er spielt, spekuliert an der Börse, führt ganz allgemein ein ausschweifendes Leben. Sie wissen besser als ich, wo man sich nach einer solchen Figur umschauen muss.«

Desvernine errötet leicht. »Bis wann brauchen Sie das?«

»So schnell wie möglich. Könnten Sie mir bis nächste Woche einen vorläufigen Bericht liefern?«

»Ich werde es versuchen.«

»Noch etwas: Ich würde gern wissen, wie oft Esterházy die deutsche Botschaft besucht.«

Falls Desvernine diesen Wunsch überraschend findet, so ist er zu sehr Profi, sich etwas anmerken zu lassen. Wir geben bestimmt ein seltsames Paar ab: ich im Gehrock mit Melone, den Museumsführer in der Hand und große Reden schwingend, er im schäbigen, braunen Anzug und fleißig mitschreibend. Aber niemand schaut in unsere Richtung. Wir gehen zum nächsten Ausstellungsstück. Der Führer verzeichnet es als *Der Dornauszieher*.

»Das nächste Mal sollten wir uns an einem anderen Ort treffen, zur Sicherheit«, sagt Desvernine.

Mir fällt meine Zugfahrt nach Rouen ein. »Wie wär's mit dem Restaurant im Gare Saint-Lazare?«, schlage ich vor. »Liegt in Ihrem Revier.«

»Ja, das kenne ich gut.«

»Nächsten Donnerstagabend, um sieben?«

»Einverstanden.« Er schreibt es auf, steckt dann sein Notizbuch in die Tasche und schaut die Statue an. Er kratzt sich am Kopf. »Und Sie glauben wirklich, dass dieses Ding da gut ist, Herr Oberstleutnant?«

»Nein, das habe ich nicht gesagt. Wie so oft im Leben ist es nur besser als die Alternative.«

◆

Nicht meine ganze Zeit gehört den Nachforschungen über Esterházy. Ich habe mich auch noch um andere Dinge zu kümmern – nicht zuletzt um das verräterische Treiben von Brieftauben.

Gribelin bringt mir die Akte. Man hat sie von der Rue Saint-Dominique herübergeschickt. Als er sie mir überreicht, entdecke ich doch noch einen matten Glanz boshaften Vergnügens in seinen blassen Augen. Anscheinend haben Taubenliebhaber in England die Angewohnheit, mit ihren Vögeln nach Cherbourg zu fahren und sie von dort zurück über den Kanal fliegen zu lassen. Um die neuntausend werden jedes Jahr auf die Reise geschickt: ein harmloser, wenn auch unerfreulicher Zeitvertreib, den Oberst Sandherr im Endstadium seiner Krankheit als eine mögliche Bedrohung der nationalen Sicherheit zu verbieten für angezeigt hielt. Was, wenn man die Vögel für den Transport geheimer Botschaften einsetzte? Diese Ausgeburt des Irrsinns hat sich fast ein Jahr lang ihren Weg durch das Innenministerium gebahnt und schließlich Niederschlag in einer Gesetzesvorlage gefunden. Und jetzt besteht General Boisdeffre darauf, dass ich als Chef der Statistik-Abteilung die Meinung des Kriegsministeriums zu diesem Entwurf in Worte fasse.

Unnötig zu erwähnen, dass ich keine Meinung dazu habe. Nachdem Gribelin wieder gegangen ist, sitze ich an meinem

Schreibtisch und gehe die Akte durch, was ungefähr so sinnvoll ist, als wäre das Schriftstück in Sanskrit verfasst, so wenig verstehe ich davon. Mir kommt der Gedanke, dass ich dafür einen Juristen brauche. Des Weiteren kommt mir der Gedanke, dass der beste Jurist, den ich kenne, mein ältester Freund Louis Leblois ist, der, wie ein merkwürdiger Zufall es will, nur zwei Gehminuten entfernt in der Rue de l'Université seine Kanzlei hat. Ich schicke ihm ein Bleu, in dem ich ihn bitte, auf dem Weg nach Hause bei mir vorbeizuschauen. Am Spätnachmittag höre ich, wie die elektrische Klingel die Ankunft von jemand meldet, und ich bin schon halb die Treppe hinuntergegangen, als mir Bachir mit Louis' Visitenkarte entgegenkommt.

»Geht in Ordnung, Bachir, ich kenne den Mann. Schicken Sie ihn hoch.«

Zwei Minuten später stehe ich mit Louis am Fenster und zeige ihm den Garten des Ministers.

»Das ist ein höchst bemerkenswertes Gebäude, Georges«, sagt er. »Wenn ich hier vorbeigegangen bin, habe ich mich oft gefragt, wem es jetzt wohl gehört. Weißt du, was das früher mal war?«

»Nein.«

»Vor der Revolution war es das Hôtel d'Aiguillon, wo die alte Herzogin Anne-Charlotte de Crussol-Florensac ihren literarischen Salon veranstaltete. Wahrscheinlich haben Montesquieu und Voltaire genau in dem Zimmer hier gesessen!« Er wedelt sich mit der Hand vor der Nase herum. »Könnte es sein, dass ihre Leichen noch unten im Keller liegen? Was um Himmels willen treibst du hier eigentlich den ganzen Tag?«

»Das kann ich dir nicht sagen, obwohl es Voltaire bestimmt amüsiert hätte. Allerdings kann ich dir einen Auftrag zukommen lassen, wenn du interessiert bist.« Ich drücke ihm die Brieftaubenakte in die Hand. »Sag mir, ob du dir darauf einen Reim machen kannst.«

»Ich soll mir das jetzt sofort anschauen?«

»Wenn du nichts dagegen hast: Ich darf es leider nicht außer Haus geben.«

»Warum? Ist es geheim?«

»Nein, sonst würde ich es dir ja nicht zeigen. Es darf nur nicht dieses Gebäude verlassen.« Louis zögert. »Ich bezahle dich natürlich«, sage ich. »Den üblichen Satz, den du für so etwas verlangen würdest.«

»Tja, wenn ich dir wenigstens einmal in diesem Leben etwas Geld aus der Tasche ziehen kann, dann mache ich es natürlich«, sagt er lachend, setzt sich an den Besuchertisch, öffnet die Mappe, nimmt ein Blatt heraus und fängt an zu lesen, während ich mich wieder an meinen Schreibtisch setze. Akkurat, das ist das passende Wort für Louis: eine gepflegte Erscheinung, genauso alt wie ich, mit akkurat gestutztem Bart und akkuraten kleinen Händen, die schnell über die Seite huschen, während er seine akkurat geordneten Gedanken niederschreibt. Ich betrachte ihn liebevoll. Er arbeitet mit äußerster Konzentration, genau wie damals, als wir noch Klassenkameraden am Gymnasium in Straßburg waren. Er hat im Alter von elf Jahren seine Mutter verloren, ich im gleichen Alter meinen Vater. Das hat uns zusammengeschweißt, obwohl wir damals nie über dieses verbindende Element gesprochen haben und es auch heute nie tun.

Ich nehme meinen Stift und beginne einen Bericht zu schreiben. In wohltuender Stille arbeiten wir eine Stunde lang, bis jemand an die Tür klopft. Ich rufe: »Herein!«, worauf Henry mit einem Aktenordner mein Büro betritt. Sein Gesichtsausdruck bei Louis' Anblick hätte nicht erstaunter sein können als der, wenn er mich nackt mit einem der Straßenmädchen von Rouen erwischt hätte.

»Major Henry, darf ich vorstellen, Maître Louis Leblois, ein guter Freund von mir«, sage ich. Der in seine Arbeit vertiefte Louis hebt nur beiläufig die linke Hand und schreibt dann weiter, während Henry von mir zu ihm und dann wieder zu mir schaut. »Maître Leblois schreibt für uns eine juristische Stellungnahme zu dieser absurden Brieftaubengeschichte.«

Für ein paar Sekunden bringt Henry vor Erregung kein Wort heraus. »Dürfte ich Sie bitte kurz allein sprechen, Herr Oberstleutnant?«, sagt er schließlich. Als wir draußen im Gang stehen, sagt er kühl: »Ich muss protestieren, Herr Oberstleutnant. Es gehört nicht zu unseren Gepflogenheiten, Leuten von außerhalb Zutritt zu unseren Räumen zu gewähren.«

»Guénée kommt dauernd.«

»Monsieur Guénée ist Beamter der Polizei!«

»Nun, Maître Leblois ist Beamter der Gerichtsbarkeit.« Mein Ton ist eher belustigt denn zornig. »Ich kenne ihn seit dreißig Jahren, ich verbürge mich für seine Integrität. Außerdem schaut er sich nur diese Brieftaubensache an. Das fällt ja wohl kaum unter die Geheimhaltung.«

»Aber in Ihrem Büro befinden sich andere Akten, die streng geheim sind.«

»Ja, und die sind sicher verschlossen.«

»Trotzdem möchte ich meinen scharfen Einspruch zu Protokoll geben …

»Ach, möchten Sie, Major Henry?«, sage ich und schneide ihm das Wort ab. »Blasen Sie sich doch bitte nicht so auf! Ich leite diese Abteilung und spreche mit jedem, der mir passt!«

Ich drehe mich auf dem Absatz um, gehe wieder ins Büro und schließe die Tür. »Bekommst du Ärger wegen mir?«, fragt Louis, der bestimmt jedes Wort mitgehört hat.

»Ach was. Aber diese Leute … also wirklich!« Ich lasse mich auf meinen Schreibtischstuhl fallen und schüttele seufzend den Kopf.

»Nun ja, die Sache hier ist jedenfalls erledigt.« Louis steht auf und gibt mir die Akte. Obenauf liegen mehrere Blatt Papier mit seiner makellosen Handschrift. »Ist ziemlich eindeutig. Das sind die Punkte, auf die es ankommt.« Er schaut besorgt auf mich herunter. »Deine glanzvolle Karriere, Georges, das ist ja alles schön und gut, aber wir bekommen dich kaum noch zu Gesicht. Freundschaften muss man pflegen. Los, du kommst jetzt mit zu uns, das Abendessen wartet schon.«

»Danke, aber ich kann nicht.«

»Warum nicht?«

Eigentlich will ich sagen: Weil ich dir nicht erzählen darf, was mir im Kopf herumgeht oder was ich den ganzen Tag tue oder was mich alles bedrückt. Und wenn sorglose Vertrautheit unmöglich geworden ist, dann wird gesellschaftlicher Umgang zu Heuchelei und Belastung. »Zurzeit gebe ich leider keine gute Gesellschaft ab«, erwidere ich stattdessen nichtssagend.

»Das zu beurteilen überlasse ruhig uns. Also los, komm mit.«

Er ist so herzlich und aufrichtig, dass ich keine Wahl habe, als nachzugeben. »Nun ja, ich würde sehr gern mitkommen«, sage ich. »Aber nur wenn du dir sicher bist, dass Martha nichts dagegen hat.«

»Mein lieber Georges, nichts wäre ihr lieber.«

Ihre Wohnung ist nur ein paar Schritte entfernt, sie liegt buchstäblich gegenüber auf dem Boulevard Saint-Germain, und Martha scheint tatsächlich hocherfreut zu sein, mich zu sehen. Kaum habe ich die Wohnung betreten, nimmt sie mich in den Arm. Sie ist siebenundzwanzig, vierzehn Jahre jünger als Louis und ich. Ich war ihr Trauzeuge. Sie unternehmen alles zusammen, wahrscheinlich weil sie keine Kinder haben. Sollten sie deshalb betrübt sein, so lassen sie es sich nicht anmerken. Genauso wenig nerven sie mich mit der Frage, wann ich endlich heirate, was ebenfalls eine große Erleichterung ist. Wir verbringen drei glückliche Stunden zusammen, in denen wir über alte Zeiten und über Politik reden – Louis ist stellvertretender Bürgermeister seines Arrondissements, des siebenten, und vertritt zu den meisten Themen radikale Ansichten. Der Abend klingt damit aus, dass sie ein Lied singen und ich sie auf ihrem Klavier begleite. Louis bringt mich zur Tür. »Das sollten wir jede Woche machen«, sagt er. »Nicht dass du uns noch eigen wirst. Und denk dran, wenn es im Büro mal länger wird, du kannst immer hier übernachten.«

»Du bist ein großzügiger Freund, mein lieber Lou. Warst du immer schon.« Ich küsse ihn auf die Wangen und tauche leicht schwankend in die Nacht ein. Ich summe leise die Melodie, die ich gerade gespielt habe: weil ich ein bisschen betrunken bin, aber vor allem weil mir die Gesellschaft gutgetan hat.

◆

Punkt sieben am nächsten Donnerstagabend sitze ich im Gare Saint-Lazare in einer Ecke des gelben, höhlenartigen Restaurants und trinke im Halbdunkel ein Bier aus dem Elsass. Das Lokal ist überfüllt, ständig ist das Quietschen der Doppelschwingtüren zu hören. Der Geräuschteppich aus plaudernden Stimmen und hin und her laufenden Menschen im Innern und dem Pfeifen, Rufen und den explosionsartig Dampf ausstoßenden Lokomotiven draußen macht es zum idealen Treffpunkt, wenn man nicht belauscht werden will. Ich habe einen Zweiertisch ergattert, von dem man einen freien Blick auf den Eingang hat. Desvernine jedoch überrascht mich erneut, indem er von hinten an mich herantritt. Er hat eine Flasche Mineralwasser in der Hand, lehnt meine Einladung auf ein Bier ab und zückt, noch während er sich auf der purpurfarbenen Sitzbank niederlässt, sein kleines, schwarzes Notizbuch.

»Ihr Major Esterházy, Herr Oberstleutnant, ist wirklich ein schräger Vogel. Überall in Rouen und Paris Riesenschulden. Ich habe eine Liste gemacht.«

»Wofür gibt er das Geld aus?«

»Hauptsächlich am Spieltisch in einem Laden auf dem Boulevard Poissonière. Das ist eine Sucht, von der man nur schwer wieder loskommt. Habe ich am eigenen Leib erfahren.« Er reicht mir die Liste über den Tisch. »Außerdem hat er eine Geliebte, eine Mademoiselle Marguerite Pays, sechsundzwanzig, eine amtlich registrierte Prostituierte aus dem Pigalle, bekannt unter dem Spitznamen Vier-Finger-Marguerite.«

Ich muss unwillkürlich lachen. »Das ist nicht Ihr Ernst, oder?«

Der ernsthafte Unteroffizier a. D. und jetzige Polizist Desvernine teilt meine Belustigung nicht. »Sie stammt ursprünglich aus der Gegend von Rouen, Tochter eines Calvados-Brenners, hat als Kind in einer Spinnerei gearbeitet und bei einem Unfall einen Finger verloren und den Job gleich dazu. Geht dann nach Paris, steigt in der Rue Victor Massé ins horizontale Gewerbe ein und lernt letztes Jahr Esterházy kennen. Entweder im Zug Paris–Rouen oder im Moulin Rouge – je nachdem, welchem Mädchen man glaubt.«

»Dann ist diese Affäre also allgemein bekannt?«

»Durchaus. Er hat ihr sogar eine Wohnung gemietet, Rue de Douai 49, nicht weit vom Montmartre. Wenn er in der Stadt ist, besucht er sie jeden Abend. Sie hat die Wohnung eingerichtet, aber er ist der Mieter. Die Mädchen im Moulin Rouge nennen ihn den Wohltäter.«

»So ein Leben kann nicht billig sein.«

»Damit er es sich leisten kann, mischt er bei jeder nur möglichen Gaunerei mit. Einmal hat er sogar versucht, sich in London in den Vorstand einer britischen Firma einzuschleichen – für einen französischen Offizier eine ziemliche Schnapsidee.«

»Und seine Frau, wo ist die die ganze Zeit?«

»Entweder auf ihrem Anwesen in Dommartin-la-Planchette in den Ardennen oder in der Pariser Wohnung. Nach seinen Besuchen bei Marguerite geht er immer zu ihr.«

»Betrug scheint seine zweite Natur zu sein.«

»Kann man so sagen.«

»Und was ist mit den Deutschen? Irgendwelche Verbindungen?«

»Da bin ich noch nicht weitergekommen.«

»Vielleicht könnten wir ihn beschatten.«

»Das könnten wir natürlich«, sagt Desvernine mit zweifelnder Stimme. »Aber so wie ich ihn einschätze, ist er ein misstrauischer Vogel. Er würde uns bestimmt bald draufkommen.«

»Dann ist es das Risiko nicht wert. Das ist das Letzte, was ich jetzt brauchen kann. Einen Major mit besten Verbindungen, der sich im Ministerium darüber beschwert, dass man ihn belästigt.«

»Am besten wäre es, wenn wir die deutsche Botschaft überwachen würden. Vielleich erwischen wir ihn da.«

»Dafür bekomme ich nie die Genehmigung.«

»Warum nicht?«

»Das wäre zu offensichtlich. Der Botschafter würde sich beschweren.«

»Ich habe eine Idee, wie wir es machen können, ohne dass sie uns draufkommen.« Desvernine zückt sein Notizbuch, öffnet es und gibt mir einen winzigen, sorgfältig herausgetrennten Zeitungsausschnitt. Es ist das Mietangebot für eine Wohnung in der Rue de Lille, der Straße, in der sich das Hôtel de Beauharnais befindet, das die deutsche Botschaft beherbergt. »Die Wohnung liegt im ersten Stock, unmittelbar gegenüber von den Deutschen. Wir könnten einen Beobachtungsposten einrichten und würden jeden sehen, der kommt und geht.« Voller Stolz auf seinen Unternehmungsgeist schaut er mich an und wartet auf meine Einwilligung. »Und jetzt kommt das Beste: Die Wohnung darunter hat die Botschaft gemietet, als eine Art Offiziersklub.«

Die Idee reizt mich sofort. Mir gefällt die Dreistigkeit daran, aber nicht nur das. Es wäre eine Operation ohne Henrys Wissen.

»Wir brauchten einen Mieter mit einer glaubwürdigen Tarnung«, sage ich nachdenklich. »Einen, der keinen Verdacht erregt, jemand, der einen guten Grund dafür hat, den ganzen Tag zu Hause zu bleiben.«

»Vielleicht ein Arbeiter, der nur Nachtdienste macht«, sagt Desvernine. »Einer, der jeden Morgen um sieben nach Hause kommt und abends um sechs wieder zur Arbeit geht.«

»Wie hoch ist die Miete für die Wohnung?«

»Zweihundert im Monat.«

Ich schüttele den Kopf. »Das kann sich kein normaler Nachtschichtler leisten. Es ist eine elegante Straße. Ein glaubwürdiger Mieter wäre irgendein junger reicher Müßiggänger mit einer Apanage – einer, der sich die Nächte um die Ohren schlägt und tagsüber seinen Rausch ausschläft.«

»Leider habe ich keinen Zugang zu solchen Kreisen, Herr Oberstleutnant.«

»Sie nicht. Aber ich.«

◆

Ich schicke ein Bleu an einen jungen Bekannten von mir und vereinbare ein Treffen in einem Café auf den Champs-Élysées für den Spätnachmittag am Sonntag. Er schlingt sein Essen hinunter, als hätte er seit Tagen gehungert, danach machen wir einen Spaziergang im Jardin des Tuileries.

Germain Ducasse ist ein sensibler, kultivierter und liebenswürdiger Mann in den Dreißigern mit dunklem, lockigem Haar und sanften, braunen Augen, der als kundiger Begleiter für Opernbesuche bei älteren Junggesellen und auch bei verheirateten Damen beliebt ist, da er deren Ehemännern keinen Anlass für Eifersucht gibt. Ich kenne ihn seit über zehn Jahren, als er im 126. Linienregiment in Pamiers im Département Ariège unter meinem Kommando seinen Militärdienst abschloss. Ich bestärkte ihn darin, an der Sorbonne moderne Sprachen zu studieren, und von Zeit zu Zeit nehme ich ihn zu den Soireen bei den de Comminges mit. Derzeit fristet er ein schäbig-elegantes Dasein als Übersetzer und Sekretär, und als ich andeute, dass ich ihm vielleicht etwas Arbeit zuschustern könne, ist mir seine Dankbarkeit fast peinlich.

»Das ist schrecklich nobel von Ihnen, Georges. Hier, schauen Sie sich das an!« Er hält sich an meinem Arm fest, hebt einen Fuß und zeigt mir das Loch in seinem Schuh. »Ist das nicht beschämend?« Seine Hand umklammert weiter meinen Arm.

»Ja, das ist wirklich ärgerlich.« Behutsam befreie ich mich aus seinem Griff. »Ich sage Ihnen gleich, dass die Arbeit unkonventionell und eintönig ist. Außerdem benötige ich Sie den ganzen Tag. Aber bevor ich Ihnen mehr darüber erzähle, brauche ich Ihr Wort, dass Sie mit niemand darüber sprechen.«

»Wie geheimnisvoll! Natürlich gebe ich Ihnen mein Wort. Worum geht's?«

Ich führe ihn zu einer Bank abseits der Sonntagsspaziergänger, dann weihe ich ihn ein.

»Ich möchte, dass Sie gleich morgen früh diese Wohnung hier mieten.« Ich gebe ihm die Zeitungsanzeige. »Sie bieten dem Makler an, drei Monate im Voraus zu bezahlen. Wenn er Referenzen verlangt, geben Sie die de Comminges an. Ich werde das mit Aimery klären. Sie sagen, dass Sie sofort einziehen wollen, wenn möglich noch am selben Nachmittag. Am nächsten Tag wird Sie ein Mann besuchen, der sich als Robert Houdin vorstellt. Er arbeitet für mich, und er wird Ihnen Ihre Aufgabe erklären. Im Grunde geht es darum, dass tagsüber das gegenüberliegende Gebäude beobachtet werden soll. An den Abenden haben Sie frei.«

Ducasse schaut sich die Anzeige an. »Ich muss schon sagen, das hört sich ziemlich aufregend an. Werde ich jetzt ein Spion?«

»Hier sind die sechshundert Francs für die Anzahlung«, fahre ich fort und zähle ihm die Banknoten, die ich am Abend zuvor aus meinem Sonderfonds im Tresor genommen habe, in die Hand. »Und hier noch vierhundert für Sie, Ihre Bezahlung für die ersten beiden Wochen. Ja, Sie werden jetzt ein Spion, aber Sie dürfen das niemals irgendjemand gegenüber erwähnen. Ab jetzt darf man uns auch nicht mehr zusammen sehen. Und in Gottes Namen, mein lieber Germain, kaufen Sie sich ein paar anständige Schuhe, bevor Sie zu dem Makler gehen. Sie müssen wie jemand aussehen, der er es sich leisten kann, in der Rue de Lille zu wohnen.«

◆

Ich lege einen neuen Fallordner an. Da unser Deckname für Esterházy nach seinem Spitznamen unter den Mädchen in Pigalle *Wohltäter* ist, schreibe ich Operation Wohltäter auf den Aktendeckel. Ducasse mietet ohne Probleme die Wohnung und zieht mit einigen wenigen persönlichen Dingen ein. Am folgenden Nachmittag besucht ihn Desvernine unter dem Namen Houdin und erklärt ihm seine Aufgabe. Ein Lieferwagen bringt versiegelte Packkisten mit optischen und fotografischen Geräten und den für eine Dunkelkammer benötigten Chemikalien. Die Männer in den Lederschürzen, die die Kisten in den ersten Stock tragen, gehören zur technischen Abteilung der Sûreté. Ein paar Tage später melde ich mich an, um die Wohnung selbst in Augenschein zu nehmen.

Es ist ein milder Spätnachmittag im April, die Bäume blühen, und im Garten des Ministers singen die Vögel. Es kommt mir vor, als machte sich die Natur über meinen Beruf lustig. Ich trage Zivil und habe den Hut tief ins Gesicht gezogen. Die deutsche Botschaft liegt kaum zweihundert Meter von meinem Büro entfernt – ich trete aus dem Haus, gehe nach links und dann gleich wieder nach rechts und befinde mich wenig später in der schmalen Rue de Lille. Das Hôtel Beauharnais, Nummer 72, liegt auf der linken Straßenseite. Es ist durch eine hohe Mauer von der Straße abgetrennt, aber die großen Holztore stehen weit offen. In dem gepflasterten Innenhof parken ein paar Automobile. Am Ende des Hofs erhebt sich eine imposante fünfstöckige Villa mit einem Säulenvorbau. Auf den Stufen zum Eingang liegt ein roter Läufer. Die Fahne mit dem Adler des Deutschen Reichs hängt schlaff an ihrem Mast.

Die von uns gemietete Wohnung befindet sich genau gegenüber, in Nummer 101. Ich betrete das Haus und gehe die Treppe hinauf. Durch die geschlossene Tür der Erdgeschosswohnung dringen die kehligen Stimmen deutscher Männer. Einer sagt ausgelassen etwas, und plötzlich brechen alle in

Gelächter aus. Das maskuline Dröhnen begleitet mich bis in den ersten Stock. Ich klopfe viermal. Ducasse öffnet die Tür einen Spalt, sieht mich und öffnet sie ganz.

Die Luft in der Wohnung ist stickig. Die Läden der Fenster sind alle geschlossen, die elektrischen Lampen angeschaltet. Die Deutschen unter uns kann man immer noch hören, aber gedämpfter. Ducasse hat nur Strümpfe an. Er legt einen Finger auf die Lippen und winkt mich ins Wohnzimmer. Der Teppich liegt zusammengerollt an einer Wand. Desvernine liegt bäuchlings auf dem nackten Holzboden und steckt den Kopf in den Kamin. Auch er trägt keine Schuhe. Ich mache den Mund auf, um etwas zu sagen, worauf Ducasse warnend die Hand hebt. Plötzlich zieht Desvernine den Kopf aus der Kaminöffnung und steht auf.

»Ich glaube, sie sind fertig«, flüstert er. »Das ist verdammt ärgerlich, Herr Oberstleutnant! Sie sitzen direkt vor dem Kamin, und ich kann fast verstehen, was sie sagen, aber eben nur fast. Würde es Ihnen etwas ausmachen, die Schuhe auszuziehen?«

Ich setze mich auf die Kante eines Stuhls, ziehe mir die Schuhe aus und schaue mich um. Ich bewundere die Gründlichkeit, mit der Desvernine das Versteck präpariert hat. In drei Fensterläden sind Gucklöcher gebohrt, durch die man die Botschaft gegenüber sehen kann. Vor einem steht auf einem Dreifuß eine Kamera vom aktuellsten Typ, eine für achtzehn Pfund Sterling in London gekaufte, modifizierte Kodak mit einer Filmdose und einem Satz unterschiedlicher Linsen. Vor einem anderem Loch ist ein Fernrohr aufgebaut, und neben dem dritten steht ein Schreibtisch, an dem Ducasse die Zeiten notiert, zu denen Besucher die Botschaft betreten und verlassen. An die Wände sind Studioaufnahmen von verschiedenen für uns interessanten Personen geheftet, einschließlich Esterházy, Schwartzkoppen, des alten deutschen Botschafters Graf Münster und des italienischen Militärattachés Major Panizzardi.

Desvernine, der gerade durch das dritte Guckloch schaut, winkt mich zu sich und tritt dann zur Seite, um mich durchschauen zu lassen. Unter mir überqueren vier Männer in eleganten Gehröcken die Straße. Sie haben uns den Rücken zugewandt und entfernen sich von uns. Vor dem Tor der Botschaft bleiben sie stehen, zwei schütteln einem der beiden anderen die Hand und gehen dann gemächlich in den Hof: wahrscheinlich deutsche Diplomaten. Die beiden auf dem Trottoir Zurückgebliebenen schauen ihnen kurz hinterher und setzen dann ihre Unterhaltung fort.

Ducasse stellt das Fernrohr scharf. »Der links ist Schwartzkoppen, Georges, der rechts der Italiener, Panizzardi«, sagt er.

»Schauen Sie durchs Fernrohr, Herr Oberstleutnant«, bittet mich Desvernine.

Durch die Linse betrachtet, ragen die beiden Männer beunruhigend nah vor mir auf – fast als stünde ich neben ihnen. Schwartzkoppen hat feine Gesichtszüge, ist schlank, auf anziehende Weise lebhaft und exquisit gekleidet: ein Dandy. Wenn er lacht, wirft er den Kopf zurück und entblößt unter seinem breiten Schnauzbart eine Reihe makellos weißer Zähne. Panizzardi hat eine Hand auf seine Schulter gelegt und erzählt ihm anscheinend eine lustige Geschichte. Der Italiener ist auf andere Art attraktiv – mit runderem Gesicht und breiter Stirn, über der das lockige, dunkle Haar nach hinten gekämmt ist. Seine Züge verraten jedoch die gleiche lebendige Heiterkeit. Die beiden brechen wieder in Gelächter aus. Panizzardis Hand liegt immer noch auf der Schulter des Deutschen. Sie schauen sich in die Augen und scheinen die Welt um sich herum gar nicht mehr wahrzunehmen.

»Mein Gott«, sage ich laut. »Die beiden sind verliebt.«

Ducasse lächelt blasiert. »Sie hätten die beiden gestern Nachmittag hören sollen, unten im Schlafzimmer.«

»Miese Schwuchteln!«, brummt Desvernine.

Ich frage mich, ob Madame de Weede von den Neigungen ihres Liebhabers weiß. Gut möglich, denke ich. Inzwischen überrascht mich nichts mehr.

Das Gelächter der beiden auf dem Trottoir gegenüber schmilzt zu einem Lächeln. Auf Panizzardis Gesicht zeigt sich ein ergebener Ausdruck, dann beugen sich die beiden Männer vor und umarmen sich, erst links ein Kuss, dann rechts. Links neben mir höre ich ein Klicken. Desvernine macht ein Foto und spult dann den Film vor. Ein Passant, dem die Umarmung zufällig aufgefallen wäre, hätte sie für eine unverfängliche Geste zwischen zwei guten Freunden gehalten, die erbarmungslose Vergrößerung durch das Fernrohr enthüllt jedoch, dass die beiden sich etwas ins Ohr flüstern. Dann lösen sie sich aus der Umarmung und treten einen Schritt zurück. Panizzardi hebt zum Abschied die Hand, dreht sich um und verschwindet aus dem Blickfeld. Mit einem leichten Lächeln auf den Lippen bleibt Schwartzkoppen noch eine Weile stehen und schaut ihm hinterher. Dann macht er auf dem Absatz kehrt und geht in den Innenhof der Botschaft. Beim Gehen greift er sich unter die Schöße seines Gehrocks und wirft sie in die Höhe – eine ziemlich pompöse Geste, strotzend vor männlicher Potenz. Dann vergräbt er die Hände in den Hosentaschen.

Verwundert trete ich einen Schritt vom Fernrohr zurück. Der deutsche und der italienische Militärattaché! »Und Sie sagen, dass die beiden sich unten in der Wohnung treffen?«

»Treffen, so könnte man es natürlich auch nennen!« Desvernine hat ein schwarzes Tuch über die Rückseite der Kamera gelegt und nimmt die Dose mit dem belichteten Film heraus.

»Und wie werden die Fotos?«

»Gut, die Personen dürfen sich nur nicht ruckartig bewegen. Das Letzte wird wahrscheinlich unscharf, leider.«

»Wo entwickeln Sie die Bilder?«

»Wir haben im zweiten Schlafzimmer eine Dunkelkammer eingerichtet.«

»Ist die Aufteilung der Wohnung unten die gleiche wie hier oben?«

»Soweit ich das beurteilen kann, ja«, sagt Ducasse.

»Woran denken Sie, Herr Oberstleutnant?«, fragt Desvernine.

»Wie praktisch es wäre, wenn wir mithören könnten, was sie sich da unten erzählen.« Ich gehe zum Kamin und fahre mit der Hand über den Putz oberhalb des Kaminsimses. »Wenn der Grundriss der Gleiche ist, dann müsste der Abzugsschacht von ihrem Kamin neben unserem verlaufen, oder?«

Desvernine stimmt zu. »Müsste, ja.«

»Was, wenn wir einfach ein paar Ziegel herausbrechen und ein Hörrohr in den Schacht hängen?«

Ducasse lacht nervös. »Großer Gott, Georges, was für eine Idee!«

»Was spricht dagegen?«

»Sie würden es garantiert entdecken.«

»Warum?«

»Also …« Er sucht nach Gründen. »Nehmen wir an, sie wollen Feuer machen …«

»Es ist Frühling, es wird immer wärmer. Vor Herbst machen die gewiss kein Feuer.«

»Es könnte klappen«, sagt Desvernine und nickt bedächtig. »Aber wir würden sie natürlich trotzdem nicht so deutlich verstehen, als würden sie direkt reinsprechen.«

»Möglich, aber immer noch besser als das, was wir jetzt verstehen.«

Ducasse ist nicht überzeugt. »Aber wie sollen wir das Hörrohr überhaupt in dem Schacht installieren? Wir brauchten zumindest Zugang zu ihrer Wohnung. Das würde gegen das Gesetz verstoßen …«

Ich schaue Desvernine an, den Polizisten unter uns. »Das ließe sich machen«, sagt er.

◆

Sosehr es mir auch widerstrebt, den Generalstab einzuschalten, so klar ist mir auch, dass ich eine derart riskante Operation nicht ohne Gonse' Vollmacht in Gang setzen kann. Also suche ich ihn am nächsten Morgen mit einem Memorandum, das die groben Umrisse des Plans beinhaltet, in seinem Büro auf. Ich sitze ihm gegenüber, während er mit der ihm eigenen Gründlichkeit, die einen zur Weißglut treiben kann, den Plan studiert. Ohne die Augen vom Papier abzuwenden, zündet er sich an der alten eine neue Zigarette an. An keiner Stelle des Memos wird der Name Esterházy erwähnt: Vorläufig möchte ich die Existenz des Wohltäters noch für mich behalten.

Als Gonse fertig ist, hebt er verärgert den Kopf. »Sie kommen hierher und wollen meine Zustimmung, aber die Wohnung haben Sie schon gemietet und die Ausrüstung auch schon aufgebaut.«

»Ich musste schnell handeln, sonst wäre die Wohnung weg gewesen. Es war eine seltene Gelegenheit.«

Gonse brummt. »Und was soll uns das Ihrer Meinung nach bringen?«

»Es wird uns Aufschluss darüber geben, ob Schwartzkoppen noch andere Agenten beschäftigt. Und es könnte uns die zusätzlichen Beweise gegen Dreyfus verschaffen, die General Boisdeffre von uns verlangt.«

»Ich glaube kaum, dass wir uns über Dreyfus noch den Kopf zerbrechen müssen.« Gonse liest wieder in dem Memorandum. Seine Entscheidungsschwäche ist legendär. Ich frage mich, wie lange ich hier noch sitzen muss, bevor er einen Entschluss fasst. Sein Ton wird sanfter. »Aber ist es das Risiko wirklich wert, mein lieber Picquart? Das ist die Frage, die ich mir stelle. Es ist eine ziemliche Provokation, direkt vor der Haustür der Deutschen einen Beobachtungsposten zu installieren. Wenn sie das spitzkriegen, dann veranstalten sie einen Riesenzirkus.«

»Ganz im Gegenteil. Wenn sie es spitzkriegen, dann halten sie schön den Mund. Sie würden doch dastehen wie Idioten. Außerdem dürfte Schwartzkoppen eine panische Angst davor haben, dass wir ihn als Schwuchtel entlarven. Wussten Sie, dass in Deutschland darauf fünf Jahre Gefängnis stehen? Eine nette Retourkutsche dafür, dass er Dreyfus angeworben hat.«

»Großer Gott, das kann ich unmöglich gutheißen! Von Schwartzkoppen ist ein Mann von Welt. Das würde allen unseren Traditionen widersprechen!«

Ich habe seine Einwände vorausgesehen und bin entsprechend vorbereitet. »Erinnern Sie sich noch, was Sie mir gesagt haben, als Sie mir den Posten angeboten haben, Herr General? Sie haben gesagt, dass Spionage heutzutage die vorderste Kampflinie im Krieg gegen den Feind ist.« Ich beuge mich vor und klopfe auf den Bericht. »Hier haben wir eine Gelegenheit, die Kampflinie ins Herz des deutschen Territoriums zu tragen! In meinen Augen steht diese Art von kühner Unternehmung sehr wohl im Einklang mit der Tradition der französischen Armee.«

»Meine Güte, Picquart, Sie hassen die Deutschen wirklich, stimmt's?«

»Ich hasse sie nicht. Sie halten nur mein Elternhaus besetzt.«

Gonse lehnt sich zurück und betrachtet mich durch den Rauch seiner Zigarette – es ist ein langer, taxierender Blick, als ginge er all seine vorherigen Überlegungen noch einmal durch. Ein paar Sekunden frage ich mich, ob ich nicht zu weit gegangen bin. »Ich erinnere mich an das Gespräch, als ich Ihnen den Posten angeboten habe, Herr Oberstleutnant«, sagt er dann. »Sehr gut sogar. Ihr Zögern hat mich beunruhigt. Ich hatte die Befürchtung, dass Sie vielleicht zu viele Skrupel für diese Art von Arbeit hätten. Anscheinend habe ich mich getäuscht.« Er stempelt das Memorandum ab, setzt seine Unterschrift darunter und gibt es mir zurück. »Ich werde Sie nicht aufhalten. Aber wenn die Sache schiefgeht, dann tragen Sie die Verantwortung.«

8

Wir beschließen, wenn wir schon im Wohnzimmer ein Hörrohr installieren, dann können wir das auch im Schlafzimmer machen, wo Schwartzkoppen und Panizzardi vermutlich am offensten miteinander sprechen. Desvernine muss die dafür nötige Ausrüstung in unsere Wohnung schmuggeln: die Hörrohre, eine Säge, Schneidwerkzeuge, Hammer und Meißel, Säcke für den Abfall. Das Herausbrechen der Steine aus dem Rauchfang ist nur möglich, wenn die Wohnung im Erdgeschoss leer ist, also in der Regel nachts. Ducasse macht sich auch Sorgen wegen des Ehepaars, das über uns wohnt und ihn schon argwöhnisch nach den Geräuschen gefragt hat, die sie immer hören, und was er denn da den ganzen Tag mache. Die Arbeit geht also nur quälend langsam voran: ein lauter Schlag mit dem Hammer, dann eine Pause, wieder ein Schlag, wieder eine Pause. Einen einzigen Ziegelstein aus der Wand zu brechen, kann eine ganze Nacht dauern. Ständig besteht die Gefahr, dass sich im Schacht Ruß löst und in den Kamin der Deutschen fällt. Es ist außerdem schmutzige Arbeit. Die Nerven liegen blank. Desvernine berichtet, dass Ducasse angefangen hat, schwer zu trinken: noch so ein Berufsrisiko in der Geheimdienstbranche.

Ein anderes Problem ist, wie wir uns Zutritt zur Wohnung der Deutschen verschaffen sollen. Desvernine schlägt vor, einfach einzubrechen. Er kommt mit einer kleinen

Werkzeugrolle aus Leder in mein Büro, legt sie auf den Schreibtisch und öffnet sie. Sie enthält einen Satz Werkzeuge zum Knacken von Schlössern, den ein Meisterschlosser für die Sûreté angefertigt hat. Sie sehen aus wie das OP-Besteck eines Chirurgen. Er erklärt mir ihre Funktion: Dietriche mit zwei unterschiedlich geformten Spitzen für verschiedene Arten von Schlössern – Vorhänge-, Zylinder-, Bart- und Scheibenschlösser; Haken, um fest sitzende Stifte zu lockern … Allein bei dem Anblick und dem Gedanken daran, dass einer unserer Agenten geschnappt wird, wenn er in eine von den Deutschen gemietete Wohnung einbricht, wird mir mulmig.

»Ist ganz einfach, Herr Oberstleutnant«, sagt er. »Zeigen Sie mir irgendetwas hier im Büro, das abgeschlossen ist.«

»Also gut.« Ich zeige auf die Schreibtischschublade oben rechts.

Desvernine kniet sich auf den Boden, inspiziert das Schloss und sucht zwei Werkzeuge aus. »Man braucht zwei dazu, sehen Sie? Sie führen den Spanner ein und drücken damit auf den Schlosskern, so … Dann führen Sie den Haken ein, tasten nach dem ersten Stift und heben ihn in die entriegelte Position …« Vor Konzentration ist sein Gesicht verzerrt. »Dann machen Sie das Gleiche mit den anderen Stiften … Und dann …« Er lächelt und öffnet die Schublade. »Ist sie offen.«

»Lassen Sie mir die Werkzeuge da«, sage ich. »Ich muss darüber nachdenken.«

Nachdem er gegangen ist, schließe ich die Werkzeuge im Schreibtisch ein. Ab und zu nehme ich sie heraus und schaue sie mir an. Nein, meine Entscheidung steht fest. Es ist zu riskant, zu kriminell.

Stattdessen schlage ich Desvernine ein, zwei Tage später einen anderen Plan vor, der zudem den Vorteil hat, dass er völlig legal ist.

»Was wir brauchen, ist Zugang zu den beiden Kaminen. Richtig?«

»Ja.«

»Und jetzt ist genau die Jahreszeit, wo die Kamine nicht mehr gebraucht werden und die Schornsteine gefegt werden, oder?«

»Ja.«

»Warum stecken wir also nicht zwei von Ihren Leuten in Schornsteinfegermonturen, und die melden sich dann bei den Deutschen, dass sie die Kamine kehren wollen?«

Mitte Mai betritt Desvernine mein Büro mit einem seltenen Lächeln auf den Lippen. Es stellt sich heraus, dass ein Freund seines Schwagers einen Schornsteinfeger kennt, einen Patrioten, der zufällig im selben Dragonerregiment gedient hat, in dem Desvernine damals Unteroffizier war. Dem Mann, dessen Vater 1870 gefallen ist, war es ein Vergnügen, der Republik behilflich zu sein, ohne Fragen zu stellen. Zur Mittagszeit, sagt Desvernine, als die Deutschen gerade den Aperitif nahmen, bevor sie sich an den Esstisch setzten, habe er an die Tür ihrer Wohnung geklopft, gesagt, er sei der Schornsteinfeger, und sei ohne weitere Fragen hereingebeten worden. Buchstäblich unter den Augen der hochnäsigen Preußen ging er zwischen den beiden Wohnungen hin und her und setzte die Hörrohre ein, während die Deutschen glaubten, er würde die Kamine reinigen. Als er fertig war, ließ er ihnen noch seine Karte da, und einer der Deutschen gab ihm tatsächlich ein Trinkgeld.

»Und, wie viel kann man hören?«, frage ich.

»Jede Menge, besonders wenn derjenige, der spricht, vor dem Kamin sitzt oder steht. Nun ja, sagen wir so – man kann der Unterhaltung im Wesentlichen folgen.«

»Gute Arbeit. Gut gemacht.«

»Da gibt es noch etwas, Herr Oberstleutnant.«

Desvernine zieht einen Umschlag und eine Lupe aus seiner Jackentasche. In dem Umschlag steckt eine zehn mal dreizehn Zentimeter große Fotografie. Ich gehe damit zum Fenster und halte sie ins Licht.

»Gestern Nachmittag entwickelt«, sagt Desvernine. »Kurz nach drei.«

Ohne Vergrößerung ist der Mann, der durch die Tore der Botschaft auf die Straße tritt, kaum zu erkennen. Und selbst mit Lupe muss man genau hinschauen: Durch seine Vorwärtsbewegung ist das Foto leicht verschwommen, der Schatten hinter ihm, verursacht durch die strahlende Maisonne, ist schärfer. Trotzdem bleiben nach eingehender Betrachtung kaum Zweifel. Dieses Mal verraten die tief liegenden runden Augen und der extravagante Widderhornschnauzbart den Verräter: Es ist Esterházy.

◆

Am Freitag derselben Woche schnauft Bachir die knarzende Treppe herauf und bringt mir ein privates Telegramm ins Büro, adressiert an das Ministerium zu meinen Händen. Es hat ein bisschen gedauert, bis es zu mir gelangt ist. Noch bevor Bachir es mir aushändigt, beschleicht mich die Ahnung, dass es um meine Mutter geht, was nur Schlechtes bedeuten kann. Erwarten wir nicht alle in einem versteckten Winkel unseres Gehirns insgeheim den Tod unserer Eltern von dem Augenblick an, wo wir uns zum ersten Mal unserer Sterblichkeit bewusst werden? Oder ist diese ständige Angst denen von uns vorbehalten, die schon in ihrer Kindheit den Verlust eines geliebten Menschen erlitten haben? Wie auch immer, das Telegramm ist von meiner Schwester Anna. Aus den wenigen Zeilen erfahre ich, dass unsere Mutter gestürzt ist und sich die Hüfte gebrochen hat. Sie sei konfus und hysterisch, schreibt Anna und bittet mich, sofort zu kommen.

Ich gehe durch den Gang und sage Henry Bescheid. Er drückt mir sein Mitgefühl aus. »Ich weiß genau, wie Sie sich fühlen, Herr Oberstleutnant«, sagt er. »Machen Sie sich keine Sorgen wegen der Arbeit. Ich werde in Ihrer Abwesenheit dafür sorgen, dass alles reibungslos weiterläuft.« Seine Herzlichkeit ist eindeutig echt, und ich empfinde einen Hauch von Zuneigung zu dem alten Grobian. Ich sage, dass ich ihn wissen lasse werde, wie lange ich wegbliebe. Er wünscht mir alles Gute.

Als ich im Krankenhaus von Versailles ankomme, ist die Operation schon vorüber. Anna und ihr Mann Jules Gay sitzen an Mamans Bett. Beide sind über zehn Jahre älter als ich: brave, tüchtige Familienmenschen mit zwei erwachsenen und zwei noch halbwüchsigen Kindern. Jules ist Lehrer an einem Pariser Gymnasium, ein kerngesunder, rotgesichtiger Lyoneser, streng katholisch und konservativ, der mir nach allen Regeln der Logik unsympathisch sein müsste, den ich aber auf wundersame Weise seit über einem Vierteljahrhundert immer gemocht habe. Als sie aufstehen, um mich zu begrüßen, kann ich schon an ihren Gesichtern ablesen, dass es nicht gut steht.

»Wie geht es ihr?«

Anna tritt einen Schritt zur Seite, damit der Blick zum Bett frei ist. Meine Mutter sieht eingefallen, winzig, grau aus. Ihr Gesicht ist von mir abgewendet. Die untere Hälfte des Körpers liegt in Gips, wodurch sie auf bizarre Weise größer und kräftiger wirkt, als sie eigentlich ist. Sie sieht wie ein kränkliches Küken aus, das nur zur Hälfte aus der Schale geschlüpft ist.

»Wann erwacht sie aus der Narkose?«

»Sie ist schon wach, Georges.«

»Was?« Erst verstehe ich nicht. Ich schiebe behutsam die Hand unter ihre Wange und drehe ihren Kopf zu mir. »Maman?« Ihre Augen sind tatsächlich geöffnet, aber sie sind wässerig und ohne Ausdruck. Sie blicken mich ohne ein Anzeichen von Erkennen an. Das sei nicht ungewöhnlich, erklärt der Arzt mir wenig später. Wenn man einem Patienten in ihrer Verfassung ein Narkotikum verabreiche, dann wache ein Teil des Geistes oft nicht wieder aus dem Schlaf auf. Als ich ihn anbrülle – »Warum haben Sie uns das nicht vorher gesagt?« –, legt mir Anna besänftigend die Hand auf den Arm. »Wir hatten doch keine Wahl«, sagt sie.

Am nächsten Tag bringen wir sie nach Hause. Am Sonntagmorgen rufen die läutenden Glocken von Saint-Louis zur Messe. Falls sie sie hört, dann weiß sie nicht mehr, was sie bedeuten. Sie scheint sogar vergessen zu haben, wie man isst.

Wir stellen eine Schwester an, die sich tagsüber um sie kümmert. Jeden Abend verlasse ich nun früh mein Büro, fahre nach Versailles und übernachte im Gästezimmer. Ich halte natürlich nicht allein Nachtwache. An den meisten Tagen kommen auch Anna und Jules aus Paris, mein Cousin Edmond Gast und seine Frau Jeanne fahren aus Ville-d'Avray herüber, und eines Abends, als ich später als sonst die Wohnung meiner Mutter betrete, treffe ich Pauline, die am Bett sitzt und ihrem apathischen Publikum aus einem Buch vorliest. Sie legt das Buch zur Seite, steht auf und umarmt mich. Ich halte sie fest in den Armen.

»Diesmal lasse ich dich nicht wieder los«, sage ich.

»Georges«, flüstert sie. »Deine Mutter …«

Wir schauen sie an. Sie liegt auf dem Rücken, die Augen sind geschlossen. Die Muskeln ihres Gesichts sind entspannt, die Züge gelassen, fast majestätisch in ihrer Teilnahmslosigkeit. Sie ist jetzt jenseits jeder Konvention, denke ich, jenseits jeder dummen, engstirnigen Moral.

»Sie kann uns nicht sehen«, sage ich. »Und wenn, dann wäre sie hocherfreut. Sie hat nie verstanden, warum wir nicht geheiratet haben.«

»Da ist sie nicht allein …«

Sie sagt das ironisch. Sie hat mir nie einen Vorwurf gemacht. Wir sind zusammen im Elsass aufgewachsen. Wir haben zusammen die Belagerung überlebt. Wir haben uns aneinander festgehalten, als wir im Exil waren und alles andere nicht mehr existierte. Ich war ihr erster Liebhaber. Ich hätte um ihre Hand anhalten sollen, bevor ich mit meinem Regiment nach Algerien ging. Aber ich habe immer geglaubt, dafür wäre auch später noch jede Menge Zeit. Als dann mein Auslandseinsatz in Indochina beendet war und ich nach Hause zurückkehrte, hatte sie die Hoffnung aufgegeben, hatte eine Tochter geboren und war mit der zweiten schwanger. Mir machte das nicht einmal viel aus, zumal unsere Liebesaffäre schon bald wieder auflebte. »Wir haben etwas Besseres als eine gemeinsame Zukunft«, habe ich oft zu ihr gesagt. »Wir haben die Vergangenheit.« Ich bin mir nicht mehr so sicher, ob ich das noch glaube.

»Weißt du, eigentlich sind wir die ganze Zeit zusammen gewesen«, sage ich und nehme ihre Hand. »Seit mehr als zwanzig Jahren, auf die eine oder andere Weise. Das ist auch wie eine Ehe.«

»O Georges«, sagt sie müde. »Eines weiß ich sicher, mit einer Ehe hat das nichts zu tun.«

Die Wohnungstür öffnet sich, wir hören die Stimme meiner Schwester, und sofort zieht sie ihre Hand zurück.

◆

In diesem Zustand verharrt meine Mutter einen Monat lang. Es ist erstaunlich, wie lange ein Körper ohne Nahrung auskommen kann. Wenn ich auf dem Weg nach Versailles in dem überfüllten Zug durchgeschüttelt werde, muss ich gelegentlich daran denken, was Henry zu mir gesagt hat: Es gibt nicht viele Möglichkeiten, leicht aus dem Leben zu scheiden … Ihr Weg jedoch, so kommt es mir vor, ist eine sanfte und leichte Fahrt ins Tal des Vergessens.

Henry ist durchweg zuvorkommend. Eines Tages bittet er mich, ihn kurz nach unten in den Warteraum zu begleiten. Seine Frau möchte mich sehen und mir etwas geben. Nie zuvor habe ich einen Gedanken daran verschwendet, mit was für einer Frau Henry verheiratet sein könnte. Ich erwarte eine weibliche Version von ihm – korpulent, rotes Gesicht, laute, heisere Stimme. Stattdessen treffe ich eine große und schlanke junge Frau, die kaum halb so alt wie er ist, mit dichtem, dunklem Haar, gesundem Teint und lebhaften, braunen Augen. Er stellt sie mir als Berthe vor. Wie Henry spricht sie mit dem Akzent der Menschen aus dem Département Marne. In einer Hand hält sie einen Blumenstrauß, den sie mir für meine Mutter mitgebracht hat, an der anderen einen Jungen, der vielleicht zwei oder drei Jahre alt ist und einen Matrosenanzug trägt. Ein Kind in diesem düsteren Gebäude ist ein merkwürdiger Anblick. Henry stellt mir seinen Sohn Joseph vor. Ich begrüße den Jungen, hebe ihn hoch und wirbele ihn unter den Augen seiner lächelnden Eltern eine Zeit lang im Kreis herum. (Wir Junggesellen haben ein Händchen für Kinder.) Dann setze ich ihn wieder ab und bedanke mich bei Madame Henry für die Blumen. Sie senkt kokett die Augen. Als ich wieder nach oben gehe, denke ich, dass Henry vielleicht doch mehr Facetten hat, als ich angenommen habe. Ich verstehe Henrys Stolz auf seine hübsche junge Frau und warum er sie mir vorführen wollte. Aber bei

Madame Henry wittere ich Ehrgeiz, und ich frage mich, wie sich das auf ihn auswirkt.

Am Nachmittag des 12. Juni 1896, einem Freitag, empfängt meine Mutter die letzte Ölung. Es ist ein heißer Sommertag. Jenseits der zugezogenen Vorhänge lärmt die Straße und hämmert die glühende Sonne wie jemand, der Einlass fordert, rücksichtslos gegen die Fensterscheibe. Ich schaue dem Priester dabei zu, wie er unter lateinischen Zauberformeln ihre Ohren, Augen, Nasenöffnungen, Lippen, Hände und Füße salbt. Sein Händedruck beim Abschied ist widerwärtig feucht. Sie stirbt in derselben Nacht in meinen Armen, und als ich sie ein letztes Mal küsse, schmecke ich die Reste des Öls.

Wir hatten ihren Tod schon länger erwartet. Alle Vorbereitungen sind getroffen. Aber der Schock ist dennoch genauso groß, als wäre sie urplötzlich tot umgefallen. Nach der Totenmesse in der Kathedrale von Saint-Louis und der Beisetzung in einer Ecke des Friedhofs gehen wir zum Leichenschmaus zurück in ihre Wohnung. Es ist eine unangenehme Feierlichkeit. Das Wetter ist zu warm, in den winzigen Räumen drängen sich zu viele Leute, und es herrscht eine große Anspannung. Meine Schwägerin Hélène, die Witwe meines Bruders Paul, ist gekommen. Aus irgendeinem Grund hat sie mich nie gemocht. Wir geben uns größte Mühe, uns aus dem Weg zu gehen, was in der engen Wohnung keine leichte Aufgabe ist, sodass ich schließlich im alten Schlafzimmer meiner Mutter auf der abgezogenen Matratze lande und mich ausgerechnet von Paulines Mann in ein Gespräch verwickeln lasse.

Monnier ist ein hinreichend ehrbarer Mann, der seiner Frau und seinen Töchtern auf seine Art zugetan ist. Wenn er ein Unmensch wäre, würde es uns leichter fallen, ihn zu hintergehen. Aber er ist einfach nur stumpfsinnig. Was seine berufliche Tätigkeit im Außenministerium angeht, so scheint man ihm, soweit ich das beurteilen kann, die Rolle des älteren Bürokraten zugewiesen zu haben, der die schlauen Einfälle seiner jüngeren Kollegen bekrittelt. Was seine Fähigkeiten in Gesellschaft angeht, so hält er es mit der Masche des Langweilers: Erst fragt er irgendwen nach dessen Meinung zu einem bestimmten Thema, in diesem Fall mich zum bevorstehenden Besuch des russischen Zaren, und hört sie sich dann so lange mit kaum verhohlener Ungeduld an, bis er seinem Gegenüber endlich ins Wort fallen und seinen eigenen vorbereiteten Monolog abspulen kann. Wie sich herausstellt, hat man ihn der französisch-russischen Kommission zur Vorbereitung des Staatsbesuchs zugeteilt. Offenbar ist der offizielle Zug Seiner Kaiserlichen Hoheit mit einem Gewicht von vierhundertfünfzig Tonnen ganze zweihundert Tonnen zu schwer, als das er auf unseren Schienenwegen fahren könnte, weshalb er, Monnier, den Botschafter nachdrücklich auf das Problem hingewiesen habe …

Über seine Schulter hinweg kann ich sehen, dass Pauline sich mit Louis Leblois unterhält. Unsere Blicke treffen sich. Monnier, verärgert über meine mangelhafte Aufmerksamkeit, dreht sich kurz um und setzt dann seine Ansprache fort.

»Also, wie ich schon sagte, das ist weniger eine Frage des Protokolls als eine elementarer Umgangsformen …«

Ich versuche mich auf seine diplomatischen Plattitüden zu konzentrieren. Wenigstens das kann ich tun.

◆

In der Zwischenzeit ist die Operation Wohltäter weitergelaufen wie eine unbeaufsichtigte Maschine, die pausenlos – fast durchweg nutzlose – Informationen ausspuckt: Stapel an unscharfen Fotos und Besucherlisten für die Rue de Lille (unbekannter Mann, Mitte 50, hinkt leicht, Exsoldat?) und bruchstückhafte Abschriften von Gesprächen (»Ich habe ihn bei den Manövern in Karlsruhe gesehen. Er hat [unverständlich] angeboten, aber ich habe ihm gesagt, dass uns [unverständlich] schon unsere Quelle in Paris geliefert hätte«). Bis zum Juli habe ich Tausende Francs aus Sandherrs Geheimfonds ausgegeben, habe eine ernste diplomatische Krise riskiert und meinen Vorgesetzten einen potenziellen Verräter verschwiegen. Und dafür habe ich nichts von greifbarem Wert vorzuweisen außer dem einen Foto von Esterházy beim Verlassen der Botschaft.

Dann, völlig überraschend, ändert sich alles. Und damit auch mein Leben, meine Karriere und alles andere.

Es ist ein brütend heißer Sommerabend. Ausnahmsweise bin ich nicht in Paris, sondern begleite General Boisdeffre auf einer Art Betriebsausflug ins Burgund. Vorauskundschafter haben für uns ein Restaurant an einem Kanal in Venarey-les-Laumes ausfindig gemacht. Wir essen im Freien, Ochsenfrösche und Zikaden lärmen, der Duft der Zitronengraskerzen vertreibt die Mücken. Ich sitze ein Stück entfernt von Boisdeffre neben seinem Ordonnanzoffizier Major Gabriel Pauffin de Saint Morel. Motten schwirren durch die Lichtkegel der Laternen, über den hügeligen Weingütern im Osten stehen die ersten Sterne am Himmel. Was könnte angenehmer sein? Pauffin ist ein ausnehmend stattlicher, leicht beschränkter Aristokrat, der, ein paar Wochen hin oder her, genauso alt ist wie ich und den ich seit unserer gemeinsamen Kadettenzeit in Saint-Cyr kenne. Sein von Wein und Hitze gerötetes Profil glänzt im Kerzenlicht, und er legt sich gerade ein Stück weichen und streng riechenden Époisses de Bourgogne auf den Teller, als ihm aus heiterem Himmel etwas Dienstliches einfällt. »Ach, übrigens, Georges, tut mir leid, aber das habe ich glatt vergessen«, sagt er zu mir. »Der

Chef möchte, dass Sie sich mit Oberst Foucault in Verbindung setzen, wenn wir wieder in Paris sind.«

»Ja, natürlich. Wissen Sie, worum es geht?« Foucault ist unser Militärattaché in Berlin.

Pauffin lässt nicht von seinem Käse ab und spricht weiter, ohne die Stimme zu senken oder mich auch nur anzuschauen. »Ich glaube, er hat in Berlin irgendeine Geschichte aufgeschnappt, dass die Deutschen noch einen Spion bei uns in der Armee haben. Er hat dem Chef einen Brief geschrieben.«

»Was?« Ich stelle mein Glas so heftig ab, dass etwas Wein auf den Tisch schwappt. »Mein Gott, wann genau war das?«

Jetzt dreht er mir doch den Kopf zu. »Vor ein paar Tagen. Tut mir leid, Georges. War mir ganz entfallen.«

Heute Abend kann ich nichts mehr tun, aber am nächsten Morgen beim Frühstück in dem Château, in dem wir übernachten, bitte ich Boisdeffre um die Erlaubnis, sofort nach Paris zurückkehren zu dürfen, um mit Oberst Foucault sprechen zu können.

Boisdeffre wischt sich mit dem Zipfel seiner Serviette etwas Ei vom Schnauzbart. »Warum die Eile? Glauben Sie, dass da etwas dahintersteckt?«

»Möglich. Jedenfalls würde ich dem gern nachgehen.«

Boisdeffre wundert sich offenbar, dass ich so erpicht darauf bin abzureisen, ja, er scheint sogar leicht verschnupft zu sein: eine Einladung zu einer seiner geruhsamen Inspektionsreisen in die edleren gastronomischen Regionen des Landes gilt allgemein als Gunstbeweis. »Wie Sie wollen«, sagt er und entlässt mich mit einer schwungvollen Bewegung seiner Serviette. »Halten Sie mich auf dem Laufenden.«

Am frühen Nachmittag sitze ich in Foucaults Büro im Kriegsministerium und höre mir seinen Bericht an. Unser Militärattaché in Berlin ist ein fähiger, geradliniger Fachmann, den die Jahre des Umgangs mit Lügnern und Fantasten abgehärtet haben. Sein dichtes, eisengraues Haar ist kurz geschnitten und umschließt seinen Schädel wie ein Helm. »Ich habe mich schon gefragt, wann General Boisdeffre endlich die Zeit finden wird, auf meinen Brief zu reagieren«, sagt er. Genervt nimmt er einen Ordner aus seiner Schreibtischschublade und öffnet ihn. »Sie erinnern sich an unseren Agenten in Tiergarten, Richard Cuers?«

Im Berliner Stadtteil Tiergarten befindet sich das Hauptquartier des Geheimdienstes der deutschen Armee.

»Ja, natürlich. Bis wir ihn umgedreht haben, hat er für den deutschen Geheimdienst in Paris gearbeitet. Als ich meinen Posten übernommen habe, hat mich Sandherr darüber informiert.«

»Nun, er ist entlassen worden.«

»Schade. Wann war das?«

»Vor drei Wochen. Haben Sie Cuers mal kennengelernt?«

Ich schüttele den Kopf.

»Er ist ein nervöser Bursche, im günstigsten Fall. Aber als er zu mir kam und mir erzählte, was passiert ist, da war er in wahrhaft fürchterlichem Zustand. Er hat Angst, dass der deutsche Generalstab ihn wegen Landesverrats verhaftet. Er glaubt, dass ihn sein Freund Lajoux in Brüssel für Geld verraten hat, was durchaus stimmen könnte. Jedenfalls will er unseren Schutz. Sonst, sagt er, bleibe ihm keine andere Wahl, als zu Hauptmann Dame zu gehen – das ist der Leiter seiner Abteilung – und ihm alles über uns zu erzählen.«

»Weiß er viel?«

»Etwas schon.«

»Dann will er uns also erpressen?«

»Glaube ich eigentlich nicht. Er will nur beruhigt werden.«

»Na ja, dann tun Sie ihm eben den Gefallen. Das kostet uns keinen Sou – von mir aus kann er so viel Beruhigungspillen haben, wie er will. Sagen Sie ihm, er kann sich darauf verlassen, dass von unserer Seite nichts durchsickert.«

»Ich habe ihm gesagt, dass er sich keine Sorgen zu machen braucht, aber das Ganze ist ein bisschen komplizierter.« Foucault seufzt und fährt sich mit der Hand über die Stirn. Ich spüre, dass er unter großer Anspannung steht. »Er will das von Angesicht zu Angesicht bestätigt bekommen – in einem persönlichen Gespräch mit jemand aus Ihrer Abteilung.«

»Aber das wäre ein unnötiges Risiko, für beide Seiten. Was, wenn er beschattet wird?«

»Genau das habe ich ihm auch gesagt. Aber er ließ sich nicht davon abbringen. Und da war mir klar, dass mehr dahinterstecken muss als das, was er mir erzählt hat. Ich habe also eine Flasche Absinth aus dem Schrank geholt – er liebt Absinth, er sagt, das erinnert ihn an ein französisches Mädchen, in das er mal verliebt war. So nach und nach habe ich dann die ganze Geschichte aus ihm herausbekommen.«

»Und die wäre?«

»Er hat Angst und will mit jemand aus Ihrer Abteilung sprechen, weil die Deutschen, so sagt er, einen Spion in der französischen Armee haben, von dem wir nichts wissen.«

Jetzt ist es raus. Ich versuche den Gleichgültigen zu spielen. »Und, hat dieser Spion einen Namen?«

»Nein. Er kann uns nur ein paar Details anbieten, die er hier und da aufgeschnappt hat.« Foucault schaut in seine Akte. »Dieser Agent soll auf der Ebene eines Bataillonskommandeurs angesiedelt sein. Er ist zwischen vierzig und fünfzig Jahre alt. Er liefert seit etwa zwei Jahren Informationen an Schwartzkoppen, hauptsächlich über die Artillerie, das meiste nicht besonders hochkarätig – zum Beispiel hat er vor Kurzem Einzelheiten über ein Artilleriemanöver in Châlons geliefert. Die Informationen haben die ganze Befehlskette durchlaufen, bis nach oben zu Schlieffen persönlich. Der scheint dem Ganzen aber nicht recht zu trauen, er glaubt, die Quelle könnte ein Witzbold oder ein Agent Provocateur sein. Er hat deshalb Schwartzkoppen angewiesen, die Verbindung abzubrechen.« Er schaut von der Akte auf. »Ich habe das alles in meinem Brief an General Boisdeffre erwähnt. Kommt Ihnen irgendetwas davon bekannt vor?«

Ich tue so, als dächte ich nach. »Im Augenblick nicht.« In Wahrheit muss ich mich zusammenreißen, um nicht von meinem Stuhl aufzuspringen. »Sonst noch etwas?«

Foucault lacht. »Soll das heißen, ob ich noch eine zweite Flasche geköpft habe?« Er schließt die Akte und legt sie wieder in die Schublade. »Ja, da war noch etwas. Nach unserem Gespräch musste ich ihn erst wieder frisch machen und dann persönlich ins Bett schaffen. Sie sehen, ich leide für mein Vaterland.«

Jetzt muss auch ich lachen. »Ich werde Sie für einen Orden vorschlagen.«

Foucaults Gesicht wird wieder ernst. »Die Wahrheit ist, Oberstleutnant Picquart, dass unser Freund Cuers ein Neurotiker ist, und wie die meisten Neurotiker ist er ein Fantast. Damit keine Missverständnisse aufkommen: Wenn ich Ihnen wiedergebe, was er mir erzählt hat, dann heißt das nicht, dass ich seiner Meinung bin, verstehen Sie? Es gibt Agenten, für die ich mich verbürgen würde, Cuers gehört nicht dazu. Deshalb habe ich den Rest seiner Geschichte auch nicht schriftlich festgehalten.«

»Ich verstehe durchaus, was Sie meinen.« Ich frage mich, was jetzt noch kommt. »Ich werde alles, was Sie mir erzählen, mit der angemessenen Portion Skepsis beurteilen.«

»Gut.« Foucault hält inne. Er schaut auf die Schreibtischplatte, runzelt die Stirn und sieht dann mich an – mit einem sehr direkten, sehr festen Von-Soldat-zu-Soldat-Blick. »Also dann: Cuers sagt, dass der deutsche Geheimdienst wegen der Dreyfus-Geschichte immer noch sehr verärgert ist.«

»Sie meinen darüber, dass wir ihn geschnappt haben?«

»Nein. Darüber, dass sie noch nie von ihm gehört haben – sagt zumindest Cuers.«

Ich halte dem Blick des Obersten stand. Seine dunklen Augen schauen mich unbeirrt an. »Was vermutlich bedeutet, dass sie ihn immer noch decken«, sage ich vorsichtig.

»Wie bitte? Im privaten Gespräch?« Foucault schüttelt den Kopf. »Nein. Zugegeben, vor der Öffentlichkeit werden sie das immer abstreiten müssen – so läuft das diplomatische Spiel. Aber warum etwas hinter verschlossenen Türen abstreiten, Jahr für Jahr?«

»Vielleicht weil keiner zugeben will, dass Dreyfus sein Spion war – so übel, wie die Sache ausgegangen ist?«

»Wir wissen doch beide, dass solche Dinge anders laufen, oder? Laut Cuers hat der Kaiser seinerzeit von Feldmarschall Schlieffen persönlich die Wahrheit gefordert: Hat die kaiserliche Armee diesen Juden angeworben, ja oder nein, hat er angeblich gefragt. Schlieffen wiederum hat die gleiche Frage Hauptmann Dame gestellt, und der hat geschworen, noch nie von einem jüdischen Spion gehört zu haben. Auf Schlieffens Befehl hat Dame Schwartzkoppen zum Rapport nach Berlin zurückgerufen – Cuers hat ihn mit eigenen Augen in Tiergarten gesehen. Schwartzkoppen versicherte, er hätte von der Existenz Dreyfus' zum ersten Mal erfahren, als er am Morgen nach dessen Verhaftung die Zeitung aufgeschlagen habe. Cuers hat mir erzählt, dass Dame diskrete Nachforschungen bei allen befreundeten Nachrichtendiensten in Europa angestellt habe, ob einer von denen Dreyfus angeworben habe. Das Gleiche: nichts.«

»Und darüber ärgern sie sich?«

»Sie wissen doch, wie empfindlich unsere behäbigen preußischen Nachbarn sind, wenn man sie als Trottel hinstellt. Sie halten das Ganze für einen ausgeklügelten Trick der Franzosen, damit sie vor den Augen der Welt schlecht dastehen.«

»Aber das ist doch absurd!«

»Natürlich ist es das. Aber das glauben sie eben – sagt zumindest Cuers.«

Unwillkürlich habe ich die Armlehnen umklammert, als säße ich in einem Zahnarztstuhl. Ich unternehme eine bewusste Anstrengung, mich zu entspannen. Ich schlage die Beine übereinander, ziehe die Bügelfalten meiner Hose glatt und versuche den Gelassenen zu geben, der ich nicht bin und den mir Foucault – der professionelle Connaisseur jedweder Verstellungen – gewiss keine Sekunde lang abnimmt.

Nach einer langen Pause formuliere ich endlich meine Antwort. »Ich schlage vor, dass wir diese Angelegenheit Schritt für Schritt angehen, und der erste Schritt wäre der, Cuers' Vorschlag eines Treffens aufzugreifen und ihn gründlich zu befragen.«

»Ganz meine Meinung.«

»Und in der Zwischenzeit verlieren wir kein Wort darüber.«

»Auch da bin ich ganz Ihrer Meinung.«

»Wie schnell können Sie wieder in Berlin sein?«

»Morgen Nachmittag.«

»Darf ich vorschlagen, dass Sie Kontakt mit Cuers aufnehmen und ihm mitteilen, dass wir reden wollen? So schnell wie möglich?«

»Das mache ich als Erstes, sofort nach meiner Rückkehr.«

»Die Frage ist: Wo können wir ihn treffen? Jedenfalls nicht auf deutschem Boden.«

»Ausgeschlossen – zu riskant.« Foucault denkt nach. »Wie wär's mit der Schweiz?«

»Das wäre sicher genug. Basel vielleicht. Um diese Jahreszeit wimmelt es da von Touristen. Er könnte sich als Wanderurlauber ausgeben. Dort könnten wir ihn treffen.«

»Ich werde es ihm unterbreiten und Ihnen dann Bescheid geben. Sie kommen für seine Unkosten auf? Tut mir leid, aber das ist bestimmt seine erste Frage, ich kenne ihn.«

Ich lächele. »Tja, so sind sie halt, die Leute, mit denen wir zusammenarbeiten! Natürlich kommen wir dafür auf.«

Ich erhebe mich und salutiere. Dann geben wir uns die Hand. Es fällt kein weiteres Wort. Es ist auch keines mehr nötig – wir verstehen beide die mögliche dramatische Tragweite dessen, was wir gerade besprochen haben.

◆

Ich habe also wenigstens einen Spion aufgespürt. Was das angeht, ist nicht der Hauch eines Zweifels mehr möglich. Major Charles Ferdinand Walsin-Esterházy – Graf Esterházy, wie er sich selbst gern nennt – wandelt auf den Straßen von Rouen und Paris, spielt, trinkt in Nachtklubs Champagner, vögelt in einer Wohnung am Montmartre seine Vier-Finger-Marguerite und finanziert seinen verkommenen Lebensstil, indem er mit all der Würde eines Klinken putzenden Hausierers versucht, Geheimnisse seines Landes an eine fremde Macht zu verkaufen.

Ja, Esterházy ist ein einfacher Fall. Eine nach den Fakten, wenn auch nicht nach dem Gesetz glasklare Geschichte. Aber Dreyfus? Mein Gott, das ist ein ungleich größeres Problem – eigentlich ein Albtraum. Während ich zu Fuß vom Ministerium in die Statistik-Abteilung zurückgehe, schwirrt mir von den möglichen Auswirkungen derart der Kopf, dass ich mich wieder einmal zur Gelassenheit zwingen muss. Ich erteile mir selbst Befehle: ein Schritt nach dem anderen,

Picquart; keine Emotionen; keine vorschnellen Urteile; keine Mitwisser, bevor du nicht eindeutige Beweise hast.

Bevor ich das Gebäude betrete, schaue ich dennoch wehmütig in die Rue de l'Université zur Wohnung von Louis Leblois – was gäbe ich dafür, wenn ich die ganze Sache mit ihm besprechen könnte …

In meinem Büro finde ich eine Nachricht von Desvernine vor mit der Bitte, mich heute Abend zu treffen: gleiche Zeit, gleicher Ort. Wegen meines Ausflugs mit Boisdeffre habe ich ihn seit zehn Tagen nicht mehr gesehen. Ich komme eine Viertelstunde zu spät, und als ich das Café im Gare Saint-Lazare betrete, wartet er schon mit einem Bier für mich und, zum ersten Mal, auch für sich selbst.

»Das ist eine Premiere«, sage ich, als wir uns zuprosten. »Gibt es irgendetwas zu feiern?«

»Vielleicht.« Desvernine wischt sich den Schaum vom Schnauzbart, greift in die Innentasche seiner Jacke, legt eine Fotografie mit dem Bild nach unten auf den Tisch und schiebt sie mir zu. Ich nehme das Foto und drehe es um. Diesmal ist eine Lupe überflüssig. Das Foto ist so scharf wie eine Studioaufnahme: Esterházy, auf dem Kopf eine graue Melone, tritt durch das Tor der deutschen Botschaft auf die Straße. Ich kann sogar das leichte Lächeln auf seinen Lippen erkennen. Er ist kurz stehen geblieben, vielleicht um die warme Sonne zu genießen.

»Er war also wieder da«, sage ich. »Ein wichtiger Hinweis.«

»Nein, Herr Oberstleutnant, wichtiger ist, was er in der Hand hält.«

Ich schaue wieder auf das Foto. »Da ist nichts in seiner Hand.«

Desvernine schiebt noch eine umgedrehte Fotografie über den Tisch, lehnt sich zurück und trinkt genüsslich von seinem Bier, während er meine Reaktion abwartet. Das Bild zeigt eine Gestalt im Dreiviertelprofil, unscharf, in Bewegung, die von der Straße die Botschaft betritt. In der rechten Hand hält sie etwas Weißes: einen Umschlag oder ein Päckchen. Ich lege die Fotos nebeneinander auf den Tisch. Die graue Melone verrät ihn: das, die Größe und die Statur.

»Wie lange zwischen den beiden Fotos?«

»Zwölf Minuten.«

»Er ist leichtsinnig.«

»Leichtsinnig? Er ist *schamlos,* genau das ist er. Vor solchen Figuren sollte man sich in Acht nehmen, Herr Oberstleutnant. Ich kenne die Sorte.« Er klopft mit einem fettigen Fingernagel auf das Gesicht. »Es gibt nichts, wovor der zurückschreckt.«

◆

Am übernächsten Abend erreicht mich ein verschlüsseltes Telegramm von Oberst Foucault aus Berlin. Cuers ist einverstanden, sich am Donnerstag, dem 6. August, mit unseren Vertretern in Basel zu treffen.

Mein erster Gedanke ist, selbst zu fahren. Ich suche sogar schon im Kursbuch nach Verbindungen. Doch dann halte ich inne und bedenke die Risiken. Basel liegt unmittelbar an der Grenze zu Deutschland. Ich habe die Stadt auf dem Weg zu den Wagner-Festspielen in Bayreuth mehrere Male besucht. Die Bevölkerung spricht deutsch. Zwischen den verrammelten gotischen Fachwerkhäusern fühlt man sich genauso wie in jeder Stadt des Reichs. Ich werde von unfreundlichen Gesichtern umgeben sein. Außerdem muss ich davon ausgehen, dass ein Jahr nach meinem Amtsantritt die Identität des Sandherr-Nachfolgers in Berlin bekannt sein dürfte. Ich fürchte nicht um meine persönliche Sicherheit, aber ich darf mich nicht hinreißen lassen. Dafür steht zu viel auf dem Spiel. Wenn man mich erkennen würde, dann könnte das desaströse Folgen für das Treffen haben.

Also bitte ich am Montagmorgen, dem 3. August, drei Tage vor dem festgesetzten Termin, Major Henry und Hauptmann Lauth in mein Büro. Wie üblich kommen sie zusammen. Ich sitze am Kopfende des Tischs, Henry sitzt links, Lauth rechts von mir. Vor mir liegt der Ordner Operation Wohltäter. Henry schaut ihn argwöhnisch an.

»Meine Herren«, sage ich und öffne den Ordner. »Ich denke, dies ist der geeignete Zeitpunkt, Sie über eine geheimdienstliche Operation zu informieren, die schon seit einigen Monaten vorangetrieben wird und nun endlich erste Früchte trägt.«

Schritt für Schritt setze ich ihnen die Operation auseinander. Ich beginne mit einer kurzen Zusammenfassung der Punkte, die ihnen schon bekannt sind. Ich lege das an Esterházy adressierte Petit Bleu vor und den Briefentwurf von Schwartzkoppen, in dem der sich darüber beklagt, dass er für sein Geld nichts aus dem Haus in R. erfahre. Ich rufe ihnen meinen Besuch in Rouen und meine Unterredung mit meinem Freund Major Curé in Erinnerung. »Danach habe ich die Entscheidung getroffen, eine gründliche Untersuchung einzuleiten.« Ich lese Desvernines Berichte über Esterházy vor, über seine Schulden, seine Spielsucht, seine Vier-Finger-Mätresse und alles andere. Sie hören mir schweigend und mit wachsender Anspannung zu. Als ich auf die Wohnung gegenüber der deutschen Botschaft zu sprechen komme, wechseln sie einen kurzen, überraschten Blick. Und dann präsentiere ich ihnen mit der überschwänglichen Geste eines Zauberkünstlers die Fotografien von den beiden Besuchen Esterházys.

Henry setzt seine Brille auf und schaut sich die Fotos eine Zeit lang genau an. »Weiß General Gonse davon?«

»Über die Observation der Botschaft ist er unterrichtet, das ja.«

»Aber nicht über Esterházy im Besonderen?«

»Noch nicht. Ich wollte warten, bis wir genügend Beweismaterial für seine Verhaftung haben.«

»Verstehe.« Henry reicht das Foto an Lauth weiter und nimmt seine Brille ab. Er nuckelt an einem der Bügel wie ein Wissenschaftler, der die Untersuchungsergebnisse eines Kollegen begutachtet. »Das ist sehr interessant, Herr Oberstleutnant, obwohl wir natürlich noch nicht so weit sind. Keine Frage, das sind eindrucksvolle Indizien. Aber wenn Sie das Esterházy vorlegen, dann wird er einfach sagen, dass er einen Visumantrag abgegeben hat. Und wir können ihm nicht das Gegenteil beweisen.«

»Stimmt. Aber in den letzten Tagen hat sich eine bedeutsame neue Entwicklung ergeben, weshalb ich den Rahmen der Operation erweitern möchte.« Ich halte inne. Das ist der entscheidende Augenblick. Die nächsten Worte von mir werden alles verändern. Henry klopft sich mit der Brille gegen die Zähne und wartet. »Wir haben Informationen von einer Quelle direkt aus dem deutschen Militärgeheimdienst. Diese Quelle behauptet, dass die Deutschen seit Jahren einen Agenten in Frankreich haben. Dieser Agent ist im Majorsrang, ist zwischen vierzig und fünfzig Jahre alt und hat an dem Artilleriemanöver in Châlons teilgenommen.«

»Das muss Esterházy sein!«, sagt Lauth.

»Ich glaube, daran kann kaum noch ein Zweifel bestehen. Unsere Quelle bietet an, uns am kommenden Donnerstag in Basel zu treffen und alles zu erzählen, was er weiß.«

Henry stößt einen leisen, überraschten Pfiff aus. Zum ersten Mal erkenne ich in seinem Gesicht so etwas wie einen Anflug von Respekt. Das reizt mich, noch weiter zu gehen, alles zu erzählen. (Und wissen Sie was, möchte ich sagen. Er behauptet auch, dass Dreyfus niemals ein Spion der Deutschen war!) Aber so weit will ich mich im Moment noch nicht vorwagen. *Ein Schritt nach dem anderen, Picquart!*

»Wer ist die Quelle?«, fragt Henry.

»Richard Cuers. Erinnern Sie sich? Die Deutschen haben ihn vor ein paar Jahren hier bei uns eingesetzt. Er hat unter Hauptmann Dame in Berlin gearbeitet. Jetzt hat Dame ihn entlassen, wahrscheinlich weil er ihm nicht mehr traut, und da ist er zu uns gekommen.«

»Und wir? Vertrauen *wir* ihm?«

»Vertrauen wir *irgendwem?* Ich sehe allerdings keinen Grund, warum er lügen sollte. Zumindest sollten wir uns anhören, was er zu sagen hat.« Ich wende mich an Lauth. »Herr Hauptmann, ich möchte, dass Sie diese Befragung durchführen.«

»Selbstverständlich, Herr Oberstleutnant.« Lauth reagiert mit einer schnellen, teutonischen Verbeugung. Gut, dass er sitzt, denke ich, sonst würde er auch noch die Hacken zusammenschlagen.

»Warum mein guter Freund Lauth, wenn die Frage gestattet ist?«, sagt Henry.

»Weil er den Fall kennt, seit uns das Petit Bleu in die Hände gefallen ist, aber vor allem, weil er deutsch spricht.«

»Wenn Cuers hier gearbeitet hat, dann muss auch sein Französisch ganz anständig sein«, wendet Henry ein. »Warum nicht ich? Im Umgang mit solchen Schurken habe ich mehr Erfahrung.«

»Ja, aber ich glaube, dass er in seiner Muttersprache unbefangener sein wird. Sind Sie einverstanden, Lauth?« Lauths Deutsch ist perfekt, fast akzentfrei.

»Ja.« Er wirft Henry einen um Zustimmung heischenden Blick zu. »Ja, ich bin mir sicher, dass ich das schaffe.«

»Gut. Sie brauchen mindestens einen Mann zur Absicherung, vielleicht zwei, nur um sicherzustellen, dass Cuers allein kommt und das Ganze keine Falle ist. Ich schlage Louis Tomps vor. Er kennt Cuers aus seinen Pariser Tagen.« Wie Guénée und Desvernine ist Tomps ein Beamter der Sûreté, der für die Statistik-Abteilung arbeitet: ein fähiger, verlässlicher Bursche, der ebenfalls den Vorteil hat, gut deutsch zu sprechen. Ich habe ihn früher schon eingesetzt. »Die Einzelheiten des Einsatzes besprechen wir später. Danke, meine Herren.«

Lauth springt auf. »Danke, Herr Oberstleutnant.«

Henry bleibt noch kurz sitzen, schaut gedankenversunken auf den Tisch, schiebt dann den Stuhl zurück und erhebt sich schwerfällig. Er zieht den Uniformrock über seinen prägnanten Bauch nach unten. »Ja, danke, Herr Oberstleutnant.« In seinen Augen schimmert etwas Wehmut. Ich spüre, dass er sich noch nicht damit abgefunden hat, von der Mission in Basel ausgeschlossen zu sein, dass ihm aber auch nichts einfällt, wie er mich umstimmen könnte. »Interessant«, sagt er noch einmal. »Sehr interessant. Allerdings würde ich Ihnen empfehlen, wenn Sie mir diese Bemerkung gestatten, General Gonse zu unterrichten. Das ist eine ernste Angelegenheit. Ein französischer Offizier trifft sich auf fremdem Boden mit einem deutschen Spion, um sich über einen Verräter in den eigenen Reihen zu unterhalten. Es wäre Ihnen gewiss unangenehm, wenn er es von anderer Seite erführe.«

◆

Nachdem er gegangen ist, frage ich mich, ob das eine Drohung war. Wenn ja, dann habe ich im Schachspiel der Militärbürokratie den perfekten Gegenzug in petto. Ich gehe hinüber ins Ministerium, steige die Treppe hinauf zum Büro des Generalstabschefs und bitte um einen Termin bei General Boisdeffre.

Dame schlägt Läufer!

Leider teilt mir sein Ordonnanzoffizier mit, dass der General aus dem Burgund direkt nach Vichy gereist ist.

Ich schicke Boisdeffre ein Telegramm, in dem ich ihn dringend um eine Unterredung bitte.

Am nächsten Morgen – dem Dienstag – erhalte ich die gelangweilte Antwort. *Mein lieber Herr Oberstleutnant, ist es denn wirklich so dringend? Ich befinde mich derzeit auf Kur und werde dann für meinen jährlichen Urlaub nach Hause in die Normandie reisen. Was gibt es denn so Eiliges?*

Ich antworte vorsichtig, dass es sich um eine Angelegenheit handele, die der von 1894 nicht unähnlich sei – womit ich natürlich die Dreyfus-Affäre meine.

Keine Stunde später erhalte ich die Antwort. *Nun gut, wenn Sie darauf bestehen. Mein Zug kommt morgen, Mittwoch, 5. August, 18 Uhr 15, am Gare de Lyon an. Ich erwarte Sie. Boisdeffre.*

◆

Henry gibt allerdings nicht so schnell klein bei.

Am selben Tag, als das Telegramm eintrifft, in dem Boisdeffre mich zum Bahnhof zitiert, bitte ich Lauth und Tomps in mein Büro, um ein letztes Mal die Einzelheiten der Baselreise zu besprechen. Der Plan ist unkompliziert. Die beiden Männer – plus ein gewisser Kommissar Vuillecard aus Vassy, den Tomps sich als Assistenten ausgesucht hat – nehmen morgen Abend den Schlafwagenzug vom Gare de l'Est, der Basel am Donnerstagmorgen um sechs Uhr erreicht. Alle drei sind bewaffnet. In Basel trennen sie sich. Lauth geht sofort ins Hotel Schweizerhof gegenüber dem Bahnhof, wo er sich ein Zimmer nimmt und wartet. Tomps geht währenddessen auf die andere Seite des Rheins zum zweiten großen Bahnhof der Stadt, dem Badischen Bahnhof, wo die Züge aus Deutschland eintreffen. Vuillecard bezieht inzwischen auf dem Münsterplatz vor dem Basler Münster Stellung, wo für neun Uhr die erste Kontaktaufnahme verabredet ist. Tomps, der ihn von Angesicht kennt, wird Cuers beobachten, wenn er vom Zug aus Berlin durch die Passkontrolle geht, um sicherzustellen, dass er nicht beschattet wird, und folgt ihm dann bis zum Münsterplatz, wo Cuers von Kommissar Vuillecard erwartet wird, der als Erkennungszeichen ein weißes Taschentuch in der Hand hält. Cuers spricht den Kommissar auf französisch an. »Sind Sie Monsieur Lescure?« (Lescure war viele Jahre lang Concierge in der Rue Saint-Dominique.) Der Kommissar verneint die Frage, bietet dem Deutschen aber an, ihn zu Monsieur Lescure zu bringen. Dann begleitet er den Agenten zu seinem Treffen mit Lauth ins Hotel.

»Ich möchte, dass Sie alles an Informationen aus ihm herausholen, was irgend möglich ist«, sage ich zu Lauth. »Egal wie lange es dauert. Wenn nötig, setzen Sie die Befragung am nächsten Tag fort.«

»Ja, Herr Oberstleutnant.«

»Das Hauptinteresse gilt Esterházy, aber Sie brauchen sich nicht darauf zu beschränken, wenn Sie es für richtig halten.«

»Ja, Herr Oberstleutnant.«

»Gehen Sie jedem Hinweis nach, wie absurd er sich auch anhören mag.«

»Natürlich, Herr Oberstleutnant.«

Am Ende des Treffens gebe ich ihnen die Hand und wünsche ihnen Glück. Während Tomps mein Büro verlässt, bleibt Lauth noch. »Wenn Sie erlauben, Herr Oberstleutnant, ich habe noch eine Bitte.«

»Nur zu.«

»Ich glaube, es wäre nützlich, wenn Sie mir Major Henry als Absicherung mitgeben.«

Erst halte ich das für einen Anfall von Lampenfieber. »Also wirklich, Hauptmann Lauth! Das haben Sie doch gar nicht nötig! Sie sind durchaus fähig, allein mit Cuers fertigzuwerden.«

Aber Lauth bleibt hartnäckig. »Ich glaube wirklich, Herr Oberstleutnant, dass unsere Mission von Major Henrys Erfahrung profitieren könnte. Er kennt sich mit Sachen aus, von denen ich keine Ahnung habe. Und er kann gut mit Menschen umgehen. Sie werden unvorsichtig in seiner Gegenwart, während ich in manchen Situationen doch recht … förmlich bin.«

»Hat Major Henry Sie beauftragt, mir das zu unterbreiten? Sie sollten wissen, Herr Hauptmann, auf Offiziere, die hinter meinem Rücken meine Autorität infrage stellen, bin ich nicht gut zu sprechen.«

»Nein, Herr Oberstleutnant. Natürlich nicht!« Lauths blasser Hals läuft bonbonrosa an. »Es steht mir nicht zu, mich in Dinge einzumischen, die mich meinem Dienstgrad gemäß nichts angehen. Aber manchmal habe ich das Gefühl, wenn ich so sagen darf, dass Major Henry vielleicht ein bisschen mehr … *Wertschätzung* vertragen könnte.«

»Und weil ich ihn nicht nach Basel schicke, verletze ich seine Gefühle – ist es das, was Sie mir sagen wollen?«

Lauth antwortet nichts darauf. Er senkt den Kopf. Zu Recht, denke ich, denn das Verlangen Henrys, seine Nase wie ein neugieriger Concierge in alles hineinzustecken, was in der Abteilung bearbeitet wird, hat etwas Absurdes. Andererseits könnte es, wenn man den persönlichen Ärger beiseitelässt – *keine Emotionen, Picquart!* – gewisse Vorteile haben, wenn ich Henry das Gefühl gäbe, bei der Esterházy-Untersuchung ein gleichberechtigter Partner zu sein. Die erste Überlebensregel in einer Bürokratie heißt, Seilschaften zu bilden, und ich habe nicht den Wunsch, als einsamer Rufer zu enden – besonders nicht in dieser Sache. Wenn sich herausstellen sollte, was Gott verhüten möge, dass wir uns den Dreyfus-Fall noch einmal vornehmen müssen, dann werde ich Henry an meiner Seite brauchen.

Ich stampfe verärgert mit dem Fuß auf. »Also gut«, sage ich schließlich. »Wenn Sie beide denn unbedingt wollen, dann soll Major Henry Sie von mir aus begleiten.«

»Ja, Herr Oberstleutnant. Danke, Herr Oberstleutnant.« Lauths Dankbarkeit ist fast mitleiderregend.

»Aber die Befragung von Cuers führen *Sie* durch! Auf deutsch, verstanden?« Dabei zeige ich energisch mit dem Finger auf ihn.

Diesmal schlägt Lauth tatsächlich die Hacken zusammen. »Ja, Herr Oberstleutnant.«

9

Am nächsten Tag um fünf Uhr nachmittags versammelt sich die mit festen Wanderstiefeln, Kniestrümpfen, Sportjacketts und Rucksäcken ausstaffierte Schweiz-Expedition im Entree. Vier Freunde auf Wandertour im Baselbiet, das ist die Tarnung. Henry steckt in einer unvorteilhaft groß karierten Jacke, seinen Filzhut ziert eine Feder. Es ist heiß, und beim Anblick seines übellaunigen, roten Gesichts muss man sich wundern, warum er so hartnäckig intrigiert hat, um an dieser Reise teilnehmen zu können.

»Mein lieber Major Henry, das ist ein bisschen zu viel der Verkleidung«, sage ich lachend. »Sie sehen ja aus wie ein Tiroler Kneipenwirt!« Auch Tomps, Vuillecard und sogar Lauth amüsieren sich köstlich, während Henry missmutig in die Gegend schaut. Er teilt gern aus, kann es aber nicht ertragen, selbst auf den Arm genommen zu werden. »Schicken Sie mir aus Basel ein Telegramm«, sage ich zu Lauth. »Verschlüsselt natürlich, und lassen Sie mich wissen, wie das Treffen läuft und wann Sie wieder zurückkommen. Viel Glück, meine Herren. Also, ich würde Sie ja nicht in mein Land lassen, nicht in dem Aufzug. Aber schließlich bin ich auch kein Schweizer.«

Ich begleite sie zur Droschke, warte, bis sie eingestiegen sind und der Landauer außer Sichtweite ist, und mache mich dann zu Fuß auf den Weg zu meiner eigenen Verabredung. Ich habe jede Menge Zeit, den makellosen Spätsommernachmittag auszukosten. Ich spaziere am Seineufer entlang, vorbei an der großen Baustelle am Quai d'Orsay, wo am Fluss ein neuer Bahnhof und ein neues Grandhotel in die Höhe wachsen. Das erste große internationale Ereignis des 20. Jahrhunderts wird in knapp vier Jahren in Paris stattfinden – die Weltausstellung von 1900. Auf dem gewaltigen Gebäudeskelett wimmelt es von Arbeitern. Die Energie, die in der Luft liegt, ist mit Händen zu greifen. Ja, man darf sogar behaupten, dass so etwas wie Optimismus zu spüren ist – nicht gerade eine Geisteshaltung, die in den vergangenen Jahrzehnten in Frankreich weitverbreitet war. Ich schlendere am linken Ufer entlang und gehe auf den Pont de Sully, wo ich stehen bleibe, mich an das Geländer lehne und nach Westen in Richtung Notre-Dame schaue. Ich zerbreche mir immer noch den Kopf darüber, wie ich mich bei dem Treffen gleich am schlauesten verhalte.

So spielen die Wechselfälle des öffentlichen Lebens: General Boisdeffre, vor eineinhalb Jahren noch völlig im Schatten Merciers, hat sich zu einem der beliebtesten Männer Frankreichs gemausert. Seit drei Monaten kann man kaum eine Zeitung aufschlagen, ohne eine Geschichte über ihn zu lesen. Sei es als Leiter der französischen Delegation anlässlich der Zarenkrönung in Moskau, sei es als Zuschauer beim Grand Prix de Paris auf der Rennbahn Longchamp in Begleitung des russischen Botschafters. Russland, Russland, Russland – von nichts anderem ist die Rede. Boisdeffres strategische Allianz wird als der diplomatische Triumph der Epoche betrachtet. Ich persönlich habe allerdings Bedenken, zusammen mit einer Armee aus ehemaligen Leibeigenen gegen die Deutschen zu kämpfen.

Dennoch ist Boisdeffres Berühmtheit nicht zu leugnen. Da die Ankunftszeit seines Zuges in der Zeitung stand, treffe ich am Bahnhof als Erstes auf eine Schar seiner Bewunderer, die einen Blick auf ihn erhaschen wollen. Als der Zug aus

Vichy schließlich in den Bahnhof rollt, laufen mehrere Dutzend Menschen auf der gesamten Länge des Perrons neben dem Zug her und versuchen ihr Idol zu entdecken. Schließlich taucht er in der Waggontür auf und bleibt für die Fotografen stehen. Er trägt Zivil, ist aber dennoch unverwechselbar. Die große, aufrechte Gestalt wirkt durch den schönen Seidenhut sogar noch erhabener. Er nimmt ihn höflich vor der applaudierenden Menge ab und tritt dann auf den Perron, gefolgt von Pauffin de Saint Morel und einigen anderen Ordonnanzoffizieren. Wie ein großes, imposantes Schlachtschiff bei einer Flottenparade bewegt er sich langsam auf das Absperrgitter zu, hebt immer wieder den Hut und lächelt schwach zu den Rufen »Es lebe Boisdeffre!« und »Es lebe Frankreich!« – bis er mich sieht. Sein Gesichtsausdruck verdunkelt sich kurz, er versucht sich zu erinnern, warum ich hier bin. Dann erwidert er meine Ehrenbezeigung mit einem freundlichen Nicken. »Kommen Sie, Picquart, ich nehme Sie in meinem Automobil mit«, sagt er. »Allerdings fahre ich nur bis zum Hôtel de Sens, Sie werden sich also kurz fassen müssen.«

Das Automobil, ein Panhard & Levassor, hat kein Dach. Der General und ich sitzen erhöht auf der gepolsterten Sitzbank hinter dem Fahrer und rollen schwankend über das Kopfsteinpflaster in Richtung Rue de Lyon. Mehrere Zugpassagiere, die in einer Schlange am Droschkenstand warten, erkennen den Generalstabschef und brechen in Jubel aus.

»Ich glaube, das reicht jetzt, oder?«, sagt er und nimmt seinen Hut ab, legt ihn auf den Schoß und fährt sich mit der Hand durch das schüttere, weiße Haar. »Also, Picquart, was hat das zu bedeuten, was Sie mir da von 1894 geschrieben haben?«

Auch wenn ich mir das Gespräch etwas anders vorgestellt habe, so besteht zumindest keine Gefahr, dass man uns belauscht. Er muss sich mir zuwenden und mir die Frage fast ins Ohr brüllen, genauso wie ich ihm meine Antwort. »Wir glauben, Herr General, dass wir einem Verräter in der Armee auf die Spur gekommen sind, der Informationen an die Deutschen weitergibt.«

»Nicht noch einer! Welche Art von Informationen?«

»Wie es scheint, hauptsächlich über Geschütze.«

»Wichtige Informationen?«

»Nicht besonders, aber vielleicht gibt es da auch noch andere Dinge, von denen wir nichts wissen.«

»Wer ist der Mann?«

»Ein sogenannter Graf Walsin-Esterházy, ein Major vom Vierundsiebzigsten.«

Boisdeffre denkt sichtlich angestrengt nach und schüttelt dann den Kopf. »Das ist kein Name, den ich vergessen hätte, wenn er mir einmal untergekommen wäre. Wie sind wir ihm draufgekommen?«

»Wie bei Dreyfus, durch unsere Agentin in der deutschen Botschaft.«

»Mein Gott, ich wünschte nur, meine Frau würde mal eine halb so gründliche Putzfrau finden!« Er lacht über seinen Witz. Er scheint das außerordentlich entspannt zu sehen. Vielleicht eine Folge der Wasserkur. »Was sagt General Gonse zu der Sache?«

»Ich habe es ihm noch nicht erzählt.«

»Warum nicht?«

»Ich hielt es für besser, erst mit Ihnen zu reden. Mit Ihrer Erlaubnis würde ich als Nächstes gern den Minister informieren. Ich hoffe, dass ich in ein, zwei Tagen mehr über Esterházy weiß. Bis dahin würde ich es vorziehen, General Gonse nichts zu sagen.«

»Wie Sie meinen.«

Er tastet seine Jackentaschen ab, bis er seine Schnupftabakdose findet. Er bietet mir eine Prise an. Ich lehne ab. Er schnupft mehrere Prisen. Wir umkurven die Place de la Bastille. Noch ein oder zwei Minuten, dann sind wir da. Ich brauche eine Entscheidung.

»Dann habe ich also Ihre Erlaubnis, den Minister zu unterrichten?«, frage ich.

»Ja, ich denke schon.« Als er weiterspricht, klopft er mir bei jedem Wort nachdrücklich aufs Knie. »Obwohl es mir natürlich sehr recht wäre, wenn man einen weiteren Skandal vermeiden könnte. Ein Dreyfus reicht für eine ganze Generation. Wir sollten versuchen, diesen Fall etwas diskreter zu handhaben.«

Die Ankunft vor dem Hôtel de Sens erspart mir eine Antwort. Ausnahmsweise sprüht der düstere mittelalterliche Gebäudekomplex vor Leben. Irgendein offizieller Empfang ist im Gange. Menschen in Abendgarderobe treffen ein. Und dann sehe ich, auf den Eingangsstufen wartend, eine Zigarette rauchend, niemand andres als Gonse. Unser Automobil hält nur ein paar Meter von ihm entfernt. Gonse wirft seine Zigarette auf den Boden und kommt genau in dem Augenblick auf uns zu, als der Fahrer aus dem Wagen springt und die Trittstufe für Boisdeffre ausklappt. Gonse bleibt stehen und salutiert. »Willkommen in Paris, Herr General!« Dann schaut er mich mit unverhohlenem Argwohn an. »Oberstleutnant Picquart?« Eine Feststellung als Frage.

»General Boisdeffre war so freundlich, mich vom Bahnhof mitzunehmen«, sage ich schnell. Das ist weder eine glatte Lüge noch die volle Wahrheit, reicht aber hoffentlich für einen schnellen Abgang aus. Ich salutiere und wünsche einen angenehmen Abend. An der nächsten Straßenecke wage ich einen Blick zurück, aber da sind die beiden Männer schon hineingegangen.

◆

Ich habe sogar drei Gründe, warum ich Gonse nichts von Esterházy erzählen will: erstens, weil ich weiß, dass der vollendete alte Bürokrat, hat er den Fall erst einmal zwischen den Fingern, die Herrschaft darüber übernehmen will und es dann nicht mehr lange dauert, bis erste Einzelheiten nach außen sickern; zweitens, weil ich weiß, wie die Armee funktioniert, und ich ihm glatt zutraue, sich hinter meinem Rücken mit Henry kurzzuschließen; drittens und vor allem, weil Gonse, wenn ich mich der Rückendeckung des Generalstabschefs und des Kriegsministers versichere, sich nicht mehr einmischen kann und ich freie Hand habe, jeder Spur zu folgen, wohin sie mich auch führt. Auch ich kann gerissen sein: Wie sonst hätte ich es zum jüngsten Oberstleutnant in der französischen Armee gebracht?

Also nehme ich am Donnerstagmorgen, etwa um die Zeit, als die Gruppe in Basel erstmals Kontakt mit dem Doppelagenten Cuers aufnimmt, die Wohltäter-Akte und meinen persönlichen Schlüssel – das Symbol meines privilegierten Zugangs – und betrete durch die Holztür den Garten vom Hôtel de Brienne. Der Innenhof, der mir am Tag von Dreyfus' Degradierung unter der Schneedecke wie verzaubert erschienen war, verströmt im August einen anderen Charme. Das Blätterdach der großen Bäume ist so dicht, dass das Ministerium dahinter fast verschwindet. Die entfernten Geräusche der Stadt klingen verschlafen, genau wie das Summen der Bienen. Bis auf einen alten Gärtner, der ein Blumenbeet gießt, bin ich allein. Während ich über die verbrannte braune Erde gehe, schwöre ich mir, sollte ich jemals Minister werden, dann werde ich meinen Schreibtisch im Sommer nach draußen bringen lassen und die Armee, so wie Cäsar in Gallien, unter einem Baum sitzend befehligen.

Ich erreiche den Rand des Rasens, überquere den Kieselweg und gehe die flachen, blassen Steinstufen zur Glastür hinauf, durch die man in den Amtssitz des Ministers gelangt. Ich betrete das Gebäude und gehe, vorbei an den Rüstungen und dem bombastischen Napoleon-Gemälde, dieselbe Marmortreppe hinauf wie schon zu Beginn meiner Geschichte. Ich stecke den Kopf durch die Tür des Vorzimmers und frage einen der Ordonnanzoffiziere, Hauptmann Robert Calmon-Maison, ob ich wohl kurz mit dem Minister sprechen könne. Calmon-Maison fragt erst gar nicht nach dem Grund, schließlich bin ich seines Herrn Geheimnisträger. Er verschwindet, kommt gleich wieder und sagt, ich könne sofort eintreten.

Wie schnell man sich doch an die Macht gewöhnt! Noch vor wenigen Monaten hätte ich nur voller Ehrfurcht im Allerheiligsten des Ministers vorgesprochen. Inzwischen ist es vor allem ein Arbeitsplatz, und der Minister selbst nur ein weiterer Soldatenbürokrat, den es durch die Drehtür der Regierungsbildung ins Amt befördert hat. Der gegenwärtige Amtsinhaber, Jean-Baptiste Billot, geht auf die siebzig zu und bekleidet zum zweiten Mal diesen Posten, den er vor vierzehn Jahren schon einmal innehatte. Er ist mit einer wohlhabenden und kultivierten Frau verheiratet und vertritt eine linke, radikale Politik, obwohl er wie der vertrottelte General aus einer komischen Oper aussieht – mächtiger Brustkorb, struppiger, weißer Schnauzbart und zornig hervorquellende Augen. Die Karikaturisten liegen ihm natürlich zu Füßen. Und ich weiß noch etwas über ihn, was von Interesse ist: Er hat eine Abneigung gegenüber seinem Vorgänger General Mercier. Und zwar seit den großen Armeemanövern von 1893, als der Jüngere das gegnerische Corps befehligte und ihn besiegte – eine Demütigung, die er nie verziehen hat.

Als ich eintrete, steht Billot mit dem Rücken zu mir am

Fenster. Ohne sich umzudrehen, fängt er an zu sprechen. »Als ich Sie gerade über den Rasen habe gehen sehen, Picquart, da habe ich mir gedacht: Aha, unser brillanter junger Herr Oberstleutnant, der ärgert mich bestimmt wieder mit irgendeinem verdammten Problem! Und dann habe ich mich gefragt: Warum muss ich mich in meinem Alter noch mit solchen Dingen abplagen? An einem Tag wie heute sollte ich auf meinem Landsitz mit meinen Enkeln spielen und nicht meine Zeit mit Ihnen vergeuden!«

»Wir wissen doch beide, Herr Minister, dass Sie sich schon nach fünf Minuten tödlich langweilen und darüber beklagen würden, wie lausig wir das Land in Ihrer Abwesenheit führen.«

Er zuckt mit den mächtigen Schultern. »Tja, schätze, Sie haben recht. Irgendwer mit gesundem Menschenverstand muss ja ein Auge auf dieses Tollhaus haben.« Er dreht sich auf dem Absatz um und stapft schwankend über den Teppich auf mich zu. Ein beunruhigendes Bild für jemand, der es nicht gewohnt ist. Er sieht aus wie ein angreifender Walrossbulle. »Also dann, worum geht es? Sie sehen angespannt aus. Setzen Sie sich, mein Junge. Was zu trinken?«

»Nein danke.« Ich nehme denselben Stuhl wie an jenem Tag, als ich Mercier und Boisdeffre von der Degradierungszeremonie berichtet habe. Billot setzt sich mir gegenüber und schaut mich durchdringend an. Die Masche vom alten Knacker ist nichts als Schauspielerei. Er ist so scharfsinnig und ehrgeizig wie ein Mann, der nur halb so alt ist. Ich öffne die Wohltäter-Akte. »Leider hat es den Anschein, als hätten wir in der Armee einen deutschen Spion ...«

»O Gott!«

Abermals schildere ich Esterházys Umtriebe und die Operation, die wir zu seiner Beschattung eingeleitet haben. Ich setze Billot etwas genauer ins Bild als Boisdeffre, vor allem erzähle ich ihm über die gerade in Basel laufende Befragung. Ich zeige ihm das Petit Bleu und die Überwachungsfotos. Aber ich erwähne mit keinem Wort Dreyfus. Ich weiß, dass das alles andere sofort zunichtemachen würde.

Billot stellt zwischendurch ein paar kluge Fragen. Wie wertvoll ist das Material? Warum ist Esterházys befehlshabendem Offizier nichts Befremdliches an ihm aufgefallen? Können wir uns sicher sein, dass er allein operiert? Mehrere Male kommt er auf das Foto zu sprechen, auf dem Esterházy mit leeren Händen aus der Botschaft kommt. »Warum benutzen wir den Dreckskerl nicht für eine clevere Retourkutsche?«, sagt er schließlich. »Anstatt ihn einfach wegzusperren, könnten wir ihn mit Falschinformationen für Berlin füttern.«

»Darüber habe ich auch schon nachgedacht. Das Problem ist, die Deutschen trauen ihm auch schon nicht mehr über den Weg. Unwahrscheinlich, dass sie einfach schlucken würden, was er ihnen serviert, ohne es zu überprüfen. Und natürlich …«

Billot führt das Argument für mich zu Ende. »Und natürlich müssten wir ihm dafür, dass er mitspielt, Straffreiheit zusichern, obwohl es für Figuren wie Esterházy nur einen Aufenthaltsort gibt: den hinter Gittern. Nein, Herr Oberstleutnant, Sie haben richtig gehandelt.« Er schließt den Ordner und gibt ihn mir zurück. »Setzen Sie Ihre Ermittlung fort, bis wir ihn ein für alle Mal einkassieren können.«

»Sie wären bereit, den Fall bis vors Kriegsgericht zu bringen?«

»Durchaus! Was ist die Alternative? Ihn bei halbem Sold in den Ruhestand zu schicken?«

»General Boisdeffre wäre es lieber, wenn es keinen Skandal …«

»Gewiss, gewiss. Glauben Sie, mir gefällt das? Wenn wir ihn damit davonkommen ließen – das wäre wirklich ein Skandal.«

◆

Ich gehe hochzufrieden in mein Büro zurück. Zwei der mächtigsten Männer der Armee haben abgesegnet, dass ich die Ermittlung fortsetze. Faktisch ist Gonse damit aus der Befehlskette ausgeschlossen. Jetzt kann ich nur noch auf Nachrichten aus Basel warten.

Der Tag zieht sich mit Routinearbeit hin. Die Abwasserkanäle stinken in der Hitze mehr als sonst. Ich kann mich kaum konzentrieren. Um halb sechs bitte ich Hauptmann Junck, für sieben Uhr eine Telefonverbindung mit dem Hotel Schweizerhof anzumelden. Zur ausgemachten Zeit stehe ich im ersten Stock neben dem Apparat im Korridor und rauche eine Zigarette. Beim ersten Klingeln reiße ich den Hörer von der Gabel. Ich kenne das Hotel Schweizerhof. Es ist ein großer, moderner Bau mit Blick auf einen Platz, den Trambahnlinien kreuzen. Ich nenne dem Rezeptionisten Lauths Decknamen. Es entsteht eine lange Pause, während der Angestellte seinen Platz verlässt und nachprüft, ob Lauth in seinem Zimmer ist. Er meldet sich wieder und sagt, der Herr sei gerade abgereist, habe aber keine Nachsendeadresse hinterlassen. Ich lege auf und frage mich, was ich davon halten soll. Möglich, dass sie für die Befragung noch einen zweiten Tag brauchen und aus Sicherheitsgründen das Hotel gewechselt haben. Oder die Befragung ist schon abgeschlossen und sie sind auf dem Weg zum Bahnhof, um den Nachtzug nach Paris zu erwischen. Ich warte noch eine Stunde in der Hoffnung auf ein Telegramm und mache dann Feierabend.

Zur Ablenkung wäre mir etwas Gesellschaft recht, aber

es ist August, und anscheinend haben alle die Stadt verlassen. Die de Comminges haben ihr Stadthaus geschlossen und sind zu ihrem Sommersitz hinausgefahren. Pauline macht mit Philippe und den Töchtern Ferien in Biarritz. Louis Leblois ist zu Hause im Elsass bei seinem schwer kranken Vater. Ich leide unter einem ziemlich üblen Anfall von Weltschmerz, wie die Herren in der Rue de Lille das wohl nennen würden. Schließlich esse ich in einem Restaurant in der Nähe des Ministeriums allein zu Abend und gehe dann nach Hause, um Zolas neuen Roman zu lesen. Aber das Thema, die römisch-katholische Kirche, langweilt mich, außerdem hat das Buch siebenhundertfünfzig Seiten. Bei Tolstoi bin ich bereit, derartige Weitschweifigkeit hinzunehmen, bei Zola nicht. Ich lege es bald zur Seite.

Schon früh am nächsten Morgen kehre ich wieder an meinen Schreibtisch zurück, aber über Nacht ist kein Telegramm eingetroffen. Am frühen Nachmittag höre ich, wie Henry und Lauth die Treppe heraufkommen. Ich stehe auf, gehe schnell durch das Büro, reiße die Tür auf und bin überrascht, dass sie beide Uniform tragen. »Meine Herren, ich hoffe doch, dass Sie wirklich in der Schweiz waren«, sage ich sarkastisch.

Die beiden Offiziere salutieren. Lauth, wie mir scheint, mit einer gewissen Nervosität, Henry mit einer fast schon unverschämten Lässigkeit. »Tut mir leid, Herr Oberstleutnant«, sagt er. »Wir haben uns zu Hause kurz umgezogen.«

»Und was haben Sie erfahren?«

»Ich würde sagen, wir haben nur Zeit und Geld verschwendet. Stimmt doch, Lauth, oder?«

»Leider ja, eine ziemliche Enttäuschung.«

Ich schaue von einem zum anderen. »Tja, das sind ja unerwartet deprimierende Neuigkeiten. Kommen Sie rein, erzählen Sie, was passiert ist.«

Ich setze mich an meinen Schreibtisch und höre mir mit verschränkten Armen ihren Bericht an. Meist redet Henry. Laut seiner Aussage sind er und Lauth vom Bahnhof geradewegs zum Hotel gegangen, haben gefrühstückt und sind dann hoch in ihr Zimmer gegangen. Um halb zehn ist Inspektor Vuillecard mit Cuers gekommen. »Er war von Anfang an ziemlich ausweichend – nervös, konnte keine Sekunde still sitzen. Ist immer wieder aufgestanden und zum Fenster gegangen, um runter auf den Platz vor dem Bahnhof zu schauen. Er wollte hauptsächlich über seine eigene Lage sprechen – ob wir ihm garantieren könnten, dass die Deutschen nie erfahren, was er für uns getan hat.«

»Und was hat er Ihnen über den deutschen Agenten erzählt?«

»Nur unwichtiges Zeug. Mit eigenen Augen hätte er nur vier Schriftstücke gesehen, die über Schwartzkoppen zu ihnen gelangt sind – eins über eine Kanone und eins über ein Gewehr. Dann noch etwas über den Plan des Heerlagers in Toul und der Befestigungsanlage in Nancy.«

»Was waren das für Schriftstücke?«, frage ich. »Handschriftliche?«

»Ja.«

»Auf französisch?«

»Ja.«

»Aber er kannte nicht den Namen des Agenten oder hatte irgendwelche anderen Hinweise auf seine Identität?«

»Nein, nur dass der deutsche Generalstab zu dem Schluss gekommen ist, der Mann sei nicht mehr vertrauenswürdig, und Schwartzkoppen deshalb angewiesen wurde, die Verbindung zu ihm abzubrechen. Wer das auch ist, er war nie besonders wichtig, und aktiv ist er auch nicht mehr.«

Ich wende mich an Lauth. »Haben Sie sich auf französisch oder auf deutsch unterhalten?«

Er errötet. »Erst auf französisch, am Morgen, dann, am Nachmittag, haben wir deutsch gesprochen.«

»Ich habe Ihnen doch gesagt, Sie sollen dafür sorgen, dass Cuers deutsch redet.«

»Bei allem Respekt, Herr Oberstleutnant«, schaltet Henry sich ein. »Meine Anwesenheit wäre sinnlos gewesen, wenn ich nicht selbst mit ihm hätte sprechen können. Dafür übernehme ich die Verantwortung. Ich habe es etwa drei Stunden lang versucht, dann habe ich Hauptmann Lauth weitermachen lassen.«

»Und wie lange haben Sie auf deutsch mit ihm gesprochen, Lauth?«

»Noch mal sechs Stunden, Herr Oberstleutnant.«

»Und hat er irgendetwas gesagt, was von Interesse für uns ist?«

Lauth hält meinem Blick stand. »Nein, wir sind immer wieder auf den gleichen Punkten herumgeritten. Um sechs ist er gegangen, um den Zug nach Berlin zu erwischen.«

»Er ist um sechs gegangen?« Ich kann meine Verärgerung nicht mehr verbergen. »Meine Herren, das ergibt überhaupt keinen Sinn. Warum sollte ein Mann das Risiko einer siebenhundert Kilometer langen Reise in eine ausländische Stadt auf sich nehmen, um sich mit Geheimdienstleuten einer ausländischen Macht zu treffen, und dann fast nichts zu sagen? Eigentlich sogar noch weniger, als er uns schon in Berlin gesagt hat?«

»Das liegt doch auf der Hand«, sagt Henry. »Er hat wohl seine Meinung geändert. Oder er hat von Anfang an gelogen. Was so ein Bursche nachts in der eigenen Wohnung vor einem Bekannten betrunken daherplappert, ist etwas anderes als das, was er vielleicht bei helllichtem Tag einem Fremden nüchtern erzählt.«

»Und warum haben Sie ihn dann nicht irgendwohin

geschleift und betrunken gemacht?« Ich schlage mit der Faust auf den Tisch. »Warum haben Sie sich nicht ein bisschen mehr Mühe gegeben, ihn besser kennenzulernen?« Keiner der beiden sagt etwas. Lauth schaut auf den Boden, Henry starrt geradeaus. »Anscheinend konnten Sie es gar nicht erwarten, so schnell wie möglich wieder nach Paris zu kommen.« Sie wollen Einspruch erheben, aber ich falle ihnen sofort ins Wort. »Sparen Sie sich die Ausreden für Ihren Bericht auf. Das ist alles, meine Herren. Danke. Sie können gehen.«

Henry bleibt an der Tür stehen. »Noch nie zuvor hat jemand meine berufliche Qualifikation infrage gestellt«, sagt er mit zitternder, gekränkter Stimme.

»Nun, Herr Major, das überrascht mich sehr.«

Nachdem sie gegangen sind, beuge ich mich vor und lege den Kopf in die Hände. Ich weiß, dass das ein entscheidender Augenblick ist, sowohl für mein Verhältnis zu Henry als auch für mein Kommando über die Abteilung. Sagen sie die Wahrheit? Könnte sein, nach allem, was ich weiß. Vielleicht hat Cuers nach Betreten des Hotelzimmers wirklich kein Wort mehr gesagt. Einer Sache bin ich mir allerdings sicher: dass Henry mit dem Vorsatz in die Schweiz gefahren ist, die Befragung zu sabotieren, dass er Erfolg damit hatte und dass er, wenn Cuers tatsächlich nichts gesagt hat, genau das beabsichtigt hat.

◆

Zu den Akten, die an diesem Tag meine Aufmerksamkeit verlangen, gehören die neuesten zensierten Briefe von Alfred Dreyfus, die wie üblich vom Kolonialministerium an mich weitergeleitet wurden. Der Minister möchte wissen, ob ich dazu vom geheimdienstlichen Standpunkt aus etwas anzumerken habe. Ich entferne die Schnur von dem Bündel, klappe den Deckel auf und beginne zu lesen:

Ein düsterer Tag, es regnet unaufhörlich. Die dunkle Luft ist mit Händen zu greifen. Der Himmel so schwarz wie Tinte. Wahrhaft ein Tag für Tod und Begräbnis. Wie schon des Öfteren geht mir Schopenhauers Ausspruch zum Begriff der menschlichen Schuld durch den Kopf: »Wenn ein Gott diese Welt gemacht hat, so möchte ich nicht der Gott seyn.« Von Cayenne ist die Post eingetroffen, aber anscheinend ohne Briefe für mich! Nichts zu lesen, keine Möglichkeit, meinen Gedanken zu entfliehen. Weder Bücher noch Zeitschriften erreichen mich noch. Um mein Gehirn ruhigzustellen und meine Nerven zu beruhigen, wandere ich den ganzen Tag herum, bis meine Kräfte erschöpft sind …

Das Schopenhauer-Zitat springt mir förmlich ins Auge. Ich kenne es. Ich habe es selbst oft benutzt. Mir ist nie der Gedanke gekommen, dass Dreyfus philosophische Texte lesen, ganz zu schweigen davon, dass er blasphemische Gedanken hegen könnte. Schopenhauer! Es ist, als ob jemand, der schon lange meine Aufmerksamkeit zu erregen versucht, endlich zu mir durchgedrungen ist. Andere Passagen fallen mir auf:

Tage, Nächte, sie sind alle gleich. Ich öffne nie meinen Mund. Ich bitte um nichts mehr. Wenn ich früher gesprochen habe, dann nur um zu fragen, ob Post oder keine Post für mich gekommen ist. Doch selbst diese Frage auszusprechen ist mir inzwischen verboten worden, oder jedenfalls, was das Gleiche ist, ist es den Wachen verboten, selbst auf solch alltägliche Fragen zu antworten. Ich hoffe, den Tag zu erleben, an dem die Wahrheit enthüllt wird, damit ich meinen Schmerz über die Qualen, die sie mir zufügen, laut hinausschreien kann …

Und noch einmal:

Ich verstehe, dass sie alle nur möglichen Vorkehrungen treffen, eine Flucht zu verhindern. Das ist das Recht, ich würde sogar sagen, die Pflicht der Regierung. Aber dass sie mich lebendig begraben, dass sie jeden Austausch mit meiner Familie unterbinden, sogar offene Briefe – das ist gegen jede Gerechtigkeit. Man könnte leicht auf den Gedanken kommen, um Jahrhunderte zurückgeworfen zu sein …

Und auf der Rückseite eines zurückgehaltenen Briefes, mehrmals hintereinander, als versuchte er, es beim Schreiben auswendig zu lernen, ein Zitat aus Shakespeares *Othello:*

Wer meinen Beutel stiehlt, nimmt Tand; 's ist etwas
Und nichts; mein war es, ward das Seine nun,
Und ist der Sklav' von Tausenden gewesen,
Doch wer den guten Namen mir entwendet,
Der raubt mir das, was ihn nicht reicher macht,
Mich aber bettelarm.

Beim Umblättern der Seiten komme ich mir vor, als läse ich einen Roman von Dostojewski. Die Wände meines Büros scheinen zu schmelzen. Ich höre das brausende Meer, das unablässig auf die Felsen unterhalb seiner Gefängnishütte kracht, das fremdartige Kreischen der Vögel und die einzigen Geräusche, die die tiefe Stille der tropischen Nacht durchbrechen, das Rascheln der giftigen, im Gebälk herumwuselnden Seespinnen und die stampfenden Stiefel der

Wachmänner auf dem Steinboden. Ich spüre die mit feuchter Hitze vollgesogene Luft und das Jucken der entzündeten Moskito- und Ameisenstiche, die bohrenden Magenkrämpfe und stechenden Kopfschmerzen. Ich rieche den modrigen Geruch seiner Kleidung und seiner durch Feuchtigkeit und Insekten zerstörten Bücher, den Gestank der Latrine und den blassweißen Rauch der Kochstelle aus nassem, grünem Holz, der sich überall festsetzt und einem das Wasser in die Augen treibt. Aber was vor allem an mir zehrt, das ist seine Einsamkeit. Die Teufelsinsel ist zwölfhundert Meter lang und an ihrer breitesten Stelle vierhundert Meter breit. Die Oberfläche beträgt gerade einmal ein sechstel Quadratkilometer. Sie zu kartografieren würde nicht lange dauern. Ich frage mich, ob er sich daran erinnert, was ich ihm beigebracht habe.

Nachdem ich die Briefe gelesen habe, schreibe ich eine Nachricht an den Kolonialminister, in der ich ihn darüber informiere, dass ich nichts anzumerken habe.

Ich lege die Notiz in den Ausgangskorb, lehne mich in meinem Schreibtischsessel zurück und denke über Dreyfus nach.

◆

Ich war fünfunddreißig, als ich an der École Supérieure de Guerre Dozent für Topografie wurde. Da ich die Stelle annahm, obwohl ich schon Bataillonskommandeur in Besançon war, hielten mich einige Freunde für verrückt, aber ich erkannte die Chance: Paris ist schließlich Paris und Topografie die elementare Wissenschaft des Krieges. *Könnte N von einer Batterie in A unter Feuer genommen werden …? Liegt der Friedhof in Dorf Z in Feuerreichweite von einer Batterie in G …? Könnte auf dem Feld direkt östlich von N ein Feldposten postiert werden, ohne von dem feindlichen Vorposten in G gesehen zu werden?* Ich brachte meinen Studenten bei, wie man Entfernungen misst, indem man seine Schritte zählt (je schneller man geht, desto genauer); wie man mit einem Messtisch oder Prismenkompass ein Gelände vermisst; wie man mit einem roten Stift und mithilfe von Watkins Neigungsmesser oder Fortins Quecksilberbarometer die Umrisse eines Hügels zeichnet und diese Zeichnung plastischer macht, indem man grüne oder blaue Kreide, die man von einem Stift abkratzt, mit Rot vermischt und so die Verlauftechnik bei Aquarellen nachahmen kann; wie man einen Taschensextanten, Theodolit und Winkelmesser benutzt; wie man von einem unter Beschuss liegenden Hügelsattel eine exakte Darstellung anfertigt. Und einer der Studenten, denen ich diese Fertigkeiten beibrachte, war Dreyfus.

So angestrengt ich auch nachdenke, ich kann mich nicht an unsere erste Begegnung erinnern. Von meinem Vorlesungspult schaute ich Woche für Woche in dieselben etwa achtzig Gesichter, und erst allmählich lernte ich das seine von den anderen unterscheiden: ein schmales, blasses, ernstes Gesicht mit kurzsichtigen Augen hinter einem Kneifer. Er war erst dreißig, aber mit seinem Lebensstil und Auftreten wirkte er viel älter als seine Altersgenossen. Er war ein Ehemann unter Junggesellen, ein Mann mit Vermögen unter Männern, die ständig knapp bei Kasse waren. Abends, wenn es seine Kommilitonen in die Bars zog, ging er nach Hause in seine elegante Wohnung zu seiner reichen Frau. Er war das, was meine Mutter einen »richtigen Juden« nannte, womit sie Dinge wie neues Geld, Ellbogen, sozialen Aufstieg und eine Neigung zu kostspieligem Auftritt verband.

Zweimal lud Dreyfus mich zu Wohltätigkeitsveranstaltungen ein: einmal zum Abendessen in seine Wohnung in der Avenue du Trocadéro, dann zu einer, wie er es nannte, hochkarätigen Jagdgesellschaft in einem Revier, das er in der Nähe von Fontainebleau gepachtet hatte. Beide Male sagte ich ab. Ich machte mir nicht viel aus ihm, zumal als ich auch noch erfuhr, dass der Rest seiner Familie sich dafür entschieden hatte, im besetzten Elsass zu bleiben, und dass sein Geld aus Deutschland stammte. Blutgeld, dachte ich. Als ich ihm am Ende eines Semesters die seiner Meinung nach verdiente gute Note in Kartografie verweigerte, stellte er mich tatsächlich zur Rede.

»Gibt es etwas, womit ich Sie beleidigt habe?« Seine Stimme war das Unangenehmste an ihm. Sie war nasal und mechanisch und hatte etwas von dem schrillen Klang des in Mülhausen gesprochenen Deutschs.

»Überhaupt nicht«, sagte ich. »Wenn Sie möchten, kann ich Ihnen mein Notenschema zeigen.«

»Es ist nur so, dass Sie der einzige Lehrer sind, der mir eine schlechte Note gegeben hat.«

»Nun ja«, sagte ich. »Vielleicht weil ich die hohe Meinung, die Sie von Ihren Fähigkeiten haben, nicht teile.«

»Es hat also nichts damit zu tun, dass ich Jude bin?«

Die Plumpheit seiner Anschuldigung verblüffte mich. »Ich bin peinlichst darauf bedacht, keinerlei persönliche Vorbehalte in mein Urteil einfließen zu lassen.«

»›Peinlichst darauf bedacht‹ – Ihre Wortwahl lässt darauf schließen, dass es möglicherweise doch ein Faktor sein könnte.« Er war zäher, als er aussah. Er gab nicht klein bei.

»Wenn Sie fragen, Herr Hauptmann, ob ich Juden besonders zugetan bin, so würde die ehrliche Antwort wohl nein lauten«, erwiderte ich kühl. »Aber wenn Sie andeuten wollen, dass ich Sie aus diesem Grund in beruflicher

Hinsicht benachteiligen könnte, dann kann ich Ihnen versichern – niemals!«

Damit war die Unterredung beendet. Danach gab es keine privaten Annäherungsversuche mehr, keine weiteren Einladungen zu Abendessen oder hochkarätigen Jagdgesellschaften oder Sonstigem.

Am Ende meiner dreijährigen Lehrtätigkeit zahlte sich mein Glücksspiel aus. Ich wurde von der École in den Generalstab versetzt. Und schon damals war ich für die Statistik-Abteilung im Gespräch: Kenntnisse in Topografie bilden ein nützliches Fundament für Geheimdienstarbeit. Aber ich wehrte mich hartnäckig dagegen, Spion zu werden. Stattdessen machte man mich zum stellvertretenden Leiter der Dritten Abteilung (Einsätze und Ausbildung). Und hier begegnete ich Dreyfus wieder.

Die jahrgangsbesten Absolventen der École Supérieure wurden zur Belohnung für zwei Jahre dem Generalstab zugeteilt, für jeweils sechs Monate in jede der vier Abteilungen. Zu meinen Aufgaben gehörte die Betreuung der sogenannten Anwärter. Dreyfus hatte als Neunter seines Jahrgangs abgeschlossen. Er hatte deshalb Anspruch auf ein Praktikum im Kriegsministerium. Ich hatte zu entscheiden, in welcher Reihenfolge er die Abteilungen durchlief. Er würde der einzige Jude im Generalstab sein.

Es war eine Zeit der zunehmenden antisemitischen Hetze innerhalb der Armee. Die Stimmung wurde von dem üblen Schmierblatt *La Libre Parole* aufgepeitscht, das behauptete, man würde jüdische Offiziere bevorzugt behandeln. Auch wenn er mir nicht sympathisch war, so habe ich doch versucht, mich um Dreyfus zu kümmern und ihn vor dem Schlimmsten zu bewahren. Ich hatte einen alten Freund in der Vierten Abteilung (Transport), Major Armand Mercier-Milon, der keinerlei Vorurteile hegte. Ich bat ihn um Hilfe.

Mit dem Ergebnis, dass Dreyfus sein Praktikum Anfang 1893 in der Vierten Abteilung begann. Im Sommer wanderte er weiter in die Erste (Verwaltung), Anfang 1894 in die Zweite (Geheimdienst), bevor er zum Abschluss im Juli in meine Abteilung kam, die Dritte, mit der er seine Runde durch den Generalstab beendete.

In jenem Sommer und Herbst 1894 bekam ich Dreyfus nur selten zu Gesicht – er war oft außerhalb von Paris. Wenn wir uns zufällig auf dem Gang begegneten, grüßten wir uns hinreichend höflich mit einem Nicken. Aus den Berichten seiner Abteilungsleiter wusste ich, dass man ihn für einen harten und intelligenten Arbeiter hielt, aber auch für wenig umgänglich, für einen Einzelgänger. Manche beschrieben ihn als kühl und arrogant gegenüber seinesgleichen und als unterwürfig gegenüber Vorgesetzten. Während eines Besuchs des Generalstabs in Charmes belegte er General Boisdeffre erst beim Abendessen mit Beschlag und entführte ihn dann über eine Stunde lang, um mit ihm bei einer Zigarre über Verbesserungen in der Artillerie zu diskutieren, was die anwesenden höheren Offiziere natürlich sehr verärgerte. Außerdem gab er sich keinerlei Mühe, seinen Reichtum zu verbergen. Er hatte ein Weinkabinett in seiner Wohnung, beschäftigte drei oder vier Diener, hielt Pferde, sammelte Bilder und Bücher, ging regelmäßig auf die Jagd und kaufte bei Guinard & Cie in der Avenue de l'Opéra eine hahnlose Schrotbüchse für fünfhundertfünfzig Francs – das Doppelte seines Monatssolds in der Armee.

Seine Weigerung, den dankbaren Außenseiter zu spielen, hatte fast etwas Heldenhaftes. Im Nachhinein liegt auf der Hand, wie dumm sein Verhalten war, vor allem im herrschenden Klima.

Ein richtiger Jude ...

◆

In der Hitze des Augusts schleppt sich die Operation Wohltäter dahin. Esterházy taucht nicht mehr in der Rue de Lille auf. Schwartzkoppen macht anscheinend Urlaub. Die Wohnung der Deutschen ist verwaist. Ich schreibe an Boisdeffre auf seinem Landsitz in der Normandie und bitte um die Erlaubnis, eine Probe von Esterházys Handschrift anfordern zu dürfen, damit ich überprüfen kann, ob sie mit der auf einem der von Agent Auguste sichergestellten Beweisstücke übereinstimmt. Meine Bitte wird mit der Begründung abgelehnt, das würde eine Provokation darstellen. Falls man Esterházy aus der Armee entfernen müsse, betont Boisdeffre zum wiederholten Mal, dann in aller Stille und ohne Skandal. Ich bringe das Thema beim Kriegsminister zur Sprache. Er hat Verständnis für mein Anliegen, lehnt es in diesem Fall aber ab, sich über die Entscheidung des Generalstabschefs hinwegzusetzen.

Inzwischen ist die Atmosphäre in der Statistik-Abteilung so unerträglich wie der Abwassergestank. Wenn ich mein Büro verlasse, höre ich gelegentlich, wie im Gang Türen zufallen. Das Getuschel geht wieder los. Am Fünfzehnten findet im Warteraum eine kleine Feier statt, um unseren Concierge Bachir in den Ruhestand zu verabschieden und seinen Nachfolger Capiaux zu begrüßen. Ich spreche ein paar Dankesworte. »Das Haus wird ohne unseren alten Kameraden Bachir nicht mehr dasselbe sein«, sage ich. Worauf Henry in sein Glas brummt, gerade laut genug, dass jeder es hören kann: »Und warum haben Sie ihn dann abgeschoben?« Hinterher gehen alle in die Taverne Royale, eine beliebte Bar gleich um die Ecke, um weiterzutrinken. Sie fragen mich nicht, ob ich mitkommen möchte. Ich sitze allein mit einer Flasche Kognak an meinem Schreibtisch und denke darüber nach, was Henry nach seiner Rückkehr aus Basel gesagt hat: *Wer das auch ist, er war nie besonders wichtig, und aktiv ist er auch nicht mehr.* Habe ich all das böse Blut verursacht, weil ich hinter einem Agenten her bin, der nie viel mehr als ein Windhund und Fantast war?

Am Zwanzigsten fährt Henry für einen Monat zu seiner Familie ins Département Marne. Normalerweise steckt er noch kurz den Kopf in mein Büro, um sich zu verabschieden. Diesmal verdrückt er sich ohne ein Wort. In seiner Abwesenheit versinkt das Haus noch mehr in der Dumpfheit des Augusts.

Und dann, am Nachmittag des Siebenundzwanzigsten, einem Donnerstag, erreicht mich eine Nachricht von Billots Ordonnanzoffizier Hauptmann Calmon-Maison mit der Bitte um eine schnellstmögliche Unterredung. Da ich meinen Eingangskorb schon abgearbeitet habe, gehe ich sofort hinüber: durch den Garten und weiter die Treppe hinauf ins Sekretariat des Ministers. Die Fenster stehen offen. Der Raum ist hell und luftig. Drei, vier junge Offiziere erledigen einmütig ihre Arbeit. Ich bin ein bisschen neidisch: Wie viel lieber wäre ich hier als drüben in meinem dumpfigen, verbitterten Kaninchenbau!

»Ich habe hier etwas, von dem General Billot meint, dass Sie sich das einmal ansehen sollten«, sagt Calmon-Maison, geht zu seinem Aktenschrank und nimmt einen Brief heraus. »Ist gestern eingetroffen. Von Major Esterházy.«

Der handgeschriebene Brief ist an Calmon-Maison adressiert, abgeschickt in Paris vor zwei Tagen. Esterházy ersucht, zum Generalstab versetzt zu werden. Die Schlussfolgerungen aus dieser Anfrage treffen mich mit fast physischer Wucht: Er will ins Ministerium. Er will Zugang zu geheimem Material, das er verkaufen kann …

»Mein Kollege Hauptmann Thévenet hat ein ähnliches Schreiben erhalten«, sagt Calmon-Maison.

»Darf ich es sehen?«

Er gibt mir den zweiten Brief. Er ist in nahezu gleichlautenden Worten gehalten wie der erste. »Ich ersuche um eine sofortige Versetzung vom Hauptquartier des 74. Infanterieregiments in Rouen ... Ich glaube, die nötige Befähigung für die Arbeit im Generalstab nachgewiesen zu haben ... Ich habe in der Fremdenlegion und als Übersetzer für die deutsche Sprache in der Geheimdienstabteilung gedient ... Ich wäre Ihnen sehr verbunden, wenn Sie mein Gesuch der zuständigen Stelle zur Kenntnis bringen könnten ...«

»Haben Sie geantwortet?«

»Wir haben einen Hinhaltebrief geschrieben. In der Art: Der Minister wird Ihr Anliegen in Erwägung ziehen.«

»Kann ich mir die ausleihen?«

Calmon-Maisons Antwort hört sich an, als betete er einen juristischen Paragrafen herunter. »Der Minister hat mich gebeten, Ihnen mitzuteilen, dass er keine Einwände hat, wenn Sie im Zuge Ihrer Ermittlungen Gebrauch von diesen Briefen machen.«

◆

Im Büro setze ich mich an den Schreibtisch und breite die Briefe vor mir aus. Die Schrift ist akkurat, gleichmäßig, ausgreifend. Ich bin mir fast sicher, dass ich sie schon einmal gesehen habe. Erst glaube ich, es läge daran, weil sie der von Dreyfus ähnelt, dessen Korrespondenz ich in letzter Zeit viele Stunden lang studiert habe.

Und dann fällt mir der Bordereau wieder ein – das sichergestellte Begleitschreiben aus Schwartzkoppens Papierkorb, das Dreyfus des Verrats überführt hat.

Ich schaue mir die Briefe noch einmal an.

Nein, das kann nicht sein ...

Wie ein Mann in einem Traum erhebe ich mich und gehe

die wenigen Schritte über den Teppich zum Tresor. Meine Hand zittert leicht, als ich den Schlüssel ins Schloss schiebe. Der Umschlag, in dem die Fotografie des Bordereaus steckt, liegt immer noch da, wo Sandherr ihn hingelegt hat. Seit Monaten will ich das Foto schon nach oben zu Gribelin bringen, damit er es in seinem Archiv ablegen kann.

Der in Kopie vor mir liegende Bordereau besteht aus dreißig schmalen, handgeschriebenen Zeilen – kein Datum, keine Adresse, keine Unterschrift:

Hiermit übersende ich Ihnen einige interessante Informationen …

1. *eine Mitteilung über die hydraulische Bremse des 120ers und wie sie in der Praxis funktionierte*
2. *eine Mitteilung über Bedeckungstruppen (mit dem neuen Plan wird es einige Modifizierungen geben)*
3. *eine Mitteilung über eine Veränderung der Artillerieformationen*
4. *eine Mitteilung über Madagaskar*
5. *den Entwurf der Schießvorschrift der Feldartillerie (14. März 1894)*

Der letzte Absatz führt aus, dass das Kriegsministerium einzelnen Offizieren nicht erlaube, die Schießvorschrift der Feldartillerie für längere Zeit zu behalten. »Wenn Sie sich herausschreiben wollen, was Sie interessiert, und den Entwurf danach wieder zu meiner Verfügung halten, werde ich ihn mitnehmen. Sonst kann ich ihn auch Wort für Wort abschreiben lassen und Ihnen die Kopie zuschicken. Ich bin ab sofort im Manöver.«

Der führende Schriftexperte von Paris hat geschworen, dass diese Zeilen von Dreyfus geschrieben wurden. Ich gehe mit dem abfotografierten Bordereau zum Schreibtisch und lege ihn zwischen die beiden Briefe von Esterházy. Ich beuge mich darüber.

Die Schrift ist identisch.

10

Mehrere Minuten sitze ich regungslos da und halte die Fotografie des Bordereaus in den Händen. Ich könnte aus Marmor gehauen sein, eine Skulptur von Rodin: *Der Leser*. Was mich wirklich erstarren lässt, noch mehr als die übereinstimmende Schrift, ist der Inhalt – die Obsession mit der Artillerie, das Angebot, die Schießvorschrift Wort für Wort abschreiben zu lassen, der unterwürfige Ton des Verkäufers. Das passt haargenau zu Esterházy. Wie schon nach dem Erhalt des Petit Bleu überlege ich kurz, ob ich die Beweise dem Minister sofort vorlegen soll. Aber auch jetzt ist mir klar, dass das töricht wäre. Meine vier goldenen Prinzipien sind wichtiger denn je: einen Schritt nach dem anderen; keine Emotionen; keine vorschnellen Urteile; keine Mitwisser, bevor du nicht eindeutige Beweise hast.

Ich ziehe meinen Uniformrock glatt, nehme die beiden Briefe und gehe durch den langen Korridor zu Lauths Büro. Vor der Tür zögere ich kurz, klopfe dann an und gehe sofort hinein.

Der Dragonerhauptmann sitzt, die langen Beine ausgestreckt, die Augen geschlossen, zurückgelehnt auf seinem Stuhl. Der ruhende blonde Kopf hat etwas Engelhaftes. Ohne Zweifel hat er Erfolg bei den Frauen, obwohl er eine junge Frau hat, soweit ich weiß. Ich frage mich, ob er Affären hat. Ich will schon wieder gehen, als er plötzlich seine blauen Augen öffnet und mich anschaut. Und in diesem unbedachten Augenblick flackert darin etwas auf, was mehr als Überraschung ausdrückt: Angst.

»Pardon«, sage ich. »Ich wollte Sie nicht stören. Ich komme später noch einmal wieder.«

»Nein, nein.« Verlegen steht er auf. »Verzeihen Sie, Herr Oberstleutnant, aber es ist so höllisch heiß hier drin, und ich bin heute noch keinen Schritt vor die Tür gekommen …«

»Schon in Ordnung, mein lieber Lauth, ich weiß genau, wie Sie sich fühlen. Tag für Tag in einem Büro eingesperrt zu sein, das ist kein Leben für einen Soldaten. Bitte, nehmen Sie wieder Platz. Haben Sie etwas dagegen, wenn ich mich zu Ihnen setze?« Ohne eine Antwort abzuwarten, ziehe ich einen Stuhl heran und setze mich ihm gegenüber vor den Schreibtisch. »Ich möchte Sie um einen Gefallen bitten.« Ich schiebe ihm die beiden Briefe über den Schreibtisch. »Ich möchte, dass Sie die hier abfotografieren, aber so, dass die Unterschrift und der Name des Empfängers nicht zu sehen sind.«

Lauth nimmt die Briefe unter die Lupe und schaut mich dann erschrocken an. »Esterházy!«

»Ja, sieht ganz so aus, dass unser kleiner Spion den Ehrgeiz hat, groß rauszukommen.« Ich kann nicht widerstehen, noch etwas hinzuzufügen. »Aber wir hatten ein Auge auf ihn. Wer weiß, was er sonst noch für Schaden angerichtet hätte.«

»Allerdings.« Lauth nickt zögernd und rutscht unbehaglich auf seinem Sitz herum. »Dürfte ich fragen, Herr Oberstleutnant, wofür Sie die Fotografien brauchen?«

»Seien Sie so nett, Herr Hauptmann, und machen Sie sie einfach.« Ich stehe auf und schaue ihn lächelnd an. »Sagen wir, von jedem Brief vier Abzüge, gleich morgen früh? Und das bleibt unter uns, ausnahmsweise.«

◆

Gribelin ist erst kürzlich aus seinem Jahresurlaub zurückgekommen. Nicht dass man ihm das ansähe – sein Gesicht ist blass, die dunklen Tränensäcke unter den Augen, die hinter einer grünen Zelluloidbrille verschwinden, zeugen von großer Erschöpfung. Sein einziges Zugeständnis an die Sommerhitze sind bis zu den knochigen Ellbogen aufgerollte Hemdsärmel. Seine entblößten Unterarme sehen aus wie dünne, weiße Wurzelknollen. Er beugt sich über eine Akte, die er schnell zuklappt, als ich den Archivraum betrete. Er nimmt die Brille ab.

»Ich habe gar nicht gehört, dass Sie die Treppe hochgekommen sind, Herr Oberstleutnant.«

Ich gebe ihm die Fotografie des Bordereaus. »Ich glaube, das ist bei Ihnen besser aufgehoben.«

Er blinzelt überrascht. »Wo haben Sie denn das gefunden?«

»Es lag noch in Oberst Sandherrs Tresor.«

»Ah ja, richtig, er war sehr stolz darauf.« Gribelin hält die Fotografie auf Armeslänge von sich und betrachtet sie bewundernd. Mit der Zunge befeuchtet er die Oberlippe, als begutachtete er einen pornografischen Druck. »Wenn es die Vorschriften erlaubt hätten, hat er mir einmal erzählt, hätte er sich das eingerahmt und an die Wand gehängt.«

»Wie eine Jagdtrophäe?«

»Genau.«

Gribelin schließt die untere linke Schublade seines Schreibtischs auf und nimmt seinen gewaltigen Schlüsselbund heraus. Er trägt den Bordereau zu einem alten feuerfesten Aktenschrank und öffnet diesen. Ich schaue mich um. Ich komme kaum jemals nach hier oben. In der Mitte des Raums sind zwei große Tische zusammengeschoben. Auf der abgewetzten braunen Lederoberfläche befinden sich ein halbes Dutzend Ordner, eine Schreibunterlage, eine starke elektrische Lampe, ein Ständer mit Stempeln, ein

Tintenfass aus Messing, ein Locher und eine Reihe Stifte – akkurat aufgereiht. An den Wänden stehen die verschlossenen Aktenschränke und Tresore mit den geheimen Unterlagen der Abteilung, darüber hängt eine Karte von Frankreich mit den verschiedenen Départements. Die drei schmalen, vergitterten Fenster sind staubig, die Fensterbänke davor mit den Exkrementen der Tauben verkrustet, deren Gurren ich immer höre.

»Was mir gerade einfällt, haben Sie eigentlich das Original des Bordereaus hier oben?«, sage ich beiläufig.

Gribelin dreht sich nicht um. »Ja, sicher.«

»Ich würde es gern einmal sehen.«

Er schaut sich zu mir um. »Warum?«

Ich zucke mit den Achseln. »Interessehalber.«

Was kann er schon tun? Er schließt eine andere Schublade des schweren Schranks auf und holt eine seiner allgegenwärtigen Aktenmappen heraus. Er öffnet sie und nimmt mit gewisser Ehrfurcht, wie mir scheint, den Bordereau heraus. Er entspricht nicht im Geringsten dem, was ich erwartet habe. Er wiegt fast nichts. Fadenscheiniges Dünndruckpapier, halbdurchsichtig und auf beiden Seiten beschrieben, sodass die Tinte von der einen Seite auf der anderen durchscheint. Das Stabilste daran sind die Klebestreifen, die die sechs auseinandergerissenen Teile zusammenhalten.

»Nach der Fotografie würde man nie darauf kommen, dass er so aussieht«, sage ich.

»Nein, war eine Heidenarbeit.« Der berufliche Stolz lässt Gribelins sonst scharfe Stimme weicher klingen. »Wir mussten beide Seiten abfotografieren, sie retuschieren, dann zusammenkleben und am Ende das ganze Bild noch einmal abfotografieren. So sah es dann aus, als wäre es eine einzige beschriebene Seite.«

»Wie viele Abzüge haben Sie gemacht?«

»Zwölf. Wir mussten seinen ursprünglichen Zustand verschleiern, um ihn innerhalb des Ministeriums weitergeben zu können.«

»Ja, natürlich. Ich erinnere mich.« Ich drehe den Bordereau hin und her und staune wieder einmal über Lauths Fähigkeiten. »Ich erinnere mich sehr gut.«

Es war die erste Oktoberwoche 1894. Erste Gerüchte über einen Spion im Ministerium gingen um. Man hatte die Leiter der vier Abteilungen aufgefordert, die Handschrift von allen Offizieren aus ihrem Verantwortungsbereich zu überprüfen, ob eine davon mit der auf der Fotografie übereinstimme. Sie wurden zur Geheimhaltung verpflichtet und durften nur ihre Stellvertreter informieren. Oberst Boucher übertrug die Aufgabe mir.

Obwohl nur ein enger Kreis eingeweiht war, war es unvermeidlich, dass schon bald etwas durchsickern würde. Eine beklommene, Unheil verheißende Atmosphäre machte sich in der Rue Saint-Dominique breit. Das Problem war die Liste mit den fünf Stichpunkten, aus der wir alle nicht schlau wurden. Eine Mitteilung über die hydraulische Bremse des 120ers und der Entwurf der Schießvorschrift deuteten darauf hin, dass der Spion in der Artillerie saß. Aber der unter Punkt zwei erwähnte »neue Plan« war exakt der Ausdruck, den wir in der Dritten Abteilung für den überarbeiteten Mobilmachungsplan verwendeten. Natürlich wurde der neue Plan auch von den Kursbuch-Experten in der Vierten analysiert, der Spion konnte also auch da arbeiten. Andererseits stammte die Mitteilung über eine Veränderung der Artillerieformationen höchstwahrscheinlich aus der Ersten. Wohingegen am Plan zur Besetzung von Madagaskar die Geheimdienstoffiziere in der Zweiten gearbeitet hatten …

Jeder verdächtigte jeden. Alte Affären wurden wieder ausgegraben und begutachtet, uralte Gerüchte und Fehden wurden wiederbelebt. Das Misstrauen lähmte das ganze Ministerium. Ich überprüfte die Handschrift von jedem Offizier auf unserer Liste, sogar die von Boucher, sogar meine. Ich fand keine Übereinstimmung.

Und dann hatte jemand einen Geistesblitz – und zwar Oberst d'Aboville, der stellvertretende Leiter der Vierten. Wenn der Verräter Wissen aus allen vier Abteilungen anzapfen könne, sei dann die logische Folgerung nicht die, dass er erst kürzlich in allen vieren gearbeitet habe? Und so unwahrscheinlich es zu sein schien, es gab tatsächlich eine Gruppe von Offizieren, auf die genau das zutraf: die Anwärter von der École Supérieure de Guerre – die Praktikanten, die für ihre altgedienten Kameraden mehr oder weniger Fremde waren. Plötzlich lag es klar auf der Hand: Der Verräter war einer dieser Anwärter mit einer Vorgeschichte in der Artillerie.

Unter den Praktikanten gab es acht Hauptleute mit Artillerie-Erfahrung, die in dieses Raster passten, aber nur einer von ihnen war Jude. Zudem ein Jude, dessen Französisch einen deutschen Akzent hatte, dessen Familie im Kaiserreich lebte und der mit Geld nur so um sich warf.

»Kein Wunder, dass Sie sich an den Bordereau erinnern, Herr Oberstleutnant«, sagt Gribelin, auf dessen Lippen sich ein seltenes Lächeln zeigt. »So wie ich mich daran erinnere, dass Sie es waren, der uns die passende Handschriftenprobe von Dreyfus geliefert hat.«

◆

Es war Oberst Boucher, der mir die Anfrage der Statistik-Abteilung überbrachte. Normalerweise war er ein lauter Mann mit einem fröhlichen, rot glänzenden Gesicht, das jedoch bei dieser Gelegenheit düster, sogar grau war. Es war ein Samstagmorgen, zwei Tage nachdem wir die Jagd nach dem Verräter aufgenommen hatten. Er schloss die Tür hinter sich. »Sieht ganz so aus, als wären wir dem Schweinehund schon dicht auf den Fersen«, sagte er.

»Tatsächlich. Das ging schnell.«

»General Gonse will etwas Handschriftliches von Hauptmann Dreyfus«, sagte er.

»Dreyfus?« Ich war überrascht.

Boucher erklärte mir d'Abovilles Hypothese. »Also haben sie beschlossen, dass der Verräter einer von Ihren Anwärtern sein muss«, beendete er seine Erläuterung

»Einer von *meinen* Anwärtern?« Der Ton gefiel mir gar nicht!

Ich hatte am Tag zuvor Dreyfus' Akte durchgesehen und ihn als Verdächtigen ausgeschlossen. Jetzt holte ich den Ordner noch einmal hervor und verglich die Handschrift aus einigen seiner Briefe mit der im Bordereau. Auf den zweiten Blick, bei genauerer Betrachtung, gab es vielleicht Ähnlichkeiten: die gleichen kleinen Buchstaben, die gleiche Neigung nach rechts, ähnlich große Abstände zwischen den Wörtern wie auch zwischen den Zeilen ... Ein schreckliches Gefühl der Gewissheit überkam mich. »Ich weiß nicht, Herr Oberst«, sagte ich. »Was meinen Sie?« Ich zeigte Boucher die Briefe.

»Tja, ich bin ja auch kein Experte, aber für mich sehen sie ziemlich gleich aus. Am besten, Sie nehmen sie mit.«

Noch zehn Minuten zuvor war mir Dreyfus nicht verdächtiger erschienen als jeder x-beliebige andere. Aber die Macht der Suggestion ist heimtückisch. Als der Oberst und ich zusammen durch die Korridore des Ministeriums gingen, beflügelten zahllose Gedanken über Dreyfus meine Fantasie – über seine immer noch in Deutschland lebende Familie; über seine Eigenbrötelei, seine Klugheit, seine Arroganz;

über sein Bestreben, in den Generalstab zu gelangen, über seine umsichtige Beziehungspflege von höheren Offizieren. Als wir schließlich General Gonse' Büro erreichten, hatte ich mich beinahe selbst überzeugt: Er hasst uns, natürlich würde er uns verraten; er hat uns schon immer gehasst, weil er anders ist als wir und weiß, dass er mit seinem ganzen Reichtum immer anders sein wird; er ist eben …

Ein richtiger Jude!

Außer von Gonse wurden wir von Oberst d'Aboville, Oberst Fabre, Leiter der Vierten Abteilung, Oberst Lefort, Leiter der Ersten, und Oberst Sandherr erwartet. Ich legte Dreyfus' Briefe auf Gonse' Schreibtisch und trat zurück, worauf sich meine Vorgesetzten um den Tisch drängten und die Briefe in Augenschein nahmen. Aus der Traube uniformierter Rücken waren reihenweise entsetzte, entschiedene Ausrufe zu hören: »Da, wie er das große S und das große J schreibt … Und das kleine m und r, sehen Sie das …? Und die Abstände zwischen den Wörtern sind genau gleich … Ich bin ja kein Experte … Nein, ich auch nicht, aber … ich würde sagen, die Schrift ist identisch …«

Sandherr richtete sich auf und schlug sich mit dem Handballen gegen die Stirn. »Ich hätte es wissen müssen! Wie oft habe ich gesehen, wie er sich bei allen möglichen Leuten herumgedrückt und Fragen gestellt hat …?«

»In meinem Bericht habe ich genau das prophezeit«, sagte Fabre und drehte sich zu mir. »Erinnern Sie sich, Major Picquart? Ein Offizier mit Mängeln, ohne die für eine Verwendung im Generalstab unerlässlichen charakterlichen Qualitäten … Das waren genau meine Worte, stimmt's?«

»Ja, Herr Oberst«, sagte ich.

»Wo genau ist Dreyfus jetzt?«, fragte mich Gonse.

»Im Infanteriefeldlager außerhalb von Paris, noch bis Ende nächster Woche.«

»Gut«, sagte Sandherr. »Sehr gut. Dann haben wir noch etwas Zeit. Wir müssen das noch einem Schriftexperten vorlegen.«

»Dann glauben Sie wirklich, dass er unser Mann ist?«, fragte Gonse.

»Na ja, wenn nicht er, wer dann?«

Niemand sagte etwas darauf. Das war der springende Punkt. Wenn nicht Dreyfus der Verräter war, wer war es dann? Sie? Ich? Ihr Kamerad? Meiner? Wenn es jedoch Dreyfus war, dann hatte diese kräftezehrende Jagd nach einem Feind im Innern endlich ein Ende. Ohne es auszusprechen oder auch nur zu denken: Wir alle wollten, dass es so war.

Gonse seufzte. »Am besten sage ich gleich General Mercier Bescheid. Möglich, dass er sofort den Premierminister informieren will.« Er warf mir einen Blick zu, ganz so, als wäre ich verantwortlich dafür, diese Seuche ins Ministerium eingeschleppt zu haben. »Ich glaube, wir brauchen Major Picquart nicht länger aufzuhalten.« Er wandte sich zu Boucher. »Was meinen Sie, Herr Oberst?«

»Nein«, sagte Boucher. »Danke, Picquart.«

»Danke, Herr General.«

Ich salutierte und ging.

◆

Eine Zeit lang stehe ich schweigend da. Plötzlich wird mir bewusst, dass Gribelin mich immer noch anschaut.

»Komisch«, sage ich und schwenke den Bordereau hin und her. »Wie das alles wieder nach oben spült.«

»Ja, kann ich mir vorstellen.«

◆

Und damit hätte die Affäre, was meine Beteiligung angeht, eigentlich beendet sein können. Aber dann traf zu meiner Überraschung eine Woche später in meiner Wohnung ein Telegramm ein, das mich für Sonntag, 14. Oktober, sechs Uhr abends, ins Büro des Kriegsministers bestellte.

Zur festgesetzten Zeit fand ich mich im Hôtel de Brienne ein. Schon auf der Treppe hörte ich Stimmen, und im ersten Stock sah ich dann am Ende des Korridors eine kleine Gruppe Männer. Vor der Tür des Ministers standen General Boisdeffre, General Gonse, Oberst Sandherr und zwei andere, deren Namen ich nicht kannte: ein korpulenter Major mit weinrotem Gesicht, wie ich Träger des roten Bandes der Ehrenlegion, und ein Kommissar von der Sûreté. Und ich sah noch einen weiteren Offizier. Er stand etwas weiter hinten im Gang neben dem Fenster, trug ein Monokel, machte einen ziemlich selbstgefälligen Eindruck und blätterte in einer Aktenmappe: Oberst du Paty de Clam, Blanches früherer Liebhaber. Als er bemerkte, dass ich in seine Richtung schaute, klappte er die Mappe zu, nahm das Monokel ab und stolzierte auf mich zu.

»Picquart«, sagte er und erwiderte meinen Gruß. »Was für eine entsetzliche Geschichte.«

»Ich wusste nicht, dass auch Sie darin eingebunden sind, Herr Oberst.«

»Eingebunden!« Du Paty lachte und schüttelte den Kopf. »Mein lieber Herr Major, man hat mich mit der Leitung für die gesamte Untersuchung beauftragt. Ich bin der Grund, dass Sie jetzt hier sind!«

Du Paty hatte mich schon immer irritiert. Es war, als spielte er die wesentliche Rolle in einem Spiel, für das sonst niemand das Drehbuch kannte. Er lachte plötzlich auf oder tippte sich an die Nase und gab den großen Geheimnisvollen oder verließ ohne Erklärung mitten in einer Unterhaltung den Raum. Er hielt sich für einen Ermittler von der modernen wissenschaftlichen Sorte und hatte eine Studie über Grafologie, Anthropometrie, Kryptografie und Geheimtinten verfasst. Ich fragte mich, welche Rolle in seinem Drama er für mich vorgesehen hatte.

»Darf ich fragen, wie die Untersuchung vorankommt?«, sagte ich.

»Das werden Sie gleich erfahren.« Er klopfte auf die Aktenmappe und nickte zur Bürotür des Ministers, die in diesem Augenblick von einem seiner Stabsoffiziere geöffnet wurde.

Mercier saß an seinem Schreibtisch und zeichnete einen Stapel Unterlagen ab. »Bitte, meine Herren«, sagte er mit der für ihn typischen leisen Stimme, ohne den Blick zu heben. »Nehmen Sie Platz. Ich bin gleich bei Ihnen.«

Wir setzten uns entsprechend unserer Dienstgrade an den Konferenztisch und ließen den Platz am Kopfende für den Minister frei. Rechts neben Merciers Stuhl nahm Boisdeffre Platz, links davon Gonse, dann Sandherr und du Paty, die sich gegenübersaßen, und schließlich die drei jüngeren Offiziere.

»Henry«, sagte der stämmige Offizier und beugte sich über den Tisch, um mir die Hand zu geben.

»Picquart«, sagte ich.

Der Kommissar von der Sûreté stellte sich ebenfalls vor. »Armand Cochefort.«

Während der Minister seine Arbeit beendete, herrschte etwa eine Minute lang beklommene Stille. Dann gab er die Unterlagen seinem Ordonnanzoffizier. Der salutierte und verließ den Raum.

Mercier nahm seinen Platz ein und legte ein Blatt Papier vor sich auf den Tisch. »Also, ich habe den Staatspräsidenten und den Premierminister über den Stand der Dinge informiert. Das hier ist der Haftbefehl für Dreyfus, es fehlt nur noch meine Unterschrift. Haben wir schon das Ergebnis des Schriftsachverständigen? Wie ich höre, war der erste Experte, der von der Bank von Frankreich, der Meinung, dass es sich nicht um Dreyfus' Handschrift handelt.«

Du Paty öffnete seine Mappe. »Ja, Herr Minister. Ich habe Alphonse Bertillon zurate gezogen, den Chef des Erkennungsdienstes der Polizeipräfektur. Er sagt, der Bordereau enthalte deutliche Elemente von Dreyfus' Handschrift und die Unterschiede seien mit Absicht herbeigeführt worden. Wenn ich Ihnen die technischen Details ersparen und gleich seine Schlussfolgerung verlesen darf: ›Es erscheint uns eindeutig, dass sowohl die verschiedenen vorgelegten Schriftproben wie auch das belastende Schriftstück von ein und derselben Person verfasst wurden.‹«

»Dann sagt einer nein und der andere ja? Schöne Experten!« Mercier wandte sich an Sandherr. »Ist Dreyfus schon wieder in Paris?«

»Er isst gerade mit den Eltern seiner Frau zu Abend, den Hadamards«, sagte Sandherr. »Sein Schwiegervater ist Diamantenhändler – nun ja, Sie wissen ja, diese Leute sind auf bewegliche Güter spezialisiert. Das Gebäude steht unter Beobachtung.«

»Das ist ziemlich verlockend, Herr Oberst«, mischte sich General Boisdeffre ein. »Wenn wir wissen, wo er ist, warum ihn nicht gleich heute Abend verhaften?«

»Nein«, sagte Sandherr und schüttelte energisch den Kopf. »Bei allem Respekt, Herr General, auf keinen Fall. Sie kennen diese Leute nicht so, wie ich sie kenne. Sie wissen nicht, wie sie vorgehen. In dem Augenblick, in dem sie erfahren, dass wir Dreyfus verhaftet haben, wird das gehobene Judentum seinen gesamten Einfluss geltend machen und für seine Freilassung agitieren. Es ist von entscheidender Bedeutung, dass er ohne den geringsten Wirbel einfach verschwindet und wir ihn für mindestens eine Woche ganz für uns haben. Ich glaube, Oberst du Patys Plan ist gut.«

Mercier wandte sein leeres, maskenhaftes Gesicht du Paty zu. »Bitte.«

»Ich bin zu dem Schluss gekommen, dass der sicherste Ort, an dem wir Dreyfus festnehmen können, innerhalb des Ministeriums selbst ist. General Gonse hat ihm schon ein Telegramm mit der Anweisung geschickt, morgen früh um neun Uhr zu einer Dienstinspektion in General Boisdeffres Büro zu erscheinen …«

»In Zivil«, warf Gonse ein. »Damit später, wenn er ins Gefängnis gebracht wird, niemand merkt, dass er ein Offizier der Armee ist.«

»… sodass wir ihn hier in der Rue Saint-Dominique verhaften können, im Büro des Generalstabschefs.«

»Was, wenn er eine Falle wittert?«, fragte Mercier.

»Dann kommt Major Picquart ins Spiel«, sagte du Paty.

Ich spürte, dass sich alle Augen auf mich richteten. Als wüsste ich genau, was mich erwartete, versuchte ich geradeaus zu schauen.

»Major Picquart war einer von Dreyfus' Lehrern an der École Supérieure«, sagte Gonse zu Mercier. »Die Anwärter unterstehen seiner Aufsicht.«

»Das weiß ich.« Mercier sah mich durch seine Augenschlitze an. Man konnte unmöglich erraten, was er gerade dachte.

Du Paty fuhr fort, seinen Plan zu erläutern. »Ich schlage vor, dass Major Picquart Dreyfus um neun Uhr am Haupteingang in Empfang nimmt und ihn persönlich zu General Boisdeffres Büro begleitet. Dreyfus kennt ihn und vertraut ihm. Das sollte etwaiges Misstrauen seinerseits zerstreuen.«

Während der Minister darüber nachdachte, herrschte Stille.

»Was halten Sie von dem Plan, Major Picquart?«, fragte Mercier.

»Ich bin mir nicht sicher, ob Hauptmann Dreyfus mich für eine besonders vertrauenswürdige Person hält«, sagte ich vorsichtig. »Aber wenn Oberst du Paty meine Anwesenheit für nützlich hält, dann werde ich natürlich mein Teil dazu beitragen.«

Merciers Augenschlitze richteten sich wieder auf du Paty. »Er ist jetzt also in General Boisdeffres Büro. Was machen wir dann mit ihm?«

»General Boisdeffre ist nicht anwesend …«

»Das hoffe ich doch sehr!«, warf Boisdeffre ein.

»… stattdessen begrüße ich Dreyfus, erkläre ihm, dass der Chef des Generalstabs sich verspäten werde, und biete ihm einen Platz an. Meine rechte Hand ist bandagiert – irgendeine Verletzung, sage ich. Dann frage ich Dreyfus, ob ich ihm einen Brief diktieren könne. Derart überrumpelt dürfte es ihm schwerfallen, seine Schrift zu verstellen. Habe ich erst einmal das stichhaltige Beweisstück in der Hand, gebe ich das Zeichen, und wir stellen ihn zur Rede.«

»Wen meinen Sie mit wir?«, fragte Mercier.

»Ebenfalls anwesend ist Kommissar Cochefort von der Sûreté mit einem seiner Männer.« Er zeigte auf Cochefort. »Außerdem Monsieur Gribelin, Archivar aus der Statistik-Abteilung, er wird jedes Wort protokollieren. Major Henry, ebenfalls aus der Statistik-Abteilung, hält sich hinter einem Wandschirm versteckt.«

»Das sind dann fünf gegen einen, richtig?«

»Genau, Herr Minister. Für uns sprechen die Überraschung und die Überzahl. Ich glaube, die Chancen stehen sehr gut, dass er zusammenbricht und auf der Stelle gesteht. Für diesen Fall möchte ich einen weiteren Vorschlag machen.«

»Bitte.«

»Dass wir ihm einen ehrenhaften Ausweg ermöglichen. Ich biete ihm einen Dienstrevolver mit einer einzigen Patrone an. Dann kann er die Sache an Ort und Stelle bereinigen.«

Während Mercier darüber nachdachte, herrschte wieder Stille. Dann neigte er den Kopf leicht zur Seite. »Gut, einverstanden.«

»Großer Gott!«, sagte Boisdeffre. »Ich wäre ihm dankbar, wenn er das nicht auf meinem Teppich erledigen würde. Das ist ein Aubusson.«

Dankbares Gelächter löste die Spannung. Nur Mercier lächelte nicht. »Und wenn er die traditionelle Methode ausschlägt, was dann?«

»Dann bringt Major Henry ihn ins Gefängnis Cherche-Midi«, sagte du Paty. »Cochefort und ich fahren zu Dreyfus' Wohnung und durchsuchen sie nach Beweisen. Ich werde seiner Frau dringend raten, über die Verhaftung zu schweigen, mit dem Argument, dass sie andernfalls die Lage ihres Mannes nur noch verschlimmern würde. Mit dem Gefängnisdirektor von Cherche-Midi ist abgesprochen, Dreyfus vierundzwanzig Stunden in Einzelhaft zu halten – keine Briefe, keine Besucher, keine Anwälte. Niemand wird wissen, wo er ist, nicht einmal der Kommandant der Pariser Garnison. Für den Rest der Welt wird Hauptmann Alfred Dreyfus vom Erdboden verschwunden sein.«

Nachdem er sein Meisterwerk präsentiert hatte, schloss du Paty die Aktenmappe und lehnte sich auf seinem Stuhl zurück.

Ich schaute in die Runde. Mercier und Boisdeffre zeigten keine Gemütsregung, Gonse zündete sich eine Zigarette an, Henry schaute besorgt zu Sandherr, der leicht zitternd die

Armlehnen seines Stuhls umklammerte, Cochefort saß mit verschränkten Armen da und schaute auf den Boden.

»Irgendwelche Fragen?«, sagte Mercier.

Ich zögerte, dann hob ich zaghaft die Hand. Einer Gelegenheit, du Paty zu reizen, konnte ich noch nie widerstehen.

»Ja, Major … Picquart, richtig?«

»Ja. Danke, Herr Minister.« Ich wandte mich an du Paty. »Ich frage mich, was passiert, wenn Dreyfus nicht gesteht.«

Du Paty schaute mich kühl an. »Er wird gestehen. Er hat keine Wahl.«

»Aber wenn nicht …?«

Sandherr fiel mir ins Wort. Er schien vor Erregung beim Sprechen zu zittern. »Wenn er nicht gesteht, dann haben wir außer seiner Handschrift noch jede Menge anderer Beweise für seine Schuld.«

Ich beschloss, nicht weiter nachzubohren. Ich nickte. »Danke.«

Es folgte eine lange Pause.

»Sonst noch Fragen?«, sagte Mercier, der uns aus seinen Augenschlitzen einen nach dem anderen anschaute. »Nein? Chef? Nein? In diesem Fall, meine Herren, sind Sie bevollmächtigt, morgen früh um neun Uhr den von Oberst du Paty entworfenen Plan umzusetzen.«

Dann unterzeichnete er den Haftbefehl und warf ihn über den Tisch zu du Paty.

◆

Der nächste Herbstmorgen war so makellos kristallklar, wie ich noch nie einen erlebt hatte – kühl mit einem wolkenlosen, Wärme verheißenden Himmel. Die ersten Sonnenstrahlen begannen schon die Nebelschwaden über der Seine zu vertreiben. Als ich kurz nach acht ins Ministerium kam, traf ich im Entree auf du Paty, der im Zustand höchster

Erregung seine Truppen formierte, von denen drei in Zivil waren – Cochefort, sein Assistent und ein leichenblasser Beamter, der mir zwar nicht vorgestellt wurde, den ich aber für Gribelin hielt. Henry und ich trugen Uniform. Henry sah verwirrt aus. Als du Paty uns zum zweiten oder dritten Mal erklärte, was wir zu tun hätten, begegneten sich unsere Blicke. Er zwinkerte mir zu.

»Also, Picquart, Sie klopfen Punkt neun mit Dreyfus an die Bürotür des Stabschefs«, sagte du Paty abschließend zu mir. »Nicht eine Minute früher oder später, ist das klar? Das muss ablaufen wie am Schnürchen!«

Du Paty und die anderen verschwanden nach oben, und ich setzte mich auf eine der grünen Lederbänke und wartete. Der Innenhof, der hinaus auf die Rue Saint-Dominique führte, lag in meinem Blickfeld. Ich tat so, als läse ich Zeitung. Die Minuten schleppten sich dahin. Mir kam es vor, als zöge die gesamte Armee an mir vorbei – tatterige alte Generäle mit weißen Schnauzbärten, stattliche Dragoner-Obersten, deren Gesicht nach dem morgendlichen Ausritt im Bois de Boulogne noch rot vor Kälte war, eifrige junge Hauptleute mit Aktenstapeln für ihre Herren. Und dann, inmitten dieser Parade, tauchte plötzlich Dreyfus auf. Er machte einen deplatzierten, unschlüssigen, grüblerischen Eindruck und sah ohne seine Uniform, in makellosem, schwarzem Gehrock, gestreifter Hose und Melone, schon jetzt wie ein Ausgestoßener aus. Er hätte ein Börsenmakler sein können. Ich schaute auf meine Uhr und fluchte leise. Er war fünfzehn Minuten zu früh.

Ich faltete die Zeitung zusammen und stand auf, als er hereinkam. Offensichtlich war er überrascht, mich hier zu sehen. Er berührte zum Salut den Rand der Melone.

»Major Picquart, guten Morgen«, sagte er und schaute sich im überfüllten Entree um. »Ich befürchte, dass sich ein paar von den Jungs einen Spaß mit mir machen. Am Samstag habe ich ein Telegramm bekommen, angeblich von General Boisdeffres Büro, dass ich mich hier in Zivilkleidung zu einer dienstlichen Besprechung einfinden soll. Anscheinend bin ich der Einzige.«

»Hm, komisch«, sagte ich. »Darf ich mal sehen?«

Dreyfus nahm das Telegramm aus seiner Brieftasche und gab es mir. *Dienstliche Anordnung. Der Divisionsgeneral, Chef des Generalstabs der Armee, wird am Montag, 15. Oktober, eine Inspektion der im Stab diensttuenden Offiziere durchführen. Hauptmann Dreyfus, derzeit stationiert beim 39. Infanterieregiment in Paris, wird aufgefordert, an diesem Tag um 9 Uhr im Büro des Chefs des Generalstabs der Armee zu erscheinen. Zivilkleidung …*

Ich tat so, als läse ich das Telegramm genau durch. Ich spielte auf Zeit. »Das verstehe ich nicht«, sagte ich. »Kommen Sie mit in mein Büro, wir gehen der Sache auf den Grund.«

»Nicht nötig, Herr Major, machen Sie sich meinetwegen keine Umstände …«

»Ach was, Unsinn, ich bestehe darauf.«

»Ich möchte Ihnen keine Unannehmlichkeiten bereiten …«

»Kein Problem, ich habe jede Menge Zeit.«

Der Weg bis in die Dritte Abteilung kam mir endlos vor. Außer Banalitäten über das Wetter und seine Familie fiel mir nichts ein, worüber ich mit ihm hätte reden können. »Und wie geht's Ihrer Frau, Herr Hauptmann?«

»Sehr gut, danke, Herr Major.«

»Haben Sie eigentlich Kinder? Tut mir leid, ich hab's vergessen.«

»Ja, Herr Major, zwei.«

»Jungen, Mädchen?«

»Einen Jungen und ein Mädchen.«

»Und wie alt sind die beiden?«

»Pierre ist drei, Jeanne eineinhalb …«

Und so weiter und so weiter. Als wir endlich vor der Tür meines Büros standen, war ich erleichtert. »Wie wär's, wenn Sie drinnen warten«, sagte ich. »Ich frage mal nach, was da los ist.«

»Danke, Herr Major.«

Er ging in mein Büro, und ich schloss die Tür. Ich schaute wieder auf die Uhr. Zehn vor neun. Wie ein Wachposten ging ich ein paar Minuten im Gang auf und ab, schaute immer wieder auf die geschlossene Bürotür, versuchte die Zeit vorwärtszuzwingen und fragte mich, ob er vielleicht in diesem Augenblick aus dem Fenster kletterte und am Abflussrohr hinunterrutschte oder meinen Schreibtisch nach geheimen Dokumenten durchwühlte. Zwei Minuten vor neun ging ich schließlich wieder hinein. Mit der Melone auf den Knien saß er auf der Kante von einem der Stühle. Die Papiere auf meinem Schreibtisch waren unberührt. Es sah nicht so aus, als hätte er sich auch nur einen Zentimeter bewegt.

»Das hat alles seine Ordnung mit dem Telegramm«, sagte ich aufgekratzt. »Es findet tatsächlich eine Inspektion statt.«

»Da bin ich erleichtert!«, rief Dreyfus und stand auf. »Ich hatte wirklich geglaubt, dass die Jungs mir einen Streich spielen – wäre nicht das erste Mal.«

»Ich muss selbst noch mit dem General sprechen. Ich werde Sie begleiten.«

Wieder machten wir uns auf den Weg.

»Hoffentlich ergibt sich die Gelegenheit, dass ich mit General Boisdeffre sprechen kann«, sagte Dreyfus. »Im Sommer hatten wir eine wirklich interessante Unterhaltung über Artillerieformationen. Seitdem sind mir noch ein, zwei weitere Punkte eingefallen.« Ich schwieg. Dann sagte er: »Wissen Sie zufällig, wie lange diese Inspektion wohl dauert, Herr Major?«

»Leider nein.«

»Ich habe nämlich meiner Frau gesagt, dass ich zum Mittagessen wieder zu Hause bin. Na ja, ist eigentlich egal.«

Wir hatten inzwischen den breiten, hohen Durchgang erreicht, der zum Büro des Generalstabschefs führte.

»Es ist so still hier, finden Sie nicht auch?«, sagte Dreyfus. »Wo sind die alle?«

Wir gingen jetzt auf die Doppeltür zu. Sein Schritt verlangsamte sich. Ich wollte unbedingt, dass er weiterging.

»Ich glaube, die warten alle schon auf Sie«, sagte ich, drückte ihm sanft die Hand ins Kreuz und schob ihn vorwärts.

Wir erreichten die Tür. Ich öffnete und hielt sie ihm auf. Verdutzt schaute er mich an. »Kommen Sie nicht mit, Herr Major?«

»Pardon, aber mir ist gerade etwas eingefallen, was ich noch erledigen muss. Auf Wiedersehen.«

Ich drehte mich auf dem Absatz um und ging. Ich hörte das Klicken eines Schlosses, und als ich mich umdrehte, war die Tür geschlossen und Dreyfus verschwunden.

◆

»Wie war das damals eigentlich genau?«, sage ich zu Gribelin. »Nachdem ich Dreyfus an bewusstem Morgen bei Ihnen und Oberst du Paty abgeliefert habe, was genau ist danach passiert?«

»Ich verstehe nicht recht, was Sie meinen, Herr Oberstleutnant.«

»Sie waren doch als Zeuge dabei, oder?«

»Ja.«

»Also, wie ist das abgelaufen?« Der Archivar schaut mich an, während ich mir einen Stuhl heranziehe. »Verzeihen Sie, dass ich Sie das alles frage, Monsieur Gribelin. Ich versuche nur meine Wissenslücken aufzufüllen. Der Fall ist schließlich noch nicht abgeschlossen.« Ich deute auf den Stuhl mir gegenüber. »Setzen Sie sich doch einen Augenblick.«

»Wenn das so ist, Herr Oberstleutnant.« Als argwöhnte er, ich könnte ihn plötzlich anspringen, lässt Gribelin mich keine Sekunde aus den Augen, als er sich mit seinem knochendürren Körper auf den Stuhl setzt. »Was wollen Sie wissen?«

Ich zünde mir eine Zigarette an und ziehe mit großer Geste den Aschenbecher heran. »Wir wollen doch nicht, dass ein Funke den schönen Tisch beschädigt,« sage ich lächelnd, schwenke das Streichholz, bis die Glut verglimmt, und lege es sorgfältig in den Aschenbecher. »Also, Dreyfus kommt durch die Tür, was dann?«

Ihm einen Zahn zu ziehen hätte nicht schwieriger sein können, aber nach und nach bekomme ich die Geschichte aus ihm heraus: wie Dreyfus ins Zimmer kam, sich umschaute und fragte, wo General Boisdeffre sei; wie du Paty sagte, dass er aufgehalten worden sei, Dreyfus einen Stuhl anbot, dann auf seine bandagierte Hand zeigte und ihn fragte, ob es ihm etwas ausmache, einen Brief für ihn zu schreiben, da er sich das Handgelenk verstaucht habe; wie Dreyfus unter den Augen von Cochefort, dessen Assistent und Gribelin, der ihm gegenübersaß, der Bitte nachkam.

»Er muss doch nervös geworden sein«, sage ich. »Er muss sich doch gefragt haben, was das alles soll.«

»O ja, ganz sicher. Das kann man an seiner Handschrift sehen. Ich kann sie Ihnen zeigen.« Gribelin geht wieder zu dem Aktenschrank und kommt mit einem mehrere Zentimeter dicken Ordner zurück. Er klappt ihn auf. »Das erste Blatt ist der Originaltext, den Oberst du Paty Dreyfus diktiert hat.« Er schiebt den Ordner zu mir herüber. »Da können Sie sehen, wie sich seine Handschrift ungefähr nach der Hälfte verändert, als er nämlich merkt, dass er in eine Falle getappt ist, und versucht, sie zu verstellen.«

Der Text beginnt wie ein normaler Brief: Paris, 15. Oktober 1894. Schwerwiegende Gründe zwingen mich, die Schriftstücke, die ich Ihnen vor meiner Abreise ins Manöver überlassen habe, Monsieur, vorübergehend wieder an mich zu nehmen …

»Ich kann nicht erkennen, dass sich seine Schrift nach der Hälfte verändert«, sage ich.

»Doch, doch, es ist ganz offensichtlich. Hier.« Gribelin beugt sich über den Tisch und klopft auf eine Stelle. Er klingt gereizt. »Genau hier, wo der Oberst diktiert hat, ›die hydraulische Bremse des 120ers‹ – da kapiert er, was gespielt wird. Die Schrift wird plötzlich größer und ist nicht mehr so gleichmäßig.«

Ich schaue noch einmal hin. Ich sehe immer noch keinen Unterschied. »Tja, möglich, wenn Sie es sagen …«

»Glauben Sie mir, Herr Oberstleutnant, uns allen ist aufgefallen, dass er sich plötzlich anders verhalten hat. Sein Fuß begann zu zittern. Oberst du Paty hat ihm vorgeworfen, dass er seinen Schreibstil geändert habe. Dreyfus hat das bestritten. Als das Diktat beendet war, hat der Oberst ihm gesagt, dass er wegen Landesverrats unter Arrest steht.«

»Und was ist dann passiert?«

»Kommissar Cochefort und sein Assistent haben ihn verhaftet und durchsucht. Dreyfus leugnete weiter. Oberst du Paty hat ihm den Revolver gezeigt und die ehrenhafte Lösung angeboten.«

»Wie hat Dreyfus darauf reagiert?«

»›Wenn Sie wollen, erschießen Sie mich‹, hat er gesagt. ›Aber ich bin unschuldig!‹ Wie ein Schauspieler in einem Theaterstück. Oberst du Paty hat dann Major Henry gerufen, der sich hinter dem Wandschirm versteckt hatte, und der hat ihn ins Gefängnis gebracht.«

Ich blättere durch die nächsten Seiten des Ordners. Zu meiner Verwunderung ist jedes weitere Blatt eine Abschrift des Bordereaus. Ich öffne den Ordner in der Mitte, dann schlage ich die letzte Seite auf. »Mein Gott«, flüstere ich. »Wie oft haben Sie ihn den Bordereau denn abschreiben lassen?«

»Bestimmt über hundertmal. Verteilt über die nächsten Wochen. Hier, sehen Sie die Beschriftungen: linke Hand, rechte Hand, im Stehen, im Sitzen, im Liegen …«

»Und das hat er alles in seiner Zelle geschrieben, nehme ich an.«

»Ja. Monsieur Bertillon, der Handschriftenexperte von der Polizeipräfektur, wollte so viele Proben wie möglich. Er wollte daran demonstrieren, wie Dreyfus seine Handschrift verstellt hat. Oberst du Paty und ich sind normalerweise gegen Mitternacht ins Cherche-Midi gekommen und haben ihn dann die ganze Nacht über verhört. Das war die Idee des Herrn Oberst. Er hat ihn im Schlaf überrascht und ihm dann mit einer grellen Lampe ins Gesicht geleuchtet.«

»Und in welcher seelischen Verfassung war er während der ganzen Zeit?«

Gribelin weicht meinem Blick aus. »Offen gesagt, Herr Oberstleutnant, in einer ziemlich labilen. Er war in Einzelhaft. Er durfte keine Post und keine Besucher empfangen. Wenn er nach seiner Familie oder so fragte, dann kamen ihm ziemlich oft die Tränen. Ich weiß noch, dass mir mal Abschürfungen in seinem Gesicht aufgefallen sind.« Gribelin berührte eine seiner Schläfen. »Etwa hier. Die Wärter haben uns erzählt, dass er oft den Kopf gegen die Wand geschlagen hat.«

»Und er hat weiter jede Beteiligung an Spionage abgestritten?«

»Aber sicher. Das war ein ziemliches Schauspiel. Wer immer ihm das beigebracht hat, war ein sehr guter Lehrer.«

Ich blättere weiter durch den Ordner. *Hiermit übersende ich Ihnen einige interessante Informationen … Hiermit übersende ich Ihnen einige interessante Informationen … Hiermit übersende ich Ihnen einige interessante Informationen …* Die Handschrift verschludert mit jedem Tag mehr. Es ist wie das Protokoll aus einem Irrenhaus. Sogar in meinem Kopf beginnt sich schon alles zu drehen. Ich klappe den Ordner zu und schiebe ihn wieder über den Tisch.

»Faszinierend. Danke, dass Sie sich die Zeit genommen haben, Gribelin.«

»Kann ich noch etwas für Sie tun, Herr Oberstleutnant?«

»Nein, ich glaube nicht. Jedenfalls nicht im Augenblick.«

Er nimmt den Ordner behutsam vom Tisch, umfasst ihn mit beiden Armen und trägt ihn zurück zum Aktenschrank. An der Tür bleibe ich stehen und schaue mich noch einmal zu ihm um. »Haben Sie eigentlich Kinder, Monsieur Gribelin?«

»Nein, Herr Oberstleutnant.«

»Verheiratet?«

»Nein, Herr Oberstleutnant. Das war nie mit meiner Arbeit zu vereinbaren.«

»Verstehe. Dann gute Nacht.«

»Gute Nacht, Herr Oberstleutnant.«

Ich gehe langsam die Treppe hinunter in den ersten Stock, beschleunige meine Schritte, gehe über den Korridor zu meinem Büro, weiter ins Erdgeschoss, durchquere das Entree und trete hinaus in den Sonnenschein, wo ich tief durchatme und wieder klare, frische Luft in die Lunge pumpe.

II

Ich schlafe kaum in dieser Nacht. Ich schwitze und wälze mich auf meinem schmalen Bett herum, bis das Laken so zerknautscht ist, dass ich das Gefühl habe, auf Steinen zu liegen. Die offenen Fenster sorgen nicht für frische Luft, sondern lassen lediglich die Geräusche der Stadt ins Zimmer. In meiner Schlaflosigkeit zähle ich von Mitternacht bis sechs Uhr morgens das stündliche Läuten der Kirchenglocken. Schließlich schlafe ich doch noch ein, nur um eine halbe Stunde später von dem heiseren Hupen der ersten Straßenbahnen wieder geweckt zu werden. Ich ziehe mich an, gehe nach unten auf die Straße und weiter zur Bar an der Ecke zur Rue Copernic. Auf feste Nahrung habe ich keinen Appetit, ich will nur schwarzen Kaffee und eine Zigarette. Ich überfliege die Titelseite des *Figaro*. Ein Hochdruckgebiet vor der Südwestspitze Irlands nimmt Kurs auf die Britischen Inseln, Holland und Deutschland. Die Einzelheiten des bevorstehenden Zarenbesuchs in Paris sind immer noch nicht bekannt. Kriegsminister General Billot besucht Kavalleriemanöver im Gâtinais. Mit anderen Worten: keine Neuigkeiten in diesen Hundstagen des Augusts.

Als ich die Statistik-Abteilung betrete, ist Lauth schon in seinem Büro. Er trägt eine Lederschürze. Er hat vier Abzüge von jedem der beiden Esterházy-Briefe gemacht. Sie glänzen feucht und riechen noch nach dem chemischen Fixiermittel.

Wie üblich hat er hervorragende Arbeit geleistet. Die Unterschrift und Adresse hat er verschwinden lassen, aber die Konturen der Handschrift sind scharf und leicht lesbar.

»Gute Arbeit«, sage ich. »Ich nehme die Abzüge mit – und die Originalbriefe, wenn Sie nichts dagegen haben.«

Er steckt alles in einen Umschlag und gibt ihn mir. »Bitte sehr, Herr Oberstleutnant. Ich hoffe, sie helfen Ihnen weiter.« Seine blassblauen Augen schauen mich mit bohrendem Spanielblick an. Aber er hat mich schon einmal gefragt, was ich damit will, und ich habe ihm eine Antwort verweigert. Er wagt es nicht, noch einmal zu fragen.

Mit größtem Vergnügen ignoriere ich die unausgesprochene Frage, verabschiede mich mit einem gut gelaunten »Schönen Tag noch, Lauth« und gehe zurück in mein Büro. Ich nehme je einen Abzug der Briefe aus dem Umschlag und stecke sie in meine Aktentasche, die anderen wandern in den Tresor. Dann verlasse ich mein Büro wieder und schließe die Tür ab. Im Entree sage ich dem neuen Concierge Capiaux, dass ich nicht wisse, wann ich zurückkäme. Henry hat Capiaux, einen ehemaligen Kavalleristen, irgendwo aufgetan, und ich weiß nicht, ob ich ihm trauen kann. Mit seinen glasigen Augen und geplatzten Gesichtsäderchen kommt er mir wie einer von Henrys Trinkkumpanen vor.

Zu Fuß brauche ich zwanzig Minuten bis zur Île de la Cité, wo sich die Polizeipräfektur befindet, eine düstere Festung, die neben dem Pont Saint-Michel am Uferdamm aufragt. Das Gebäude ist die alte Stadtkaserne, von außen wie innen gleich dunkel und hässlich. Ich gebe dem Pförtner meine Visitenkarte – *Oberstleutnant Georges Picquart, Kriegsministerium* – und sage ihm, dass ich Monsieur Alphonse Bertillon sprechen möchte. Schlagartig zeigt der Mann Respekt. Er bittet mich, ihm zu folgen. Er schließt eine Tür auf, geleitet mich hindurch und verschließt sie wieder. Wir steigen eine schmale, gewundene Steintreppe hinauf, Stockwerk um Stockwerk auf so steilen Stufen, dass ich mich etwas vornüberbeugen muss. Einmal müssen wir stehen bleiben und uns an die Wand drücken, um ein Dutzend Häftlinge vorbeizulassen, die im Gänsemarsch nach unten gehen. In ihrem Sog lassen sie den Gestank von Schweiß und Verzweiflung zurück. »Von denen hat Monsieur Bertillon die Maße genommen«, erklärt mein Führer, als kämen sie gerade vom Schneider. Wir setzen unseren Aufstieg fort. Schließlich schließt er eine weitere Tür auf, und wir treten in einen sonnendurchfluteten Gang mit nackten Holzdielen. »Wenn Sie bitte hier warten würden«, sagt er. »Ich gebe ihm Bescheid.«

Wir befinden uns im obersten Stockwerk des Gebäudes mit Blick nach Westen. Wegen der aufgestauten Hitze komme ich mir wie in einem Treibhaus vor. Draußen vor den Fenstern von Bertillons Laboratorium, jenseits der Schornsteinaufsätze der Präfektur, heben und senken sich die wuchtigen Dächer des Justizpalastes wie ein Meer aus blauem Schiefer, aus dem die elegante, goldene und schwarze Turmspitze der Sainte-Chapelle heraussticht. Die Wände sind mit Hunderten von Verbrecherfotos bepflastert, mit Köpfen von vorn und im Profil. Die Anthropometrie – oder auch »Bertillonage«, wie unser maßgeblicher Fachmann seine Methode bescheiden nennt – behauptet, mit einer Kombination aus zehn verschiedenen Messungen jedes menschliche Wesen unfehlbar identifizieren zu können. In einer Ecke steht eine Laborbank mit einem eingelassenen Metermaß aus Metall und einer verstellbaren Messlatte, um die Länge von Unterarmen und Fingern zu bestimmen; in einer anderen Ecke befindet sich ein Holzgestell so groß wie eine Staffelei, um die Körpergröße zu messen, sitzend (für die Länge des Torsos) und stehend; in einer dritten Ecke steht eine Apparatur mit bronzenen Messschiebern, um die Schädelmaße zu erfassen. Des Weiteren gibt es eine riesige Kamera, einen Labortisch mit einem Mikroskop und einem auf einen Sockel montierten Vergrößerungsglas sowie mehrere Aktenschränke.

Ich gehe an den Wänden entlang und schaue mir die Fotografien an. Sie erinnern mich an eine riesige naturwissenschaftliche Sammlung von Schmetterlingen oder aufgespießten Käfern. In den Gesichtern der Häftlinge spiegeln sich so unterschiedliche Emotionen wie Furcht, Scham, Trotz, Gleichgültigkeit. Manche sehen übel zugerichtet aus, halb verhungert oder verrückt. Keiner lächelt. Inmitten dieser Ansammlung menschlicher Verzweiflung stehe ich plötzlich vor der Fotografie von Alfred Dreyfus. Bestürzt schaue ich in das ausdruckslose Buchhaltergesicht über der zerrissenen Uniform. Ohne wie üblich mit Brille oder Kneifer sieht es nackt aus. Sein Blick bohrt sich in meine Augen. Die Bildunterschrift lautet: *Dreyfus 5.1.95.*

»Oberstleutnant Picquart?« Ich drehe mich um, und vor mir steht Bertillon mit meiner Karte in der Hand. Er ist untersetzt, blass, Anfang vierzig, dichtes, schwarzes Haar. Der steife, rechtwinklig geschnittene Bart sieht aus wie die Schneide einer Axt. Wenn ich mit dem Finger daran entlangführe, stelle ich mir vor, flösse Blut.

»Guten Tag, Monsieur Bertillon. Wie ich sehe, gehört auch Hauptmann Dreyfus zu Ihrer Sammlung.«

»Ja, richtig, die Aufnahme habe ich selbst gemacht«, sagt Bertillon. Er tritt ein paar Schritte vor und stellt sich neben mich. »Ich habe ihn gleich nach seiner Degradierung fotografiert, als er ins Gefängnis La Santé eingeliefert wurde.«

»Er sieht anders aus, als ich ihn in Erinnerung habe.«

»Der Mann war in Trance – ein Schlafwandler.«

»Wie sollte man es auch sonst ertragen, wenn man so

etwas durchmacht.« Ich öffne meine Aktentasche. »Dreyfus ist auch der Grund meines Besuchs. Ich bin Oberst Sandherrs Nachfolger als Leiter der Statistik-Abteilung.«

»Ich weiß, Herr Oberstleutnant, ich habe Sie bei der Verhandlung vor dem Kriegsgericht gesehen. Was gibt es Neues zu Dreyfus?«

»Wären Sie so nett, sich das hier einmal anzuschauen?« Ich gebe ihm die Abzüge der beiden Esterházy-Briefe. »Was halten Sie davon?«

»Wissen Sie, ich gebe nie Stegreifurteile ab.«

»Vielleicht machen Sie in diesem Fall eine Ausnahme.«

So wie er mich anschaut, befürchte ich schon, dass er ablehnt. Aber dann ist seine Neugier stärker. Er geht zum Fenster und hält die Briefe gegen das Licht, einen in jeder Hand, und schaut sie sich genau an. Er runzelt die Stirn und wirft mir einen verwirrten Blick zu. Dann wendet er seine Aufmerksamkeit wieder den Fotos zu. »Hm«, sagt er, und dann noch einmal: »Hm, hm ...!«

Er geht quer durch den Raum zu einem Aktenschrank, öffnet eine Schublade und nimmt eine dicke grüne Mappe heraus, die von einer schwarzen Schnur zusammengehalten wird. Er geht damit zu seinem Labortisch, löst die Schnur und zieht eine Fotografie des Bordereaus sowie verschiedene Blätter und Schaubilder heraus. Er legt den Bordereau und die Briefe nebeneinander auf den Tisch. Dann nimmt er drei identische Blätter aus durchsichtigem kariertem Papier und legt sie auf jedes der drei Schriftstücke. Er schaltet eine Lampe an, zieht das Vergrößerungsglas darüber und begutachtet sie. »Aha«, brummt er zu sich selbst. »Aha, ja, ja, aha ...« Er macht sich ein paar Notizen. »Aha, aha, ja, ja, aha ...«

Ich beobachte ihn einige Minuten. Dann kann ich mich nicht mehr zurückhalten. »Nun? Ist das die gleiche Schrift?«

»Sie sind identisch, ja.« Er schüttelt verwundert den Kopf und dreht sich zu mir um. »Vollkommen identisch!«

Ich kann kaum glauben, dass er sich so schnell so sicher ist. Der wesentliche Beweis im Fall gegen Dreyfus hat sich gerade aufgelöst: weggefegt von ebendem Sachverständigen, der ihn überhaupt erst auf den Tisch gelegt hat! »Wären Sie bereit, eine entsprechende eidesstattliche Erklärung zu unterzeichnen?«

»Selbstverständlich!«

Selbstverständlich? Die Verbrecherfotos an der Wand verschwimmen vor meinen Augen. »Was, wenn ich Ihnen sagen würde, dass diese Briefe gar nicht von Dreyfus geschrieben wurden, sondern hier in Frankreich, just in diesem Sommer?«

Bertillon zuckt ziemlich gleichgültig mit den Achseln. »Dann würde ich sagen, dass die Juden offensichtlich jemand andres darin ausgebildet haben, Dreyfus' Handschrift nachzumachen.«

◆

Von der Île de la Cité gehe ich zurück aufs linke Seineufer. Ich versuche im Kriegsministerium Armand du Paty ausfindig zu machen. Mir wird gesagt, er werde heute nicht mehr erwartet, möglicherweise könne ich ihn zu Hause antreffen. Ein junger Offizier gibt mir seine Adresse: 17, Avenue Bosquet.

Und wieder mache ich mich zu Fuß auf den Weg. Irgendwann scheine ich mich vom Armeeoffizier in einen Kriminalbeamten verwandelt zu haben. Ich hechle von Ort zu Ort. Ich verhöre Zeugen. Ich sammle Beweise. Wenn das alles vorbei ist, sollte ich mich vielleicht bei der Sûreté bewerben.

Die Avenue Bosquet ist eine freundliche und wohlhabende Straße nahe der Seine, sonnenbesprenkelt unter ihrem

Blätterdach. Du Patys Wohnung befindet sich im zweiten Stock. Ich klopfe mehrere Male, ohne dass sich etwas rührt, und will schon wieder gehen, als mir unter der Tür ein Schatten auffällt, der sich leicht hin und her bewegt. Ich klopfe noch einmal. »Oberst du Paty?«, rufe ich. »Ich bin's, Georges Picquart.«

Stille, dann erklingt eine gedämpfte herrische Stimme. »Einen Augenblick, wenn ich bitten darf!« Riegel werden zurückgezogen, ein Schlüssel dreht sich im Schloss, dann öffnet sich die Tür einen Spalt weit. Ein verzerrtes Auge blinzelt mich durch ein Monokel an. »Picquart? Sind Sie allein?«

»Ja, natürlich. Warum sollte ich nicht allein sein?«

»Stimmt.« Die Tür geht ganz auf, und vor mir steht du Paty in einem langen, roten Morgenmantel aus Seide, der mit chinesischen Drachen bestickt ist. Die Füße stecken in blassblauen marokkanischen Hausschuhen. Auf dem Kopf trägt er einen purpurfarbenen türkischen Fes. Er ist unrasiert. »Ich habe an meinem Roman gearbeitet«, sagt er. »Kommen Sie rein.«

Die Wohnung riecht nach Räucherstäbchen und Zigarren. Neben einer Chaiselongue steht dreckiges Geschirr auf dem Boden. Manuskriptseiten stapeln sich auf dem Sekretär und liegen verstreut auf dem Teppich herum. Über dem Kamin hängt ein Gemälde, das eine nackte Sklavin in einem Harem zeigt. Auf dem Tisch steht eine Fotografie von du Paty mit seiner adeligen neuen Frau Marie de Champlouis. Er hat sie kurz vor Beginn der Dreyfus-Affäre geheiratet. Auf dem Bild hält sie einen Säugling im Taufkleid im Arm.

»Dann sind Sie also noch einmal Vater geworden? Meine Gratulation.«

»Danke. Charles ist jetzt ein Jahr alt. Meine Frau ist mit ihm für den Sommer auf ihren Familiensitz gefahren. Ich bin zum Schreiben in Paris geblieben.«

»Was genau schreiben Sie?«

»Es ist etwas Geheimnisvolles.«

Ob er damit das Genre seines Werkes meint oder dessen gegenwärtigen Zustand, weiß ich nicht genau. Aber er hat es anscheinend eilig, wieder an den Schreibtisch zu kommen. Jedenfalls bietet er mir keinen Stuhl an. »Nun, ich habe hier auch etwas Geheimnisvolles für Sie«, sage ich. Ich öffne meine Aktentasche und gebe ihm einen von Esterházys Briefen. »Vielleicht erkennen Sie die Handschrift wieder.«

Er erkennt sie sofort wieder. Ich sehe das am Zucken seiner Augen und daran, wie er versucht, seine Verwirrung zu verbergen. »Ich weiß nicht«, brummt er. »Kann schon sein, dass ich die irgendwoher kenne. Wer hat das geschrieben?«

»Das weiß ich nicht. Aber ich weiß mit Bestimmtheit, dass es nicht unser Freund auf der Teufelsinsel ist, weil das hier nämlich letzten Monat geschrieben wurde.«

Er drückt mir den Brief wieder in die Hand. Es ist offensichtlich, dass er nichts damit zu tun haben will. »Zeigen Sie das Bertillon, der ist der Grafologe.«

»Habe ich schon. Er sagt, dass die Schrift mit der vom Bordereau identisch ist – identisch, das ist das Wort, das er gebraucht hat.«

Es entsteht eine verlegene Pause, die du Paty zu überbrücken versucht, indem er auf beide Seiten seines Monokels haucht, es mit dem Ärmel seines Morgenmantels sauber poliert und dann wieder ins Auge klemmt. Er schaut mich an. »Weshalb genau sind Sie gekommen, Georges?«

»Ich tue nur meine Pflicht, Armand. Es gehört zu meiner Aufgabe, nach potenziellen Spionen zu suchen, und ich habe anscheinend noch einen gefunden – einen Landesverräter, der während der von Ihnen geleiteten Ermittlungen gegen Dreyfus vor zwei Jahren irgendwie unentdeckt geblieben ist.«

Du Paty verschränkt abwehrbereit die Arme in den weiten Ärmeln seines Morgenmantels. Er sieht skurril aus, wie ein Zauberer in einer Cabaret-Nummer im Chat Noir. »Ich bin nicht unfehlbar«, sagt er. »Das habe ich nie behauptet. Möglich, dass auch andere in die Geschichte verwickelt waren. Sandherr hat immer geglaubt, dass Dreyfus einen oder gar mehrere Komplizen hatte.«

»Hatten Sie irgendwelche Namen?«

»Ich persönlich hatte seinen Bruder im Verdacht, Mathieu. Sandherr übrigens auch.«

»Aber Mathieu war zu der Zeit nicht einmal in der Armee! Er war nicht einmal in Paris!«

»Nein«, sagt du Paty mit gewichtiger Stimme. »Aber er war in Deutschland. Und er ist Jude.«

Ich will mich nicht auf du Patys verrückte Theorien einlassen. Das wäre, als würde ich mich in einem Labyrinth ohne Ausgänge verlieren. »Ich möchte Sie nicht weiter von Ihrer Arbeit abhalten«, sage ich. Ich stelle kurz meine Aktentasche auf dem Sekretär ab, um die Fotografie wieder einzupacken. Dabei fällt mein Blick zwangsläufig auf eine Seite von du Patys Roman: *»Sie werden mich mit Ihrer Schönheit nicht ein zweites Mal blenden, Mademoiselle«, schrie der Herzog von Argentin und fuchtelte mit seinem vergifteten Dolch …*

Du Paty beobachtet mich. »Der Bordereau war nicht der einzige Beweis gegen Dreyfus. Was ihn eigentlich überführt hat, waren die Informationen, die wir über ihn hatten. Das Geheimdossier. Sie erinnern sich bestimmt.« Die Drohung in seiner letzten Bemerkung ist nicht zu überhören.

»Ja, ich erinnere mich.«

»Schön.«

»Was wollen Sie damit andeuten?«

»Nichts. Oder nur, dass Sie im Laufe Ihrer weiteren

Ermittlungen hoffentlich nicht vergessen, dass aufseiten der Anklage auch Sie beteiligt waren. Darf ich Sie jetzt zur Tür begleiten?«

An der Tür drehe ich mich noch einmal um. »Wenn Sie erlauben, dass ich Sie korrigieren darf, aber das ist nicht ganz richtig. Sie, Sandherr, Henry und Gribelin waren die Vertreter der Anklagebehörde. Ich war nichts weiter als ein Beobachter.«

Du Paty bricht in wieherndes Gelächter aus. Sein Gesicht befindet sich so dicht vor meinem, dass ich seinen Atem riechen kann. Der Hauch von Verwesung, der mir in die Nase steigt, scheint tief aus seinem Innern zu kommen und erinnert mich an die Abwasserkanäle unter der Statistik-Abteilung. »Glauben Sie das wirklich? Ein Beobachter! Also wirklich, mein lieber Georges, Sie waren bei allen Verhandlungen vor dem Kriegsgericht dabei! Sie haben die ganze Zeit den Laufburschen für Mercier gemacht! Sie haben ihm gesagt, welche Strategie er verfolgen soll! Sie können jetzt nicht einfach aussteigen und sagen, mit alldem hätten Sie nichts zu tun gehabt. Was glauben Sie, weshalb Sie Chef der Statistik-Abteilung geworden sind?« Er öffnet die Tür. »Ach, übrigens«, ruft er mir hinterher. »Würden Sie wohl Blanche von mir grüßen? Ich glaube, sie ist immer noch nicht verheiratet, oder? Sagen Sie ihr, ich würde Sie schon ganz gern einmal besuchen. Aber Sie wissen ja, wie das ist. Meine Frau würde das bestimmt nicht gutheißen.«

Darauf fällt mir nichts ein, ich bin einfach zu wütend. Also lasse ich ihm – wie er da mit seinem Morgenmantel, den Hausschuhen, dem Fes und seinem unerträglichen Lächeln in der Tür steht – die Genugtuung des letzten Wortes und die Illusion, er sei ein scharfsinniger Kerl.

◆

Während ich langsam zum Büro zurückgehe, denke ich über das nach, was du Paty gerade gesagt hat.

Reden so die Leute über mich – dass ich Merciers Laufbursche war? Dass ich meinen Posten bekommen habe, weil ich ihm erzählt habe, was er hören wollte?

Ich komme mir vor, als hätte ich einen verspiegelten Raum betreten und würde mich nun zum ersten Mal aus einem ungewohnten Blickwinkel sehen. Sehe ich wirklich so aus? Bin das ich?

◆

Zwei Monate nach Dreyfus' Verhaftung, Mitte Dezember 1894, bestellte General Mercier mich in sein Büro. Worum es ging, wurde mir nicht gesagt. Ich nahm an, es müsse mit der Dreyfus-Affäre zu tun haben und dass auch andere Personen anwesend sein würden. Beim ersten Punkt lag ich richtig, beim zweiten falsch. Diesmal empfing Mercier mich allein.

Er saß an seinem Schreibtisch. Im Kamin knisterte ein schwaches Feuer aus bräunlichen Kohlen. Sechs Wochen vorher, Anfang November, waren die nackten Tatsachen über Dreyfus' Verhaftung an die Presse durchgesickert: *Hochverrat. Verhaftung des jüdischen Offiziers A. Dreyfus.* Die Menschen warteten gierig auf Nachrichten darüber, was er sich hatte zuschulden kommen lassen und was die Regierung mit ihm vorhatte. Ich war selbst neugierig. Mercier bot mir einen Stuhl an und spielte dann sein Lieblingsspiel: mich warten zu lassen, während er sich über irgendein Dokument beugte und Anmerkungen an den Rand kritzelte und mir dabei ausgiebig Gelegenheit bot, die kurz geschorenen, schütteren Haare auf seinem schmalen Schädel zu betrachten und darüber nachzusinnen, welche Intrigen und Geheimnisse sich wohl darunter verbargen. Schließlich legte er den Stift zur Seite. »Also, nur noch einmal zur Sicherheit: Seit seiner Verhaftung waren Sie in keiner Weise an den Ermittlungen gegen Dreyfus beteiligt, richtig?«

»Richtig, Herr Minister.«

»Und Sie haben weder mit Oberst du Paty noch Oberst Sandherr oder Major Henry über den Fall gesprochen?«

»So ist es.«

In der folgenden Pause schaute mich Mercier durch seine Augenschlitze scharf an. »Ich höre, Sie sind literarisch interessiert.«

Ich zögerte. So ein Eingeständnis konnte einen die Beförderung kosten. »In gewissem Maße, ja. Privat, Herr General. Ich interessiere mich für alle Arten von Kunst, das stimmt.«

»Kein Grund, sich dessen zu schämen, Herr Major. Ich brauche ganz einfach jemand, der einen Bericht für mich schreiben kann, der mehr enthält als nur die nackten Tatsachen. Können Sie das?«

»Ich hoffe schon. Das hängt natürlich davon ab, worum es geht.«

»Erinnern Sie sich noch daran, was Sie in diesem Büro kurz vor Dreyfus' Verhaftung gesagt haben?«

»Ich bin mir nicht sicher, was Sie meinen, Herr General.«

»Sie wollten von Oberst du Paty wissen, was geschehen würde, wenn Dreyfus nicht gesteht. Ich habe mir das damals notiert. Das war eine gute Frage. *Was passiert, wenn Dreyfus nicht gesteht?* Oberst du Paty hat uns versichert, dass dieser Fall nicht eintreten würde. Aber jetzt stellt sich heraus, dass er es doch nicht getan hat, obwohl er schon seit zwei Monaten in Haft ist. Im Vertrauen, Herr Major, ich sehe mich getäuscht.«

»Das kann ich verstehen.« Armer alter du Paty, dachte ich. Es fiel mir schwer, keine Miene zu verziehen.

»Nächste Woche muss sich Hauptmann Dreyfus vor dem Kriegsgericht verantworten, und dieselben Leute, die mir versichert haben, dass er gestehen würde, versprechen mir mit der gleichen Bestimmtheit, dass er schuldig gesprochen wird. Aber inzwischen bin ich vorsichtiger geworden, verstehen Sie?«

»Durchaus.«

»Die Regierung wird bei lebendigem Leib geröstet, wenn der Prozess in die Hose geht. Schauen Sie sich doch die Zeitungen an. Der Fall wird vertuscht, weil der Offizier Jude ist, heißt es da. Also, ich will Folgendes von Ihnen.« Er stützte die Ellbogen auf den Schreibtisch und sprach sehr leise und bestimmt weiter. »Ich will, Major Picquart, dass Sie in meinem Auftrag an jedem Tag im Gerichtssaal sitzen und mir jeden Abend Bericht erstatten. Und ich will mehr als das Übliche: Er hat dies gesagt, er hat das gesagt – das liefert mir jeder Sekretär, der Stenografie kann. Ich will die Essenz, den Kern der Sache.« Er rieb Daumen und Zeigefinger aneinander. »Beschreiben Sie es wie ein Schriftsteller. Erzählen Sie mir, wie sich die Anklagevertreter anhören. Schauen Sie sich die Richter an, studieren Sie die Zeugen. Ich kann nicht selbst in den Gerichtssaal. Es würde gleich heißen, da läuft ein politischer Prozess ab. Sie sind meine Augen und Ohren. Können Sie das für mich tun?«

»Ja, Herr General«, sagte ich. »Es wäre mir eine Ehre.«

Ich schaffte es, Merciers Büro mit angemessen ernstem Gesichtsausdruck zu verlassen. Doch als ich den Treppenabsatz erreichte, tippte ich mit einem Finger an die Uniformmütze und grüßte Napoleons Gemälde. Ein persönlicher Auftrag vom Kriegsminister! Aber nicht nur das – ich sollte seine Augen und Ohren sein! Mit einem breiten Lächeln auf den Lippen ging ich die Marmorstufen hinunter.

Dreyfus' erster Verhandlungstag vor dem Kriegsgericht

war für Mittwoch, den 19. Dezember angesetzt. Der Prozess fand im alten Militärgericht statt, einem düsteren alten Gebäude direkt gegenüber dem Gefängnis Cherche-Midi, und sollte drei oder vier Tage dauern. Ich hoffte sehr, dass er bis Samstagabend beendet sein würde, da ich Karten für die Salle d'Harcourt hatte, wo Monsieur Debussys *Prélude à l'après-midi d'un faune* zum ersten Mal öffentlich aufgeführt werden sollte.

Ich machte mich schon früh auf den Weg zum Gerichtsgebäude. Trotzdem hatte ich einige Mühe, mich durch den überfüllten Vorraum zu drängeln. Major Henry war die erste mir bekannte Person, die ich traf. Als er mich sah, zuckte sein Kopf überrascht in die Höhe.

»Major Picquart! Was machen Sie hier?«

»Der Minister hat mich gebeten, als sein Beobachter an der Verhandlung teilzunehmen.«

»Um Gottes willen, tatsächlich?« Henry zog eine Schnute. »Na, wem da nicht gleich vor Stolz die Brust schwillt, was? Sie sind also sein Spitzel. Dann müssen wir demnächst ja mächtig aufpassen, wenn Sie in der Nähe sind!« Es sollte sich anhören, als würde er einen Scherz machen, aber ich merkte, dass er beleidigt war. Von diesem Augenblick an begegnete er mir stets mit Argwohn. Ich wünschte ihm viel Glück und ging die Steintreppe zum Gerichtssaal im ersten Stock hinauf.

Das Gebäude war ein ehemaliges Nonnenkloster mit niedrigen, wuchtigen Bogentüren und grob verputzten, weiß getünchten Wänden, in die kleine Nischen für Ikonen eingelassen waren. Der für die Anhörung vorgesehene Raum war kaum größer als ein Klassenzimmer. Er war schon überfüllt – mit Journalisten, Gendarmen, Soldaten und jenen eigentümlichen Mitgliedern der Öffentlichkeit, die zum Zeitvertreib Gerichtsverhandlungen besuchten. Ganz hinten auf einem Podest, das unter einem Gemälde der Kreuzigung Christi aufgebaut worden war, stand ein langer, mit grünem Fries bezogener Tisch für die Richter. Vor die Fenster hatte man Teppiche an die Wände genagelt – ob zum Schutz vor der Dezemberkälte oder vor neugierigen Blicken, konnte ich nie herausfinden. Jedenfalls schufen sie eine klaustrophobische und seltsam bedrohliche Atmosphäre. Vor dem Richtertisch stand ein einfacher Holzstuhl für den Angeklagten, dahinter standen nebeneinander zwei kleine Schreibtische für den Verteidiger und den Anklagevertreter. Ein Stuhl schräg hinter den Richtern war für mich reserviert. Für die Prozessbesucher gab es keine Stühle, sie mussten sich mit Stehplätzen entlang den Wänden begnügen. Ich zog Notizbuch und Stift aus der Tasche, setzte mich und wartete. Plötzlich drängte sich du Paty mit General Gonse im Schlepptau in den Raum. Sie nahmen den Ort der Handlung in Augenschein und gingen dann wieder.

Kurze Zeit später erschienen die Hauptakteure. Maître Edgar Demange, Dreyfus' Anwalt, machte mit seiner schwarzen Robe und der zylinderförmigen, schwarzen Haube zwar einen exotischen Eindruck, war aber sonst der Inbegriff eines stumpfsinnigen Bauern in den Fünfzigern mit breitem, glatt rasiertem Gesicht und zerzausten, strähnigen Koteletten. Der Anklagevertreter hieß Brisset, war dünn wie ein Strich und trug die Uniform eines Majors. Und schließlich die sieben Militärrichter, ebenfalls in Uniform: ein Oberst, drei Majore und zwei Hauptleute sowie der Vorsitzende des Gerichts, Oberst Émilien Maurel, eine runzelige und kränklich aussehende ältere Gestalt. Später erfuhr ich, dass er unter Hämorrhoiden litt. Er nahm den Platz in der Mitte des langen Tischs ein. »Bringen Sie den Angeklagten herein!«, sagte er mit gereizter Stimme.

Alle Blicke wanderten zum anderen Ende des Raums, die Tür öffnete sich, und er kam herein. Durch den langen

Bewegungsmangel ging er leicht gebückt. Vor Erschöpfung und wegen der Dunkelheit in seiner Zelle war die Haut grau geworden. Die schlechte Verpflegung hatte ihn abmagern lassen. In zehn Wochen war er um zehn Jahre gealtert. Dennoch reckte er, als er in Begleitung eines Leutnants der Republikanischen Garde durch den Raum ging, trotzig den Kopf in die Höhe. Ich bemerkte sogar einen Anflug von hoffnungsvoller Erwartung in seinem Gang. Vielleicht war Merciers Sorge berechtigt. *Ganz Grandseigneur,* notierte ich. *Ungeduldig, kann es gar nicht erwarten.* Vor Oberst Maurel blieb er stehen und salutierte.

Maurel räusperte sich und sagte: »Ihr Name?«

»Alfred Dreyfus.«

»Geburtsort?«

»Mülhausen.«

»Alter?«

»Fünfunddreißig.«

»Sie dürfen sich setzen.«

Dreyfus ließ sich auf seinem Platz nieder. Er nahm seine Mütze ab und legte sie unter den Stuhl. Dann rückte er seinen Kneifer zurecht und sah sich um. Ich saß genau in seinem Blickfeld. Fast sofort schaute er mir ins Gesicht. Ich erwiderte den Blick bestimmt eine halbe Minute lang. Was da in seinem Gesichtsausdruck lag? Ich konnte es nicht sagen. Aber wenn ich jetzt den Blick abwandte, das spürte ich, dann wäre das ein Eingeständnis, dass ich ihm übel mitgespielt hatte. Also hielt ich seinem Blick stand.

Schließlich war es der Vertreter der Anklage, Brisset, der unseren Wettkampf beendete. Gleichzeitig wandten wir den Blick wieder ab, als er aufstand und das Wort ergriff. »Herr Vorsitzender, in Anbetracht der sensiblen Natur des Falles stellen wir den Antrag, die Verhandlung unter Ausschluss der Öffentlichkeit durchzuführen.«

Sofort stand auch Demange auf. »Herr Vorsitzender, wir erheben entschieden Einspruch. Mein Mandant hat das Recht auf die gleiche Behandlung wie jeder andere Angeklagte.«

»Herr Vorsitzender, unter normalen Umständen hätte niemand etwas dagegen einzuwenden. Aber die Beweisführung gegen Hauptmann Dreyfus beinhaltet zwangsläufig wichtige Belange der nationalen Sicherheit.«

»Bei allem gebotenen Respekt, der einzige tatsächliche *Beweis* gegen meinen Mandanten besteht aus einem einzigen Blatt Papier mit einem handschriftlichen Text von strittiger Herkunft ...«

Im Raum war überraschtes Gemurmel zu hören. Maurel brachte es mit seinem Richterhammer zum Verstummen. »Maître Demange! Ich bitte Sie! Sie sind ein zu erfahrener Anwalt, als dass dieses Manöver entschuldbar wäre. Das Gericht vertagt sich, bis es eine Entscheidung getroffen hat. Bringen Sie den Angeklagten zurück in seine Zelle.«

Dreyfus wurde wieder abgeführt. Danach verließen die Richter den Raum. Demange schien mit seiner ersten Konfrontation zufrieden zu sein. Wie ich Mercier später warnte, hatte Demange, egal wie das Gericht entschied, der Öffentlichkeit auf geschickte Weise mitgeteilt, dass die Anklage auf wackeligen Beinen stand.

Fünfzehn Minuten später kehrten die Richter zurück. Maurel ordnete an, Dreyfus aus seiner Zelle zu holen. Er wurde wieder zu seinem Platz geführt. Nach wie vor machte er einen gelassenen Eindruck. »Wir haben die Frage eingehend erörtert«, sagte Maurel. »Der vorliegende, höchst ungewöhnliche Fall berührt gewichtigste und sensibelste Belange der nationalen Sicherheit, die keine Vorsichtsmaßnahme zu streng erscheinen lassen. Deshalb entscheidet das Gericht, dass alle Zuschauer sofort auszuschließen sind und die Verhandlung unter Ausschluss der Öffentlichkeit fortgesetzt wird.« Der Unmut und die Enttäuschung der Zuschauer äußerten sich in lautem Stöhnen. Demange wollte Einspruch erheben, wurde aber von Maurels Richterhammer sofort in die Schranken gewiesen. »Nein, Maître Demange! Meine Entscheidung steht fest. Ich werde nicht mit Ihnen diskutieren. Gerichtsdiener, räumen Sie den Saal!«

Demange ließ sich auf seinen Stuhl fallen. Er schaute grimmig. Es dauerte kaum zwei Minuten, dann hatten die Gendarmen die Presseleute und die Zuschauer aus dem Raum geführt. Nachdem der Gerichtsdiener die Tür geschlossen hatte, herrschte sofort eine völlig andere, eine gedämpfte Atmosphäre. Wir schienen von der Welt jenseits der verhängten Fenster abgeschnitten zu sein. Nur dreizehn Personen waren noch im Raum: Dreyfus, sein Verteidiger, der Anklagevertreter, die sieben Richter, der Gerichtsdiener Vallecalle, ein Polizeibeamter und ich.

»Gut«, sagte Maurel. »Beginnen wir mit der Beweisaufnahme. Angeklagter, stehen Sie bitte auf. Monsieur Vallecalle, verlesen Sie die Anklageschrift …«

◆

An den nächsten drei Nachmittagen eilte ich nach Ende jeder Sitzung die Treppe hinunter, ignorierte die Fragen der Journalisten und trat hinaus in die winterliche Abenddämmerung, um mit schnellen Schritten auf den vereisten Trottoirs die exakt siebenhundertzwanzig Meter – ich habe jedes Mal die Schritte gezählt – von der Rue du Cherche-Midi bis zum Hôtel de Brienne zurückzulegen.

»Major Picquart für den Kriegsminister …«

Meine Berichte an den Minister folgten immer dem gleichen Muster. Mercier hörte aufmerksam zu. Er stellte ein paar knappe, sachbezogene Fragen. Danach schickte er mich zu Boisdeffre, dem ich alles noch einmal erzählte. Boisdeffre, der gerade erst vom Begräbnis von Zar Alexander III. aus Moskau zurückgekehrt war und dessen erlauchter Kopf sicherlich noch vollauf mit russischer Politik beschäftigt war, ließ mich höflicherweise und meistens kommentarlos bis zu Ende erzählen. Von Boisdeffre brachte mich eine Kutsche des Kriegsministeriums zum Élysée-Palast. Dort unterrichtete ich den Präsidenten der Republik persönlich, den schwermütigen Jean Casimir-Perier – eine unangenehme Aufgabe, da der Präsident seinen Kriegsminister schon lange im Verdacht hatte, hinter seinem Rücken zu intrigieren. Tatsächlich war Casimir-Perier zu jener Zeit selbst eine Art Gefangener – abgeschnitten in seinen vergoldeten Wohnungen, übergangen von seinen Ministern, beschränkt auf eine rein zeremonielle Rolle. Seine Verachtung für die Armee machte er dadurch deutlich, dass er mir kein einziges Mal eine Sitzgelegenheit anbot. Meinen Bericht begleitete er mit sarkastischen Bemerkungen und ungläubigem Schnauben. »Mein Gott, das Libretto einer komischen Oper!«

Insgeheim teilte ich seine Bedenken, und sie verstärkten sich im Laufe der Woche. Die Zeugen am ersten Tag waren die sechs Schlüsselfiguren bei der Erstellung der Anklage gegen Dreyfus: Gonse, Fabre und d'Aboville, Henry, Gribelin und du Paty. Gonse erläuterte, wie leicht Dreyfus sich Zugang zu den geheimen Dokumenten habe verschaffen können, die zusammen mit dem Bordereau übergeben worden seien. Fabre und d'Aboville schilderten sein verdächtiges Benehmen während seiner Dienstzeit in der Vierten Abteilung. Henry bezeugte die Echtheit des Bordereaus als ein aus der deutschen Botschaft stammendes Beweismittel. Gribelin, der sich auf von Guénée zusammengestellte Polizeiberichte stützte, zeichnete Dreyfus als Frauenhelden und Spieler, was ich offen gestanden für unglaubwürdig hielt. Aber auch du Paty beharrte darauf, Dreyfus sei trotz seines ziemlich korrekten Äußeren eine von animalischen Trieben gesteuerte Kanaille – Abschaum (Dreyfus schüttelte an dieser Stelle nur den Kopf). Du Paty beschuldigte den Angeklagten zudem, dass er während des Diktats bewusst seine Schrift verstellt habe – ein Vorwurf, der allerdings schwer ins Wanken geriet. Als Demange ihm nämlich Proben von Dreyfus' Handschrift zeigte und ihn bat, auf die Stellen zu zeigen, wo diese Übergänge zu sehen seien, war du Paty nicht dazu in der Lage. Alles in allem keine eindrucksvolle Vorstellung.

Als Mercier mich nach meinem ersten Bericht fragte, wie ich die Chancen der Klage beurteilte, druckste ich herum. »Also los, Herr Major«, sagte er sanft. »Ihre aufrichtige Meinung, bitte. Deshalb habe ich Sie da reingeschickt.«

»Nun ja, Herr Minister, meiner aufrichtigen Meinung nach sind das alles nur Indizien. Wir haben jenseits aller Zweifel dargelegt, dass Dreyfus der Verräter sein *könnte*. Aber wir haben nicht zweifelsfrei bewiesen, dass er es auch *war*.«

Mercier knurrte, gab aber keinen weiteren Kommentar ab. Als ich jedoch am nächsten Morgen zum zweiten Tag der Beweisaufnahme im Gerichtsgebäude erschien, wartete dort Henry schon auf mich.

»Wie ich höre, haben Sie dem Minister erzählt, dass unser Fall auf wackeligen Beinen steht«, sagte er in vorwurfsvollem Ton.

»Und, ist dem nicht so?«

»Nein, ich glaube nicht.«

»Jetzt seien Sie nicht gleich beleidigt, Major Henry. Auch eine?« Ich bot ihm eine Zigarette an, die er widerwillig annahm, zündete ein Streichholz an und hielt es ihm zuerst hin. »Ich habe nicht gesagt, auf wackeligen Beinen, sondern nur, dass er nicht konkret genug ist.«

»Mein Gott«, sagte Henry und blies zusammen mit einem frustrierten Seufzer eine dünne Rauchsäule in die Luft. »Sie haben leicht reden. Wenn Sie wüssten, was wir an konkreten Beweisen gegen dieses Schwein in der Hand haben. Wir haben sogar den Brief eines ausländischen Geheimdienstoffiziers, in dem er ihn als den Verräter identifiziert – nicht zu glauben, was?«

»Dann benutzen Sie ihn.«

»Wie denn? Damit würden wir unsere geheimsten Quellen preisgeben. Das würde mehr Schaden anrichten, als Dreyfus ohnehin schon angerichtet hat.«

»Selbst bei einer Verhandlung hinter verschlossenen Türen?«

»Seien Sie nicht so blauäugig, Picquart! Eines Tages wird jedes in diesem Raum gesprochene Wort durchsickern.«

»Nun, dann weiß ich auch nicht, was ich Ihnen raten soll.«

Henry zog heftig an seiner Zigarette. Er schaute sich um, ob wir auch nicht belauscht wurden, ehe er sich wieder an mich wandte. »Was würden Sie sagen, wenn ich gleich in den Gerichtssaal ginge und einfach ein bisschen was von dem erzähle, was wir an Beweisen in den Akten haben?«

»Aber Sie haben Ihre Aussage schon gemacht.«

»Ich könnte doch noch einmal aufgerufen werden.«

»Unter welchem Vorwand?«

»Könnten Sie Oberst Maurel nicht einen kleinen Hinweis geben?«

»Welchen Grund könnte ich ihm nennen?«

»Ich weiß nicht. Wir finden schon etwas.«

»Mein lieber Henry, ich bin hier, um den Prozess zu beobachten, nicht um mich einzumischen.«

»Na schön«, sagte Henry bitter. Er zog ein letztes Mal an seiner Zigarette, ließ sie dann auf den Fliesenboden fallen und trat sie mit der Stiefelspitze aus. »Dann mache ich es selbst.«

Der Morgen des zweiten Tages gehörte einer Parade von Offizieren aus dem Generalstab. Sie standen Schlange, um ihren früheren Kameraden vor dessen Augen zu verleumden. Sie schilderten einen Mann, der auf ihren Schreibtischen herumschnüffelte, der privaten Kontakt verweigerte, der sich immer benahm, als wäre er ihnen geistig überlegen. Einer behauptete, Dreyfus habe ihm erzählt, dass es ihm egal sei, ob das Elsass unter deutscher Besatzung stehe, er sei Jude, Juden hätten kein eigenes Land, wechselnde Landesgrenzen seien ihnen gleichgültig. Während all dieser Aussagen verriet Dreyfus' Gesicht keinerlei Regung. Man hätte glauben können, er sei stocktaub oder hörte absichtlich nicht zu. Aber hin und wieder hob er die Hand, weil er etwas sagen wollte. Gelassen korrigierte er dann mit seiner ausdruckslosen Stimme eine Behauptung: dieser Teil der Aussage sei falsch, weil er damals gar nicht in der Abteilung gearbeitet habe; jene Darstellung sei nicht korrekt, weil er dem genannten Herrn nie begegnet sei. Er schien keinerlei Zorn zu verspüren. Er war ein Roboter. Einige Offiziere brachten das eine oder andere zu seiner Verteidigung vor. Mein alter Freund Mercier-Milon beschrieb ihn als einen loyalen und gewissenhaften Soldaten. Hauptmann Tocanne, der mit Dreyfus meine Topografie-Vorlesungen besucht hatte, sagte, er sei eines Verbrechens nicht fähig.

Und dann verkündete zu Beginn der Nachmittagssitzung einer der Richter, Major Gallet, er habe das Gericht auf einen wichtigen Sachverhalt hinzuweisen. Nach seinen Erkenntnissen, sagte er ernst, habe es schon vor Beginn der Ermittlungen im Oktober gegen Dreyfus Untersuchungen wegen eines mutmaßlichen Landesverräters im Generalstab gegeben. Falls dem so sei, bedauere er, dass diese Tatsache dem Gericht vorenthalten worden sei. Er schlug vor, die Angelegenheit sofort zu klären. Oberst Maurel war einverstanden und beauftragte den Gerichtsdiener, Major Henry erneut in den Zeugenstand zu rufen. Ein paar Minuten später erschien der scheinbar verlegene Henry. Als hätte man ihn gerade aus einer Bar gezerrt, knöpfte er sich noch beim Betreten des Raums den Uniformrock zu. Ich notierte mir die Zeit: 2 Uhr 35.

Demange hätte Einspruch gegen einen zweiten Aufruf von Henry erheben können. Aber Henry, der barhäuptig vor den Richtern stand und nervös an seiner Uniformmütze herumzupfte, spielte seine Rolle als widerwilliger Zeuge derart virtuos, dass Demange wohl darauf spekulierte, Henrys Aussage werde zu Dreyfus' Vorteil sein.

»Major Henry, das Gericht wurde darüber unterrichtet, dass Ihre gestrige Zeugenaussage nicht umfassend war«, sagte Maurel streng. »Sie haben es versäumt, uns über eine frühere Untersuchung bezüglich eines Spions im Generalstab zu informieren. Ist das korrekt?«

»Das stimmt, Herr Vorsitzender«, murmelte Henry.

»Sprechen Sie lauter, Herr Major! Wir können Sie nicht verstehen!«

»Ja, das stimmt«, sagte Henry laut. Er schaute zu den Richtern auf. In seinem Blick lag eine Art trotziger Rechtfertigung. »Ich wollte nicht mehr geheime Informationen preisgeben als unbedingt notwendig.«

»Dann erzählen Sie uns jetzt die Wahrheit, wenn ich bitten darf.«

Henry seufzte und fuhr sich mit der Hand durch die Haare. »Also gut, wenn das Gericht darauf besteht«, sagte er. »Es war im März dieses Jahres. Eine ehrenwerte Person – eine sehr ehrenwerte Person – informierte uns darüber, dass ein Spion aus dem Generalstab Geheimnisse an eine fremde

Macht weitergibt. Im Juni wiederholte er die Warnung mir gegenüber persönlich, und diesmal erzählte er Details.« Henry hielt inne.

»Weiter, Herr Major.«

»Er sagte, dass der Verräter in der Zweiten Abteilung sitzt.« Henry drehte sich um und zeigte auf Dreyfus. »Der Verräter ist dieser Mann!«

Die Beschuldigung explodierte in dem kleinen Raum wie eine Granate. Dreyfus, der bislang eine fast unmenschliche Ruhe ausgestrahlt hatte, sprang auf, um gegen die hinterhältige Attacke zu protestieren. Sein blasses Gesicht bebte vor Zorn. »Herr Vorsitzender, ich verlange, den Namen dieses Informanten zu erfahren!«

Maurel schlug mit seinem Hammer auf den Tisch. »Angeklagter, setzen Sie sich!«

Demange packte seinen Mandanten am Rücken des Uniformrocks und versuchte ihn auf den Stuhl ziehen. »Überlassen Sie das mir, Herr Hauptmann«, hörte ich ihn flüstern. »Dafür bezahlen Sie mich.« Widerwillig setzte sich Dreyfus. Demange stand auf. »Herr Vorsitzender, das ist eine Aussage auf Hörensagen«, sagte er. »Ein Anschlag auf das Recht. Die Verteidigung fordert mit Nachdruck, dass dieser Informant aufgerufen wird, damit er ins Kreuzverhör genommen werden kann. Sonst hat nichts von dem eben Gesagten irgendeinen juristischen Wert. Herr Major, Sie müssen uns zumindest den Namen dieses Mannes nennen.«

Henry schaute ihn geringschätzig an. »Offensichtlich verstehen Sie nichts von Geheimdiensttätigkeit, Maître Demange!« Er schwenkte seine Mütze. »Im Kopf eines Offiziers befinden sich Geheimnisse, von denen nicht einmal seine Mütze etwas wissen darf!«

Dreyfus sprang wieder auf. »Das ist ungeheuerlich!« Wieder rief Maurels Richterhammer ihn zur Ordnung.

»Major Henry«, sagte Maurel. »Wir verlangen nicht, dass Sie den Namen nennen, aber versichern Sie bei Ihrer Ehre, dass es sich bei dem verräterischen Offizier um Hauptmann Dreyfus handelt?«

Henry hob langsam die Hand und zeigte mit seinem dicken, stummelartigen Zeigefinger auf das Bild Christi über den Köpfen der Richter. Mit der inbrünstigen Stimme eines Priesters verkündete er: »Ich schwöre es!«

◆

Am Abend schilderte ich Mercier den Wortwechsel.

»Das hört sich ja ziemlich dramatisch an«, sagte er.

»Ich glaube, man kann mit Sicherheit sagen, sollte Major Henry jemals aus der Armee ausscheiden, dass ihn die Comédie-Française mit Handkuss nimmt.«

»Und, hatte seine Zeugenaussage den erwünschten Effekt?«

»Was das Theatralische angeht, war das erste Klasse. Ob das auch nach juristischen Maßstäben gilt, ist eine andere Frage.«

Der Minister ließ sich tief in seinen Sessel zurücksinken und legte die Fingerspitzen aneinander. Er grübelte. »Welche Zeugen sind morgen dran?«

»Am Vormittag der Schriftsachverständige Bertillon, am Nachmittag Zeugen der Verteidigung, die Dreyfus' guten Charakter beglaubigen sollen.«

»Wer?«

»Freunde der Familie – ein Geschäftsmann, ein Arzt, der Oberrabbiner von Paris …«

»Großer Gott!«, rief Mercier. Das war das erste Mal, dass er in meiner Gegenwart Emotionen zeigte. »Das ist doch absurd! Können Sie sich vorstellen, dass die Deutschen einen derartigen Zirkus zulassen würden? Der Kaiser würde einen Verräter in seiner Armee einfach an die Wand stellen lassen!« Er stand ruckartig auf und ging zum Kamin. »Das ist genau einer der Gründe, warum wir 70 verloren haben. Diese *radikale Härte*, die geht uns völlig ab.« Er nahm den Schürhaken und stocherte erbittert in den Kohlen herum. Orange Funken wirbelten in den Rauchfang. Ich wusste nicht, was ich darauf antworten sollte, also hielt ich den Mund. Ich muss einräumen, dass ich sein Dilemma verstehen konnte. Er kämpfte eine Schlacht auf Leben und Tod, konnte aber seine besten Truppen nicht einsetzen. Er schaute immer noch in die Flammen, und erst nach einer Weile sprach er mit ruhiger Stimme weiter. »Oberst Sandherr hat eine Akte für das Kriegsgericht zusammengestellt. Ich habe sie gesehen. Boisdeffre auch. Sie beweist zweifelsfrei das Ausmaß der von Dreyfus begangenen Verbrechen. Was soll ich Ihrer Meinung nach damit anstellen?«

»Zeigen Sie sie dem Gericht«, sagte ich, ohne zu zögern.

»Das geht nicht – dann müssten wir sie auch Dreyfus zeigen. Wir könnten sie vielleicht den Richtern zeigen, vertraulich, damit sie erkennen, womit wir es hier zu tun haben.«

»Dann würde ich das tun.«

Er schaute mich über die Schulter an. »Obwohl das gegen alle rechtlichen Verfahrensregeln verstößt?«

»Ich kann nur sagen, wenn Sie es nicht tun, dann laufen Sie Gefahr, dass er freigesprochen wird. Unter diesen Umständen würde mancher sogar sagen, es ist Ihre Pflicht.«

Ich erzählte ihm, was er hören wollte. Nicht dass das den Ausschlag gegeben hätte. Er hätte es sowieso getan. Als ich ging, stocherte er immer noch im Feuer herum.

Am nächsten Morgen machte Bertillon seine Aussage. Er betrat den Raum mit einem Stapel Tabellen und Handschriftenproben, die er an die Richter, Verteidiger und Ankläger verteilte. Er baute eine Staffelei mit einem komplizierten Schaubild voller Pfeile auf. »Zwei Schriftsachverständige behaupten, dass Dreyfus den Bordereau geschrieben hat«, sagte er. »Zwei verweisen auf Unstimmigkeiten und schließen daraus, dass er es nicht geschrieben hat. Ich werde jetzt die beiden unterschiedlichen Standpunkte zusammenführen, Herr Vorsitzender.«

Er ging ständig in dem beengten Raum hin und her, düster und behaart, wie ein kleiner Affe in einem Käfig. Er sprach sehr schnell. Gelegentlich zeigte er auf das Schaubild.

»Meine Herren, Sie werden sehen, dass ich ein Raster aus senkrechten und horizontalen Linien im Abstand von jeweils fünf Millimetern über den Bordereau gelegt habe. Was sehen wir? Wir sehen, dass Wörter, die zweimal auftauchen – Manöver, Modifizierung, Anordnung, Abschriften –, alle innerhalb eines Millimeters in exakt dem gleichen Teil der von mir aufgezeichneten Quadrate beginnen. Die Wahrscheinlichkeit, dass das bei einem der Wörter der Fall ist, liegt bei eins zu fünf. Die Wahrscheinlichkeit, dass das bei allen Wörtern der Fall ist, bei sechzehn zu zehntausend. Die Wahrscheinlichkeit, dass das bei allen anderen von mir untersuchten Wörtern der Fall ist, bei eins zu einer Million! Folgerung: Das ist bei einem unbefangen geschriebenen Schriftstück unmöglich. Folgerung: Der Bordereau ist gefälscht.

Frage: Wer hat ihn gefälscht und warum? Antwort: Schauen Sie sich noch einmal die mehrsilbigen Wörter an, die im Bordereau zweimal vorkommen – Manöver und Modifizierung beispielsweise. Wenn Sie das eine Wort über das andere legen, sehen Sie, dass die Anfänge deckungsgleich sind, die Enden aber nicht. Aber wenn Sie das Wort, das im Text zuerst auftaucht, eineinviertel Millimeter nach rechts schieben, dann sind die Enden auch deckungsgleich. Die

Handschriftenproben von Alfred Dreyfus, die mir vom Kriegsministerium zur Verfügung gestellt wurden, weisen exakt die gleichen Besonderheiten auf! Und was die Unterschiede zwischen der Handschrift des Angeklagten und der im Bordereau betrifft, am offensichtlichsten beim kleinen o und dem Doppel-s, können Sie sich mein Erstaunen vorstellen, als ich herausfand, dass genau die gleichen Buchstabenausformungen auch in Briefen auftauchen, die von der Ehefrau des Angeklagten und dessen Bruder geschrieben wurden! Fünf Millimeter Gitternetzstruktur, zwölf Komma fünf Zentimeter Schablonengröße, eineinviertel Millimeter Überlappung. Immer das Gleiche – immer – immer! Abschließende Folgerung: Um nicht entlarvt zu werden, fälschte Dreyfus die eigene Handschrift, indem er sie durch Buchstabenausformungen modifizierte, die er von Familienmitgliedern übernahm!«

Dreyfus unterbrach ihn. »Der Bordereau muss also von mir stammen, weil die Schrift meiner ähnelt und sie ihr gleichzeitig nicht ähnelt?«

»Exakt!«

»Wie soll man Sie dann jemals widerlegen?«

Ein guter Punkt. Ich musste ein Lächeln unterdrücken. Auch wenn Bertillon auf Dreyfus und zugegebenermaßen auch auf mich wie ein Hochstapler gewirkt hatte, so konnte ich doch sehen, dass er die Richter beeindruckt hatte. Sie waren Soldaten. Sie mochten Fakten, Schaubilder, linierte Quadrate und Worte wie Gitternetzstruktur. Eins zu einer Million! Das war etwas Statistisches, was sie begreifen konnten.

In der Mittagspause kam du Paty im Gang auf mich zu. Er rieb sich die Hände. »Scheint ganz so, dass Bertillon bei einigen von den Richtern gut angekommen ist. Ich glaube, jetzt haben wir den Schurken endlich da, wo wir ihn haben wollen. Was werden Sie dem Minister berichten?«

»Dass mir Bertillon wie ein Wirrkopf vorkam und dass ich mir immer noch nicht sicher bin, ob die Chancen auf eine Verurteilung besser als unentschieden stehen.«

»Der Minister hat mir erzählt, dass Sie ein Pessimist sind. Als Außenstehender lamentiert es sich immer leichter.« Unter seinem Arm steckte ein großer, brauner Briefumschlag. Er gab ihn mir. »Für Sie. Von General Mercier.«

Der Umschlag war nicht schwer. Vielleicht ein Dutzend Blatt Papier. In der rechten oberen Ecke stand ein mit blauem Bleistift geschriebenes D.

»Was soll ich damit machen?«, fragte ich.

»Noch heute so diskret wie möglich dem Vorsitzenden des Gerichts aushändigen.«

»Und was ist das?«

»Das brauchen Sie nicht zu wissen. Geben Sie es ihm einfach, Picquart, das reicht. Und versuchen Sie einmal, ein bisschen weniger defätistisch zu sein.«

Ich nahm den Umschlag mit in die Nachmittagssitzung. Ich wusste nicht, wohin damit. Unter meinen Stuhl? Daneben? Ich ließ ihn schließlich einfach auf den Knien liegen und saß unbehaglich da, während die Verteidigung ihre Leumundszeugen aufrief – eine Handvoll Offiziere, einen Industriellen, einen Arzt und den Oberrabbiner von Paris in seinem hebräischen Gewand. Oberst Maurel, den eindeutig seine Hämorrhoiden plagten, fertigte sie barsch ab, vor allem den Rabbiner.

»Ihr Name?«

»Dreyfuss.«

»Dreyfus? Sind Sie ein Verwandter?«

»Nein. Dreyfuss mit zwei s. Ich bin der Oberrabbiner von Paris.«

»Faszinierend. Was wissen Sie über den Fall?«

»Nichts. Aber ich kenne die Familie des Angeklagten

schon sehr lange, und ich halte sie für eine rechtschaffene Familie …«

Während der gesamten Aussage des Rabbiners rutschte Maurel auf seinem Sitz herum. »Danke. Der Zeuge darf wegtreten. Damit ist die Beweisaufnahme abgeschlossen. Morgen hören wir die Schlussplädoyers. Die Sitzung ist geschlossen. Bringen Sie den Angeklagten zurück in seine Zelle.«

Dreyfus nahm seine Mütze, stand auf, salutierte und wurde aus dem Raum geführt. Ich wartete, bis die Richter sich erhoben, um das Podium zu verlassen, und trat dann auf Maurel zu. »Verzeihung, Herr Oberst«, sagte ich leise. »Ich möchte Ihnen etwas vom Kriegsminister übergeben.«

Maurel schaute mich gereizt an. Er war ein kleiner, gebückter Mann mit grüngrauer Gesichtsfarbe. »Ah, richtig, Herr Major«, sagte er. »Darauf habe ich schon gewartet.« Er schob den Umschlag zwischen seine anderen Unterlagen und verließ ohne ein weiteres Wort den Raum. Als ich mich umdrehte, bemerkte ich, dass Dreyfus' Anwalt mich musterte. Demange runzelte die Stirn und schürzte die Lippen. Einen Augenblick lang dachte ich, er würde mich zur Rede stellen. Ich steckte mein Notizbuch ein, nickte ihm zu und ging schnurstracks an ihm vorbei.

»Ich glaube, wir haben richtig gehandelt«, sagte Mercier, als ich ihm später davon berichtete.

»Am Ende ist es die Aufgabe der Richter, das Material zu bewerten«, sagte ich. »Sie können ihnen nur die Fakten liefern.«

»Ich brauche Sie nicht eigens daran zu erinnern, dass niemand außerhalb unserer kleinen Gruppe davon erfahren sollte.« Eigentlich rechnete ich damit, dass er mir sagen würde, was in der Akte stehe, stattdessen nahm er seinen Stift und wandte sich wieder seinen Papieren zu. »Und unterrichten Sie General Boisdeffre davon, dass ich wie abgesprochen gehandelt habe«, fügte er nur noch hinzu.

Als ich am nächsten Morgen in die Rue du Cherche-Midi kam, hatte sich schon eine kleine Menschenmenge versammelt. Zusätzliche Gendarmen bewachten die Tore, falls es Ärger geben sollte. Im Innern des Gebäudes warteten doppelt so viele Reporter wie üblich. Einer erzählte mir, dass man ihnen versprochen habe, sie zur Urteilsverkündung in den Gerichtssaal zu lassen. Ich drängelte mich durch die Menge und ging nach oben.

Um neun begann der letzte Verhandlungstag. Jeder der sieben Richter erhielt ein Vergrößerungsglas, eine Kopie des Bordereaus und eine Handschriftenprobe von Dreyfus. Brisset hielt das endlose Plädoyer der Anklage. »Schauen Sie durch das Vergrößerungsglas«, sagte er zu den Richtern. »Sie werden zweifelsfrei erkennen, dass Dreyfus den Bordereau geschrieben hat.« Das Gericht zog sich in die Mittagspause zurück. Am Nachmittag zündete ein Diener die Gaslampen an, und Demange begann in der einbrechenden Dämmerung mit der Schlussrede für die Verteidigung. »Wo ist der Beweis?«, fragte er. »Nicht der Hauch eines konkreten Beweises verbindet meinen Mandanten mit dem Verbrechen.« Maurel gab Dreyfus die Gelegenheit für eine kurze Stellungnahme. Er sprach mit starr geradeaus gerichtetem Blick. »Ich bin Franzose und insbesondere Elsässer: Ich bin kein Landesverräter.« Damit war die Sitzung beendet. Dreyfus wurde bis zur Verkündung des Urteils in einen anderen Teil des Gebäudes geführt.

Als sich die Richter zurückgezogen hatten, ging ich hinaus in den Innenhof, um der bedrückenden Atmosphäre zu entkommen. Es war kurz vor sechs und elend kalt. Im trüben Licht der Gaslaternen stand eine Kompanie Soldaten aus der Pariser Garnison. Um diese Zeit hatten die Militärbehörden die Tore zur Straße schon geschlossen. Ich kam mir vor wie in einer belagerten Festung. Ich konnte die Menschen hinter der hohen Mauer hören, wie sie redeten und in der Dunkelheit hin und her gingen. Ich rauchte eine Zigarette. Reporter unterhielten sich: »Haben Sie gesehen, wie Dreyfus bei jedem zweiten Schritt gestolpert ist, als sie ihn die Treppe hinuntergeführt haben? Der jämmerliche Bursche weiß gar nicht, wo er ist.« – »Hoffentlich sind sie rechtzeitig für die erste Ausgabe fertig.« – »Keine Angst, die wollen alle nach Hause zum Abendessen.«

Um halb sieben verkündete ein Adjutant der Richter, dass die Türen zum Gerichtsaal wieder geöffnet seien. Sofort setzte ein Ansturm auf die besten Plätze ein. Ich folgte den Reportern in den ersten Stock. Gonse, Henry, du Paty und Gribelin standen in einer Reihe neben der Tür. Die nervöse Anspannung war ihnen anzusehen. Im Gesicht waren sie fast so weiß wie die Wand hinter ihnen. Wir nickten uns zu, aber keiner sagte ein Wort. Ich setzte mich auf meinen Platz und zückte zum letzten Mal das Notizbuch. Es waren fast hundert Personen, die sich in dem engen Raum drängten, die aber kaum einen Laut von sich gaben. Die Stille fühlte sich an, als befände man sich unter Wasser. Ein physischer Druck lastete auf Lunge und Trommelfellen. Ich wollte unbedingt, dass das aufhörte. Um sieben erklang ein lauter Befehl aus dem Gang. »Das Gewehr über! Präsentiert das Gewehr!« Dann stampften Stiefel. Die Richter mit Maurel an der Spitze betraten im Gänsemarsch den Raum.

»Erheben Sie sich!«

Der Gerichtsdiener Vallecalle verlas das Urteil. »Im Namen des französischen Volkes«, sagte er, worauf alle sieben Richter zum Salut die Hand an ihre Mütze hoben. »Das erste permanente Kriegsgericht der Militärregierung von Paris verkündet nach Verhandlung unter Ausschluss der Öffentlichkeit in öffentlicher Sitzung folgendes Urteil …« Als er das Wort *schuldig* aussprach, rief jemand im Saal: »Es lebe Frankreich!« Die Reporter stürzten aus dem Raum.

»Maître Demange, Sie können den Verurteilten benachrichtigen«, sagte Maurel.

Der Anwalt rührte sich nicht. Er hatte den Kopf in die Hände gelegt. Er weinte.

Ein seltsamer Lärm drang von außen herein – ein komisches Prasseln und Heulen. Erst hielt ich es für Regen und Wind. Dann erkannte ich, dass es die Menge auf der Straße war, die auf das Urteil mit Beifall und Jubel reagierte. »Nieder mit den Juden! Tod dem jüdischen Verräter!«

◆

»Major Picquart für den Kriegsminister …«

An der Wache vorbei. Durch den Innenhof. Ins Entree. Die Treppe hoch.

Mercier stand in voller Paradeuniform in der Mitte seines Büros. Die Brust war ein einziger Panzer aus Orden und Ehrenzeichen. Neben ihm stand seine englische Frau. Sie trug ein blaues Abendkleid aus Samt und eine Diamantenhalskette. Die beiden sahen sehr klein und zierlich aus, wie ein Paar Kleiderpuppen in einem historischen Gemälde.

Ich war vom Laufen außer Atem und schwitzte trotz der Kälte. »Schuldig«, stammelte ich keuchend. »Lebenslängliche Deportation an einen befestigten Ort.«

Madame Mercier legte die Hand auf ihre Brust. »Der arme Mann«, sagte sie.

Der Minister zwinkerte mir zu, gab aber keinen Kommentar ab. »Danke, dass Sie mir gleich Bescheid gesagt haben«, sagte er nur.

Auch Boisdeffre traf ich in seinem Büro an, ebenfalls in

mit Orden bepflasterter Paradeuniform und abfahrbereit zum selben Staatsbankett im Élysée-Palast wie die Merciers. »Wenigstens kann ich jetzt in Ruhe zu Abend essen« lautete seine einzige Bemerkung.

Nach getaner Arbeit lief ich hinaus auf die Rue Saint-Dominique, erwischte gerade noch eine Droschke und schlüpfte um halb neun in der Salle d'Harcourt auf meinen Platz neben Blanche de Comminges. Ich schaute mich nach Debussy um, konnte ihn aber nirgendwo entdecken. Dann schlug der Dirigent mit dem Taktstock auf das Pult, der Flötist hob sein Instrument an die Lippen, und mit jenen ersten erlesenen, traurig widerhallenden Takten – von denen manche behaupten, sie verkörperten die Geburt der modernen Musik – war Dreyfus schlagartig aus meinen Gedanken verschwunden.

12

Ich warte absichtlich bis zum Abend, bevor ich nach oben gehe, um mit Gribelin zu sprechen. Er schaut verwirrt, als er mich zum zweiten Mal innerhalb von zwei Tagen in der Tür stehen sieht. Ungelenk erhebt er sich von seinem Stuhl. »Herr Oberstleutnant?«

»Guten Abend, Gribelin. Wenn es Ihnen recht ist, würde ich mir gern das Geheimdossier über Dreyfus anschauen.«

Bilde ich mir das ein, oder sehe ich da wie bei Lauth einen Hauch von Panik in seinen Augen? »Diese spezielle Akte habe ich leider nicht, Herr Oberstleutnant«, sagt er.

»Dann muss sie wohl Major Henry haben.«

»Wie kommen Sie darauf?«

»Als ich die Abteilung übernommen habe, hat Oberst Sandherr mir gesagt, wenn ich irgendwelche Fragen zu der Dreyfus-Akte hätte, dann solle ich mich an Henry wenden. Daraus habe ich geschlossen, dass er sie aufbewahrt.«

»Nun ja, dann wird das wohl so sein, wenn *Oberst Sandherr* das gesagt hat ...« Gribelin verstummt. Dann fährt er hoffnungsvoll fort: »Ich frage mich, Herr Oberstleutnant ... da Henry ja nun einmal in Urlaub ist ... ob es nicht besser wäre, wenn wir einfach warten, bis er wieder zurück ist?«

»Ganz und gar nicht. Er kommt erst in ein paar Wochen zurück, und ich brauche die Akte sofort.« Ich mache eine

Pause und warte, dass er sich in Bewegung setzt. »Was ist, Monsieur Gribelin?« Ich strecke meine Hand aus. »Sie haben doch sicherlich die Schlüssel zu seinem Büro.«

Ich spüre, dass er am liebsten lügen würde. Aber damit würde er den direkten Befehl eines Vorgesetzten missachten. Und das ist ein Akt der Rebellion, zu dem Gribelin von Natur aus unfähig ist – im Gegensatz zu Henry. »Nun ja, wir können ja mal nachschauen ...«, sagt er, schließt die untere rechte Schublade seines Schreibtischs auf und nimmt seinen dicken Schlüsselbund heraus. Zusammen gehen wir nach unten.

Von Henrys Büro schaut man hinunter auf die Rue de l'Université. Der Geruch von den Abwasserkanälen kommt mir in dem ungelüfteten Raum strenger vor. Eine große Fliege knallt immer wieder wie verrückt gegen die schlierige Fensterscheibe. Schreibtisch, Stuhl, Tresor, Aktenschrank, viereckiger, dünner, brauner Teppich: die Standard-Büroeinrichtung im Kriegsministerium. Die einzigen persönlichen Dinge sind eine geschnitzte Holztabakdose in Form eines Hundekopfs auf dem Schreibtisch, ein ausgesprochen scheußlicher deutscher Regimentsbierkrug auf dem Fensterbrett und eine Fotografie von Henry und einigen Kameraden in der Uniform des 2. Zuaven-Regiments in Hanoi. Er war zur gleichen Zeit dort wie ich. Wenn wir uns dort begegnet sind, habe ich es vergessen. Gribelin geht in die Hocke und öffnet den Tresor. Er durchsucht die Akten. Er findet das Gesuchte, nimmt es heraus und verschließt den Tresor wieder. Als er sich aufrichtet, machen seine Knie das Geräusch von knackenden Zweigen. »Da ist sie, Herr Oberstleutnant.«

Es ist anscheinend genau der braune Umschlag mit dem D in der Ecke, den ich vor zwanzig Monaten dem Vorsitzenden des Kriegsgerichts übergeben habe – nur dass das Siegel aufgebrochen ist. Ich wiege ihn in der Hand. Ich weiß noch, dass ich dachte, wie leicht er ist, als du Paty ihn mir damals gegeben hat. Er fühlt sich genauso an. »Das ist alles?«

»Ja. Wenn Sie ihn nicht mehr brauchen, sagen Sie mir bitte Bescheid, dann kann ich ihn wieder wegschließen.«

»Keine Sorge. Ab jetzt kümmere ich mich darum.«

◆

In meinem Büro lege ich den Umschlag auf den Schreibtisch und denke einen Moment darüber nach. Seltsam, dass einem derart belanglosen Gegenstand eine solche Bedeutung zukommt. Will ich das wirklich tun? Wenn man einmal etwas gelesen hat, kann man es nicht mehr ungelesen machen. Es könnte Konsequenzen haben, juristische und ethische, die ich nicht einmal erahnen kann.

Ich klappe die Lasche auf und nehme den Inhalt heraus. Es sind fünf Schriftstücke.

Zuerst lese ich ein handschriftliches Protokoll von Henry, das den Kontext für seine theatralische Aussage vor dem Kriegsgericht liefert:

Meine Herren,

im Juni 1893 gelangte die Statistik-Abteilung in den Besitz einer Mitteilung des deutschen Militärattachés Oberstleutnant von Schwartzkoppen. Die Mitteilung bewies, dass er von einem unbekannten Informanten die Pläne der Befestigungsanlagen in Toul, Reims, Langres und Neufchâteau erhalten hat.

Im Januar 1894 offenbarte eine weitere abgefangene Mitteilung, dass er diesem Informanten für die Pläne der Befestigungen von Albertville, Briançon, Mézières und der neuen Dammanlagen auf beiden Seiten der Mosel und der Mörthe im Voraus sechshundert Francs bezahlt hat.

Zwei Monate später, im März 1894, traf sich in unserem Auftrag ein Agent der Sûreté, François Guénée, mit dem spanischen Militärattaché Marquis de Val Carlos, einem regelmäßigen Informanten der Statistik-Abteilung. Unter anderem warnte der Marquis Guénée vor einem deutschen Agenten im Generalstab. Seine genauen Worte waren: »Vergessen Sie nicht, Major Henry von mir auszurichten (und er mag es dem Oberst gern weitergeben), dass die Kontrollen im Kriegsministerium verstärkt werden müssen. Aus meinem letzten Gespräch mit den deutschen Attachés weiß ich, dass sie einen Offizier im Generalstab haben, der sie außerordentlich gut informiert. Finden Sie den Mann, Guénée. Wenn ich wüsste, wie er heißt, würde ich Ihnen den Namen nennen!«

Später habe ich den Marquis de Val Carlos selbst getroffen, im Juni 1894. Er hat mich ausdrücklich darauf hingewiesen, dass in der Zweiten Abteilung des Generalstabs ein französischer Offizier arbeiten würde – oder zumindest im März und April dort gearbeitet hat –, der die deutschen und italienischen Attachés mit Informationen versorgt hat. Ich fragte nach dem Namen dieses Offiziers, den er aber nicht kannte. Er sagte: »Meine Informationen stimmen, aber den Namen des Offiziers kenne ich nicht.« Nachdem ich Oberst Sandherr über dieses Gespräch unterrichtet hatte, wurden neue Befehle ausgegeben, die wesentlich rigorosere Kontrollen zum Inhalt hatten. In dieser Zeit, am 25. September, gelangte der Bordereau, welcher die Grundlage für die Anklage gegen Dreyfus bildet, in unseren Besitz.

(Gezeichnet)

Henry, Hubert-Joseph (Major)

Die nächsten drei Schriftstücke sind Originale, wieder zusammengeklebte Blätter, die aus Schwartzkoppens Papierkorb entwendet wurden: Originalmaterial, das vermutlich hinzugefügt wurde, um Henrys Behauptungen zu untermauern. Das erste Blatt ist auf deutsch geschrieben, in Schwartzkoppens Handschrift, und anscheinend der Entwurf eines Memorandums, entweder für sich selbst oder für seine Vorgesetzten in Berlin, verfasst, nachdem er zum ersten Mal von dem Möchtegernverräter kontaktiert worden war. Er hat es in besonders schmale Streifen zerrissen. Es weist quälende Lücken auf:

Zweifel ... Beweis ... Offizierspatent ... Eine riskante Lage für mich, mit einem französischen Offizier ... Darf die Verhandlungen nicht persönlich führen ... Bringe mit, was er hat ... Sicherer ... Geheimdienstabteilung ... keine Verbindung ... Regiment ... nur das ist wichtig ... Stammt aus dem Ministerium ... Schon woanders ...

Das zweite wieder zusammengesetzte Schriftstück ist ein Brief an Schwartzkoppen vom italienischen Militärattaché Major Alessandro Panizzardi. Es ist auf französisch geschrieben, datiert vom Januar 1894 und beginnt mit den Worten »Mein geliebter Rammler«.

Ich habe abermals an Oberst Davignon geschrieben, und deshalb bitte ich Dich – wenn sich die Gelegenheit ergibt, die Frage mit Deinem Freund zu erörtern – darauf zu achten, dass Davignon nichts davon erfährt ... denn es darf niemals ans Tageslicht kommen, dass der eine mit dem anderen in Verbindung steht.

Auf Wiedersehen, mein starkes Hündchen.

Dein A.

Davignon ist der stellvertretende Leiter der Zweiten Abteilung – der Offizier, der für den Informationsfluss zu verschiedenen ausländischen Militärattachés verantwortlich ist und ihre Einladungen zu Manövern, Empfängen, Vorträgen und so weiter organisiert. Ich kenne ihn gut. Sein Leumund ist, wie man zu sagen pflegt, ohne Fehl und Tadel.

Der dritte rekonstruierte Brief ist eine Mitteilung von Schwartzkoppen an Panizzardi:

P. 16.4.94

Mein lieber Freund,

es tut mir wirklich leid, dass wir uns vor meiner Abreise nicht mehr sehen konnten. Wie auch immer, ich werde in acht Tagen zurück sein. Anbei zwölf Pläne von militärischen Einrichtungen in Nizza, die mir dieser Lump D für Dich gegeben hat. Ich sagte ihm, dass Du nicht beabsichtigst, die Verbindung wieder aufzunehmen. Er behauptet, das ist alles ein Missverständnis und er wird sein Möglichstes tun, Dich zufriedenzustellen. Er sagt, dass Du ihm seine Hartnäckigkeit nicht verübeln würdest. Ich erwiderte, dass er verrückt sei und dass ich nicht glaube, dass Du die Verbindung wieder aufnimmst. Tu, was Du willst! Ich bin in Eile.

Alexandrine

Und rammle nicht zu viel!!!

Das letzte Schriftstück, ebenfalls handschriftlich, ist eine von du Paty unterzeichnete Stellungnahme zu Dreyfus' angeblicher Karriere als Spion. Darin wird der Versuch unternommen, die verschiedenen Beweisschnipsel in einen schlüssigen Zusammenhang zu bringen:

Hauptmann Dreyfus begann seine Spionagetätigkeit für den deutschen Generalstab 1890 im Alter von 30 Jahren, während er die École Centrale de Pyrotechnie Militaire in Bourges besuchte. Er entwendete dort ein Dokument, das den Prozess zur Füllung von Granaten mit Melinit beschreibt.

In der zweiten Hälfte des Jahres 1893 wurde Hauptmann Dreyfus im Rahmen des Anwärterlehrgangs der Ersten Abteilung des Generalstabs zugeteilt. In dieser Zeit hatte er Zugang zu dem Tresor, in dem Pläne verschiedener Befestigungsanlagen, einschließlich der von Nizza, aufbewahrt wurden. Während der gesamten Zeit seiner Tätigkeit dort legte er ein verdächtiges Verhalten an den Tag. Nachforschungen ergaben, dass es ihm in einem unbeaufsichtigten Moment ein Leichtes gewesen wäre, diese Pläne aus dem Büro zu entwenden. Sie wurden an die deutsche Botschaft und von dort an den italienischen Militärattaché weitergegeben (siehe Anhang: der Lump D).

Anfang 1894 wurde Dreyfus in die Zweite Abteilung versetzt. Auf die Existenz eines deutschen Spions in der Abteilung wurde M. Guénée im März hingewiesen (siehe Bericht von Major Henry im Anhang) …

Das ist alles. Um ganz sicher zu gehen, schüttle ich den Umschlag noch einmal aus. Kann das wirklich alles sein? Ich bin enttäuscht, sogar ein bisschen wütend. Ich fühle mich düpiert. Das sogenannte Geheimdossier enthält nichts als Indizien und Anspielungen. Kein Schriftstück oder Zeuge nennt Dreyfus unmissverständlich einen Verräter. Was einem belastenden Detail am nächsten kommt, ist der Anfangsbuchstabe in Schwartzkoppens Brief an Panizzardi: der Lump D.

Ich lese mir noch einmal die Zusammenstellung von du Patys windigen, unlogischen Aussagen durch. Ergibt das wirklich einen Sinn? Ich kenne den Grundriss und die Arbeitsweise der Ersten Abteilung. Es wäre Dreyfus praktisch unmöglich gewesen, etwas von der Größe eines Bauplans unentdeckt herauszuschmuggeln. Und selbst wenn, das Fehlen der Pläne wäre sofort aufgefallen. Dreyfus muss sie also kopiert und wieder zurückgelegt haben – soll das angedeutet werden? Aber wie sollte er so schnell so viele Kopien herstellen? Und wie hat er es geschafft, die Originale wieder zurück in den Tresor zu schmuggeln, ohne dabei gesehen zu werden? Auch die Daten passen nicht. Dreyfus kam erst im Juli 1893 in die Erste, laut Henry war Schwartzkoppen aber schon im Juni im Besitz von gestohlenen Plänen. Und der deutsche Attaché, der jenen D als verrückt bezeichnet? Wer würde im Zusammenhang mit dem akribischen Dreyfus dieses Wort benutzen, ganz zu schweigen davon, dass ihn jemand einen Lump nennen würde?

Ich schließe das Dossier in meinen Tresor ein.

◆

Bevor ich nach Hause gehe, schaue ich noch im Ministerium vorbei, um einen Termin mit Boisdeffre zu vereinbaren. Der diensthabende Offizier ist Pauffin de Saint Morel. Er sagt, dass sein Chef erst am Dienstag wieder im Büro sei. »Kann ich ihm etwas ausrichten?«

»Lieber nicht.«

»Geheimsache?«

»Geheimsache.«

»Schon verstanden.« Er trägt mich für Dienstagmorgen zehn Uhr ein. »Ach, übrigens, sind Sie der Geschichte von dem alten Foucault nachgegangen?«, sagt er. »Irgendwas mit einem deutschen Spion?«

»Ja, bin ich, danke.«

»Nichts dran?«

»Nichts dran.«

◆

Am Samstagnachmittag sitze ich in meinem Büro und schreibe einen Bericht für Boisdeffre: »Geheimdienstmitteilung über Major Esterházy, 74. Infanterieregiment«. Die Aufgabe erfordert Fingerspitzengefühl. Einige Male verpfusche ich den Anfang. In vorsichtigen Worten schildere ich, wie das Petit Bleu abgefangen worden sei, berichte von den Nachforschungen über Esterházys verdächtigen Charakter, der Information von Cuers, dass die Deutschen (für die ich das wenig originelle Kürzel X verwende) immer noch einen Spion in der französischen Armee hätten, und wie sehr sich die Handschrift im Bordereau und die von Esterházy ähnelten (»verblüffend selbst für das unkundigste Auge«). Der Bericht umfasst schließlich vier eng beschriebene Seiten. Das Fazit lautet:

> *Die beschriebenen Fakten erscheinen ausreichend gravierend, weitere eingehende Nachforschungen zu rechtfertigen. Vor allem ist es notwendig, Erklärungen von Major Esterházy über seine Beziehungen zur Botschaft X und darüber einzuholen, was er mit den von ihm kopierten Schriftstücken gemacht habe. Dabei ist es von entscheidender Bedeutung, überraschend, entschlossen und sorgfältig vorzugehen, weil Major Esterházy als beispiellos dreist und betrügerisch bekannt ist.*

Ich verbrenne meine Notizen und die unbrauchbaren Entwürfe im Kamin und verschließe den fertigen Bericht zusammen mit dem Geheimdossier in meinem Tresor. Er ist viel zu explosiv, als dass er der internen Post anvertraut werden könnte. Ich werde ihn persönlich überbringen.

◆

Am nächsten Morgen, einem Sonntag, fahre ich mit dem Zug nach Ville-d'Avray zum Essen bei meinem Cousin Edmond Gast und seiner Familie. Das wunderschön gelegene Grundstück mit dem rot gedeckten Haus – La Ronce – befindet sich an der Hauptstraße nach Versailles. Das Wetter ist herrlich. Das von Jeanne vorbereitete Picknick – Rillettes de Canard, Flammekueche, Sauerkraut, Münster – ruft patriotische Gefühle und Erinnerungen an meine Kindertage im Elsass hervor. Alles könnte so schön sein. Und doch kann ich die Schatten der Rue de l'Université nicht abschütteln. Ich versuche, mir nichts anmerken zu lassen, aber neben meinen entspannten und sonnengebräunten Freunden fühle ich mich fahrig und blass. Edmond holt einen alten Kinderwagen aus der Scheune, packt einen Weidenkorb, Decken und Wein hinein und zieht ihn mit dem Rest der Familie im Schlepptau den Weg hinunter.

Ich halte Ausschau nach Pauline und frage meine Schwester beiläufig, ob sie auch komme. Anna erzählt mir, dass sie mit Philippe und den Mädchen noch eine Woche länger in Biarritz bleibe. Sie mustert mich eingehend. »Du siehst aus, wie wenn dir ein bisschen Urlaub auch guttun würde«, sagt sie.

»Mir geht's gut. Aber im Moment habe ich sowieso keine Zeit.«

»Ach, Georges, dann musst du dir die Zeit eben *nehmen*.«

»Ja, ich weiß. Kommt schon noch, versprochen.«

»Wenn du Frau und Kinder hättest, zu denen du abends nach Hause gehen könntest, würdest du nur halb so viel arbeiten.«

»O mein Gott«, sage ich lachend. »Nicht schon wieder!« Ich zünde mir eine Zigarette an, um weiteren Diskussionen auszuweichen.

Wir verlassen den sandigen Weg und gehen in den Wald. »Es ist wirklich traurig«, sagt Anna plötzlich. »Du weißt genau, dass Pauline Philippe nie verlassen wird. Schon wegen den Mädchen.«

Ich schaue sie verblüfft an. »Wovon redest du?« Sie blickt mir in die Augen, und ich weiß sofort, dass es sinnlos ist, weiter Theater zu spielen. Ich war schon immer ein offenes Buch für sie. »Ich wusste nicht, dass du Bescheid weißt.«

»Ach, Georges, jeder weiß Bescheid! Seit Jahren!«

Jeder! Seit Jahren! Ärger steigt in mir auf.

»Wie auch immer«, sage ich leise. »Wie kommst du darauf, dass ich *will,* dass sie ihn verlässt?«

»Das ist ja das Traurige«, sagt sie. »Du willst es nicht.«

Sie lässt mich stehen und geht weiter.

Auf einer Lichtung am Rand eines Abhangs, der hinunter zu einem felsigen Bach führt, breiten wir die Decken aus. Mir ist aufgefallen, dass wir Exilanten den Wald lieben. Bäume sind einfach Bäume. Man kann sich leichter vormachen, man wäre noch in seinem Heimatland und würde im Wald von Neudorf Pilze oder Insekten sammeln. Die Kinder rutschen mit den Wein- und Limonadeflaschen die Böschung hinunter und stellen sie zur Kühlung ins Wasser. Sie planschen herum. Es ist heiß. Ich ziehe die Jacke aus und nehme den Hut ab. »Schaut euch unseren Herrn Oberstleutnant an«, sagt einer. »Er zieht sich aus, jetzt geht's zur Sache!« Ich lächle und salutiere spielerisch. Ich bin jetzt seit über einem Jahr auf meinem neuen Posten, und noch immer weiß keiner, was ich mache.

Beim Picknick will Edmond über den bevorstehenden Besuch des Zaren reden. Sein Standpunkt ist radikal. »Es ist einfach grundfalsch, wenn eine demokratische Republik einem absolutistischen Monarchen, der Andersdenkende ins Gefängnis steckt, den roten Teppich ausrollt. Dafür steht Frankreich nicht.«

»Frankreich wird vielleicht bald für gar nichts mehr

stehen«, wende ich ein. »Wenn wir keinen Alliierten haben, der uns dabei hilft, die Deutschen zu besiegen.«

»Ja, aber was, wenn die *Russen* gegen die Deutschen in den Krieg ziehen, und *wir* sind am Ende diejenigen, die da mit hineingezogen werden.«

»Ein Szenarium, in dem das passiert, kann ich mir kaum vorstellen.«

»Tja, ich sage das ja nur ungern zu einem Soldaten, aber die Dinge haben die Angewohnheit, nicht nach Plan zu laufen.«

»Jetzt sei endlich still, Ed!«, sagt Jeanne. »Georges will sich an seinem freien Tag entspannen und sich keine Vorträge von dir anhören.«

»Also schön«, brummt Edmond. »Aber du kannst deinem General Boisdeffre von mir ausrichten, dass Allianzen zwei Seiten haben.«

»Ich bin mir sicher, dass der Chef des Generalstabs eine Lehrstunde in Strategie vom Bürgermeister von Ville-d'Avray fasziniert zur Kenntnis nehmen wird ...«

Alle lachen, Edmond eingeschlossen. »Touché, Herr Oberstleutnant«, sagt er und schenkt mir Wein nach.

Nach dem Essen spielen wir mit den Kindern Verstecken. Als ich an der Reihe bin, mich zu verstecken, gehe ich etwa hundert Meter in den Wald und suche mir eine ideale Stelle aus. Ich lege mich hinter einem umgestürzten Baum in eine flache Mulde und decke mich, wie ich es meinen Topografiestudenten in der École Supérieure de Guerre beigebracht habe, mit Laub und Zweigen zu. Es ist erstaunlich, wie vollkommen unsichtbar ein Mensch sich machen kann, wenn er bereit ist, entsprechende Unannehmlichkeiten zu ertragen. In dem Sommer nachdem mein Vater gestorben war, lag ich stundenlang so im Wald. Ich lausche auf die Stimmen der Kinder, die meinen Namen rufen. Nach einer Weile verlieren sie die Lust und entfernen sich, bis ich sie nicht mehr hören kann. Ich höre nur noch das Gurren der Tauben, rieche nur noch die duftende trockene Erde, spüre nur noch das weiche Moos unter meinem Nacken. Ich genieße etwa zehn Minuten lang die Einsamkeit, stehe dann wieder auf, klopfe mir den Dreck von der Kleidung und kehre lächelnd zu den anderen zurück. Sie haben schon die Picknicksachen zusammengepackt und warten auf mich.

»Seht ihr?«, sage ich. »Als Soldat lernt man, wie man sich richtig versteckt. Das kann ich euch auch beibringen, wenn ihr wollt.«

Sie schauen mich an, als wäre ich verrückt geworden.

»Wo um Himmels willen bist du gewesen?«, sagt Anna gereizt.

Eines der Kinder fängt an zu weinen.

13

Punkt zehn Uhr am Dienstagmorgen, dem 1. September, betrete ich mit meiner Aktentasche in der Hand das Vorzimmer von General Boisdeffre.

»Sie können gleich hineingehen, Herr Oberstleutnant«, sagt Pauffin de Saint Morel. »Er erwartet Sie schon.«

»Danke. Würden Sie bitte dafür sorgen, dass wir nicht gestört werden?«

Als ich die Tür öffne, lehnt Boisdeffre über einem auf dem Konferenztisch ausgebreiteten Stadtplan von Paris und macht sich Notizen. Er erwidert meinen Gruß mit einem Lächeln und einer Handbewegung und widmet sich dann wieder dem Plan. »Pardon, Picquart, eine Sekunde noch.«

Ich schließe die Tür. Boisdeffre markiert mit einem roten Stift die Route der festlichen Parade des Zaren. Aus Sicherheitsgründen besteht die Route Ihrer Kaiserlichen Hoheiten aus einer Abfolge freier Flächen, wo die Häuser von Bäumen abgeschirmt sind und ein gutes Stück von der Straße entfernt stehen – die Jardins du Ranelagh, den Bois de Boulogne, die Champs-Élysées, die Place de la Concorde. Trotzdem wurde jeder der Anwohner überprüft. Als beratende Behörde wurde die Statistik-Abteilung hinzugezogen. Gribelin wurde darauf angesetzt, unsere Verzeichnisse mit Ausländern und potenziellen Verrätern zu durchforsten. Angesichts der dringend erforderlichen Allianz mit den Russen wäre es eine nationale Katastrophe, sollte der Zar auf französischem Boden einem Anschlag zum Opfer fallen. Und die Gefahr ist durchaus realistisch. Erst vor fünfzehn Jahren wurde sein Großvater von Sozialisten in die Luft gesprengt, nur zwei Jahre nachdem unser Präsident von einem Anarchisten erstochen worden war.

Boisdeffre klopft auf den Plan. »Der erste Abschnitt der Strecke, hier, zwischen dem Gare du Ranelagh und der Porte Dauphine bereitet mir die größten Sorgen«, sagt er. »Die Erste Abteilung meint, wir brauchen zweiunddreißigtausend Mann, inklusive Kavallerie, nur um die Menschen in sicherem Abstand zu halten.«

»Hoffentlich kommen die Deutschen nicht auf die Idee, uns genau dann im Osten anzugreifen.«

»Wie wahr.« Boisdeffre hört auf zu schreiben und schenkt mir zum ersten Mal seine ungeteilte Aufmerksamkeit. »Also, Herr Oberstleutnant, was gibt es zu besprechen? Bitte.« Er setzt sich und deutet auf einen Stuhl ihm gegenüber. »Geht es um den Besuch des Zaren?«

»Nein, Herr General. Es geht um die Sache, über die wir nach Ihrer Rückkehr aus Vichy im Automobil gesprochen haben – um den mutmaßlichen Landesverräter Esterházy.«

Er benötigt einen Augenblick, um seinem Gedächtnis auf die Sprünge zu helfen. »Ah, richtig, ich erinnere mich. Wie steht die Sache?«

»Wenn ich hier ein bisschen Platz schaffen dürfte …«

»Nur zu.«

Ich rolle den Stadtplan zusammen. Boisdeffre holt seine silberne Schnupftabakdose heraus. Er klopft einen kleinen Haufen auf den Handrücken und schnupft zwei schnelle Prisen, eine in jedes Nasenloch. Er schaut zu, wie ich meine Aktentasche öffne und die Schriftstücke für meine Präsentation herausnehme: das Petit Bleu, eine Fotografie des Bordereaus, Esterházys Briefe, in denen er sich um die Versetzung in den Generalstab bewirbt, die Überwachungsfotos von Esterházy vor der deutschen Botschaft, das Geheimdossier über Dreyfus und meinen vierseitigen Bericht über den aktuellen Stand der Ermittlungen. Die Verwunderung auf seinem Gesicht wird immer größer. »Großer Gott, mein lieber Picquart«, sagt er halb belustigt. »Was haben Sie da bloß getrieben?«

»Wir stehen vor einem ziemlich gravierenden Problem, Herr General. Ich halte es für meine Pflicht, Sie umgehend darüber zu informieren.«

Boisdeffre zuckt zusammen und wirft einen wehmütigen Blick auf den eingerollten Stadtplan. Es ist unverkennbar, dass er mit der ganzen Sache nichts zu tun haben möchte. »Also dann«, sagt er seufzend. »Wie Sie wünschen. Fahren Sie fort.«

Ich setze ihm die Lage Punkt für Punkt auseinander, erzähle ihm von dem abgefangenen Petit Bleu, meinen ersten Nachforschungen über Esterházy, die Operation Wohltäter. Ich zeige ihm die vor der Wohnung in der Rue de Lille aufgenommenen Fotos. »Hier sehen Sie, wie er die Botschaft mit einem Umschlag betritt, hier, wie er sie mit leeren Händen wieder verlässt.«

Boisdeffre beäugt kurzsichtig die Fotografien. »Mein Gott, was ihr heutzutage alles machen könnt!«

»Das Beruhigende an der Geschichte ist, dass Esterházy keinen Zugang zu wichtigen Geheimdokumenten hat«, sage ich. »Was er ihnen anzubieten hat, ist so belanglos, dass die Deutschen sogar den Kontakt zu ihm abbrechen wollen. Allerdings versucht Esterházy jetzt, seinen Wert als Spion zu steigern, indem er sich für eine Position im Ministerium bewirbt – wo er natürlich direkten Zugang zu Geheimdokumenten hätte.« Ich schiebe ihm die beiden Briefe hinüber.

»Wie sind Sie an die Briefe gekommen?«

»General Billot hat seine Untergebenen angewiesen, sie mir zu überlassen.«

»Wann war das?«

»Letzten Donnerstag.« Ich räuspere mich. *Attacke!* »Fast sofort fiel mir die erstaunliche Ähnlichkeit zwischen der Schrift in den beiden Briefen Esterházys und der in dem Bordereau auf. Hier, sehen Sie selbst. Da ich natürlich kein Handschriftenexperte bin, habe ich sie am nächsten Tag Alphonse Bertillon gezeigt. Sie erinnern sich …«

»Ja, ja.« Boisdeffre klingt plötzlich matt, wie betäubt. »Natürlich erinnere ich mich.«

»Er bestätigte mir, dass die beiden Handschriften identisch sind. Angesichts dessen erschien es mir ratsam, das restliche Beweismaterial gegen Dreyfus unter die Lupe zu nehmen. Dementsprechend habe ich mir auch das Geheimdossier angesehen, das den Richtern während des Prozesses vorgelegt wurde …«

»Einen Augenblick, Herr Oberstleutnant.« Boisdeffre hebt eine Hand. »Sie sagen, Sie haben sich das Dossier angeschaut. Soll das heißen, es *existiert* noch?«

»Selbstverständlich. Hier, das ist es.« Ich zeige ihm den Umschlag mit dem D in der oberen Ecke und leere den Inhalt vor ihm.

Boisdeffre guckt mich an, als hätte ich mich gerade auf seinen Tisch übergeben. »Mein Gott, was ist das?«

»Das Geheimdossier aus dem Militärgerichtsprozess.«

»Ja, ja – das sehe ich. Aber was soll das *hier?*«

»Verzeihung, Herr General. Ich verstehe nicht ganz …«

»Das sollte eigentlich verschwinden.«

»Das war mir nicht bekannt.«

»Ja, natürlich! Die ganze Episode war in höchstem Maße unüblich.« Er stochert vorsichtig mit spitzem Zeigefinger in den zusammengestückelten Briefen herum. »Kurz nach Dreyfus' Verurteilung hat der Minister Oberst Sandherr und mich zu einer Besprechung in sein Büro bestellt. General Mercier hat Oberst Sandherr ausdrücklich befohlen, das Dossier verschwinden zu lassen. Die abgefangenen Briefe sollten zurück ins Archiv gehen, die Kommentare vernichtet werden – der Befehl war unmissverständlich.«

»Ich weiß nicht, was ich dazu sagen soll, Herr General.« Jetzt bin ich es, der verwirrt ist. »Wie Sie sehen, hat Oberst Sandherr es nicht verschwinden lassen. Er hat mit sogar gesagt, wo es ist, falls ich es mal brauchen sollte. Aber wenn Sie mir die Bemerkung erlauben, vielleicht ist die Existenz des Dossiers gar nicht die entscheidende Frage, um die wir uns Sorgen machen müssen.«

»Sondern?«

»Nun ja, der Bordereau ... die Handschrift ... die Tatsache, dass Dreyfus unschuldig ist ...« Ich verstumme.

Boisdeffre schaut mich ein paar Sekunden lang mit blinzelnden Augen an. Dann rafft er die auf dem Tisch ausgebreiteten Schriftstücke und Fotografien zusammen. »Ich glaube, Herr Oberstleutnant, Sie sollten das auf jeden Fall General Gonse zeigen. Schließlich ist er der Chef des Geheimdienstes. Ehrlich gesagt hätten Sie damit anstatt zu mir gleich zu ihm gehen sollen. Fragen Sie ihn, was jetzt zu tun ist.«

»Selbstverständlich, Herr General, natürlich. Aber meiner Meinung nach müssen wir jetzt schnell und entschieden handeln, im Interesse der Armee ...«

»Was im Interesse der Armee liegt, weiß ich genau«, sagt er knapp. »Diesbezüglich brauchen Sie sich keine Sorgen zu machen.« Er hält mir das Beweismaterial hin. »Reden Sie mit General Gonse. Er hat zwar momentan Urlaub, aber er ist gleich vor den Toren von Paris.«

Ich nehme die Unterlagen und öffne meine Aktentasche. »Kann ich Ihnen wenigstens meinen Bericht dalassen?« Ich blättere durch meinen Stapel Papier. »Darin habe ich den aktuellen Stand zusammengefasst.«

Boisdeffre beäugt den Bericht wie eine Schlange. »Also schön«, sagt er widerwillig. »Geben Sie mir vierundzwanzig Stunden, ich werde darüber nachdenken.« Ich stehe auf, salutiere und gehe auf die Tür zu. »Erinnern Sie sich noch, was ich Ihnen gesagt habe, Oberstleutnant Picquart, als ich Sie in meinem Automobil mitgenommen habe?«, fügt er noch hinzu. »Ich habe gesagt, dass ich nicht noch einen Fall Dreyfus haben will.«

»Das ist nicht noch ein Fall Dreyfus, Herr General«, erwidere ich. »Das ist der Fall Dreyfus.«

◆

Als ich am nächsten Morgen den Bericht wieder abhole, sehe ich Boisdeffre noch einmal kurz. Er überreicht ihn mir wortlos. Er hat dunkle Ringe unter den Augen und sieht aus wie jemand, dem ein empfindlicher Hieb versetzt wurde.

»Tut mir leid, dass ich Sie gerade jetzt, da Sie sich um Angelegenheiten von solch außerordentlicher Bedeutung kümmern müssen, mit einem potenziellen Problem behellige«, sage ich. »Ich hoffe, es lenkt Sie nicht zu sehr ab.«

»Was?« Der Chef des Generalstabs stößt einen verärgerten, ungläubigen Seufzer aus. »Glauben Sie etwa, dass ich nach dem, was Sie mir gestern erzählt haben, letzte Nacht auch nur ein Auge zugemacht habe? Also los, gehen Sie zu Gonse, und reden Sie mit ihm.«

◆

Das Haus der Familie Gonse befindet sich in Cormeilles-en-Parisis, gleich hinter der Stadtgrenze im Nordwesten von Paris. Ich schicke dem General ein Telegramm mit dem Inhalt, dass ich ihn auf Wunsch von Boisdeffre über eine dringende Angelegenheit zu informieren habe. Gonse bestellt mich für den Donnerstag zum Tee.

Am Nachmittag nehme ich den Zug vom Gare Saint-Lazare. Eine halbe Stunde später steige ich in einem Dorf aus, das so ländlich ist, dass ich das Gefühl habe, ich befände mich zweihundert und nicht nur zwanzig Kilometer vom Pariser Stadtzentrum entfernt. Während der Zug in der Ferne immer kleiner wird, stehe ich mutterseelenallein auf dem leeren Perron. Nichts stört die Stille außer Vogelgezwitscher und dem entfernten Hufeklappern eines Pferdefuhrwerks mit einem quietschenden Rad. Ich gehe zum Stationsvorsteher und frage ihn nach dem Weg zur Rue de Franconville. Er sieht meine Uniform und meine Aktentasche. »Sie wollen bestimmt zum Herrn General«, sagt er.

Ich folge seinen Anweisungen und gehe auf einer Landstraße aus dem Dorf hinaus, einen bewaldeten Hügel hinauf und dann hinunter in die Einfahrt zu einem weitläufigen Bauernhaus aus dem 18. Jahrhundert. Gonse arbeitet hemdsärmelig mit einem zerbeulten Strohhut auf dem Kopf in seinem Garten. Ein alter Retriever läuft über den Rasen auf mich zu. Der General richtet sich auf und stützt sich auf seinen Rechen. Mit seinem rundlichen Bauch und den kurzen Beinen ähnelt er tatsächlich mehr einem Gärtner als einem General.

»Mein lieber Picquart«, sagt er. »Willkommen bei den Sch'tis.«

»Herr General.« Ich salutiere. »Ich bitte vielmals um Entschuldigung, dass ich Ihren Urlaub störe.«

»Schon in Ordnung, mein Lieber. Kommen Sie, wir trinken erst einmal einen Tee.« Er nimmt meinen Arm und führt mich ins Haus. Das Wohnzimmer ist vollgestopft mit exquisiten japanischen Kunstwerken – klassische Schablonendrucke, Masken, Schalen, Vasen. Gonse bemerkt mein überraschtes Gesicht. »Mein Bruder ist Sammler«, sagt er. »Die meiste Zeit des Jahres bewohnt er das Haus.«

Der Tee ist in einem mit Korbmöbeln ausstaffierten Gartenzimmer angerichtet: Petits Fours auf einem niedrigen Tischchen, ein Samowar auf einem Buffet. Gonse schenkt mir eine Tasse Lapsang Souchong ein. Der Korbsessel quietscht, als er sich setzt. Er zündet sich eine Zigarette an. »Also, was gibt es?«

Wie ein Handelsreisender mache ich meine Aktentasche auf und breite meine Waren zwischen dem Porzellangeschirr aus. Das ist ein heikler Augenblick für mich. Zum ersten Mal bringe ich gegenüber Gonse, dem Chef des Geheimdienstes, meine Nachforschungen über Esterházy zur Sprache. Ich zeige ihm das Petit Bleu und tue dabei so, um den Affront etwas abzumildern, als ob es erst Ende April in meinen Besitz gelangt wäre und nicht schon Anfang März. Dann wiederhole ich meinen Vortrag, den ich schon Boisdeffre gehalten habe. Ich überreiche ihm die Schriftstücke, die Gonse in der für ihn typischen systematischen Art eines nach dem anderen genau studiert. Als einmal Zigarettenasche auf eines der Überwachungsfoto fällt, bläst er sie seelenruhig weg und macht einen Witz darüber. »Verschleierung von Beweismitteln!« Selbst als ich ihm das Geheimdossier vorlege, zeigt er sich unbeeindruckt.

Ich habe den Verdacht, dass Boisdeffre ihn schon vorab über den Grund meines Besuches informiert hat.

»Ich hatte gehofft, irgendetwas in dem Dossier zu finden, was Dreyfus' Schuld zweifelsfrei belegt«, sage ich zum Abschluss. »Aber ich befürchte, da ist nichts. Bei einem halbwegs anständigen Anwalt würde das keine zehn Minuten Kreuzverhör überstehen.«

Ich lege das letzte Schriftstück auf den Tisch und trinke einen Schluck Tee, der inzwischen eiskalt ist. Gonse zündet sich die nächste Zigarette an. »Dann haben wir also den falschen Mann?«, sagt er nach einer Pause.

Er spricht es so nüchtern aus, als würde er sagen: Dann sind wir also da vorn falsch abgebogen? oder: Dann hatte ich wohl den falschen Hut auf?

»Sieht so aus, leider.«

Gonse spielt nachdenklich mit einem Streichholz und bewegt es schnell und sehr geschickt zwischen den Fingern hin und her, bis er es plötzlich zerbricht. »Trotzdem: Wie erklären Sie den Inhalt des Bordereaus? Nichts von alldem ändert etwas an der ursprünglichen Annahme, oder? Es muss von einem Artillerieoffizier mit Erfahrung in allen vier Abteilungen des Generalstabs geschrieben worden sein. Und das passt nicht auf Esterházy. Aber auf Dreyfus.«

»Im Gegenteil. Das ist genau der Punkt, warum unsere ursprüngliche Annahme falsch war. Wenn Sie sich den Bordereau noch einmal anschauen, dann sehen Sie, dass da immer von Mitteilungen die Rede ist, die übergeben wurden: eine Mitteilung über die hydraulische Bremse ... eine Mitteilung über Bedeckungstruppen ... eine Mitteilung über Artillerieformationen ... eine Mitteilung über Madagaskar ...« Zur Erklärung deute ich auf den Abzug des Bordereaus. »Mit anderen Worten: Es wurden keine Originalschriftstücke oder Kopien davon übergeben. Das einzige Schriftstück, das *tatsächlich* übergeben wurde – die Schießvorschrift –, hat sich Esterházy, das wissen wir, bei einem Artilleriemanöver besorgt. Deshalb deutet der Bordereau leider genau auf das Gegenteil von dem hin, was wir zunächst angenommen haben. Der Verräter kam nicht aus dem Generalstab. Er hatte keinen Zugang zu geheimen Dokumenten. Er war ein Außenstehender, ein Hochstapler, wenn Sie so wollen, der Gerüchte aufgeschnappt, Mitteilungen zusammengestellt und dann versucht hat, diese zu verkaufen. Und das war Esterházy.«

Gonse lehnt sich in seinem Korbsessel zurück. »Darf ich Ihnen einen Vorschlag machen, mein lieber Picquart?«

»Sehr gern, Herr General.

»Vergessen Sie den Bordereau.«

»Bitte?«

»Vergessen Sie den Bordereau. Stellen Sie Nachforschungen über Esterházy an, wenn Sie denn wollen, aber lassen Sie den Bordereau aus dem Spiel.«

Ich nehme mir Zeit für meine Antwort. Mir ist klar, dass er nicht der Schlaueste ist, aber das ist absurd. »Bei allem Respekt, Herr General, den Bordereau – die Tatsache, dass dieser in Esterházys Handschrift geschrieben ist, die Tatsache, dass wir wissen, dass er an der Artillerie interessiert ist –, der Bordereau ist das ausschlaggebende Beweisstück gegen Esterházy.«

»Tja, dann müssen Sie eben etwas anderes finden.«

»Aber der Bordereau ...« Ich beiße mir auf die Zunge. »Darf ich fragen, warum?«

»Ich dachte, das liegt auf der Hand. Ein Kriegsgericht hat schon entschieden, wer den Bordereau geschrieben hat. Der Fall ist abgeschlossen. Ich glaube, die Juristen nennen das Res iudicata, eine rechtskräftig entschiedene Sache.« Er lächelt mich durch den Zigarettenrauch an, zufrieden, dass ihm dieser Brocken Schullatein eingefallen ist.

»Aber wenn wir herausfinden, dass Esterházy der Landesverräter ist und nicht Dreyfus ...«

»Nun, das werden wir kaum herausfinden, oder? Das ist der Punkt. Weil nämlich, wie ich Ihnen gerade erklärt habe, der Fall abgeschlossen ist. Das Gericht hat sein Urteil gesprochen, damit ist die Sache erledigt.«

Ich schaue ihn mit offenem Mund an. Ich schlucke. Irgendwie muss ich ihn noch wissen lassen, dass sein Vorschlag – wie der zynische Ausspruch lautet – schlimmer ist als ein Verbrechen: Er ist eine kapitale Dummheit. »*Wir* wollen vielleicht, dass es vorbei ist, Herr General«, beginne ich vorsichtig. »Und unsere Anwälte erzählen uns vielleicht, dass es vorbei ist. Aber die Familie Dreyfus sieht das ganz anders. Und abgesehen von allen anderen Überlegungen mache ich mir offen gesagt auch Sorgen über den Schaden, den die Reputation der Armee nehmen könnte, wenn eines Tages herauskommen sollte, dass wir um die Unhaltbarkeit des Schuldspruchs wussten und nichts dagegen unternommen haben.«

»Dann kommt es besser nicht heraus, oder?«, sagt er aufgekratzt. Er lächelt, aber seine Augen funkeln bedrohlich. »Das wäre es dann also. Ich habe Ihnen alles gesagt, was ich zu dem Thema zu sagen habe.« Als er aufsteht, quietschen die Lehnen seines Korbsessels wie aus Protest. »Lassen Sie Dreyfus aus dem Spiel, Herr Oberstleutnant. Das ist ein Befehl.«

◆

Während der Zugfahrt zurück nach Paris sitze ich auf meinem Platz und halte die Aktentasche auf dem Schoß fest umklammert. Ich starre niedergeschlagen auf die Balkons und Wäscheleinen an den Häuserrückseiten der nördlichen Vororte Colombes, Asnières und Clichy. Ich kann kaum glauben, was gerade passiert ist. Im Geist gehe ich immer wieder die Unterhaltung mit Gonse durch. Habe ich bei meinem Vortrag einen Fehler gemacht? Hätte ich präziser sein sollen, hätte ich ihm rundheraus sagen sollen, dass, verglichen mit unserem sicheren Wissen über Esterházy, die sogenannten Beweise aus dem Geheimdossier nichts weiter als reine Spekulation sind? Aber je mehr ich darüber nachdenke, desto überzeugter bin ich davon, dass rückhaltlose Offenheit ein schwerer Fehler gewesen wäre. Gonse kennt keinen Kompromiss. Nichts, was ich sage, wird seine Meinung ändern. Wenn es nach ihm geht, kann keine Macht der Erde Dreyfus eine Wiederaufnahme seines Verfahrens ermöglichen. Wenn ich noch hartnäckiger gewesen wäre, hätte das nur zur völligen Zerrüttung unserer Beziehung geführt.

Ich gehe nicht zurück ins Büro. Das ertrage ich nicht. Stattdessen gehe ich in meine Wohnung, lege mich aufs Bett und rauche mit einer Unerbittlichkeit, die Gonse beeindrucken würde, eine Zigarette nach der anderen – wenn ihn schon sonst nichts an mir beeindruckt.

Ich habe nicht das Verlangen, meine Karriere zu ruinieren. Das ist der Punkt. Vierundzwanzig Jahre hat es gedauert, so weit zu kommen. Allerdings wird meine Karriere ihren Sinn verlieren, ihre Ehre und ihren Stolz, genau die Wesenszüge, ohne die sie wertlos ist, wenn ich dafür den Preis zahle, nichts weiter als einer der Gonses dieser Welt zu werden.

Res iudicata!

Als es dunkel wird und ich aufstehe, um Licht zu machen, habe ich entschieden, dass es nur einen Weg für mich gibt. Ich werde Boisdeffre und Gonse übergehen und mein Privileg des ungehinderten Zugangs zum Hôtel de Brienne nutzen. Ich werde den Fall dem Kriegsminister persönlich unterbreiten.

◆

Jetzt beginnt sich etwas zu rühren. Risse im Gletscher, ein Zittern unter der Erdoberfläche, schwache Warnsignale, dass die starken Mächte sich in Bewegung setzen.

Seit Monaten ist Dreyfus in der Presse kein Thema mehr gewesen. Aber am Tag nach meinem Besuch bei Gonse sieht sich das Kolonialministerium genötigt, ein wildes Gerücht in der Londoner Presse zu dementieren, dass Dreyfus von der Teufelsinsel geflohen sei. Ich denke mir nichts dabei: Journalisten eben, obendrein englische.

Am Dienstag dann bringt *Le Figaro* auf der ersten Seite eine Geschichte über zweieinhalb Spalten mit der Überschrift »Dreyfus' Gefangenschaft«. Der Artikel ist ein präziser, fundierter und mitfühlender Bericht über das, was Dreyfus auf der Teufelsinsel zu ertragen hat. (»Vierzig- bis fünfzigtausend Francs im Jahr, um einen Offizier am Leben zu erhalten, der seit seiner öffentlichen Degradierung einen Tod erleidet, der schlimmer ist als der Tod.«) Ich nehme an, dass die Informationen von der Familie Dreyfus stammen.

Vor diesem Hintergrund mache ich mich am nächsten Tag auf den Weg, um den Minister zu informieren.

Ich sperre das Gartentor auf, gehe unbemerkt von neugierigen Augen im Ministerium über den Rasen und betrete durch den Hintereingang seinen offiziellen Amtssitz.

Der alte Bursche ist nach einer Woche Urlaub heute zum ersten Mal wieder im Büro. Er scheint guter Laune zu sein. Die Knollennase und die kahle Schädeldecke haben zu viel Sonne abbekommen. Die Haut schält sich. Er sitzt aufrecht da, streicht sich über seinen ausladenden, weißen Schnurrbart und beobachtet amüsiert, wie ich zum wiederholten Mal meine Unterlagen zum Fall Dreyfus ausbreite. »Großer Gott! Ich bin ein alter Mann, Picquart. Meine Zeit ist kostbar. Wie lange soll das denn noch dauern?«

»Ich befürchte, Herr Minister, das ist auch Ihre Schuld.«

»Hört, hört! Die Dreistigkeit der Jugend! Meine Schuld? Da bin ich aber gespannt.«

»Sie haben Ihren Untergebenen freundlicherweise erlaubt,

mir diese Briefe des mutmaßlichen Landesverräters Esterházy zu überlassen«, sage ich und schiebe die Briefe über den Tisch. »Und da ist mir leider die ausgeprägte Ähnlichkeit zu dem hier aufgefallen.« Ich gebe ihm die Fotografie des Bordereaus.

Wieder bin ich überrascht, wie schnell seine Auffassungsgabe ist. Er ist zwar uralt – er war schon Hauptmann der Infanterie, als ich noch gar nicht geboren war –, begreift aber sofort die Konsequenzen, während er zwischen den Schriftstücken hin und her blickt. »Donnerwetter!« Er schnalzt mit der Zunge. »Sie haben vermutlich die Handschriften überprüfen lassen, oder?«

»Vom ursprünglichen Gutachter der Polizei, ja, Alphonse Bertillon. Er sagt, die Handschriften sind identisch. Natürlich würde ich gern noch andere Meinungen einholen.«

»Haben Sie das schon General Boisdeffre gezeigt?«

»Ja.«

»Was sagt er?«

»Er hat mich an General Gonse verwiesen.«

»Und Gonse?«

»Will, dass ich die Ermittlungen einstelle.«

»Ach, tatsächlich? Warum?«

»Weil er glaubt, wie ich auch, dass weitere Nachforschungen fast mit Sicherheit einen Prozess in Gang setzen würden, der zu einer offiziellen Überprüfung der Dreyfus-Affäre führen würde.«

»Großer Gott! Das wäre ein Erdbeben!«

»Ganz gewiss, Herr Minister. Zumal wir preisgeben müssten, dass das hier existiert …«

Ich gebe ihm das Geheimdossier. Er sieht es sich mit zusammengekniffenen Augen an. »D? Was zum Teufel bedeutet das?« Er hat noch nie davon gehört. Ich muss es ihm erklären. Ich zeige ihm den Inhalt, Stück für Stück. Und wieder kommt er sofort zum Kern der Sache. Er nimmt den Brief, in dem es um den Lump D geht, und hält ihn sich dicht vor die Augen. Beim Lesen bewegt er die Lippen. Sein Handrücken ist so schuppig wie sein Schädel und mit Altersflecken besprenkelt: eine alte Eidechse, die mehr Sommer überlebt hat, als man für möglich halten würde.

»Wer ist Alexandrine?«, fragt er, als er zum Ende kommt.

»Von Schwartzkoppen. Er und der italienische Militärattaché nennen sich gegenseitig mit Frauennamen.«

»Warum das denn?«

»Weil sie Schwuchteln sind, Herr Minister.«

»Großer Gott!« Billot verzieht das Gesicht. Er gibt mir den Brief, den er zimperlich zwischen Daumen und Zeigefinger hält, zurück. »Ziemlich schäbige Arbeit, die Sie da verrichten müssen, Picquart.«

»Ich weiß, Herr General. Ich habe mich nicht darum gerissen. Aber da ich sie nun einmal habe, muss ich sie wohl auch anständig erledigen.«

»Ganz meine Meinung, Herr Oberstleutnant.«

»Und das heißt meiner Ansicht nach, die Verbrechen gründlich zu untersuchen, die Esterházy begangen hat. Und wenn sich herausstellen sollte, dass wir Dreyfus von der Teufelsinsel herunterholen müssen – nun ja, ich glaube, es ist besser für uns als Armee, einen Fehler selbst zu korrigieren, als später durch Druck von außen dazu genötigt zu werden.«

Billot sitzt da, zieht mit Daumen und Zeigefinger die Enden seines Schnurrbarts glatt und schaut ins Leere. Er denkt nach und gibt dabei stöhnende Laute von sich. »Was dieses Geheimdossier angeht«, sagt er nach einer Weile. »Es verstößt doch vermutlich gegen das Gesetz, den Richtern Beweismittel zugänglich zu machen, ohne sie vorher der Verteidigung zur Verfügung zu stellen, oder?«

»Ja. Ich bedaure, dass ich daran mitgewirkt habe.«

»Wessen Entscheidung war das?«

»Letztlich die von General Mercier in seiner Funktion als Kriegsminister.«

»Ha! Mercier? Wirklich? Schätze, da hätte ich selbst draufkommen können, dass er da irgendwie die Finger im Spiel hat!« Er schaut wieder ins Leere, streicht sich wieder über den Schnurrbart, stöhnt wieder. Schließlich stößt er einen langen Seufzer aus. »Ich weiß nicht, Picquart. Das ist ein teuflisches Problem. Ich muss erst darüber nachdenken. Es liegt auf der Hand, dass es Konsequenzen haben würde, wenn sich herausstellen sollte, dass wir die ganze Zeit den falschen Mann eingesperrt haben, besonders nachdem wir so ein öffentliches Schauspiel darum veranstaltet haben – schwerwiegende Konsequenzen, für die Armee wie für das Land. Ich muss mit dem Premierminister darüber reden. Aber das kann ich frühestens in einer Woche, ich bin ab Montag beim jährlichen Manöver in Rouillac.«

»Ich wäre Ihnen sehr dankbar, Herr General. Habe ich in der Zwischenzeit die Erlaubnis, mit meinen Nachforschungen fortzufahren?«

Er nickt langsam mit seinem wuchtigen Kopf. »Ich denke schon, mein Junge, ja.«

»Egal was die Ermittlungen ergeben?«

Wieder ein schwerfälliges Nicken. »Ja.«

◆

Voller frischer Energie treffe ich mich noch am selben Abend mit Desvernine am üblichen Ort im Gare Saint-Lazare. Wir haben uns seit Mitte August nicht mehr gesehen. Ich komme etwas zu spät. Er sitzt schon auf einer Eckbank und wartet auf mich. Er liest *Le Vélo,* trinkt, wie mir auffällt, kein Bier mehr, sondern ist wieder zu Mineralwasser zurückgekehrt. Als ich mich setze, nicke ich zu der Zeitung hin. »Ich wusste gar nicht, dass Sie sich für Radsport interessieren.«

»Es gibt vieles, was Sie nicht von mir wissen, Herr Oberstleutnant. Ich habe seit zehn Jahren ein Rennrad.« Er faltet die Zeitung zu einem kleinen Rechteck zusammen und steckt sie in die Jackentasche. Er scheint schlechter Laune zu sein.

»Kein Notizbuch heute?«, sage ich.

Er zuckt mit den Achseln. »Es gibt nichts zu berichten. Unser Wohltäter macht immer noch Urlaub in den Ardennen, auf dem Familiensitz seiner Frau. In der Botschaft ist alles ruhig, da rührt sich den Sommer über fast nichts, seit Wochen hat sich keiner von unseren Kandidaten blicken lassen. Ihrem Freund Ducasse hat es auch gereicht, er ist auf Urlaub in die Bretagne gefahren. Ich habe versucht, ihn zurückzuhalten, aber er hat gemeint, wenn er noch länger in der Rue de Lille bleibt, dann dreht er durch. Kann es ihm nicht verdenken.«

»Sie kommen mir auch ziemlich entmutigt vor.«

»Nun ja, Herr Oberstleutnant, seit fünf Monaten bin ich jetzt diesem Scheißkerl – wenn Sie mir den Ausdruck gestatten – auf den Fersen, und ich weiß nicht, was wir sonst noch tun können. Entweder schnappen wir ihn uns und machen ein bisschen Druck, vielleicht gesteht er ja dann irgendetwas, oder wir blasen die ganze Operation ab. Das wäre mein Vorschlag. Aber egal was wir machen, es wird langsam kälter, und wir sollten in den nächsten ein, zwei Tagen die Hörrohre wieder rausholen. Wenn die Deutschen demnächst wieder den Kamin anzünden, dann kriegen wir Ärger.«

»Dann lassen Sie *mich* zur Abwechslung mal *Ihnen* etwas zeigen«, sage ich und schiebe die Fotografien der Esterházy-

Briefe mit der Vorderseite nach unten über den Tisch. »Wohltäter versucht einen Posten im Generalstab zu ergattern.«

Desvernine schaut sich die Briefe an, und sofort hellt sich sein Gesicht auf. »Dieser Scheißkerl!«, sagt er leise mit zufriedener Stimme. »Der muss mehr Schulden haben, als wir dachten.«

Gern würde ich ihm von dem Bordereau, Dreyfus und dem Geheimdossier erzählen, aber ich wage es nicht, noch nicht – nicht bevor ich die offizielle Erlaubnis von Billot habe, den Rahmen meiner Untersuchung auszudehnen.

»Wie sollen wir jetzt weiter vorgehen, Herr Oberstleutnant?«, fragt Desvernine.

»Ich glaube, wir müssen deutlich aktiver werden. Ich werde dem Minister vorschlagen, dass er Wohltäters Antrag stattgibt und ihm eine Stelle im Generalstab besorgt, und zwar in einer Abteilung, in der wir ihn rund um die Uhr überwachen können. Er muss glauben, dass er Zugang zu Geheimmaterial hat – etwas, was scheinbar wertvoll, aber von uns gefälscht ist. Und dann sehen wir ja, was er damit macht.«

»Gute Idee. Und wenn wir uns schon die eine kleine Fälscherei genehmigen, könnten wir doch gleich noch eine draufsetzen. Warum schicken wir ihm nicht eine gefälschte Einladung der Deutschen, die ihn zu einem Gespräch über seine Zukunft bitten? Wenn Wohltäter auftaucht, dann ist das schon belastend an sich. Und wenn er mit Geheimmaterial auftaucht, dann haben wir ihn in flagranti erwischt.«

Ich denke darüber nach. »Haben Sie einen Fälscher an der Hand?«

»Ich würde Lemercier-Picard vorschlagen.«

»Ist er vertrauenswürdig?«

»Er ist ein Fälscher, Herr Oberstleutnant. Er ist ungefähr so vertrauenswürdig wie eine Schlange. Sein richtiger Name ist Moisés Lehmann. Aber er hat viel für die Abteilung gearbeitet, als Oberst Sandherr noch der Chef war, und er weiß genau, dass wir ihm auf die Pelle rücken, wenn er irgendwelche Tricksereien versucht. Ich finde heraus, wo er ist.«

Desvernine verlässt die Bar wesentlich zufriedener, als er sie betreten hat. Ich bleibe noch und trinke aus, dann fahre ich mit einer Droschke nach Hause.

◆

Am nächsten Tag fühle ich mich plötzlich wie im Herbst – ein bedrohlich dunkelgrauer Himmel, Wind, der die ersten Blätter von den Bäumen weht und über die Boulevards wirbelt. Desvernine hat recht. Die Hörrohre müssen so schnell wie möglich aus der Wohnung in der Rue de Lille verschwinden.

Ich komme zur üblichen Zeit ins Büro und gehe schnell die Tageszeitungen durch, die Capiaux mir auf den Schreibtisch gelegt hat. Der Artikel im *Figaro* über Dreyfus' Haftbedingungen auf der Teufelsinsel hat überall den Bodensatz der allgemeinen Vorurteile über Dreyfus wieder aufgerührt. Lasst ihn noch mehr leiden, scheint die vorherrschende Stimmung zu sein. Aber im *Éclair* steht eine Geschichte, an der ich hängen bleibe – ein anonymer Artikel mit der Überschrift »Der Verräter«, in dem behauptet wird, dass ein Geheimdossier, das den Richtern während des Prozesses übergeben worden sei, zweifelsfrei Dreyfus' Schuld beweise. Der Autor fordert die Armee auf, den Inhalt zu veröffentlichen, um der, wie er schreibt, nicht nachvollziehbaren Gefühlsduselei rund um den Spion ein Ende zu setzen.

Das ist das erste Mal, dass die Existenz des Geheimdossiers in der Presse erwähnt wird. Der Zufall, dass das ausgerechnet jetzt passiert, kurz nachdem das Dossier in meinen Besitz gelangt ist, beunruhigt mich. Ich gehe durch den Korridor zu Lauths Büro und werfe ihm die Zeitung auf den Schreibtisch. »Schon gesehen?«

Lauth liest den Artikel und schaut mich erschrocken an. »Jemand muss geredet haben.«

»Holen Sie Guénée her«, befehle ich ihm. »Er hat den Auftrag, die Dreyfus-Familie zu überwachen. Sagen Sie ihm, ich will ihn sofort sehen.«

Ich gehe in mein Büro zurück, öffne den Tresor und nehme das Geheimdossier heraus. Ich setze mich an den Schreibtisch und mache eine Liste mit allen Leuten, die davon wissen: Mercier, Boisdeffre, Gonse, Sandherr, du Paty, Henry, Lauth, Gribelin, Guénée; dank meinem gestrigen Besuch kommt jetzt noch Billot dazu – macht zehn; dann die sieben Richter, beginnend mit Oberst Maurel – macht siebzehn; und Präsident Fauré, der Arzt des Präsidenten, Gibert – macht neunzehn; wer war noch der Mann, der Mathieu Dreyfus davon erzählt hat? – das sind dann zwanzig; und wer weiß, wie vielen Mathieu danach davon erzählt hat.

Es gibt keine Geheimnisse mehr – keine richtigen, nicht in der modernen Welt, nicht seit es Fotografie, Telegrafie, Eisenbahnen und Zeitungspressen gibt. Die alten Zeiten, in denen sich ein innerer Kreis Gleichgesinnter mittelst Pergamentpapier und Federkiel untereinander austauschte, sind vorbei. Früher oder später kommt alles ans Licht. Das ist es, was ich Gonse zu erklären versucht habe.

Ich massiere meine Schläfen und versuche, alles noch einmal zu durchdenken. Die Tatsache, dass es eine undichte Stelle gibt, müsste eigentlich meinen Standpunkt rechtfertigen. Aber mir schwant, dass Gonse und Boisdeffre wahrscheinlich in Panik verfallen und sich in ihrer Entschlossenheit bestärkt sehen, die Nachforschungen einzugrenzen.

Guénée kommt am späten Vormittag in mein Büro. Wie immer sieht seine Haut wie die eines Gelbsüchtigen aus, und er riecht wie das Innere einer alten Tabakspfeife. Er hat die Überwachungsakte der Familie Dreyfus dabei. Er schaut sich nervös um. »Ist Major Henry da?«

»Henry ist noch im Urlaub. Sie müssen mit mir vorliebnehmen.«

Guénée setzt sich und öffnet seinen Ordner. »Die Dreyfus-Familie steckt dahinter, Herr Oberstleutnant. Mit großer Wahrscheinlichkeit.«

»Obwohl der Ton in dem *Éclair*-Artikel so feindselig gegenüber Dreyfus ist?«

»Das soll nur ihre Spuren verwischen. Sie haben sich an den Herausgeber Sabatier herangemacht – wir haben ihn bei Treffen mit Mathieu und auch mit Lucie beobachtet. Das passt zu einem Muster verstärkter Anstrengungen, die die Familie in letzter Zeit unternimmt – wie Sie vielleicht bemerkt haben. Sie haben die Cook Detective Agency in London engagiert, die Informationen ausgraben soll.«

»Und, haben sie etwas ausgegraben?«

»Nicht dass wir wüssten, Herr Oberstleutnant. Vielleicht haben sie deshalb ihre Strategie geändert und sich dazu entschlossen, verstärkt an die Öffentlichkeit zu gehen. Der Journalist, der die falsche Geschichte von Dreyfus' Flucht platziert hat, war von der Detektei angeheuert.«

»Warum sollten sie das tun?«

»Ich nehme an, um ihn wieder ins Gespräch zu bringen.«

»Tja, das haben sie ja auch geschafft, oder?«

Guénée zündet sich mit zitternden Fingern eine Zigarette an, ehe er antwortet. »Erinnern Sie sich noch, dass ich Ihnen vor einem Jahr erzählt habe, dass die Familie auf einen jüdischen Journalisten zugegangen ist – Bernard Lazare? Anarchist, Sozialist, jüdischer Aktivist?«

»Was ist mit ihm?«

»Anscheinend schreibt er gerade an einem Pamphlet zur Ehrenrettung von Dreyfus.«

Er blättert seine Akte durch und gibt mir eine Fotografie, auf der ein stämmiger, jugendlich wirkender Mann mit Kneifer, breiter Halbglatze und dichtem Vollbart zu sehen ist. Angeheftet sind einige von Lazare geschriebene Zeitungsartikel: »Das Neue Ghetto«, »Antisemitismus und Antisemiten«, eine Serie kürzlich in *Le Voltaire* erschienener Artikel, in der er Édouard Drumont von *La Libre Parole* angreift (»Sie sind nicht unverwundbar, weder Sie noch Ihre Freunde ...«).

»Ziemlich polemisch, der Bursche«, sage ich, während ich die Artikel durchblättere. »Und er arbeitet jetzt mit Mathieu Dreyfus zusammen?«

»Zweifellos.«

»Also noch einer, der über das Geheimdossier Bescheid weiß.«

Guénée zögert. »Ja, wahrscheinlich.«

Ich setze Lazares Name auf die Liste. Macht einundzwanzig. Ein hoffnungsloses Unternehmen. »Wissen wir, wann ungefähr Lazares Pamphlet erscheint?«

»Von unseren Quellen im Druckergewerbe haben wir nichts gehört. Vielleicht wollen sie es im Ausland unter die Leute bringen. Wir wissen es nicht. Sie sind inzwischen wesentlich professioneller geworden.«

»Was für ein Schlamassel!« Ich werfe Lazares Foto über den Schreibtisch zu Guénée zurück. »Dieses Geheimdossier wird uns noch großen Ärger machen. Sie haben doch bestimmt auch daran mitgearbeitet, oder?«

Die Frage klingt nicht nach Verhör, sondern völlig beiläufig. Zu meiner Überraschung runzelt Guénée die Stirn und schüttelt den Kopf, als durchforstete er angestrengt sein Gedächtnis. »Nein, Herr Oberstleutnant, ich nicht.«

Die dumme Lüge lässt bei mir alle Warnlampen aufleuchten. »Nein? Die Aussage des spanischen Militärattachés, die eine wesentliche Rolle im Fall gegen Dreyfus gespielt hat, die haben nicht Sie an Major Henry weitergegeben?«

»Tja, ich weiß nicht mehr.« Plötzlich scheint er sich nicht mehr so sicher zu sein.

»Also, haben Sie oder haben Sie nicht? Major Henry sagt ja.«

»Tja, dann muss es wohl so sein.«

»Ich habe es sogar hier, was Val Carlos Ihnen erzählt hat und Sie dann weitergegeben haben.« Ich hole das Geheimdossier aus meiner Schreibtischschublade, öffne es und nehme Henrys Protokoll heraus. Erstaunt reißt Guénée die Augen auf, während ich ihm den Teil, der ihn betrifft, vorlese. »›Vergessen Sie nicht, Major Henry von mir auszurichten (und er mag es dem Oberst gern weitergeben)‹ – damit ist Oberst Sandherr gemeint, nehme ich an – ›dass die Kontrollen im Kriegsministerium verstärkt werden müssen. Aus meinem letzten Gespräch mit den deutschen Attachés weiß ich, dass sie einen Offizier im Generalstab haben, der sie außerordentlich gut informiert. Finden Sie den Mann, Guénée. Wenn ich wüsste, wie er heißt, würde ich Ihnen den Namen nennen!‹«

»Ja, so ungefähr stimmt das.«

»Und das hat er Ihnen etwa sechs Monate vor Dreyfus' Verhaftung gesagt?«

»Ja, Herr Oberstleutnant, im März.«

Etwas an seinem Verhalten sagt mir, dass er immer noch lügt. Ich schaue auf die Zeilen, die ich gerade vorgelesen habe. Klingt nicht gerade nach einem spanischen Marquis, klingt mehr nach einem Polizisten, der eine Zeugenaussage erfindet.

»Moment noch, nur damit das klar ist«, sage ich. »Wenn ich den Marquis de Val Carlos besuchen und sagen würde:

›Unter uns, mein lieber Marquis, stimmt es, dass Sie diese Worte, mit deren Hilfe Hauptmann Dreyfus auf der Teufelsinsel gelandet ist, zu Monsieur Guénée gesagt haben?‹, würde er mir dann antworten: ›Mein lieber Major Picquart, das ist absolut korrekt‹?«

Die Panik steht Guénée ins Gesicht geschrieben. »Nun ja, das weiß ich nicht, Herr Oberstleutnant. Das war ein vertrauliches Gespräch. Bei den ganzen Geschichten, die jetzt so über Dreyfus in den Zeitungen stehen, wie kann ich da beschwören, was er heute sagen würde?«

Ich schaue ihn an. Mein Gott, denke ich. Was um Himmels willen hatten sie vor? Wenn Val Carlos das Guénée nicht erzählt hat, dann leuchtet ein, dass er es auch nicht Henry erzählt hat. Denn es war ja nicht einfach Guénée, den der Spanier vor einem deutschen Spion im Generalstab warnen sollte: Es war Henry. Ihr angebliches Gespräch bildete die Grundlage für Henrys theatralische Zeugenaussage vor dem Kriegsgericht: *Der Verräter ist dieser Mann!*

Ein Klopfen an der Tür beendet das lange Schweigen. Lauth steckt seinen blonden Kopf zur Tür herein. Ich frage mich, wie lange er wohl schon gelauscht hat. »General Boisdeffre möchte, dass Sie sofort zu ihm rüberkommen, Herr Oberstleutnant.«

»Danke. Rufen Sie in seinem Büro an, dass ich auf dem Weg bin.« Lauth geht wieder. »Wir reden ein andermal weiter«, sage ich zu Guénée.

»Ja, Herr Oberstleutnant.« Als er geht, scheint er mächtig erleichtert zu sein, ohne weitere Fragen davongekommen zu sein. Wenigstens macht er diesen Eindruck.

◆

Boisdeffre sitzt hinter seinem pompösen Schreibtisch. Seine grazilen Hände liegen flach auf der Schreibtischplatte, dazwischen liegt die heutige Ausgabe von *L'Éclair*. »Ich nehme an, Sie haben gestern mit dem Minister gesprochen«, sagt er. Er kann sich nur mit Mühe zu einem gelassenen Ton zwingen.

»Ja, Herr General, ich sehe ihn fast jeden Tag.«

Boisdeffre lässt mich in Habtachtstellung vor seinem Schreibtisch stehen, was bislang noch nie vorgekommen ist.

»Und da haben Sie ihm das Geheimdossier über Dreyfus gezeigt?«

»Ich war der Meinung, dass er über die Fakten Bescheid wissen sollte ...«

»Das werde ich nicht zulassen!« Er hebt eine Hand und schlägt damit hart auf die Tischplatte. »Ich habe gesagt, dass Sie mit Gonse sprechen sollen und mit sonst niemand! Wie kommen Sie dazu, meine Befehle zu missachten?«

»Es tut mir leid, Herr General, es war mir nicht bewusst, dass Ihr Befehl auch für den Minister galt. Wenn Sie sich erinnern, im letzten Monat haben Sie mir die Erlaubnis erteilt, General Billot über die Esterházy-Ermittlungen zu unterrichten ...«

»Über Esterházy, ja! Aber nicht über Dreyfus! Ich dachte, General Gonse hätte Ihnen unmissverständlich klargemacht, die beiden Angelegenheiten strikt zu trennen.«

Ich schaue weiter starr geradeaus auf ein ausgesprochen scheußliches Ölgemälde von Delacroix, das über dem schütteren, weißen Haarschopf des Stabschefs hängt. Nur gelegentlich riskiere ich einen kurzen Blick auf den General selbst. Er scheint gewaltig unter Druck zu stehen. Die Flecken, die seine Backen wie Schlingpflanzen überziehen, haben sich von Purpurrot zu Violett verfärbt.

»Offen gesagt halte ich es nicht für möglich, die beiden Angelegenheiten getrennt zu behandeln, Herr General …«

»Der Meinung können Sie sein, Herr Oberstleutnant, aber es nicht Ihre Aufgabe, im Oberkommando Streit anzuzetteln. Das werde ich nicht zulassen!« Er hebt die Zeitung hoch und wedelt damit herum. »Und wo kommt das her?«

»Die Sûreté glaubt, dass die Familie Dreyfus die Geschichte lanciert haben könnte.«

»Und, hat sie?«

»Unmöglich zu sagen. Eine beträchtliche Anzahl von Leuten hat Kenntnis von dem Dossier.« Ich ziehe meine Liste hervor. »Bislang zähle ich einundzwanzig.«

»Zeigen Sie her.« Boisdeffre streckt die Hand aus. Er überfliegt die Namen. »Sie sagen also, dass einer von denen die undichte Stelle ist.«

»Ich wüsste nicht, wer es sonst sein könnte.«

»Mir fällt auf, dass Ihr eigener Name nicht auf der Liste steht.«

»Ich weiß, dass ich es nicht bin.«

»Sie vielleicht, aber ich nicht. Ein flüchtiger Beobachter könnte es für einen merkwürdigen Zufall halten, dass gerade in dem Moment, da Sie anfangen, sich für eine Wiederaufnahme des Dreyfus-Verfahrens einzusetzen, Enthüllungen darüber in der Presse auftauchen.«

Von jenseits der hohen Fenster ist ein lautes Knacken zu vernehmen. Es hört sich an, als wäre ein Baum umgestürzt. Regen klatscht gegen die Scheiben. Boisdeffre, der mich immer noch anstarrt, scheint das nicht zu bemerken.

»Ich verwahre mich entschieden gegen diese Unterstellung, Herr General. Diese Geschichten nutzen meinen Nachforschungen nicht im Geringsten, wie Sie ja gerade selbst deutlich gemacht haben. Sie machen sie nur schwieriger.«

»Das ist die eine Sichtweise. Die andere ist, dass Sie nach

allen möglichen Hebeln suchen, um den Dreyfus-Fall wieder aufzurollen, ob Sie nun hinter meinem Rücken mit dem Minister sprechen oder über die Presse Unruhe schüren. Wussten Sie, dass ein Mitglied der Abgeordnetenkammer angekündigt hat, der Regierung wegen der Affäre Fragen zu stellen?«

»Damit habe ich nichts zu tun, ich gebe Ihnen mein Wort.«

Der Blick, mit dem mich der General anschaut, verrät tiefes Misstrauen. »Hoffen wir, dass jetzt Schluss ist mit diesen Enthüllungen. Es ist schon schlimm genug, dass die Presse über die Existenz des Dossiers berichtet hat. Wenn jetzt auch noch der eigentliche Inhalt ans Licht käme, dann wären die Folgen noch viel schwerwiegender. Diese Liste behalte ich, wenn Sie erlauben.«

»Natürlich.« Meine Verbeugung gibt, so hoffe ich zumindest, meiner geheuchelten Zerknirschung glaubhaft Ausdruck.

»Das wär's, Herr Oberstleutnant.« Er wedelt mit den Fingern, als würde er einen Kellner im Jockey Club wegschicken. »Sie können gehen.«

◆

Als ich hinaus auf die Rue Saint-Dominique trete, bläst ein Orkan: eine monströse Laune der Natur, die zwischen Mittag und drei Uhr über Paris herfällt. Ich muss mich an Geländern festhalten, damit ich nicht umgeweht werde, und bin nass bis auf die Haut, als ich mein Büro erreiche. Der Wind deckt die Dächer der Opéra-Comique und der Polizeipräfektur ab. Er schlägt an einer Seite des Justizpalastes die Fenster heraus. Flussschiffe reißen sich von ihren Ankerplätzen los und knallen gegen die Kaimauer. Einige der Waschfrauen am Ufer der Seine werden ins Wasser geweht und müssen gerettet werden. Die Stände des Blumenmarkts auf der Place Saint-Sulpice werden vollständig weggerissen. Auf meinem Heimweg an jenem Abend wate ich durch zerfetzte Vegetation und zerbrochene Ziegel, die knöchelhoch die Straßen bedecken. Die Verwüstung ist furchtbar, aber insgeheim bin ich erleichtert: Die Zeitungen haben in den nächsten Tagen außer Hauptmann Dreyfus noch anderen Stoff, über den sie schreiben können.

14

Die Atempause ist kurz. Am Montag bringt *L'Éclair* einen zweiten, längeren Artikel. Die Überschrift könnte von meinem Standpunkt aus nicht schlimmer sein: »Der Verräter: Das Dossier beweist Dreyfus' Schuld«.

Mir ist schon übel, als ich mich mit der Zeitung an meinen Schreibtisch setze. Der Artikel strotzt vor Unwahrheiten, enthält aber einige aufschlussreiche Details: dass das Geheimdossier den Richtern in ihrem Beratungszimmer übergeben wurde; dass das Dossier vertrauliche Briefe enthielt, die der deutsche und der italienische Militärattaché miteinander wechselten; dass sich einer der Briefe ausdrücklich auf, wie es heißt, diese Bestie Dreyfus bezog – die Wendung »dieser Lump D« taucht in dem Artikel jedoch nicht wörtlich auf. »Es war dieser unwiderlegbare Beweis, der für das Urteil der Richter ausschlaggebend war« schließt der Artikel.

Ich trommle mit den Fingern auf die Tischplatte. Wer liefert all diese Einzelheiten? Guénée behauptet, die Familie Dreyfus. Ich bin mir da nicht so sicher. Wer profitiert von diesen Enthüllungen? Aus meiner Sicht sind die offensichtlichsten Profiteure die, die eine Wagenburgmentalität innerhalb des Kriegsministeriums schaffen und meine Nachforschungen über Esterházy beschneiden wollen. Es ist die Wendung »diese Bestie Dreyfus«, die mich an etwas erinnert. Hat das du Paty nicht immer von Dreyfus behauptet: dass er von animalischen Trieben gesteuert sei?

Ich nehme eine Schere und schneide den Artikel sorgfältig aus. Dann schreibe ich einen Brief an Gonse, der immer noch im Urlaub ist. »Neulich habe ich mir die Freiheit genommen, Ihnen meine Auffassung mitzuteilen, dass wir in ernste Schwierigkeiten geraten könnten, wenn wir nicht selbst die Initiative ergreifen. Der beigefügte Artikel aus *L'Éclair* betätigt leider meine Auffassung. Ich fühle mich verpflichtet, noch einmal zu betonen, dass es unerlässlich ist, ohne Verzug zu handeln. Wenn wir noch länger warten, wird uns die Entwicklung überrollen und in eine aussichtslose Lage bringen. Es wird uns nicht mehr möglich sein, uns entweder selbst zu verteidigen oder die Wahrheit herauszufinden.«

Ich zögere, bevor ich den Brief abschicke. Ich gebe damit offiziell meine Meinung zu Protokoll. Gonse ist ein mustergültiger Soldat, vielleicht nicht auf dem Schlachtfeld, aber sicherlich auf dem Feld der Aktenablage. Er wird den Brief als das erkennen, was er ist: als Eskalation der Feindseligkeiten.

Ich schicke ihn trotzdem ab.

Am nächsten Tag zitiert er mich zu sich. Er hat seinen Urlaub abgebrochen und ist wieder in seinem Büro. Ich kann seine Panik auf zweihundert Meter spüren.

Auf den Fluren des Kriegsministeriums geht es ruhiger zu als sonst. Billot und Boisdeffre begleiten Präsident Fauré auf dessen Inspektionsreise zu den Herbstmanövern in den Südwesten des Landes. Die meisten Offiziere des Generalstabs mit Karriereambitionen – und das sind fast alle – haben dafür gesorgt, im Felde zu sein. Die leeren, hallenden Flure erinnern mich an die Atmosphäre der Verräterhatz vor zwei Jahren.

»Ich habe Ihren Brief bekommen«, sagt Gonse und wedelt damit herum, als ich mich auf den Stuhl vor seinem Schreibtisch setze. »Glauben Sie nicht, ich hätte kein Verständnis für

Ihren Standpunkt. Wenn ich die Uhr zum Anfang dieser verdammten Geschichte zurückdrehen könnte, dann wäre ich Ihrer Meinung, das können Sie mir glauben. Zigarette?« Er schiebt mir die Schachtel zu. Ich hebe ablehnend die Hand. Er nimmt sich eine und zündet sie an. Sein Ton könnte nicht freundlicher sein. »Machen wir uns nichts vor, mein lieber Picquart. Die Dreyfus-Ermittlungen sind nicht so professionell durchgeführt worden, wie das der Fall hätte sein sollen. Sandherr war ein kranker Mann, und du Paty – nun ja, wir alle wissen, wie Armand ist, trotz seiner vielen Vorzüge. Trotzdem müssen wir jetzt an dem Punkt weitermachen, an dem wir stehen, wir können die ganze Geschichte nicht wieder von vorn aufrollen. Das würde zu viele alte Wunden aufreißen. Sie haben ja gesehen, was in den letzten Tagen in der Presse los war, diese latente Hysterie um Dreyfus. Das würde das Land zerreißen. Wir müssen jetzt einfach das Loch stopfen. Das sehen Sie doch ein, oder?«

Er schaut mich mit so flehenden, um meine Zustimmung bettelnden Augen an, dass ich für ein paar flüchtige Momente fast versucht bin, ihm nachzugeben. Er ist kein schlechter Mensch, nur ein schwacher. Er will ein ruhiges Leben, will einfach gemütlich zwischen dem Ministerium und seinem Garten hin- und herpendeln.

»Ich verstehe das, Herr General. Aber diese Geschichten, die an die Presse durchsickern, stellen eine ganz andere Warnung an uns dar. Wir müssen erkennen, dass in diesem Augenblick, während wir uns hier unterhalten, schon eine Untersuchung des Falles Dreyfus im Gange ist. Leider wird sie von seiner Familie und ihren Unterstützern organisiert. Der Prozess entgleitet uns. Was ich in meinem Brief deutlich machen wollte, ist das grundlegende militärische Prinzip, dass wir es sein sollten, die die Initiative ergreifen, solange uns noch die Zeit dafür bleibt.«

»Und wie stellen wir das an? Durch Kapitulation? Indem wir ihnen geben, was sie wollen?«

»Nein, indem wir eine Stellung aufgeben, die schlicht nicht mehr zu halten ist, und stattdessen eine neue Verteidigungslinie auf höherem Terrain errichten.«

»Ja – wie schon gesagt – indem wir ihnen geben, was sie wollen! Wie auch immer, ich bin nicht Ihrer Meinung. Unsere jetzige Stellung ist sehr wohl zu halten, solange wir nur eng genug zusammenstehen. Uns schützt die eiserne Wand der Rechtsprechung. Wir sagen einfach: Sieben Richter haben alle Beweise begutachtet. Sie haben ein einstimmiges Urteil gefällt. Der Fall ist abgeschlossen.«

Ich schüttele den Kopf. »Nein, entschuldigen Sie, Herr General, aber diese Linie wird nicht halten. Die Richter sind nur wegen dem Geheimdossier zu einem einstimmigen Urteil gekommen. Und die Beweise in dem Geheimdossier sind, nun ja ...« Ich halte inne, bin mir nicht sicher, wie ich fortfahren soll. Mir fällt Guénées Gesichtsausdruck ein, als ich ihn über sein angebliches Gespräch mit Val Carlos ausgefragt habe.

»Die Beweise sind was?«, fragt Gonse ruhig.

»Die Beweise in dem Dossier sind ...« Ich breite die Arme aus. »Sie sind *schwach*. Wenn sie wasserdicht wären, könnten wir über die Tatsache, dass sie der Verteidigung vorenthalten wurden, vielleicht hinwegsehen. Aber so ...«

»Ich verstehe vollkommen, was Sie meinen, mein lieber Picquart – glauben Sie mir, vollkommen!« Er beugt sich vor und schaut mich beschwörend an. »Aber das ist exakt der Punkt, warum die Korrektheit des Geheimdossiers unter keinen Umständen angezweifelt werden darf. Angenommen, wir folgen Ihrer Route auf höheres Terrain und sagen dem französischen Volk: Also, das war so, der Bordereau stammt jetzt doch von Esterházy, und deshalb holen wir Dreyfus von seiner Insel, und er kriegt einen neuen großen Prozess. Was kommt dann als Nächstes? Die Leute werden wissen wollen, warum die ursprünglichen Richter – alle sieben, wohlgemerkt – die ganze Geschichte dermaßen falsch bewerten konnten. Und damit sind wir wieder bei dem Geheimdossier. Einige sehr hochstehende Persönlichkeiten werden höchst irritiert sein. Wollen Sie das? Stellen Sie sich vor, welchen Schaden das der Reputation der Armee zufügen würde!«

»Ich gestehe zu, der Schaden wird nicht zu vermeiden sein, Herr General. Aber man würde uns auch Anerkennung dafür zollen, dass wir den eigenen Stall ausgemistet haben. Während wir den Schaden nur vergrößern würden, wenn wir auf die alten noch ein paar neue Lügen draufpacken …«

»Keiner redet von Lügen, Herr Oberstleutnant! Ich verlange keine Lügen von Ihnen! Das würde ich nie tun. Ich weiß, Sie sind ein Ehrenmann. Tatsächlich verlange ich nicht einmal, dass Sie überhaupt etwas tun. Ich verlange nur von Ihnen, dass Sie *nichts* tun. Sie lassen einfach die Finger vom Fall Dreyfus. Ist das so unzumutbar, Georges?« Er wagt ein dünnes Lächeln. »Schließlich kenne ich Ihre Ansichten über das auserwählte Volk – also wirklich, wenn das alles vorbei ist, was kümmert es Sie da noch, ob ein einzelner Jude auf der Teufelsinsel hockt?«

Es ist, als ob er sich über den Schreibtisch gebeugt und mir einen geheimen Handschlag angeboten hätte. »Ich schätze, es kümmert mich deshalb, weil er unschuldig ist«, sage ich vorsichtig.

Gonse lacht. Sein Gelächter hört sich an, als könnte es jeden Augenblick ins Hysterische umkippen. »Ach Gott, wie sentimental!« Er klatscht sich in die Hände. »Ein herrlicher Gedanke! Neugeborene Lämmchen und Kätzchen und Alfred Dreyfus – und alle so unschuldig!«

»Bei allem Respekt, Herr General, Sie wollen ja wohl nicht andeuten, dass ich mit dem Mann irgendwie emotional verbunden bin? Ich kann Ihnen versichern, dass mich keine Gefühle welcher Art auch immer mit ihm verbinden. Offen gesagt wäre es mir lieber, er wäre tatsächlich schuldig. Das würde mir mein Leben wesentlich erleichtern. Bis vor Kurzem war ich mir noch sicher, dass er schuldig ist. Aber jetzt liegen die Beweise vor mir, und es scheint ganz so, dass er nicht schuldig sein *kann*. Der Verräter ist Esterházy.«

»Vielleicht ist es Esterházy, vielleicht nicht. Man kann sich nie sicher sein. Es ist allerdings eine Tatsache, dass es *nie jemand erfahren wird, wenn Sie nichts sagen.*«

Schließlich sind wir zum dunklen Kern der Sache vorgestoßen. Plötzlich kommt mir der Raum noch ruhiger vor. Gonse schaut mir unumwunden in die Augen. Ich nehme mir etwas Zeit, bevor ich antworte.

»Das ist ein widerwärtiger Vorschlag, Herr General. Sie können von mir nicht erwarten, dass ich dieses Geheimnis mit ins Grab nehme.«

»O doch, das kann ich sehr wohl, und ich tue es auch. Geheimnisse mit ins Grab zu nehmen ist das Wesen unseres Berufs.«

Wieder Stille. Ich versuche es erneut. »Ich bitte nur darum, dass der Fall gründlich untersucht wird …«

»Nur!« Schließlich bricht es doch aus Gonse heraus. »*Nur!* Das gefällt mir! Ich verstehe Sie nicht, Picquart! Was wollen Sie? Dass die gesamte Armee – also eigentlich die gesamte Nation! – sich nur um Ihr empfindliches Gewissen dreht? Ihre Arroganz ist ziemlich beeindruckend, das muss ich schon sagen!« Sein fetter Hals läuft leuchtend rosa an. Er sieht aus wie ein prall aufgepumpter Gummischlauch, der über den Kragen seines Uniformrocks quillt. Er ist entsetzt.

Plötzlich wird sein Ton geschäftsmäßig. »Wo ist das Geheimdossier jetzt?«

»In meinem Tresor.«

»Und Sie haben über den Inhalt mit sonst niemand gesprochen?«

»Natürlich nicht.«

»Haben Sie Kopien gemacht?«

»Nein.«

»Und Sie sind auch nicht die undichte Stelle, die die Zeitungen beliefert?«

»Wenn ich es wäre, würde ich es wohl kaum zugeben, oder?« Ich kann die Verachtung in meiner Stimme nicht mehr zügeln. »Aber wenn Sie mich schon fragen, die Antwort ist nein.«

»Werden Sie nicht unverschämt!« Gonse steht auf. Ich stehe ebenfalls auf. »Wir sind hier in der Armee, Herr Oberstleutnant, nicht in einem Debattierklub für ethische Fragen. Der Kriegsminister erteilt dem Chef des Generalstabs Befehle, der Chef des Generalstabs erteilt mir Befehle, und ich erteile Ihnen Befehle. Ich befehle Ihnen hiermit offiziell, und zwar zum letzten Mal, keinerlei Nachforschungen anzustellen, die in Zusammenhang mit dem Fall Dreyfus stehen, nichts darüber an wen auch immer weiterzugeben, der nicht autorisiert ist, diese Informationen zu erhalten. Gott stehe Ihnen bei, wenn Sie diesen Befehl missachten. Haben Sie verstanden?«

Ich kann mich nicht zu einer Antwort überwinden. Ich salutiere, drehe mich auf dem Absatz um und gehe aus dem Zimmer.

◆

Als ich ins Büro zurückkomme, sagt mir Capiaux, dass im Warteraum Desvernine mit dem Fälscher Lemercier-Picard sitze. Nach der Auseinandersetzung mit Gonse ist ein Vorstellungsgespräch mit einer Kreatur wie dieser das Letzte, wonach mir der Sinn steht, aber wegschicken will ich ihn auch nicht.

Als ich den Warteraum betrete, erkenne ich ihn sofort als einen aus der kleinen Gruppe von Kartenspielern und Pfeifenrauchern wieder, die ich zusammen mit Guénée an meinem ersten Morgen gesehen habe. Der Name Moisés Lehmann passt besser zu ihm als Lemercier-Picard. Er ist klein und sieht jüdisch aus, duftet nach Eau de Cologne, platzt vor Charme und Selbstbewusstsein und ist ganz scharf darauf, mich mit seinen Fertigkeiten zu beeindrucken. Er beschwatzt mich gleich, drei oder vier Sätze auf ein Blatt Papier zu schreiben. »Na los, Herr Oberstleutnant, was soll schon passieren?« Nach ein paar Übungssätzen gelingt ihm schließlich eine passable Kopie meiner Handschrift. »Der Trick ist die Geschwindigkeit«, sagt er. »Man muss das Wesen der Schrift erfassen, sich in ihren Charakter hineinversetzen und dann ganz natürlich schreiben. Sie haben eine sehr künstlerische Handschrift, Herr Oberstleutnant, sehr verschwiegen, sehr *introspektiv,* wenn ich so sagen darf.«

»Das reicht jetzt, Moisés«, sagt Desvernine und tut so, als hielte er sich die Ohren zu. »Der Herr Oberstleutnant hat keine Zeit für deinen Unsinn. Du kannst jetzt wieder verschwinden. Warte im Entree auf mich.«

Der Fälscher schaut mich grinsend an. »War mir ein Vergnügen, Herr Oberstleutnant.«

»Ganz meinerseits. Und wenn ich jetzt um das Blatt Papier mit meiner Handschrift bitten dürfte?«

»Ah, richtig«, sagt er und zieht es aus seiner Jackentasche. »Hätte ich fast vergessen.«

»Da ist noch was, das Sie wissen sollten«, sagt Desvernine, nachdem der Fälscher gegangen ist. »Esterházy hat sich anscheinend aus dem Staub gemacht. Er und seine Frau sind völlig überstürzt aus der Wohnung in der Rue de la Bienfaisance ausgezogen.«

»Woher wissen Sie das?«

»Ich war drin. Keine Angst, nichts Illegales. Sie ist zu vermieten. Ich habe den Wohnungssuchenden gespielt. Die meisten ihrer Möbel haben sie mitgenommen, nur ein bisschen Plunder ist übrig. Im Herd hat er jede Menge Papier verbrannt. Das hier habe ich gefunden.«

Er gibt mir eine Visitenkarte mit angesengten Rändern:

Édouard Drumont
Herausgeber
La Libre Parole

Ich drehe die Visitenkarte hin und her. »Dann arbeitet Esterházy also für dieses antijüdische Hetzblatt.«

»Sieht so aus. Aber vielleicht hat er ihnen auch nur Informationen geliefert. Tun viele aus der Armee. Der Punkt ist, Herr Oberstleutnant, er ist untergetaucht. Er ist nicht in Paris. Er ist auch nicht mehr in Rouen. Er hat sich in die Ardennen verzogen.«

»Glauben Sie, er weiß, dass wir ihm auf den Fersen sind?«

»Ich bin mir nicht sicher. Aber irgendwie stinkt die Sache. Wenn wir ihm eine Falle stellen wollen, dann sollten wir das jedenfalls so schnell wie möglich tun.«

»Sind die Hörrohre schon ausgebaut?«

»Ja, seit gestern.«

»Gut. Und die Löcher im Kaminschacht, wann werden die wieder zugemauert?«

»Einer meiner Leute erledigt das heute Abend.«

»Gut. Um die Falle kümmere ich mich.«

◆

Billot ist jetzt meine einzige Hoffnung. Billot, die alte Eidechse, der alte Überlebenskünstler, der zweimalige Kriegsminister – bestimmt wird er nicht nur das Amoralische, sondern auch den politischen Wahnsinn an der Strategie des Generalstabs erkennen.

Seine Rückkehr von den Manövern im Südwesten ist für Freitag angekündigt. An jenem Morgen bringt *Le Figaro* auf der Titelseite eine an die Abgeordnetenkammer gerichtete Petition von Lucie Dreyfus, in der darauf hingewiesen wird, dass die Regierung die Geschichten über das Geheimdossier nicht dementiert hat:

Und so muss es wohl wahr sein, dass ein französischer Offizier aufgrund einer Beschuldigung verurteilt wurde, die die Anklagevertretung dem Kriegsgericht ohne Wissen des Angeklagten vorlegte und zu der deshalb weder er noch sein Verteidiger Stellung nehmen konnten.

Das ist die Verweigerung jeglicher Gerechtigkeit.

Seit fast zwei Jahren bin ich – wie der Mann, an dessen Unschuld ich unerschütterlich glaube – das Opfer des grausamsten Martyriums. Trotz der in der Öffentlichkeit und der Presse verbreiteten Verleumdungen der widerlichsten und widersinnigsten Art habe ich bislang geschwiegen.

Doch heute ist es meine Pflicht, dieses Schweigen zu brechen. Ohne Kommentar und Schuldzuweisungen wende ich mich an Sie, meine Herren, die einzige Macht, bei der ich noch Zuflucht suchen kann – und fordere Gerechtigkeit.

In den engen, düsteren Fluren und Treppenhäusern der Statistik-Abteilung herrscht Stille. Meine Offiziere haben sich in ihre Büros verkrochen. Stündlich rechne ich damit, von Gonse auf die andere Straßenseite zitiert zu werden, damit ich ihm die neueste Bombe erklären möge. Aber das Telefon bleibt stumm. Von meinem Büro aus behalte ich mit halbem Auge die Rückseite des Hôtel de Brienne im Auge. Schließlich, es ist kurz nach drei, sehe ich hinter den hohen Fenstern uniformierte Ordonnanzen mit Aktenkoffern. Der Minister muss wieder da sein. Die Topografie kommt mir zugute: Gonse in der Rue Saint-Dominique weiß sicherlich noch nicht, dass er wieder zurück ist. Ich gehe hinunter in die Rue de l'Université, überquere die Straße und ziehe meinen Schlüssel aus der Tasche, um die Tür zum Garten des Ministers zu öffnen.

Und dann passiert etwas Seltsames. Der Schlüssel passt nicht. Ich versuche es drei-, viermal, aber ich will einfach nicht begreifen, dass er nicht passt. Die Form des Schlosses ist völlig anders als früher. Schließlich gebe ich auf und nehme wie jeder normale Sterbliche den langen Weg außen herum über die Place du Palais-Bourbon.

»Oberstleutnant Picquart für den Kriegsminister …«

Die Wache öffnet das Tor und lässt mich hinein, aber der Hauptmann der Republikanischen Garde im Entree im Erdgeschoss bittet mich zu warten. Nach ein paar Minuten kommt Hauptmann Calmon-Maison die Treppe herunter.

Ich halte den Schlüssel hoch. »Funktioniert nicht mehr.« Ich versuche einen Witz daraus zu machen. »Wegen übermäßiger Neugier aus dem Garten vertrieben, wie Adam.«

Calmon-Maison verzieht keine Miene. »Tut mir leid, Herr Oberstleutnant. Wir müssen die Schlösser gelegentlich austauschen – Sicherheitsmaßnahme, Sie verstehen.«

»Sie müssen sich nicht rechtfertigen, Herr Hauptmann. Aber ich habe Neuigkeiten für den Minister.«

»Leider ist er gerade erst aus Châteauneuf zurückgekehrt. Er hat sehr viel zu tun und ist auch ziemlich erschöpft.

Könnten Sie vielleicht am Montag wieder vorbeischauen?«
Wenigstens hat er so viel Anstand, ein verlegenes Gesicht zu machen.

»Es dauert nicht lange.«

»Trotzdem ...«

»Ich warte.« Ich lasse mich auf einer der roten Lederbänke nieder.

Er schaut mich unsicher an. »Vielleicht frage ich noch einmal nach.«

»Das wäre vielleicht besser.«

Mit stampfenden Schritten geht er wieder die Marmortreppe hoch. Seine Stimme hallt von den Steinwänden wider, als er kurz danach zu mir herunterruft. »Oberstleutnant Picquart!«

Billot sitzt an seinem Schreibtisch. »Picquart«, sagt er und hebt müde eine Hand. »Tut mir leid, aber ich bin sehr beschäftigt.« Allerdings kann ich keinerlei Anzeichen von Beschäftigung erkennen. Ich vermute, dass er einfach nur aus dem Fenster geschaut hat.

»Verzeihung, Herr Minister, ich werde Sie nicht lange aufhalten. Aber angesichts der Zeitungsgeschichten fühle ich mich genötigt, Sie zu einer Entscheidung zu drängen, wie es mit der Esterházy-Untersuchung weitergehen soll.«

Billot hebt die buschigen, weißen Augenbrauen und schaut mich misstrauisch an. »Welchen Aspekt der Untersuchung meinen Sie genau?«

Ich fange an, ihm Desvernines und meinen Plan zu erklären, Esterházy mit einer scheinbar von Schwartzkoppen stammenden Botschaft zu einem Treffen zu locken, aber er schneidet mir gleich das Wort ab. »Nein, nein, das gefällt mir ganz und gar nicht, das ist viel zu plump. Ich glaube inzwischen, dass die schnellste Methode, wie wir dieses Schwein loswerden können, die ist, ihn überhaupt nicht strafrechtlich zu verfolgen, sondern einfach in den Ruhestand zu versetzen. Entweder das, oder wir versetzen ihn irgendwohin ans Ende der Welt – nach Indochina oder Afrika, was weiß ich –, vorzugsweise in ein Land, wo man sich eine ganz besonders üble Krankheit einfangen kann oder eine Kugel, ohne dass sich irgendjemand darum schert.«

Ich weiß nicht, wie ich auf diesen Vorschlag reagieren soll, also gehe ich nicht darauf ein. »Und was machen wir mit Dreyfus?«

»Er bleibt einfach da, wo er ist. Das Urteil ist gesprochen, und damit Schluss.«

»Dann haben Sie Ihre Entscheidung also schon getroffen?«

»Ja. Vor der Parade in Châteauneuf hatte ich die Gelegenheit, das Thema mit General Mercier unter vier Augen zu erörtern. Er ist eigens mit dem Automobil aus Le Mans gekommen, um die Sache zu besprechen.«

»Das glaube ich gern!«

»Seien Sie vorsichtig, Herr Oberstleutnant! ...« Billot zeigt mit dem Finger auf mich. Bis jetzt hat er mich immer dazu ermuntert, die Grenzen der Insubordination auszuloten. Es hat ihm Spaß gemacht, den nachsichtigen Familienpatron zu spielen. Wie mit dem Zugang zum Garten ist es also auch mit diesem Privileg vorbei.

Trotzdem kann ich mich nicht zurückhalten. »Aber Sie wissen doch, dass nichts in diesem Geheimdossier eine Schuld von Dreyfus belegt, dass es vielleicht sogar glatte Lügen enthält.«

Billot legt sich die Hände auf die Ohren. »Es gibt Dinge, die ich lieber nicht hören sollte, Herr Oberstleutnant.«

Er sieht aus, wie störrische alte Männer manchmal aussehen: albern, ein schmollendes Kind in einer Kinderkrippe.

»Ich kann ziemlich laut werden«, sage ich.

»Das ist mein Ernst, Picquart! Ich darf mir das nicht

anhören!« Seine Stimme ist schrill. Erst als er sich sicher ist, dass ich seine Ohren nicht mehr besudele, nimmt er die Hände herunter. »Also, führen Sie sich nicht auf wie ein arroganter, dummer Kindskopf, und hören Sie mir zu.« Seine Stimme klingt jetzt versöhnlich und vernünftig. »General Boisdeffre wird bald den Zaren in Paris empfangen, das ist ein diplomatischer Coup, der die Welt verändern wird. Und ich muss mit dem Finanzausschuss über einen Haushalt von sechshundert Millionen Francs verhandeln. Wir können es uns einfach nicht leisten, dass uns diese schäbige Geschichte, dieser eine Jude auf seinem Felsen, von den wichtigen Themen ablenkt. Das würde die Armee zerreißen. Man würde mich aus dem Amt jagen – und zwar zu Recht. Man muss doch die Verhältnismäßigkeit im Auge behalten. Verstehen Sie, was ich damit sagen will, Herr Oberstleutnant?«

Ich nicke.

Er erhebt sich mit erstaunlicher Geschmeidigkeit, geht um den Schreibtisch herum und bleibt vor mir stehen. »Calmon-Maison sagt, die Schlösser in den Gartentüren mussten erneuert werden. Was für ein Stumpfsinn. Ich werde dafür sorgen, dass Sie einen neuen Schlüssel bekommen. Ich schätze Ihren Scharfsinn außerordentlich, mein Junge.« Er schüttelt mir die Hand. Sein Griff ist hart, trocken, schwielig. Zusätzlich umfasst er meine Hand noch mit seiner anderen. Ich fühle mich wie in einem Schraubstock. »Das ist nicht so einfach mit der Macht, Georges. Man muss den Mumm haben, harte Entscheidungen zu treffen. Ich habe das alles schon einmal erlebt. Heute großes Geschrei, Dreyfus, Dreyfus, Dreyfus, und morgen, wenn es keine neue Enthüllung gibt, ist alles wieder vergessen. Sie werden sehen.«

◆

Billots Prophezeiung über Dreyfus und die Presse erweist sich als zutreffend. So plötzlich sich die Zeitungen wieder auf Dreyfus stürzten, so schnell erlahmt das Interesse an dem Gefangenen auf der Teufelsinsel auch wieder. Stattdessen füllen Geschichten über den Staatsbesuch des Zaren die Titelseiten, besonders Spekulationen darüber, welche Garderobe die Zarin wohl tragen wird. Aber ich vergesse ihn nicht.

Obwohl ich Desvernine mitteilen muss, dass wir die Dienste von Monsieur Lemercier-Picard nicht benötigen und unser Gesuch, Esterházy eine Falle stellen zu dürfen, abgelehnt wurde, betreibe ich die Nachforschungen weiter, so gut ich kann. Ich befrage einen Unteroffizier im Ruhestand, Mulot, der sich daran erinnert, Teile einer Schießvorschrift für den Major kopiert zu haben. Und ich spreche mit Hauptmann le Rond, der Esterházy an der Waffe ausgebildet hat. Er nennt seinen früheren Schüler einen Schuft: »Wenn ich ihm auf der Straße begegnen würde, würde ich ihm nicht die Hand schütteln.« All das wandert in meine Wohltäter-Akte. Wenn ich gelegentlich am Ende eines Arbeitstages die bislang zusammengetragenen Beweise durchgehe, das Petit Bleu, die Überwachungsfotos, die Zeugenaussagen, dann sage ich mir, dass ich ihn doch noch hinter Gittern sehen werde.

Einen neuen Schlüssel für den Garten des Hôtel de Brienne bekomme ich nicht. Wenn ich den Minister sprechen will, muss ich einen Termin vereinbaren. Und obwohl er mich immer herzlich empfängt, ist sein Verhalten mir gegenüber doch eindeutig reserviert. Das Gleiche gilt für Boisdeffre und Gonse. Ich habe nicht mehr ihr volles Vertrauen – zu Recht.

◆

Am Morgen des vorletzten Septembertages gehe ich die Treppe zu meinem Büro hinauf, biege um die Ecke und sehe Major Henry, der in ein Gespräch mit Lauth und Gribelin vertieft ist. Er hat mir den Rücken zugewandt, aber seine breiten, massigen Schultern und der fette Nacken sind genauso unverkennbar wie sein Gesicht. Als Lauth mich sieht, wirft er ihm einen schnellen, warnenden Blick zu. Henry hört auf zu reden und dreht sich um. Die drei Offiziere salutieren.

»Meine Herren«, sage ich. »Schön, dass Sie wieder da sind, Major Henry. Wie war der Urlaub?«

Er sieht anders aus. Er hat etwas Sonne abbekommen – wie alle außer mir. Und er hat einen anderen Haarschnitt, kurze Stirnfransen. Jetzt sieht er nicht mehr wie ein verschlagener Bauer, sondern wie ein verschlagener Mönch aus. Und noch etwas hat sich verändert. Er strahlt frische Energie aus. Als hätten sich all die negativen Kräfte, die unsere kleine Einheit umgaben – der Argwohn, die Entfremdung, das Unbehagen –, in seiner korpulenten Gestalt konzentriert und ihn mit einer Art Elektrizität aufgeladen. Er ist ihr Anführer. Meine heikle Lage ist seine Chance. Er ist eine Gefahr für mich. All das geht mir in den wenigen Sekunden durch den Kopf, in denen er salutiert und mit einem Grinsen im Gesicht sagt: »Schön, Herr Oberstleutnant, danke der Nachfrage.«

»Ich muss Sie dann noch auf den neuesten Stand bringen.«

»Wann immer Sie wollen, Herr Oberstleutnant.«

Ich will ihn schon in mein Büro bitten, entscheide mich dann aber anders. »Wie wär's, wenn wir nach Feierabend zusammen etwas trinken gehen?«

»Etwas trinken?«

»Sie sehen überrascht aus.«

»Na ja, wir sind noch nie zusammen etwas trinken gegangen.«

»Schlimm genug, oder? Wird Zeit, dass wir das nachholen. Sagen wir um fünf?«

Um fünf Uhr klopft er an meine Tür, ich nehme meine Mütze, und wir gehen hinaus auf die Straße. »Wohin möchten Sie?«, fragt er.

»Was schlagen Sie vor? Ich kenne mich mit den Bars hier in der Gegend nicht so aus.«

»Also ins Royale. Dann brauchen wir uns nicht lange den Kopf zu zerbrechen.«

Die Taverne Royale ist die Lieblingsbar der Offiziere aus dem Generalstab. Ich bin seit Jahren nicht mehr dort gewesen. Um diese Zeit ist es ruhig. Gleich neben dem Eingang stehen ein paar Hauptleute mit einem Glas in der Hand da, der Barkeeper liest Zeitung, ein Kellner wischt die Tische ab. An den Wänden Regimentsfotos, auf dem nackten Holzboden Sägespäne, die Einrichtung braun, messing- und sepiafarben. Henry fühlt sich ganz wie zu Hause. Wir setzen uns an einen Tisch in der Ecke. Er bestellt Kognak, ich schließe mich an, weil mir nichts Besseres einfällt. »Lassen Sie die Flasche da«, sagt er zu dem Kellner. Er bietet mir eine Zigarette an. Ich lehne ab. Er zündet sich eine an, und plötzlich wird mir klar, dass ein Teil von mir den alten Teufel tatsächlich vermisst hat, so wie man manchmal etwas Vertrautes, ja Hässliches lieb gewinnt. Henry *ist* die Armee – auf eine Art, wie es Lauth, Boisdeffre oder ich nie sein werden. Wenn Soldaten aus dem Glied treten und vom Schlachtfeld fliehen wollen, dann sind es die Henrys dieser Welt, die sie überreden können, zurückzukommen und weiterzukämpfen.

»Also«, sagt Henry und hebt sein Glas. »Worauf sollen wir trinken?«

»Wie wär's mit etwas, das wir beide lieben? Die Armee!«

»Sehr gut«, sagt er. Wir stoßen an. »Auf die Armee!«

Er trinkt in einem Zug aus, füllt mein Glas auf und schenkt

dann sich nach. Er nippt am Glas und schaut mich über den Rand an. Seine kleinen Augen haben eine schmutzige, trübe Farbe. Ich kann nichts darin lesen. »Im Büro scheint mir derzeit ein ziemliches Chaos zu herrschen, Herr Oberstleutnant, wenn Sie mir die Bemerkung gestatten.«

»Ich nehme jetzt doch eine Zigarette, wenn ich darf.« Er schiebt die Schachtel über den Tisch. »Und wessen Schuld ist das Ihrer Meinung nach?«

»Ich zeige nicht mit dem Finger auf andere Leute. Ich sage nur, dass es so ist.«

Ich zünde mir die Zigarette an und spiele mit meinem Glas herum, schiebe es wie eine Schachfigur auf dem Tisch hin und her. Ich verspüre das merkwürdige Verlangen, mich zu offenbaren. »Von Mann zu Mann, ich wollte nie Chef der Abteilung werden, wussten Sie das? Spione waren mir ein Graus. Ich habe den Posten nur durch Zufall bekommen. Wenn ich Dreyfus nicht persönlich gekannt hätte, hätte ich nie etwas mit seiner Verhaftung zu tun gehabt und wäre nie bei dem Prozess vor dem Kriegsgericht und der Degradierung dabei gewesen. Leider scheinen die hohen Herren mich völlig falsch einzuschätzen.«

»Und wie lautet die richtige Einschätzung?«

Henrys Zigaretten sind sehr stark. Türkische. Hinten in der Nase fühlt es sich an, als stünde alles in Flammen. »Ich habe Dreyfus noch einmal unter die Lupe genommen.«

»Ja, Gribelin hat mir erzählt, dass Sie sich das Dossier geholt haben. Da scheinen Sie ja einiges aufgewirbelt zu haben.«

»General Boisdeffre war der Überzeugung, dass das Dossier gar nicht mehr existiert. Er sagt, General Mercier hätte Oberst Sandherr befohlen, es loszuwerden.«

»Das wusste ich nicht. Der Oberst hat mir nur gesagt, dass ich es sicher aufbewahren soll.«

»Warum hat Sandherr den Befehl missachtet, was glauben Sie?«

»Das müssten Sie ihn schon selbst fragen.«

»Vielleicht tue ich das.«

»Sie können ihn fragen, was Sie wollen, Herr Oberstleutnant, aber ich befürchte, Sie werden kaum eine Antwort bekommen.« Henry tippt sich mit dem Finger an die Schläfe. »Er sitzt in Montauban hinter Schloss und Riegel. Ich bin eigens den weiten Weg da runtergefahren und habe ihn besucht. Es war mitleiderregend.« Er schaut mich traurig an. Plötzlich hebt er sein Glas. »Auf Oberst Sandherr. Einen unserer Besten!«

»Auf Sandherr!«, sage ich und tue so, als würde ich auf sein Wohl trinken. »Aber warum, glauben Sie, hat er das Dossier behalten?«

»Wahrscheinlich hat er gedacht, es könnte ihm mal nützlich sein – schließlich war es das Dossier, das Dreyfus überführt hat.«

»Nur dass Sie und ich wissen, dass Dreyfus unschuldig ist.«

Henry reißt erschrocken die Augen auf. »Ich würde das nicht so laut herumposaunen, Herr Oberstleutnant, besonders nicht hier drin. Möglich, dass das einigen gar nicht gefällt.«

Ich schaue mich um. Es wird allmählich voller. Ich beuge mich zu ihm vor und senke die Stimme. Ich bin mir nicht sicher, ob ich auf ein Geständnis aus bin oder selbst eines ablegen will, nur dass ich irgendeine Art von Absolution brauche. »Dreyfus hat den Bordereau nicht geschrieben«, sage ich leise. »Er ist von Esterházy. Sogar Bertillon sagt, dass die beiden Handschriften identisch sind. Das heißt, das wesentliche Beweisstück gegen Dreyfus ist nichts wert! Und was Ihr Geheimdossier angeht …«

Lautes Gelächter am Nebentisch unterbricht mich. Ich schaue verärgert hinüber.

Henry mustert mich eindringlich. »Was ist mit dem Geheimdossier?« Er klingt sehr ernst.

»Bei allem Wohlwollen ist das Einzige, mein lieber Henry, was in dem Dossier auf Dreyfus verweist, die Tatsache, dass die Deutschen und die Italiener Befestigungspläne von einer Person erhalten haben, die mit der Initiale D bezeichnet wird. Übrigens gebe ich nicht Ihnen die Schuld: Sobald Dreyfus in Haft war, unterlag es Ihnen, den Fall so gut wie möglich zu untermauern. Aber jetzt haben wir die Fakten über Esterházy, das ändert alles. Jetzt wissen wir, dass man den falschen Mann verurteilt hat. Also, sagen Sie mir: Was sollen wir jetzt machen? Die neue Lage einfach ignorieren?«

Ich lehne mich zurück. Henry studiert weiter mein Gesicht. »Bitten Sie mich um meinen Rat?«, sagt er nach einer langen Pause.

Ich zucke mit den Achseln. »Gewiss. Haben Sie denn einen für mich?«

»Haben Sie das Gonse erzählt?«

»Ja.«

»Auch Boisdeffre und Billot?«

»Ja.«

»Und was sagen die?«

»Dass ich die Finger davon lassen soll.«

»Dann tun Sie das, um Himmels willen«, sagt er mit zischender Stimme. »Lassen Sie die Finger davon, Herr Oberstleutnant.«

»Ich kann nicht.«

»Warum?«

»Ich kann einfach nicht. Es geht gegen meine Natur. Dafür bin ich nicht in die Armee eingetreten.«

»Dann haben Sie den falschen Beruf gewählt!« Henry schüttelt fassungslos den Kopf. »Sie müssen tun, was die von Ihnen verlangen, Herr Oberstleutnant. Die sind die Chefs.«

»Auch wenn Dreyfus unschuldig ist?«

»Um Himmels willen, schon wieder!« Er schaut sich um. Nun beugt er sich über den Tisch und senkt die Stimme. »Hören Sie, ich weiß nicht, ob er schuldig oder unschuldig ist, Herr Oberstleutnant, und offen gesagt ist mir das auch, Pardon, scheißegal. Und genau so sollten Sie das auch sehen. Ich habe getan, was man mir gesagt hat. Ich erhalte den Befehl, einen Mann zu erschießen, also erschieße ich ihn. Hinterher heißt es, dass man mir den falschen Namen genannt hat und ich einen anderen hätte erschießen sollen – schön, tut mir sehr leid, aber ist nicht meine Schuld.« Er schenkt uns noch einen Kognak ein. »Sie wollen meinen Rat? Also, ich erzähle Ihnen jetzt mal eine Geschichte. Als ich mit meinem Regiment in Hanoi war, gab es in den Kasernen jede Menge Diebstähle. Also haben mein Major und ich dem Dieb eine Falle gestellt und ihn auf frischer Tat ertappt. Es stellte sich heraus, dass es der Sohn des Obersten war – weiß Gott, warum er es nötig hatte, Leute wie uns zu beklauen, aber er hat es getan. Und mein Major – er war ein bisschen wie Sie, sagen wir, er war der idealistische Typ –, also, er wollte den Mann bestrafen lassen. Die hohen Tiere waren anderer Meinung. Trotzdem, er hat nicht lockergelassen und den Fall vors Kriegsgericht gebracht. Und da haben sie meinem Major das Genick gebrochen. Der Dieb wurde freigesprochen. Eine wahre Geschichte.« Henry hebt sein Glas. »Das ist die Armee, die wir so lieben.«

15

Als ich am nächsten Morgen ins Büro komme, liegt die Dreyfus-Akte auf meinem Schreibtisch – nicht das Geheimdossier, sondern die Protokolle des Kolonialbüros, die mir immer noch regelmäßig zur Kommentierung vorgelegt werden.

In den letzten Wochen haben sich zwei Sicherheitsbedenken bezüglich Dreyfus ergeben. Erstens der Artikel einer englischen Zeitung über Dreyfus' Flucht. Zweitens ein aus der Rue Cambon an Dreyfus gesandter Brief, der mit einem Namen unterschrieben war, der wie *Weiler* aussah und eine Botschaft enthielt, die vermutlich mit Geheimtinte geschrieben war: »Letzte Korrespondenz unmöglich zu entziffern. Komme auf das frühere Verfahren in Ihrer Antwort zurück. Nennen Sie genaue Herkunft der Dokumente und wie der Schrank geöffnet werden kann. Bereit, sofort in Aktion zu treten.«

Dreyfus' Wachen wurden angewiesen, ihn nach Aushändigung des Briefes genau im Auge zu behalten. Er runzelte nur die Stirn und legte ihn zur Seite. Offenbar hatte er noch nie von einem Weiler gehört. Wir und die Sûreté waren übereinstimmend der Meinung, dass es sich nur um einen bösartigen Scherz handelte.

Ich blättere weiter und stelle fest, dass die beiden Vorfälle vom Kolonialministerium trotzdem zum Vorwand genommen wurden, Dreyfus' Haftbedingungen erheblich zu verschärfen. Seit drei Wochen wird er jeden Abend in Eisen gelegt. Die Strafkolonie in Cayenne hat sogar eine Zeichnung von der Vorrichtung geschickt, mit der er gefesselt wird. An seinem Bett sind zwei u-förmige Eisenbügel befestigt. Bei Sonnenuntergang werden seine Beine an den Knöcheln in die Bügel gelegt, durch die dann eine Stange geschoben wird, die wiederum mit einem Vorhängeschloss gesichert wird. In dieser Lage muss er bis Sonnenaufgang ausharren. Zusätzlich wurde rund um seine Hütte ein zweieinhalb Meter hoher Doppelzaun aus schweren Holzbalken errichtet. Der erste Zaun steht nur einen halben Meter von seinem Fenster entfernt, weshalb ihm der Blick auf das Meer versperrt ist. Tagsüber ist es ihm nicht mehr erlaubt, die Insel jenseits des zweiten Zauns zu betreten. Der schmale Streifen zwischen den beiden Zäunen, Fels und Gestrüpp ohne Bäume und Schatten, ist jetzt die ganze Welt des Gefangenen.

Wie üblich ist der Akte ein Anhang mit Dreyfus' konfiszierten Briefen beigeheftet:

Gestern Abend wurde ich in Eisen gelegt. Warum, weiß ich nicht. Seit ich hier bin, habe ich immer peinlich genau die Anweisungen befolgt, die man mir gegeben hat. Wie kann es sein, dass ich während der langen, grauenvollen Nacht nicht verrückt geworden bin? (7. September 1896)

Diese Nächte in Eisen! Ich spreche gar nicht von den körperlichen Leiden, aber was für eine moralische Schmach, und das ohne jede Erklärung, ohne zu wissen, warum oder zu welchem Zweck! In was für einem grausamen Albtraum lebe ich nun schon seit fast zwei Jahren! (8. September)

In Eisen gelegt, wenn ich doch schon wie ein wildes Tier Tag und Nacht von einem mit Gewehr und Revolver bewaffneten Wachmann beobachtet werde! Nein, die Wahrheit muss gesagt werden. Dies ist keine Sicherheitsvorkehrung. Es ist eine Maßnahme des Hasses und der Folter, angeordnet aus Paris von denen, die, weil sie auf eine Familie nicht einschlagen können, auf einen unschuldigen Mann einschlagen, weil weder er noch seine Familie den schrecklichsten Justizirrtum, den es je gegeben hat, unterwürfig hinnehmen werden. (9. September)

Ich will nicht mehr weiterlesen. Ich habe selbst gesehen, was scheuernde Eisenfesseln einem Gefangenen antun können. Sie schneiden ihm bis auf die Knochen ins Fleisch. Die Qualen müssen in der insektenverseuchten Hitze der Tropen unerträglich sein. Für einen Augenblick verharrt mein Stift über den Seiten. Aber am Ende unterzeichne ich die Umlaufliste kommentarlos und schicke die Akte zurück ans Kolonialministerium.

◆

Später nehme ich an einer Sitzung in Gonse' Büro teil, die die letzten Details der Sicherheitsmaßnahmen für den Zarenbesuch abklären soll. Männer mit finsterer Miene aus dem Innen- und Außenministerium, von der Sûreté und aus dem Élysée-Palast, Männer, die die pompöse Selbstgefälligkeit derer zur Schau tragen, die für solche Dinge verantwortlich sind, sitzen um den Tisch herum und diskutieren jede Einzelheit der kaiserlichen Routenplanung.

Die russische Flottille wird am Montag um 13 Uhr von zwölf Panzerschiffen in den Hafen von Cherbourg geleitet. Der Präsident der Republik begrüßt den Zaren und die Zarin. Um 18 Uhr 30 findet ein Diner für siebzig Personen im Marine-Arsenal statt, bei dem General Boisdeffre am Tisch des Zaren sitzt. Am Dienstagmorgen um 8 Uhr 50 trifft der kaiserlich-russische Zug in Versailles ein. Die kaiserliche

Gesellschaft steigt in den Zug des Präsidenten um und trifft um 10 Uhr am Gare du Ranelagh ein. Die Prozession in die Stadt benötigt für die zehn Kilometer eineinhalb Stunden: Zu ihrem Schutz sind 80 000 Soldaten abgestellt. Des Terrorismus verdächtige Personen sind entweder inhaftiert oder aus Paris abtransportiert worden. Nach dem Mittagessen in der russischen Botschaft besuchen der Zar und die Zarin die russisch-orthodoxe Kirche in der Rue Daru. 18 Uhr 30 Staatsbankett für zweihundertsiebzig Gäste im Élysée-Palast. 20 Uhr 30 Feuerwerk in den Jardins du Trocadéro, danach Galavorstellung in der Oper. Am Mittwoch ...

Meine Gedanken schweifen immer wieder zu der in Ketten liegenden Gestalt auf der siebentausend Kilometer entfernten Teufelsinsel ab.

Als das Treffen beendet ist und alle Gonse' Büro verlassen, bittet mich der General, noch einen Augenblick zu bleiben. Er könnte nicht freundlicher sein. »Ich habe nachgedacht, mein lieber Picquart. Wenn dieser russische Zirkus hier vorbei ist, würde ich Sie gern zu einem Sondereinsatz in die östlichen Garnisonsstädte schicken.«

»Um was zu tun, Herr General?«

»Inspektion der Sicherheitsvorkehrungen. Erstatten Sie Bericht und machen Sie Verbesserungsvorschläge. Wichtige Arbeit.«

»Wie lange werde ich von Paris weg sein?«

»Nur ein paar Tage. Höchstens ein oder zwei Wochen.«

»Und wer soll dann die Abteilung leiten?«

»Das übernehme ich selbst.« Er lacht und klopft mir auf die Schulter. »Wenn Sie mir den Laden anvertrauen!«

◆

Am Sonntag treffe ich bei den Gasts Pauline – zum ersten Mal seit Wochen. Sie trägt ein Kleid, von dem sie weiß, dass ich es mag: gelb mit weißen Spitzenmanschetten und weißem Kragen. Philippe und ihre beiden kleinen Mädchen, Germaine und Marianne, sind auch mitgekommen. Normalerweise komme ich problemlos damit zurecht, die Familie zusammen zu sehen, aber an diesem Tag ist es eine Qual. Das Wetter ist kalt und feucht. Wir müssen im Haus bleiben. Keine Chance, dem Anblick zu entfliehen, wie sie in ihrem anderen Leben aufgeht – in ihrem richtigen Leben.

Nach ein paar Stunden wird mir die Heuchelei zu viel. Ich gehe auf die Veranda hinter dem Haus und rauche eine Zigarre. Wie bei einem nordeuropäischen Monsun mischt sich in den kalten und harten Regen Hagel, der auch noch die letzten Blätter von den Bäumen reißt. Die Hagelkörner hüpfen auf dem vollgesogenen Rasen auf und ab. Ich denke an Dreyfus' Schilderungen der nicht enden wollenden tropischen Regengüsse.

Ich höre das Rascheln von Seide und rieche Parfümduft, und plötzlich steht Pauline neben mir. Sie schaut mich nicht an, sondern lässt ihren Blick über den düsteren Garten schweifen. Mit der rechten Hand halte ich die Zigarre, meine linke Hand hängt locker herunter. Wie ein Hauch streicht ihr rechter Handrücken über meine Hand. Es fühlt sich an, als berührten sich nur die Härchen. Für jemand, der uns jetzt von hinten sehen würde, wären wir nur zwei alte Freunde, die sich zusammen den Sturm anschauen. Aber ihre Nähe ist fast überwältigend. Keiner von uns sagt ein Wort. Und dann fliegt krachend die Terrassentür auf. »Hoffentlich ist das Wetter besser, wenn nächste Woche die kaiserlichen Majestäten kommen!«, sagt Monnier mit dröhnender Stimme.

Pauline hebt die Hand und streicht sich beiläufig eine

Haarsträhne aus der Stirn. »Hast du viel damit zu tun, Georges?«

»Nein, kaum.«

»Er ist zu bescheiden, wie üblich«, wirft Monnier ein. »Ich weiß, wie ihr bei den ganzen Sicherheitsvorkehrungen mitgemischt habt.«

»Wirst du Gelegenheit haben, den Zaren persönlich kennenzulernen?«, fragt Pauline.

»Dafür muss man es mindestens zum General gebracht haben.«

»Aber die Parade, die können Sie sich doch anschauen, oder, Picquart?«, sagt Monnier.

Ich ziehe heftig an meiner Zigarre und wünschte, er würde wieder verschwinden. »Ich könnte, wenn ich Lust dazu hätte. Der Kriegsminister hat im Palais Bourbon Plätze für meine Offiziere und ihre Frauen reserviert.«

»Aber du gehst natürlich nicht hin«, sagt Pauline aufgekratzt und tut so, als schlüge sie mir auf den Arm. »Du elender Republikaner!«

»Ich habe keine Frau.«

»Kein Problem«, sagt Monnier. »Du kannst dir meine ausleihen.«

◆

Und so drängeln sich Pauline und ich am Dienstagmorgen die Stufen des Palais Bourbon hinauf zu unseren reservierten Plätzen, wo ich feststelle, dass jeder Offizier der Statistik-Abteilung die Einladung des Ministers wahrgenommen und seine Frau mitgebracht hat – oder wie Gribelin seine Mutter. Als wir auftauchen, versuchen sie erst gar nicht, ihre Neugier zu verbergen. Zu spät wird mir klar, was für ein Bild wir abgeben – der unverheiratete Chef führt seine verheiratete Geliebte aus. Ich stelle ihnen Pauline sehr förmlich vor und betone ihre soziale Stellung als die Frau meines guten Freundes Philippe Monnier vom Quai d'Orsay. Aber das macht alles nur noch verdächtiger. Obwohl Henry sich kurz verbeugt und Lauth mir zunickt und die Hacken zusammenschlägt, muss sich Berthe Henry, die Wirtstochter mit dem Dünkel des Parvenüs, geradezu überwinden, Pauline die Hand zu geben. Madame Lauth wendet sich mit verächtlich gekräuselten Lippen gleich ganz ab.

Pauline macht das anscheinend nichts aus. Wir haben einen perfekten Blick: geradeaus über die Brücke und die Seine zu dem einen halben Kilometer entfernten Obelisken auf der Place de la Concorde. Die Sonne scheint, aber es ist windig. Die riesigen Fahnen an den Gebäuden – die französische Trikolore mit den senkrechten, die russische mit den waagerechten roten, weißen und blauen Streifen – blähen sich auf und knallen gegen die Stangen. Die seit Sonnenaufgang wartenden Menschen stehen in zehn oder gar zwölf Reihen auf der Brücke. Es heißt, dass es überall in der Stadt genauso aussieht. Laut Polizeipräfekt säumen eineinhalb Millionen Zuschauer die Strecke.

Das gedämpfte Tosen Tausender jubelnder Stimmen dringt von der Place de la Concorde herüber und dann, wie bei einer Sinfonie allmählich lauter werdend, das Trommeln von Pferdehufen auf Kopfsteinpflaster. Eine schimmernde, die ganze Breite der Straße einnehmende Reihe glänzender Lichter taucht auf, gefolgt von weiteren ebensolchen Reihen, die nach und nach als in der strahlenden Sonne glitzernde Helme und Brustharnische erkennbar werden – Welle um Welle von Lanzenreitern und Kürassieren mit flatternden Fahnen bewegen sich auf ihren Pferden in wogenden Zwölferreihen über die Brücke. Immer näher kommen sie im steifen Trab geradewegs auf uns zu, bis man den Eindruck hat, sie würden die Treppenstufen hinauf mitten durch uns hindurchreiten. Doch dann biegen sie abrupt nach rechts auf den Boulevard Saint-Germain ab. Es folgen Kavallerien aus den Kolonien – Chasseurs d'Afrique, algerische Spahis und arabische Kaids und Stammesführer, deren Pferde vor dem Lärm der Menschenmassen zurückschrecken. Diesen folgt eine Prozession von offenen Staatskarossen mit dem Präsidenten, dem russischen Botschafter, den Führern des Senats und der Abgeordnetenkammer und allen anderen führenden Persönlichkeiten der Republik, darunter auch General Billot. Besonders laut wird Boisdeffre bejubelt, der mit seinem gefiederten Helm nach allen Seiten winkt. Es geht das Gerücht, dass er nach dem Zarenbesuch der nächste Außenminister werden könnte.

Mit etwas Abstand taucht dann, begleitet von einer berittenen Leibwache, die russische Staatskarosse auf. Pauline seufzt und umklammert meinen Arm.

Nach all dem Gerede über Allianzen und Armeen beeindruckt mich am meisten, wie *klein* das kaiserliche Paar ist. Zar Nikolaus II. könnte man für einen verängstigten blonden Jungen mit falschem Bart halten, den man in die Uniform seines Vaters gesteckt hat. Alle paar Sekunden salutiert er mechanisch, indem er mit schnellen Bewegungen den Rand seiner Persianermütze berührt – es wirkt eher wie ein nervöser Tick als eine Würdigung des Beifalls. Die neben ihm sitzende Zarin Alexandra wirkt sogar noch jünger, wie ein Mädchen, das den Kostümfundus geplündert hat. Sie trägt eine Boa aus Schwanendaunen und hält in der einen Hand einen weißen Sonnenschirm und in der anderen einen gewaltigen Blumenstrauß. Sie verneigt sich ständig nach links und rechts. Sie sind jetzt so nah, dass ich das verkrampfte Lächeln der Zarin erkennen kann. Sie machen beide einen beklommenen Eindruck. Als die Kutsche scharf nach rechts abbiegt, neigen sich ihre Körper sanft zur Seite und verschwinden dann aus meinem Blickfeld – abgetaucht in einen Trichter aus Lärm.

Pauline hält immer noch meinen Arm umklammert, als sie den Kopf wendet, um mir etwas zu sagen. Bei dem Tumult kann ich sie kaum verstehen. »Was?« Sie zieht mich näher zu sich heran, ihre Lippen befinden sich jetzt so nah an meinem Ohr, dass ich ihren Atem spüre. Während ich versuche, sie zu verstehen, sehe ich, dass Henry, Lauth und Gribelin uns anstarren.

◆

Als die drei zum Büro zurückgehen, folge ich ihnen. Sie gehen vielleicht fünfzig Meter vor mir. Die Rue de l'Université ist leer. Die meisten Leute, einschließlich unserer Damen, sind geblieben, um noch einen Blick auf das Zarenpaar zu erhaschen, wenn es nach dem Mittagessen auf dem Weg zur russisch-orthodoxen Kirche über die Brücke zurückfährt. Irgendetwas an der Art, wie Henry mit einer Hand gestikuliert und die anderen nickend neben ihm hergehen, lässt mich vermuten, dass sie über mich sprechen. Ich kann nicht widerstehen, beschleunige meine Schritte und schließe zu ihnen auf. »Meine Herren!«, sage ich laut. »Freut mich, dass Sie Ihre Pflichten nicht vernachlässigen.«

Ich habe schuldbewusstes Lachen erwartet, sogar Betretenheit. Aber die drei Gesichter, die sich zu mir umdrehen, schauen mürrisch und aufmüpfig. Ich habe ihr spießbürgerliches Feingefühl mehr beleidigt, als ich dachte. Wir setzen den Weg schweigend fort, und ich ziehe mich für den Rest des Tages in mein Büro zurück.

◆

Die Sonne geht kurz nach sieben unter. Um acht ist es zum Lesen schon zu dunkel. Ich lasse meine Lampe ausgeschaltet.

Das Gebälk des alten Gebäudes schrumpft und knarzt, wenn der Tag der Kühle der Nacht weicht. Die Vögel im Garten des Ministers verstummen. Die Schatten nehmen feste geometrische Formen an. Ich sitze an meinem Schreibtisch und warte. Wenn es eine Tageszeit geben sollte, in der die Geister von Voltaire und Montesquieu erscheinen, dann diese. Als ich um halb neun meine Tür öffne, rechne ich fast damit, dass eine Perücke und eine Samtjacke durch den Gang schweben. Aber das alte Gebäude liegt verlassen da. Alle sind in die Jardins du Trocadéro gezogen, um sich das Feuerwerk anzuschauen, sogar Capiaux. Die Vordertür ist abgeschlossen. Ich habe das Haus für mich allein.

Aus meiner Schublade nehme ich die Lederrolle mit den Einbruchswerkzeugen, die mir Desvernine schon vor Monaten dagelassen hat. Während ich die Treppe hinaufgehe, wird mir die Absurdität meiner Lage bewusst: dass ich als Chef des Nachrichtendienstes genötigt bin, ins Archiv meiner eigenen Abteilung einzubrechen, ist bizarr. Ich habe das Problem rational aus jedem Blickwinkel durchdacht, aber mir ist keine bessere Lösung eingefallen. Zumindest ist es einen Versuch wert.

Ich knie mich vor Gribelins Tür auf den Boden. Die erste Erkenntnis ist die, dass das Knacken eines Schlosses einfacher ist, als man meint. Als ich erst einmal den Bogen heraus habe und weiß, welches Werkzeug das passende ist, schaffe ich es auch, die Einkerbung in der Unterseite des Sperrriegels zu finden. Jetzt muss ich nur noch drücken. Dann mit der linken Hand den Druck beibehalten, mit der rechten Hand den Dietrich einführen und so lange herumhantieren, bis ich die Stifte anheben kann. Einer hebt sich, dann der zweite, schließlich der dritte. Der Schlosskern gleitet nach vorn, ein gut geöltes Klicken ist zu hören, die Tür öffnet sich.

Ich schalte das elektrische Licht an. Es würde mich Stunden kosten, alle Schlösser in Gribelins Archiv zu knacken. Aber ich weiß, wo er seine Schlüssel aufbewahrt, im Schreibtisch in der untersten Schublade links. Nach zehn Minuten geduldigem Herumprobieren habe ich das passende Werkzeug gefunden. Ich öffne die Schublade. Die Schlüssel sind darin.

Plötzlich höre ich einen so lauten Knall, dass mein Herz einen Satz macht. Ich schaue aus dem Fenster. Die Scheinwerfer auf der Spitze des einen Kilometer entfernten Eiffelturms leuchten über die Seine bis zur Place de la Concorde. Die Strahlen sind von lautlos platzenden, pulsierenden und blitzenden Sternen umgeben. Ein, zwei Sekunden später folgen die Explosionen, die so laut sind, dass die Fensterscheiben in ihren uralten Rahmen zittern. Ich schaue auf meine Uhr. Neun Uhr. Sie sind eine halbe Stunde zu spät dran. Das Feuerwerk soll mindestens dreißig Minuten dauern.

Ich nehme Gribelins Schlüsselbund und versuche den mir nächsten Aktenschrank zu öffnen.

Als ich herausgefunden habe, welche Schlüssel zu welchem Schloss passen, öffne ich nacheinander alle Schubladen. Meine erste Priorität ist das Material von Agent Auguste, jeder Schnipsel, den ich finden kann.

Die zusammengeklebten Schriftstücke beginnen schon zu vergilben. Sie rascheln wie trockenes Laub, als ich sie zu Stapeln aufschichte: Briefe und Telegramme von Hauptmann Dame in Berlin, die mit seinem Decknamen Dufour unterzeichnet sind; Briefe an Schwartzkoppen vom deutschen

Botschafter Graf Münster, an Panizzardi vom italienischen Botschafter Signor Ressmann und an den Militärattaché von Österreich-Ungarn, Oberst Schneider. Ich finde einen vom November 1890 datierten Umschlag voller Asche, Briefe an Schwartzkoppen vom italienischen Marineattaché Rosselini und vom britischen Militärattaché Oberst Talbot, außerdem die vierzig oder fünfzig Liebesbriefe von Hermance de Weede – *Mein lieber verehrter Freund ... Mein Maxi ...* – und vielleicht halb so viele von Panizzardi – *Mein kleiner Liebling ... Mein großer Kater ... Mein starker geliebter Rammler ...*

Es hat einmal eine Zeit gegeben, da hätte ich mich unwohl, sogar schmuddelig gefühlt, wenn ich mich mit derart intimen Dingen abgegeben hätte. Das ist vorbei.

Unter all den Botschaften findet sich auch ein verschlüsseltes Telegramm von Panizzardi an den Generalstab in Rom, das am Freitagmorgen, dem 2. November 1894, um drei Uhr abgeschickt wurde:

Commando stato maggiore Roma
913 44 7836 527 3 88 706 6458 71 18 0288 5715 3716
7567 7943 2107 0018 7606 4891 6165
Panizzardi

Der entschlüsselte Text – geschrieben von General Gonse – ist beigeheftet: *Hauptmann Dreyfus ist verhaftet worden. Das Kriegsministerium hat Beweise für seine Kontakte zu Deutschland. Wir haben die nötigen Vorsichtsmaßnahmen getroffen.*

Ich übertrage das Telegramm und den entschlüsselten Text in mein Notizbuch. Jenseits des Fensters ist der Eiffelturm eine einzige Kaskade aus taumelndem, farbigem Licht. Nach einer letzten donnernden Explosion versinkt er langsam in der Dunkelheit. Ich höre gedämpft aufbrandenden Beifall. Das Schauspiel ist vorüber. Ich schätze, dass man etwa eine halbe Stunde braucht, um sich durch die Menschenmassen in den Jardins du Trocadéro zu drängeln und in die Statistik-Abteilung zurückzukehren.

Ich widme mich wieder den zusammengeklebten Schriftstücken.

Ein Großteil des Materials ist unvollständig oder nichtssagend. Die Erkenntnis ärgert mich. Der Versuch, diesen Abfällen irgendeinen Sinn abzugewinnen, kommt mir plötzlich irrwitzig vor. Wir sind auch nicht viel besser als die Haruspices des Altertums, die die Leber von Tieren begutachteten, bevor sie politische Entscheidungen trafen. Meine Augen jucken. Ich bin jetzt seit Mittag im Büro und habe noch nichts gegessen. Vielleicht ist das der Grund, warum mir das entscheidende Schriftstück zunächst nicht auffällt. Ich nehme mir das nächste Schreiben vor, blättere aber dann doch wieder zurück, weil ich das unbestimmte Gefühl habe, etwas übersehen zu haben.

Es handelt sich um eine kurze Mitteilung, mit schwarzer Tinte auf ein kariertes weißes Blatt Papier geschrieben, das in zwanzig Stücke zerrissen ist, von denen ein paar fehlen. Der Schreiber bietet Schwartzkoppen an, ihm das Geheimnis von rauchfreiem Pulver zu verkaufen. Es ist unterzeichnet mit »Ihr ergebener Dubois« und datiert vom 27. Oktober 1894 – zwei Wochen nach Dreyfus' Verhaftung.

Ich schaue mir den Vorgang etwas genauer an. Zwei Tage später schreibt Dubois wieder an den deutschen Attaché. »Ich kann Ihnen eine Patrone des Lebel-Gewehrs verschaffen, die Sie in die Lage versetzt, das Geheimnis des rauchfreien Pulvers zu ergründen.« Schwartzkoppen scheint dem nicht weiter nachgegangen zu sein. Warum auch? Wahrscheinlich ein Spinner. In fast jeder Bar in jeder Garnisonsstadt in Frankreich hätte sich Schwartzkoppen für den Preis eines Biers eine Lebel-Patrone besorgen können.

Was mich interessiert, ist der Name, mit dem die Mitteilungen unterzeichnet sind. *Dubois?* Ich bin mir sicher, dass ich den Namen gerade schon einmal irgendwo gelesen habe. Ich gehe noch einmal den Stapel mit den Briefen von Panizzardi an Schwartzkoppen durch: *Mein schönes kleines Mädchen ... Mein grünes Hündchen ... Mein Meisterrammler ... Dein ergebener zweitklassiger Rammler*. Da ist es, in einer Mitteilung aus dem Jahr 1893 schreibt der Italiener an Schwartzkoppen: »Ich habe M. Dubois getroffen.«

Dem Brief ist ein Querverweis zu einem anderen Vorgang angefügt. Es dauert ein paar Minuten, bis ich Gribelins Archivierungssystem begreife und den Verweis in einer Aktenmappe finde. In einem kurzen Bericht von Major Henry an Oberst Sandherr, datiert vom April 1894, geht es um die mögliche Identität des mit D bezeichneten Agenten, der den Deutschen und Italienern *zwölf Pläne von militärischen Einrichtungen in Nizza* geliefert hat. Henry kommt zu dem Schluss, dass es sich bei D um einen Jacques Dubois handelt, der als Drucker in einer Firma arbeitet, die Aufträge vom Kriegsministerium erhält. Wahrscheinlich hat er die Deutschen auch mit großflächigen Plänen der Befestigungsanlagen von Toul, Reims, Langres, Neufchâteau und anderen Orten versorgt. Wenn er die Druckmaschine anwirft, ist es ein Leichtes für ihn, ein paar zusätzliche Kopien zum Eigengebrauch durchlaufen zu lassen. »Ich habe ihn gestern befragt«, schreibt Henry. »Ein übler Bursche und krimineller Spinner mit beschränkter Intelligenz und ohne Zugriff auf Geheimmaterial. Die Pläne, die er weitergegeben hat, sind frei zugänglich. Empfehlung: keine weiteren Maßnahmen erforderlich.«

Da haben wir es. D steht für Dubois, nicht für Dreyfus.

Ich erhalte den Befehl, einen Mann zu erschießen, also erschieße ich ihn …

Ich habe mir genau notiert, wo jedes Schriftstück und jeder Ordner archiviert war, und beginne jetzt mit der mühseligen Arbeit, alles an seinen angestammten Platz zurückzustellen. Es kostet mich vielleicht zehn Minuten, dann ist alles wieder genau dort, wo es zuvor war, sind die Aktenschränke abgeschlossen und die Tische abgewischt. Als ich fertig bin, ist es kurz nach zehn. Ich lege Gribelins Schlüsselbund wieder in die Schublade, knie mich auf den Boden und mache mich an die knifflige Aufgabe, sie wieder abzuschließen. Während ich mit den beiden dünnen Metallwerkzeugen herumstochere, ist mir bewusst, wie die Minuten verrinnen. Meine Hände sind ungelenk vor Müdigkeit und glitschig vor Schweiß. Aus irgendeinem Grund kommt es mir wesentlich schwieriger vor, ein Schloss zu schließen als es zu öffnen, aber schließlich schaffe ich es. Ich mache das Licht aus.

Als Letztes bleibt mir jetzt nur noch, die Tür zum Archiv wieder abzuschließen. Ich knie immer noch im Gang auf dem Boden und hantiere mit den Stiften herum, als ich zu hören glaube, dass unten die Eingangstür zugeschlagen wird. Ich halte inne und spitze die Ohren. Ich kann keine verdächtigen Geräusche hören. Das muss ich mir eingebildet haben. Ich mache mich wieder an meine frustrierende Arbeit. Aber dann höre ich zweifelsfrei das Knarzen einer Holzstufe einen Stock tiefer und die Schritte von jemand, der die Treppe zum Archiv hochgeht. Ich bin so nah dran, den letzten Stift zu bewegen, dass ich den Versuch nicht abbrechen will. Erst als ich ein viel lauteres Geräusch höre, geht mir auf, dass ich keine Zeit mehr habe. Ich haste zur nächstgelegenen Tür – abgeschlossen! – und dann zur nächsten – offen! Ich schlüpfe hinein.

Ich höre, wie jemand mit langsamen, bedächtigen Schritten durch den Gang geht. Durch den Spalt zwischen Tür und Rahmen sehe ich Gribelin näher kommen. Mein Gott, denke ich, gibt es im Leben dieses erbärmlichen Mannes noch etwas anderes als Arbeit? Er bleibt vor der Archivtür stehen und holt seinen Schlüssel heraus. Er steckt ihn ins Schloss und versucht, ihn umzudrehen. Sein Gesicht kann ich nicht sehen, aber ich sehe, wie seine Schultern sich anspannen. Was ist das? Er drückt die Klinke und öffnet vorsichtig die Tür. Er geht nicht hinein, sondern bleibt auf der Schwelle stehen und lauscht. Dann schiebt er die Tür weit auf, schaltet das Licht an und geht hinein. Ich kann hören, wie er an den Schreibtischschubladen ruckelt. Einen Augenblick später kommt er in den Gang zurück und sieht sich nach beiden Seiten um. Eigentlich ist er ja nur eine alberne kleine Gestalt, ein kleiner Kobold in einem dunklen Anzug. Aber das ist er jetzt nicht. Wie er so dasteht, hellwach, argwöhnisch, bösartig, ist er ein Mann, der mir gefährlich werden kann.

Schließlich – wahrscheinlich zufrieden mit der Vermutung, dass er einfach vergessen hat abzuschließen – geht er zurück in sein Archiv und macht die Tür zu. Ich warte noch zehn Minuten. Dann ziehe ich mir die Schuhe aus und schleiche auf Strümpfen an seiner Höhle vorbei.

Auf dem Weg zu meiner Wohnung bleibe ich in der Mitte der Brücke kurz stehen und werfe die Lederrolle mit den Einbruchswerkzeugen in die Seine.

◆

In den nächsten Tagen besucht der Zar Notre-Dame, weiht eine neue Brücke auf den Namen seines Vaters ein und tafelt in Versailles.

Während er seinen Geschäften nachgeht, gehe ich meinen nach.

Ich überquere die Straße, um mit Oberst Foucault von der französischen Botschaft in Berlin zu sprechen, der für den Zarenbesuch nach Paris gekommen ist. Wir tauschen ein paar Freundlichkeiten aus, ehe ich zur Sache komme. »Haben Sie nach dem Treffen mit unseren Leuten in Basel noch einmal etwas von Richard Cuers gehört?«

»Ja, er hat sich bei mir bitter darüber beklagt. Ich nehme an, Ihre Leute haben ihn damals ziemlich unter Druck gesetzt. Wen um Himmels willen haben Sie da hingeschickt?«

»Meinen Stellvertreter, Major Henry, einen weiteren meiner Offiziere, Hauptmann Lauth; und ein paar Polizisten. Warum? Was hat Cuers gesagt?«

»Dass er in gutem Glauben in die Schweiz gefahren ist, um Ihren Leuten zu erzählen, was er über den deutschen Agenten in Frankreich weiß, dass die ihn aber wie einen Lügner und Spinner behandelt haben. Besonders ein französischer Offizier – ein dicker, mit rotem Gesicht – hätte ihn nur schikaniert, wäre ihm dauernd ins Wort gefallen und hätte keinen Zweifel daran gelassen, dass er kein Wort von dem glaubt, was er sagt. Ich nehme an, dass war eine gezielte Taktik, oder?«

»Nicht dass ich wüsste. Ganz und gar nicht.«

Foucault schaut mich konsterniert an. »Tja, ob das nun beabsichtigt war oder nicht, jedenfalls werden Sie von Cuers nie wieder etwas hören.«

Dann suche ich Tomps im Hauptquartier der Sûreté auf. »Es geht um das Treffen in Basel.« Sofort wird er nervös. Er will niemand in Schwierigkeiten bringen. Aber es ist offensichtlich, dass die Geschichte an ihm nagt.

»Ich werde Sie nicht namentlich nennen«, sage ich. »Erzählen Sie mir einfach, was passiert ist.«

Ich brauche ihn nicht weiter zu drängen. Anscheinend ist er erleichtert, dass er sich alles von der Seele reden kann. »Erinnern Sie sich an unseren ursprünglichen Plan, Herr Oberstleutnant?«, sagt er. »Alles lief wie abgesprochen. Ich bin Cuers vom deutschen Bahnhof zum Münsterplatz gefolgt, habe gesehen, wie er Kontakt zu Vuillecard aufnimmt, und bin den beiden dann bis zum Schweizerhof gefolgt, wo Major Henry und Hauptmann Lauth schon in dem Hotelzimmer auf ihn gewartet haben. Danach bin ich zurück zum Bahnhof gegangen und habe in der Bar gewartet. Ich schätze, so drei Stunden später ist plötzlich Henry hereingekommen, hat sich zu mir gesetzt und etwas zu trinken bestellt. Ich habe ihn gefragt, wie es gelaufen ist, und er hat wortwörtlich gesagt, er habe die Schnauze voll von dem Scheißkerl. Sie wissen ja, wie er redet. ›Von dem erfahren wir nichts, da verwette ich einen Monatssold‹, das waren seine Worte. Ich wollte wissen, warum er schon so früh wieder zurück sei. Und er sagt: ›Ich habe eine Szene gemacht, habe so getan, als ob ich stinksauer wäre, bin einfach rausmarschiert und habe ihn Lauth überlassen. Soll es doch der Jungfuchs probieren!‹ Ich war natürlich enttäuscht, wie das Ganze gelaufen ist, und habe zu Henry gesagt, dass ich Cuers schon lange kenne und weiß, dass er eine Schwäche für Absinth hat. Er lässt es gern richtig krachen. Das wäre vielleicht ein besserer Ansatz gewesen. Für den Fall, dass Hauptmann Lauth nicht weiterkommt, hab ich vorgeschlagen, es selbst noch einmal zu versuchen.«

»Und was hat Major Henry darauf geantwortet?«

Mit einer leidlichen Imitation von Henrys Art zu sprechen erzählt Tomps weiter. »›Ist die Mühe nicht wert – vergessen Sie's‹, hat er gesagt. Dann, so um sechs, ist Lauth gekommen. Ich habe Henry noch einmal gebeten, mir Cuers zu überlassen. Ich wollte mit ihm irgendwohin, einen trinken. Aber er hat nur wiederholt, was er zuvor schon gesagt hat, das hätte keinen Zweck und wir würden bloß unsere Zeit verschwenden. Also haben wir uns in den Nachtzug nach Paris gesetzt, und das war's.«

Als ich wieder im Büro bin, lege ich eine Akte über Henry an. Für mich besteht kein Zweifel mehr, dass Henry der Mann ist, der Dreyfus aufs Kreuz gelegt hat.

◆

Für das Entschlüsseln von Codes sind nicht die Statistik-Abteilung und erst recht nicht das Kriegsministerium zuständig. Das wird vom Außenministerium erledigt, von einer Gruppe aus sieben Männern unter der Leitung des genialen Majors Étienne Bazeries. Der Major ist für die Zeitungen eine Berühmtheit, seit er die Grand Chiffre der Geheimkorrespondenz von Ludwig XIV. entschlüsselt und die Identität des Mannes mit der eisernen Maske enthüllt hat. Er erfüllt jedes Klischee vom exzentrischen Wunderkind – ungepflegt, aufbrausend, vergesslich – und ist ein Mann, zu dem man nur schwer durchdringen kann. Zweimal werde ich unter einem anderen Vorwand am Quai d'Orsay vorstellig und versuche ihn ausfindig zu machen, nur um von seinen Untergebenen zu erfahren, dass keiner weiß, wo er ist. Erst gegen Ende des Monats kann ich ihn in seinem Büro stellen. Er sitzt hemdsärmelig an seinem Schreibtisch und beugt sich mit einem Schraubenzieher über einen zylindrischen Entschlüsselungsapparat, dessen Einzelteile verstreut vor ihm liegen. Obwohl ich einen höheren Rang bekleide, salutiert Bazeries nicht oder steht auch nur auf. Er hat nie viel von Dienstgraden gehalten und hält offensichtlich auch nicht viel von dem Brauch, sich die Haare zu schneiden, zu rasieren oder, nach dem Geruch in seinem Büro zu urteilen, regelmäßig zu waschen.

»Es geht um die Dreyfus-Affäre«, sage ich. »Um das Telegramm, das der italienische Militärattaché, Major Panizzardi, am 2. November 1894 an den Generalstab in Rom geschickt hat.«

Er schaut mich mit zusammengekniffenen Augen durch seine verschmierten Brillengläser an. »Was ist damit?«

»Sie haben den Code geknackt, oder?«

»Ja, hat mich neun Tage gekostet.« Er werkelt weiter an seiner Apparatur herum.

Ich nehme mein Notizbuch heraus und klappe es auf. Auf der linken Seite steht die Zahlenkolonne, die ich im Archiv aus der Akte abgeschrieben habe, rechts der entschlüsselte, von Gonse geschriebene Text: *Hauptmann Dreyfus ist verhaftet worden. Das Kriegsministerium hat Beweise für seine Kontakte zu Deutschland. Wir haben die nötigen Vorsichtsmaßnahmen getroffen.* Ich halte Bazeries das aufgeklappte Notizbuch hin. »Ist das Ihre Arbeit?«

Er wirft einen Blick auf den Text. Sofort verzieht er vor Zorn den Mund. »Mein Gott, ihr gebt nie Ruhe, was?« Er schiebt seinen Stuhl zurück, durchquert mit energischen Schritten das Büro, reißt die Tür auf und ruft: »Billecocq! Bring mir das Panizzardi-Telegramm!« Er dreht sich zu mir um. »Ein für alle Mal, Herr Oberstleutnant, das ist nicht der korrekte Text. Und sosehr sich die Herren das auch wünschen, das ändert nichts daran.«

»Moment«, sage ich und hebe beschwichtigend die Hand. »Da gibt es offensichtlich eine Vorgeschichte, über die ich nicht Bescheid weiß. Noch einmal, damit das klar ist: Sie behaupten, dass das nicht die korrekte Übertragung des entschlüsselten Telegramms ist?«

»Der einzige Grund, warum wir neun Tage gebraucht

haben, ist der, dass Ihr Ministerium sich beständig geweigert hat, die Fakten anzuerkennen!«

Ein junger, nervös wirkender Mann, vermutlich Billecocq, betritt mit einer Mappe das Büro. Bazeries reißt sie ihm aus der Hand und klappt sie auf. »Hier – das Originaltelegramm, richtig?« Er hält es hoch, damit ich es sehen kann. Ich erkenne die Handschrift des italienischen Attachés. »Panizzardi hat es um drei Uhr morgens im Telegrafenamt in der Avenue Montaigne aufgegeben. Dank unserer Übereinkunft mit dem Telegrafendienst lag das Telegramm um zehn Uhr hier in unserer Abteilung. Um elf stand Oberst Sandherr genau an der Stelle, wo Sie jetzt stehen, und verlangte, da es sich um eine Angelegenheit von äußerster Dringlichkeit handele, die sofortige Entschlüsselung. Ich habe ihm gesagt, dass das unmöglich sei – es handelt sich bei diesem speziellen Code um einen von großer Komplexität, den wir noch nie zuvor hatten knacken können. Er meinte, er könne mir ein Wort nennen, das garantiert darin vorkomme. Darauf habe ich gesagt, das wäre etwas anderes. Er sagte, das Wort sei Dreyfus.«

»Wie konnte er wissen, dass Panizzardi Dreyfus erwähnen würde?«

»Tja, das war ziemlich schlau, muss ich zugeben. Sandherr sagte, er hätte dafür gesorgt, dass am Tag zuvor die Identität des Mannes, den man wegen Spionage verhaftet hat, an die Zeitungen durchgesickert ist. Sein Kalkül war, dass derjenige, der Dreyfus angeheuert hatte, in Panik geraten und sich mit seinem Vorgesetzten in Verbindung setzen würde. Als man Panizzardi mitten in der Nacht zum Telegrafenamt folgte, war sich Oberst Sandherr natürlich sicher, dass seine Taktik aufgegangen war. Ich habe den Code geknackt, aber leider entsprach die Nachricht nicht dem, was er sich gewünscht hatte. Da, lesen Sie selbst.«

Bazeries zeigt mir das Telegramm. Der Text steht feinsäuberlich unter den Ziffern der Zahlenkolonne: »Wenn Sie keinen Kontakt zu Hauptmann Dreyfus hatten, wäre es zweckdienlich, den Botschafter ein offizielles Dementi veröffentlichen zu lassen, um Kommentare in der Presse zu vermeiden.«

Um sicherzugehen, dass ich die Konsequenzen verstehe, lese ich den Satz zweimal durch. »Das heißt, dass Panizzardi gar nichts über Dreyfus wusste – das genaue Gegenteil von dem, was Sandherr annahm.«

»Exakt! Nur dass Sandherr das nicht akzeptieren wollte. Er versteifte sich darauf, dass wir bei irgendeinem Wort Mist gebaut hätten. Er ging damit bis ganz nach oben. Er hat sogar dafür gesorgt, dass Panizzardi von einem seiner Agenten mit frischen Informationen über irgendein anderes Thema gefüttert wurde, damit er gezwungen ist, ein zweites verschlüsseltes Telegramm nach Rom zu schicken, in dem bestimmte technische Termini enthalten sind. Mit dem zweiten geknackten Telegramm konnten wir ihm dann zweifelsfrei nachweisen, dass das erste korrekt entschlüsselt war. Insgesamt neun Tage hat uns diese ganze Geschichte gekostet! Also, Herr Oberstleutnant, ich bitte Sie – nicht noch einmal!«

Ich rechne im Kopf kurz nach. 2. November plus neun Tage macht 11. November. Der Prozess vor dem Kriegsgericht begann am 19. Dezember. Das heißt, schon mehr als einen Monat, bevor Dreyfus sich vor Gericht verantworten musste, war der Statistik-Abteilung klar, dass die Wendung »dieser Lump D« sich unmöglich auf Dreyfus beziehen konnte, weil sie wussten, dass Panizzardi noch nie von ihm gehört hatte. Es sei denn, er hatte seine Vorgesetzten belogen. Aber warum hätte er das tun sollen?

»Und es besteht nicht der geringste Zweifel, dass Sie am

Ende der ganzen Prozedur die korrekte Version ans Kriegsministerium weitergeleitet haben?«, frage ich.

»Nicht der geringste. Billecocq hatte von mir den Auftrag, sie eigenhändig abzugeben.«

»Können Sie sich noch erinnern, an wen Sie den entschlüsselten Text übergeben haben?«, frage ich Billecocq.

»Ja, Herr Oberstleutnant, ganz genau sogar«, sagt er. »Weil ich nämlich den Umschlag dem Minister persönlich übergeben habe, General Mercier.«

◆

Ich gehe zurück in die Statistik-Abteilung. Als ich mich meinem Büro nähere, rieche ich Zigarettenrauch, und als ich die Tür öffne, sitzt General Gonse an meinem Schreibtisch. Henry lehnt mit seinem breiten Hinterteil an der Tischkante.

»Sie sind lange aus gewesen«, sagt Gonse fröhlich.

»Ich wusste nicht, dass wir eine Verabredung hatten.«

»Hatten wir auch nicht. Ich dachte mir einfach, schau mal vorbei.«

»Das ist das erste Mal.«

»Ach? Vielleicht hätte ich das öfter tun sollen. Was für eine kleine Sonderoperation Sie doch hier am Laufen haben.« Er streckt mir die Hand entgegen. »Wenn Sie gestatten, nehme ich das Geheimdossier über Dreyfus an mich.«

»Natürlich. Darf ich fragen, warum?«

»Nein, eigentlich nicht.«

Ich würde gern Einwände erheben. Ich schaue zu Henry. Er hebt leicht die Augenbrauen.

Sie müssen tun, was die von Ihnen verlangen, Herr Oberstleutnant. Die sind die Chefs.

Langsam bücke ich mich zum Tresor hinunter und suche dabei krampfhaft nach einer Ausrede, um mich widersetzen zu können. Ich öffne den Tresor, nehme den mit D gekennzeichneten Umschlag heraus und gebe ihn widerwillig Gonse. Er klappt die Lasche auf und blättert schnell durch den Inhalt.

»Und, alles da?«, frage ich spitz.

»Das hoffe ich für Sie!« Gonse lächelt mich an – das Lächeln ist eine rein mechanische Verschiebung seiner unteren Gesichtshälfte, ohne den geringsten Anflug von Humor. »Angesichts Ihrer bevorstehenden Inspektionsreise müssen wir noch einige administrative Änderungen vornehmen. Ab sofort wird Major Henry das gesamte Material von Agent Auguste direkt an mich übergeben.«

»Aber das ist unsere wichtigste Quelle!«

»Ja, und deshalb ist es nur folgerichtig, dass mir als Leiter des Geheimdienstes das Material direkt zugeleitet wird. Sind Sie damit einverstanden, Henry?«

»Wie Sie wünschen, Herr General.«

»Heißt das, ich bin von meinen Aufgaben entbunden?«

»Natürlich nicht, mein lieber Picquart! Das ist einfach eine Neuordnung der Kompetenzen zur Steigerung unserer Effizienz. Alles andere bleibt in Ihrer Verantwortung. Also, das wäre geklärt.« Gonse steht auf und drückt seine Zigarette aus. »Wir sprechen uns bald, Herr Oberstleutnant.« Er hält das Dossier mit verschränkten Armen vor der Brust. »Keine Sorge, ich werde mich sehr gut um unser kostbares Stück kümmern.«

Nachdem er gegangen ist, schaut Henry mich an. Er zuckt entschuldigend mit den Achseln. »Sie hätten auf meinen Rat hören sollen«, sagt er.

◆

Ich weiß von Leuten, die in der Rue de la Roquette öffentlichen Hinrichtungen beigewohnt haben, dass die guillotinierten Köpfe der Verurteilten noch Lebenszeichen von sich geben. Die Backen zucken. Die Augen blinzeln. Die Lippen bewegen sich.

Ich frage mich, ob die abgeschlagenen Köpfe auch noch kurz der Illusion nachhängen, sie würden noch leben. Sehen sie die Menschen, die auf sie hinunterschauen, und bilden sie sich für die ein oder zwei Augenblicke vor dem Sturz in die Dunkelheit ein, sie könnten sich noch verständigen?

So geht es mir nach meinem Gespräch mit Gonse. Ich gehe weiter zu üblicher Stunde ins Büro, als würde ich noch leben. Ich lese Berichte. Ich korrespondiere mit Agenten. Ich halte Sitzungen ab. Ich schreibe meinen wöchentlichen Blanc für den Chef des Generalstabs: Die Deutschen planen Militärmanöver in Elsass-Lothringen, sie setzen verstärkt Hunde ein, sie verlegen nahe der Grenze in Büssing eine Telefonleitung. Aber da spricht nur noch ein toter Mann. Faktisch hat sich die Leitung der Statistik-Abteilung auf die andere Straßenseite verlagert, ins Ministerium, wo regelmäßige Besprechungen zwischen Gonse und meinen Offizieren Henry, Lauth und Gribelin stattfinden. Ich höre, wenn sie gehen. Ich spitze die Ohren, wenn sie zurückkommen. Sie haben irgendetwas vor, aber ich kann nicht herausbekommen, was es ist.

Meine eigenen Möglichkeiten scheinen gleich null zu sein. Meinen Vorgesetzten kann ich nicht mehr berichten, was ich weiß, seit ich annehmen muss, dass sie schon alles wissen. Ein paar Tage denke ich daran, mich direkt an den Präsidenten zu wenden. Aber dann lese ich seine jüngste, in Anwesenheit von General Billot gehaltene Rede: »Die Armee ist das Herz und die Seele der Nation, der Spiegel, in dem Frankreich das vollkommenste Ideal seiner Selbstzucht und seines Patriotismus erblickt. In den Gedanken der Regierung und in der Wertschätzung des Landes steht die Armee an erster Stelle.« Mir wird klar, dass er sich für einen verhassten Juden niemals auf einen Kampf gegen das Herz und die Seele der Nation einlassen würde. Auch kann ich meine Entdeckungen natürlich mit niemand außerhalb der Regierung teilen – einem Senator, Richter oder Zeitungsredakteur –, ohne unsere vertraulichsten Geheimdienstquellen zu verraten. Das Gleiche gilt für die Dreyfus-Familie, die außerdem Tag und Nacht von der Sûreté beschattet wird.

Und vor allem schrecke ich davor zurück, die Armee zu verraten: *mein* Herz und *meine* Seele, *mein* Spiegel, *mein* Ideal.

Gelähmt warte ich darauf, dass etwas passiert.

◆

Ich bin an einem frühen Morgen im November auf dem Weg ins Büro, als es mir an einem Zeitungsstand an der Ecke zur Avenue Kléber ins Auge springt. Ich will gerade vom Bordstein auf die Straße treten. Wie angewurzelt bleibe ich stehen. Genau in der Mitte der Titelseite von *Le Matin* prangt eine Kopie des Bordereaus.

Ich schaue mir die Leute an, die lesend auf der Straße stehen. Mein erster Gedanke ist, jedem die Zeitung aus der Hand zu reißen. Wissen die nicht, dass das ein Staatsgeheimnis ist? Ich kaufe eine Zeitung und ziehe mich in einen Hauseingang zurück. Das Bild im Maßstab 1:1 ist eindeutig ein Abzug von Lauths Fotografien. Die Überschrift des Artikels lautet »Der Beweis«, der Ton ist durchgehend feindselig gegenüber Dreyfus. Sofort kommt mir der Gedanke, dass der Artikel sich liest, wie wenn er von einem der Handschriftenexperten der Anklage geschrieben wurde. Der

Zeitpunkt passt. Lazares Pamphlet unter dem Titel »Ein Justizirrtum: Die Wahrheit über die Dreyfus-Affäre« ist vor drei Tagen veröffentlicht worden. Es enthält eine wütende Attacke auf die Grafologen. Sie haben alle ein berufliches Interesse daran, die Leute weiter in dem Glauben zu lassen, dass Dreyfus der Autor des Bordereaus ist, sprich, sie haben sich alle an ihre Kopien geklammert.

Ich winke mir eine Droschke heran, um so schnell wie möglich ins Büro zu kommen. Dort herrscht Grabesstimmung. Obwohl der Artikel Dreyfus' Verurteilung zu rechtfertigen scheint, bedeutet er für die Abteilung doch eine Katastrophe. Wie ganz Paris kann jetzt auch Schwartzkoppen zum Frühstück den Bordereau lesen. Er weiß jetzt, dass sich seine private Korrespondenz in den Händen der französischen Regierung befindet, wird sich erst einmal verschlucken und dann wahrscheinlich herauszufinden versuchen, auf welchem Weg sie zu den Franzosen gelangt ist. Gut möglich, dass damit die lange Laufbahn von Agent Auguste beendet ist. Und was ist mit Esterházy? Zumindest der Gedanke, wie er wohl darauf reagiert, dass seine Handschrift jeden Zeitungsstand der Stadt schmückt, bereitet mir ein bisschen Vergnügen. Umso mehr, als am Spätvormittag Desvernine in meinem Büro auftaucht und berichtet, dass der Verräter gerade barhäuptig aus der Wohnung der Vier-Finger-Marguerite in den stürmischen Regen gestürzt sei, als wäre der Teufel persönlich hinter ihm her.

◆

Ich werde zu General Billot zitiert. Er schickt einen Hauptmann mit der Botschaft, dass ich sofort in sein Büro kommen solle.

Ich würde gern etwas Zeit herausschinden, um mich auf

diese Tortur vorzubereiten. »Ich komme gleich. Sagen Sie ihm, ich bin schon unterwegs.«

»Tut mir leid, Herr Oberstleutnant. Ich habe den Befehl, Sie sofort zu ihm zu bringen.«

Ich nehme meine Uniformmütze vom Hutständer. Als ich hinaus auf den Gang trete, sehe ich Henry, der sich vor seinem Büro mit Lauth herumdrückt. Etwas an ihrer Körperhaltung – eine Mischung aus Gerissenheit, Neugier und Triumph – sagt mir, dass sie schon vorher von meinem Befehl zum Rapport wussten und meinen Abgang nicht verpassen wollen. Wir nicken uns höflich zu.

Der Hauptmann und ich gehen zum Vordereingang des Hôtel de Brienne.

»Melden Sie Oberstleutnant Picquart für den Kriegsminister ...«

Während wir die Marmortreppe hinaufgehen, erinnere ich mich daran, wie beflissen ich nach Dreyfus' Degradierung hier hinaufgeeilt bin – der stumm im Schnee liegende Garten, Mercier und Boisdeffre, die sich am lodernden Kaminfeuer den Rücken wärmen, die zartgliedrigen Finger, die sachte den Globus drehen und auf die Teufelsinsel zeigen ...

Auch diesmal ist Boisdeffre im Büro des Ministers. Er sitzt mit Billot und Gonse am Konferenztisch. Vor Billot liegt ein geschlossener Ordner. Die drei nebeneinandersitzenden Generäle geben ein finsteres Tribunal ab – ein Hinrichtungskomitee.

Billot streicht sich über seinen Walrossschnauzer. »Setzen Sie sich, Herr Oberstleutnant«, sagt er.

Ich gehe davon aus, dass sie mich für den durchgesickerten Bordereau verantwortlich machen wollen, aber Billot überrumpelt mich. Er kommt ohne Vorrede gleich zur Sache. »Wir haben einen anonymen Brief erhalten. Darin wird behauptet, dass man in Kürze Major Esterházy vor der Abgeordnetenkammer als Komplizen von Dreyfus bloßstellen wird. Haben Sie eine Ahnung, woher der Schreiber dieses Briefes die Information haben könnte, dass Esterházy unter Verdacht stand?«

»Nein.«

»Ich nehme an, dass ich Sie nicht darauf hinweisen muss, dass dies einen schwerwiegenden Verstoß gegen die Vertraulichkeit Ihrer Ermittlungen darstellt.«

»Natürlich nicht. Ich bin entsetzt, das zu hören.«

»Das ist untragbar, Herr Oberstleutnant!« Seine Wangen laufen rot an, die Augen quellen vor. Plötzlich ist er der cholerische alte General, den die Karikaturisten so lieben. »Erst wird die Existenz des Dossiers enthüllt! Dann erscheint ein Foto vom Bordereau auf der Titelseite einer Zeitung! Und jetzt das! Daraus können wir nur folgern, dass Sie sich in eine Obsession hineingesteigert haben, in eine gefährliche Fixierung, mit Major Esterházy anstelle von Dreyfus, und dass Sie alles Erdenkliche tun, damit sie sich erfüllt, einschließlich der Weitergabe geheimer Informationen an die Presse.«

»Was für eine ärmliche Geschichte, Picquart«, sagt Boisdeffre. »Sehr ärmlich. Ich bin enttäuscht von Ihnen.«

»Ich versichere Ihnen, Herr General, dass ich niemand von meiner Untersuchung erzählt habe, und schon gar nicht Esterházy. Und ich habe nie irgendwelche Informationen an die Presse weitergegeben. Meine Untersuchung ist keine private Obsession. Ich bin einfach einer logischen Beweisspur gefolgt, und die hat mich zu Esterházy geführt.«

»Nein, nein, nein!« Billot schüttelt den Kopf. »Sie haben den ausdrücklichen Befehl missachtet, sich aus der Dreyfus-Geschichte herauszuhalten. Sie haben sich wie ein Spion in Ihrer eigenen Abteilung aufgeführt. Ich könnte Sie wegen Befehlsverweigerung sofort von einem meiner Ordonnanzoffiziere ins Gefängnis Cherche-Midi bringen lassen.«

Nach einer Pause meldet sich Gonse zu Wort. »Wenn es wirklich um Logik geht, Herr Oberstleutnant, was würden Sie sagen, wenn wir Ihnen einen wasserdichten Beweis dafür liefern, dass Dreyfus ein Spion war?«

»Einen wasserdichten Beweis würde ich natürlich akzeptieren. Aber ich glaube nicht, dass es einen solchen gibt.«

»Und da liegen Sie falsch.«

Gonse schaut zu Billot, der den vor ihm liegenden Ordner aufklappt. Anscheinend enthält er nur ein einziges Blatt Papier.

»Wir haben vor Kurzem via Agent Auguste einen Brief von Major Panizzardi an Oberstleutnant Schwartzkoppen abgefangen«, sagt Billot. »Die maßgebliche Passage lautet: ›Ich habe gelesen, dass ein Abgeordneter Fragen zu Dreyfus stellen wird. Falls man in Rom neue Erklärungen von mir verlangt, werde ich sagen, dass ich nie mit diesem Juden in Verbindung stand. Wenn jemand Dich fragen sollte, dann sage das Gleiche. Niemand darf jemals erfahren, was man mit ihm gemacht hat. Gezeichnet Alexandrine.‹« Befriedigt schließt Billot den Ordner. »Was sagen Sie *dazu?*«

Es ist natürlich eine Fälschung. Ich bewahre Haltung. Es *muss* eine Fälschung sein. »Wann genau haben wir das bekommen, wenn ich fragen darf?«

Billot schaut Gonse an. »Major Henry hat es vor zwei Wochen auf dem üblichen Weg erhalten«, sagt Gonse. »Es war in französisch. Er hat die Schnipsel wieder zusammengesetzt.«

»Könnte ich das Original sehen?«

Gonse muss sich im Zaum halten. »Wozu ist das notwendig?«

»Es würde mich nur interessieren, wie es aussieht.«

»Ich hoffe aufrichtig, Oberstleutnant Picquart, dass Sie nicht die Integrität von Major Henry in Zweifel ziehen wollen«, sagt Boisdeffre äußerst kühl. »Die Botschaft wurde abgefangen und rekonstruiert – und damit hat es sich. Wir setzen Sie davon in Kenntnis im Vertrauen darauf, dass die Presse nichts davon erfährt und Sie endlich von Ihrer böswilligen und hartnäckigen Behauptung Abstand nehmen, dass Dreyfus unschuldig ist. Andernfalls wird das schwerwiegende Folgen für Sie haben.«

Ich schaue nacheinander die Generäle an. So tief ist die Armee von Frankreich also gesunken! Entweder sind sie die größten Idioten Europas oder die größten Schurken. Ich bin mir nicht sicher, was schlimmer für Frankreich ist. Aber mein Selbsterhaltungstrieb sagt mir, jetzt nicht gegen sie anzukämpfen. Ich muss mich tot stellen.

Ich senke leicht den Kopf. »Wenn Sie davon überzeugt sind, dass der Brief authentisch ist, dann akzeptiere ich das natürlich.«

»Dann müssen Sie auch akzeptieren, dass Dreyfus schuldig ist«, sagt Billot.

»Wenn das Schriftstück authentisch ist, dann ... ja, dann muss er schuldig sein.«

Jetzt ist es heraus. Ich weiß nicht, was ich in diesem Augenblick sonst hätte sagen können, was irgendetwas an Dreyfus' Misere geändert hätte.

»Angesichts Ihrer Verdienste, Herr Oberstleutnant, sehen wir davon ab, Anklage gegen Sie zu erheben«, sagt Billot. »Zumindest vorläufig. Allerdings erwarten wir von Ihnen, dass Sie alle Dokumente in Verbindung mit Ihren Nachforschungen zu Esterházy, einschließlich des Petit Bleu, Major Henry aushändigen. Außerdem treten Sie umgehend Ihre Inspektionsreise an. Erste Station ist das 6. und 7. Armeekorps in Châlons.«

Wieder lächelt Gonse. »Wenn Sie erlauben, mein lieber Picquart, nehme ich Ihre Büroschlüssel an mich. Es ist nicht nötig, dass Sie noch einmal in die Abteilung zurückkehren. Major Henry kümmert sich um die laufenden Angelegenheiten. Sie fahren ohne Umschweife nach Hause und packen.«

◆

Ich packe Kleidung für drei oder vier Tage ein und bitte die Concierge, meine Post ans Kriegsministerium weiterzuleiten. Dann bleibt mir vor Abfahrt des Zuges um sieben gerade noch genügend Zeit, bei ein paar Freunden vorbeizuschauen und mich zu verabschieden.

Pauline sitzt in ihrer Wohnung in der Rue de la Pompe mit den Mädchen beim Abendessen. Erschrocken schaut sie mich an, als ich vor der Tür stehe. »Philippe kann jede Minute aus dem Büro kommen«, flüstert sie und zieht die Tür halb hinter sich zu.

»Keine Angst, ich komme nicht rein.« Ich stehe mit dem Koffer im Flur und sage ihr, dass ich wegführe.

»Für wie lange?«

»Geplant ist etwa eine Woche, aber wenn es länger dauert und du mich sprechen willst, dann schreibe zu meinen Händen ans Ministerium. Aber sei vorsichtig, was du schreibst.«

»Warum? Ist irgendwas passiert?«

»Nein, aber Vorsicht kann nie schaden.« Ich küsse ihre Hand und drücke sie an meine Wange.

»Maman!« Eine schrille Stimme hinter ihr.

»Du gehst lieber wieder rein«, sage ich.

Ich nehme eine Droschke zum Boulevard Saint-Germain und bitte den Kutscher zu warten. Inzwischen ist es dunkel, und die Lichter des großen Hauses leuchten hell im trüben Novemberabend. Es herrscht eine geschäftige Atmosphäre. Blanche veranstaltet am späten Abend eine ihrer Soireen. »Hallo, Fremder!«, sagt sie. »Du bist viel zu früh.«

»Ich komme nicht rein«, sage ich. »Leider muss ich Paris für ein paar Tage verlassen.« Ich sage ihr das Gleiche wie Pauline: Wenn sie sich bei mir melden wolle, solle sie das über das Ministerium tun, sich aber bedeckt halten. »Richte Aimery und Mathilde herzliche Grüße von mir aus.«

»O Georges«, ruft sie entzückt, zwickt mir in die Backe und küsst mich auf die Nasenspitze. »Du bist ein Rätsel!«

Ich steige wieder in die Kutsche, und als ich mich umdrehe, sehe ich durch die Fenster im Erdgeschoss, wie Blanche den Musikern zeigt, wo sie sich aufbauen können. Mir bleibt ein letztes Bild von Kronleuchtern und einer Überfülle an Zimmerpflanzen, von Louis-quatorze-Stühlen, die mit blassrosa Seide bezogen sind, von schimmerndem Licht auf dem polierten Fichten- und Ahornholz der Instrumente. Blanche weist einem der Geiger seinen Platz zu. Der Kutscher lässt die Peitsche knallen, und in der nächsten Sekunde wird dieses Bild von zivilisiertem Leben abrupt aus meinem Blickfeld gerissen.

Zuletzt besuche ich Louis Leblois. Wieder wartet der Kutscher, und wieder bleibe ich im Flur vor der Wohnung stehen und verabschiede mich. Er ist gerade vom Gericht zurückgekommen und sieht meinen Kummer sofort.

»Ich nehme an, du kannst nicht darüber reden.«

»Nein, leider.«

»Wenn du mich brauchst, ich bin hier.«

Als ich wieder in die Kutsche steige, schaue ich die Rue de l'Université hinunter zu den Büros der Statistik-Abteilung. Das Gebäude ist ein trüber Fleck in der Dunkelheit. Mir fällt auf, dass etwa zwanzig Schritte hinter mir eine Kutsche mit der gelben Laterne vom Depot Poissonnière-Montmartre steht. Als wir losfahren, folgt sie uns, und als wir vor dem Gare de l'Est anhalten, bleibt sie in diskretem Abstand hinter uns stehen. Ich vermute, dass sie mir schon folgt, seit ich meine Wohnung verlassen habe. Sie gehen kein Risiko ein.

An einer Litfaßsäule vor dem Bahnhof hängt zwischen den Werbeanzeigen und den bunten Theaterprogrammen für die Opéra-Comique und die Comédie-Française ein Plakat, auf dem neben einer Kopie des Bordereaus aus *Le Matin* eine Handschriftenprobe von Dreyfus zu sehen ist. Nebeneinander sehen die beiden Handschriften sehr unterschiedlich aus. Mathieu hat auf eigene Kosten ganz Paris damit bepflastern lassen. Das war schnelle Arbeit! »Wo ist der Beweis?«, fragt die Überschrift. Für Hinweise, die zu dem Original führen, ist eine Belohnung ausgesetzt.

Er gibt nicht auf, bis sein Bruder entweder frei oder tot ist, denke ich, und während ich in dem überfüllten Zug Richtung Osten meinen Koffer in der Gepäckablage verstaue und mich auf meinem Platz niederlasse, gibt mir dieser Gedanke wenigstens etwas Hoffnung.

Teil II

16

Vom Militärklub in Sousse aus kann man durch eine Reihe staubiger Palmen, hinter der ein ungepflasterter Platz mit einer modernen Zollbaracke liegt, das Meer sehen. Das Glitzern des Golfs von Hammamet ist heute Nachmittag besonders gleißend, wie Sonnenlicht auf Blech. Ich muss mir die Hand über die Augen halten. Ein Junge in einem langen, braunen Gewand geht vorbei. An einem Strick zieht er eine Ziege hinter sich her. In dem grellen Licht verschwimmen die beiden Gestalten zu teerschwarzen Silhouetten.

Das Leben hinter den wuchtigen Ziegelmauern des Militärklubs macht keine Zugeständnisse an Nordafrika. Die Holzverkleidungen, die Polstersessel, die mit Quasten verzierten Stehlampen, alles sieht aus wie in jeder beliebigen Garnisonsstadt in Frankreich. Wie üblich sitze ich nach dem Mittagessen allein am Fenster, während meine Offizierskameraden vom 4. Tunesischen Schützenregiment Karten spielen, vor sich hin dösen oder in den vier Tage alten französischen Zeitungen blättern. Keiner spricht mich an. Obwohl sie sorgsam darauf achten, mich mit der meinem Rang geschuldeten Ehrerbietung zu behandeln, halten sie Abstand – wer kann es ihnen verdenken? Irgendetwas kann mit mir nicht stimmen, irgendeine unsagbare Schande muss meine Karriere ruiniert haben. Warum sonst hätte man den jüngsten Oberstleutnant in der Armee in ein Loch wie dieses versetzt? Wie eine Schusswunde zieht das scharlachrote Band der Ehrenlegion auf dem himmelblauen Uniformrock meines neuen Regiments ihre faszinierten Blicke an.

Wie immer tritt um drei Uhr ein junger Ordonnanzoffizier durch die hohe, glasgetäfelte Tür und bringt mir die Nachmittagspost. Er ist ein hübscher Junge mit derbem Gassenjungenauftreten, ein Musiker aus der Regimentskapelle, den ich unter dem Namen Flavian-Uband Savignaud kenne. Er traf ein paar Tage nach mir in Sousse ein und ist, da bin ich mir ziemlich sicher, von der Statistik-Abteilung entsandt worden, um mir nachzuspionieren, und zwar mit Anweisungen von Henry oder Gonse. Es ist nicht so sehr das Spionieren, über das ich mich ärgere, sondern die stümperhafte Art, wie er es anpackt. Eigentlich sollte ich ihn mir vorknöpfen. Wenn Sie schon in meinen Habseligkeiten herumschnüffeln, dann legen Sie sie doch bitte wieder so zurück, wie Sie sie vorgefunden haben, müsste ich ihm sagen. Versuchen Sie sich einfach einzuprägen, wo was gelegen hat, bevor Sie anfangen. Und wenn Ihr Auftrag lautet, meine Post abzufangen, dann machen Sie sich doch wenigstens die Mühe, sie danach ganz normal in den Briefkasten zu werfen, anstatt sie dem Postbeamten persönlich in die Hand zu drücken. Ich bin Ihnen jetzt zweimal gefolgt, und beide Male haben Sie sich diese Schlamperei erlaubt.

Er bleibt neben meinem Sessel stehen und salutiert. »Ihre Post, Herr Oberstleutnant. Haben Sie etwas, was abgeschickt werden muss?«

»Danke. Nein, noch nicht.«

»Kann ich sonst etwas für Sie tun, Herr Oberstleutnant?« In der Bemerkung schwingt die Andeutung eines unsittlichen Angebots mit.

»Nein. Sie können gehen.«

Mit leichtem Hüftschwung entfernt er sich. Ein junger

Hauptmann nimmt die Zeitung herunter und glotzt ihm hinterher. Auch das ärgert mich: nicht die Tatsache, dass Henry und Gonse glauben, ich könnte mich verlocken lassen, mit einem Mann ins Bett zu gehen, sondern dass ich mich dazu verlocken ließe, mit einem Mann wie Savignaud ins Bett zu gehen.

Ich schaue meine Post durch. Ein Brief von meiner Schwester und einer von meinem Cousin Edmond sind von der Statistik-Abteilung geöffnet und dann mit verräterisch betonfestem Klebstoff wieder verschlossen worden. Wie mein Exilgenosse Dreyfus leide ich darunter, dass meine Korrespondenz überwacht, wenn auch nicht – wie in seinem Fall – tatsächlich zensiert wird. Als Teil der Fiktion, dass ich nur vorübergehend versetzt bin, sind auch ein paar weitergeleitete Agentenberichte dabei, die aber ebenfalls geöffnet wurden. Und dann ist da noch ein Brief von Henry. Seit meiner Abreise aus Paris vor einem halben Jahr haben wir oft Botschaften ausgetauscht, sodass mir seine schülerhafte Handschrift inzwischen vertraut ist.

Bis vor Kurzem haben wir in unseren Briefen einen freundlichen Ton gepflegt. (»Blauer Himmel und heiß, was einem nachmittags manchmal zu viel werden kann. Es geht natürlich nichts über Paris.«) Im Mai jedoch erhielt ich vom Oberkommando in Tunis den Befehl, mein Regiment für drei Wochen zu Schießübungen nach Sidi El Hani zu verlegen. Das hieß, wir mussten einen Tag nach Südwesten marschieren und dann in der Wüste ein Lager aufschlagen. Durch die Schwierigkeiten bei der Ausbildung der einheimischen Soldaten, durch die Ödnis der heißen, gesichtslosen, sich in alle Himmelsrichtungen erstreckenden Felslandschaft und vor allem durch die ständige Anwesenheit von Savignaud sah ich mich schließlich zu einem Protestbrief genötigt. Ich schrieb: »Mein lieber Henry, warum nicht in aller Öffentlichkeit ein für alle Mal zugeben, dass ich meiner Pflichten entbunden bin? Ich habe keinen Grund, deshalb beschämt zu sein. Was mich beschämt, sind die Lügen und mysteriösen Geschichten, die in den letzten sechs Monaten über mich verbreitet wurden.«

Wahrscheinlich habe ich den Brief mit Henrys Antwort Savignaud zu verdanken. Ich öffne ihn ziemlich gleichgültig, da ich mit den gewohnt beschwichtigenden Beteuerungen rechne, dass ich schon sehr bald nach Paris zurückkehren könne. Stattdessen könnte der Ton kaum kühler sein. Er habe die Ehre, mich über Folgendes in Kenntnis zu setzen: Eine Untersuchung innerhalb der Statistik-Abteilung habe ergeben, dass die einzigen in meinem Brief erwähnten mysteriösen Geschichten die drei von mir selbst zu verantwortenden Vergehen seien, und zwar: (1) die Durchführung einer gesetzwidrigen Operation, die ohne Bezug zum Dienst gewesen sei; (2) die Verleitung von Offizieren des Dienstes zur Falschaussage, dass ein von einer bekannten Person stammendes geheimes Dokument im Postamt beschlagnahmt worden sei; und (3) die Öffnung eines Geheimdossiers und die Sichtung seines Inhalts, was zu bestimmten Indiskretionen geführt habe. Henry schließt sarkastisch: »Was das Wort Lügen betrifft, so konnte die Untersuchung nicht eruieren, wo, wie und auf wen dieses Wort Anwendung finden soll. Hochachtungsvoll, Henry.«

Und dieser Mann soll mein Untergebener sein! Der Brief ist datiert vom Montag, dem 31. Mai, er wurde also vor einer Woche geschrieben. Ich schaue auf den Poststempel: Donnerstag, 3. Juni. Ich vermute sofort, wie das abgelaufen sein muss. Henry hat den Brief geschrieben und dann auf die andere Straßenseite geschickt, damit Gonse seine Zustimmung erteilt, bevor er ihn versendet. Hinter Henrys unbeholfener Drohung steht also höchstwahrscheinlich die

Macht des Generalstabs. Trotz der afrikanischen Hitze spüre ich kurz einen fröstelnden Schauer auf meiner Haut. Ich lese den Brief noch einmal. Dann lässt meine Furcht langsam nach und macht einer gewaltigen, sich steigernden Wut Platz – hochachtungsvoll? –, die ein derartiges Ausmaß erreicht, dass ich mich zusammenreißen muss, damit ich nicht laut losbrülle und gegen die Möbel trete. Ich stopfe mir die Post in die Hosentasche, setze die Uniformmütze auf und marschiere zur Tür. Obwohl ich vor Zorn außer mir bin, nehme ich die plötzliche Stille und die Blicke meiner Kameraden wahr.

Ich stapfe nach draußen und renne dabei fast zwei Majore über den Haufen, die Zigarre rauchend auf der Veranda stehen, stapfe an der schlaff herunterhängenden Trikolore vorbei die Stufen des Klubhauses hinunter und dann über den breiten Boulevard in den Jardin de la Mer, wo die Regimentskapelle jeden Sonntagnachmittag vor der Gemeinde der Auslandsfranzosen mit vertrauten Melodien eine unmelodische Parodie von Heimat zum Besten gibt. Hier bleibe ich stehen, um mich zu beruhigen. Die beiden Majore schauen mir aufrichtig bestürzt hinterher. Ich drehe mich um und gehe an dem Podium und dem defekten Springbrunnen vorbei durch den kleinen Park weiter in Richtung Meer und dann an der Hafenpromenade entlang.

Monatelang bin ich mittags in den Militärklub gegangen und habe die nicht mehr aktuellen Zeitungen in der Hoffnung auf frische Enthüllungen im Fall Dreyfus durchgesehen. Vor allem habe ich darauf gesetzt, dass wahrscheinlich früher oder später jemand Esterházys Handschrift erkennen und sich direkt an die Familie Dreyfus wenden würde. Aber da war nichts: Der Fall wird nicht einmal mehr erwähnt. Als ich an den Fischerbooten vorbeigehe, mit gesenktem Kopf, die Hände hinter dem Rücken verschränkt, mache ich mir heftige Vorwürfe wegen meiner Feigheit. Ich habe es anderen überlassen, meine Pflicht zu erfüllen. Und jetzt glauben Henry und Gonse, dass mich das Exil so gebrochen, ihre Skrupellosigkeit mich so zerstört hat, dass sie mich bis zur völligen Unterwerfung einschüchtern können.

Bei der Anlegestelle an der Südspitze des Kais, in der Nähe der alten arabischen Stadtmauer, befindet sich ein Fischmarkt. Ich bleibe kurz stehen und beobachte, wie ein Fang ausgeladen und auf die Verkaufstheke gekippt wird: Rotbarben, Meerbrassen, Seehechte, Makrelen. In einem Verschlag sehe ich ein halbes Dutzend Schildkröten, deren Maul mit Schnüren zusammengebunden wurde. Sie leben noch, aber man hat ihnen die Augen ausgestochen, damit sie nicht fliehen können. Es hört sich an wie klackernde Steine, wenn sie übereinanderkrabbeln und verzweifelt versuchen, wieder ins Wasser zu gelangen, das sie zwar noch riechen, aber nicht mehr sehen können.

◆

Mein Quartier liegt im Militärlager auf der anderen Seite der Medina. Die einstöckige Ziegelhütte am Rand des Exerzierplatzes hat zwei Zimmer, deren Fenster mit Moskitonetzen verhängt sind, und eine Veranda mit zwei Stühlen, einem Tisch und einer Petroleumlampe. In der trägen Hitze des Spätnachmittags liegt der Exerzierplatz verlassen da. Als ich mich versichert habe, dass ich unbeobachtet bin, ziehe ich den Tisch an den Rand der Veranda, steige darauf und drücke einen losen Dachbalken zur Seite. Der große Vorteil eines unfähigen Spions und der Grund, warum ich nicht um Savignauds Ablösung gebeten habe, ist der, dass er Dinge übersieht, so wie jetzt. Ich schiebe die Finger in den Hohlraum, bis sie Metall berühren – eine alte Zigarettendose.

Ich ziehe die Dose heraus, drücke den Balken wieder hinein, ziehe den Tisch wieder an seinen Platz und gehe in die Hütte. Das größere Zimmer dient als Wohn- und Arbeitsraum. Die Vorhänge sind zum Schutz gegen die Sonne zugezogen. Ich gehe durch den Raum ins Schlafzimmer, setze mich auf die Kante meiner schmalen Eisenpritsche und öffne die Dose. Sie enthält eine fünf Jahre alte Fotografie von Pauline und ein Bündel ihrer Briefe: *Mein Liebling Georges … Mein geliebter Georges … Ich sehne mich nach Dir … Ich vermisse Dich …* Ich frage mich, durch wie viele Hände sie gegangen sind. Sicherlich durch nicht so viele wie Dreyfus' Briefe, aber ohne Zweifel viele.

Ich bin mehrere Male in Deiner Wohnung gewesen. Es ist alles in Ordnung. Mme Guerault sagt, Du bist auf einer geheimen Mission! Manchmal liege ich auf Deinem Bett, und ich kann immer noch Deinen Duft auf dem Kissen riechen, und ich stelle mir vor, wo Du bist und was Du jetzt gerade tust. In diesen Augenblicken vermisse ich Dich am meisten. Ich liege im Licht des Nachmittags und könnte vor Sehnsucht schreien. Es sind körperliche Schmerzen …

Ich muss sie nicht noch einmal lesen, ich kenne sie auswendig.

In der Dose befinden sich auch eine Fotografie meiner Mutter, siebenhundert Francs in bar und ein Umschlag, auf den ich geschrieben habe: »Im Falle des Todes des Unterzeichneten soll dieser Brief dem Präsidenten der Republik ausgehändigt werden. Der Inhalt darf nur ihm allein zugänglich gemacht werden. G. Picquart.« Im Brief steckt ein in sechzehn Teile gegliederter, umfassender Bericht über meine Nachforschungen in Sachen Esterházy, den ich im April geschrieben habe. Er führt detailliert alle Beweise auf, berichtet von den Versuchen Boisdeffres, Gonse' und Billots, meine Ermittlungen zu sabotieren, und kommt zu drei Schlussfolgerungen:

1. *Esterházy arbeitet als Agent für Deutschland.*
2. *Die einzigen konkreten Tatsachen, die man Dreyfus zur Last gelegt hat, sind Esterházy zuzuschreiben.*
3. *Der Prozess gegen Dreyfus wurde auf beispiellos oberflächliche Weise mit der vorgefassten Meinung von Dreyfus' Schuld und unter Missachtung der gebotenen Rechtsprinzipien durchgeführt.*

Von den Minaretten der arabischen Stadt rufen die Muezzins die Gläubigen zum Asr-Gebet. Es ist die Tageszeit, wenn der Schatten eines Mannes doppelt so lang ist wie sein Körper groß. Ich schiebe den Bericht zurück in den Umschlag, stecke diesen in die Innentasche meines Uniformrocks und gehe wieder hinaus in die Hitze.

◆

Früh am nächsten Morgen bringt mir Savignaud wie immer heißes Wasser ins Schlafzimmer, damit ich mich rasieren kann. Ich beuge den nackten Oberkörper zum Spiegel vor und beginne mich einzuseifen. Anstatt wieder zu gehen, drückt Savignaud sich hinter mir herum und beobachtet mich.

Ich schaue ihn im Spiegel an. »Ja, Soldat? Ist noch was?«

»Wie ich höre, haben Sie einen Termin bei General Leclerc in Tunis, Herr Oberstleutnant.«

»Brauche ich dafür Ihre Erlaubnis?«

»Ich habe mich nur gefragt, ob ich Sie nicht vielleicht begleiten soll.«

»Das ist nicht nötig.«

»Werden Sie zum Abendessen zurück sein?«

»Verschwinden Sie, Savignaud.«

Er zögert kurz, salutiert und schleicht sich aus dem Zimmer. Ich rasiere mich weiter, beeile mich aber. Ich bin mir ziemlich sicher, dass er die Nachricht von meiner Fahrt nach Tunis auf der Stelle nach Paris telegrafieren wird.

Eine Stunde später stehe ich mit einem Koffer in der Hand auf dem Stadtplatz neben den Gleisen und warte. Die Bahnlinie von Tunis nach Sousse ist erst kürzlich von einer Minengesellschaft gebaut worden. Es gibt keinen Bahnhof, die Lokomotive fährt einfach durch die Straßen. Das erste Zeichen, dass sie sich nähert, ist eine schwarze Rauchsäule, die in der Ferne über den Flachdächern in den strahlend blauen Himmel aufsteigt. Dann kreischt eine Dampfpfeife, ein Haufen Kinder kommt um die Ecke gerannt und stürmt schreiend vor Begeisterung in alle Richtungen davon, gefolgt von einer Lok mit zwei flachen Güterwagen und drei Personenwaggons. Die Lok bremst ab und kriecht nur noch dahin, bis sie schließlich eine laut zischende Dampfwolke ausstößt und ganz stehen bleibt. Ich wuchte meinen Koffer in den Waggon, steige die Stufen hinauf und schaue mich um, ob mir jemand folgt. Aber ich kann keine Männer in Uniform entdecken, nur Araber, Juden und jede Menge Vieh – Hühner in Lattenkisten, ein Schaf und einen kleinen Ziegenbock mit zusammengebundenen Hufen, den sein Besitzer unter seinem Sitzplatz verstaut.

Wir fahren los und werden immer schneller, bis schließlich auch die letzten der uns eskortierenden Kinder nicht mehr mithalten können. Staub weht durch die offenen Fenster, während wir durch die eintönige Landschaft rumpeln – Olivenhaine und dunstige graue Berge zur Linken, das flache, glitzernde Mittelmeer zur Rechten. Etwa alle Viertelstunde halten wir an, um Gestalten aufzunehmen, die immer Tiere bei sich haben und jedes Mal wie aus dem Nichts schimmernd neben den Gleisen auftauchen. Ich schiebe eine Hand unter den Uniformrock und fühle die scharfen Kanten meines Briefs an den Präsidenten.

Als wir schließlich nachmittags in Tunis ankommen, drängele ich mich durch die Menschen auf dem überfüllten Perron zum Droschkenstand. Die schwüle Hitze der Stadt fühlt sich fast wie eine feste Masse an. Der Geruch von Ruß, Gewürzen – Kümmel, Koriander, Paprika –, Tabak und Pferdemist hängt in der Luft. Neben den Droschken verkauft ein Junge *La Dépêche tunisienne,* die für fünf Centimes eine Zusammenfassung der aus Paris telegrafierten Nachrichten des Vortages enthält. Auf dem Weg zum Armeehauptquartier blättere ich die Zeitung durch. Weiterhin nichts über Dreyfus. Aber es liegt in meiner Macht, das zu ändern. Wie ein Anarchist seinen Sprengstoff, so berühre ich zum zwanzigsten Mal an diesem Tag den Brief in meiner Tasche.

Leclerc ist beschäftigt. Mir bleibt nichts anderes übrig, als schwitzend in seinem Vorzimmer zu warten, bis er Zeit hat. Nach einer halben Stunde erscheint ein Adjutant. »Der General möchte wissen, worum es geht.«

»Eine persönliche Angelegenheit.«

Er geht wieder und kommt ein paar Minuten später zurück. »Der General schlägt vor, dass Sie alle persönlichen Angelegenheiten mit General de Chizelle besprechen.« De Chizelle ist mein direkter Vorgesetzter im 4. Tunesischen Schützenregiment.

»Es tut mir leid, aber es geht um eine Angelegenheit, die ich nur dem Oberbefehlshaber mitteilen kann.«

Wieder verschwindet er, aber diesmal kehrt er schon nach

wenigen Sekunden zurück. »Der General empfängt Sie jetzt.« Ich lasse meinen Koffer stehen und folge ihm.

Jérôme Leclerc sitzt in Hemdsärmeln an einem klappbaren Kartentisch auf der Veranda seines Büros und geht einen Stapel Post durch. Ein elektrischer Deckenventilator wirbelt die Ecken der Seiten auf, die von einem Revolver an ihrem Platz gehalten werden. Er ist etwa Mitte sechzig, hat ein kantiges Kinn und breite Schultern. Er ist schon so lange in Afrika, dass seine Haut fast genauso hellbraun ist wie die der Einheimischen.

»Ah, der exotische Oberstleutnant Picquart«, sagt er. »Unser Spezialist für das Mysteriöse, gesandt im Schutze der Dunkelheit!« Sein Sarkasmus ist nicht gänzlich unsympathisch. »Also, Herr Oberstleutnant, um welches brandneue Geheimnis, das Sie Ihrem befehlshabenden Offizier nicht preisgeben können, geht es denn?«

»Ich möchte die Genehmigung für einen Heimaturlaub in Paris.«

»Und warum können Sie den nicht bei General de Chizelle beantragen?«

»Weil er ablehnen würde.«

»Woher wissen Sie das?«

»Weil ich Grund zu der Annahme habe, dass es eine Daueranweisung vom Kriegsministerium gibt, mir die Ausreise aus Tunesien nicht zu gestatten.«

»Wenn das stimmt – ich bestätige nicht, dass es so ist –, warum sind Sie dann zu mir gekommen?«

»Weil ich glaube, dass Sie sich eher über einen Befehl vom Generalstab hinwegsetzen würden als General de Chizelle.«

Leclerc kneift kurz die Augen zusammen, und ich befürchte schon, dass er mich rauswerfen lässt. Aber dann lacht er. »Nun ja, da könnten Sie recht haben. Inzwischen ist mir das alles egal. Aber dafür brauchte ich schon einen verdammt guten Grund. Ein Rendezvous in Paris mit irgendeiner Frau würde nicht reichen.«

»Ich habe in Paris noch etwas zu erledigen.«

»Ach, tatsächlich?« Er verschränkt die Arme, lehnt sich zurück und mustert mich ausgiebig von Kopf bis Fuß. »Sie sind ein komischer Vogel, Oberstleutnant Picquart. Ich weiß nicht, was ich von Ihnen halten soll. Ich hatte gehört, Sie stünden schon an fünfter Stelle auf der Kandidatenliste für den nächsten Generalstabschef. Stattdessen tauchen Sie plötzlich hier in unserem kleinen Drecksnest auf. Also, was haben Sie ausgefressen? Geld unterschlagen?«

»Nein, Herr General.«

»Mit der Frau des Ministers ins Bett gestiegen?«

»Natürlich nicht.«

»Was dann?«

»Das kann ich Ihnen nicht verraten.«

»Dann kann ich Ihnen nicht helfen.«

Er richtet sich kerzengerade auf und greift zu einem Aktenstapel.

Plötzlich überkommt mich eine tiefe Verzweiflung. »Ich sitze hier eine Art Haftstrafe ab, Herr General. Meine Post wird gelesen. Ich werde beschattet. Ich darf das Land nicht verlassen. Das alles ist sehr wirkungsvoll. Sollte ich protestieren, das hat man mir deutlich zu verstehen gegeben, dann wird man mich mit falschen Anschuldigungen zur Räson bringen. Ich weiß nicht, wie ich alldem entkommen soll – außer ich desertiere. Aber dann wäre ich natürlich erst recht erledigt.«

»Nicht desertieren bitte – dann müsste ich Sie nämlich erschießen lassen.« Er steht auf und vertritt sich die Beine – ein großer, geschmeidiger Mann, trotz seines Alters. Ein Kämpfer, denke ich, kein Schreibtischmensch. In Gedanken versunken spaziert er mit gerunzelter Stirn auf der Veranda umher, bleibt plötzlich stehen und schaut in den Garten. Viele der Blumen kenne ich nicht. Ich erkenne Jasmin, Veilchen, Nelken. Er bemerkt meinen Blick. »Gefällt Ihnen der Garten?«

»Er ist sehr schön.«

»Ich habe ihn selbst angelegt. Komisch, aber inzwischen gefällt es mir hier besser als in Frankreich. Glaube nicht, dass ich im Ruhestand zurückgehe.« Er verstummt. »Wissen Sie, was ich nicht ertragen kann, Herr Oberstleutnant?«, sagt er nach kurzer Stille mit erbitterter Stimme. »Dass die vom Generalstab hier ihren Müll abkippen. Nichts gegen Sie, aber die schicken jeden Querulanten, Perversling und adligen Kretin in der Armee hier runter zu mir, und eins kann ich Ihnen sagen, mich kotzt es langsam an!« Er klopft nachdenklich mit dem Fuß auf die Holzbohlen. »Geben Sie mir Ihr Wort, dass Sie nichts Ungesetzliches oder Unmoralisches angestellt haben – dass Sie einfach nur Ärger mit diesen Schreibtischgenerälen in der Rue Saint-Dominique haben?«

»Bei meiner Ehre.«

Er setzt sich wieder an seinen Schreibtisch und fängt an zu schreiben. »Reicht eine Woche?«

»Mehr brauche ich nicht.«

»Ich will gar nicht wissen, was Sie vorhaben«, sagt er, noch während er schreibt. »Also, behalten Sie es für sich. Ich werde das Ministerium nicht darüber informieren, dass Sie Tunesien verlassen haben. Wenn die mir draufkommen, werde ich sagen, dass ich Soldat bin und nicht Gefängniswärter. Aber ich werde nicht lügen, verstanden?« Als er fertig ist, bläst er über die Tinte und gibt mir das Schreiben. Es ist die vom Kommandierenden General, Tunesien, unterzeichnete offizielle Genehmigung für Oberstleutnant Picquart vom 4. Tunesischen Schützenregiment, das Land aus dringenden familiären Gründen verlassen zu dürfen. Das ist das erste Mal, dass ich von offizieller Seite Hilfe erhalte. Ich habe Tränen in den Augen, aber Leclerc nimmt scheinbar keine Notiz davon.

◆

Das nächste Schiff nach Marseille soll am folgenden Tag um zwölf Uhr mittags ablegen. Ein Angestellter der Dampfschifffahrtsgesellschaft sagt mir – »mit aufrichtigem Bedauern, Herr Oberstleutnant« –, dass die Fähre schon voll sei. Ich muss ihn gleich zweimal schmieren – erstens dafür, dass er eine winzige Zweierkabine für mich allein reserviert, und zweitens dafür, dass mein Name nicht auf der Passagierliste erscheint. Ich übernachte in einer Pension in Hafennähe und gehe früh am nächsten Morgen in Zivil an Bord. Trotz der glühenden Hochsommerhitze kann ich mich nicht an Deck aufhalten und riskieren, erkannt zu werden. Ich gehe nach unten, schließe die Tür ab, ziehe mich nackt aus und lege mich in die untere Koje. Während ich schweißgebadet daliege, muss ich wieder an Dreyfus denken, diesmal daran, wie er seine Lage auf dem Kriegsschiff beschrieben hat, nachdem es vor der Teufelsinsel den Anker gesetzt hatte: *Ich musste vier Tage lang in der tropischen Hitze ausharren, eingesperrt in meine Zelle, ohne ein einziges Mal an Deck zu dürfen.* Als die Maschinen losbullern, ist es in meiner Eisenzelle so heiß wie in einem Dampfbad. Alle Flächen vibrieren, während sich das Schiff von der Anlegestelle löst. Durch das Bullauge sehe ich, wie sich die afrikanische Küste immer weiter entfernt. Erst als ich nur noch das blaue Mittelmeer sehen kann, schlinge ich mir ein Handtuch um die Hüften, klingele nach dem Steward und bestelle mir etwas zu essen und zu trinken.

Ich habe ein russisch-französisches Wörterbuch und Dostojewskis *Aufzeichnungen aus dem Kellerloch* eingepackt. Mit einem Kissen im Kreuz, neben mir Stift und Papier, liege ich in der Koje, balanciere auf den Knien die beiden Bücher und mache mich an die Übersetzung. Die Arbeit lässt mich die Zeit und sogar die Hitze vergessen. »Sich nur um sein eigenes Wohlergehen zu kümmern zeugt eindeutig von schlechter Erziehung. Sei es nun gut oder schlecht, manchmal macht es auch großen Spaß, etwas zu zerstören …«

Um Mitternacht ist Ruhe eingekehrt. Ich wage mich die Eisentreppe hinauf und betrete vorsichtig das Deck. Die Geschwindigkeit des Schiffes sorgt für eine warme nördliche Brise von dreizehn Knoten. Ich gehe zum Bug, recke das Gesicht in den Wind und sauge ihn in mich auf. In allen Himmelsrichtungen Dunkelheit. Das einzige Licht kommt von oben. Zahllose Sterne und ein durch die Wolken jagender Mond, der aussieht, als lieferte er sich ein Rennen mit uns. Nicht weit entfernt beugt sich ein männlicher Passagier über die Reling und unterhält sich leise mit einem Mitglied der Mannschaft. Ich höre Schritte hinter mir, drehe mich um und sehe die rote Glut einer Zigarre, die sich mir nähert. Ich gehe auf der anderen Seite des Schiffs schnell bis zum Heck, wo ich eine Zeit lang ins Kielwasser starre, das wie ein Kometenschweif flimmert. Als die scheinbar in der Dunkelheit schwebende Zigarre ein zweites Mal auftaucht, gehe ich wieder nach unten und weiter durch den langen Gang in meine Kabine, die ich für den Rest der Reise nicht mehr verlasse.

◆

Als wir am Spätnachmittag des nächsten Tages in Marseille anlegen, geht ein Sommerschauer über der Stadt nieder. Er kommt mir wie ein unheilvoller Willkommensgruß vor. Ich haste zum Gare Saint-Charles und kaufe mir eine Fahrkarte für den nächsten Zug nach Paris. Ich bin mir bewusst, dass ich mich gerade jetzt in höchster Gefahr befinde. Ich muss davon ausgehen, dass Savignaud meine Reise nach Tunis gemeldet und inzwischen auch durchgegeben hat, dass ich nicht mehr nach Sousse zurückgekehrt bin. Gonse und Henry könnten also schon durchaus herausgefunden haben, dass ich auf dem Weg nach Paris bin. Sie mussten nur bei Leclerc nachfragen. Wenn ich Henry wäre, dann hätte ich dem Polizeipräfekten von Marseille telegrafiert und ihn aufgefordert, für alle Fälle den Bahnhof zu überwachen.

Versteckt hinter einer Zeitung, drücke ich mich so lange unter der Bahnhofsuhr herum, bis ich kurz vor sieben den Pfiff des Schaffners höre und der Zug nach Paris sich in Bewegung setzt. Ich schnappe mir meinen Koffer, drängele mich an dem Wachmann vorbei, der vergeblich versucht, mich aufzuhalten, und laufe durch die Sperre auf den Perron. Ich reiße die letzte Tür des letzten Waggons auf und spüre die Spannung im Schultergelenk, als der Zug Fahrt aufnimmt. Ich werfe den Koffer durch die Tür und schaffe es in letzter Sekunde, aufzuspringen und die Tür hinter mir zuzuschlagen. Ich stecke den Kopf aus dem Fenster und blicke zurück. In etwa fünfzig Metern Entfernung sehe ich einen Mann auf dem Perron, einen korpulenten, glatzköpfigen Burschen in braunem Anzug, der den Zug verpasst hat. Er hat die Hände auf die Knie gestützt und versucht wieder zu Atem zu kommen, während er von dem Wachmann zurechtgewiesen wird. Ob es sich um einen normalen Reisenden handelt, der einfach zu spät gekommen ist, oder um einen Agenten der Sûreté, der mir auf den Fersen war, werde ich nie erfahren.

Die Waggons sind überfüllt. Ich muss fast durch den ganzen Zug gehen, bis ich ein Abteil finde, wo ich mich auf einen Eckplatz quetschen kann. Die meisten meiner Mitreisenden sind Geschäftsleute. Außerdem ein Priester und ein Armeemajor, der immer wieder in meine Richtung schaut, als ob er einen anderen Soldaten auch in Zivil erkennen würde. Ich verstaue meinen Koffer nicht in der Ablage über mir, sondern behalte ihn auf den Knien für den Fall, dass ich einschlafen sollte. Das Schwanken des Zuges lullt mich ein, und als es dunkler wird, schlafe ich trotz meiner nervösen Anspannung tatsächlich ein, auch wenn ich im Lauf der Nacht mehrmals wieder aus dem Schlaf gerissen werde, wenn der Zug in einem von Gaslaternen beleuchteten Bahnhof hält oder jemand das Abteil verlässt oder betritt. Die frühe Morgendämmerung eines Junitages weckt mich schließlich auf. Das triste und graue Tageslicht kriecht wie ein Schleier aus Asche über die südlichen Ausläufer der Stadt.

Ich gehe durch den ganzen Zug bis in den ersten Waggon hinter der Lok und steige als Erster aus, als wir um fünf Uhr im Gare de Lyon ankommen. Mein Blick geht in alle Richtungen, während ich schnell die verlassene Bahnhofshalle durchquere. Aber ich sehe nur ein paar abgerissene Gestalten, *les ramasseurs de mégots,* die Zigarettenkippen aufsammeln, um den Tabak dann zu verkaufen. »Rue Cassette 16«, sage ich zu dem Droschkenkutscher und rutsche tief in den Sitz. Eine Viertelstunde später fahren wir am Jardin du Luxembourg entlang und biegen dann in eine schmale Straße ein. Als ich bezahle, schaue ich mich nach allen Seiten um. Nirgendwo ist ein Mensch in Sicht.

Ich klopfe an die Wohnungstür im zweiten Stock. Laut genug, die Bewohner zu wecken, aber nicht so laut, dass sie sich erschrecken – das hoffe ich zumindest. Leider ist es unmöglich, jemand um halb sechs morgens aus dem Bett zu scheuchen, ohne ihm Angst einzujagen. Das begreife ich in dem Augenblick, als meine Schwester die Tür öffnet und ich ihre Augen sehe. Mit verkrampften Händen drückt sie sich das Nachthemd an den Hals, während ich erschöpft und in den Staub und Geruch Afrikas gehüllt vor ihr stehe.

◆

Mein Schwager Jules Gay setzt Kaffeewasser auf, während Anna das alte Kinderzimmer für mich herrichtet. Sie gehen auf die sechzig zu und sind jetzt ein alleinstehendes Ehepaar. Ich spüre, dass sie mich gern aufnehmen, dass sie froh sind, sich um jemand kümmern zu können.

»Es wäre mir recht, wenn niemand erfahren würde, dass ich hier bin«, sage ich beim Kaffee. »Geht das?«

Die beiden tauschen Blicke aus. »Natürlich«, sagt Jules. »Du kannst dich auf uns verlassen.«

»Wenn jemand nach mir fragt, sagt einfach, ihr wisst nicht, wo ich bin.«

»Großer Gott, Georges, du bist doch nicht desertiert, oder?«, sagt Anna nur halb im Scherz.

»Ich muss nur mit einer einzigen Person sprechen, Louis Leblois. Wärst du so freundlich, Anna, ihm Bescheid zu geben, dass er so schnell wie möglich herkommen soll? Und sag ihm, dass er niemand davon erzählen darf.«

»Du willst also nur mit deinem Anwalt sprechen?«, sagt Jules und lacht. »Das ist aber kein gutes Zeichen.« Das ist das Äußerste, was er sich an Neugierbekundung gestattet.

Nach dem Frühstück geht er zur Arbeit, etwas später verlässt Anna die Wohnung, um Louis aufzusuchen. Ich wandere in der Wohnung umher und begutachte die Einrichtung – das Kruzifix über dem Ehebett, die Familienbibel, die Meissener Porzellanfiguren, die früher meiner Großmutter in Straßburg gehörten und die Belagerung irgendwie überstanden haben. Ich schaue aus den Fenstern nach vorn auf die Rue Cassette, dann aus denen nach hinten auf einen kleinen öffentlichen Park. Hier würde ich einen Mann postieren, wenn ich das Haus beobachten wollte. Mit einem kleinen Taschenteleskop würde ihm keine Bewegung entgehen. Ich kann einfach nicht still sitzen. Bei den alltäglichsten Geräuschen des Pariser Lebens – im Park spielende Kinder, klappernde Pferdehufe, rufende Straßenhändler – wittere ich Gefahr.

Anna kommt zurück und sagt, dass Louis herkomme, sobald er mit seiner Arbeit bei Gericht fertig sei. Sie macht mir zum Mittagessen ein Omelette, und ich erzähle ihr von Sousse, als wäre ich gerade von einer exotischen Bildungsreise zurückgekehrt – von den schmalen Steingassen in der arabischen Altstadt, die seit den Zeiten der Phönizier unverändert ist, von dem scharfen Gestank der Schafe, die festgebunden an den Straßenecken darauf warten, geschlachtet zu werden, von den Marotten der winzigen französischen Gemeinde, die gerade einmal achthundert Seelen unter den neunzehntausend Einwohnern der Stadt zählt. »Keine Kultur«, jammere ich. »Niemand, mit dem man reden kann. Kein elsässisches Essen. Mein Gott, ich verabscheue es!«

Sie lacht. »Und als Nächstes erzählst du mir, dass sie noch nie von Wagner gehört haben.« Aber sie fragt nicht, warum ich wieder in Paris bin.

Um vier kommt Louis. Er tänzelt mit seinen zierlichen Füßen über den Teppich und umarmt mich. Der bloße Anblick ist Balsam für meine Nerven. Die schlanke Figur und der gepflegte Bart, seine ganze akkurate Erscheinung, die sanfte Stimme, die sparsamen Gesten – alles verströmt eine Aura von einzigartigem Sachverstand. Lass mich nur machen, scheint mir seine Persönlichkeit zu sagen. Ich habe alle Probleme dieser Welt genau analysiert, ich habe sie gemeistert, und ich stehe dir mit meinem herausragenden Können für ein angemessenes Honorar zur Verfügung. Dennoch fühle ich mich verpflichtet, ihn vor den Gefahren zu warnen, in die er sich begeben könnte. Nachdem Anna uns Tee gemacht und sich dann diskret aus dem Wohnzimmer zurückgezogen hat, hole ich meinen Koffer aus dem Kinderzimmer. Ich hebe ihn auf meinen Schoß und lege die Daumen auf die Schnallen. »Pass auf, Louis«, sage ich. »Bevor ich in die Einzelheiten gehe, solltest du dir darüber im Klaren sein, dass allein diese Unterhaltung mit mir dich in Gefahr bringen kann.«

»Körperliche Gefahr?«

»Nein, das nicht … das bestimmt nicht. Aber berufliche Gefahr – und politische Gefahr. Die Geschichte könnte dich auffressen.« Louis runzelt die Stirn. »Also, was ich dir damit sagen will, ist Folgendes: Wenn du dich darauf einlässt, kann ich dir nicht versprechen, dass es glimpflich ausgeht. Das muss dir in diesem Augenblick ganz klar sein!«

»Ja, ja, Georges, jetzt hör schon auf, und sag mir, worum es geht.«

»Also, wenn du dir sicher bist.« Ich drücke auf die beiden Schnallen und öffne den Koffer. »Schwierig, einen Anfang zu finden. Du weißt doch noch, wie ich Mitte November bei dir war, um dir zu sagen, dass ich weggehe.«

»Ja, für ein paar Tage, hast du gesagt.«

»Das war eine Falle.« Ich nehme einen Packen Papiere aus dem Geheimfach im Boden des Koffers. »Erst hat mich der Generalstab nach Châlons geschickt, um den Nachrichtendienst im 6. Korps zu inspizieren. Dann wurde ich nach Nancy weitergeschickt, um auch über das 7. Korps einen Bericht zu verfassen. Natürlich habe ich um Erlaubnis gebeten, nach Paris zurückfahren zu dürfen, wenigstens für ein paar Stunden, damit ich mir ein paar frische Sachen zum Anziehen holen könne. Das wurde aber glattweg abgelehnt ... Hier, das Telegramm.« Ich gebe es ihm. »Alle Briefe, die ich aufgehoben habe, sind von meinem direkten Vorgesetzten, General Charles-Arthur Gonse, der jede Versetzung angeordnet hat – insgesamt vierzehn. Von Nancy ging es nach Besançon. Dann nach Marseille. Dann nach Lyon. Dann nach Briançon. Dann wieder zurück nach Lyon, wo ich krank geworden bin. Das ist der Brief, den mir Gonse nach Lyon geschickt hat: *Es tut mir leid, dass Sie erkrankt sind, aber ich hoffe, Sie erholen sich in Lyon gut und kommen wieder zu Kräften. Währenddessen bereiten Sie sich auf die Abreise nach Marseille und Nizza vor ...*«

»Und in der ganzen Zeit hat man dir nicht erlaubt, nach Paris zu fahren? Nicht einmal für einen Tag?«

»Hier, schau selbst.«

Louis nimmt die Handvoll Briefe und geht sie kopfschüttelnd durch. »Aber das ist doch lächerlich ...«

»Man hat mir mitgeteilt, dass ich den Kriegsminister an Weihnachten in Marseille treffen würde, aber der hat sich dort nicht blicken lassen. Stattdessen habe ich den Befehl erhalten, mich sofort nach Algerien einzuschiffen, das war also Ende letzten Jahres, um dort den Nachrichtendienst neu zu organisieren. Und einen Monat später wurde ich von Algerien nach Tunis beordert. Ich war kaum angekommen, da hat man mich von meinem alten Regiment zu einer Eingeborenentruppe versetzt. Plötzlich war es keine Inspektionsreise mehr, sondern eine dauerhafte Versetzung in die Kolonien.«

»Aber du hast doch bestimmt Widerspruch eingelegt, oder nicht?«

»Natürlich. Gonse' schlichte Antwort lautete, dass ich aufhören soll, ihm dauernd Briefe zu schreiben. Er hat mich aufgefordert, den – seine Worte – Dingen ihren Lauf zu lassen und zufrieden damit zu sein, in einem Regiment in Afrika zu dienen. Im Grunde haben die mich ins Exil geschickt.«

»Haben sie dir einen Grund genannt?«

»Das brauchen sie nicht. Ich kenne den Grund. Es ist eine Strafe.«

»Eine Strafe? Wofür?«

Ich atme durch. Es kommt mir immer noch verwerflich vor, es laut auszusprechen. »Dafür, dass ich herausgefunden habe, dass Hauptmann Dreyfus unschuldig ist.«

»Ah.« Louis starrt mich an, und ausnahmsweise scheint sogar bei ihm die Maske professioneller Abgeklärtheit einen feinen Riss zu bekommen. »Ja, ich verstehe. Das reicht.«

◆

Ich gebe Louis den Umschlag, der im Falle meines Todes dem Präsidenten ausgehändigt werden soll. Beim Lesen der Beschriftung verzieht er das Gesicht. Wahrscheinlich hält er sie für melodramatisch, für eine Art Kunstgriff, wie sie in reißerischen Fortsetzungsromanen vorkommt. Noch vor einem Jahr hätte ich das Gleiche gedacht. Inzwischen glaube ich, dass in solchen Reißern manchmal mehr Wahrheit steckt als im Sozialrealismus aller Romane von Monsieur Zola zusammen.

»Na los«, sage ich, zünde mir eine Zigarette an und beobachte seinen Gesichtsausdruck, während er den Brief aus dem Umschlag nimmt. Er liest laut den ersten Absatz: »Ich, der unterzeichnete Marie-Georges Picquart, Oberstleutnant im 4. Tunesischen Schützenregiment, ehemaliger Leiter der Geheimdienstabteilung im Kriegsministerium, versichere bei meiner Ehre die Richtigkeit der folgenden Angaben, die man zurückzuhalten versucht hat, die aber im Interesse von

Wahrheit und Gerechtigkeit auf keinen Fall …« Er verstummt, runzelt die Stirn und schaut mich dann an.

»Du kannst immer noch nein sagen, wenn du dich nicht darauf einlassen willst«, sage ich. »Ich würde dir das keine Sekunde übel nehmen. Aber ich warne dich: Wenn du jetzt weiterliest, dann steckst du in der gleichen Zwickmühle wie ich.«

»Das klingt ja ziemlich unwiderstehlich.« Er liest weiter, jetzt aber schweigend. Seine Augen bewegen sich schnell hin und her, während er die Zeilen überfliegt. Als er fertig ist, bläst er seufzend die Backen auf, lehnt sich zurück und schließt die Augen. »Wie viele Kopien gibt es von diesem Brief?«

»Keine.«

»Was? Und du hast den Brief den ganzen Weg von Tunesien bis Paris bei dir gehabt?« Er schüttelt fassungslos den Kopf. »Also, als Erstes musst du mindestens zwei Kopien davon machen. Wir brauchen drei Exemplare, das ist das absolute Minimum. Was hast du noch in dem alten Koffer da?«

»Das hier«, sage ich und gebe ihm meinen Originalbericht für Boisdeffre, den Geheimdienstvermerk über Major Esterházy vom 74. Infanterieregiment. »Dann die hier.« Ich überreiche ihm die Briefe, die ich nach meinem Ausflug aufs Land zu Gonse mit diesem gewechselt habe und in denen er mich drängt, meine Nachforschungen über Esterházy nicht auf Dreyfus auszuweiten. »Und dann ist da noch das hier.« Ich halte ihm den Brief von Henry hin, in dem er mir offenbart, dass meine Amtsführung als Chef der Statistik-Abteilung untersucht wird.

Louis liest alles schnell und hoch konzentriert durch. Als er fertig ist, legt er die Papiere zur Seite und blickt mich ernst an. »Die Frage, die ich allen meinen Mandanten am

Anfang stelle, Georges ... und das bist du jetzt, obwohl nur der Himmel weiß, ob ich jemals ein Honorar dafür sehe. Also, die Frage, die ich meinem Mandanten immer stelle, ist die: Was willst du damit erreichen?«

»Ich möchte, dass der Gerechtigkeit Genüge getan wird – das vor allem. Ich will, dass die Armee diesen Skandal mit so wenig Schaden wie möglich übersteht, denn ich verehre die Armee nach wie vor. Und es gibt einen eigennützigen Grund: Ich würde gern meine Karriere fortsetzen.«

»Ha! Nun ja, gut möglich, dass du eines dieser Ziele erreichst, vielleicht auch zwei, wenn ein Wunder geschieht, aber alle drei ist völlig unmöglich! Ich gehe davon aus, dass niemand aus der militärischen Hierarchie dir bei deinem Kampf zur Seite steht, oder?«

»So funktioniert das in der Armee nicht. Leider haben wir es mit vier der höchsten Offiziere des Landes zu tun – dem Kriegsminister, dem Generalstabschef, dem Leiter des Militärischen Geheimdienstes und dem Befehlshaber des 4. Armeekorps – das ist derzeit Mercier. Alle vier sind mehr oder weniger in diese Affäre verstrickt, ganz zu schweigen von der gesamten Geheimdienstabteilung. Versteh mich nicht falsch, Louis. Die Armee ist nicht völlig verrottet. Es gibt jede Menge guter und ehrenhafter Männer im Oberkommando. Aber wenn es darauf ankäme, dann hätte das Wohl der Armee für sie immer Vorrang. Vermutlich wird keiner von ihnen alles in Schutt und Asche legen, nur um einen ... nun ja ...« Ich zögere.

»Einen Juden zu retten?«, sagt Louis. Ich erwidere nichts. »Na gut, also weiter. Wenn wir niemand in der Armee damit behelligen können, welche Möglichkeit haben wir dann?«

Ich will gerade antworten, als es laut an der Wohnungstür klopft. Das Klopfen ist energisch, autoritär, ich muss sofort an etwas Dienstliches, an Polizei denken. Louis öffnet den Mund, aber meine erhobene Hand bringt ihn zum Schweigen. Leise gehe ich zu der verglasten, mit einer Spitzengardine verhängten Wohnzimmertür. Ich schiele gerade an der Gardine vorbei, als Anna aus der Küche kommt und sich die Schürze glatt streicht. Sie sieht mich und nickt zum Zeichen, dass sie weiß, was zu tun ist. Dann öffnet sie die Wohnungstür. Ich sehe nicht, wer da steht, aber ich kann eine tiefe männliche Stimme hören. »Entschuldigen Sie, Madame, ist Oberstleutnant Picquart da?«

»Nein. Wie auch? Das ist nicht seine Wohnung.«

»Wissen Sie zufällig, wo er ist?«

»Der letzte Brief, den ich von ihm erhalten habe, kam aus Tunesien. Und wer sind Sie, wenn ich fragen darf?«

»Verzeihung, Madame, ich bin ein alter Freund aus der Armee.«

»Und Ihr Name?«

»Ach, der ist nicht weiter wichtig. Richten Sie ihm bitte aus, dass ein alter Freund aus der Armee nach ihm gefragt hat. Auf Wiedersehen.«

Anna schließt die Tür und schiebt den Riegel vor. Sie schaut mich an. Ich lächele. Gut gemacht. Ich drehe mich zu Louis um. »Jedenfalls wissen sie, dass ich in Paris bin.«

◆

Kurz danach geht Louis. Bis auf den Brief an den Präsidenten, den er mir mit der Anweisung dalässt, ihn zweimal zu kopieren, nimmt er alle meine Unterlagen mit. Nachdem Jules und Anna zu Bett gegangen sind, bleibe ich noch lange mit Feder und Tinte am Küchentisch sitzen. Wieder der Anarchist, der an seiner Bombe bastelt: »Der Prozess gegen Dreyfus wurde auf beispiellos oberflächliche Weise mit der vorgefassten Meinung von Dreyfus' Schuld und unter Missachtung der gebotenen Rechtsprinzipien durchgeführt …«

Louis kommt am nächsten Tag zur gleichen Zeit wieder, am späten Nachmittag. Anna führt ihn ins Wohnzimmer. Ich umarme ihn, gehe dann zum Fenster und schaue nach unten. »Könnte dir jemand gefolgt sein?«

»Ich habe nicht die leiseste Ahnung.«

Ich verrenke mir den Hals und suche die Rue Cassette auf beiden Seiten ab. »Ich kann niemand sehen, der das Haus beobachtet. Aber leider sind diese Burschen geschickt. Also gehen wir am besten davon aus, dass sie an dir dran sind.«

»Ja, stimmt wohl. Also, mein Freund, hast du die beiden Kopien gemacht? Sehr schön.« Er nimmt die beiden Abschriften und steckt sie in seine Aktentasche. »Eine kommt in meinen Tresor, die andere in ein Bankschließfach in Genf.« Er lächelt mich an. »Kopf hoch, mein lieber Georges. Wenn sie jetzt erst dich und danach mich umbringen, dann müssen sie immer noch in die Schweiz einmarschieren.«

Nach zwei Tagen als Gefangener in der Wohnung meiner Schwester bin ich alles andere als zu Scherzen aufgelegt. »Ich weiß nicht, Louis. Ich frage mich, ob der sicherste Weg nicht der ist, das Ganze einfach den Zeitungen zu übergeben, dann wäre alles erledigt.«

»O nein, auf gar keinen Fall«, ruft Louis entsetzt. »Das wäre verheerend, für dich und für Dreyfus.« Er zieht einen Briefbogen aus der Aktentasche. »Ich habe mir alles genau durch den Kopf gehen lassen. Dieser Brief von Major Henry, der ist hochinteressant, sogar äußerst gerissen. Offenbar haben sie für den Fall, dass du mit deinem Wissen an die Öffentlichkeit gehst, Alternativpläne in der Schublade. Aber nicht nur das, sie wollen auch, dass du genau verstehst, worin diese Alternativpläne bestehen.«

»Um mich abzuschrecken?«

»Ja, gut durchdacht, wenn man es genau bedenkt. Ihr Hauptziel ist, dass du nichts unternimmst. Deshalb wollen sie dir zeigen, dass sie gewillt sind, dir das Leben sehr unangenehm zu machen, wenn du *doch* versuchen solltest, etwas zu unternehmen.« Er studiert den Brief. »So wie ich das verstehe, behauptet Henry im Kern, dass du ein Komplott geschmiedet hast, um Esterházy zu verleumden: erstens, indem du eine ungesetzliche Untersuchung gegen ihn eingeleitet hast, zweitens, indem du deine Mitarbeiter zu falschen Zeugenaussagen über das Belastungsmaterial angestiftet hast, und drittens, indem du geheime Informationen nach außen gegeben hast, um den Fall gegen Dreyfus zu sabotieren. Das wird eindeutig ihre Verteidigungslinie sein, wenn du dich an die Presse wenden solltest, der Vorwurf, dass du die ganze Zeit für die Juden gearbeitet hast.«

»Das ist doch absurd!«

»Natürlich ist das absurd. Aber viele Menschen werden ganz wild darauf sein, das zu glauben.«

Ich begreife, dass er recht hat. »Wenn ich mich nicht an die Zeitungen wende, vielleicht sollte ich mich dann privat mit der Familie Dreyfus in Verbindung setzen und ihnen wenigstens den Namen Esterházy nennen?«

»Daran habe ich auch schon gedacht. Natürlich hat die Familie auf bewundernswerte Weise zu ihrem unglückseligen Hauptmann gestanden. Aber als dein Anwalt muss ich mir auch die Frage stellen, ob sie auf gleiche Weise zu dir stehen würden. Wenn sie den Namen Esterházy erführen, wäre das vermutlich enorm nützlich für ihre Sache. Aber besonders wertvoll wäre für sie der Umstand, dass sie den Namen von dir erfahren hätten, dem Leiter der Geheimdienstabteilung höchstpersönlich.«

»Du meinst, sie würden mich als Quelle preisgeben?«

»Wenn das Ziel der Dreyfus-Familie die Freilassung des Verbannten ist, dann wären sie fast gezwungen, das zu tun. Und ich könnte es ihnen nicht verdenken, du etwa? Wie auch immer, auch wenn sie den Mund halten, dann würde dein Name trotzdem nach ein, zwei Tagen durchsickern, da bin ich mir ganz sicher. Du stehst unter Beobachtung, genau wie die Familie. Und sobald dein Name auf dem Markt ist, wird das leider dem Generalstab alle nötigen Beweise liefern, um die meisten Leute davon zu überzeugen, dass du schon die ganze Zeit heimlich auf Dreyfus' Freilassung hingearbeitet hast. Deshalb habe ich auch gesagt, dass Henrys Brief so gerissen ist.«

»Dann sitze ich also in der Falle?«

»Nicht ganz. Wir müssen strategisch denken. Wie nennt ihr Soldaten das, wenn man einen Gegner nicht frontal angreift, sondern von der Seite?«

»Flankenangriff?«

»Flankenangriff, genau, wir müssen sie von der Flanke her angreifen. Du redest mit niemand darüber, das würde ihnen nur in die Hände spielen. Überlasse das alles mir. Ich werde deine Informationen nicht an die Presse und auch nicht an die Dreyfus-Familie weitergeben, sondern an eine öffentliche Person, deren Integrität unantastbar ist.«

»Und wer ist dieser Musterknabe?«

»Genau darüber habe ich gestern fast den ganzen Abend nachgedacht, und heute Morgen beim Rasieren ist mir die Lösung eingefallen. Mit deiner Erlaubnis werde ich mich mit dem Vizepräsidenten des Senats, Auguste Scheurer-Kestner, in Verbindung setzen.«

»Warum ausgerechnet mit ihm?«

»Zunächst einmal ist er ein alter Freund der Familie, mein Vater war sein Mathematiklehrer, ich kenne ihn also. Er ist Elsässer, das ist immer beruhigend. Er ist reich und deshalb unabhängig. Aber vor allem ist er Patriot. Er hat in seinem ganzen Leben nie schändlich oder eigennützig gehandelt. Das soll er erst einmal versuchen, dein Freund Major Henry, den alten Auguste als Verräter zu verleumden!«

Ich lehne mich zurück und denke darüber nach. Ein weiterer Vorzug von Scheurer-Kestner ist, dass er ein moderater Linker ist, der jede Menge Freunde auf der Rechten hat. Er ist vom Temperament her konziliant, aber zielstrebig. »Und was fängt der Senator dann mit den Informationen an?«

»Das liegt bei ihm. Da ich sein Talent für Kompromisse kenne, würde ich vermuten, dass er sich zunächst einmal an die Regierung wenden und es auf diesem Weg versuchen wird. Er wird sich erst dann an die Presse wenden, wenn die Obrigkeit ihm kein Ohr schenkt. Aber auf einen Punkt werde ich vorab bestehen: Dein Name als Quelle der Informationen darf nicht genannt werden. Bestimmt wird der Generalstab annehmen, dass du dahintersteckst, aber es dürfte ihnen schwerfallen, das zu beweisen.«

»Und ich? Was soll ich in der ganzen Zeit tun?«

»Nichts. Du fährst einfach nach Tunesien zurück und führst ein untadeliges Leben. Sollen sie dich doch beschatten, so lange sie wollen, sie werden nichts Unkorrektes finden. Das allein wird sie wahnsinnig machen. Kurz: Du hockst einfach in deiner Wüste, mein lieber Georges, und wartest ab, was passiert.«

◆

An meinem letzten Tag in Paris, Jules ist in der Arbeit, der Koffer für die Abreise mit dem Abendzug ist gepackt, klopft es wieder an die Wohnungstür – diesmal aber sanfter und zaghaft. Ich nehme mein Buch herunter und höre, wie Anna den Besucher in die Wohnung bittet. Einen Augenblick später geht die Wohnzimmertür auf, und Pauline steht vor mir. Sie sieht mich schweigend an. Hinter ihr setzt Anna sich den Hut auf. »Ich muss kurz für eine Stunde weg«, sagt sie forsch. In einer Mischung aus Zärtlichkeit und Missbilligung fügt sie hinzu: »Aber wohlgemerkt, nur für eine Stunde.«

Wir lieben uns im Kinderzimmer unter den wachsamen Augen einer Formation Spielzeugsoldaten meines Neffen. »Und du wärst wirklich zurück nach Afrika gefahren, ohne mich vorher zu besuchen?«, sagt sie hinterher, während sie in meinen Armen liegt.

»Nicht freiwillig, mein Liebling.«

»Ohne mir auch nur eine einzige Nachricht zukommen zu lassen?«

»Ich habe Angst, dass ich dich ins Unglück stürze, wenn wir so weitermachen.«

»Das ist mir egal.«

»Es ist dir vermutlich nicht mehr egal, wenn ich dir sage, dass nicht nur du zu Schaden kommen würdest. Die Mädchen würde es genauso betreffen.«

Sie setzt sich ruckartig auf. Sie ist so entrüstet, dass sie sich nicht einmal mit einem Laken bedeckt, wie sie es sonst tut. Ihr blondes Haar ist zerzaust, und zum ersten Mal fallen mir ein paar graue Strähnen auf. Ihre Haut hat eine rosaviolette Farbe angenommen. Zwischen ihren Brüsten glänzt Schweiß. Sie sieht fantastisch aus. »Nach all den Jahren hast du kein Recht, Entscheidungen für uns beide zu treffen, ohne mir auch nur zu erzählen, was in deinem Kopf vorgeht«, sagt sie. »Und untersteh dich, die Mädchen als Ausrede vorzuschieben.«

»Liebling, warte …«

»Nein! Es reicht!«

Sie macht Anstalten aufzustehen, aber ich halte sie am

Arm fest. Sie versucht sich loszureißen. Ich drücke sie aufs Bett. Ächzend windet sie sich. Aber trotz ihres Zorns ist sie schwächer, als sie aussieht, und ich kann sie leicht bändigen. »Hör zu, Pauline«, sage ich leise. »Ich rede nicht von dem üblichen Tratsch über uns. Der ist doch gang und gäbe in unserem Bekanntenkreis. Es würde mich nicht wundern, wenn Philippe schon seit Jahren etwas ahnen würde. Sogar ein Mann, der im Außenministerium arbeitet, kann nicht so blind sein, dass er das Offensichtliche übersieht.«

»Rede nicht so über ihn! Du weißt nichts über ihn!« Wehrlos auf das Bett gedrückt, schlägt sie in hilfloser Wut mit dem Hinterkopf auf das Kissen.

Ich drücke ihre Arme weiter fest nach unten. »Tratsch ist eine Sache, den kann man ignorieren. Aber ich spreche von Bloßstellung und Demütigung. Ich spreche von der Macht des Staates, die uns zerstören kann, die uns in der Presse und im Gerichtsaal an den Pranger stellen kann, die Lügengeschichten über uns erfinden und sie als wahr darstellen kann. Dagegen gibt es kein Mittel. Glaubst du, ich bin die letzten sieben Monate freiwillig so weit weg von zu Hause gewesen? Und das ist nur ein winziger Vorgeschmack auf das, was sie uns antun können.«

Ich lasse sie los, richte mich auf und setze mich mit dem Rücken zu ihr auf die Bettkante. Sie rührt sich nicht. »Die Frage, was genau unser Leben so verdorben hat, brauche ich dir wohl gar nicht erst zu stellen, oder?«, sagt sie nach einer Weile.

»Außer mit Louis kann ich mit niemand darüber reden. Und mit ihm habe ich nur gesprochen, weil er mein Anwalt ist. Wenn irgendetwas passiert, wende dich an ihn. Er ist ein kluger Mensch.«

»Und wie lange soll das noch so weitergehen, bis an unser Lebensende?«

»Nein, ein paar Wochen noch, vielleicht zwei Monate. Dann bricht der Sturm los, dann erfährst du wenigstens, worum sich das alles dreht.«

Sie schweigt eine Weile. »Können wir uns wenigstens schreiben?«, sagt sie dann.

»Ja, aber wir müssen Vorsichtsmaßnahmen treffen.« Ich stehe auf, gehe nackt ins Wohnzimmer und hole Stift und Papier. Es ist eine Erleichterung, etwas Praktisches zu tun. Als ich zurückkomme, sitzt sie auf dem Bett und hat die Arme um die Knie geschlungen. »Louis hat sich darum gekümmert, dass ich meine Post an einen Freund von ihm schicken kann. Der wohnt in der Avenue de la Motte-Picquet – hier ist die Adresse. Dahin gehen meine Briefe an dich. Geh nicht selbst hin, lass sie von jemand andres abholen. Ich werde nie deinen Namen nennen, weder auf dem Umschlag noch im Brief selbst, und ich werde auch nicht unterschreiben. Und du unterschreibst deine Briefe am besten auch nicht. Und schick nichts mit, was irgendeinen Hinweis darauf geben könnte, wer du bist.«

»Werden irgendwelche Regierungsleute wirklich unsere Briefe lesen?«

»Ja, ziemlich sicher sogar. Viele Leute, Minister, Armeeoffiziere, Polizeibeamte. Es gibt eine Vorkehrung, die du ausprobieren könntest, auch wenn das möglicherweise bedeutet, dass der Brief nicht zu mir durchkommt. Benutz einen doppelten Umschlag. Streich das innere Kuvert ganz mit Klebstoff ein; es klebt dann an dem äußeren Kuvert fest, wenn du es hineinschiebst. So kann der Brief nicht geöffnet und dann unbemerkt wieder verschlossen werden. Wenn sie daran herumpfuschen, müssen sie ihn behalten, und vielleicht wollen sie ja doch nicht als so unverfroren dastehen. Keine Ahnung, ob es klappt, aber einen Versuch ist es wert.«

Sie neigt den Kopf zur Seite und schaut mich an, gleichzeitig fragend und verblüfft, als sähe sie mich zum ersten Mal richtig. »Woher *weißt* du das alles?«

Ich nehme sie in den Arm. »Tut mir leid«, sage ich. »Das war meine Arbeit.«

17

Vier Monate vergehen.

Vom Militärklub in Sousse kann man immer noch durch eine Reihe staubiger Palmen über den ungepflasterten Platz auf das Mittelmeer sehen. Das Glitzern des Wassers ist so metallisch gleißend wie immer. Und auch der Junge in dem langen, braunen Gewand geht immer noch zur gleichen Zeit am Nachmittag mit einer Ziege über den Platz. Der einzige Unterschied ist inzwischen, dass der Junge mir zuwinkt und ich zurückwinke, weil wir uns ein vertrauter Anblick geworden sind. Wie üblich sitze ich nach dem Mittagessen allein am Fenster, während meine Offizierskameraden Karten spielen, vor sich hin dösen oder in den veralteten französischen Zeitungen blättern. Niemand spricht mich an.

Es ist Freitag, der 29. Oktober 1897, und seit meiner Rückkehr aus Paris habe ich jeden Tag die Zeitungen durchgesehen, ohne auch nur einmal auf das Wort Dreyfus zu stoßen. Ich mache mir allmählich Sorgen, dass Louis etwas zugestoßen sein könnte.

Nach wie vor ist es gängige Übung, dass um drei Uhr ein junger Ordonnanzoffizier durch die hohe glasgetäfelte Tür tritt und mir die Nachmittagspost bringt. Es ist nicht mehr Savignaud – er ist wegen unsittlicher Handlungen mit einem einheimischen Olivenölhändler festgenommen, zu neun Tagen Arrest verurteilt und weiß Gott wohin gebracht worden.

Sein Ersatz heißt Jemel, er ist Araber. Sollte er ein Spion sein, was ich annehme, dann ist er zu gut, als dass ich ihm auf die Schliche kommen könnte, weshalb ich Savignaud mit seinen unbeholfenen Methoden eigentlich vermisse.

Jemel taucht lautlos neben meinem Sessel auf und salutiert. »Ein Telegramm für Sie, Herr Oberstleutnant.«

Es ist aus dem Hauptquartier der Armee in Tunis. »Das Kriegsministerium weist Oberstleutnant Picquart an, sich umgehend nach El Ouatia zu begeben und Berichten nachzugehen und sie wenn möglich zu verifizieren, dass sich feindliche Reitertruppen der Beduinen in der Gegend von Tripolis zusammenziehen. Bitte melden Sie sich vor Ihrer Abreise bei mir, damit wir die Konsequenzen Ihrer Mission erörtern können. Herzlichst, Leclerc.«

»Soll ich eine Antwort übermitteln, Herr Oberstleutnant?«, fragt Jemel.

Einen Augenblick lang bin ich zu überrascht, als dass ich ein Wort herausbrächte. Ich lese das Telegramm noch einmal, nur um sicherzugehen, dass ich nicht halluziniere.

»Ja«, sage ich schließlich. »Telegrafieren Sie General Leclerc, dass ich morgen bei ihm vorsprechen werde.«

»Selbstverständlich, Herr Oberstleutnant.«

Nachdem Jemel in die Nachmittagshitze entschwunden ist, studiere ich das Telegramm noch einmal. *El Ouatia?*

◆

Am nächsten Morgen steige ich in den Zug nach Tunis. In meiner Aktentasche befindet sich ein Schriftstück. Es ist der Geheimdienstbericht über die Ermordung des Marquis de Morès. Ich kenne den Bericht gut, ich habe ihn selbst geschrieben – eine der wenigen echten Leistungen während meiner Zeit in Afrika.

Morès, der ein fanatischer Antisemit und der berühmteste Duellant seiner Zeit war, kam vor zwei Jahren mit dem hirnverbrannten Plan nach Tunesien, einen arabischen Aufstand gegen das britische Weltreich anzuzetteln. Er wollte die tunesische Wüste durchqueren – ein Gebiet jenseits von Recht und Zivilisation, durch das Beduinenkarawanen noch heute gelegentlich Kolonnen von Negersklaven schleusen, die mit Halseisen aneinandergekettet sind. Morès ignorierte alle Warnungen, machte sich mit dreißig Mann auf den Weg, folgte erst der Küstenlinie, um dann südlich von Gabès in die Wüste vorzustoßen.

Am Morgen des 8. Junis brach Morès seine Zelte ab. In Begleitung von sechs Tuareg, die er als den Kern seiner Privatarmee betrachtete, ritt er auf seinem Kamel dem Rest der Truppe etwa zwei Kilometer voraus, als plötzlich von allen Seiten Beduinenkämpfer auftauchten. Gleichzeitig fielen seine Tuaregbegleiter über ihn her und versuchten ihm das Winchester-Gewehr und den Revolver zu entreißen. Morès erschoss mit dem Revolver zwei der Angreifer, verwundete einen dritten tödlich und lief dann zu einem vierzig Meter entfernten Baum, wobei er zwei weitere Tuareg erschoss, die ihm gefolgt waren. Hinter dem Baum fiel er auf die Knie, lud den Revolver nach und wartete auf die Rettung durch den Rest seiner Männer. Diese hatten jedoch – aus Angst oder weil sie Verräter waren – einen Kilometer entfernt haltgemacht. Die Hitze tagsüber war höllisch. Einer der Tuareg näherte sich dem Marquis unter dem Vorwand, mit ihm verhandeln zu wollen. In Wahrheit wollte er herausfinden, wie viele Kugeln dieser noch hatte. In seiner Verzweiflung packte Morès ihn am Hals und nahm ihn als Geisel. Der Mann konnte sich jedoch kurz danach losreißen, woraufhin Morès auch ihn erschoss. Das Handgemenge nutzten die Attentäter, um sich näher heranzuschleichen und Morès mit einem Schuss in den Hinterkopf zu töten. Sie schnitten seinen Geldgürtel auf und stahlen 180 Goldstücke, zogen die Leiche nackt aus und verstümmelten sie.

Die Zweite Abteilung hatte wissen wollen, ob der britische Geheimdienst das Attentat organisiert habe. Ich konnte ihnen versichern, dass das nicht der Fall gewesen sei. Die Lehre aus dem Vorfall lag jedoch klar auf der Hand. Es war purer Selbstmord, sich mit weniger als einer ganzen Infanteriebrigade plus Kavallerie und Artillerie so weit nach Süden vorzuwagen. Der Ort, wo Morès starb, hieß El Ouatia.

◆

Der Zug erreicht Tunis am Nachmittag. Wie üblich muss ich mich durch das Gedränge auf dem Perron schieben, um zum Droschkenstand zu gelangen, und wie üblich steht da ein Junge, der *La Dépêche tunisienne* verkauft. Ich gebe ihm fünf Centimes und steige in eine Kutsche. Plötzlich stockt mir der Atem. Da ist sie, mitten auf der Titelseite, die Erklärung für mein Himmelfahrtskommando. Ich hätte es wissen müssen:

> *FALL DREYFUS. Paris, 8.45 Uhr. Der Vizepräsident des Senats, Auguste Scheurer-Kestner, sorgte am vergangenen Abend für eine Sensation, als er* L'Agence Nationale *sagte: »Ich bin fest von Hauptmann Dreyfus' Unschuld überzeugt und werde alles unternehmen, das zu beweisen. Nicht nur, indem ich einen Freispruch bei der Wiederaufnahme seines Verfahrens erwirken werde, ich werde auch dafür sorgen, dass Dreyfus umfassende Gerechtigkeit und vollständige Rehabilitierung widerfährt.« 10.15 Uhr.* Le Matin *vermeldet weitere Stellungnahmen von Auguste Scheurer-Kestner: »Welche Maßnahmen werde ich ergreifen, um die Wahrheit*

ans Licht zu bringen? Und wann werde ich diese ergreifen? Das bleibt vorerst mein Geheimnis. Ich habe die Unterlagen, die sich in meinem Besitz befinden, an niemand weitergegeben, auch nicht, wie das angedeutet worden ist, an den Präsidenten der Republik.«

Ein einziger Absatz, das ist alles. *Sorgte am vergangenen Abend für eine Sensation* – es ist, als erreichten mich die schwachen Schockwellen einer gewaltigen, aber weit entfernten Explosion. Die Droschke klappert durch die Avenue de France, und ich schaue auf die Fassaden der Amtsgebäude und Bürgerhäuser, die weiß und ockerfarben in der Nachmittagssonne leuchten, und wundere mich, dass sie so normal aussehen. Ich kann nicht begreifen, was passiert ist. Ich fühle mich wie in einem Traum, abgeschnitten von der alltäglichen Welt da draußen.

Im Hauptquartier der Armee werde ich von Leclercs Adjutanten abgeholt. Ich folge ihm durch einen breiten Korridor. In einem der Büros beugt sich ein Unteroffizier über seine Schreibmaschine und tippt unerträglich langsam einen Buchstaben nach dem anderen. Auch Leclerc scheint nichts von dem zu wissen, was in Paris passiert ist. Offensichtlich liest er *La Dépêche* nicht – und wenn doch, dann hat er die Geschichte nicht mit mir in Verbindung gebracht. Warum sollte er auch?

Aufgeräumt begrüßt er mich. Ich übergebe ihm meinen Bericht über den Mord an Morès. Mit hochgezogenen Augenbrauen schaut er ihn schnell durch. »Keine Angst, Picquart«, sagt er und gibt mir den Bericht zurück. »Ich sorge schon dafür, dass Sie eine anständige Beerdigung bekommen. Bevor Sie fahren, dürfen Sie sich noch die Totenlieder aussuchen.«

»Danke, Herr General. Ich weiß das zu schätzen.«

Er geht zu der Wandkarte, auf der das Gebiet des französischen Protektorats eingezeichnet ist. »Das ist ein Höllenritt, das muss ich schon sagen. Haben die in Paris keine Karten mehr?« Er fährt mit dem Finger die Strecke entlang, die von Tunis im Norden nach Süden führt, vorbei an Sousse, Sfax und Gabès und dann weiter durch die unermessliche Wüste in Richtung Tripolis, wo die Karte keine Straßen und Ansiedlungen mehr verzeichnet. »Das müssen so achthundert Kilometer sein. Und am Ende erwartet Sie eine Region, in der es von feindseligen Beduinen nur so wimmelt.«

»Klingt einigermaßen beängstigend. Darf ich fragen, wem ich diesen Befehl zu verdanken habe?«

»Ja, das darf ich wohl verraten. Er kommt von General Billot persönlich.« Mein verbitterter Gesichtsausdruck steigert Leclercs gute Laune nur noch. »Vielleicht haben Sie ja doch mit seiner Frau geschlafen!« Als ich darauf immer noch nicht lächele, wird er ernst. »Machen Sie sich keine Sorgen, mein Lieber. Das kann nur ein Irrtum sein. Ich habe ihm schon telegrafiert, dass das genau der Ort ist, wo man vor knapp einem Jahr Morès überfallen hat.«

»Hat er schon geantwortet?«

»Noch nicht.«

»Ich glaube nicht, dass das ein Irrtum ist, Herr General.« Er schaut mich an und neigt verblüfft den Kopf zur Seite, während ich fortfahre. »In Paris war ich Chef der Geheimdienstabteilung im Generalstab. In dieser Funktion habe ich einen Verräter in der Armee enttarnt, der in Wahrheit die Verbrechen begangen hat, für die Hauptmann Dreyfus verurteilt worden ist.«

»Großer Gott!«

»Ich habe meine Vorgesetzten, darunter General Billot, davon in Kenntnis gesetzt und dazu geraten, den wahren Spion zu verhaften. Sie haben abgelehnt.«

»Obwohl Sie Beweise hatten?«

»Sie hätten zugeben müssen, dass Dreyfus unschuldig ist.

Und das hätte – nun ja, sagen wir, es hätte gewisse Unregelmäßigkeiten in der Art und Weise, wie sie seinen Fall gehandhabt haben, ans Tageslicht befördert.«

Leclerc hebt einen Finger. »Moment, ich bin ein bisschen langsam – zu viel Sonne über die Jahre. Noch einmal, damit ich das auch richtig verstehe. Sie behaupten, der Minister schickt Sie nur deshalb auf diese riskante Mission, weil er hofft, Sie auf diese Weise loswerden zu können?«

Als Antwort gebe ich ihm die *Dépêche tunisienne.* Leclerc liest lange. »Das waren Sie, nehme ich an, der Scheurer-Kestner die Informationen gegeben hat«, sagt er schließlich.

Ich antworte wie mit Louis abgesprochen. »Ich habe sie ihm nicht persönlich übergeben, Herr General.« Wieder flüchte ich mich in Ausreden. »Es tut mir aufrichtig leid, wenn ich Ihnen Unannehmlichkeiten bereitet habe. Man hat mir mit disziplinarischen Maßnahmen gedroht, wenn ich es wagen sollte, gegen meine Behandlung zu protestieren. Ich musste einfach nach Paris fahren, um mit meinem Anwalt zu sprechen.«

»Das ist ein völlig inakzeptables Verhalten.«

»Ich verstehe, Herr General, und ich entschuldige mich. Ich wusste mir nicht anders zu helfen.«

»Nicht Ihr Verhalten – *Billots* Verhalten ist inakzeptabel. Und diese Leute besitzen die Frechheit, sich den Afrikanern überlegen zu fühlen.« Er gibt mir die Zeitung zurück. »Leider kann ich einen direkten Befehl der Armeeleitung nicht widerrufen. Aber ich kann ihn hinauszögern. Sie fahren jetzt zurück nach Sousse und tun so, als würden Sie sich auf Ihre Abreise in den Süden vorbereiten. In der Zwischenzeit werde ich sehen, was ich tun kann. Wenn das stimmt, was Sie über Billot sagen, dann ist es jedenfalls gut möglich, dass er nicht mehr lange Minister ist.«

◆

Am nächsten Tag, einem Sonntag, bringt mir der im Militärklub in Sousse diensttuende Ordonnanzoffizier kurz nach elf die Zeitungen. Der Rest der Garnison ist in der Kirche. Ich habe den Klub für mich allein. Ich lasse mir einen Kognak bringen, nehme eine der beiden Ausgaben von *La Dépêche tunisienne,* die der Militärklub bezieht, und setze mich wie immer auf meinen Platz am Fenster.

> *FALL DREYFUS. Paris, 8.35 Uhr. Die Zeitungen sind immer noch der Meinung, Auguste Scheurer-Kestner sei von der Familie des ehemaligen Hauptmanns Dreyfus getäuscht worden, aber auch sie fordern jetzt eine sofortige und umfassende Untersuchung. In einem Interview mit einem Redakteur von* Le Figaro *brachte Scheurer-Kestner erneut seine Überzeugung zum Ausdruck, dass Dreyfus unschuldig sei. Er sagte aber auch, dass er keine Informationen herausgeben werde, bevor er den Fall nicht den zuständigen Ministern vorgelegt habe. Laut* Le Figaro *wird Scheurer-Kestner mit dem Präsidenten sowie dem Kriegs- und dem Justizminister zusammentreffen.*

Es ist ein Albtraum, untätig herumsitzen zu müssen und nicht zu wissen, was gespielt wird. Zu guter Letzt entschließe ich mich dazu, Louis ein Telegramm zu schicken, trinke meinen Kognak aus und gehe zum neuen Postamt am Hafen. Doch dann verlässt mich der Mut, und ich drücke mich zehn Minuten lang in der Bar de la Poste herum, rauche eine Zigarette und schaue einem Dutzend Auslandsfranzosen beim Pétanque auf dem staubigen Platz zu. Die schlichte Wahrheit ist, dass jede Nachricht, die ich schicke oder empfange, mit Sicherheit abgefangen wird, genauso wie ich mit jedem Code, den ich erfinden könnte, die Experten höchstens für ein paar Minuten zum Narren halten könnte.

Am Dienstag treffen endlich die aktuellsten, am Freitag zuvor in Paris erschienenen Zeitungen in Sousse ein. Sie bringen die ersten Geschichten über Scheurer-Kestners Einmischung in die Dreyfus-Affäre. *Le Figaro, Le Matin, La Libre Parole, Le Petit Parisien* und alle anderen Blätter, die im Klub herumgereicht werden, lösen Empörung unter meinen Offizierskameraden aus. Von meinem Platz am Fenster aus höre ich ihre Gespräche mit. »Was meinst du, ist dieser Scheurer-Kestner Jude?« – »Tja, wenn er bei dem Namen kein Jude ist, dann ist er bestimmt Deutscher …« – »Was für eine niederträchtige Verleumdung der Armee – hoffentlich fordert ihn jemand zum Duell …« – »Über diesen Morès kann man sagen, was man will, aber der hätte gewusst, wie man mit so einer Kanaille fertigwird …« – »Was halten Sie von dieser Geschichte, Herr Oberstleutnant, wenn die Frage erlaubt ist?«

Es ist so ungewohnt für mich, im Klub angesprochen zu werden, dass es einen Augenblick dauert, bis ich begreife, dass sie mit mir reden. Ich lege mein Buch zur Seite und drehe mich im Sessel um. Ein halbes Dutzend schnauzbärtiger, gebräunter Gesichter schaut mich an. »Pardon«, sage ich. »Was halte ich wovon …?«

»Von diesen Lügengeschichten, dass dieser Dreyfus unschuldig sein soll.«

»Ach, das? Üble Geschichte, meinen Sie nicht auch? Sehr üble Geschichte.« Diese schlaue Bemerkung scheint sie zufriedenzustellen, sodass ich mich wieder meinem Buch zuwenden kann.

Am Mittwoch ist es ruhig. Am Donnerstag dann berichtet *La Dépêche* von neuen Entwicklungen:

FALL DREYFUS. Paris, 8.25 Uhr. Die Dreyfus-Affäre scheint ein entscheidendes Stadium erreicht zu haben. Auguste Scheurer-Kestner wurde gestern im Kriegsministerium vor-

stellig, um General Billot die in seinem Besitz befindlichen Informationen über Hauptmann Dreyfus zu übergeben. Die Unterredung dauerte lange, über den genauen Inhalt wurde nichts bekannt ... 9.10 Uhr. Le Figaro *meldet, dass Scheurer-Kestner gestern mit Premierminister Méline zusammentraf, um über die Affäre Dreyfus zu sprechen.*

In der folgenden Nacht liege ich wach auf meinem Bett. Die Tür habe ich abgeschlossen, den Revolver unter das Kopfkissen gelegt. Während kurz vor Morgengrauen vom nahen Minarett der Ruf zum Gebet ertönt, unterhalte ich mich damit, mir die Krisensitzung in Billots Büro auszumalen: der Minister wutentbrannt, der nervöse Gonse den Uniformrock voller Zigarettenasche, Boisdeffre gelähmt, Henry betrunken. Ich stelle mir Gribelin vor, der in seinem Archiv herumwuselt und seine Ordner nach neuen Beweisen gegen Dreyfus durchwühlt, und Lauth, der in Wasserdampfschwaden meine Briefe öffnet und den Geheimcode zu entschlüsseln versucht, mit dem ich die Ereignisse steuere. Ich frohlocke über die imaginierte Verwirrung meiner Feinde.

Und dann erwidern meine Feinde das Feuer.

◆

Der erste Schuss ist ein Telegramm. Es ist das Erste, was Jemel mir am Morgen ins Büro bringt. Es wurde am Tag zuvor im Postamt in der Pariser Börse aufgegeben: *Wir haben den Beweis, dass das Petit Bleu von Georges gefälscht wurde. Blanche.*

Blanche?

Es wirkt wie die geflüsterte Drohung eines Fremden, der schon wieder in der Menge untergetaucht ist, bevor man sich nach ihm umdrehen kann. Ich bin mir bewusst, dass Jemel genau beobachtet, wie ich reagiere. Die Nachricht ergibt keinen Sinn und ist doch unheimlich, besonders die Verwendung von Blanches Namen. »Keine Ahnung, was das heißen soll«, sage ich zu Jemel. »Vielleicht ist es bei der Übertragung verstümmelt worden. Gehen Sie noch einmal zum Telegrafenamt, die sollen sich den Text wiederholen lassen.«

Am Spätvormittag kommt Jemel zurück. »Es besteht kein Zweifel, Herr Oberstleutnant«, sagt er. »Die haben das in Paris überprüft. Der Text stimmt. Das hier ist auch noch für Sie gekommen, aus Tunis weitergeleitet.« Er gibt mir einen Brief. Der Umschlag trägt den Stempel *dringend*, und mein Name ist falsch geschrieben: *Piquart*. Die Handschrift kommt mir bekannt vor. Der zweite Schuss.

»Danke, Jemel.«

Ich warte, bis er das Büro verlassen hat, dann öffne ich den Brief.

Herr Oberstleutnant,

ich habe einen anonymen Brief erhalten, in dem man mir mitteilt, dass Sie ein abscheuliches Komplott geschmiedet haben, um mich anstelle von Dreyfus zu beschuldigen. In dem Brief wird behauptet, dass Sie – unter anderem – untergeordnete Offiziere bestochen haben, um an Handschriftenproben von mir zu gelangen. Ich weiß, dass das der Wahrheit entspricht. Es wird auch behauptet, dass Sie Dokumente, die man Ihnen in gutem Glauben anvertraut hat, aus dem Kriegsministerium entwendet haben, um daraus ein Geheimdossier zusammenzustellen, das Sie an Freunde des Verräters weitergegeben haben. Ich weiß, dass auch das der Wahrheit entspricht, weil ich heute ein Dokument aus diesem Dossier erhalten habe.

Trotz dieser Beweise zögere ich immer noch zu glauben, dass ein hoher Offizier der französischen Armee sich an einer derart monströsen Verschwörung gegen einen seiner Kameraden beteiligen konnte.

Ich gehe davon aus, dass Sie mir eine aufrichtige und eindeutige Erklärung dafür nicht schuldig bleiben werden.

Esterházy

Ein Beschwerdebrief des Verräters, in der gleichen Handschrift, mit der er den Bordereau geschrieben hat – die Dreistigkeit des Burschen ist fast schon bewunderungswürdig! Und dann stürzen die Fragen auf mich ein. Woher kennt er meinen Namen? Woher weiß er, dass ich in Tunis bin? Oder dass ich Handschriftenproben von ihm hatte? Wahrscheinlich vom Verfasser dieses angeblich anonymen Briefs. Und wer könnte der Verfasser eines solchen Briefs sein? Henry? Ist dies das Ergebnis der Logik des Generalstabs? Den Schuldigen laufen lassen, damit man den Unschuldigen in Haft halten kann? Ich ziehe das Telegramm aus der Tasche. *Wir haben den Beweis, dass das Petit Bleu von Georges gefälscht wurde. Blanche.* Was haben sie vor?

Am nächsten Tag bringt mir Jemel ein weiteres Telegramm mit einem weiteren bedrohlichen Rätsel: *Stoppt den Halbgott. Alles ist aufgedeckt. Äußerst ernste Angelegenheit. Speranza.* Die Nachricht wurde im Postamt in der Rue La Fayette in Paris aufgegeben, und zwar am selben Tag wie das Blanche-Telegramm. Es hat mich aber erst vierundzwanzig Stunden später erreicht, weil es wie der Esterházy-Brief fälschlicherweise nach Tunis geschickt worden war.

Ich habe nie jemand mit dem Namen Speranza kennengelernt – ich weiß nur, dass *speranza* das italienische Wort für Hoffnung ist. Halbgott ist Blanches Spitzname für unseren gemeinsamen Freund und Wagnerliebhaber Hauptmann William Lallemand. Die einzige Person, die in Verbindung zur Statistik-Abteilung steht und der diese obskure Tatsache bekannt sein könnte, ist Blanches früherer Liebhaber du Paty.

Du Paty. Natürlich! In der Sekunde, in der mir der Name einfällt, wird alles klar. Sie haben du Paty abkommandiert, damit er sich diese teuflische Inszenierung ausdenkt. Sein schlechter Schauerromanstil, halb Dumas, halb *Blumen des Bösen,* ist unverwechselbar. Vor ein oder zwei Jahren hätte ich bei dem Gedanken, dass von einer derart grotesken Figur eine Gefahr ausgehen könnte, nur gelacht. Jetzt weiß ich es besser. Jetzt weiß ich, wozu er fähig ist. Ich begreife, dass mir gerade die gleiche Sträflingskleidung angepasst wird wie Dreyfus.

◆

Das Echo der nächsten Explosion am Mittwoch, dem 17. November, lässt sogar die schläfrigen Palmen des Militärklubs von Sousse erzittern.

DREYFUS' BRUDER NENNT NAMEN DES »WAHREN VERRÄTERS«. Paris, 2.00 Uhr. Im Folgenden der Wortlaut des Briefs, den Dreyfus' Bruder an den Kriegsminister geschickt hat: »Herr Minister, die einzige Grundlage für die Anschuldigungen gegen meinen Bruder ist ein unsignierter, undatierter Brief, in dem behauptet wird, dass vertrauliche Dokumente an einen Mittelsmann einer fremden Macht weitergegeben wurden. Ich habe die Ehre, Sie davon zu unterrichten, dass der Verfasser dieses Briefes Ferdinand Walsin-Esterházy ist, ein seit dem letzten Frühjahr aus gesundheitlichen Gründen vom aktiven Dienst suspendierter Infanteriemajor. Die Handschrift von Major Esterházy ist identisch mit der in diesem Brief. Da Sie nun die Person kennen, die den Landesverrat begangen hat, für den mein Bruder verurteilt wurde, hege ich keinen Zweifel, dass Sie, Herr Minister, zügig handeln werden, um der Gerechtigkeit Genüge zu tun. Hochachtungsvoll, Mathieu Dreyfus.«

Ich lese den Artikel nach dem Mittagessen, ziehe mich dann auf meinen Fensterplatz zurück und tue so, als wäre ich in mein Buch vertieft. Hinter mir geht die *Dépêche* von Hand zu Hand. Ich höre die Kommentare der Offiziere. »Da habt ihr es, so sind sie, die Juden, halten zusammen und lassen nicht locker«, sagt einer. »Ehrlich gesagt, dieser Esterházy tut mir leid«, sagt ein anderer. Ein Dritter, ein Hauptmann, der auf Savignaud scharf gewesen war, stimmt ein. »Hier steht, dass Esterházy an General Billot geschrieben hat: ›Ich habe heute in den Morgenzeitungen von der infamen Anschuldigung gelesen, die gegen mich erhoben wurde. Ich bitte Sie, eine Untersuchung einzuleiten. Ich stehe bereit, auf alle Vorwürfe zu antworten.‹« Darauf der Erste wieder: »Schön für ihn. Aber was hat er gegen das ganze Gold der Juden schon für eine Chance?« Ein Hauptmann stimmt zu: »Wie wahr, vielleicht sollten wir für ihn sammeln. Ich bin mit zwanzig Francs dabei.«

◆

Um einen klaren Kopf zu bekommen, unternehme ich am nächsten Tag einen langen Ausritt an der Küste. Am Horizont über dem Meer rollen gewaltige Wolken nordwärts, die Regenschleier wie Leichentücher hinter sich herziehen. Es ist der Beginn der feuchtesten Jahreszeit. Ich gebe meinem Pferd die Sporen und galoppiere in Richtung des Ribats von Monastir, der noch etwa fünfzehn Kilometer entfernt ist. Als ich näher komme, sehe ich vor dem

Hintergrund des schwarzen Meeres die blassen Umrisse des über tausend Jahre alten Wachturms. Ich denke kurz daran, in den kleinen Fischerort zu reiten. Aber der Himmel ist inzwischen so schwarz wie Tintenfischtinte, und tatsächlich platzen in dem Moment, als ich mich auf den Rückweg mache, die Wolken wie ein aufgeschlitzter Sack, und kalter, dichter Regen geht auf mich nieder.

Als ich wieder im Stützpunkt bin, gehe ich sofort in mein Quartier, um mich umzuziehen. Die Tür, die ich abgeschlossen hatte, ist offen, und mitten im Wohnzimmer steht schuldbewusst Jemel. Ein paar Sekunden früher hätte ich ihn in flagranti beim Herumschnüffeln ertappt. Aber als ich mich jetzt umschaue, ist alles an seinem Platz.

»Holen Sie mir Wasser«, sage ich knapp. »Ich will baden.«

»Ja, Herr Oberstleutnant.«

Als ich den Militärklub betrete, ist es schon zu spät für das Mittagessen. Ich merke sofort, dass etwas Bedeutsames passiert sein muss. Die Unterhaltungen verstummen, als ich zu meinem angestammten Platz gehe. Einige der älteren Offiziere trinken ihr Glas aus und gehen. Man hat mir demonstrativ die aktuelle Ausgabe von *La Dépêche* auf den Sessel gelegt. Sie ist so gefaltet, dass ich als Erstes eine Geschichte auf der Titelseite sehen muss.

ESTERHÁZY BESCHULDIGT OBERSTLEUTNANT PICQUART. *Paris, 10.35 Uhr. In einem Interview mit* Le Matin *erklärt Esterházy: »Für alles, was passiert ist, trägt Oberstleutnant Picquart die Verantwortung. Er ist ein Freund der Familie Dreyfus. Er hat vor fünfzehn Monaten, als er im Kriegsministerium Dienst tat, eine Untersuchung gegen mich eingeleitet. Er wollte mich ruinieren. Auguste Scheurer-Kestner hat seine Informationen von Picquarts Anwalt erhalten, Maître Leblois, dem im Büro des Oberstleutnants Einsicht in geheime Akten gewährt wurde. Die Vorgesetzten des Oberstleutnants bewerteten sein Fehlverhalten als so gravierend, dass sie ihn nach Tunesien strafversetzt haben.«*

Ich habe meinen Namen noch nie in der Zeitung gesehen. Ich stelle mir vor, wie alle Menschen, die ich kenne, meine Freunde und meine Familie in Frankreich, das nichts ahnend lesen. Was werden sie denken? Ich soll ein Spion sein, eine zwielichtige Gestalt. Ein Scheinwerfer strahlt mich an.

Und das ist noch nicht alles:

BEI MAÎTRE LEBLOIS. Le Matin *berichtet: Nach unserem Interview mit Major Esterházy fahren wir um Mitternacht in die Rue de l'Université zur Wohnung von Maître Leblois, Anwalt am Berufungsgericht. Niemand öffnet. Wir klingeln noch einmal. Die Tür bleibt geschlossen. Von innen fragt jemand: »Wer ist da? Was wollen Sie?« Wir nennen den Grund für unseren Besuch: Major Esterházy habe ihn, Maître Leblois, namentlich beschuldigt, Auguste Scheurer-Kestner die aus Schriftstücken von Oberstleutnant Picquart bestehende Akte übergeben zu haben. Leblois' Stimme wird schärfer: »Was soll ich Ihnen sagen? Ich bin an die Schweigepflicht gebunden. Ich habe nichts zu sagen, absolut nichts. Aber ich empfehle Ihnen, den Namen Picquart nicht zu erwähnen. Gute Nacht, und kommen Sie nicht wieder!«*

Als ich fertig gelesen habe und mich umschaue, ist der Raum leer.

Am Abend erhalte ich ein weiteres Telegramm. Es wird mir unter der Tür durchgeschoben. Diesmal ist die Nachricht ziemlich eindeutig: *Räumen Sie umgehend Ihr Quartier in*

Sousse. Gehen Sie nicht davon aus, wieder zurückzukehren. Melden Sie sich bei mir im Hauptquartier. Gez. Leclerc.

◆

In Tunis wird mir ein kleiner Raum im zweiten Stock der Hauptkaserne zugewiesen. Ich liege auf dem Bett und lausche der Sinfonie männlichen Anstaltslebens – dem Brüllen, den plötzlichen Pfiffen, den knallenden Türen und stampfenden Stiefeln. Ich denke an Pauline. Sie hat in den letzten Wochen kaum noch von sich hören lassen. Ich frage mich, was sie von den Zeitungsgeschichten über mich hält – dass ich von den Juden bezahlt werde, dass ich in Schimpf und Schande nach Tunesien abgeschoben wurde. Ich schreibe ihr einen Brief.

Tunis
20. November 1897

Chérie,

bei dem ständigen Hin und Her zwischen Sousse und Tunis erreicht mich Post nur sehr unregelmäßig. Aber vielleicht gibt es dafür auch andere Gründe. Wie auch immer, ohne Briefe von Dir ist es eintönig und traurig. Hab keine Angst, mir zu schreiben, und wenn es nur zwei Worte sind. Mir geht es gut, aber ich muss wissen, dass Du nicht in Gefahr schwebst. Armes kleines Mädchen – zum ersten Mal wird mein Leben in den Zeitungen ausgebreitet! Ich bin im Nachteil, weil ich weder die Möglichkeit noch die Absicht habe, mich auf gleichem Wege gegen diese Angriffe zu wehren. Aber irgendwann wird das alles ein Ende haben. Ich werde Dir von nun an nicht mehr schreiben, aber ich bewahre Dich mit all meiner Liebe in meinem Herzen.

Ich lege den Stift zur Seite und lese den Brief durch. Er kommt mir sehr gestelzt vor. Andererseits: Wenn man weiß, dass der eigene Liebesbrief über Wasserdampf geöffnet und von irgendwelchen Büromenschen gelesen, kopiert und abgeheftet wird, dann kann man nicht unbefangen schreiben.

PS: Ich bin sehr ruhig und lasse mich nicht demütigen. Du siehst, auch ernste Zeitläufte können mir keine Angst einjagen. Was mich umtreibt, sind einzig Deine Gefühle, wenn Du dies liest.

Ich unterzeichne den Brief nicht und schreibe auch nicht ihren Namen auf den Umschlag. Ich gebe einem Soldaten einen Franc, damit er ihn für mich aufgibt.

◆

Am Abend empfängt mich Leclerc in seinem Büro. Sein Garten liegt im Dunkeln. Er sieht abgespannt aus. Auf der einen Seite seines Schreibtischs liegt ein Stapel Telegramme, auf der anderen ein Stapel Zeitungen. Er sagt, ich solle mir einen Stuhl nehmen. »Das Kriegsministerium hat mir eine Liste mit Fragen geschickt, die ich Ihnen stellen soll, Herr Oberstleutnant. Zum Beispiel: Haben Sie jemals geheime Informationen an eine oder mehrere Personen außerhalb der Armee weitergegeben?«

»Nein, Herr General.«

Er macht sich eine Notiz.

»Haben Sie jemals ein vertrauliches Dokument gefälscht oder anderweitig verändert?«

»Nein, Herr General.«

»Haben Sie jemals einen oder mehrere Untergebene dazu aufgefordert, vertrauliche Dokumente zu fälschen oder anderweitig zu verändern?«

»Nein, Herr General.«

»Haben Sie jemals einer Frau Einsicht in geheime Dokumente gewährt?«

»Einer Frau?«

»Ja. Anscheinend hat dieser Major Esterházy behauptet, geheime Informationen von einer unbekannten, verschleierten Frau erhalten zu haben.«

Eine verschleierte Frau! Wieder so eine Arabeske à la du Paty …

»Nein, Herr General. Ich habe keiner Frau, weder verschleiert noch unverschleiert, Dokumente gezeigt.«

»Gut. Ich werde Ihre Antworten nach Paris telegrafieren. Außerdem habe ich Sie darüber zu unterrichten, dass der Kriegsminister den Militärkommandanten des Département Seine, General de Pellieux, beauftragt hat, eine interne Untersuchung der ganzen Affäre durchzuführen. Sie werden angewiesen, nach Paris zurückzukehren, um Ihre Aussage zu machen. Ein Beamter des Kolonialministeriums wird Sie begleiten.« Er schließt den Ordner. »Damit trennen sich unsere Wege, Herr Oberstleutnant.«

Er steht auf. Ich erhebe mich ebenfalls.

»Ich würde nicht gerade behaupten, dass es mir ein Vergnügen gewesen ist, Sie unter meinem Kommando zu haben, aber es war in jedem Fall interessant«, sagt Leclerc. Wir geben uns die Hand. Er legt mir einen Arm um die Schultern und begleitet mich zur Tür. Er riecht streng nach Eau de Cologne. »Ich habe mich gestern Abend mit General Dubuch unterhalten. Er sagt, dieser Esterházy sei ein durch und durch übler Bursche. Er war 82 hier bei uns und wurde wegen einer Unterschlagung in Sfax angeklagt. Ein Untersuchungsausschuss hat in der Sache ermittelt, aber er ist irgendwie davongekommen.«

»Das überrascht mich nicht, Herr General.«

»Wenn die mit so einer zwielichtigen Gestalt gemeinsame Sache machen, Picquart, dann haben Sie es mit Gegnern zu tun, die anscheinend zum Äußersten entschlossen sind. Darf ich Ihnen einen Rat geben?«

»Bitte.«

»Halten Sie sich bei der Überfahrt nach Frankreich von der Reling fern.«

18

Die Fahrt über das Mittelmeer ist im November wesentlich rauer als im Juni. Durch das Bullauge sieht man im einen Augenblick grauen Himmel, im nächsten graue Wellen. Meine russischen Bücher rutschen immer wieder von meinem kleinen Tisch und fallen auf den Boden. Wie bei meiner letzten Fahrt bleibe ich die meiste Zeit in der Kabine. Ab und zu schaut meine Begleitperson vorbei, Monsieur Périer vom Kolonialministerium. Aber sein Gesicht ist schon ziemlich grün, und so bleibt auch er lieber in seiner Kabine. Bei meinen seltenen Ausflügen an Deck befolge ich Leclercs Rat und halte Abstand von der Reling. Ich genieße die mir ins Gesicht peitschende See, die nach Kohlenrauch und salziger Gischt riechende Luft. Hin und wieder fällt mir auf, dass andere Passagiere mich anschauen, aber ich bin mir nicht sicher, ob das Polizeiagenten sind oder einfach nur Mitreisende, die gehört haben, dass sich jemand an Bord befindet, dessen Name gerade durch die Gazetten geistert.

Wir verlassen Afrika am Dienstag. Am Donnerstagnachmittag kommt die französische Küste in Sicht – eine Wasserlinie im Nebel. Ich habe gerade fertig gepackt, als es an der Kabinentür klopft. Ich greife nach meinem Revolver. »Wer ist da?«, rufe ich.

»Der Kapitän, Herr Oberstleutnant Picquart.«

»Einen Augenblick.« Ich stecke den Revolver in die Tasche und öffne die Tür.

Der Kapitän ist ein mürrisch dreinblickender Mann Anfang fünfzig, nach dem feinen Netzwerk roter Äderchen in seinen Augen zu urteilen, ein Trinker. Wenn man dreimal die Woche von Tunis nach Marseille und wieder zurück fährt, wird das nach einer gewissen Zeit wohl langweilig. Er salutiert, ich salutiere. »Man hat Vorkehrungen getroffen, dass Sie und Monsieur Périer von Bord gehen, bevor wir anlegen«, sagt er.

»Ist das wirklich nötig?«

»Anscheinend warten am Kai schon jede Menge Reporter und ein paar Demonstranten auf Sie. Der Kriegsminister hält es für sicherer, wenn Sie hier draußen auf einen Schlepper umsteigen, der Sie dann in einem anderen Teil des Hafens absetzt.«

»Absurd.«

»Schon möglich«, sagt der Kapitän achselzuckend. »Aber ich habe meine Befehle.«

Eine halbe Stunde später verstummt das Stampfen der Maschinen, und wir drehen bei. Ich gehe mit meinem Koffer in der Hand an Deck. Wir befinden uns etwa einen halben Kilometer vor der Hafeneinfahrt. Längsseits liegt ein Schlepper. Es ist kalt, ein böiger Wind weht, was aber mehrere Dutzend Passagiere nicht davon abhält, finster schweigend zu beobachten, wie ich von Bord gehe. Ich erlebe zum ersten Mal, wie man sich fühlt, wenn man berühmt ist. Eine außerordentlich unangenehme Erfahrung. Eine kräftige Welle drückt die beiden Schiffe gegeneinander, wobei das eine Deck sich hebt, das andere nach unten wegsackt. Man nimmt mir meinen Koffer ab, wirft ihn nach unten auf das Deck des Schleppers, wo er aufgefangen wird, dann packen mich kräftige Arme und setzen mich auch ab. Von Bord der Fähre schleudert mir jemand eine Beleidigung hinterher. Ich höre nur das Wort Jude, den Rest verschluckt der Wind. Monsieur Périer wird samt seinem Gepäck an Deck des Schleppers gehoben. Er taumelt zur anderen Seite des Boots und übergibt sich. Die Leinen werden losgemacht, der Schlepper löst sich von der Schiffswand.

Wir tuckern an der Hafenmauer vorbei, drehen nach Backbord und halten zwischen zwei vor Anker liegenden Panzerschiffen hindurch auf den westlichen Teil des Hafens zu. Als ich über das Heck des Schleppers an Land schaue, sehe ich, dass sich an der Anlegestelle für die Fähren mindestens ein- oder zweihundert Menschen versammelt haben. Zum ersten Mal erhalte ich einen flüchtigen Eindruck davon, wie die Dreyfus-Affäre allmählich in die Vorstellungswelt meiner Landsleute eindringt. Der Schlepper tastet sich an einen Marinekai heran, wo schon eine Droschke wartet. Daneben steht ein junger Offizier. Als die Mannschaft von Bord springt, um das Boot festzumachen, tritt er vor und nimmt mir den Koffer ab. Er gibt ihn dem Kutscher, dann reicht er mir die Hand, um mir an Land zu helfen.

Er salutiert. Sein Auftreten ist kühl, aber untadelig. In der Kutsche setzt er sich mir und Périer gegenüber. »Wenn Sie erlauben, Herr Oberstleutnant«, sagt er. »Ich würde vorschlagen, dass Sie sich so weit wie möglich nach unten ducken, zumindest so lange, bis wir das Hafengelände hinter uns gelassen haben.«

Ich befolge seinen Rat. Und so kehre ich wie ein gejagter Verbrecher nach Frankreich zurück.

◆

Im Bahnhof ist am Ende des Zuges ein Erste-Klasse-Abteil für uns reserviert. Périer zieht die Rouleaus an Tür und Fenstern herunter und erlaubt mir nicht, dass ich das Abteil verlasse und mir eine Zeitung kaufe. Wenn ich auf die Toilette muss, besteht er darauf, mich zu begleiten und vor der Tür zu warten, bis ich fertig bin. Gelegentlich frage ich mich, was er tun würde, wenn ich seine Anordnungen, die er immer in nervösem, verlegenem, fast flehendem Ton vorträgt, nicht befolgen würde. Aber in Wahrheit bin ich in einem seltsamen Fatalismus gefangen. Ich füge mich in die Ereignisse und ziehe mich in den schaukelnden Kokon des Zuges zurück, der Marseille um fünf Uhr nachmittags im Dunkeln verlässt und am nächsten Morgen um fünf Uhr im dunklen Paris eintrifft.

Ich schlafe, als wir im Gare de Lyon ankommen. Ruckartig kommt der Zug zum Stehen. Ich wache auf und sehe, dass Périer am Fensterrouleau vorbei nach draußen lugt. »Wenn Sie nichts dagegen haben, Herr Oberstleutnant, warten wir noch, bis die anderen Fahrgäste ausgestiegen sind.« Zehn Minuten später betreten wir den menschenleeren Perron. Ein Gepäckträger karrt die Koffer vor uns her, während wir am Zug entlang bis zu der Sperre gehen, wo uns ein Dutzend Männer mit Notizbüchern erwartet. »Kein Wort zu denen«, sagt Périer. Wir halten unsere Hüte fest, als bliese uns ein scharfer Gegenwind ins Gesicht, und gehen leicht vorgebeugt an den Journalisten vorbei. Die Fragen prasseln alle gleichzeitig auf uns ein, sodass ich nur einige vereinzelte Worte verstehen kann. *Esterházy …? Dreyfus …? Verschleierte Dame …? Untersuchung …?* Ein greller Lichtblitz leuchtet auf, ich höre den dumpfen Knall von sich entzündendem Magnesiumpulver. Aber wir gehen zu schnell. Unmöglich, dass sie auch nur eine einzige brauchbare Fotografie zustande bringen. Ein paar Meter weiter stehen ein paar Bahnbeamte mit ausgebreiteten Armen, die uns in einen leeren Wartesaal bugsieren und sofort die Tür schließen. Dort wartet mein alter Freund Armand Mercier-Milon, den man inzwischen zum Oberst befördert hat, und salutiert sehr förmlich.

»Armand«, sage ich. »Ich kann dir gar nicht sagen, wie ich mich freue, dich zu sehen.« Ich strecke ihm die Hand hin, aber anstatt sie zu schütteln, deutet er nur zur Tür.

»Ein Automobil wartet auf uns«, sagt er. »Lass uns gleich fahren, sonst ist die Meute vor uns am Haupteingang.«

Vor der Tür steht ein großer moderner Wagen mit dem Schriftzug der Compagnie Paris-Lyon-Méditerranée. Ich steige hinten ein, links und rechts werde ich von Périer und Mercier-Milon eingekeilt. Nachdem das Gepäck verstaut ist, setzt sich der Wagen genau in dem Moment in Bewegung, als die Journalisten aus dem Bahnhof strömen und auf uns zulaufen. »Ich habe hier einen Brief vom Chef des Generalstabs für dich«, sagt Mercier-Milon.

Es ist so eng, dass ich mich ziemlich verrenken muss, um das Kuvert öffnen zu können. *Oberstleutnant Picquart, ich erteile Ihnen hiermit den ausdrücklichen Befehl, mit niemand in Kontakt zu treten, bevor Sie nicht im Rahmen von General de Pellieux' Untersuchung Ihre Aussage gemacht haben. Boisdeffre.*

Wir fahren schnell durch die dunklen regennassen Straßen. Keiner sagt ein Wort. Um diese Stunde herrscht kein Verkehr, es sind kaum Menschen zu sehen. Wir fahren in westlicher Richtung über den Boulevard Saint-Martin, und ich frage mich schon, ob sie mich zu meiner Wohnung bringen, als wir plötzlich abbiegen, in Richtung Norden weiterfahren und schließlich vor dem riesigen Hôtel Terminus in der Rue Saint-Lazare anhalten. Der Portier öffnet die Wagentür. Périer steigt als Erster aus. »Ich gehe schon vor und melde uns an«, sagt er.

»Hier wohne ich?«

»Vorerst, ja.«

Er verschwindet im Foyer. Ich steige aus und betrachte

die gewaltige Fassade. Das Hotel nimmt ein ganzes Karree ein. Fünfhundert Zimmer. Ein Tempel der Moderne. Die elektrischen Lichter glitzern im Regen. Mercier-Milon steigt nach mir aus. Zum ersten Mal befindet sich niemand sonst in Hörweite. »Georges, du verdammter Idiot. Was hast du dir nur dabei gedacht?« Er spricht leise, aber mit Nachdruck. Ich spüre, dass ihm das schon auf der Zunge brennt, seit wir den Bahnhof verlassen haben. »Dreyfus tut mir ja auch leid. Immerhin war ich einer der wenigen, die ihn bei dieser Farce von Kriegsgericht verteidigt haben. Und du? Gibst geheime Informationen an einen Außenstehenden weiter, damit der sie gegen deine Vorgesetzten einsetzt. Für mich ist das ein Verbrechen. Ich bezweifele, ob auch nur ein einziger Soldat in ganz Frankreich verteidigt, was du getan hast.«

Seine Heftigkeit erschüttert mich und macht mich wütend. »Was passiert als Nächstes?«

»Du gehst auf dein Zimmer und ziehst deine Uniform an. Du sprichst mit niemand. Du schreibst niemand. Du öffnest keine Briefe. Ich bin im Foyer. Ich hole dich um neun ab und begleite dich zur Place Vendôme.«

Périer erscheint in der Eingangstür. »Oberstleutnant Picquart? Unser Zimmer ist fertig.«

»*Unser* Zimmer? Meinen Sie damit, wir wohnen in *einem* Zimmer?«

»Leider ja.«

Ich versuche diese Demütigung auf die leichte Schulter zu nehmen – »Die Hingabe an Ihre Pflicht, Monsieur Périer, ist in der Tat vorbildlich« – und begreife im selben Augenblick, dass er natürlich kein Beamter des Kolonialministeriums ist, sondern ein Geheimpolizist der Sûreté.

◆

Nur einmal, als ich ein Bad nehme, lässt er mich aus den Augen. Während ich in der Wanne liege, höre ich ihn im Zimmer umhergehen. Als es an der Zimmertür klopft, macht er auf und lässt jemand herein. Ich höre tiefe Stimmen und denke, wie wehrlos ich wäre, wenn jetzt zwei Männer hereinkämen und mich an den Fesseln packten. Ertrunken in der Badewanne, ganz simpel. In ein paar Minuten erledigt und kaum verräterische Spuren.

»Ihr Frühstück ist da, Herr Oberstleutnant«, ruft Périer – wenn er denn so heißt – durch die Tür.

Ich steige aus der Wanne, trockne mich ab und ziehe die Uniform des 4. Tunesischen Schützenregiments an, himmelblaue Jacke und rote, grau gestreifte Hose. Ich schaue in den Spiegel und komme mir fehl am Platz vor – die Farben Nordafrikas im nordeuropäischen Winter. Jetzt sehe ich auch noch aus wie ein Hofnarr. *Ich bezweifele, dass auch nur ein einziger Soldat in ganz Frankreich verteidigt, was du getan hast.* Na gut. Von mir aus.

Ich trinke Kaffee, schwarz, und esse eine Tartine. Ich übersetze eine Seite Dostojewski. *Was macht einen Helden aus? Mut, Stärke, Sittlichkeit, die Kraft, Unglück auszuhalten? Sind das die Charakterzüge, die einen wahren Helden auszeichnen und hervorbringen?* Um neun kommt Mercier-Milon, um mich abzuholen. Wir fahren mit dem Aufzug wortlos nach unten ins Foyer. Draußen auf dem Trottoir fällt die Journalistenmeute über uns her. »Verdammt«, sagt Mercier-Milon. »Die müssen uns vom Bahnhof gefolgt sein.«

»Wenn doch bloß unsere Soldaten so einfallsreich wären.«

»Das ist nicht lustig, Georges.«

Der gleiche Chor an Fragen: *Dreyfus ...? Esterházy ...? Untersuchung ...? Verschleierte Dame ...?*

Mercier-Milon stößt sie zur Seite und öffnet die Tür unserer Kutsche. »Schakale!«, murmelt er.

Ich schaue mich um und sehe, wie einige der Reporter in Droschken springen, um uns zu folgen. Die Fahrt ist nur kurz, kaum einen halben Kilometer. Als wir an der Place Vendôme ankommen, liegt schon ein weiteres Dutzend Reporter auf der Lauer. Sie blockieren das alte wurmstichige Portal, das in den Amtssitz des Militärgouverneurs von Paris führt. Erst als Mercier-Milon den Säbel zieht und sie den knirschenden Stahl hören, weichen sie zurück und lassen uns durch. Wir betreten ein kühles Gewölbe, das wie das Mittelschiff einer verlassenen Kirche wirkt, und gehen eine von Gipsstatuen gesäumte Treppe hinauf. Mir wird klar, dass ich in diesem quasireligiösen Gebäude mehr als nur ein gefährliches Ärgernis für meine Herren bin: ein Ketzer, vom rechten Glauben abgekommen. Schweigend sitzen wir eine Viertelstunde in einem Vorzimmer, bevor Pellieux' Adjutant mich abholt. Als ich aufstehe, schaut mich Mercier-Milon mit einer Mischung aus Mitleid und Besorgnis an. »Viel Glück, Georges«, sagt er sehr leise.

Von Pellieux weiß ich nur, und das auch nur vom Hörensagen, dass er Monarchist und strenggläubiger Katholik ist. Ich nehme an, dass er mich auf den ersten Blick verachten wird. Als Antwort auf mein Salutieren zeigt er nur auf den Stuhl, auf den ich mich setzen darf. Er ist etwa Mitte fünfzig, gut aussehend, eingebildet. Das dunkle Haar passt zu seinem schwarzen Uniformrock, ist sorgfältig zurückgekämmt und läuft vorn in einem spitzen Haaransatz zusammen; sein Schnauzbart ist üppig und ausladend. Er sitzt am Kopfende eines Tisches, flankiert von einem Major und einem Hauptmann, die er nicht vorstellt. Für das Protokoll sitzt an einem separaten Tisch ein uniformierter Sekretär.

»Es ist Aufgabe dieser Untersuchung, Herr Oberstleutnant, die Tatsachen in Zusammenhang mit Ihren Nachforschungen über Major Esterházy zu ermitteln«, sagt Pellieux. »Zu diesem Zweck habe ich schon Major Esterházy selbst sowie Mathieu Dreyfus, Senator Auguste Scheurer-Kestner und Maître Louis Leblois befragt. Am Ende dieser Untersuchung werde ich, wenn nötig, dem Minister eine Empfehlung aussprechen, ob disziplinarische Maßnahmen zu ergreifen sind. Haben Sie das verstanden?«

»Ja, Herr General.« Jetzt weiß ich, warum sie unbedingt wollten, dass ich mit niemand spreche. Sie haben Louis schon befragt und wollen nicht, dass ich erfahre, was er ihnen erzählt hat.

»Also dann, fangen wir ganz vorn an.« Pellieux' Stimme ist kalt und pedantisch. »Wann sind Sie zum ersten Mal auf Major Esterházy aufmerksam geworden?«

»Als die Statistik-Abteilung ein an ihn adressiertes Petit Bleu von der deutschen Botschaft abgefangen hat.«

»Und das war wann?«

»Im Frühjahr letzten Jahres.«

»Etwas genauer, bitte.«

»An das genaue Datum kann ich mich nicht mehr erinnern.«

»General Gonse haben Sie ›Ende April‹ gesagt.«

»Dann wird es wohl so gewesen sein.«

»Nein, tatsächlich war es Anfang März.«

Ich zögere. »Ja?«

»Kommen Sie, Herr Oberstleutnant. Sie wissen doch ganz genau, dass es im März war. Major Henry hatte Urlaub wegen eines Trauerfalls in der Familie, seine Mutter lag im Sterben. Er erinnert sich an das Datum. Er war für einen Blitzbesuch nach Paris zurückgekehrt, hat sich mit Agent Auguste getroffen und eine Lieferung von Schriftstücken erhalten, die er an Sie weitergereicht hat. Also, warum haben Sie das Datum in Ihrem Bericht gefälscht?«

Die Aggressivität seines Vorgehens und dieses Detail aus seinen Recherchen erwischen mich auf dem falschen Fuß. Ich kann mich nur noch daran erinnern, dass ich zu der Zeit, als ich den Bericht abgeliefert habe, seit sechs Monaten ohne Gonse' Wissen gegen Esterházy ermittelt hatte. Das war ein Akt der Insubordination, den ich dadurch etwas akzeptabler zu machen glaubte, indem ich vorgab, erst seit vier Monaten zu ermitteln. Damals erschien mir diese Lüge nicht von Bedeutung zu sein – was sie auch nicht *ist*. Aber plötzlich, jetzt in diesem Raum, unter den feindseligen Augen des Großinquisitors, sieht sie unerklärlich verdächtig aus.

»Nehmen Sie sich alle Zeit der Welt, Herr Oberstleutnant«, sagt Pellieux sarkastisch.

»Ich muss mit den Daten durcheinandergekommen sein«, sage ich schließlich nach einer langen Pause.

»Mit den Daten durcheinandergekommen sein?« Pellieux schaut seine Beisitzer mit einem spöttischen Lächeln an. »Aber Sie stehen doch im Ruf, ein Soldat zu sein, der auf wissenschaftliche Präzision hält, Herr Oberstleutnant, ein Soldat der modern denkenden Generation, die solch reaktionäre alte Fossile wie mich aussortieren würde!«

»Leider unterlaufen auch Wissenschaftlern gelegentlich Fehler, Herr General. Aber letzten Endes ist dieses Datum ohne Belang.«

»Ganz im Gegenteil, Daten sind immer von Belang. Hochverrat selbst ist meistens eine Frage von Daten, wie es so schön heißt. Zunächst behaupten Sie, dass Sie erst im April auf Major Esterházy aufmerksam wurden. Gerade haben wir festgestellt, dass es immerhin schon März war. Und in Ihrer Akte über Esterházy findet sich der Beweis, dass es sogar schon viel früher war.«

Er gibt dem Hauptmann einen Zeitungsausschnitt. Der

Hauptmann geht pflichtschuldig um den Tisch herum und gibt ihn mir. Es ist die Todesanzeige für den Marquis de Nettancourt, Esterházys Schwiegervater, datiert vom 6. Januar 1896.

»Ich sehe das heute zum ersten Mal.«

Pellieux spielt den Erstaunten. »Nun gut, aber wie ist es in Ihre Akte gekommen?«

»Ich vermute, es ist hinzugefügt worden, nachdem ich die Abteilung verlassen habe.«

»Aber Sie müssen zugeben, dass es auf den ersten Blick den Anschein hat, als hätten Sie sich schon zwei Monate vor Erhalt des Petit Bleu für Esterházy interessiert.«

»Auf den ersten Blick, ja. Möglicherweise ist das der Grund, warum jemand den Ausschnitt der Akte hinzugefügt hat.«

Pellieux macht sich eine Notiz. »Zurück zu dem Petit Bleu. Schildern Sie uns, wie Sie es erhalten haben.«

»Es gehörte zu einer Lieferung, die mir Major Henry eines Spätnachmittags übergeben hat.«

»In welcher Form erreichte Sie die Lieferung?«

»Das Material kam immer in dreieckigen, braunen Papiertüten. Die bewusste Tüte war dicker als sonst, weil Henry wegen der Fahrt zu seiner Mutter eines der Treffen mit dem Agenten ausgelassen hatte.«

»Haben Sie den Inhalt mit ihm zusammen überprüft?«

»Nein, wie ich schon sagte, er war nur kurz in Paris und musste seinen Zug erwischen. Ich habe das Material sofort in den Tresor gelegt und dann am nächsten Morgen Hauptmann Lauth gegeben.«

»Ist es möglich, dass jemand das Material zwischen dem Zeitpunkt, als Sie es von Henry bekommen und dann an Lauth weitergegeben haben, manipuliert hat?«

»Nein, es lag die ganze Zeit im Tresor.«

»Aber *Sie* hätten es manipulieren können. *Sie* hätten die Fragmente des Petit Bleu hinzufügen können.«

Ich spüre, wie mein Gesicht rot anläuft. »Das ist eine empörende Anschuldigung!«

»Ihre Empörung ist irrelevant. Beantworten Sie einfach die Frage.«

»Also gut, die Antwort ist ja. Ja, ich hätte theoretisch das Petit Bleu der Lieferung hinzufügen können. Aber das habe ich nicht.«

»Ist das das Petit Bleu?« Pellieux hält es in die Höhe. »Erkennen Sie es?«

Das Licht im Raum ist trübe. Ich muss mich vorbeugen und halb aufstehen, um es richtig sehen zu können. Es sieht abgegriffener aus, als ich es in Erinnerung habe. Vermutlich ist es im Laufe des letzten Jahres sehr oft angefasst worden. »Ja, sieht so aus.«

»Ist Ihnen bewusst, dass man unter dem Mikroskop feststellen kann, ob die Originaladresse weggekratzt und durch die von Major Esterházy ersetzt worden ist? Und dass die chemische Analyse ergeben hat, dass die Tinte auf der Rückseite des Telegramms nicht die gleiche wie auf der Vorderseite ist? Die eine ist Eisengallustinte, die andere enthält einen Inhaltsstoff, der im Blauholzbaum vorkommt.«

Überrascht zucke ich leicht zusammen. »Dann hat es jemand manipuliert.«

»In der Tat, es ist eine Fälschung.«

»Nein, Herr General – es muss jemand manipuliert haben, nachdem ich Paris verlassen habe. Als ich noch in der Abteilung war, war das Dokument authentisch, das schwöre ich. Ich habe es wahrscheinlich hundertmal in der Hand gehabt. Darf ich es mir noch einmal anschauen? Vielleicht kann ich ja eine Veränderung erkennen.«

»Nein, Sie haben es schon identifiziert. Ich möchte nicht, dass es noch weiter beschädigt wird. Das Petit Bleu ist eine Fälschung. Und ich behaupte, dass mit hoher Wahrscheinlichkeit Sie die Person sind, die diese Fälschung zu verantworten hat.«

»Bei allem Respekt, Herr General, das ist eine groteske Verdrehung der Tatsachen.«

»Ach ja? Warum haben Sie dann Hauptmann Lauth gebeten, dass er Ihnen dabei hilft, das Petit Bleu etwas echter aussehen zu lassen?«

»Das habe ich nicht.«

»O doch. Sie haben ihn angewiesen, es von den Postbehörden frankieren zu lassen, damit es so aussieht, als wäre es tatsächlich verschickt worden. Wollen Sie das etwa abstreiten?«

Die Lügen und Anschuldigungen prasseln so schnell auf mich ein, dass ich kaum folgen kann. Ich umfasse die Armlehnen, ehe ich, so ruhig ich kann, antworte. »Ich habe Lauth gebeten, das Petit Bleu so abzufotografieren, dass es wie ein vollständiges Dokument aussieht und nicht wie eines, das vorher nur ein Haufen Papierschnipsel war. Genau so hat er das schon mit dem Bordereau gemacht. Das Motiv war beim Petit Bleu dasselbe: eine Kopie in der Hand zu haben, die ich innerhalb des Ministeriums weitergeben konnte, ohne unsere Quelle zu gefährden. Lauth hat mich zu Recht darauf hingewiesen, dass die Vorderseite nicht frankiert war und deshalb jeder sofort hätte folgern können, dass es abgefangen und nicht verschickt worden war. Deshalb habe ich über die Möglichkeit nachgedacht, es frankieren zu lassen. Aber das war alles, ich habe es nicht in die Tat umgesetzt.«

»Hauptmann Lauths Version ist eine andere.«

»Vielleicht ist sie das. Aber warum sollte ich mir solche

Mühe geben, einen Mann zu beschuldigen, den ich nicht einmal kannte?«

»Das müssen *Sie* uns erklären.«

»Der Gedanke ist absurd. Ich hatte es gar nicht nötig, Beweismaterial zu fälschen. Der Bordereau allein beweist Esterházys Schuld. Und niemand kann behaupten, dass ich den manipuliert hätte!«

»Ach ja, der Bordereau«, sagt Pellieux. »Danke für den Hinweis … Haben Sie im letzten November, direkt oder indirekt, eine Kopie des Bordereaus an *Le Matin* weitergegeben?«

»Nein, Herr General.«

»Haben Sie im September desselben Jahres, direkt oder indirekt, Einzelheiten aus dem sogenannten Geheimdossier an *L'Éclair* weitergegeben?«

»Nein, Herr General.«

»Haben Sie Informationen, direkt oder indirekt, an Senator Scheurer-Kestner weitergegeben?«

Die Frage ist unausweichlich, genauso meine Antwort. »Ja, das habe ich, indirekt.«

»Und der Mittelsmann war Ihr Anwalt, Maître Leblois?«

»Ja.«

»Und als Sie diese Informationen an Leblois übergaben, da wussten Sie, dass er sie dem Senator geben würde?«

»Ich wollte die Informationen in den Händen eines verantwortungsbewussten Mannes wissen, der das Thema vertraulich mit der Regierung besprechen konnte. Es war nie meine Absicht, dass sie an die Presse gelangen.«

»Ihre Absichten tun nichts zur Sache, Herr Oberstleutnant. Tatsache ist, dass Sie hinter dem Rücken Ihrer Vorgesetzten gehandelt haben.«

»Erst als offensichtlich wurde, dass ich keine andere Wahl hatte. Meine Vorgesetzten wollten die Affäre nicht in ihrem ganzen Ausmaß untersuchen.«

»Haben Sie Maître Leblois verschiedene Briefe gezeigt, die Sie von General Gonse erhalten haben?«

»Ja.«

»So wie im letzten Jahr, als Sie Maître Leblois das Geheimdossier gezeigt haben, dessen Existenz dieser dann dem *Éclair* gesteckt hat?«

»Nein.«

»Aber es gibt einen Zeugen, der gesehen hat, dass Sie das Geheimdossier Leblois gezeigt haben.«

»Ich habe ihm nur einmal eine Akte gezeigt, und die war nicht geheim. Dabei ging es um Brieftauben. Major Henry kann das bezeugen.«

»*Oberstleutnant* Henry«, korrigiert Pellieux. »Er ist gerade befördert worden. Und ich bin nicht an Brieftauben interessiert, sondern an dem Geheimdossier über Dreyfus. Sie haben es im letzten September Ihrem Anwalt gezeigt, der dann entweder die Familie Dreyfus oder *L'Éclair* darüber informiert hat, mit dem Ziel, die Armee in ein schlechtes Licht zu rücken. Das ist Ihr Modus Operandi.«

»Das bestreite ich vehement.«

»Wer ist Blanche?«

Wieder bringt mich der plötzliche Wechsel seiner Angriffsstrategie aus dem Gleichgewicht. »Die einzige Blanche, die ich kenne, ist Mademoiselle Blanche de Comminges, die Schwester des Comte de Comminges«, sage ich bedächtig.

»Sie ist eine Freundin von Ihnen?«

»Ja.«

»Eine intime Freundin?«

»Ich kenne sie schon sehr lange, wenn es das ist, was Sie meinen. Sie veranstaltet musikalische Soireen, zu deren Gästen etliche Offiziere gehören.«

»Sie hat Ihnen ein Telegramm nach Tunesien geschickt, mit dem Wortlaut: ›Wir haben den Beweis, dass das Petit

Bleu von Georges gefälscht wurde. Blanche.‹ Was sollen wir davon halten?«

»Ich habe ein Telegramm mit diesem Wortlaut erhalten. Aber ich bin mir sicher, dass es nicht von ihr war.«

»Warum?«

»Weil sie weder geheime Einzelheiten des Dreyfus-Falles kennt noch weiß, dass ich in den Fall verwickelt bin.«

»Obwohl sie, wie ich höre, nun schon seit Jahren ziemlich offen in Paris ihrer Überzeugung Ausdruck verleiht, dass sie Dreyfus für unschuldig hält?«

»Das ist ihre Meinung. Das hat nichts mit mir zu tun.«

»Zu diesen Soireen, die sie veranstaltet, kommen da auch Juden?«

»Vielleicht gibt es unter den Musikern ein paar.«

Als hätte ich gerade etwas höchst Bedeutsames eingestanden, macht sich Pellieux wieder eine Notiz. Er blättert in seinen Unterlagen. »Hier habe ich noch ein verschlüsseltes Telegramm, das man Ihnen nach Tunesien geschickt hat. ›Stoppt den Halbgott. Alles ist aufgedeckt. Äußerst ernste Angelegenheit. Speranza.‹ Wer ist Speranza?«

»Ich habe keine Ahnung.«

»Und doch hat Ihnen diese Person vor einem Jahr einen Brief geschrieben, kurz nachdem Sie die Statistik-Abteilung verlassen haben.«

»Nein.«

»O doch, ich habe den Brief hier.« Pellieux gibt ihn dem Hauptmann, der wieder um den Tisch herumgeht und ihn mir überreicht:

Ich verlasse das Haus. Unsere Freunde sind verärgert. Deine unglückselige Abreise hat alles durcheinandergebracht. Komm so schnell wie möglich zurück! Beeile Dich! Da die Feiertage für unsere Sache ideal sind, rechnen wir am 20. mit dir.

Sie ist bereit, wird aber erst handeln, wenn sie mit Dir gesprochen hat. Sobald der Halbgott gesprochen hat, werden wir handeln.
Speranza

Pellieux schaut mich an. »Was sagen Sie dazu?«

»Ich weiß nicht, was ich dazu sagen soll. Ich habe diesen Brief noch nie gesehen.«

»Nein, können Sie auch nicht. Er wurde nämlich im letzten Dezember von der Statistik-Abteilung abgefangen, und es wurde entschieden, ihn angesichts der höchst verdächtigen Natur der Sprache nicht an Sie weiterzuleiten. Aber Sie bleiben bei Ihrer Haltung, dass nichts in dem Brief Ihnen irgendetwas sagt?«

»Ja.«

»Nun, was sagen Sie dann dazu? In diesem Fall wurde die Weiterleitung des Briefs genehmigt. Sie haben ihn nach Ihrer Abreise aus Paris, aber noch vor Ihrer Ankunft in Tunesien erhalten.«

Hochverehrter Herr,
ich hätte es nie geglaubt, wenn ich es nicht mit eigenen Augen gesehen hätte. Mit dem heutigen Tag ist das Meisterwerk vollendet – dank Cagliostro Robert Houdin. Die Comtesse spricht die ganze Zeit von Ihnen und erzählt mir jeden Tag, dass der Halbgott danach fragt, wann es möglich sein wird, einmal wieder den guten Gott zu treffen.
Ihre ergebene, Ihnen die Hand küssende Dienerin
J.

Die Abschrift wurde von Lauth angefertigt und trägt den Stempel *geheim* und eine von Gribelin angefügte Aktenzeichenziffer. Ich erinnere mich daran, das Original letzten Winter in meinem trübseligen Quartier gelesen zu haben, als ich in irgendeiner gottverlassenen Garnisonsstadt festsaß. Es war, als öffnete ich einen Blumenstrauß vom Boulevard Saint-Germain. »Der ist von Germain Ducasse, einem meiner Agenten«, sage ich. »Er meldet den Abschluss einer Operation, die ich gegen die deutsche Botschaft durchgeführt habe. Mit dem vollendeten Meisterwerk meint er, dass die Wohnung, die wir gemietet hatten, komplett geräumt ist. Robert Houdin ist der Deckname des Polizeiagenten Jean-Alfred Desvernine, der bei den Ermittlungen gegen Esterházy für mich gearbeitet hat.«

»Aha«, sagt Pellieux, als hätte er mich ertappt. »Dann steht J also für einen Mann?«

»Ja.«

»Und er unterzeichnet mit ›Ihnen die Hand küssende Dienerin‹?«

Ich stelle mir Ducasse' Belustigung vor, wenn er jetzt den angewidert ungläubigen Gesichtsausdruck des Generals sehen könnte.

»Was soll das Grinsen, Herr Oberstleutnant?«

»Pardon, Herr General. Zugegeben, er ist ein affektierter junger Bursche und in mancher Hinsicht ziemlich albern. Aber er leistet gute Arbeit und ist absolut vertrauenswürdig. Das ist bloß ein Witz.«

»Und Cagliostro?«

»Auch ein Witz.«

»Verzeihen Sie mir, Herr Oberstleutnant, aber ich habe nur ein einfaches Gemüt. Ich verstehe diese Witze nicht.«

»Cagliostro war ein italienischer Okkultist – Strauss hat eine Operette über ihn geschrieben, *Cagliostro in Wien*. Einen für das Okkulte unempfänglicheren Menschen als Desvernine kann man sich kaum vorstellen. Darin liegt die Ironie. Das ist alles harmlos, Herr General, das kann ich Ihnen versichern. Aber anscheinend haben argwöhnische Gemüter in der Statistik-Abteilung daraus einen Fall gegen mich gestrickt, und ich hoffe sehr, dass Sie im Laufe Ihrer Untersuchung auch den anderen Fälschungen nachgehen, die offensichtlich nur die Beschmutzung meines Namens zum Ziel hatten.«

»Nun, ich glaube ganz im Gegenteil, dass Sie Ihren Namen selbst beschmutzt haben, Herr Oberstleutnant. Kein Wunder, wenn man sich mit neurotischen Homosexuellen und Tischerückern einlässt. Und die Comtesse ist dann wohl Mademoiselle Blanche de Comminges?«

»Ja. Sie ist keine richtige Comtesse, aber manchmal kann sie sich schon so aufführen.«

»Und der Halbgott und der gute Gott?«

»Das sind Spitznamen, die sich Mademoiselle de Comminges ausgedacht hat. Ein gemeinsamer Freund von uns, Hauptmann Lallemand, ist der Halbgott. Und leider muss ich zugeben, dass ich der gute Gott bin.«

Pellieux betrachtet mich verächtlich. Zu meinen anderen Sünden kann er jetzt noch Blasphemie hinzufügen. »Und warum ist Hauptmann Lallemand der Halbgott?«

»Weil er eine Vorliebe für Wagner hat.«

»Gehört der auch zu diesem jüdischen Kreis?«

»Wagner? Das bezweifele ich sehr.«

Das ist natürlich ein Fehler. In einer solchen Situation sollte man es nie mit einem Witz versuchen. Ich weiß es in dem Augenblick, als mir die Worte über die Lippen kommen. Der Major, der Hauptmann und sogar der Sekretär lächeln, aber Pellieux' Gesicht bleibt unbeweglich. »Die Lage, in der Sie sich befinden, Herr Oberstleutnant, ist ganz und gar nicht amüsant. Diese Briefe und Telegramme sind in höchstem Maße belastend.« Er blättert zum Anfang der Akte zurück. »Also, schauen wir uns noch einmal die Widersprüche in Ihrer Aussage an. Warum haben Sie fälschlicherweise behauptet, Ende April letzten Jahres in Besitz des Petit Bleu gelangt zu sein, obwohl es schon Anfang März rekonstruiert wurde …?«

◆

Das Verhör dauert den ganzen Tag an – immer wieder die gleichen Fragen, um mich bei einer Lüge zu erwischen. Die Technik, die Pellieux unerbittlich anwendet, ist mir vertraut. Am Ende der Nachmittagssitzung schaut er auf seine museumsreife silberne Taschenuhr. »Wir werden morgen früh fortfahren«, sagt er. »Bis dahin, Herr Oberstleutnant, dürfen Sie mit niemand in Kontakt treten und sich der Aufsicht durch die von der Untersuchungskommission bestimmten Offiziere auch nicht für eine Minute entziehen.«

Ich stehe auf und salutiere.

Draußen dämmert es. Im Vorzimmer zieht Mercier-Milon den Vorhang etwas zur Seite und schaut nach unten zur Reporterschar auf der Place Vendôme. »Wir sollten das Gebäude durch einen anderen Ausgang verlassen«, sagt er. Wir gehen die Treppe hinunter bis in den Keller, durchqueren eine leere Küche und gelangen durch eine Hintertür in einen Innenhof. Es hat angefangen zu regnen. Die Abfallhaufen scheinen sich im Zwielicht zu bewegen, sie rascheln wie lebende Wesen. Als wir zwischen ihnen hindurchgehen, sehe ich die nassen braunen Rücken von Ratten, die durch die verrotteten Lebensmittel wuseln. Mercier-Milon findet ein Tor in der Wand, durch das wir in den Garten hinter dem Justizministerium schlüpfen. Wir gehen über den matschigen Rasen und dann durch ein weiteres Tor auf die Rue

Cambon. Zwei Wache stehende Journalisten sehen uns neben einer Straßenlaterne auf die Straße treten. Wir laufen los und erreichen nach etwa zweihundert Metern den Droschkenstand in der Rue Saint-Honoré. Durchnässt und außer Atem springen wir in die einzige dort stehende Droschke und preschen unseren Verfolgern vor der Nase davon.

Das ruckartig antrabende Pferd drückt uns in den Sitz. »Mein Gott, Georges, wir sind auch nicht mehr die Jüngsten, was?«, sagt Mercier-Milon lachend und wischt sich mit einem großen, weißen Stofftaschentuch das Gesicht ab. Er grinst mich an und scheint für einen Augenblick vergessen zu haben, dass er mein Bewacher ist. Er öffnet das Fenster – »Hôtel Terminus, Kutscher!« – und schlägt es wieder zu.

Während der kurzen Fahrt sitzt er mit verschränkten Armen da und schaut aus dem Fenster. »Gestern ist etwas Komisches passiert«, sagt er plötzlich, als wir schon in die Rue Saint-Lazare einbiegen. »General Pellieux hat mich gefragt, warum ich zugunsten von Dreyfus ausgesagt habe.«

»Und, was hast du gesagt?«

»Dass ich nur für mich sprechen kann und ihn persönlich immer für einen guten Soldaten und loyalen Menschen gehalten habe.«

»Und was hat er dazu gesagt?«

»Dass er selbst auch versucht, die Sache unvoreingenommen zu beurteilen. Aber als ihn das Ministerium letzte Woche mit dieser Untersuchung beauftragt hat, da hätte General Gonse ihm Beweise vorgelegt, die zweifelsfrei belegten, dass Dreyfus ein Verräter sei. Seitdem ist er davon überzeugt, dass deine Anschuldigungen gegen Esterházy falsch sind. Für ihn stellt sich jetzt nur noch die Frage, ob du von einem jüdischen Syndikat hereingelegt worden bist oder ob du dich von ihnen bezahlen lässt.« Er sieht mich jetzt doch an. »Ich dachte, das solltest du wissen.«

In diesem Augenblick halten wir an, und noch bevor Mercier-Milon die Tür öffnen kann, ist die Kutsche von Reportern umringt. Mercier-Milon steigt aus, taucht in das Gewühl ein und bahnt uns mit den Ellbogen einen Weg. Ich folge dicht hinter ihm, und sobald ich das Foyer betreten habe, stellt sich der Portier mit ausgebreiteten Armen vor den Eingang und lässt niemand mehr herein. Périer steht auf dem Marmorboden unter den grellen Paillettenkronleuchtern und wartet schon, um mich sofort nach oben zu bringen. Ich drehe mich um, um mich bei Mercier-Milon für seine Warnung zu bedanken, aber er ist schon gegangen.

◆

Man erlaubt mir nicht, im Erdgeschoss im Beisein anderer Menschen zu essen. Ich protestiere nicht, da ich ohnehin keinen Appetit habe. Das Abendessen wird uns aufs Zimmer gebracht. Ich schneide eine Zeit lang an einem Stück Kalbfleisch herum, bis ich schließlich den Teller angewidert zur Seite schiebe. Gegen neun bringt ein Hoteldiener einen Brief, der an der Rezeption für mich abgegeben wurde. Ich erkenne Louis' Handschrift auf dem Umschlag. Ich würde den Brief gern lesen. Ich vermute, dass er Hinweise darauf enthält, was ich morgen am zweiten Tag der Vernehmung zu erwarten habe. Aber ich will Pellieux keinen Vorwand liefern, weitere disziplinarische Maßnahmen gegen mich zu ergreifen. Also verbrenne ich ihn ungeöffnet vor den Augen Périers im Kamin.

In der Nacht liege ich wach, muss mir den im anderen Bett schnarchenden Périer anhören und versuche, mir über meine schwache Position klar zu werden. Ich kann es drehen und wenden, wie ich will, sie bleibt prekär. Ich bin meinen Feinden ausgeliefert, an Händen und Füßen gefesselt durch winzige Fäden aus hundert Lügen und Andeutungen, die im Laufe des vergangenen Jahres sorgfältig gesponnen wurden. Die meisten Menschen glauben nur zu gern, dass ich für ein jüdisches Syndikat arbeite. Und solange die Armee ihre eigenen Untaten untersuchen darf, sehe ich keinen Ausweg. Wenn Gonse und Henry einen sicheren Beweis benötigen, erfinden sie ihn einfach und legen ihn vertraulich Pellieux und seinesgleichen vor, wohl wissend, dass loyale Offiziere wie sie immer das tun werden, was man von ihnen verlangt.

Die vielen Automobile, die draußen auf der Rue Saint-Lazare selbst um Mitternacht noch fahren, machen mehr Lärm, als ich jemals gehört habe. Die Geräusche der pneumatischen Reifen auf dem nassen Asphalt sind neu für mich. Es hört sich an wie zerreißendes Papier und schläfert mich schließlich ein.

Als Mercier-Milon mich am nächsten Morgen abholt, schweigt er mich wieder schroff an. Er macht den Mund lediglich auf, um mir zu sagen, dass ich meinen Koffer mitnehmen solle, weil ich nicht mehr ins Hotel zurückkehren werde.

Als hätten sie die ganze Nacht in dem Befragungsraum an der Place Vendôme unter Zeltbahnen ausgeharrt, sitzen Pellieux und die anderen auf denselben Plätzen wie am Vortag. Der General fährt fort, als hätte es nie eine Unterbrechung gegeben. »Erzählen Sie uns doch bitte noch einmal von den Umständen, unter denen Sie in den Besitz des Petit Bleu gelangt sind …«

So geht das etwa eine Stunde lang. »Madame Monnier …«, sagt Pellieux plötzlich mit unveränderter Stimme. »Wie viel von Ihrer Arbeit haben Sie ihr erzählt?«

Schlagartig bleibt mir die Luft weg. »Madame Monnier?«

»Ja, die Frau von Philippe Monnier aus dem Außenministerium. Was haben Sie ihr erzählt?«

»Herr General … bitte …«, sage ich mit angestrengter Stimme. »Ich versichere Ihnen … sie hat nichts mit alldem zu tun.«

»Das zu beurteilen liegt nicht bei Ihnen.« Er wendet sich an den Sekretär. »Die Unterlagen von Oberstleutnant Picquart, bitte.« Während der Sekretär seinen Dokumentenordner öffnet, schenkt Pellieux seine Aufmerksamkeit wieder mir. »Ihnen ist wahrscheinlich nicht bekannt, weil Sie zu dem Zeitpunkt noch auf See waren, Herr Oberstleutnant, dass am Dienstag eine offizielle Durchsuchung Ihrer Wohnung stattgefunden hat, nachdem Major Esterházy Sie beschuldigt hat, offizielle Dokumente in Ihren Räumen aufzubewahren.«

Einen Augenblick lang kann ich ihn nur anstarren. »Nein, das war mir nicht bekannt, Herr General. Sonst hätte ich aufs Schärfste dagegen protestiert. Wer hat das genehmigt?«

»Ich, auf Ersuchen von Oberstleutnant Henry. Major Esterházy behauptet, von einer Frau, deren Namen er nicht kennt, die aber schwört, dass sie eine Bekannte von Ihnen ist, Informationen erhalten zu haben. Diese Frau, die er nur einmal vollständig verschleiert gesehen hat, sagt, dass Sie in Ihrer Privatwohnung geheime Dokumente aufbewahren, die in Zusammenhang mit seinem Fall stehen.«

Die Vorstellung, dass Pauline und Esterházy sich getroffen haben, ist so absurd, dass ich lachen muss. Aber dann legt der Sekretär ein Bündel Briefe vor Pellieux auf den Tisch, die ich als meine private Korrespondenz wiedererkenne: alte Briefe von meiner Mutter und meinem verstorbenen Bruder; Briefe von Familienangehörigen und Freunden; Geschäftsbriefe und Liebesbriefe; Einladungen und Telegramme, die ich aus sentimentalen Gründen aufbewahrt habe. »Das ist ungeheuerlich!«

»Jetzt kommen Sie, Herr Oberstleutnant, warum so empfindlich? Ich glaube nicht, dass wir irgendetwas gegen Sie unternommen haben, was Sie nicht auch gegen Major Esterházy unternommen haben.« Er nimmt Paulines Briefe, die mit einem blauen Seidenband verschnürt sind. »Der Inhalt der Briefe legt nahe, dass Sie eine intime Beziehung zu Madame Monnier unterhalten haben. Eine, die ihrem Gatten wohl nicht bekannt gewesen sein dürfte, ist das richtig?«

Mein Gesicht glüht. »Ich lehne es ab, auf diese Frage zu antworten.«

»Mit welcher Begründung?«

»Mit der Begründung, dass meine Beziehung zu Madame Monnier für diese Untersuchung ohne jede Bedeutung ist.«

»Wenn Sie Madame Monnier geheime Informationen preisgegeben haben oder Madame Monnier jene mit Major Esterházy in Kontakt stehende sogenannte verschleierte Dame ist, dann ist sie sehr wohl von Bedeutung. Und ganz gewiss ist sie das, wenn Sie sich als Folge daraus erpressbar gemacht haben.«

»Aber nichts davon ist wahr!« Jetzt weiß ich, wovor Louis mich gestern Abend in seinem Brief warnen wollte. »Sagen Sie mir eines, Herr General. Werde ich in irgendeinem Stadium dieser Untersuchung auch zu den wesentlichen Fragen dieser Affäre gehört werden?«

»Es gibt keinen Grund, unverschämt zu werden, Herr Oberstleutnant.«

»Zum Beispiel zu der Tatsache, dass Esterházy eindeutig der Verfasser des Bordereaus ist, dass sogar der Hauptsachverständige der Regierung bestätigt hat, dass Esterházys Handschrift mit der des Bordereaus übereinstimmt?«

»Das ist nicht Gegenstand dieser Untersuchung.«

»Oder zu dem gefälschten Material in dem Dossier, aufgrund dessen Dreyfus verurteilt wurde?«

»Der Fall Dreyfus ist eine Res iudicata.«

»Oder zu der Verschwörung innerhalb des Generalstabs, mich nach Nordafrika abzuschieben oder sogar in den Tod zu schicken, um mich daran zu hindern, die Affäre an die Öffentlichkeit zu bringen?«

»Das ist nicht Gegenstand dieser Untersuchung.«

»Wenn das so ist, dann verzeihen Sie mir bitte die Bemerkung, Herr General, dass Ihre Untersuchung ein Schwindel ist, dass Ihre Schlussfolgerungen schon feststanden, bevor ich überhaupt angefangen habe, meine Aussage zu machen, und dass ich hiermit die Mitarbeit an diesem Verfahren beende.«

Und damit stehe ich auf, salutiere, drehe mich auf dem Absatz um und gehe festen Schrittes aus dem Raum. Ich warte darauf, dass Pellieux hinter mir herbrüllt, dass ich mich gefälligst wieder setzen solle. Aber er sagt nichts. Vielleicht ist er zu überrascht, oder er glaubt, dass ohnehin alles gesagt ist, und ist jetzt froh, mich von hinten zu sehen. Ich weiß es nicht, und in diesem Augenblick ist es mir auch völlig einerlei. Ich hole meinen Koffer aus dem Vorzimmer und gehe die Treppe hinunter. Die wenigen Offiziere, denen ich begegne, schauen mich von der Seite an. Keiner versucht mich aufzuhalten. Ich trete durch das kathedralenartige Portal hinaus auf die Place Vendôme. Mein Abgang kommt so überraschend, dass die meisten Journalisten mich erst bemerken, als ich schon fast um die nächste Ecke gebogen bin. Erst dann machen sie sich auf, mich zu verfolgen. Ich höre sie rufen – »Da läuft er!« – und dann ihre Schritte auf dem Kopfsteinpflaster. Als sie mich einholen, senke ich den Kopf und gehe schneller. Ein paar laufen an mir vorbei und versuchen, mir den Weg zu versperren, aber ich stoße sie zur Seite. In der Rue de Rivoli winke ich eine Droschke heran und steige hastig ein. Die Reporter halten Ausschau nach anderen Droschken. Ein sportlicher Bursche versucht sogar, mir zu Fuß zu folgen. Aber dann lässt der Kutscher die Peitsche knallen, und als ich mich umschaue, hat der Verfolger die Jagd schon aufgegeben.

◆

Die in Nord-Süd-Richtung verlaufende Rue Yvon-Villarceau verbindet die Rue Copernic mit der Rue Boissière. An ihrem nördlichen Ende, direkt gegenüber dem Haus, in dem sich meine Wohnung befindet, werden gerade die Fundamente für ein neues Gebäude gesetzt. Als wir am Eingang zu meinem Wohnhaus vorbeifahren, schaue ich aus dem Fenster: nirgendwo Reporter oder Polizisten, nur Bauarbeiter. Ich bitte den Kutscher, hinter der nächsten Ecke zu halten, zahle den Fahrpreis und gehe zu Fuß zurück.

Die Flügeltür ist verglast und vergittert. Ich halte die Hände über die Augen und schaue durch das staubige Glas in den leeren Hausflur. Der Matsch und der Bauschutt haben die gepflasterte Straße in einen Feldweg verwandelt. Der Geruch der frisch ausgehobenen Erde würzt den kalten Regen. Ich komme mir vor wie ein Besucher, der nach langer Zeit an die Stätte eines früheren Lebens zurückkehrt. Ich öffne die Tür und habe die Hälfte des Weges bis zur Treppe zurückgelegt, als ich das vertraute Klicken eines Türriegels höre. Aber während die Concierge früher immer sofort aus ihrem Bau gehuscht kam, um mich in ein Gespräch zu verwickeln, hält sie nun Abstand und beobachtet mich durch ihre Tür, die sie einen Spalt weit geöffnet hat. Ich tue so, als würde ich nichts bemerken, und steige mit dem Koffer in der Hand in den vierten Stock hinauf. An meiner Wohnungstür sind keine Einbruchspuren zu erkennen. Wahrscheinlich hat die Concierge ihnen aufgemacht.

Als ich die Tür öffne, bleibe ich augenblicklich wie angewurzelt stehen. Ich bin entsetzt, wie gründlich sie die Wohnung durchsucht haben. Der Teppich ist zusammengerollt. Alle meine Bücher sind aus den Regalen genommen, ausgeschüttelt und wahllos wieder zurückgestellt worden. Lesezeichen liegen verstreut auf dem Boden. Die Truhe, in der ich meine alten Briefe aufbewahre, ist aufgebrochen und ausgekippt worden. Die Schubladen des Sekretärs sind ebenfalls aufgebrochen. Sogar die Partituren im Notenfach des Klavierhockers haben sie nach Hinweisen durchsucht. Der abgenommene Klavierdeckel lehnt hochkant an der Wand. Ich schalte die Schreibtischlampe an und hebe eine Fotografie meiner Mutter vom Boden auf. Das Glas ist zersprungen. Plötzlich stelle ich mir vor, wie Henry genau an dieser Stelle steht – Oberstleutnant Henry, wie ich ihn ab jetzt nennen muss – und an seinem klobigen Metzgerdaumen leckt, während er meine Briefe durchblättert und den Männern von der Sûreté zur Erheiterung intime Zärtlichkeiten vorliest.

Die Vorstellung ist unerträglich.

Aus dem anderen Zimmer höre ich schwache Geräusche – Knarzen, Atmen, Stöhnen. Ich gehe über die nackten Bodendielen und schiebe vorsichtig die Tür auf. Zusammengerollt und noch im Mantel, mit zerzaustem Haar und verweintem, weißem Gesicht, liegt Pauline auf dem Bett und schaut mich mit blutunterlaufenen, geschwollenen Augen an.

»Sie haben es Philippe erzählt«, sagt sie.

◆

Sie hat schon die ganze Nacht hier verbracht. Sie hat in der Zeitung gelesen, dass ich wieder in Paris bin, also ist sie gegen Mitternacht gekommen, weil sie annahm, dass ich hier bin. Sie blieb und wartete. Sie wusste nicht, wo sie sonst hätte hingehen sollen.

Ich knie mich neben das Bett und halte ihre Hand. »Was genau ist passiert?«

»Philippe hat mich aus der Wohnung geworfen. Ich darf die Mädchen nicht mehr sehen.«

Ich drücke ihre Hand. Für einen Augenblick bin ich sprachlos. »Hast du geschlafen?«

»Nein.«

»Zieh wenigstens den Mantel aus, mein Liebling.«

Ich stehe auf und gehe durch das verwüstete Wohnzimmer in die Küche. Ich stelle einen Topf auf den Gasherd und mache ihr ein Getränk aus Kognak, heißem Wasser und Honig. Ich versuche zu verstehen, was passiert ist. Ihre Methoden machen mich sprachlos – die Skrupellosigkeit, die Geschwindigkeit. Als ich mit dem Glas ins Schlafzimmer zurückgehe, hat sie sich bis auf die Leibwäsche ausgezogen. Sie liegt mit einem Kissen unter dem Kopf und bis zum Kinn hochgezogener Decke im Bett. Erschöpft sieht sie mich an.

»Hier. Trink das.«

»Gott, das ist ja ekelhaft. Was ist das?«

»Kognak. Geben sie einem in der Armee gegen alles.«

Ich sitze am Fußende des Betts, rauche eine Zigarette und warte, bis sie sich wieder so weit gefangen hat, mir alles zu erzählen. Am Freitagnachmittag hat sie sich mit einer Freundin zum Tee getroffen: alles normal. Als sie wieder nach Hause zurückkam, war Philippe schon da. Er war früher aus dem Büro gekommen. Von den Mädchen keine Spur. »Er sah merkwürdig aus, wütend … Da habe ich es schon geahnt. Ich war ganz krank vor Sorge.« Sie fragte ihn ruhig nach den Mädchen. Er sagte, dass er sie weggebracht habe. »Er sagt, ich hätte nicht die moralische Kraft, die Mutter seiner Kinder zu sein, und dass er mir nicht sagen würde, wo sie sind, wenn ich ihm nicht die Wahrheit über unsere Affäre erzähle. Ich hatte keine Wahl. Es tut mir leid.«

»Geht es ihnen gut?«

Sie nickt und umfasst das Glas, um sich die Hände zu wärmen. »Sie sind bei seiner Schwester. Aber ich darf sie nicht sehen.« Sie fängt an zu weinen. »Er lässt sich scheiden. Und er sagt, dass ich keinen Zugang zu den Kindern bekomme.«

»Das ist doch Unsinn. Mach dir keine Sorgen. Das kann er nicht tun. Er wird sich schon wieder beruhigen. Er ist nur empört und wütend darüber, dass du eine Affäre hattest.«

»Das hat er doch gewusst«, sagt sie bitter. »Er hat es zumindest immer geahnt. Er hat selbst gesagt, solange keiner davon wusste, hätte er es tolerieren können. Man hat seine Vorgesetzten unterrichtet, und die haben es ihm erzählt – das ist es, was er nicht ertragen kann.«

»Und woher hat es das Außenministerium gewusst?«

»Von der Armee.«

»Unglaublich.«

»Er sagt, die Armee ist davon überzeugt, dass ich die sogenannte verschleierte Dame bin, von der in den Zeitungen die Rede ist. Er sagt, das zerstört seine Karriere, wenn er mit einer Frau verheiratet ist, die in diese Geschichte verwickelt ist. Er sagt, die Mädchen …« Sie weint wieder.

»Mein Gott, was für eine Schweinerei!« Ich lege den Kopf in meine Hände. »Es tut mir so leid, dass ich dich da mit hineingezogen habe.«

Eine Zeit lang sagt keiner von uns ein Wort. Dann, wie immer, wenn ich mich emotionalen Turbulenzen gegenübersehe, suche ich Zuflucht in praktischen Dingen. »Als Erstes müssen wir dir einen guten Anwalt besorgen. Ich bin mir sicher, Louis wird das übernehmen, oder wenigstens wird er dir jemand empfehlen können. Du brauchst einen Anwalt, der dich gegenüber der Armee vertritt, der dich aus den Zeitungen heraushält und der dir bei der Scheidung zur Seite steht. Bist du dir ganz sicher, dass Philippe sich scheiden lassen will?«

»O ja, wenn es wirklich um seine Karriere geht, dann bin ich mir ganz sicher.«

Selbst dem versuche ich etwas Positives abzugewinnen. »Dann hat er zumindest selbst ein Interesse daran, dass das Ganze ruhig abläuft. Möglicherweise ist dir das bei der Frage der Fürsorge für die Kinder nützlich ...« Ich verstumme. Ich weiß nicht, was ich sonst noch sagen soll. »Es tut mir so leid ...«, wiederhole ich.

Sie streckt die Arme nach mir aus. Wie Überlebende einer Schiffskatastrophe liegen wir eng umschlungen auf meinem schmalen Bett. Und in diesem Augenblick schwöre ich mir, dass ich Rache nehmen werde.

19

Ein paar Tage später finde ich kurz vor Mitternacht einen Zettel, den man unter meiner Wohnungstür durchgeschoben hat. Ich mache die Tür auf, aber es ist niemand zu sehen. Die Botschaft lautet: *11, Rue de Grenelle – wenn Du Dir sicher bist.*

Ich halte den Zettel über die Flammen im Kamin, er fängt Feuer, dann lasse ich ihn fallen. Zur Sicherheit zerstoße ich mit dem Schürhaken auch die Reste der Scheite zu Pulver. Wenn mein Dienstmädchen ein Spitzel ist, wovon ich ausgehe, dann wäre es wirklich ein köstlicher Witz, wenn sie die Fetzen in der Statistik-Abteilung abliefern würde, damit sie sie dort wieder zusammensetzen. Ich versuche ständig, Louis davon zu überzeugen, dass solche Vorsichtsmaßnahmen nötig sind. Ich bitte ihn, wann immer möglich Mittelsmänner zu benutzen. Ich rate ihm, einem Fremden Geld zu geben, damit der seine Botschaften überbringt. Ich wiederhole immer wieder: Vertraue nichts der Post an. Vermeide regelmäßige Verhaltensmuster. Wenn möglich, leg falsche Fährten – triff dich mit Leuten, deren Ansichten als verdächtig eingestuft werden könnten allein aus dem Grund, deine Beschatter zu verwirren. Mach Umwege. Wechsle die Droschken. Denk immer daran, dass ihre Mittel zwar beträchtlich sein mögen, aber nicht unerschöpflich sind. Wir können sie ganz schön fertigmachen, wenn wir uns nur bemühen …

Wenn ich schlafen gehe, liegt mein Revolver immer in Reichweite.

Morgens bringt mir die Concierge die Zeitungen. Sie legt sie vor die Tür. Ich warte, bis sie wieder gegangen ist, dann hole ich sie herein. Ich gehe wieder zurück ins Schlafzimmer, lege mich im Morgenmantel aufs Bett und lese sie. Ich habe sonst nichts zu tun. Die Dreyfus-Affäre ist das alles beherrschende Thema. Sie entwickelt sich wie ein Fortsetzungsroman und ist von einer exotischen Schar an Figuren bevölkert, die ich kaum wiedererkenne, was auch für mich selbst gilt (»der dreiundvierzigjährige erfolgreiche Junggeselle und Meisterspion, der seine früheren Vorgesetzten verraten hat«). Zu den neuesten Wendungen in der Handlung gehören dreizehn Jahre alte Briefe von Esterházy an seine damalige Geliebte Madame de Boulancy, die schließlich im *Figaro* gelandet sind. (»Wenn man mir heute Abend erzählen würde, dass ich morgen sterben würde, während ich wie ein Ulanenhauptmann meinen Säbel in einen Franzosen ramme, dann wäre ich der glücklichste Mensch. Ich würde keinem Hund etwas zuleide tun, aber mit Freuden würde ich hunderttausend Franzosen töten.«) Esterházy hat die Briefe als von Juden veranlasste Fälschungen denunziert und durch seinen Anwalt ein Verfahren vor dem Kriegsgericht gefordert, das seinen Namen reinwaschen soll – ein Wunsch, dem die Armee entsprochen hat. Émile Zola hat eine weitere seiner leidenschaftlich beschwörenden Schilderungen von Dreyfus' Notlage verfasst: »... ein von allen anderen Menschen abgeschnittenes Wesen, isoliert nicht nur durch den Ozean, sondern auch durch elf Wachen, die ihn Tag und Nacht wie eine lebende Mauer umringen ...« Inzwischen hat in der Abgeordnetenkammer eine umfassende Debatte über die Affäre begonnen. Sie wurde vom Premierminister eröffnet, der sich hinter dem Bollwerk der Res iudicata verschanzte. »Lassen Sie mich eines von vornherein klarstellen. Es gibt keinen Fall Dreyfus! [Applaus] Es gibt keinen Fall Dreyfus und kann keinen geben! [Anhaltender Applaus]« Und um diesbezüglich jeden Zweifel auszuräumen, schickte das Kriegsministerium General Billot ans Rednerpult, der die Position der Regierung sogar mit noch stärkeren Worten bekräftigte. »Über Dreyfus wurde nach dem Gesetz gerichtet, und er wurde einstimmig verurteilt. Bei meiner Seele und meinem Gewissen als Soldat und Oberbefehlshaber der Armee halte ich diesen Richterspruch für rechtens und Dreyfus für schuldig.«

Ich lege die Zeitungen zur Seite. Das geht wahrlich über jede Heuchelei hinaus, ja sogar über jede Lüge: Es ist zur Psychose geworden.

Meine Uniform hängt im Schrank wie die abgeworfene Haut aus einem früheren Leben. Ich bin offiziell nicht aus der Armee entlassen worden. Genau genommen bin ich nur unbefristet beurlaubt worden und warte auf das Urteil der Pellieux-Untersuchung und die Antwort des Ministers. Aber um keine Aufmerksamkeit zu erregen, trage ich lieber Zivil. Kurz vor Mittag ziehe ich einen dicken Mantel an, setze die Melone auf, nehme meinen Schirm aus dem Ständer und gehe hinaus in den Tag.

Nach außen hin hoffe ich, dass die Maske, die ich zur Schau trage, meine gewohnt abgeklärte, ja ironische ist, denn ich habe mich noch nie in einer Lage befunden, die so übel war, auch nicht die momentane, dass sie nicht zumindest irgendein Element der menschlichen Komödie enthalten hätte. Aber dann denke ich an Pauline und daran, wie sie auf meinem Bett lag und ständig die gleichen Worte wiederholte: Ich darf die Mädchen nicht mehr sehen ... Sie hat vor Pellieux eine eidesstattliche Aussage gemacht und ist dann vor der Presse in die Nähe von Toulon geflüchtet, zu ihrem Bruder, der dort in der Marine dient, und ihrer Schwägerin. Louis kümmert sich um ihre juristischen Angelegenheiten. Er hat uns geraten, jeden Kontakt zu vermeiden, bis die Scheidung rechtskräftig sei. In stürmischem Regen haben wir uns unter den Augen eines Agenten von der Sûreté im Bois de Boulogne voneinander verabschiedet. Was man ihr angetan hat, kann ich dem Generalstab sogar noch weniger verzeihen, als was man Dreyfus angetan hat. Zum ersten Mal in meinem Leben trage ich Hass mit mir herum. Er quält mich fast physisch, als trüge ich ein verborgenes Messer in meinem Ärmel. Manchmal, wenn ich allein bin, möchte ich es herausziehen und mit dem Daumen über die kalte, scharfe Klinge fahren.

Wie üblich wartet auf der gegenüberliegenden Straßenseite mein Beschatter. Er lehnt an dem Holzzaun, der die Baustelle umgibt, und raucht eine Zigarette. Zweifellos gibt es irgendwo in der Nähe noch einen zweiten Mann. Der dürre Bursche mit dem roten Bart, der dicken, braunen Jacke und der Schiebermütze ist mir früher schon aufgefallen. Er tut schon gar nicht mehr so, als wäre er etwas anderes als ein Polizeiagent. Er schnippt seine Zigarette auf den Boden, steckt die Hände in die Taschen und schlendert mit etwa zwanzig Schritten Abstand hinter mir her. Wie ein schlecht gelaunter Kompaniechef beschließe ich, dem Faulpelz ein bisschen scharfen Sonderdrill zu verpassen, und beschleunige meine Gangart, bis ich fast renne – über die Avenue Montaigne bis zur Place de la Concorde und dann auf die andere Seite des Flusses zum Boulevard Saint-Germain. Ich drehe mich um. Trotz der Dezemberkälte schwitze ich. Nach seinem Aussehen zu urteilen, leide ich allerdings nicht halb so sehr wie mein Verfolger, dessen Gesicht inzwischen so rot wie sein Haar ist.

Was ich jetzt brauche, ist ein Hüter des Gesetzes, und ich

weiß genau, wo ich einen finden kann, nämlich in der Nähe des Polizeireviers Saint-Thomas-d'Aquin, wo an der Kreuzung mit dem Boulevard Raspail einer Streife geht. »Monsieur!«, rufe ich und gehe schnell auf den Polizisten zu. »Ich bin Oberstleutnant der französischen Armee, dieser Mann hier verfolgt mich! Ich verlange, dass Sie ihn verhaften und uns beide zu Ihrem Vorgesetzten bringen, damit ich offiziell Anzeige erstatten kann.«

Er schreitet mit erfreulichem Eifer zur Tat. »Sie meinen diesen Herrn da, Herr Oberstleutnant?«, sagt er und ergreift den Arm des atemlosen Agenten.

»He, lassen Sie ... mich los, Sie ... Idiot!«, sagt der rotbärtige Mann schnaufend.

Der zweite Agent der Sûreté, der mit einer Aktenmappe aus Pappe einen Handelsreisenden mimt, lässt seine Tarnung auffliegen und überquert die Straße, um seinem Partner beizustehen. Auch er schwitzt und ist sauer. Er lässt sich zu einer beleidigenden Bemerkung über die Intelligenz von Streifenpolizisten im Allgemeinen hinreißen, worauf dem Hüter des Gesetzes der Geduldsfaden reißt und er die beiden kurzerhand verhaftet.

Zehn Minuten später habe ich die Gelegenheit, dem diensthabenden Beamten auf dem Revier meinen Namen und meine Adresse zu hinterlassen, und kann mich dann wieder allein aus dem Staub machen.

Die Rue de Grenelle befindet sich gleich um die Ecke. Nummer elf ist ein imposantes altes Gebäude. Ich schaue mich nach allen Seiten um, ob ich beobachtet werde, dann drücke ich auf die Klingel. Fast sofort macht mir ein Dienstmädchen auf. Hinter ihr im Flur steht Louis. Nervös guckt er an mir vorbei auf die Straße. »Und du wirst auch nicht beschattet?«

»Jetzt nicht mehr.« Ich gebe dem Mädchen meinen Schirm

und Hut. Hinter einer geschlossenen Tür sind männliche Stimmen zu hören.

Louis hilft mir aus dem Mantel. »Bist du dir ganz sicher, dass du das willst?«

»Wo sind sie? Da drin?«

Ich gehe zu der Tür und öffne sie selbst. Die sechs Männer mittleren Alters, die im Frack vor dem prasselnden Kaminfeuer stehen, verstummen und drehen sich zu mir um. Der Anblick erinnert mich an ein Gruppenporträt von Fantin-Latour – *Hommage à Delacroix.* »Darf ich vorstellen, meine Herren, Oberstleutnant Picquart«, sagt Louis.

Kurz herrscht Schweigen, dann fängt einer der Männer zu klatschen an – ein Glatzkopf mit einem struppigen Schnauzbart, den ich als Georges Clemenceau, den linksgerichteten Politiker und Herausgeber der radikalen Zeitung *L'Aurore* erkenne –, worauf auch alle anderen in den Applaus einfallen. Als Louis mich in den Raum führt, ruft ein eleganter, gut aussehender Mann aufgekratzt: »Bravo, Picquart! Es lebe Picquart!« Auch ihn erkenne ich jetzt, von den Überwachungsfotos, die so oft über meinen Schreibtisch gegangen sind. Es ist Mathieu Dreyfus. Während ich die Runde mache und jedem die Hand schüttele, stelle ich fest, dass ich auch den Rest vom Sehen oder Hörensagen kenne: den Verleger Georges Charpentier, in dessen Haus ich mich befinde; den vollbärtigen Senator für das Département Seine, Arthur Ranc, der Älteste in der Runde; Joseph Reinach, ein linksgerichteter Jude und Mitglied der Abgeordnetenkammer; und natürlich den rundlichen Mann mit dem Kneifer auf der Nase, dem ich als Letztem vorgestellt werde, Émile Zola.

◆

Im Speisezimmer wird ein exquisites Mittagsmahl serviert, aber vor lauter Reden komme ich kaum zum Essen. Ich sage den anderen Gästen, dass ich ihnen meine Sicht der Dinge darlegen und dann sofort wieder gehen werde, da jede Minute, die wir zusammen verbrächten, die Gefahr erhöhe, dass unser Treffen bekannt werde. »Monsieur Charpentier mag ja der Ansicht sein, dass seine Bediensteten über jeden Verdacht der Spitzelei für die Sûreté erhaben seien, aber bedauerlicherweise hat mich die Erfahrung anderes gelehrt.«

»Das kann ich nur bestätigen«, sagt Mathieu Dreyfus.

Ich verneige mich vor ihm. »Das tut mir leid für Sie.«

An der Wand mir gegenüber hängt ein großes Gemälde von Renoir, das Charpentiers Frau und Kinder zeigt. Während ich meine Geschichte erzähle, wandert mein Blick gelegentlich zu dem Bild und ruft in mir das seltsame Gefühl der Ausgeschlossenheit hervor, das einen manchmal befallen kann. Ich sage meinen Zuhörern, dass sie sich einen gewissen Oberst Armand du Paty de Clam genauer anschauen sollten, der der erste Offizier gewesen sei, der Dreyfus verhört habe, und dessen schmutzige Fantasie diese Affäre maßgeblich mitgestaltet habe. Ich schildere ihnen seine Verhörmethoden, die fast an Folter grenzten. Dann erzähle ich ihnen von meinem Vorgänger, Oberst Sandherr, einem kranken Mann, der fälschlicherweise davon überzeugt gewesen sei, der Spion komme aus dem Generalstab. Ich sage, das größte Missverständnis in der Öffentlichkeit sei, dass das Material, das man an die Deutschen weitergegeben habe, von entscheidender militärischer Bedeutung gewesen sei, obwohl es sich nur um Banalitäten gehandelt habe. Trotzdem sei man mit Dreyfus auf so extreme Weise umgesprungen – der Geheimprozess, die Degradierung, die Verbannung auf die Teufelsinsel –, dass die Welt irgendwie zu der Überzeugung gelangt sei, die Existenz Frankreichs stehe auf dem Spiel. »Die Leute glauben, da muss mehr dahinterstecken, obwohl in Wahrheit viel weniger dahintersteckt. Und je länger der Skandal andauert, desto kolossaler und absurder wird die Diskrepanz zwischen dem Ausmaß des ursprünglichen Verbrechens und den gewaltigen Anstrengungen zur Vertuschung des Justizirrtums.«

Ich sehe, dass der am Ende des Tischs sitzende Zola sich Notizen macht. Ich mache eine Pause und trinke einen Schluck Wein. Eines der Kinder in dem Renoir-Gemälde sitzt auf einem großen Hund. Das Muster des Fells wiederholt sich in den Farben des Kleids von Madame Charpentier, das heißt, die scheinbar natürliche Konstellation ist in Wahrheit kunstvoll arrangiert.

Ich fahre fort. Ohne geheime Informationen preiszugeben, erzähle ich den Anwesenden, wie ich vor über zwanzig Monaten den wahren Verräter, Esterházy, enttarnt hätte und dass Boisdeffre und vor allem Billot meine Nachforschungen zunächst unterstützt, dann aber plötzlich ihre Meinung radikal geändert hätten, als ihnen klar geworden sei, dass das auf eine Wiederaufnahme des Dreyfus-Falles hinauslaufen würde. Ich berichte von meinem Exil in Tunesien, dem Versuch des Generalstabs, mich auf ein Himmelfahrtskommando zu schicken, und davon, wie man General Pellieux' Untersuchung mit Fälschungen und Falschaussagen gefüttert habe, um mich genauso hereinzulegen wie Dreyfus. »Wir befinden uns jetzt in der grotesken Lage, meine Herren, dass die Armee so fest entschlossen ist, einen Unschuldigen in Haft zu halten, dass sie den Schuldigen dabei unterstützt, seiner Bestrafung zu entgehen, und dass sie ebenso fest entschlossen ist, auch mich aus dem Weg zu räumen – wenn nötig, für immer.«

»Das ist haarsträubend«, sagt Zola. »Die erstaunlichste Geschichte, die ich je gehört habe.«

»Man schämt sich für Frankreich«, sagt Ranc.

Clemenceau macht sich ebenfalls Notizen. »Wer sind nach Ihrer Auffassung, Oberstleutnant Picquart, die hochrangigen Offiziere in der militärischen Hierarchie, die sich der schwersten Vergehen schuldig gemacht haben?«

»Von den höheren Dienstgraden sind das für mich fünf Generäle: Mercier, Boisdeffre, Gonse, Billot und jetzt auch Pellieux, der die als Untersuchung getarnte Vertuschungsaktion durchführt.«

»Und was glauben Sie, Herr Oberstleutnant, was auf Sie jetzt zukommt?«, fragt Mathieu Dreyfus.

Ich zünde mir eine Zigarette an, ehe ich antworte. »Ich könnte mir vorstellen, dass sie mich, nachdem Esterházy offiziell von allen Vorwürfen entlastet ist, aus der Armee entlassen und ins Gefängnis stecken.« Bei diesen Worten schwenke ich das Streichholz so entspannt wie möglich aus.

Ungläubiges Gemurmel am Tisch. »Aber selbst der Generalstab wird doch nicht so dumm sein, oder?«, sagt Clemenceau.

»Sie haben sich leider in eine Lage manövriert, die ihnen nach ihrer Logik keine Wahl mehr lässt. Wenn Esterházy unschuldig ist, und dafür haben sie sich ja entschieden, um eine Wiederaufnahme des Dreyfus-Falles zu verhindern, dann folgt daraus, dass die Kampagne gegen ihn eine niederträchtige Verschwörung war, und da ich letztlich für diese Kampagne verantwortlich bin, muss ich bestraft werden.«

»Was sollen wir also Ihrer Meinung nach tun, Herr Oberstleutnant?«, fragt Reinach.

»Darüber habe nicht ich zu entscheiden. Ich habe Ihnen alles erzählt, was mir möglich war, ohne Staatsgeheimnisse preiszugeben. Ich selbst kann weder Artikel noch ein Buch schreiben, da ich immer noch den Vorschriften der Armee unterstehe. Ich glaube allerdings, dass diese Affäre aus der Rechtsprechung des Militärs auf eine höhere Ebene verlagert werden muss. Die Einzelheiten müssen in einem schlüssigen Zusammenhang dargestellt werden, damit sie zum ersten Mal in ihrer Verhältnismäßigkeit betrachtet werden können.« Ich nicke zu dem Renoir an der Wand hinüber und sehe dann Zola an. »Die Realität muss in ein Kunstwerk transformiert werden, wenn Sie so wollen.«

»Es ist schon ein Kunstwerk, Herr Oberstleutnant«, erwidert Zola. »Es fehlt nur noch die rechte Angriffsperspektive.«

◆

Bevor eine Stunde vergangen ist, drücke ich meine Zigarette aus und stehe auf. »Entschuldigen Sie mich jetzt, meine Herren, aber ich sollte als Erster gehen. Ich würde vorschlagen, dass Sie das Haus nicht zusammen verlassen, sondern in Abständen von, sagen wir, zehn Minuten. Bitte, behalten Sie Platz.« Ich wende mich an Charpentier. »Gibt es einen Hinterausgang?«

»Ja, hinten ist ein Gartentor«, sagt er. »Durch die Küche. Kommen Sie, ich zeige Ihnen den Weg.«

»Ich hole deine Sachen«, sagt Louis.

Ich schüttele jedem der Anwesenden zum Abschied die Hand. Mathieu umfasst mit beiden Händen die meine. »Meine Familie und ich können Ihnen gar nicht genug danken, Herr Oberstleutnant.«

Die Herzlichkeit seines Händedrucks hat etwas Besitzergreifendes, das mich peinlich berührt, ja sogar frösteln lässt.

»Dafür gibt es keinen Grund«, sage ich. »Ich bin einfach meinem Gewissen gefolgt.«

Draußen auf der Straße ist die Luft rein. Mir kommt zugute, dass ich meinen Polizeischatten vorübergehend abschütteln konnte, sodass ich unbehelligt über den Boulevard Saint-Germain zum Haus der de Comminges gehen kann.

Ich gebe dem Diener meine Karte und werde in die Bibliothek geführt, während er nach oben geht, um meine Ankunft zu melden. Eine Minute später fliegt die Tür auf, Blanche stürzt auf mich zu und wirft mir die Arme um den Hals.

»Georges, mein Liebling!«, ruft sie. »Weißt du, dass du jetzt der berühmteste Mensch bist, den ich kenne? Wir sitzen alle im Wohnzimmer beim Tee. Los, komm mit, ich will ein bisschen mit dir angeben.«

Sie will mich mitziehen, aber ich sträube mich. »Ist denn Aimery da?«

»Ja, er wird dich bestimmt auch sehen wollen. Los, komm mit nach oben. Ich bestehe darauf.« Sie zieht wieder an meiner Hand. »Du musst uns alles erzählen.«

»Blanche«, sage ich sanft und nehme ihre Hand von meinem Arm. »Wir müssen miteinander reden, privat, und Aimery sollte auch dabei sein. Würdest du ihn bitte holen?«

Zum ersten Mal scheint sie zu begreifen, dass es mir ernst ist. Sie lacht nervös. »O Georges«, sagt sie. »Das hört sich ja richtig bedrohlich an.« Aber dann geht sie, um ihren Bruder herzubitten.

Jugendlich wie immer schlendert Aimery in einem gut geschnittenen grauen Anzug zur Tür herein. Er trägt zwei Tassen Tee. »Hallo, Georges. Wenn du schon nicht zum Samowar kommen willst, dann kommt der Tee eben zu dir.«

Wie setzen uns an den Kamin. Während Aimery an seinem Tee nippt und Blanche eine ihrer farbenprächtigen türkischen Zigaretten raucht, erzähle ich, wie Blanches Name für ein gefälschtes, höchstwahrscheinlich von du Paty ersonnenes Telegramm benutzt wurde, das mir nach Tunesien geschickt wurde. Blanches Augen leuchten. Sie scheint das für ein tolles Abenteuer zu halten. Aber Aimery wittert die Gefahr sofort.

»Warum sollte du Paty Blanches Namen benutzen?«

»Weil sie Germain Ducasse kennt, und Ducasse hat für mich bei einer Geheimdienstoperation gegen Esterházy gearbeitet. Und jetzt sieht es so aus, als gehörten wir alle zu diesem imaginären jüdischen Syndikat, das auf Dreyfus' Freilassung hinarbeitet.«

»Das ist doch völlig lächerlich«, sagt Blanche durch eine Rauchwolke hindurch. »Kein Mensch wird das auch nur eine Sekunde glauben.«

»Warum Blanches Name?«, fragt Aimery. »Ich kenne Ducasse auch. Warum nicht mein Name?« Das scheint ihn tatsächlich zu verwirren. Er sieht mich an, dann seine Schwester. Wir trauen uns kaum, ihm in die Augen zu schauen. Einige verlegene Sekunden verstreichen. Aimery ist kein Dummkopf. »Ah«, sagt er leise und nickt bedächtig. »Verstehe.«

»Herrgott noch mal«, ruft Blanche gereizt. »Du bist ja schlimmer als Vater. Was spielt das schon für eine Rolle?«

Aimery ist plötzlich sehr angespannt und schweigsam, verschränkt die Arme und schaut auf den Boden. Er überlässt die Antwort mir. »Leider spielt es eine Rolle, Blanche, weil man dich nämlich wegen des Telegramms befragen wird. Und dann landet es in den Zeitungen, und dann ist der Skandal da.«

»Dann ist er eben ...«

Aimery fährt ihr wütend über den Mund. »Sei einfach still, Blanche, ausnahmsweise, bitte! Das betrifft nicht nur dich. Das zieht die ganze Familie in diesen Schlamassel. Denk an deine Mutter. Und vergiss nicht, dass ich aktiver Offizier bin.« Er wendet sich an mich. »Wir müssen mit unseren Anwälten reden.«

»Natürlich.«

»In der Zwischenzeit ist es besser, glaube ich, wenn du nicht mehr in dieses Haus kommst und wenn du jeglichen Kontakt zu meiner Schwester meidest.«

»Aimery …«, sagt Blanche mit bittender Stimme.

Ich erhebe mich zum Abschiednehmen. »Ich verstehe.«

»Tut mir leid, Georges«, sagt Aimery. »Aber es geht nicht anders.«

◆

Weihnachten und Neujahr gehen vorüber, Ersteres verbringe ich mit den Gasts in Ville-d'Avray, Letzteres mit Anna und Jules in der Rue Cassette. Pauline bleibt im Süden. Ich verkaufe einem Händler für fünftausend Francs meinen Érard-Flügel und schicke ihr das Geld.

Esterházys Prozess vor dem Militärgericht ist für Montag, den 10. Januar 1898 angesetzt. Ich bin als Zeuge vorgeladen, ebenso Louis. Da jedoch am Freitag vor der Verhandlung sein Vater in Straßburg nach langer Krankheit stirbt, wird Louis gestattet, zu seiner Familie fahren.

»Ich weiß nicht, was ich tun soll«, sagt Louis.

»Mein lieber Freund, was gibt es da zu überlegen?«, sage ich. »Los, fahr zu deiner Familie.«

»Aber der Prozess … Du stehst allein da …«

»Offen gesagt, ob du jetzt dabei bist oder nicht, auf den Ausgang hat das sowieso keinen Einfluss. Also, fahr!«

Am Montag stehe ich vor Morgengrauen im Dunkeln auf, ziehe den blassblauen Uniformrock des 4. Tunesischen Schützenregiments an, stecke mir das Band der Ehrenlegion an und mache mich, gefolgt von zwei Polizeiagenten in Zivil, auf den vertrauten Weg durch Paris zum Militärgerichtshof in der Rue du Cherche-Midi.

Der Tag ist mir von Anfang an feindselig gesinnt. Es ist kalt und grau, und es nieselt. Auf der Straße zwischen Gefängnis und Gerichtshof steht ein Dutzend Gendarmen mit tropfnassen Umhängen und Mützen, aber nirgendwo sind Menschen zu sehen, die sie in Schach halten müssten. Ich gehe über das glitschige Pflaster des Innenhofs in das ehemalige Nonnenkloster, in dem vor über drei Jahren Dreyfus vor Gericht stand. Ein Hauptmann der Republikanischen Garde führt mich in den Aufenthaltsraum für Zeugen. Ich bin der Erste. Der kleine Raum hat über Kopfhöhe ein vergittertes Fenster, der Boden ist gefliest, an den weiß gestrichenen Wänden stehen harte Holzstühle. Der Kohleofen in der Ecke kann die kalte Luft kaum erwärmen. Darüber hängt ein Bild von Jesus Christus mit einem zur Segnung erhobenen leuchtenden Zeigefinger.

Ein paar Minuten später steckt Lauth seinen blonden Haarschopf durch die Tür. An den Schulterstücken der Uniform erkenne ich, dass er zum Major befördert worden ist. Ein Blick auf mich, dann zieht er sich gleich wieder zurück. Fünf Minuten später kommt er mit Gribelin zurück. Sie verziehen sich in die am weitesten von mir entfernte Ecke. Sie schauen nicht ein einziges Mal in meine Richtung. Warum sind sie hier, frage ich mich. Dann tauchen noch zwei meiner ehemaligen Offiziere auf. Auch sie gehen schnell an mir vorbei in die Kuschelecke. Du Paty betritt den Raum in einer Haltung, als erwartete er zu seinem Einzug einen Tusch, wohingegen der unausweichlich rauchende Gonse fast verstohlen hereinkommt. Alle zeigen mir die kalte Schulter, nur der polterige Henry, der die Tür hinter sich zuknallt, nickt mir im Vorbeigehen zu.

»Sie haben ja richtig Farbe bekommen, Herr Oberstleutnant«, sagt er vergnügt. »Kommt wohl von der afrikanischen Sonne.«

»Und Ihre wohl vom Kognak.«

Er lacht lauthals und setzt sich dann in die Ecke zu den anderen.

Nach und nach trudeln die Zeugen ein. Mein alter Freund Major Curé vom 74. Infanterieregiment weicht sorgsam meinem Blick aus. Ich erkenne den Vizepräsidenten des Senats, Auguste Scheurer-Kestner, der mir die Hand schüttelt und leise sagt: »Gut gemacht, Herr Oberstleutnant.« Mathieu betritt den Raum mit einer jungen, schlanken und dunkelhaarigen Frau am Arm, die wie eine Witwe ganz in Schwarz gekleidet ist. Sie sieht so jung aus, dass ich sie für seine Tochter halte, bis er sie vorstellt. »Das ist Madame Lucie Dreyfus, Alfreds Frau. Lucie, das ist Oberstleutnant Picquart.« Sie lächelt mich anerkennend an, aber wir sagen beide kein Wort. Mir fallen ihre intimen, leidenschaftlichen Briefe ein, und sofort fühle ich mich unwohl. *Ich flehe Dich an, lebe für mich.* Durch sein Monokel mustert du Paty sie aufmerksam und flüstert Lauth etwas zu. Ich muss an das Gerücht denken, dass er ihr nach Dreyfus' Verhaftung bei der Durchsuchung ihrer Wohnung Avancen gemacht hat. Jetzt glaube ich es.

Und so sitzen wir da, die Militärs auf der einen und ich mit den Zivilisten auf der anderen Seite, und lauschen den Geräuschen im Stockwerk über uns: den dumpfen Schritten auf der Treppe, dem Befehl »Präsentiert das Gewehr!« beim Eintreffen der Richter und dann einer langen Stille, während der wir auf Neuigkeiten warten. Schließlich erscheint der Gerichtsdiener und verkündet, dass die von der Familie Dreyfus eingereichten Zivilklagen abgewiesen seien und folglich das erste Kriegsgerichtsurteil gegen Dreyfus nicht überprüft werde und es Bestand habe. Außerdem haben die Richter mehrheitlich entschieden, dass alle Aussagen von Armeeangehörigen nur unter Ausschluss der Öffentlichkeit vernommen werden. Wir haben also die Schlacht verloren, noch bevor sie überhaupt begonnen hat. Mit routiniertem Gleichmut, ohne eine Regung zu zeigen, steht Lucie auf, umarmt Mathieu und verlässt den Raum.

Es vergeht eine weitere Stunde, während der vermutlich Esterházy befragt wird, dann kommt wieder der Gerichtsdiener und ruft Mathieu Dreyfus auf. Als derjenige, der die Klage gegen Esterházy beim Kriegsminister eingereicht hat, hat er das Vorrecht, als Erster gehört zu werden. Er kehrt nicht zurück. Fünfundvierzig Minuten später wird Scheurer-Kestner aufgerufen. Auch er kehrt nicht zurück. So verlassen nach und nach mehrere Handschriftenexperten und Offiziere den Raum, bis schließlich am fortgeschrittenen Nachmittag Gonse und die Männer der Statistik-Abteilung en bloc aufgerufen werden. Alle vermeiden den Augenkontakt mit mir, nur Gonse bleibt in letzter Sekunde auf der Türschwelle stehen, dreht sich um und sieht mich an. Sein Gesichtsausdruck sagt mir nichts. Ist er verblüfft, empfindet er Hass, Mitleid, Bedauern? Oder alles zusammen? Oder will er sich ein letztes Mal mein Gesicht einprägen, bevor ich für immer verschwinde? Er starrt mich einige Sekunden lang an, dann dreht er sich auf dem Absatz um, die Tür fällt ins Schloss, und ich bleibe allein zurück.

◆

Ich warte mehrere Stunden. Um mich warm zu halten, stehe ich gelegentlich auf und vertrete mir die Beine. Mehr denn je wünsche ich mir, dass Louis jetzt da wäre. Wenn ich jemals daran gezweifelt habe, jetzt bin ich mir sicher: Hier findet kein Prozess gegen Esterházy statt, sondern gegen mich.

Als der Gerichtsdiener mich holt, ist es schon dunkel. Außer den Anwälten befinden sich im Gerichtssaal keine Zivilisten, keine Außenstehenden mehr. Im Gegensatz zum eiskalten Zeugenraum herrscht in dem mit Männern überfüllten Saal eine warme, fast gesellige Atmosphäre. Tabakrauch hängt in der stickigen Luft. Gonse, Henry, Lauth und die anderen Offiziere aus der Statistik-Abteilung beobachten mich, während ich zur Richterbank gehe. Hinter dem Vorsitzenden des Gerichts, General Luxer, sitzt ausgerechnet Pellieux. Links von mir sehe ich Esterházy, der mehr oder weniger genauso auf seinem Stuhl lümmelt, wie er mir vom einzigen Mal, dass ich ihn gesehen habe, in Erinnerung ist: die Beine ausgestreckt, die Arme an den Seiten herunterhängend, so entspannt, als wäre er immer noch in jenem Nachtklub in Rouen. Mir bleibt nur Zeit für einen kurzen Seitenblick, aber wieder bin ich beeindruckt von seiner eigentümlichen Erscheinung. Der kahle, seltsam zierliche runde Kopf schraubt sich in die Höhe, um sich mir zuzuwenden. Ein blitzendes Auge, wie das eines Falken, nimmt mich eine Sekunde lang ins Visier und wendet sich dann zuckend wieder ab. Er scheint sich zu langweilen.

»Ihr Name?«, sagt Luxer.

»Marie-Georges Picquart.«

»Geburtsort?«

»Straßburg.«

»Alter?«

»Dreiundvierzig.«

»Wann sind Sie zum ersten Mal auf den Angeklagten aufmerksam geworden?«

»Etwa neun Monate nachdem ich zum Chef der Geheimdienstabteilung im Generalstab ernannt wurde ...«

Insgesamt sage ich etwa vier Stunden lang aus – eine Stunde am dunklen Spätnachmittag jenes Januartages und drei Stunden am nächsten Morgen. Es ist sinnlos, alles zu wiederholen, es ist nur eine Neuauflage meiner Anhörung vor Pellieux' Untersuchungskommission. Tatsächlich scheint es Pellieux selbst zu sein, der – unter Missachtung jeglicher Verfahrensregeln – den Prozess steuert. Er beugt sich vor und gibt dem Vorsitzenden flüsternd Hinweise. Er stellt mir einschüchternde Fragen. Und wenn ich die Namen von

Mercier, Boisdeffre und Billot erwähne, unterbricht er mich und verbietet mir scharf den Mund mit dem Einwand, diese hochdekorierten Offiziere hätten für den Fall von Major Esterházy nicht die geringste Bedeutung. Seine Methoden sind so plump, dass nach der Hälfte der Sitzung am Dienstagmorgen einer der Richter den Vorsitzenden zum Einschreiten auffordert. »Mir scheint, dass hier Oberstleutnant Picquart zum Angeklagten gemacht wird. Ich bitte darum, dass ihm gestattet wird, die für seine Verteidigung nötigen Erklärungen abzugeben.«

Pellieux setzt ein mürrisches Gesicht auf und verstummt für kurze Zeit, aber Esterházys junger Anwalt, Maurice Tézenas, springt sofort für ihn ein und setzt die Attacke fort. »Oberstleutnant Picquart, Sie haben von Beginn an danach getrachtet, anstelle von Dreyfus meinen Mandanten zu beschuldigen.«

»Das ist nicht wahr.«

»Sie haben das Petit Bleu gefälscht.«

»Nein.«

»Sie haben sich mit Ihrem Anwalt Maître Leblois verschworen, um den Namen meines Mandanten in den Dreck zu ziehen.«

»Nein.«

»Sie haben ihm das Geheimdossier gezeigt, das bei der Verurteilung von Dreyfus eine Rolle gespielt hat. Das war Teil eines Komplotts, um das öffentliche Vertrauen in das ursprüngliche Urteil zu untergraben.«

»Ich habe ihm das Dossier nicht gezeigt.«

»Kommen Sie, Herr Oberstleutnant, gestern vor diesem Gericht haben mehrere Zeugen genau das ausgesagt!«

»Das ist unmöglich. Wer sind diese Zeugen?«

»Oberstleutnant Henry, Major Lauth und Monsieur Gribelin.«

Ungerührt schaue ich die drei an. »Dann haben sie sich geirrt.«

»Ich beantrage, die Offiziere aufzurufen, damit sie ihre Aussage wiederholen«, sagt Tézenas.

»Meine Herren, bitte.« Luxer winkt sie mit dem Finger zur Richterbank. Aus Esterházys Gesichtsausdruck spricht völliges Desinteresse, als wohnte er einem ausgesprochen zähen Schauspiel bei, dessen Ausgang er schon kennt. Der Vorsitzende wendet sich an Henry. »Oberstleutnant Henry, sind Sie sich jenseits jeden Zweifels sicher, dass Sie gesehen haben, wie Oberstleutnant Picquart Maître Leblois das sogenannte Geheimdossier gezeigt hat?«

»Ja, Herr General. An einem Nachmittag habe ich ihn noch spät wegen einer internen Sache in seinem Büro aufgesucht, und da habe ich das Dossier auf seinem Schreibtisch gesehen. Ich habe es sofort erkannt, weil auf dem Umschlag der Buchstabe D stand, den ich selbst dort hingeschrieben habe. Der Oberstleutnant hat gerade seinem Freund, Monsieur Leblois, ein bestimmtes Schriftstück gezeigt, in dem die Worte ›dieser Lump D‹ vorkommen. Ich habe alles so genau gesehen, wie ich Sie jetzt sehe, Herr General.«

Ich schaue ihn fassungslos an. Wie kann man nur so schamlos lügen? Er hält meinem Blick vollkommen ungerührt stand.

Ich erhalte den Befehl, einen Mann zu erschießen, also erschieße ich ihn …

»Laut Ihrer Aussage haben Sie dann das Büro verlassen«, fährt Luxer fort. »Anschließend haben Sie Major Lauth und Monsieur Gribelin sofort von dem Vorfall berichtet. Stimmt das?«

»Ja. Ich war zutiefst schockiert.«

»Und Sie beide schwören, dass dieses Gespräch stattgefunden hat?«

»Ja, Herr General«, sagt Lauth mit inbrünstiger Stimme.

»Unbedingt, Herr General«, sagt Gribelin. Er wirft mir einen kurzen Blick zu. »Ich darf noch hinzufügen, dass ich auch gesehen habe, wie Oberstleutnant Picquart das Dossier seinem Freund gezeigt hat.«

Sie hassen mich inzwischen weit mehr, als sie jemals Dreyfus gehasst haben. Ich bewahre die Fassung. »Herr Vorsitzender, darf ich Sie bitten, Maître Leblois aufzurufen und seine Meinung dazu zu hören?«

»Leider hält sich Maître Leblois derzeit in Straßburg auf, Herr Vorsitzender«, sagt Tézenas.

»Nein«, sage ich. »Er hat den Leichnam seines Vaters nach Paris überführt, er ist gestern Nacht zurückgekommen. Er wartet unten.«

Tézenas zuckt mit den Achseln. »Tatsächlich? Pardon, das habe ich nicht gewusst.«

Louis wird geholt. Für einen Mann in Trauer ist er bemerkenswert gefasst. Befragt nach dem Treffen und dem Dossier, bestätigt er, dass es kein solches Treffen und kein solches Dossier gegeben habe, nur irgendwelchen Unfug über Brieftauben. Er wendet sich an die Richterbank. »Könnte das Gericht Oberstleutnant Henry fragen, wann dieser Vorfall angeblich stattgefunden hat?«

Luxer fordert Henry mit einer Geste auf zu antworten. »Das war im September 96«, sagt dieser.

»Nun, das ist völlig unmöglich«, sagt Louis. »96 ist mein Vater erkrankt, und in dem Jahr war ich von August bis November ohne Unterbrechung in Straßburg. Ich kann es beweisen. Ich habe nämlich das Visum nur unter der Bedingung erhalten, mich täglich bei den deutschen Behörden zu melden.«

»Ist es möglich, Oberstleutnant Henry, dass Sie sich bei dem Datum irren?«, sagt Luxer.

Henry wiegt den Kopf hin und her und mimt den scharf Nachdenkenden. »Ja, kann sein. Es könnte früher gewesen sein. Vielleicht auch später.«

»Vielleicht auch nie«, sage ich. »Weil das Geheimdossier nämlich nicht vor August in meinen Besitz gelangt ist, wie Monsieur Gribelin bestätigen kann. Er hat es für mich aus Henrys Schreibtisch geholt. Und im Oktober wurde es mir von General Gonse ...« Ich zeige auf ihn. »... wieder abgenommen. Das alles kann also gar nicht so gewesen sein.«

Zum ersten Mal gerät Henry ins Schwitzen. Er wird nervös. »Tja, ich weiß nicht recht ... Ich kann nur wiederholen, was ich gesehen habe ...«

Pellieux kommt ihm zu Hilfe. »Wenn Sie mir eine Bemerkung erlauben, Herr Vorsitzender. Inzwischen ist ein Jahr vergangen, da ist es doch kein Wunder, wenn man sich nicht mehr an ein genaues Datum erinnern kann ...«

Luxer ist seiner Meinung. Die Sitzung wird fortgesetzt. Um Mittag werde ich aus dem Zeugenstand entlassen.

◆

Das Schlusswort von Esterházys Anwalt dauert fünf Stunden, bis acht Uhr abends. Während des Monologs seines Anwalts scheint Esterházy einmal kurz einzunicken. Sein kahler Schädel kippt nach hinten. Als die Richter sich schließlich erheben und zur Urteilsfindung zurückziehen, wird er aus dem Saal geführt. Dabei salutiert er vor mir auf eine förmliche Weise, die mehr als nur einen Anflug von Hohn verrät. Mathieu Dreyfus ist zur Urteilsverkündung zurückgekommen und sitzt neben mir. »Was für ein Dreckskerl!«, flüstert er mir zu. Louis und ich stehen auf, um uns die Beine zu vertreten. Ich gehe davon aus, dass wir mehrere Stunden auf das Urteil warten müssen. Aber keine fünf Minuten später hören wir schon den Ruf »Präsentiert das Gewehr!«. Die Tür öffnet sich, die Richter kommen zurück, und der Gerichtsdiener verliest das Urteil. »Im Namen des französischen Volkes ... befindet das Gericht einstimmig ... dass der Angeklagte unschuldig ist ... Er verlässt das Gericht als ein Mann mit unbefleckter Ehre ...«

Der Rest seiner Worte geht im stürmischen Beifall unter, der donnernd von den Steinwänden widerhallt. Meine Offizierskameraden trampeln mit den Füßen. Sie klatschen. Sie jubeln und rufen: »Es lebe die Armee! Es lebe Frankreich!« Und sogar: »Tod den Juden!« Der Ausgang war vorherbestimmt, warum bin ich dann so entsetzt darüber? Aber das Vermögen des Menschen, sich mithilfe seiner Vorstellungskraft auf eine Katastrophe vorzubereiten, ist beschränkt. Mathieu und ich verlassen unter Buhrufen und Beschimpfungen den Raum: »Nieder mit dem Syndikat! Nieder mit Picquart!« Ich komme mir vor, als wäre ich in einen Grubenschacht gestürzt, aus dem ich unmöglich wieder herausklettern kann. Alles versinkt in Dunkelheit – Dreyfus' Lage ist jetzt sogar noch schlimmer als vor sechs Monaten, er ist jetzt doppelt verurteilt. Es ist unvorstellbar, dass die Armee noch eine dritte Anhörung durchführt.

Auf der Straße vor dem Innenhof, der in trübes Gaslicht getaucht daliegt, haben sich trotz der Kälte mehr als tausend Menschen versammelt. Sie klatschen rhythmisch und skandieren den Namen ihres Helden. »Es-ter-házy! Es-terházy!« Ich will nur noch weg. Ich gehe auf das Tor zu, aber Louis und Mathieu halten mich zurück. »Du darfst jetzt nicht da raus, Georges«, sagt Louis. »Dein Foto war in allen Zeitungen. Die lynchen dich.«

In diesem Augenblick verlässt Esterházy das Gerichtsgebäude – eskortiert von Tézenas, Henry und du Paty, gefolgt von einer applaudierenden Entourage aus Soldaten in schwarzer Uniform. Sein triumphal verklärtes Gesicht leuchtet fast. Er trägt einen Umhang, den er sich mit einer Geste imperialer Größe über die Schulter wirft, und tritt dann hinaus auf die Straße. Gewaltiger Jubel brandet auf. Hände recken sich ihm entgegen, um ihn zu berühren. Einer ruft: »Ehre dem Märtyrer der Juden!«

Mathieu berührt mich am Arm. »Wir sollten jetzt lieber gehen.« Er zieht seinen Mantel aus und legt ihn mir über die verräterische Uniform. Mit gesenktem Kopf, links und rechts von Mathieu und Louis flankiert, betrete ich die Rue du Cherche-Midi. Wir drängeln uns in entgegengesetzter Richtung von Esterházy durch die Versammelten und gehen schnell über das nasse Pflaster auf die belebteren Straßen zu.

◆

Am nächsten Tag ist die Bestattung von Louis' Vater, Georges-Louis Leblois. Er war lutheranischer Priester, ein Verfechter des wissenschaftlichen Fortschritts und ein radikaler Denker, der die Göttlichkeit von Jesus Christus leugnete. Sein Wunsch war es, eingeäschert zu werden, und da es dafür in Straßburg keine Einrichtung gibt, muss die Zeremonie im neuen Krematorium Père-Lachaise in Paris stattfinden. Die Stille des riesigen Friedhofs mit seinen schattigen Wegen und die zu seinen Füßen in der Ebene liegende graue Stadt, die sich bis zu den blauen Hügeln am Horizont erstreckt, machen einen tiefen Eindruck auf mich. Die Trauergäste kommen auf mich zu, schütteln mir die Hand und drücken mir mit gedämpfter Stimme ihr Mitgefühl wegen des gestrigen Urteils aus, sodass ich mir fast vorkomme, als wäre ich selbst der Verstorbene und wohnte meiner eigenen Trauerfeier bei.

Wie ich später erfahre, unterzeichnet zu dieser Zeit General

Billot meinen Haftbefehl. Als ich nach der Beerdigung in meine Wohnung zurückkomme, finde ich die Benachrichtigung vor, dass ich am nächsten Tag in Gewahrsam genommen werde.

Sie kommen kurz vor Morgengrauen. Ich habe meine Zivilkleidung schon angelegt, der Koffer ist gepackt. Ein älterer Oberst in Begleitung eines Gefreiten klopft an meine Tür und zeigt mir eine Kopie des Haftbefehls von General Billot: »Wegen schwerwiegender Verletzung seiner beruflichen Pflichten sind Ermittlungen gegen Oberstleutnant Picquart durchgeführt worden. Er hat sich in seinem Dienst gravierender, gegen die Ordnung der Armee verstoßender Vergehen schuldig gemacht. Aufgrund dessen habe ich entschieden, dass er in der Festungsanlage Mont-Valérien unter Arrest gestellt wird, bis weitere Weisungen ergehen.«

»Entschuldigen Sie die frühe Stunde«, sagt der Oberst. »Aber wir wollten möglichst diesen grässlichen Zeitungsleuten aus dem Weg gehen. Dürfte ich um Ihren Dienstrevolver bitten?«

Als wir die Treppe hinuntergehen, begegnen wir dem Hausverwalter Reigneau, der ein paar Häuser weiter wohnt. Der Lärm auf der Straße hat ihn neugierig gemacht. Er wird später *Le Figaro* meine Abschiedsworte mitteilen. »Sie sehen ja, was man mit mir macht. Aber ich bin ziemlich ruhig. Sie haben sicherlich in der Zeitung gelesen, was so über mich erzählt wird. Halten Sie mich bitte auch weiter für einen ehrenhaften Menschen.«

Auf der Straße wartet eine große Militärkutsche mit zwei weißen Pferden. Es ist noch dunkel, über Nacht hat es gefroren. Das Licht einer roten Laterne auf der Baustelle gegenüber spiegelt sich matt in den gefrorenen Pfützen. Der Gefreite nimmt mir den Koffer ab und steigt neben dem Kutscher auf den Bock, während der Oberst höflich den Schlag öffnet und mir den Vortritt lässt. Die Straße ist menschenleer, außer

Reigneau wird niemand Zeuge meiner Schmach. Wir biegen rechts in die Rue Copernic ein und fahren in Richtung Place Victor-Hugo. An der Ecke zum Kreisverkehr stehen einige Frühaufsteher für die Morgenzeitung an, eine noch längere Schlange hat sich am Zeitungsstand an der Place de l'Étoile gebildet. Im Vorbeifahren kann ich die riesige Balkenüberschrift lesen: »J'Accuse …!« Ich wende mich an den Oberst. »Würden Sie einem verurteilten Mann einen letzten Wunsch erfüllen? Könnten wir wohl kurz halten, damit ich mir eine Zeitung kaufen kann?«

»Eine *Zeitung?*« Der Oberst schaut mich an, als hätte ich den Verstand verloren. »Warum nicht, wenn Sie unbedingt wollen …«

Er sagt dem Kutscher, er solle halten. Ich steige aus und gehe zurück zum Zeitungsstand. Der Gefreite folgt mir in diskretem Abstand. Geradeaus über der Avenue du Bois de Boulogne hellt sich gerade der Himmel auf und lässt die Umrisse der kahlen Baumwipfel erkennen. Die Zeitung, für die alle anstehen, ist Clemenceaus *L'Aurore,* und die Überschrift, die quer über alle sechs Spalten verläuft, lautet:

J'Accuse …!
BRIEF AN DEN PRÄSIDENTEN DER REPUBLIK
von Émile Zola

Ich stelle mich an, kaufe ein Exemplar und gehe dann langsam zur Kutsche zurück. Das Licht der Straßenlaternen reicht gerade aus, die Buchstaben zu erkennen. Der Text nimmt die gesamte Titelseite ein, Tausende Worte einer Streitschrift in der Form eines Briefs an Präsident Fauré. (»Ich weiß um Ihre Rechtschaffenheit, und deshalb bin ich davon überzeugt, dass Sie die Wahrheit nicht kennen …«) Ich überfliege die Spalten mit wachsender Verwunderung.

Man stelle sich vor: General Billot und die Generäle Gonse und Boisdeffre wissen seit einem Jahr, dass Dreyfus unschuldig ist, und sie behalten dieses schreckliche Wissen für sich? Und diese Menschen schlafen des Nachts, sie haben Frauen und Kinder, die sie lieben!

Oberstleutnant Picquart erfüllte seine Pflichten wie ein ehrenhafter Mann. Im Namen der Gerechtigkeit setzte er seinen Vorgesetzten hartnäckig zu. Er beschwor sie, er sagte ihnen, wie undiplomatisch ihre Verzögerungstaktik sei im Angesicht eines heraufziehenden fürchterlichen Sturms, der losbrechen würde, wenn die Wahrheit ans Licht käme. Aber nein! Das Verbrechen war begangen, und der Generalstab konnte es nicht mehr eingestehen. Und so wurde Oberstleutnant Picquart auf Dienstreise geschickt. Immer weiter schickten sie ihn fort, bis nach Tunesien, wo sie seinen Mut schließlich mit einem Einsatz zu vergelten suchten, bei dem er mit Sicherheit niedergemetzelt worden wäre.

Mitten auf dem Trottoir bleibe ich stehen.

Die erstaunliche Folge dieser himmelschreienden Umstände war, dass Oberstleutnant Picquart, der einzige anständige Mann, der darin verwickelt war, der als Einziger seine Pflicht getan hatte, zum verhöhnten und bestraften Opfer wurde. O Gerechtigkeit, welch grässliche Verzweiflung ergreift unser Herz? Man hat sogar behauptet, er selbst sei der Fälscher gewesen, der das Brieftelegramm fabrizierte, um Esterházy zu ruinieren. Ja! Wir werden Zeuge eines schändlichen Spektakels, in dem tief in Schuld und Verbrechen verstrickte Männer als unschuldig gerühmt werden, während die Ehre eines Mannes, dessen

Leben ohne Makel ist, niederträchtig angegriffen wird. Eine auf dieses Niveau herabgesunkene Gesellschaft ist im Untergang begriffen.

»Wenn Sie nichts dagegen haben, Herr Oberstleutnant, wir sollten jetzt wirklich weiterfahren«, sagt der Soldat hinter mir.

»Ja, natürlich. Lassen Sie mich das nur eben fertig lesen.« Ich überfliege die Spalten und komme zum Schluss.

Ich klage Oberst du Paty de Clam an, der teuflische Schöpfer dieses Justizirrtums zu sein …

Ich klage General Mercier, zumindest aus geistiger Trägheit, der Mittäterschaft an bei einer der größten Ungerechtigkeiten des Jahrhunderts.

Ich klage General Billot an, den sicheren Beweis für Dreyfus' Unschuld in Händen gehabt und zurückgehalten zu haben und sich so des Verbrechens an Menschlichkeit und Gerechtigkeit schuldig gemacht zu haben …

Ich klage General Boisdeffre und General Gonse der Mittäterschaft bei dem gleichen Verbrechen an …

Ich klage General Pellieux an, eine betrügerische Untersuchung durchgeführt zu haben …

Ich klage die drei Handschriftenexperten an …

Ich klage das Kriegsministerium an …

Ich klage das erste Kriegsgericht an, gegen das Gesetz verstoßen zu haben, indem es den Angeklagten auf Grundlage von geheimen Beweismitteln verurteilt hat, und ich klage das zweite Kriegsgericht an, auf Befehl wissentlich einen schuldigen Mann freigesprochen zu haben …

Indem ich diese Anklage vortrage, weiß ich sehr wohl, dass ich mich selbst wegen des Vergehens der üblen Nachrede angreifbar mache …

Man wage es also, mich vor Gericht zu stellen und die Untersuchung bei hellem Tageslicht durchzuführen!

Ich warte.

In tiefer Hochachtung, Herr Präsident,

Émile Zola

Ich falte die Zeitung zusammen und steige in die Kutsche.

»Irgendwas Interessantes?«, fragt der Oberst und gibt sich selbst die Antwort. »Wahrscheinlich nicht. Steht nie was Interessantes drin.« Er schlägt gegen das Dach der Kutsche: »Weiter!«

20

Mont-Valérien ist eine riesige, karreeförmige Festung am westlichen Stadtrand und einer der Stützpunkte des Verteidigungsrings rund um Paris. Ich werde über eine Wendeltreppe in den dritten Stock eines Flügels geführt, der für Offiziere reserviert ist. Ich bin der einzige Häftling. Tag und Nacht hört man nur den Wind, der um die Festungsmauern weht. Meine Tür ist immer abgeschlossen, am Fuß der Treppe ist eine Wache postiert. Ich habe ein kleines Wohnzimmer, ein Schlafzimmer und eine Toilette. Durch die vergitterten Fenster bietet sich mir ein Panoramablick über die Seine und den Bois de Boulogne bis zum Eiffelturm, der acht Kilometer entfernt ist.

Falls meine Feinde im Generalstab der Meinung sind, dass ich angesichts dieser Unterbringung Not leide, so irren sie sich. Ich habe ein Bett und einen Stuhl, Stift und Papier und jede Menge Bücher – Goethe, Heine, Ibsen. Proust schickt mir freundlicherweise seinen Erzählungsband *Freuden und Tage,* meine Schwester ein neues französisch-russisches Wörterbuch. Was kann ein Mann mehr verlangen? Ich bin inhaftiert, und ich bin befreit. Die einsame Bürde der Geheimhaltung, die ich in all den Monaten getragen habe, ist von mir genommen.

Zwei Tage nach meiner Inhaftierung sieht sich die Regierung genötigt, die Herausforderung, die Zola ihr aufgezwungen hat, anzunehmen, und verklagt ihn wegen Verleumdung.

Die Sache wird nicht in irgendeinem von der Armee bewachten Knastraum geheim verhandelt werden, sondern öffentlich vor dem Schwurgericht im Justizpalast. Der Fall wurde an die Spitze der Warteliste gesetzt, sodass der Prozess zum frühestmöglichen Termin stattfinden kann. Der Festungskommandant hat mir jeden Besuch untersagt, außer solchen von aktiven Offizieren. Aber auch er kann nicht verhindern, dass ich mit meinem Anwalt spreche. Louis bringt mir die Vorladung. Ich muss am Freitag, dem 11. Februar, aussagen.

Ich studiere die Vorladung. »Was passiert, wenn Zola schuldig gesprochen wird?«

Wir sitzen im Besucherraum: vergitterte Fenster, zwei einfache Holzstühle, ein Holztisch. Vor der Tür steht ein Wachmann und stellt sich taub.

»Er wandert für ein Jahr ins Gefängnis«, sagt Louis.

»Mutig, was er getan hat.«

»Verdammt mutig«, sagt Louis. »Allerdings wäre mir lieber gewesen, er hätte seinen Wagemut etwas gezügelt und ein klein wenig Umsicht walten lassen. Er hat sich hinreißen lassen und konnte sich diesen einen Satz am Ende über das Kriegsgerichtsverfahren gegen Esterházy einfach nicht verkneifen. ›Ich klage das zweite Kriegsgericht an, auf Befehl wissentlich einen schuldigen Mann freigesprochen zu haben‹ – wegen dieses Satzes hat es die Regierung auf ihn abgesehen.«

»Nicht wegen der Anschuldigungen gegen Boisdeffre und die anderen?«

»Nein, das können sie alles ignorieren. Ihre Absicht ist es, den Prozess auf dieses winzige Thema zu beschränken, bei dem sie sicher gewinnen können. Außerdem wird das Gericht alles, was mit Dreyfus zu tun hat, als unzulässig zurückweisen, es sei denn, es steht in unmittelbarem Zusammenhang mit dem Esterházy-Prozess.«

»Dann verlieren wir also wieder?«

»Wenn man gekämpft hat, kann eine Niederlage manchmal auch ein Sieg sein.«

Im Kriegsministerium ist man zweifellos nervös wegen meiner Aussage. Ein paar Tage vor dem Prozess besucht mich ein alter Kamerad in der Festung Mont-Valérien, Oberst Bailloud, um mich zur Vernunft zu bringen. Er wartet, bis wir unten im Hof sind, wo ich mir jeden Tag zwei Stunden die Beine vertreten darf, bevor er mit der Botschaft herausrückt.

»Ich bin von höchster Stelle befugt, dir etwas mitzuteilen«, sagt er pompös. »Wenn du ein wenig Zurückhaltung übst, wird deine Karriere keinen Schaden nehmen.«

»Das heißt, ich soll den Mund halten.«

»Sie haben das Wort Zurückhaltung benutzt.«

Ich kann mir nicht helfen, aber ich muss lachen. »Da steckt Gonse dahinter, stimmt's?«

»Das behalte ich lieber für mich.«

»Tja, du kannst ihm von mir ausrichten, dass ich immer noch weiß, was es heißt, Soldat zu sein, und dass ich mein Bestes tun werde, um meine Verschwiegenheitspflicht mit meinen Verpflichtungen als Zeuge unter einen Hut zu bringen. Reicht das? Und jetzt verschwinde wieder nach Paris, alter Junge, und lass mich in Ruhe meine Runden drehen.«

Am Tag meiner Aussage werde ich mit einer Militärkutsche zum Justizpalast auf die Île de la Cité gebracht. Ich trage die Uniform des 4. Tunesischen Schützenregiments. Ich habe mein Wort gegeben, keinen Fluchtversuch zu unternehmen und nach Ende der Verhandlung mit meinen Gefängniswärtern zur Festung Mont-Valérien zurückzukehren. Als Gegenleistung wird mir gestattet, das Gebäude wie ein freier Mann zu betreten, ohne Eskorte. Auf dem Boulevard du Palais findet eine antisemitische Demonstration statt. »Tod den Juden!«, skandieren die Demonstranten. »Tod den Verrätern!

Ins Wasser mit euch, Judenpack!« Man erkennt mein Gesicht, vielleicht von den widerwärtigen Karikaturen aus *La Libre Parole* und ähnlichen Schmutzblättern. Ein paar Schlägertypen lösen sich aus der Menge und versuchen mir in den Hof und die Stufen des Justizpalastes hinauf zu folgen, aber die Gendarmen stellen sich ihnen in den Weg. Ich verstehe jetzt, warum Mathieu Dreyfus erklärt hat, er würde der Verhandlung fernbleiben.

In der hohen, an diesem trüben Februartag von elektrischen Lampen hell erleuchteten Kuppelhalle des Justizpalastes herrscht ein Lärm wie in einer extravaganten Bahnhofshalle. Es wimmelt von Menschen, von Schreibern und Gerichtsboten, die mit juristischen Schriftstücken unter dem Arm herumwuseln, von Anwälten in schwarzen Roben, die tratschen oder sich mit ihren Mandanten beraten, von besorgten Klägern und Angeklagten, von Zeugen, Gendarmen, Reportern, Armeeoffizieren und armen Leuten, die Schutz vor der winterlichen Kälte suchen, von höchst modisch gekleideten Damen und Herren, die eine Eintrittskarte für den sensationellen Zola-Prozess ergattert haben – Menschen aus allen Schichten drängen sich in der Salle des Pas-Perdus und in der endlosen Galerie des Prisonniers. Glocken werden geläutet. Rufe und Schritte hallen vom Marmor wider. Abgesehen von einigen Remplern und neugierigen Blicken bewege ich mich mehr oder weniger unbemerkt durch die Menge. Als ich den Zeugenraum gefunden habe, nenne ich dem Amtsdiener meinen Namen, und eine halbe Stunde später werde ich aufgerufen.

Erste Eindrücke vom Schwurgericht: majestätische Ausmaße, schwere Holzpaneele und glänzende Messingapplikationen, dicht nebeneinandersitzende Menschen, das Summen ihrer Stimmen. Schlagartig herrscht Stille, als ich mit klackenden Stiefeln über den Parkettboden des Mittelgangs gehe, das kleine Holztürchen in der Barriere öffne, die den Richter und die Geschworenen von den Zuschauern trennt, und dann den halbkreisförmigen Zeugenstand vor der Richterbank betrete.

»Nennen Sie Ihren Namen, Herr Zeuge.«

»Marie-Georges Picquart.«

»Wohnort?«

»Mont-Valérien.«

Das Gelächter verschafft mir die Gelegenheit, mich auf die Schnelle zu orientieren: an einer Seite von mir die Bänke mit den zwölf Geschworenen, allesamt normale Geschäftsleute; vor mir, auf einem erhöhten Podest, der große, rundgesichtige Richter Delegorgue in seiner scharlachroten Robe; hinter ihm der Avocat général Van Cassel als Vertreter der Regierung mit einem Dutzend weiterer Anwälte, die in ihren schwarzen Talaren wie Priester aussehen; an einem Tisch Zola und der Mitangeklagte Perrenx, Geschäftsführer von *L'Aurore;* daneben deren Anwälte, Fernand Labori für Zola, Albert Clemenceau für Perrenx, sowie Georges Clemenceau, der, obwohl kein Anwalt, irgendwie einen Platz an ihrem Tisch ergattert hat; und hinter mir wie eine versammelte Kirchengemeinde die Zuschauer, zu denen auch ein großer Block aus Offizieren in dunkler Uniform gehört, darunter Gonse, Pellieux, Henry, Lauth und Gribelin.

Labori steht auf. Er ist ein junger Riese, groß und breit, blond und vollbärtig. Eine Piratengestalt, die man den Wikinger nennt, berühmt für sein aggressives Auftreten. »Berichten Sie uns, Oberstleutnant Picquart, was Sie über den Fall Esterházy wissen«, sagt er. »Über die von Ihnen durchgeführte Ermittlung und über die Begleitumstände und Folgen Ihres Ausscheidens aus dem Kriegsministerium.«

Er setzt sich.

Ich umklammere das Holzgeländer des Zeugenstands,

damit das Zittern meiner Hände nicht auffällt, und hole Luft. »Im Frühjahr 1896 gelangten die Bruchstücke eines Brieftelegramms in meinen Besitz …«

◆

Gelegentlich trinke ich einen Schluck Wasser, sonst spreche ich über eine Stunde ohne Unterbrechung. Ich stütze mich auf meine Erfahrung als Dozent an der Kriegsakademie. Ich versuche mir vorzustellen, ich hielte eine außergewöhnlich komplexe Topografiestunde. Ich spreche ohne Notizen. Außerdem bin ich fest entschlossen, Haltung zu bewahren, höflich, präzise und sachlich zu bleiben, keine Geheimnisse zu verraten und mich nicht zu persönlichen Angriffen hinreißen zu lassen. Ich beschränke mich auf die erdrückende Beweislast gegen Esterházy: das Petit Bleu, Esterházys unmoralischen Charakter, seine Geldnot, sein verdächtiges Interesse an Artillerie-Angelegenheiten, die Tatsache, dass seine Handschrift mit der des Bordereaus identisch ist. Ich schildere, wie ich meine Vorgesetzten von meinem Verdacht unterrichtete, wie ich schließlich in Nordafrika landete und mit welchen Intrigen mir seitdem zugesetzt wird. Der überfüllte Gerichtssaal hört mir in vollkommener Stille zu. Ich spüre, dass meine Worte ins Schwarze treffen. Wenn ich mich umdrehe und mein Blick zufällig auf die Offiziere des Generalstabs fällt, schaue ich in zunehmend grimmigere Gesichter.

Am Ende befragt Labori mich. »Glauben Sie, Herr Zeuge, dass diese Intrigen das alleinige Werk von Major Esterházy waren, oder glauben Sie, dass Major Esterházy Komplizen hatte?«

Ich denke nach, bevor ich antworte. »Ich glaube, er hatte Komplizen.«

»Komplizen im Kriegsministerium?«

»Es muss zweifellos einen Komplizen gegeben haben, der mit den Vorgängen im Kriegsministerium vertraut war.«

»Welches war Ihrer Meinung nach das belastendere Beweisstück gegen Major Esterházy – der Bordereau oder das Petit Bleu?«

»Der Bordereau.«

»Haben Sie das General Gonse gesagt?«

»Ja.«

»Wie war es dann möglich, dass General Gonse Sie anweisen konnte, den Fall Dreyfus vom Fall Esterházy zu trennen?«

»Ich kann Ihnen nur wiederholen, was er gesagt hat.«

»Aber wenn Major Esterházy der Verfasser des Bordereaus ist, dann wäre die Klage gegen Dreyfus gegenstandslos?«

»Ja, deshalb habe ich auch nie einen Sinn darin gesehen, die beiden Fälle zu trennen.«

Der Richter schaltet sich ein. »Erinnern Sie sich daran, Maître Leblois in Ihr Büro bestellt zu haben?«

»Ja.«

»Erinnern Sie sich an das Datum?«

»Das war im Frühjahr 96. Ich wollte seinen Rat in einer Sache, in der es um Brieftauben ging.«

»Monsieur Gribelin«, sagt der Richter. »Würden Sie bitte vortreten? Sie haben das anders in Erinnerung, oder?«

Ich drehe mich halb um und sehe, wie Gribelin von seinem Platz zwischen den Offizieren des Generalstabs aufsteht. Er kommt vor und bleibt neben mir stehen. Er schaut mich nicht an.

»Ja, Herr Vorsitzender. An einem Abend im Oktober 96 habe ich Oberstleutnant Picquart in seinem Büro aufgesucht, weil ich um ein paar Tage Urlaub bitten wollte. Er saß an seinem Schreibtisch. Links vor ihm lag die Akte mit der Brieftaubengeschichte, rechts das Geheimdossier.«

Der Richter schaut mich an. »Monsieur Gribelin irrt sich«, sage ich höflich. »Entweder lässt ihn sein Gedächtnis im Stich, oder er hat die Akten verwechselt.«

Gribelin versteift sich. »Ich bleibe dabei. Ich habe das Dossier gesehen.«

Fest entschlossen, mich zu beherrschen, lächele ich ihn an. »Und ich bleibe dabei, dass Sie es nicht gesehen haben.«

Der Richter unterbricht. »Oberstleutnant Picquart, haben Sie Monsieur Gribelin einmal gebeten, einen Brief abstempeln zu lassen?«

»Einen Brief abstempeln zu lassen?«

»Einen Brief nicht mit dem Datum seines Eintreffens, sondern mit einem früheren Datum abstempeln zu lassen?«

»Nein.«

»Erlauben Sie, dass ich Ihr Gedächtnis auffrische«, sagt Gribelin sarkastisch. »Sie sind an einem Nachmittag um zwei Uhr in Ihr Büro zurückgekommen. Sie haben mich holen lassen, und während Sie Ihren Mantel ausgezogen haben, forderten Sie mich auf, für Sie zur Post zu gehen und dort einen Brief abstempeln zu lassen.«

»Daran kann ich mich nicht erinnern.«

»Aber haben Sie nicht Major Lauth den gleichen Auftrag gegeben?«, sagt der Richter.

»Nein.« Ich schüttele den Kopf. »Niemals.«

»Major Lauth, würden Sie bitte vortreten?«

Lauth steht von seinem Platz neben Henry auf und tritt zu uns vor. Wie auf dem Exerzierplatz blickt er geradeaus. »Oberstleutnant Picquart hat mich beauftragt, das Petit Bleu so wiederherzustellen, dass man die Risse nicht mehr sieht. Er sagte: ›Glauben Sie, wir könnten das auf der Post abstempeln lassen?‹ Außerdem hat er gesagt, ich solle bezeugen, dass ich die Handschrift in dem Petit Bleu als die eines bestimmten ausländischen Herrn wiedererkannt hätte. Aber ich sagte ihm, ich hätte diese Handschrift noch nie gesehen.«

Ich schaue die beiden an. Die jahrelange Zusammenarbeit mit Spionen hat sie wahrlich in geschickte Lügner verwandelt. Ich beiße die Zähne zusammen. »Aber das Schriftstück war in sechzig Teile zerrissen«, sage ich. »Es war mit Klebestreifen wieder zusammengefügt worden, und zwar auf der Seite, auf der auch die Adresse stand. Wie hätte man da einen Stempel aufdrücken sollen? Das hätte lächerlich ausgesehen.«

Beide schweigen.

Labori steht wieder auf. Er schiebt die Ärmel seiner Robe zurück und wendet sich an Lauth. »Sie behaupten in Ihrer eidesstattlichen Aussage, Oberstleutnant Picquart habe problemlos das Petit Bleu zu dem noch nicht gesichteten Geheimmaterial hinzufügen können, das sich noch in der Papiertüte in seinem Tresor befunden habe – mit anderen Worten, das Material ist manipuliert.«

»Das stimmt. Das hätte er.«

»Aber Sie haben keinen Beweis dafür, oder?«

»Trotzdem bin ich der Überzeugung, dass er es getan hat.«

»Oberstleutnant Picquart?«

»Wenn Major Lauth das glaubt, heißt das noch nicht, dass es auch stimmt.«

»Lassen Sie uns noch einmal zu dem Vorfall mit dem Geheimdossier zurückkehren«, sagt der Richter. »Oberstleutnant Henry, würden Sie bitte vortreten?«

Henry erhebt sich schwerfällig und kommt nach vorn. Aus der Nähe kann ich sehen, dass er aufgeregt ist. Sein Gesicht ist rot angelaufen, er schwitzt. Alle drei scheinen unter großer Anspannung zu stehen. Es ist eine Sache, vor einem kleinen und geheimen Militärgericht Lügen zu erzählen, eine ganz andere ist es, hier zu lügen. Vermutlich haben sie nie damit gerechnet. »Es war im Oktober, glaube ich«, sagt Henry. »An das genaue Datum konnte ich mich nie erinnern. Ich weiß nur, dass auf seinem Schreibtisch eine aufgeschlagene Akte lag. Der Oberstleutnant saß am Schreibtisch, links von ihm Monsieur Leblois, und vor ihnen lagen mehrere Akten, und eine davon war das Geheimdossier, das ich mit blauem Stift gekennzeichnet hatte. Der Umschlag war offen, und das fragliche Schriftstück, in dem die Worte ›dieser Lump D‹ vorkommen, lag daneben.«

»Was sagen Sie dazu, Oberstleutnant Picquart?«, fragt der Richter.

»Ich wiederhole, dass das Geheimdossier in Anwesenheit von Maître Leblois niemals auf meinem Schreibtisch lag, weder geöffnet noch geschlossen. Wie auch immer, der Vorfall kann sich unmöglich so abgespielt haben, wie von Oberstleutnant Henry geschildert, da Maître Leblois nachweislich erst am 7. November wieder nach Paris zurückgekehrt ist.«

»Na und, *ich* sage, es war Oktober«, poltert Henry los. »Ich habe immer gesagt, es war Oktober, was anderes kann ich jetzt auch nicht sagen.«

»Darf ich Oberstleutnant Henry ein paar Fragen stellen?«, sage ich zu dem Richter. Er macht eine zustimmende Handbewegung. Ich drehe mich zu Henry. »Durch welche Tür haben Sie mein Büro betreten, durch die gegenüber von meinem Schreibtisch oder durch die kleine Seitentür?«

»Durch die große, die Haupttür«, sagt er nach kurzem Zögern.

»Wie weit sind Sie in das Büro hineingegangen?«

»Nicht weit. Genau weiß ich das nicht mehr, vielleicht einen halben oder ganzen Schritt.«

»Halber Schritt, ganzer Schritt, jedenfalls müssen Sie auf der anderen Seite des Schreibtischs gestanden haben – also mir gegenüber, ich saß hinter dem Schreibtisch. Wie konnten Sie da das Schriftstück erkennen?«

»Ich habe es ganz sicher erkannt.«

»Auch wenn das Schriftstück unmittelbar vor Ihren Augen gelegen hätte, das Schriftbild ist viel zu schwach, als dass man etwas hätte erkennen können. Wie wollen Sie es dann aus größerer Entfernung erkannt haben?«

»Hören Sie, Herr Oberstleutnant«, erwidert er und versucht sich mit Großmäuligkeit aus der Zwangslage zu befreien. »Ich kenne dieses Schriftstück besser als jeder andere, und ich würde es auch noch aus zehn Metern Entfernung erkennen. Daran besteht überhaupt kein Zweifel. Also, zum allerletzten Mal jetzt: Sie wollen wissen, was gespielt wird? Können Sie haben!« Er zeigt auf mich und wendet sich dann an die Geschworenen. »Oberstleutnant Picquart lügt!«

Er spricht die Worte in genau dem gleichen theatralischen Ton aus und vollführt die gleiche anklagende Handbewegung wie schon im Prozess gegen Dreyfus. *Der Verräter ist dieser Mann!* Der Gerichtssaal stöhnt auf, und in diesem Augenblick vergesse ich meinen Schwur, Ruhe zu bewahren. Er hat mich gerade einen Lügner genannt. Ich drehe mich wieder zu Henry um und hebe die Hand, um ihn zum Schweigen zu bringen. »Sie haben nicht das Recht, so etwas zu behaupten! Ich fordere Satisfaktion für diese Bemerkung!«

Als die Zuschauer begreifen, dass ich Henry gerade zum Duell gefordert habe, bricht ein Tumult aus. Manche applaudieren, manche johlen höhnisch. Henry schaut mich überrascht an. Ich nehme kaum wahr, dass der Richter mit dem Hammer auf den Tisch schlägt, um die Ruhe wiederherzustellen. Ich kann mich nicht mehr beherrschen. Die Enttäuschungen der letzten eineinhalb Jahre brechen aus mir hervor. »Meine Herren Geschworenen, Sie haben heute erlebt, dass Männer wie Oberstleutnant Henry, Major Lauth und der Leiter des Archivs, Gribelin, die abscheulichsten Anschuldigungen gegen mich erhoben haben. Sie haben gerade gehört, dass Oberstleutnant Henry mich einen Lügner schimpft. Sie haben Major Lauth gehört, der mich ohne den Hauch eines Beweises der Fälschung des Petit Bleu beschuldigt. Nun, meine Herren, wissen Sie, warum all das geschieht? Die Architekten der Affäre Dreyfus sind …«

»Herr Oberstleutnant …«, sagt der Richter mit warnender Stimme.

»… sind Oberstleutnant Henry und Monsieur Gribelin, die, unterstützt von Oberst du Paty de Clam und angeleitet von General Gonse, die Fehler unter den Teppich kehren, die unter der Ägide meines Vorgängers Oberst Sandherr gemacht worden sind. Sandherr war ein kranker Mann, der schon unter den Lähmungserscheinungen litt, an denen er später starb, und diese Männer haben ihn seitdem gedeckt – vielleicht aus missverstandener Loyalität, vielleicht um die Abteilung zu schützen. Ich weiß es nicht. Und soll ich Ihnen sagen, worin in ihren Augen mein Verbrechen bestand? Dass ich daran geglaubt habe, unsere Ehre könne besser verteidigt werden als mit blindem Gehorsam. Aus diesem Grund werde ich jetzt schon seit Monaten verleumdet, von Zeitungen, die für ihre üble Nachrede und ihre Lügen bezahlt werden.«

»Jawohl!«, schreit Zola, und der Richter schlägt wieder mit dem Hammer auf den Tisch, um mich zum Schweigen zu bringen. Ich lasse nicht locker.

»Seit Monaten mache ich das Schrecklichste durch, was ein Offizier durchmachen kann. Meine Ehre wird verletzt, und ich habe keine Möglichkeit, mich zu verteidigen. Und morgen werde ich vielleicht aus meiner geliebten Armee entfernt, der ich fünfundzwanzig Jahre meines Lebens gewidmet habe. Nun, so soll es denn sein. Ich glaube immer noch, dass es meine Pflicht war, mich um Wahrheit und Gerechtigkeit zu bemühen. Ich glaube, besser kann kein Soldat seiner Armee dienen. Und außerdem glaube ich, dass es meine Pflicht als Ehrenmann war.« Ich wende mich wieder an den Richter und füge leise hinzu. »Das ist alles, was ich zu sagen habe.«

Hinter mir ist vereinzeltes Klatschen und jede Menge Gejohle zu hören. Eine einsame Stimme ruft: »Es lebe Picquart!«

◆

Um dem Mob aus dem Weg zu gehen, muss ich an jenem Abend durch einen Seitenausgang auf den Quai des Orfèvres geschleust werden. Am blutroten Himmel über dem Justizpalast treiben Funken vorüber, und als wir um die Ecke biegen, sehen wir auf der Promenade am anderen Seineufer mehrere Hundert Menschen, die Bücher verbrennen – Zolas Bücher, wie ich später erfahre, sowie Zeitschriften und Zeitungen, die mit Dreyfus sympathisieren. Der Anblick der Gestalten, die in der Dunkelheit um die Flammen herumtanzen, hat etwas Heidnisches an sich. Die Gendarmen müssen unserer Kutsche gewaltsam den Weg bahnen. Der Kutscher hat alle Hände voll zu tun, die scheuenden Pferde im Zaum zu halten. Wir überqueren den Fluss und haben kaum hundert Meter auf dem Boulevard de Sébastopol zurückgelegt, als wir das Splittern von Fensterscheiben hören und der Mob in der Mitte der Straße an uns vorüberläuft. Ein Mann schreit: »Nieder mit den Juden!« Sekunden später fahren wir an einem Geschäft mit eingeschlagenen Scheiben vorbei. Das Ladenschild mit dem Namen Levy & Dreyfus ist mit Farbe beschmiert.

◆

Am nächsten Tag werde ich nicht ins Schwurgericht gebracht, sondern in einen anderen Teil des Justizpalastes. Dort befragt mich ein Richter namens Paul Bertulus zu den gefälschten Botschaften, die ich in Tunesien erhalten habe. Er wurde von General Billot mit dieser Aufgabe betraut und ist etwa Mitte vierzig, groß, gut aussehend, charmant. Die Enden seines Schnauzbarts sind nach oben gezwirbelt, er trägt eine rote Nelke im Knopfloch und sieht aus, als fühlte er sich auf der Rennbahn Longchamp wohler als hier. Vom Hörensagen weiß ich, dass er konservativ, Royalist und ein Freund von Henry ist, was vermutlich der Grund ist, warum man ihn ausgewählt hat. Deshalb habe ich auch nur die geringsten Erwartungen, was seine Gewissenhaftigkeit als Ermittler angeht. Stattdessen wird er zu meiner Überraschung immer verstörter, je länger ich beschreibe, was mir in Nordafrika widerfahren sei.

»Lassen Sie mich das noch einmal klarstellen, Herr Oberstleutnant. Sie sind sich ganz sicher, dass es nicht Mademoiselle Blanche de Comminges war, die Ihnen diese Telegramme geschickt hat?«

»Ja, sie ist ohne jeden Zweifel von Oberst du Paty in die Affäre hineingezogen worden.«

»Und warum sollte er das tun?«

Ich schaue zu dem Stenografen, der meine Aussage mitschreibt. »Ich wäre bereit, Ihnen das zu erklären, Monsieur Bertulus, aber nur unter vier Augen.«

»Das ist nicht die übliche Vorgehensweise, Herr Oberstleutnant.«

»Das ist auch keine übliche Angelegenheit.«

Der Richter überlegt. »Also gut,« sagt er schließlich. »Allerdings müssen Sie sich darüber im Klaren sein, dass ich entsprechend Ihrer Aussage handeln muss, ob Sie das wollen oder nicht.«

Ich bin einverstanden, da ich den Eindruck habe, dass ich ihm trauen kann. Nachdem der Stenograf das Zimmer verlassen hat, erzähle ich ihm die Geschichte von du Patys Liaison mit Blanche, wobei ich besonders das Detail des gestohlenen, angeblich von einer verschleierten Frau zurückgegebenen Briefs hervorhebe. »Deshalb glaube ich, dass du Paty da irgendwie seine Finger im Spiel hat. Seine Fantasie ist sensationslüstern, aber beschränkt. Ich bin mir sicher, dass Esterházy diese romanhafte Arabeske von der verschleierten Dame, die ich angeblich kenne, von du Paty hat.«

»Das klingt nicht sehr glaubhaft.«

»Ich weiß, aber jetzt können Sie verstehen, wie verheerend es für Mademoiselle de Comminges' gesellschaftliche Stellung wäre, wenn diese Details bekannt würden.«

»Sie wollen also andeuten, dass Oberst du Paty mittels gefälschter Botschaften das direkte Verbindungsglied zwischen Major Esterházys Anschuldigungen und einer Verschwörung gegen Sie darstellt, die von offizieller Seite gebilligt wird?«

»Ja.«

»Gehört Fälschung zu den allgemein gebräuchlichen Arbeitsmethoden im Geheimdienst?«

Ich muss mich zusammenreißen, um angesichts solcher Naivität nicht zu lächeln. »Über einen Polizisten von der Sûreté, Jean-Alfred Desvernine, habe ich einmal einen Fälscher mit dem Pseudonym Lemercier-Picard kennengelernt.

Ich schlage vor, Sie unterhalten sich mit ihm darüber. Er könnte Ihnen weiterhelfen.«

Bertulus notiert sich den Namen und ruft dann den Stenografen wieder herein.

◆

Am Nachmittag, ich sage immer noch unter Eid aus, klopft es an der Tür, und fast im gleichen Augenblick steckt Louis den Kopf herein. Er schwitzt und ist außer Atem. »Verzeihen Sie die Störung, aber Oberstleutnant Picquart wird dringend im Gericht gebraucht.«

»Tut mir leid, wir befinden uns mitten in der Vernehmung«, sagt Bertulus.

»Das ist mir klar, und Maître Labori bittet auch vielmals um Entschuldigung, aber er muss den Herrn Oberstleutnant unbedingt als Gegenzeugen aufrufen.«

»Nun ja, wenn es denn sein muss.«

Während wir durch die Gänge eilen, klärt Louis mich auf. »General Pellieux ist im Zeugenstand und versucht deine Aussage zu zerpflücken. Er behauptet, dass Esterházy den Bordereau unmöglich geschrieben haben kann, weil er zu Informationen dieser Geheimhaltungsstufe gar keinen Zugang hatte.«

»Das ist Unsinn«, sage ich. »Das habe ich doch gestern alles erklärt. Außerdem, was hat Pellieux damit zu tun? Warum nimmt zu diesem Aspekt des Falles nicht Gonse Stellung, oder Henry?«

»Ist dir das noch nicht aufgefallen? Sie überlassen das jetzt alles Pellieux. Er ist das einzige respektable Sprachrohr, das sie noch haben. Er ist nicht so vorbelastet wie die anderen.« Vor der Tür zum Gerichtssaal bleibt er stehen und sieht mich an. »Du weißt schon, was das bedeutet, Georges, oder?«

»Was denn?«

»Sie schlagen sich in die Büsche. Zum ersten Mal haben sie wirklich Angst, dass sie verlieren könnten.«

Pellieux steht im Zeugenstand und kommt gerade zum Schluss seiner Ansprache. Er wendet sich wie ein Anwalt direkt an die Geschworenen. Louis und ich bleiben hinten stehen und hören zu. »Meine Herren«, ruft er und pocht sich auf die Brust. »Hier schlägt das Herz eines Soldaten, und dieses Herz ist empört über die infamen Lügen, die über uns Soldaten verbreitet werden. Es ist verbrecherisch, der Armee das Vertrauen in ihre Führung zu nehmen. Wie, glauben Sie, wird diese Armee sich in der Stunde der Gefahr schlagen – die uns vielleicht schon früher droht, als Sie ahnen? Wie, glauben Sie, wird sich der einfache Soldat verhalten, wenn solche Dinge über seine Kommandanten erzählt werden? Ihre Söhne, meine Herren Geschworenen, werden hingemetzelt werden. Aber Monsieur Zola wird eine weitere Schlacht gewonnen haben, er wird eine Fortsetzung von *Der Zusammenbruch* schreiben, er wird die französische Sprache in die Welt tragen und überall in Europa verbreiten – nur dass Frankreich von der Landkarte Europas verschwunden sein wird!«

In dem Teil des Zuschauerraums, in dem die Offiziere der Armee sitzen, bricht Jubel aus.

Pellieux hebt einen Finger, der sie zum Schweigen bringt. »Noch ein Wort, meine Herren. Wir wären froh gewesen, wenn man Dreyfus vor drei Jahren freigesprochen hätte. Es wäre der Beweis gewesen, dass wir in der französischen Armee keinen Verräter haben. Das jüngste Kriegsgericht war aber nicht gewillt hinzunehmen, dass ein unschuldiger Mann anstelle von Dreyfus belangt wird, egal ob Dreyfus schuldig war oder nicht. Damit ist alles gesagt.«

Unter dem erneut aufbrandenden Beifall des Generalstabs verlässt er den Zeugenstand. Ich gehe nach vorn, vorbei an Gonse und Henry, die stehend applaudieren. Pellieux schreitet zu seinem Platz zurück wie ein Preisboxer, der gerade einen Kampf gewonnen hat, und ich trete zur Seite, um ihn vorbeizulassen. Seine Augen leuchten. Er bemerkt mich erst, als er unmittelbar neben mir ist, und sagt aus dem Mundwinkel: »Ihr Auftritt.«

◆

Zu Laboris großem Ärger verkündet der Richter, dass es inzwischen zu spät sei, mich noch aufzurufen, und vertagt meine Aussage auf den nächsten Sitzungstag. Ich werde zur Festung Mont-Valérien zurückgebracht und verbringe eine schlaflose Nacht, in der ich dem Wind lausche und in den frühen Morgenstunden lange zu dem Leuchtfeuer an der Spitze des Eiffelturms hinüberschaue, das strahlend wie ein roter Planet am Himmel über Paris steht.

Am nächsten Tag trete ich wieder vor die Richterbank und werde von Labori befragt. »General de Pellieux hat gestern behauptet, dass Major Esterházy sich die in dem Bordereau aufgelisteten Schriftstücke gar nicht hätte besorgen können. Was sagen Sie dazu?«

Vorsichtig beginne ich zu sprechen. »Manche Dinge, die ich zu sagen habe, werden vielleicht im Widerspruch zu dem stehen, was General de Pellieux gesagt hat, aber ich halte es für meine Pflicht, nach bestem Wissen auszusagen. Der wesentliche Punkt ist der, dass die in dem Bordereau aufgeführten Schriftstücke von viel geringerer Bedeutung sind, als man die Leute glauben machte.«

Wieder bemühe ich mich um eine juristisch korrekte Wortwahl. Ich weise darauf hin, dass mit dem Bordereau vermutlich Informationen aus fünf Bereichen weitergegeben wurden. Davon waren aber vier gar keine Dokumente in strengem Sinn, sondern einfach Mitteilungen, die keinerlei internes Wissen über den Generalstab erforderten: Mitteilungen über die hydraulische Bremse eines 120-Millimeter-Geschützes, über Bedeckungstruppen, über Veränderungen der Artillerieformationen und über die Invasion von Madagaskar. »Warum nur Mitteilungen? Wer etwas von Bedeutung anzubieten gehabt hätte und nicht nur, was er bei Gesprächen aufgeschnappt oder im Vorbeigehen gesehen hat, hätte sicherlich geschrieben: Ich schicke Ihnen eine *Kopie* von dem und dem Dokument. *Eine* Kopie wurde tatsächlich übergeben, das fünfte Dokument, die Schießvorschrift, und es ist bestimmt kein Zufall, dass Major Esterházy Zugang dazu hatte und tatsächlich eine Abschrift davon hat anfertigen lassen. Aber auch hier spricht der Verfasser davon, dass er nur für eine begrenzte Zeit darüber verfügen könne, wohingegen ein Offizier des Generalstabs – wie Dreyfus – unbegrenzten Zugriff gehabt hätte.«

Rechts von mir hängt eine große verzierte Uhr an der Wand. Alle im Gerichtssaal hören mir so konzentriert zu, dass ich bei jeder Pause zwischen den einzelnen Punkten in der Stille das Ticken höre. Von Zeit zu Zeit kann ich aus den Augenwinkeln sehen, dass sich in den Gesichtern nicht nur der Geschworenen, sondern auch in denen von einigen Offizieren des Generalsstabs Zweifel regen. Der inzwischen nicht mehr so selbstsichere Pellieux steht ein ums andere Mal auf, um mich zu unterbrechen, und wagt sich dabei auf immer dünneres Eis, bis er schließlich einen entscheidenden Fehler macht. Ich führe gerade aus, dass der Schlusssatz des Bordereaus – *Ich bin ab sofort im Manöver* – ebenfalls darauf verweist, dass der Verfasser nicht im Kriegsministerium gearbeitet habe, weil die Manöver des Generalstabs im Herbst stattfänden und das Bordereau angeblich im April geschrieben worden sei, als Pellieux sich wieder zu Wort meldet.

»Aber der Bordereau wurde nicht im April geschrieben.«

Noch bevor ich antworten kann, fällt Labori blitzschnell über ihn her. »O doch – zumindest hat das Ministerium das immer behauptet.«

»Ganz und gar nicht«, behauptet Pellieux hartnäckig, obwohl seine Stimme schon unsicher zittert. »General Gonse, dürfte ich Sie bitten.«

Gonse kommt nach vorn. »General Pellieux hat recht: Der Bordereau muss um den August herum geschrieben worden sein, da er eine Mitteilung enthält, in der auf die Invasion Madagaskars Bezug genommen wird.«

Jetzt stürzt sich Labori auf Gonse. »Wann genau hat der Generalstab die Mitteilung zu Madagaskar aufgesetzt?«

»Im August.«

»Moment.« Labori durchsucht seine Unterlagen und zieht ein Blatt Papier heraus. »Aber in der ursprünglichen Anklageschrift gegen Hauptmann Dreyfus, die bei seinem Prozess verlesen wurde, wird behauptet, dass er die Madagaskar-Mitteilung im Februar kopiert habe, als er der entsprechenden Abteilung zugeteilt gewesen sei. Ich zitiere: ›Hauptmann Dreyfus hätte sie sich damals leicht beschaffen können.‹ Wie bringen Sie diese beiden Daten in Einklang?«

Gonse gafft ihn mit offenem Mund an. Dann sieht er zu Pellieux hinüber. »Die Mitteilung wurde im August geschrieben. Ob im Februar auch eine verfasst wurde, weiß ich nicht …«

»Nun, meine Herren!«, sagt Labori höhnisch. »Da sieht man mal wieder, wie wichtig Präzision ist.«

Ein trivialer Widerspruch, und dennoch ist der Stimmungswandel im Gerichtssaal wie fallender Luftdruck sofort spürbar. Einige lachen, worauf Pellieux' Gesicht erstarrt und vor Zorn rot anläuft. Er ist ein eitler, ein stolzer Mann, und jetzt steht er da wie ein Idiot. Schlimmer, der ganze Fall der Regierung erscheint plötzlich fadenscheinig. Bislang hat ihn kein Anwalt von Laboris Qualität ernsthaft unter die Lupe genommen. Unter Druck wirkt er so instabil wie ein Kartenhaus.

Pellieux beantragt eine kurze Unterbrechung. Er stolziert zu seinem Platz zurück. Sofort wird er von Henry, Gonse und den anderen Offizieren des Generalstabs umringt. Ich sehe, wie Pellieux mit dem Finger in der Luft herumfuchtelt. Auch Labori sieht es. Er schaut mich mit gerunzelter Stirn an, breitet die Arme aus und formt stumm die Worte: Was reden die da? Aber ich kann nur mit den Achseln zucken. Ich habe keine Ahnung, worüber sie sprechen.

Fünf Minuten später kommt Pellieux wieder nach vorn. Offensichtlich will er etwas sagen.

»Meine Herren Geschworenen, ich habe eine Erklärung zu dem gerade Gesagten abzugeben. Bis jetzt hat sich unsere Seite strikt innerhalb der rechtlichen Grenzen bewegt. Wir haben uns nicht über den Fall Dreyfus geäußert, und das möchte ich auch jetzt nicht tun. Aber die Verteidigung hat gerade eine Passage aus der Anklageschrift verlesen, die eigentlich nicht für die Öffentlichkeit bestimmt war. Nun, wie Oberstleutnant Henry sich ausdrückt: Sie wollen wissen, was gespielt wird? Können Sie haben! Im November 96 erhielt das Kriegsministerium Kenntnis von einem *sicheren Beweis* für Dreyfus' Schuld. Diesen Beweis habe ich gesehen. Es ist ein Schriftstück, dessen Herkunft unanfechtbar ist. Es enthält unter anderem die folgenden Sätze: ›Ein Mitglied der Abgeordnetenkammer wird Fragen über den Fall Dreyfus stellen. Bestreiten Sie, dass wir jemals in Kontakt mit diesem Juden standen.‹ Meine Herren, ich stehe zu dieser Erklärung bei meiner Ehre, und ich fordere General Boisdeffre auf, meine Aussage zu bestätigen.«

Im ganzen Gerichtssaal ziehen Menschen hörbar die Luft ein, was dann in leises Gemurmel übergeht, als sie sich ihren Nachbarn zuwenden, um zu diskutieren, was das jetzt zu bedeuten habe. Wieder schaut Labori mich verblüfft an. Ich brauche ein paar Sekunden, bis ich begreife, dass Pellieux sich auf den angeblich aus der deutschen Botschaft stammenden Brief bezieht, den Billot mir vorgelesen, aber nicht gezeigt hat, und der passenderweise auftauchte, kurz bevor man mich aus Paris fortschickte. Ich nicke Labori heftig zu und mache mit beiden Händen eine zupackende Geste. Pellieux hat sich einen weiteren Schnitzer erlaubt. Labori muss die Gelegenheit nutzen, bevor es zu spät ist. Er steht auf.

Gonse erkennt zwar die Gefahr, springt auf, eilt nach vorn. »Ich bitte ums Wort«, ruft er dem Richter besorgt zu. Aber Labori ist schneller.

»Entschuldigen Sie, Herr General, aber ich habe das Wort. Ein Vorfall von außerordentlicher Tragweite hat sich gerade ereignet. Nach einer solchen Erklärung kann es keine Beschränkung der Debatte mehr geben. Ich weise General Pellieux darauf hin, dass kein Schriftstück als gesicherter Beweis gelten kann, wenn es vorher nicht öffentlich behandelt wurde. General Pellieux möge sich rückhaltlos erklären und das Schriftstück vorlegen.«

»Was haben Sie zu sagen, General Gonse?«, fragt der Richter.

Gonse' Stimme ist so schrill, sie klingt, als würde er stranguliert. »Ich bestätige die Aussage von General Pellieux. Er hat die Initiative ergriffen, und er hatte recht damit. Ich hätte an seiner Stelle genauso gehandelt.« Nervös fährt er mit den Händen an seiner Hosennaht auf und ab. Er gibt ein jämmerliches Bild ab. »Die Armee fürchtet sich nicht davor, mit offenen Karten zu spielen. Sie fürchtet sich nicht, die

Wahrheit auszusprechen, wenn ihre Ehre auf dem Spiel steht. Aber Besonnenheit ist vonnöten, und ich glaube nicht, dass Beweise von dieser Art, obwohl sie existieren und unwiderlegbar sind, hier vorgelegt und der Öffentlichkeit zugänglich gemacht werden können.«

Pellieux wiederholt schroff seine Forderung. »Ich verlange, General de Boisdeffre zu holen, damit er meine Worte bestätigt.« Er ignoriert den Richter und den unglückseligen Gonse und ruft nach seinem Adjutanten, der im Gang steht. »Major Delcassé, nehmen Sie sich eine Kutsche, und bringen Sie auf der Stelle General de Boisdeffre her.«

◆

In der Pause kommt Labori zu mir nach vorn. »Von was für einem Schriftstück redet der?«, flüstert er.

»Das kann ich Ihnen nicht sagen, jedenfalls nicht die Einzelheiten. Das würde meine Geheimhaltungspflicht verletzen.«

»*Irgendetwas* müssen Sie mir an die Hand geben, Herr Oberstleutnant. Der Chef des Generalstabs kann jeden Moment da sein.«

Ich schaue hinüber zu Pellieux, Gonse und Henry, die mich gar nicht beachten, so sehr sind sie in ihre eigene Unterhaltung vertieft. »Eines kann ich Ihnen auf jeden Fall sagen: Sie verfolgen eine Taktik, die ziemlich waghalsig ist. Ich glaube nicht, dass Gonse und Henry sehr glücklich über die Lage sind, in die sie da geraten sind.«

»Was schlagen Sie vor, wie soll ich vorgehen, wenn ich gleich Boisdeffre im Zeugenstand habe?«

»Verlangen Sie, dass er das Schriftstück ganz vorliest. Verlangen Sie die Genehmigung, es forensisch untersuchen zu lassen. Verlangen Sie eine Erklärung, warum sie diesen angeblich sicheren Beweis für Dreyfus' Schuld erst zwei Jahre nach seiner Verbannung auf die Teufelsinsel entdeckt haben.«

◆

Beifall und Jubel im Flur vor dem Gerichtssaal melden Boisdeffres Ankunft. Die Tür wird aufgestoßen. Mehrere Ordonnanzoffiziere eilen herein, dann betritt der große Mann höchstpersönlich den Saal und geht langsam bis zum Richtertisch: groß und würdevoll, der Gang steif, die schwarze, eng anliegende Uniform in scharfem Kontrast zum weißen Haar und Schnauzbart. Seit ich ihn vor fünfzehn Monaten zum letzten Mal gesehen habe, scheint er stark gealtert zu sein.

»Danke, dass Sie kommen konnten, Herr General«, sagt der Richter. »Es ist etwas Unvorgesehenes eingetreten. Lassen Sie mich Ihnen zunächst die protokollierte Aussage von General Pellieux vorlesen.«

Als er die Aussage gehört hat, nickt Boisdeffre ernst. »Ich mache es kurz. Ich bestätige General Pellieux' eidesstattliche Aussage in allen Punkten als präzise und wahrhaftig. Es steht mir nicht zu, dem auch nur ein einziges Wort hinzuzufügen.« Er wendet sich an die Geschworenen. »Erlauben Sie, meine Herren, dass ich zum Abschluss noch ein Wort an Sie richte. Sie sind die Geschworenen, Sie sind die Nation. Wenn die Nation den Kommandanten ihrer Armee, den für die Verteidigung der Nation verantwortlichen Männern nicht mehr vertraut, dann werden sie diese schwere Aufgabe, ohne zu zögern, anderen überlassen. Es liegt an Ihnen, darüber zu entscheiden. Das ist alles, was ich zu sagen habe. Herr Vorsitzender, ich bitte um die Erlaubnis, mich zurückziehen zu dürfen.«

»Sie dürfen sich zurückziehen, Herr General«, sagt der Richter. »Der nächste Zeuge.«

Boisdeffre dreht sich um und schreitet unter allgemeinem Beifall auf den Ausgang zu. Als er an mir vorbeigeht, streift sein Blick für einen Moment mein Gesicht, wobei fast unmerklich ein Muskel seiner Backe zuckt. »Verzeihen Sie, Herr General, ich habe noch ein paar Fragen an Sie«, ruft Labori ihm hinterher.

Der Richter greift ein. »Ich habe Ihnen nicht das Wort erteilt, Maître Labori. Der Sachverhalt ist abgeschlossen.«

Boisdeffre entfernt sich mit festen Schritten vom Zeugenstand. Seine Mission ist erfüllt. Mehrere der Offiziere aus dem Generalstab stehen auf und knüpfen ihre Umhänge zu.

Labori lässt nicht locker. »Verzeihung, General Boisdeffre …«

»Sie haben nicht das Wort.« Der Richter schlägt mit dem Hammer auf den Tisch. »Major Esterházy ist der nächste Zeuge.«

»Aber ich habe noch Fragen an *diesen* Zeugen …«

»Es handelte sich um einen Sachverhalt, der nicht Gegenstand der Verhandlung ist. Sie haben nicht das Wort.«

»Ich bitte nachdrücklich um das Wort …«

Es ist zu spät. Die Tür zum Gerichtssaal fällt ins Schloss – höflich, nicht knallend –, und Boisdeffres Intervention ist beendet.

◆

Nach dem Drama der letzten Minuten ist der Auftritt von Esterházy eine Enttäuschung. Labori und die Brüder Clemenceau debattieren laut flüsternd darüber, ob sie die Verhandlung aus Protest gegen Boisdeffres ungewöhnliche Intervention verlassen sollen. Die Geschworenen – diese Ansammlung aus Textilhändlern, Kaufleuten und Gemüseanbauern – sind immer noch perplex über die vom Generalstabschef höchstpersönlich ausgesprochene Drohung, das gesamte Oberkommando werde es als Ausdruck des Misstrauens werten und zurücktreten, sollten sie gegen die Armee entscheiden. Was mich angeht, so rutsche ich auf meinem Sitzplatz herum, weil mich mein Gewissen beutelt und ich nicht weiß, was ich jetzt tun soll.

Der zitternde Esterházy, der mit seinen unnatürlich großen und vorstehenden Augen ständig nervös mal hierhin, mal dorthin schaut, richtet als Erstes einen Appell an die Geschworenen. »Ich weiß nicht, ob Ihnen bewusst ist, in welch scheußliche Lage man mich gebracht hat. Der erbärmliche Monsieur Mathieu Dreyfus hat es gewagt, mich ohne den Hauch eines Beweises zu beschuldigen, das Verbrechen begangen zu haben, für das sein Bruder bestraft wurde. Unter Missachtung aller Rechte, aller Grundsätze der Justiz muss ich heute vor Ihnen nicht als Zeuge, sondern als Angeklagter erscheinen. Ich protestiere vehement gegen diese Behandlung …«

Ich kann es nicht ertragen, mir das anzuhören. Ich stehe demonstrativ auf und verlasse den Saal.

Esterházy ruft mir hinterher. »Während der letzten achtzehn Monate hat man das schauerlichste Komplott gegen mich geschmiedet, das jemals gegen einen Mann geschmiedet wurde. Während dieser Zeit habe ich mehr ertragen müssen, als jeder meiner Zeitgenossen in seinem ganzen Leben ertragen hat …«

Ich schließe die Tür und mache mich in den Gängen auf die Suche nach Louis. Ich finde ihn schließlich im Vestibül de Harlay, wo er auf einer Bank sitzt und auf den Boden starrt.

Er schaut mich grimmig an. »Dir ist klar, dass wir gerade Zeuge eines Staatstreichs geworden sind? Wie anders soll man es nennen, wenn dem Generalstab gestattet wird, ein Beweisstück zu präsentieren, das einzusehen der Verteidigung verwehrt wird, und der Generalstab dann mit massenhafter Fahnenflucht für den Fall droht, dass das zivile Gericht diesen Beweis nicht akzeptiert? Die Taktik, die sie schon gegen Dreyfus angewandt haben, versuchen sie nun auf das ganze Land anzuwenden.«

»Stimmt. Und deshalb möchte ich auch noch einmal in den Zeugenstand gerufen werden.«

»Bist du dir da sicher?«

»Sagst du Labori Bescheid?«

»Sei vorsichtig, Georges. Das sage ich jetzt als dein Anwalt. Du verstößt gegen die Verschwiegenheitspflicht und brichst deinen Diensteid. Dafür schicken sie dich zehn Jahre hinter Gitter.«

»Es gibt noch etwas, was du für mich tun könntest«, sage ich auf dem Weg zum Gerichtssaal zu ihm. »Würdest du dich bitte so diskret wie möglich mit einem Beamten der Sûreté, Jean-Alfred Desvernine, in Verbindung setzen und ihm ausrichten, dass ich ihn streng vertraulich treffen muss? Sag ihm, er soll sich in den Zeitungen auf dem Laufenden halten und am Tag nach meiner Entlassung um sieben Uhr abends am üblichen Ort sein.«

»Am üblichen Ort ...« Louis notiert alles kommentarlos.

Als wir wieder im Gerichtssaal sind, fragt mich der Richter: »Was haben Sie Ihrer Aussage noch hinzuzufügen, Oberstleutnant Picquart?«

Während ich zum Zeugenstand gehe, schaue ich kurz zu Henry, der eingeklemmt zwischen Gonse und Pellieux auf seinem Platz sitzt. Die verschränkten Arme auf seiner mächtigen Brust sehen wie Stummel aus, wie gestutzte Flügel.

Ich fahre mit den Fingern über die polierte, fein gemaserte Handleiste des Zeugenstands. »Ich möchte etwas zu dem Schriftstück sagen, dem sicheren Beweis für Dreyfus' Schuld, von dem General Pellieux in seiner Aussage gesprochen hat. Wenn er es nicht erwähnt hätte, hätte ich nie ein

Wort darüber verloren, aber nun sehe ich mich genötigt, es doch zu tun.« Die Uhr tickt. Ich fühle mich, als stünde ich vor einer geöffneten Falltür und täte nun den Schritt über den Rand. »Es ist eine Fälschung.«

◆

Der Rest ist schnell erzählt. Nachdem das Gejohle und Geschrei verstummt ist, tritt Pellieux vor und beleidigt mit heftigen Worten meinen Charakter. »Alles an diesem Fall ist sonderbar, aber das Sonderbarste ist die Einstellung eines Mannes, der noch immer die französische Uniform trägt und hier vor Gericht erscheint, um drei Generäle der Fälschung eines Schriftstücks zu beschuldigen.«

Am Tag der Urteilsverkündung werde ich zum letzten Mal mit der Kutsche von der Festung Mont-Valérien in die Stadt gefahren. Die Straßen rund um den Justizpalast sind voller Schlägertypen mit schweren Knüppeln. Als die Geschworenen sich zur Urteilsfindung zurückziehen, sammeln sich die Dreyfusarden, wie wir inzwischen genannt werden, in der Mitte des Gerichtssaals, weil wir uns in der Gruppe sicherer fühlen: Zola, Perrenx, die Brüder Clemenceau, Louis und Labori, Madame Zola und Laboris junge, auffallend schöne australische Frau Marguerite, die die beiden kleinen Jungen aus ihrer früheren Ehe mitgebracht hat. »So sind wir alle zusammen«, sagt sie in ihrem Französisch mit starkem Akzent. Durch die hohen Fenster können wir den lärmenden Mob auf der Straße hören.

»Wenn wir gewinnen, kommen wir hier nicht lebend raus«, sagt Clemenceau.

Nach vierzig Minuten kehren die Geschworenen zurück und setzen sich auf ihre Bank. Ihr Sprecher, ein bulliger Kaufmann, steht auf. »Bei meiner Ehre und meinem Gewissen verkünde ich die Entscheidung der Geschworenen. Im Fall Perrenx, mit der Mehrheit der Stimmen, schuldig; im Fall Zola, mit der Mehrheit der Stimmen, schuldig.«

Ein Tumult bricht los. Die Offiziere jubeln. Alle sind aufgesprungen. Die nach der letzten Mode gekleideten Damen steigen auf ihre Sitze, um besser sehen zu können.

»Kannibalen«, sagt Zola.

Der Richter verurteilt Perrenx, den Geschäftsführer von *L'Aurore,* zu vier Monaten Gefängnis und einer Geldstrafe von dreitausend Francs. Zola erhält die Höchststrafe von einem Jahr Gefängnis und eine Geldstrafe von fünftausend Francs. Die Strafen werden bis zur Berufungsverhandlung ausgesetzt.

Als wir den Gerichtssaal verlassen, gehe ich dicht an Henry vorbei, der mit einigen Offizieren des Generalstabs zusammensteht. Er erzählt gerade einen Witz. »Meine Sekundanten werden Sie in den kommenden Tagen aufsuchen«, sage ich kühl zu ihm. »Um die Vorkehrungen für unser Duell zu treffen. Ich erwarte Ihre Antwort.« Zufrieden stelle ich fest, dass zumindest kurz das Lächeln aus seinem Schweinegesicht verschwindet.

◆

Drei Tage später, am Samstag, dem 26. Februar, lässt mich der Kommandant von Mont-Valérien in sein Büro rufen und in Habtachtstellung vor seinem Schreibtisch stehen, während er mir mitteilt, dass mich ein Ausschuss ranghoher Offiziere schweren Fehlverhaltens für schuldig befunden habe und ich mit sofortiger Wirkung aus der Armee entlassen sei. Ich werde nicht die volle Pension eines Oberstleutnants, sondern nur die eines Majors erhalten: dreißig Francs die Woche. Er sei weiter befugt, mich davon zu unterrichten, dass die Armee, sollte ich in der Öffentlichkeit welchen Kommentar auch immer zu meiner Dienstzeit im Generalstab abgeben, die härtestmöglichen Sanktionen gegen mich ergreifen werde.

»Haben Sie etwas zu sagen?«

»Nein, Herr Oberst.«

»Wegtreten!«

In der Abenddämmerung begleitet mich eine Eskorte zum Tor und lässt mich mit meinem Koffer auf dem Pflaster des Vorhofs stehen. Ich muss selbst sehen, wie ich nach Hause komme. Seit meinem achtzehnten Lebensjahr kenne ich kein anderes Leben als das in der Armee. All das liegt nun hinter mir, und so gehe ich als einfacher Monsieur Picquart den Hügel hinunter zum Bahnhof und steige in den nächsten Zug nach Paris.

21

Am nächsten Abend gehe ich zum Gare Saint-Lazare und setze mich im Bahnhofsrestaurant an denselben Ecktisch wie immer. Es ist Sonntag, das Lokal ist ruhig, fast verwaist. Ich bin einer von einer Handvoll Gäste. Um etwaige Verfolger abzuschütteln, bin ich in Kirchen gegangen und durch Seitentüren wieder hinausgeschlüpft, bin Wege wieder zurückgegangen, habe mich durch enge Gassen gedrückt. Ich bin mir ziemlich sicher, dass mir niemand gefolgt ist. Ich lese meine Zeitung, rauche eine Zigarette und nippe bis Viertel vor acht an einem einzigen Bier, bis kein Zweifel mehr besteht, dass Desvernine nicht kommt. Ich bin enttäuscht, aber nicht überrascht. Da sich meine Lage sehr verändert hat, seit wir uns das letzte Mal gesehen haben, kann ich es ihm nicht verdenken.

Ich gehe wieder nach draußen und steige vor dem Bahnhof in einen Pferdeomnibus nach Hause. Die Plätze unten sind alle besetzt, sodass ich zur oberen, offenen Plattform hinaufsteige. Es ist kalt, die vermummten Fahrgäste starren vor sich hin. Ich setze mich in die Mitte der längs verlaufenden Sitzbank. Mit dem Kinn auf der Brust und den Händen in den Manteltaschen sitze ich da und schaue auf die dunklen oberen Stockwerke der Läden. Keine Minute später setzt sich ein Mann in einem schweren Mantel und mit einem Schal um den Hals auf die Bank. Er lässt etwas Platz zwischen sich und mir.

»Guten Abend, Herr Oberstleutnant«, sagt er.

Überrascht drehe ich mich zu ihm. »Desvernine!«

Er schaut weiter geradeaus. »Man ist Ihnen von Ihrer Wohnung gefolgt.«

»Ich dachte, ich hätte sie abgeschüttelt.«

»Nur zwei. Der Dritte sitzt unten. Glücklicherweise arbeitet er für mich. Ich glaube nicht, dass es noch einen Vierten gibt. Trotzdem schlage ich vor, dass wir uns kurz fassen.«

»Natürlich. Ich freue mich, dass Sie überhaupt gekommen sind.«

»Was wollen Sie?«

»Ich muss mit Lemercier-Picard sprechen.«

»Warum?«

»Im Dreyfus-Fall spielen jede Menge Fälschungen eine Rolle. Ich könnte mir vorstellen, dass er zumindest bei einigen seine Finger im Spiel hatte.«

»Ach so.« Er macht ein gequältes Gesicht. »Das wird nicht einfach. Können Sie sich etwas präziser ausdrücken?«

»Ja. Ich denke da vor allem an das Schriftstück, das gestern in dem Zola-Prozess zur Sprache kam, diesen sogenannten sicheren Beweis, für den sich General Boisdeffre verbürgt hat. Wenn es das ist, was ich glaube, dann handelt es sich dabei um fünf oder sechs handschriftliche Zeilen. Ziemlich viel, um von einem Amateur gefälscht worden zu sein. Außerdem existiert jede Menge Originalmaterial, mit dem man sie vergleichen kann. Deshalb vermute ich, dass sie dafür einen Profi engagiert haben.«

»Wen genau meinen Sie mit sie, Herr Oberstleutnant, wenn Sie mir die Frage gestatten?«

»Die Statistik-Abteilung. Oberstleutnant Henry.«

»Henry? Der Stellvertreter spielt den Boss!« Er schaut mich zum ersten Mal an.

»Geld kann ich vermutlich irgendwie beschaffen – wenn es das ist, was Ihr Mann will.«

»Das will er bestimmt, das kann ich Ihnen versprechen, und zwar jede Menge. Wann wollen Sie ihn sprechen?«

»Sobald wie möglich.«

Desvernine verkriecht sich in seinen Mantel und denkt nach. Ich kann sein Gesicht nicht sehen. »Ich werde mich darum kümmern, Herr Oberstleutnant«, sagt er schließlich und steht auf. »Ich steige hier aus.«

»Ich bin kein Oberstleutnant mehr, Monsieur Desvernine. Sie brauchen mich nicht mehr so zu nennen. Und Sie sind auch nicht dazu verpflichtet, mir zu helfen. Es ist riskant für Sie.«

»Sie vergessen, wie viel Zeit ich darauf verwendet habe, Esterházy nachzustellen. Ich kenne den Dreckskerl in- und auswendig. Es macht mich krank, ihn frei herumlaufen zu sehen. Ich werde Ihnen helfen, schon wegen ihm.«

◆

Für mein Duell mit Henry brauche ich zwei Sekundanten, die die Vorbereitungen treffen und den korrekten Ablauf sicherstellen. Ich fahre nach Ville-d'Avray, um Edmond Gast zu bitten, einer der beiden zu sein. Nach dem Mittagessen sitzen wir mit Decken über den Beinen auf der Terrasse und rauchen eine Zigarre. »Wenn du unbedingt willst, dann fühle ich mich natürlich geehrt«, sagt er. »Aber ich bitte dich, dir das Ganze noch einmal zu überlegen.«

»Ich habe ihn öffentlich zum Duell gefordert, Ed. Ich kann jetzt unmöglich einen Rückzieher machen. Außerdem will ich das gar nicht.«

»Welche Waffe wirst du wählen?«

»Säbel.«

»Herrgott, Georges, du hast seit Jahren keinen Säbel mehr in der Hand gehabt.«

»Er bestimmt auch nicht, so wie er aussieht. Wie auch immer, ich habe einen kühlen Kopf und bin auch noch ganz gut auf den Beinen.«

»Aber du bist in jedem Fall besser mit der Pistole als mit dem Säbel. Außerdem gibt es mit Pistolen immer noch die gesunde Gepflogenheit, absichtlich vorbeizuschießen.«

»Richtig. Aber wenn ich die Pistole wähle und er den Losentscheid gewinnt und als Erster schießen darf, was dann? Vielleicht will er gar nicht vorbeischießen. Wenn er mir eine Kugel ins Herz jagt, sind schlagartig all ihre Probleme gelöst. Nein, das Risiko ist mir zu groß.«

»Und wer soll dein zweiter Sekundant sein?«

»Ich habe mir überlegt, dass du vielleicht deinen Freund Senator Ranc bitten könntest.«

»Warum Ranc?«

Ich ziehe an meiner Zigarre, bevor ich antworte. »Während meiner Zeit in Tunesien habe ich mich intensiv mit Marquis de Morès beschäftigt, der bei einem Duell einen jüdischen Offizier getötet hat. Dabei hat er einen schwereren Säbel benutzt, als die Regeln es erlauben. Der Säbel ging durch die Achsel hindurch und hat das Rückgrat durchtrennt. Ich glaube, es wäre eine ganz gute Lebensversicherung, wenn ich einen Senator an meiner Seite hätte. Das hält Henry vielleicht davon ab, irgendwelche miesen Tricks zu versuchen.«

Edmond sieht mich entsetzt an. »Tut mir leid, Georges, aber das ist doch blanker Wahnsinn. Einmal abgesehen von dir selbst … Du bist es der Sache von Dreyfus' Befreiung schuldig, dich keiner Gefahr auszusetzen.«

»Er hat mich in einer öffentlicher Gerichtsverhandlung der Lüge geziehen. Meine Ehre fordert das Duell.«

»Versuchst du *deine* Ehre zu rächen … oder Paulines?«

Ich schweige.

◆

Am nächsten Abend suchen Edmond und Ranc in meinem Auftrag Henry in dessen Wohnung auf, die in der Avenue Duquesne gegenüber der École Militaire liegt, und überbringen ihm offiziell die Herausforderung. Hinterher erzählt Edmond mir davon. »Er war eindeutig zu Hause, wir haben seine Stiefel im Gang gesehen, und im Hintergrund hat ein kleiner Junge mit weinerlicher Stimme Papa gesagt, und dann hat eine Männerstimme pscht gemacht. Er hat seine Frau vorgeschickt. Sie hat den Brief entgegengenommen und gesagt, dass er morgen antworten würde. Ich habe das Gefühl, dass er einem Duell unbedingt aus dem Weg gehen will.«

Am Mittwoch den ganzen Tag über keine Antwort von Henry. Um acht Uhr abends klopft es dann an meiner Wohnungstür. Ich stehe auf, um aufzumachen. Aber anstatt der Sekundanten mit Henrys Antwort steht Desvernine im Gang. Er kommt nur kurz herein, ohne Hut oder Mantel abzulegen.

»Alles vorbereitet«, sagt er. »Unser Mann wartet in einer Pension, dem Hôtel de la Manche in der Rue de Sèvres. Er hat sich unter einem seiner Decknamen angemeldet, Koberty Dutrieux. Haben Sie eine Waffe, Herr Oberstleutnant?«

Ich öffne meine Jacke und zeige ihm das Schulterhalfter. Da mir meine Dienstwaffe abgenommen wurde, habe ich mir einen englischen Revolver gekauft, einen Webley.

»Gut«, sagt er. »Wir sollten gleich gehen.«

»Sofort?«

»Er bleibt nie lange an einem Ort.«

»Und wir werden nicht verfolgt?«

»Nein. Ich habe meine Schicht gewechselt, heute Abend bin ich für Ihre Beschattung eingeteilt. Was die Sûreté angeht, Herr Oberstleutnant, verbringen Sie heute einen gemütlichen Abend zu Hause.«

Wir nehmen eine Droschke über den Fluss. Etwas südlich

von der École Militaire lasse ich den Kutscher halten. Den Rest des Weges gehen wir zu Fuß. Der Abschnitt der Rue de Sèvres, in dem sich das Hotel befindet, ist schmal und nur schwach beleuchtet. Das de la Manche ist nicht zu verfehlen. Es ist ein schmales, heruntergekommenes Gebäude, das zwischen einer Metzgerei und einer Bar eingeklemmt ist. Es ist die Sorte Hotel, in der Handelsreisende absteigen und man für ein Schäferstündchen wahrscheinlich auch stundenweise zahlen kann. Desvernine geht als Erster hinein, ich folge ihm. Der Concierge ist nicht an seinem Platz. Durch einen Perlenvorhang sehe ich Leute, die in einem kleinen Speisezimmer zu Abend essen. Es gibt keinen Aufzug. Die enge Treppe knarzt bei jedem Schritt. Wir steigen hoch in den dritten Stock, wo Desvernine an eine Tür klopft. Keine Antwort. Er dreht am Türgriff: abgeschlossen. Er legt den Finger an die Lippen. Wir lauschen. Aus dem Zimmer nebenan sind gedämpfte Stimmen zu hören.

Desvernine zieht eine Lederrolle mit Einbruchswerkzeugen aus der Tasche, die genauso aussieht wie die, die er mir gegeben hatte. Er kniet sich auf den Boden und macht sich an die Arbeit. Ich knöpfe meinen Mantel und meine Jacke auf und spüre den beruhigenden Druck der Webley an der Brust. Nach einer Minute springt das Schloss auf. Desvernine steht auf, verstaut in aller Ruhe die Werkzeuge und steckt die Rolle wieder in die Tasche. Er schaut mich an und öffnet leise die Tür. Im Zimmer ist es dunkel. Er tastet nach dem Schalter und knipst das Licht an.

Mein erster Gedanke ist, dass unter dem Fenster eine große schwarze Puppe in Sitzposition an der Wand lehnt – eine Schneiderpuppe vielleicht, aus schwarzem Gips. Ohne sich umzudrehen oder ein Wort zu sagen, hebt Desvernine die linke Hand, damit ich stehen bleibe. In der anderen Hand sehe ich jetzt einen Revolver. Er durchquert mit drei, vier Schritten das Zimmer, schaut hinunter auf das puppenartige Ding unter dem Fenster und flüstert dann: »Machen Sie die Tür zu.«

Ich gehe weiter ins Zimmer und sehe, dass das Ding Lemercier-Picard ist – oder wie immer sein richtiger Name war. Das Kinn des schwarzviolett angelaufenen Gesichts liegt auf der Brust. Die Augen stehen offen, die Zunge quillt aus dem Mund, die Hemdbrust ist mit Schleim verklebt. Tief eingegraben in die Hautfalten des Halses ist eine dünne Kordel, die, gespannt wie eine Harfensaite, hinter dem Nacken nach oben verläuft und am Griff des Flügelfensters festgebunden ist. Ich stehe jetzt so nah vor ihm, dass ich die Füße und den unteren Teil der Beine sehen kann. Sie sind nackt und blutunterlaufen und liegen auf dem Boden auf, während die Hüften ein paar Zentimeter über dem Boden schweben. Die Arme hängen an den Seiten herunter, die Hände sind zu Fäusten geballt.

Desvernine streckt eine Hand aus und tastet am geschwollenen Hals nach dem Puls, geht dann in die Hocke und durchsucht mit schnellen Handgriffen die Leiche.

»Wann haben Sie zuletzt mit ihm gesprochen?«, frage ich ihn.

»Heute Morgen. Er stand genau hier am Fenster, so lebendig wie Sie.«

»Litt er an Depressionen? War er selbstmordgefährdet?«

»Nein, er hatte nur Angst.«

»Wie lange ist er schon tot?«

»Er ist schon kalt, aber noch nicht steif. Zwei Stunden, vielleicht drei.«

Er richtet sich wieder auf und geht zum Bett, auf dem ein offener Koffer liegt. Er kippt den gesamten Inhalt aus, geht den erbärmlich kleinen Haufen der Habseligkeiten durch und fischt Federhalter, Schreibfedern, Bleistifte, Tintenfässchen heraus. Über einer Stuhllehne hängt eine Tweedjacke.

Aus einer der Innentaschen zieht Desvernine eine Brieftasche, schaut in die Fächer, fasst dann in die Seitentaschen. In einer sind Münzen, in der anderen der Zimmerschlüssel.

Ich schaue ihn an. »Kein Zettel, keine Mitteilung?«

»Nicht der kleinste Schnipsel Papier. Seltsam für einen Fälscher, meinen Sie nicht auch?« Er wirft alles wieder in den Koffer. Dann hebt er die Matratze hoch und klopft die Unterseite ab, öffnet die Schublade des Nachttischs, schaut in den schmuddeligen Schrank, rollt den viereckigen Läufer zusammen. Schließlich steht er mit den Armen in die Seiten gestemmt da und schaut mich ernüchtert an. »Saubere Arbeit. Die haben nicht einen einzigen Schnipsel übrig gelassen. Sie sollten jetzt lieber gehen, Herr Oberstleutnant. Das ist das Letzte, was Sie jetzt brauchen können, dass man Sie in einem Zimmer mit einer Leiche schnappt – vor allem mit der da.«

»Und Sie?«

»Ich schließe die Tür wieder ab und lasse alles so zurück, wie wir es vorgefunden haben. Vielleicht warte ich draußen noch ein, zwei Stunden, ob irgendwer auftaucht.« Er schaut auf die Leiche. »Das geht als glasklarer Selbstmord durch. Dauert nicht lange, dann werden Sie in ganz Paris keinen Polizisten und keinen Gauner finden, der was anderes sagt. Armer Hund.« Er streicht sanft mit den Händen über das verzerrte Gesicht und schließt die starren Augen.

◆

Am nächsten Tag stehen zwei Obersten vor meiner Wohnung: Parès und Boissonnet, beide bekannte Sportler und alte Trinkkumpane von Henry. Sie teilen mir mit pompöser Geste mit, dass Oberstleutnant Henry ein Duell mit der Begründung ablehne, dass ich als unehrenhaft entlassener Offizier eine übel beleumdete Person sei, die keine Ehre zu verlieren habe. Folglich könne es keine Beleidigung gegeben haben.

Parès schaut mich mit kalter Verachtung an. »Oberstleutnant Henry schlägt vor, *Monsieur* Picquart, dass Sie sich stattdessen um Satisfaktion von Major Esterházy bemühen. Seines Wissens nach brennt Major Esterházy darauf, Sie zum Duell zu fordern.«

»Das glaube ich gern. Aber Sie können Oberstleutnant Henry – und auch Major Esterházy – ausrichten, dass ich nicht die Absicht habe, mich in die Gosse zu begeben, um mit einem Verräter und Betrüger die Klinge zu kreuzen. Oberstleutnant Henry hat mich öffentlich einen Lügner genannt, als ich noch aktiver Offizier war. Daraufhin habe ich ihn gefordert, und deshalb verpflichtet ihn die Ehre, mir Satisfaktion zu gewähren. Wenn er mir diese verweigert, wird das die Welt zur Kenntnis nehmen und den offensichtlichen Schluss daraus ziehen, dass er nicht nur ein Ehrabschneider, sondern auch ein Feigling ist. Guten Tag, meine Herren.«

Erst nachdem ich die Tür geschlossen habe, fällt mir auf, dass ich zittere. Ob vor Aufregung oder vor Wut, kann ich nicht sagen.

Am Abend kommt Edmond mit der Neuigkeit vorbei, dass Henry sich schließlich doch dazu entschlossen habe, meine Herausforderung anzunehmen. Das Duell solle in zwei Tagen um halb elf in der Halle der Reitschule der École Militaire stattfinden. Die Waffen seien Säbel. »Henry wird automatisch ein Armeearzt zur Seite gestellt«, sagt Edmond. »Wir müssen ebenfalls einen Arzt benennen, der uns begleitet. Hast du jemand an der Hand?«

»Nein.«

»Dann kümmere ich mich darum. Pack jetzt ein paar Sachen zusammen.«

»Warum?«

»Weil meine Kutsche vor der Tür steht und du mit zu mir nach Hause kommst, damit du ein bisschen Fechten üben kannst. Ich will nicht miterleben müssen, wie man dich umbringt.«

Ich überlege, ob ich ihm von Lemercier-Picard erzählen soll, entscheide mich aber dagegen. Er ist auch so schon nervös genug.

Den Freitag verbringen wir in Edmonds Scheune, wo er stundenlang die Schrittfolgen mit mir durchgeht und mir wieder die Grundregeln einbleut: zusammengesetzter Angriff und Kreisparade, Riposte und Remise. Am nächsten Morgen machen wir uns um kurz nach neun auf den Weg von Ville-d'Avray nach Paris. Jeanne küsst mir das ganze Gesicht ab, als rechnete sie nicht damit, mich noch einmal wiederzusehen. »Auf Wiedersehen, mein liebster Georges! Ich werde dich nie vergessen. Leb wohl!«

»Meine liebe Jeanne, das gibt meiner Moral nicht gerade den nötigen Auftrieb ...«

Eine Stunde später biegen wir in die Avenue de Lowendal ein und sehen mehrere Hundert Menschen, die sich vor dem Eingang der Reitschule versammelt haben. Viele der Wartenden sind Kadetten der École Militaire – junge Männer, wie ich sie früher unterrichtet habe, die jetzt aber höhnisch johlen, als ich in Zivilkleidung aus der Kutsche steige. Ein Kordon aus Soldaten bewacht den Eingang. Edmond klopft an das Eingangstor, ein Riegel wird zurückgeschoben, und wir betreten die vertraute, in graues Licht getauchte Halle. Es ist kühl und stinkt nach Pferdeäpfeln, Ammoniak und Stroh. Vögel, die sich ins Innere verirrt haben, schlagen mit den Flügeln gegen die Oberlichter. In der Mitte der riesigen Reithalle hat man einen provisorischen Tisch – eine Platte auf Holzböcken – aufgestellt, an dem die massige Gestalt von Arthur Ranc lehnt. Mit ausgestreckter Hand kommt er auf mich zu. Er mag schon hart auf die siebzig zugehen, aber sein Bart ist noch voll und schwarz, und die Augen hinter dem Kneifer leuchten neugierig. »Zu meiner Zeit habe ich jede Menge Duelle ausgefochten, mein Bester«, sagt er. »Und immer dran denken: In zwei Stunden sitzen Sie mit dem herrlichsten Heißhunger am Mittagstisch und genießen die Mahlzeit Ihres Lebens. Allein dafür lohnt sich so ein Duell!«

Ich werde dem Schiedsrichter vorgestellt, einem pensionierten Feldwebel der Republikanischen Garde, und meinem ärztlichen Beistand, einem Krankenhausarzt. Wir warten schon fünfzehn Minuten, und unsere Unterhaltung wird zunehmend bemühter, als schließlich aufbrandender Jubel von der Straße Henrys Eintreffen anzeigt. Mit den beiden Obersten im Gefolge betritt er die Halle. Er würdigt uns keines Blickes, sondern marschiert schnurstracks auf den Tisch zu und zieht sich die Handschuhe aus. Dann nimmt er die Mütze ab, legt sie auf den Tisch und beginnt sich den Uniformrock aufzuknöpfen, als bereitete er sich auf einen medizinischen Eingriff vor, den er so schnell wie möglich hinter sich bringen wolle. Ich ziehe Jacke und Weste aus und gebe beides Edmond. Der Schiedsrichter zeichnet mit einem Stück Kreide eine dicke Linie auf den Steinboden, schreitet dann auf beiden Seiten eine bestimmte Entfernung ab, deren Endpunkte er jeweils mit einem Kreuz markiert. Dann ruft er uns zu sich. »Meine Herren«, sagt er. »Knöpfen Sie bitte Ihre Hemden auf.« Wir entblößen kurz unsere Brust, damit er überprüfen kann, dass wir keine Schutzkleidung tragen. Henrys Brust ist so rosa und haarlos wie die eines Schweins. Während er das Prozedere über sich ergehen lässt, schaut er auf seine Hände, auf den Boden, zu den Dachbalken – überallhin, nur nicht zu mir.

Unsere Waffen werden gewogen und vermessen. »Wenn

einer von Ihnen, meine Herren, oder einer Ihrer Sekundanten verletzt wird, dann wird der Kampf unterbrochen, es sei denn, der Verletzte wünscht weiterzukämpfen«, erklärt der Feldwebel. »Nachdem die Verletzung untersucht worden ist, wird der Kampf fortgesetzt, falls der Verletzte dies wünscht.« Er gibt uns die Säbel. »Bereiten Sie sich vor.«

Ich dehne die Knie und führe einige Übungsstöße und Paraden aus und drehe mich dann zu Henry um, der etwa sechs Schritte entfernt steht und mich nun, endlich, anschaut. Ich sehe den Hass in seinen Augen. Ich weiß sofort, dass er versuchen wird, mich zu töten.

»En garde«, sagt der Feldwebel. Wir nehmen beide unsere Position ein. Er schaut auf seine Uhr, hebt seinen Stock und senkt ihn. »Allez!«

Henry stürmt sofort auf mich los und schlägt derart schnell und kraftvoll zu, dass es mir fast den Säbel aus der Hand reißt. Ich habe keine Wahl, als unter seinen wirbelnden Schlägen zurückzuweichen und so gut ich kann, mehr instinktiv als überlegt, zu parieren. Meine Füße berühren sich, ich gerate ins Stolpern, und sein Säbel ritzt mir die Haut am Hals auf. Ranc und Edmond protestieren lautstark über diesen regelwidrigen Hieb. Ich taumele bedrohlich nach hinten auf die Wand zu. Henry hat mich bestimmt schon zwanzig Schritte von meiner Markierung nach hinten getrieben. Ich ducke mich, weiche zur Seite aus und nehme immer wieder Verteidigungshaltung ein, aber er greift weiter an.

Ich höre, wie Ranc sich beim Schiedsrichter beschwert. »Oberstleutnant Henry«, ruft der Schiedsrichter. »Wir sind hier, um einen Streit unter Ehrenmännern beizulegen!« Aber ich sehe an Henrys Augen, dass er nichts hört als das Rauschen seines Bluts. Er attackiert mich wieder, und diesmal spüre ich die Klinge seines Säbels am Nackenmuskel. Seit dem Tag meiner Geburt war ich dem Tod noch nie so nahe.

Ranc ruft genau in dem Augenblick halt, als ich Henry mit der Spitze meines Säbels am Unterarm erwische. Er schaut nach unten auf seinen Arm. Wir lassen beide unsere Waffen sinken, während die Sekundanten und die Ärzte auf uns zueilen. Der Feldwebel schaut auf die Uhr. »Die erste Bindung dauerte zwei Minuten.«

Mein Arzt zieht mich unter ein Oberlicht und dreht meinen Kopf, um den Hals zu untersuchen. »Alles in Ordnung«, sagt er. »Anscheinend hat er Sie um Haaresbreite verfehlt.«

Henry blutet am Unterarm, nichts Ernstes, nur ein Kratzer, aber für den Schiedsrichter Grund genug, ihn zu fragen, ob er die Fortsetzung des Kampfes wünscht. »Herr Oberstleutnant, Sie dürfen ablehnen.«

Henry schüttelt den Kopf. »Wir machen weiter.«

»Der Kerl ist ein gemeingefährlicher Irrer«, sagt Edmond leise zu mir, während Henry seinen Hemdsärmel aufkrempelt und sich das Blut abwischt. »So eine Vorstellung habe ich noch nie gesehen.«

»Wenn er das noch mal versucht, dann werde ich den Kampf beenden«, sagt Ranc.

»Nein«, sage ich. »Wir kämpfen das bis zum Schluss durch.«

Der Schiedsrichter fordert uns auf, an unsere Plätze zurückzukehren.

»Allez!«

Henry nimmt die Bindung mit der gleichen Aggressivität wieder auf und versucht mich erneut an die Wand zu drängen. Aber der untere Teil seines Arms ist voller Blut, er kann den blutverschmierten Griff des Säbels nicht mehr fest umfassen, und seine Schläge kommen nicht mehr mit der gleichen Wucht wie zuvor. Sie werden langsamer und schwächer. Er muss mich schnell besiegen, oder er verliert. Er nimmt seine ganze Kraft für einen letzten Angriff auf mein Herz zusammen. Ich pariere den Schlag, wehre die Klinge zur

Seite ab, stoße zu und erwische ihn am Ellbogen. Er heult vor Schmerz auf und lässt den Säbel fallen. Seine Sekundanten rufen: »Halt!«

»Nein!«, brüllt er und umklammert zitternd seinen Ellbogen. »Ich mache weiter!« Er bückt sich, hebt den Säbel mit der Linken wieder auf, drückt ihn in die rechte Handfläche, aber die blutigen Finger können den Griff nicht mehr umschließen. Er versucht es ein paarmal, doch immer wieder fällt der Säbel zu Boden. Ich beobachte ihn mitleidlos. »Es geht gleich wieder«, murmelt er und wendet mir den Rücken zu, um seine Schwäche zu verbergen.

Schließlich können die beiden Obersten und sein Arzt ihn überreden, zum Tisch zu gehen und die Wunde untersuchen zu lassen. Fünf Minuten später tritt Oberst Parès auf Edmond, Ranc und mich zu. »Der Ellbogennerv ist verletzt«, sagt er. »Die Finger werden mehrere Tage nicht mehr greifen können. Oberstleutnant Henry muss aufgeben.« Er salutiert und geht wieder.

Ich ziehe meine Weste und Jacke an und schaue zu Henry, der zusammengesunken auf einem Stuhl sitzt und auf den Boden starrt. Oberst Parès steht hinter ihm und schiebt den verletzten Arm in den Ärmel des Uniformrocks, dann kniet sich Oberst Boissonnet vor ihm auf den Boden und knöpft den Rock zu.

»Was für ein Bild«, sagt Ranc verächtlich. »Unser Riesenbaby, am Boden zerstört.«

»Ja«, sage ich. »Sieht ganz so aus.«

◆

Den üblichen Brauch, dass sich die Duellanten nach dem Kampf die Hand schütteln, lassen wir aus. Die Nachricht von der Verwundung ihres Helden ist inzwischen durchgesickert, sodass ich hastig durch einen Hintereingang aus der Halle geschleust werde, um der feindseligen Meute auf der Avenue de Lowendal zu entgehen. Laut den Titelseiten der Zeitungen am nächsten Tag verlässt Henry mit dem Arm in der Schlinge unter dem Jubel seiner Anhänger die Halle und wird in einem offenen Landauer zu seiner Wohnung gefahren, wo schon General Boisdeffre höchstpersönlich auf ihn wartet und ihm die besten Wünsche der Armee übermittelt. Ich gehe mit Edmond und Ranc zum Mittagessen und stelle fest, dass der alte Senator recht hat. Ich setze mich mit dem herrlichsten Heißhunger an den Tisch und genieße tatsächlich die Mahlzeit meines Lebens.

Das beschwingte Lebensgefühl hält an, und in den nächsten drei Monaten stehe ich jeden Morgen in merkwürdig optimistischer Stimmung auf. Von außen betrachtet hätte meine Lage allerdings kaum schlimmer sein können. Ich habe nichts zu tun, keine berufliche Perspektive, kein ausreichendes Einkommen und nur ein kleines Vermögen, von dem ich zehren kann. Solange ihre Scheidung noch in der Schwebe ist, kann ich auch Pauline nicht sehen, weil ich nicht weiß, ob wir noch von der Presse oder der Polizei beobachtet werden. Blanche ist weggezogen. Nur dank den Beziehungen ihres Bruders und mit verschiedenen Tricks (unter anderem der Behauptung, sie sei eine herzleidende, fünfundfünfzig Jahre alte Jungfer) konnte sie um eine Vorladung als Zeugin im Zola-Prozess herumkommen. Ich werde auf der Straße angeraunzt und in verschiedenen Zeitungen verleumdet, weil Henry ihnen gesteckt hat, man hätte mich in Karlsruhe zusammen mit Oberstleutnant von Schwartzkoppen gesehen. Louis wird seines Postens als stellvertretender Bürgermeister des 7. Arrondissements enthoben und von der Anwaltskammer wegen standeswidrigen Verhaltens bestraft. Reinach und andere prominente Unterstützer von Dreyfus verlieren bei den Parlamentswahlen ihre Sitze. Lemercier-Picards Tod sorgt zwar für einen Riesenwirbel, wird aber offiziell als Selbstmord abgehakt. Der Fall ist abgeschlossen.

Überall herrschen die Mächte der Finsternis.

Aber ich werde nicht von allen geächtet. Die Pariser Gesellschaft ist gespalten. Für jede Tür, die mir vor der Nase zugeschlagen wird, öffnet sich eine andere. Sonntags zum Mittagessen bin ich regelmäßig zu Gast in der Rue de Miromesnil bei Madame Geneviève Straus, der Witwe von Georges Bizet, wo ich auch Mitstreiter wie Zola, Clemenceau, Labori, Proust und Anatole France treffe. In der Avenue Hoche veranstaltet am Mittwochabend Monsieur France' Geliebte, Madame Léontine Arman de Caillavet, die »Notre-Dame de la Révision«, oft Diners für zwanzig Personen. Léontine ist eine extravagante Grande Dame mit karmesinrot geschminkten Wangen und orange gefärbten Haaren, auf denen ein randloser Hut mit ausgestopften, rosaroten Dompfaffen thront. Und an Donnerstagen wandere ich bisweilen einige Straßen weiter westlich in die Nähe der Porte Dauphine zu den musikalischen Soireen von Madame Aline Ménard-Dorian, in deren mit Pfauenfedern und japanischen Drucken geschmückten scharlachroten Salons ich die Notenblätter für Cortot, Casals und die drei hinreißenden jungen Schwestern vom Trio Chaigneau umblättere.

»Sie sind immer so gut aufgelegt, mein lieber Georges«, sagen diese grandiosen Gastgeberinnen zu mir, wedeln im Kerzenschein mit ihren Fächern, klappern mit den Augenlidern, berühren tröstend meinen Arm – ein Knastbruder ist immer eine Trophäe für eine elegante Tischgesellschaft – und weisen ihre anderen Gäste ständig auf meinen heiteren Gleichmut hin. »Sie sind ein Wunder, Picquart!«, rufen ihre Gatten. »Oder Sie sind verrückt. Ich bin mir sicher, angesichts von so viel Ungemach könnte ich mir meine gute Laune nicht bewahren.«

Ich lächele. »Nun, für die Gesellschaft muss man immer die Maske des Komödianten tragen …«

Aber in Wahrheit trage ich gar keine Maske. Ich blicke ziemlich zuversichtlich in die Zukunft. Ich bin mir völlig sicher, dass früher oder später – wodurch, kann ich allerdings auch nicht sagen – dieses gewaltige Bauwerk, das die Armee errichtet hat, dieses verrottende Verteidigungsbollwerk aus wurmstichigem Holz, zusammenbrechen wird. Die Lügen sind zu weitreichend und fadenscheinig, als dass sie dem Druck der Überprüfung und der Zeit standhalten könnten. Der arme Dreyfus, der nun schon im vierten Jahr auf der Teufelsinsel leidet, wird das vielleicht nicht mehr erleben, und ich vielleicht auch nicht. Aber die Rehabilitierung wird kommen, davon bin ich überzeugt.

◆

Und ich soll recht behalten, sogar früher, als ich erwartet habe. Im folgenden Sommer ändern zwei Ereignisse alles.

Als Erstes erreicht mich im Mai eine Nachricht von Labori, in der er mich auffordert, umgehend in seine Wohnung in der Rue de Bourgogne zu kommen, die sich gleich um die Ecke vom Kriegsministerium befindet. Keine Stunde später stehe ich in Laboris Salon einem nervösen jungen Mann von einundzwanzig Jahren gegenüber, der offensichtlich vom Land kommt. Labori stellt ihn mir als Christian Esterházy vor.

Ich schüttele ihm misstrauisch die Hand. »Na, wenn das kein anrüchiger Name ist«, sage ich.

»Dazu hat ihn mein Großcousin gemacht«, sagt er. »Der bösartigste Halunke, den die Welt je gesehen hat.«

Seine Heftigkeit verblüfft mich. »Setzen Sie sich, Picquart, und hören Sie sich an, was Monsieur Esterházy uns zu erzählen hat. Sie werden nicht enttäuscht sein.«

Marguerite bringt Tee und lässt uns dann allein.

»Vor achtzehn Monaten ist völlig überraschend mein Vater gestorben«, erzählt Christian. »In unserem Haus in Bordeaux. Eine Woche nach seinem Tod habe ich ein Kondolenzschreiben von einem Mann erhalten, den ich nie zuvor gesehen habe, einem Cousin meines Vaters, Major Walsin-Esterházy, der sein Mitgefühl ausdrückte und anfragte, ob er uns bei etwaigen finanziellen Angelegenheiten behilflich sein könne.«

Christian bemerkt den Blick, den ich Labori zuwerfe.

»Ich sehe schon, Monsieur Picquart, dass Sie wissen, was jetzt kommt. Aber berücksichtigen Sie bitte, dass ich keine Erfahrung in solchen Dingen habe und meine Mutter die weltfremdeste und religiöseste Frau ist, die Sie sich vorstellen können – zwei meiner Schwestern sind Nonnen. Um die Sache kurz zu machen, ich habe meinem ritterlichen Verwandten geschrieben, dass ich fünftausend Francs erben und meine Mutter aus Grundstücksverkäufen einhundertsiebzigtausend Francs erzielen würde und wir sein Hilfsangebot gern in Anspruch nähmen, um das Geld sicher anzulegen. Der Major bot uns daraufhin an, sich bei seinem engen Freund Edmond de Rothschild für uns zu verwenden. Und natürlich dachten wir: Bei dem Namen, was kann sicherer sein?«

Er nippt an seinem Tee, denkt kurz nach und fährt dann fort.

»Ein paar Monate lief alles gut. Er hat uns regelmäßig Briefe mit Schecks geschickt. Die Dividenden von dem Geld, das die Rothschilds in unserem Auftrag investiert haben, hat er behauptet. Im letzten November dann hat er mir geschrieben, dass ich sofort nach Paris kommen solle, weil er in Schwierigkeiten stecke und dringend meine Hilfe brauche.

Natürlich bin ich sofort gefahren. Er war ganz aufgelöst vor Angst. Er hat behauptet, dass man ihn bald öffentlich als Verräter verleumden werde, dass ich aber keine von den Geschichten glauben solle. Alles ein jüdisches Komplott, um ihn anstelle von Dreyfus zu beschuldigen, und er kann alles beweisen, weil er von Offizieren aus dem Kriegsministerium unterstützt wird. Er sagte, dass es inzwischen zu gefährlich für ihn sei, seinen wichtigsten Kontaktmann zu treffen, und ob ich mich an seiner Stelle mit ihm treffen könne, sozusagen als Nachrichtenkurier zwischen den beiden.«

»Und wer war dieser Kontaktmann?«, frage ich.

»Sein Name war Oberst du Paty de Clam.«

»Sie haben du Paty getroffen?«

»Ja, oft. Normalerweise abends, an öffentlichen Plätzen. Parks, Brücken, Toiletten.«

»Toiletten?«

»O ja. Der Oberst war immer sorgfältig verkleidet, dunkle Brillengläser, falscher Bart und dergleichen.«

»Und welche Art von Nachrichten waren das, die du Paty und Ihr Großcousin ausgetauscht haben?«

»Alles Erdenkliche. Warnungen davor, was möglicherweise bald in den Zeitungen auftauchen wird. Ratschläge, wie er darauf reagieren soll. Ich erinnere mich an einen Umschlag mit einem Geheimdokument vom Ministerium. Manchmal auch Nachrichten, bei denen es um Sie ging.«

»Um mich?«

»Ja, zwei Telegramme zum Beispiel. An die kann ich mich noch genau erinnern, weil die sehr merkwürdig waren.«

»Wissen Sie noch, was darin stand?«

»Ich weiß noch, dass eines mit Blanche unterzeichnet war. Das hat du Paty geschrieben. Das andere … irgendein ausländischer Name …«

»Speranza?«

»Genau, Speranza! Mademoiselle Pays, Major Esterházys Geliebte, hat das nach Vorgaben des Obersten geschrieben und dann zur Post in der Rue La Fayette gebracht.«

»Haben sie Ihnen gesagt, warum sie diese Telegramme geschrieben haben?«

»Um Sie in Misskredit zu bringen.«

»Und Sie haben ihnen geholfen, weil Sie Ihren Großcousin für unschuldig hielten.«

»Natürlich – zumindest damals.«

»Und jetzt?«

Christian denkt nach. Er trinkt einen Schluck Tee und stellt den Untersetzer mit der Tasse wieder auf den Tisch – mit langsamen, bedächtigen Bewegungen, die aber nicht ganz verbergen können, dass es in seinem Innern brodelt. »Als vor ein paar Wochen zum ersten Mal der monatliche Scheck ausblieb, habe ich mich bei den Rothschilds erkundigt. Es gibt kein Bankkonto. Hat nie eines gegeben. Meine Mutter ist ruiniert. Ich glaube, wenn ein Mann fähig ist, die eigene Familie auf diese Weise zu betrügen, dann verrät er auch ohne jedes Gewissen sein Land. Deshalb bin ich zu Ihnen gekommen. Man muss ihn aufhalten.«

◆

Was mit dieser nun bewiesenen Information zu geschehen hat, liegt auf der Hand: Sie muss an Bertulus weitergegeben werden, den eleganten Richter mit der roten Nelke im Knopfloch, dessen gemächliche Ermittlungen in Sachen gefälschter Telegramme immer noch im Gange sind. Weil ich die Klage eingereicht habe, kommen wir überein, dass ich ihm schreibe und auf den wichtigen neuen Zeugen aufmerksam mache. Christian ist bereit auszusagen, ändert jedoch seine Meinung, als sein Großcousin herausfindet, dass er Labori getroffen hat, und entscheidet sich wieder um, als man ihn darauf hinweist, dass er in jedem Fall als Zeuge vorgeladen werden könne.

Esterházy, der sich offensichtlich der nahenden Katastrophe bewusst ist, erneuert seine Forderung nach einem Duell mit mir. Er lässt die Presse wissen, dass er die Straßen in der Nähe meiner Wohnung durchstreife, damit er mir seinen schweren Spazierstock aus rot lackiertem Kirschholz, den er immer bei sich trage, ins Gehirn rammen könne. Er bezeichnet sich als Experten in der Kunst des Savate, des Kickboxens. Schließlich schickt er mir einen Brief, den er auch an die Zeitungen weitergibt:

Weil Sie sich vor einem ernsthaften Kampf mit mir aus Angst drücken, habe ich, wie Sie sehr wohl wissen, in den letzten Tagen nach Ihnen Ausschau gehalten. Vergeblich, Sie sind wie ein Feigling vor mir geflohen. Sagen Sie mir, wann und wo Sie es endlich wagen werden, sich mir von Angesicht zu Angesicht zu stellen, damit ich Ihnen die Züchtigung verabreichen kann, die ich Ihnen versprochen habe. Ich jedenfalls werde ab morgen an drei Abenden hintereinander ab sieben Uhr in der Rue de Lisbonne und der Rue de Naples spazieren gehen.

Da ich nicht den Wunsch hege, in direkten Kontakt mit so einer Kreatur zu treten, antworte ich nicht persönlich. Stattdessen lasse ich der Presse ebenfalls eine Erklärung zukommen:

Es überrascht mich, dass Monsieur Esterházy nach mir sucht und mich dennoch nicht angetroffen hat, zumal ich mich ziemlich offen in der Stadt bewege. Was die in seinem Brief enthaltenen Drohungen angeht, so bin ich fest ent-

schlossen, sollte ich in einen Hinterhalt geraten, das mir per Gesetz zustehende Bürgerrecht auf Selbstverteidigung wahrzunehmen. Dabei werde ich nicht vergessen, dass es meine Schuldigkeit ist, das Leben von Monsieur Esterházy zu achten. Der Mann gehört der Justiz unseres Staates überantwortet, und man würde mich mit Recht rügen, nähme ich seine Bestrafung selbst in die Hand.

Mehrere Wochen verstreichen, und ich halte schon nicht mehr nach ihm Ausschau. Doch dann, an einem Sonntagnachmittag Anfang Juli, am Tag bevor ich Bertulus Christians Zeugenaussage bringen soll, vertrete ich mir nach dem Mittagessen auf der Avenue Bugeaud die Beine, als ich hinter mir schnell näher kommende Schritte höre. Ich drehe mich um und sehe Esterházys roten Spazierstock auf mich niedersausen. Ich reiße einen Arm hoch, um mein Gesicht zu schützen, und ducke mich dann zur Seite weg, sodass der Hieb mich nur an der Schulter trifft. Esterházys Augen quellen wie Orgelregister aus seinem vor Wut verzerrten Gesicht. Während er mich mit Beleidigungen überschüttet – »Schuft! Feigling! Verräter!« –, steht er so dicht vor mir, dass ich den Absinth in seinem Atem riechen kann. Glücklicherweise habe ich selbst einen Spazierstock dabei. Mein erster Schlag reißt ihm die Melone vom Kopf, der zweite trifft ihn im Magen und schickt ihn zu seiner Melone in den Rinnstein. Er rollt sich auf die Seite, berappelt sich und kniet nach Luft japsend auf Händen und Knien auf dem Pflaster. Dann stützt er sich auf seinen lächerlichen roten Kirschholzstock und versucht sich aufzurichten. Einige Passanten sind stehen geblieben und gaffen. Ich nehme ihn in den Schwitzkasten und rufe, dass jemand die Polizei holen solle. Kaum überraschend gehen alle sofort weiter und lassen mich mit dem Verräter im Arm stehen. An so einem herrlichen Sonntagnachmittag haben die Flaneure Besseres zu tun. Der kräftige und drahtige Esterházy windet sich hin und her, und mir wird klar, dass ich ihn entweder loslassen oder härter anfassen muss, damit er Ruhe gibt. Ich lasse ihn los, trete einen Schritt zurück und behalte ihn misstrauisch im Auge.

»Schuft!«, schreit er wieder. »Feigling! Verräter!« Torkelnd versucht er seinen Hut aufzuheben. Er ist ziemlich betrunken.

»Sie wandern ins Gefängnis«, sage ich. »Wenn nicht wegen Landesverrats, dann wegen Fälschung oder Unterschlagung. Und kommen Sie mir nicht mehr zu nahe, sonst werde ich richtig ungemütlich.«

Ich spüre einen stechenden Schmerz in der Schulter und bin froh, dass ich weitergehen kann. Er versucht nicht, mir zu folgen. Aber sein lallendes Grölen kann ich noch lange hören. »Schuft! Feigling! Verräter! *Jude!*«

◆

Der zweite Vorfall in diesem Sommer ereignet sich vier Tage später.

Es ist Donnerstag, der 7. Juli, und wie üblich an diesem Wochentag halte ich mich am frühen Abend in der neogotischen Villa von Aline Ménard-Dorian auf. Um genau zu sein: Ich stehe vor Beginn des Konzerts noch im Garten, nippe an einem Glas Champagner und unterhalte mich mit Zola, dessen Revision gegen sein Urteil gerade an einem Gericht in Versailles verhandelt wird. Kürzlich ist eine neue Regierung gebildet worden, und wir diskutieren die möglichen Auswirkungen auf seinen Fall, als plötzlich Clemenceau mit Labori im Schlepptau und der Abendzeitung unter dem Arm auf der Terrasse auftaucht.

»Haben Sie schon gehört, was soeben passiert ist?«

»Nein.«

»Meine Freunde, eine Sensation! Dieser kleine arrogante Heuchler Cavaignac hat gerade in der Abgeordnetenkammer seine erste Rede als Kriegsminister gehalten und behauptet, ein für alle Mal bewiesen zu haben, dass Dreyfus ein Landesverräter ist.«

»Wie hat er das denn gemacht?«

Clemenceau drückt mir die Zeitung in die Hand. »Er hat drei abgefangene Botschaften aus dem Geheimdossier wortwörtlich vorgelesen.«

»Das ist völlig unmöglich ...«

Das ist völlig unmöglich – aber da steht es, schwarz auf weiß. Der neue Kriegsminister Godefrey Cavaignac, der erst vor knapp einer Woche das Amt von Billot übernommen hat, behauptet, die Dreyfus-Affäre mit einem politischen Paukenschlag beendet zu haben: »Ich werde der Kammer drei Schriftstücke präsentieren. Das erste ist ein Brief, den die Geheimdienstabteilung des Kriegsministeriums im März 1894 erhalten hat ...« Ohne Absender und Empfänger zu nennen, geht er alle nacheinander durch: die berüchtigte Mitteilung aus dem Geheimdossier (»Anbei 12 Pläne von militärischen Einrichtungen in Nizza, die mir dieser Lump D für Dich gegeben hat«), einen zweiten Brief, den ich nicht kenne (»D hat mir sehr viele interessante Dinge übergeben«) und den sogenannten sicheren Beweis, der in Zolas Prozess den Ausschlag gegeben hat:

Ich habe gelesen, dass ein Abgeordneter Fragen zu Dreyfus stellen wird. Falls man in Rom neue Erklärungen von mir verlangt, werde ich sagen, dass ich nie mit diesem Juden Kontakt hatte. Wenn jemand Dich fragen sollte, dann sage das Gleiche. Niemand darf jemals erfahren, was man mit ihm gemacht hat.

Ich gebe Zola die Zeitung. »Er hat diesen ganzen Blödsinn tatsächlich vorgelesen? Er muss verrückt geworden sein.«

»Wenn Sie in der Abgeordnetenkammer gewesen wären, dann würden Sie das anders sehen«, sagt Clemenceau. »Die ganze Kammer hat ihm stehend applaudiert. Die glauben tatsächlich, dass er den Fall Dreyfus ein für alle Mal erledigt hat. Die Kammer hat sogar verfügt, dass sechsunddreißigtausend Kopien von den Beweisen gedruckt und in jeder Gemeinde in Frankreich ausgehängt werden.«

»Wenn wir dem nichts entgegensetzen können, ist das eine Katastrophe für uns«, sagt Labori.

»Und, haben wir dem etwas entgegenzusetzen?«, fragt Zola.

Alle drei schauen mich an.

◆

Am gleichen Abend nach dem Konzert, bei dem auch die beiden großartigen Klaviersonaten von Wagner dargeboten werden, entschuldige ich mich bei Aline und mache mich, anstatt zum Essen zu bleiben, auf den Weg zu Pauline. Die Musik spielt noch in meinem Kopf, während ich dahinschlendere. Ich weiß, dass sie nicht weit weg bei einer Cousine untergekommen ist, einer alten Jungfer, die eine Wohnung in der Nähe des Bois de Boulogne hat. Erst weigert sich die Cousine, sie an die Tür zu holen. »Haben Sie ihr nicht schon genug Leid zugefügt, Monsieur? Sollten Sie sie nicht endlich in Ruhe lassen?«

»Bitte, Madame, ich muss sie sehen.«

»Es ist schon spät.«

»Es ist noch nicht einmal zehn, fast noch hell ...«

»Gute Nacht, Monsieur.«

Sie schließt die Tür. Ich klingele noch einmal. Flüsternde

Stimmen. Dann eine lange Pause. Als sich die Tür wieder öffnet, steht Pauline vor mir. Sie trägt eine schlichte, weiße Bluse. Sie ist ungeschminkt, das Haar ist streng nach hinten gekämmt. Sie sieht fast wie eine Nonne aus, und ich frage mich, ob sie noch zur Beichte geht. »Ich dachte, wir waren uns einig, dass wir uns erst wiedersehen, wenn alles geregelt ist«, sagt sie.

»Vielleicht reicht die Zeit nicht mehr.«

Sie schürzt die Lippen und nickt. »Ich hole meinen Hut.« Sie geht in ihr Zimmer, und ich sehe, dass auf dem Tisch in dem kleinen Wohnzimmer eine Schreibmaschine steht. Typisch. Praktisch wie sie ist, hat sie das Geld, das ich ihr geschickt habe, in eine Ausbildung investiert. Es ist das erste Mal, dass sie ein eigenes Einkommen hat.

Als wir auf der Straße um die erste Ecke biegen und außer Sichtweite der Wohnung sind, hakt sich Pauline bei mir unten. Wir gehen in den Bois de Boulogne. Es ist ein stiller, klarer Sommerabend und die Temperatur jenseits jedes Klimas von so vollkommener Ausgewogenheit, als gäbe es keine Grenze zwischen Geist und Natur. Da sind einfach nur die Sterne und der trockene Duft nach Gras und Bäumen und das gelegentliche gedämpfte Platschen, das vom See herüberweht, wo im Mondschein ein Boot mit zwei Liebenden dahingleitet. In der regungslosen Luft tragen ihre Stimmen weiter, als ihnen bewusst ist. Aber wir müssen nur wenige Hundert Schritte gehen, die sandigen Wege verlassen und in den Wald eintauchen, und schon hören die beiden und die Stadt auf zu existieren.

Wir finden einen abgeschiedenen Platz unter einer uralten Zeder. Ich ziehe meinen Frack aus und lege ihn auf den Boden, lockere meine weiße Krawatte, setze mich neben sie und lege meinen Arm um sie.

»Du ruinierst deinen Frack«, sagt sie.

»Das spielt keine Rolle. Ich werde ihn eine Zeit lang sowieso nicht brauchen.«

»Gehst du weg?«

»So könnte man es nennen.«

Dann erkläre ich ihr, was ich vorhabe. Den Entschluss habe ich während des Konzerts gefasst, genauer gesagt bei Wagner, der immer eine berauschende Wirkung auf mich hat.

»Ich werde die Darstellung der Ereignisse durch die Regierung öffentlich infrage stellen.«

Ich mache mir keine Illusionen darüber, was dann passieren wird. Ich kann mich kaum beklagen, dass man mich nicht gewarnt hätte. »Schätze, ich sollte den Monat in der Festung Mont-Valérien als eine Art Probelauf sehen.« Ihr zuliebe setze ich ein tapferes Gesicht auf. Im Innern bin ich weniger zuversichtlich. Ich frage mich: Was ist das Schlimmste, was ich zu erwarten habe? Sobald die Gefängnistüren sich hinter mir schließen, ist mein Leben in Gefahr. Damit muss ich rechnen. Die Haft wird unangenehm werden, und sie kann dauern. Wochen, Monate, vielleicht sogar ein Jahr oder länger, aber das sage ich Pauline nicht. Die Regierung hat ein Interesse daran, das Gerichtsverfahren in die Länge zu ziehen, und wenn nur in der Hoffnung, dass Dreyfus in der Zwischenzeit stirbt.

»Hört sich ganz so an, als hättest du dich schon entschieden«, sagt sie, als ich fertig mit meinen Erklärungen bin.

»Wenn ich jetzt zurückweiche, weiß ich nicht, ob sich jemals wieder die Chance ergibt. Für den Rest meiner Tage würde ich in dem Bewusstsein leben müssen, dass ich der Herausforderung nicht gewachsen war. Ich würde mich selbst zerstören – würde nie wieder imstande sein, ein Gemälde zu betrachten, einen Roman zu lesen oder Musik zu hören, ohne das schleichende Gefühl der Scham zu verspüren. Es tut mir nur leid, was ich dir damit alles angetan habe.«

»Hör auf, dich zu entschuldigen. Ich bin kein Kind. Das habe ich mir selbst angetan, als ich mich in dich verliebt habe.«

»Und du? Wie ist es so allein?«

»Ich habe entdeckt, dass ich es auch allein schaffen kann. Eine seltsam erfrischende Erfahrung.«

Wir liegen schweigend da, halten uns an den Händen und schauen durch die Zweige zu den Sternen. Ich glaube zu spüren, wie sich unter uns die Erde dreht. In den Tropen Südamerikas wird es gerade erst dunkel. Ich denke an Dreyfus und versuche mir vorzustellen, was er tut, frage mich, ob sie ihn immer noch jede Nacht an sein Bett ketten. Unsere Schicksale sind jetzt vollständig miteinander verwoben. Ich bin so abhängig von seinem Überleben wie er von meinem: Wenn er das übersteht, dann überstehe ich das auch, wenn ich wieder freikomme, dann kommt auch er frei.

Pauline und ich liegen noch lange unter dem Baum und genießen die letzten gemeinsamen Stunden, bis die Sterne in der Morgendämmerung verblassen. Dann stehe ich auf, nehme meinen Frack, lege ihn ihr um die Schultern, und zusammen gehen wir Arm in Arm zurück in die schlafende Stadt.

22

Am nächsten Tag verfasse ich mit der Hilfe von Labori einen offenen Brief an die Regierung. Auf Laboris Rat hin adressiere ich den Brief nicht an den Kriegsminister, unseren gottesfürchtigen und unbeugsamen Brutus, sondern an unseren antiklerikalen neuen Premierminister Henri Brisson:

Herr Premierminister,

bis zum heutigen Tag war es mir nicht möglich, mich offen zu den geheimen Dokumenten zu äußern, die angeblich die Schuld von Hauptmann Alfred Dreyfus beweisen. Nachdem der Herr Kriegsminister vom Rednerpult der Abgeordnetenkammer drei dieser Dokumente verlesen hat, halte ich es für meine Pflicht, Sie davon zu unterrichten, dass ich in der Lage bin, vor jedem zuständigen Gericht zu belegen, dass die beiden Dokumente, datierend aus dem Jahr 1894, nicht mit Dreyfus in Verbindung gebracht werden können und das aus dem Jahr 1896 datierte Dokument alle Anzeichen einer Fälschung aufweist. Es erscheint mir deshalb naheliegend, dass man die Gutgläubigkeit des Herrn Kriegsministers missbraucht hat, was gleichermaßen für all jene gilt, die an die Bedeutung der beiden ersten Dokumente und die Echtheit des dritten Dokuments geglaubt haben.

Mit hochachtungsvollen Grüßen,

Georges Picquart

Der Brief erreicht den Premierminister am Montag. Am Dienstag erhebt die Regierung auf Grundlage der Pellieux-Untersuchung Anklage gegen mich, in der ich beschuldigt werde, gesetzwidrig Schriftstücke und Dokumente, die die Verteidigung und Sicherheit des Landes berühren, enthüllt zu haben. Ein Ermittlungsrichter wird eingesetzt. Am Nachmittag desselben Tages wird – ohne meine Anwesenheit, ich erfahre erst am nächsten Morgen aus den Zeitungen davon – meine Wohnung durchsucht. Auf der Straße haben sich mehrere Hundert Zuschauer versammelt, die die Aktion verfolgen und höhnisch »Verräter!« brüllen. Am Mittwoch werde ich in die Amtsräume des von der Regierung eingesetzten Richters Albert Fabre zitiert, die sich im dritten Stock des Justizpalastes befinden. In seinem Vorzimmer werden Louis Leblois und ich von zwei Kriminalbeamten verhaftet.

»Ich habe dich gewarnt«, sage ich zu ihm. »Überlege dir genau, ob du dich in die Sache hineinziehen lässt, habe ich gesagt. Ich habe das Leben so vieler Menschen ruiniert.«

»Ach was, Georges. Wird bestimmt ziemlich interessant, zur Abwechslung einmal von der anderen Seite einen Blick auf unser Rechtssystem zu werfen.«

Richter Fabre kann ich zumindest zugutehalten, dass ihm offenbar die ganze Vorgehensweise etwas peinlich ist. Er erklärt, dass ich für die Dauer seiner Ermittlungen im Gefängnis La Santé inhaftiert werde, während Louis gegen Kaution auf freiem Fuß bleibt. Im Innenhof bin ich glücklicherweise geistesgegenwärtig genug, Louis meinen Spazierstock zu geben, bevor ich unter den Augen von mehreren Dutzend Reportern in den Gefängniswagen steige. Bei meiner Ankunft in La Santé muss ich ein Einweisungsformular ausfüllen. In die Spalte für Religion schreibe ich: keine.

Wie sich herausstellt, ist La Santé nicht Mont-Valérien:

kein separates Schlafzimmer, keine separate Toilette, kein Blick auf den Eiffelturm. Ich werde in eine winzige, vier mal zweieinhalb Meter große Zelle gesperrt. Ich habe ein Bett und einen Nachttopf, das ist alles. Durch das kleine, vergitterte Fenster sehe ich in den Gefängnishof. Es ist Hochsommer, fünfunddreißig Grad, die durch gelegentliche Gewitter gelindert werden. Die abgestandene Luft ist heiß wie in einem Backofen und riecht wie in einer Kaserne nach dem Essen, den Fäkalien und dem Schweiß von tausend Männern. Ich esse in meiner Zelle und bleibe dreiundzwanzig Stunden am Tag eingesperrt, damit ich nicht mit anderen Häftlingen sprechen kann. Aber ich kann sie hören, besonders nachts, wenn das Licht gelöscht ist und man nichts zu tun hat, als dazuliegen und zu lauschen. Ihre Rufe sind wie die Schreie von Tieren im Dschungel, seelenlos, geheimnisvoll, beunruhigend. Oft höre ich ein Heulen und Kreischen, ein stammelndes Flehen um Gnade, sodass ich damit rechne, dass die Wärter mir am Morgen erzählen werden, in der Nacht sei irgendein grauenhaftes Verbrechen geschehen. Aber wenn der Tag anbricht, geht alles seinen üblichen Gang.

So versucht die Armee, meinen Willen zu brechen.

◆

Es gibt Abweichungen von der täglichen Routine. Bewacht von zwei Kriminalbeamten, werde ich ein paarmal die Woche mit dem Gefängniswagen zum Justizpalast gebracht, wo Richter Fabre sehr langsam Stück für Stück das Beweismaterial mit mir durchgeht, über das ich mich schon so viele Male zuvor ausgelassen habe.

Wann sind Sie zum ersten Mal auf Major Esterházy aufmerksam geworden?

Wenn Fabre sein Tagespensum mit mir erledigt hat, darf ich oft noch in dem Büro nebenan mit Labori sprechen. Der Wikinger der Pariser Anwaltschaft ist jetzt offiziell mein Rechtsbeistand, und durch ihn bleibe ich über den Fortgang unserer verschiedenen Schlachten auf dem Laufenden. Die Nachrichten sind unterschiedlich. Zola hat seine Berufungsverhandlung verloren und ist nach London geflohen. Richter Bertulus hat gegen Esterházy und Vier-Finger-Marguerite Anklage wegen Fälschung erhoben und beide verhaften lassen. Wir stellen den offiziellen Antrag an den Staatsanwalt, wegen des gleichen Delikts auch du Paty verhaften zu lassen. Der Staatsanwalt entscheidet, dass das nicht Gegenstand von Bertulus' Ermittlungen ist.

Erzählen Sie mir doch bitte noch einmal von den Umständen, unter denen Sie in Besitz des Petit Bleu gelangt sind …

Etwa einen Monat nach meiner Verhaftung tritt Ermittlungsrichter Fabre in das Stadium des Verfahrens ein, das von den frustrierten Dramatikern des französischen Rechtssystems so geliebt wird: die Konfrontation mit Zeugen. Das Ritual ist immer das Gleiche. Erst werde ich zum zwanzigsten Mal zu einem bestimmten Vorfall befragt – der Rekonstruktion des Petit Bleu, der Brieftaubenakte, die ich Louis gezeigt habe, die an die Presse durchgesickerten Informationen. Dann drückt der Richter auf einen elektrischen Klingelknopf, und einer meiner Feinde gibt seine Version des Ereignisses zum Besten. Danach darf ich dann darauf antworten. Während dieser Auftritte behält uns der Richter genau im Auge – als wollte er mit Röntgenstrahlen unsere Seelen durchleuchten und herausfinden, wer von uns lügt. So stehe ich noch einmal von Angesicht zu Angesicht Gonse, Lauth, Gribelin, Valdant, Junck und sogar dem Concierge Capiaux gegenüber. Ich muss sagen, für freie, angeblich triumphierende Männer sehen sie blass und sogar mitgenommen aus, besonders Gonse, der an einem nervösen Tic unter dem linken Auge zu leiden scheint.

Der größte Schock für mich ist jedoch der Auftritt von Henry. Er betritt den Raum, ohne mich anzuschauen, und erzählt mit monotoner Stimme seine Version der Geschichte, wie er Louis und mich mit dem Geheimdossier gesehen hat. Die frühere Kraft seiner Stimme ist dahin, und er hat derart abgenommen, dass die ganze Hand unter dem Kragen seines Uniformrocks verschwindet, wenn er sich den Schweiß vom Nacken wischt. Er hat gerade seinen Bericht beendet, als es an der Tür klopft, Fabres Sekretär hereinkommt und sagt, der Richter werde im Büro nebenan am Telefon verlangt. »Es ist dringend, der Justizminister.«

»Meine Herren, wenn Sie mich kurz entschuldigen würden«, sagt Fabre.

Henry sieht ihm besorgt hinterher. Fabre schließt die Tür, und wir sind allein. Sofort habe ich den Verdacht, dass das eine Falle ist. Ich schaue mich um, ob sich irgendwo im Raum ein Zuhörer verstecken könnte, kann aber kein mögliches Versteck entdecken. Nach ein, zwei Minuten kann ich meine Neugier nicht mehr im Zaum halten.

»Nun, Herr Oberstleutnant, was macht Ihre Hand?«, frage ich.

»Ach die.« Er schaut nach unten und dehnt die Finger, als wollte er prüfen, ob sie sich auch wirklich bewegen. »Alles in Ordnung.« Er dreht sich um und blickt mich an. Mit dem Fleisch auf den Backen scheint ihm auch der Verteidigungswille abhandengekommen zu sein. Sein Gesicht ist faltig und das schwarze Haar von grauen Strähnen durchzogen. »Und wie geht es Ihnen?«

»Einigermaßen.«

»Schlafen Sie gut?«

Die Frage überrascht mich. »Ja. Und Sie?«

Er räuspert sich lautstark. »Nicht so gut, Herr Oberstleutnant ... oder besser: Monsieur. Ich schlafe nicht viel. Eines kann ich Ihnen verraten: Ich habe die Schnauze gestrichen voll von dieser beschissenen Geschichte.«

»Wenigstens etwas, worauf wir uns einigen können.«

»Wie übel ist es im Gefängnis?«

»Na ja, sagen wir so: Stinkt noch mehr als in unseren alten Büros.«

»Ha!«, sagt er, während er sich vertraulich zu mir vorbeugt. »Um ehrlich zu sein, ich habe um meine Versetzung gebeten. Weg vom Geheimdienst, zurück zu meinem Regiment. Ist gesünder.«

»Ja, kann ich gut verstehen. Und Ihrer Frau und dem Kleinen, wie geht es denen?«

Er öffnet den Mund, hält dann jedoch inne und schluckt. Zu meiner Überraschung steigen ihm plötzlich Tränen in die Augen, und er dreht sich genau in dem Augenblick zur Seite, als Fabre ins Zimmer zurückkommt.

»Also, meine Herren«, sagt er. »Das Geheimdossier ...«

◆

Zwei Wochen später liege ich abends auf meiner dünnen Gefängnismatratze. Das Licht ist schon ausgeschaltet. Ich kann nicht mehr lesen und warte auf den Beginn der nächtlichen Kakofonie, als der Riegel an der Zellentür zurückgeschoben wird, der Schlüssel ins Schloss gesteckt und herumgedreht wird. Dann blendet mich ein greller Lichtstrahl.

»Aufstehen, folgen Sie mir.«

La Santé ist nach den neuesten wissenschaftlichen Prinzipien gebaut – die Zellentrakte gehen strahlenförmig von einem Zentralbau ab, in dem der Gefängnisdirektor und das Personal ihre Büros haben. Ich folge dem Wärter durch den langen Korridor bis zum Verwaltungsblock in der Mitte. Er schließt eine Tür auf, führt mich durch einen gewundenen Gang bis zu einem kleinen, fensterlosen Besucherraum. In der Mitte ist ein Stahlgitter zwischen den Wänden eingelassen. Der Wärter wartet draußen, aber die Tür steht offen.

Auf der anderen Seite des Gitters höre ich eine Stimme. »Picquart?«

Das Licht ist trüb. Ich kann erst nicht erkennen, wer da zu mir spricht. »Labori? Was ist los?«

»Henry ist verhaftet worden.«

»Mein Gott? Weshalb?«

»Die Regierung hat gerade eine Erklärung herausgegeben. Hören Sie zu: ›Heute hat im Büro des Kriegsministers Oberstleutnant Henry zugegeben, der Verfasser des Schriftstücks von 1896 zu sein, in dem Dreyfus namentlich genannt wird. Der Kriegsminister hat umgehend die Verhaftung angeordnet, worauf der Beschuldigte in die Festung Mont-Valérien gebracht wurde.‹« Labori wartet auf meine Reaktion. »Picquart? Haben Sie das verstanden?«

Ich brauche ein paar Sekunden, um das zu verarbeiten. »Warum hat er gestanden?«

»Das weiß noch keiner. Die Erklärung ist erst ein paar Stunden alt. Mehr haben wir noch nicht.«

»Und was ist mit den anderen? Boisdeffre, Gonse … gibt es irgendwas über die?«

»Nein, aber die sind alle erledigt. Sie haben alles auf diesen Brief gesetzt.« Labori beugt sich bis zum Gitter vor. Durch das dichte Eisengeflecht kann ich seine blauen, vor Aufregung leuchtenden Augen sehen. »Henry hätte die Fälschung doch nie auf eigene Faust gemacht, nicht wahr? Oder halten Sie das für möglich?«

»Unvorstellbar. Wenn sie es ihm nicht direkt befohlen

haben, dann müssen sie zumindest gewusst haben, was er vorhat.«

»Exakt! Sie wissen, was das bedeutet, oder? Wir können ihn in den Zeugenstand rufen. Allein die Vorstellung! Ich werde alles über diese Sache aus ihm herauskitzeln. Und alles andere, was er weiß, bis zurück zum allerersten Kriegsprozess.«

»Ich würde zu gern wissen, warum er nach so langer Zeit gestanden hat.«

»Das erfahren wir bestimmt morgen. Wie auch immer, das sind jedenfalls herrliche Neuigkeiten zum Einschlafen, oder? Ich komme morgen wieder. Gute Nacht, Picquart.«

»Danke, gute Nacht.«

Ich werde in meine Zelle zurückgebracht.

Die animalischen Geräusche sind heute Nacht besonders laut. Aber das ist nicht der Grund, warum ich nicht schlafen kann. Der Gedanke an den in der Festung Mont-Valérien einsitzenden Henry hält mich wach.

Der nächste Tag ist der schlimmste, den ich je in einem Gefängnis verbracht habe. Ausnahmsweise kann ich mich nicht auf mein Buch konzentrieren. Übellaunig schleiche ich in meiner winzigen Zelle umher, konstruiere und verwerfe Szenarien über das, was passiert sein könnte, was gerade jetzt passiert und was als Nächstes passieren könnte.

Die Stunden schleppen sich dahin. Das Abendessen wird gebracht. Es beginnt zu dämmern. Gegen neun Uhr schließt der Wärter meine Zelle auf und sagt, ich solle mitkommen. Wie lang der Weg diesmal ist! Das Komische ist, als ich schließlich am Ende des Korridors den Besucherraum betrete und Labori sich hinter dem Gitter zu mir umdreht, weiß ich genau, sogar noch bevor ich seinen Gesichtsausdruck erkennen kann, was er im nächsten Augenblick sagen wird.

»Henry ist tot.«

Ich schaue ihn an und lasse die Nachricht sacken. »Wie ist es passiert?«

»Er lag heute Nachmittag mit durchschnittener Kehle in seiner Zelle in der Festung Mont-Valérien. Sie sagen natürlich, dass er sich selbst umgebracht hat. Merkwürdig, immer wieder die gleiche Geschichte!« Bei den nächsten Worten klingt seine Stimme besorgt. »Alles in Ordnung, Picquart?«

Ich muss mich von ihm abwenden. Ich bin mir nicht sicher, warum ich weine. Vielleicht vor Müdigkeit. Oder vor Anspannung. Vielleicht einfach über Henry, den ich trotz allem nie richtig hassen konnte. Dafür habe ich ihn zu gut verstanden.

◆

Ich denke oft an Henry. Sonst habe ich kaum etwas zu tun.

Ich sitze in meiner Zelle und grübele über die Einzelheiten seines Todes nach, die im Laufe der folgenden Wochen ans Tageslicht kommen. Wenn ich dieses Rätsel aufklären kann, überlege ich, dann kann ich vielleicht alles aufklären. Aber ich kann mich nur auf das stützen, was in den Zeitungen steht, und auf den bruchstückhaften Tratsch, den Labori in den Justizkreisen aufschnappt, und am Ende muss ich mir eingestehen, dass ich die ganze Wahrheit wahrscheinlich nie erfahren werde.

Ich weiß, dass Henry während einer grausamen Befragung im Büro des Kriegsministers am 30. August zugeben musste, dass der sichere Beweis eine Fälschung sei. Er hatte keine andere Wahl, da die Beweise gegen ihn unwiderlegbar waren. Anscheinend hat der neue Kriegsminister Cavaignac, der in allen Angelegenheiten von der eigenen Korrektheit in höchstem Maße überzeugt ist, als Reaktion auf meinen Fälschungsvorwurf einen seiner Offiziere damit beauftragt, die gesamte Dreyfus-Akte auf ihre Echtheit zu überprüfen. Da die Akte inzwischen auf 360 Einzelpunkte angeschwollen war, erforderte das viel Zeit. Und während dieser Überprüfung habe ich Henry in Fabres Richterzimmer zum letzten Mal getroffen. Ich verstehe jetzt, warum er einen so gebrochenen Eindruck auf mich gemacht hat. Er muss geahnt haben, was auf ihn zukommt. Cavaignacs Mann tat etwas, worauf in knapp zwei Jahren anscheinend niemand im Generalstab gekommen war: Er hielt den angeblich sicheren Beweis unter eine starke elektrische Lampe. Dabei fiel ihm sofort auf, dass die Anrede des Briefs – *Mein lieber Freund* – und die Unterschrift – *Alexandrine* – auf kariertem Papier geschrieben waren, dessen Linien blaugrau waren, während der Text des Briefs – *Ich habe gelesen, dass ein Abgeordneter Fragen zu Dreyfus stellen wird …* – auf Papier mit blasslila Linien geschrieben war. Es war offensichtlich, dass ein Originalbrief, den man schon früher aus Einzelteilen zusammengefügt hatte – und zwar im Juni 1894 –, neu auseinandergenommen und dann mit einem gefälschten Mittelteil wieder zusammengesetzt worden war.

Henry wurde ins Kriegsministerium zitiert, um sich in Gegenwart von Boisdeffre und Gonse zu erklären. Laut dem von der Regierung veröffentlichten Protokoll der Befragung durch Cavaignac versuchte er zunächst, sich großmäulig herauszureden:

HENRY: Ich habe die Einzelteile so zusammengesetzt, wie ich sie bekommen habe.

CAVAIGNAC: Ich darf Sie daran erinnern, dass Ihnen nichts gefährlicher werden kann, als wenn Sie uns keine Erklärung liefern können. Erzählen Sie mir, was Sie getan haben.

HENRY: Was soll ich Ihnen sagen?

CAVAIGNAC: Sie sollen mir eine Erklärung dafür liefern, warum eines der Schriftstücke hellviolette und das andere blaugraue Linien hat.

HENRY: Das kann ich nicht.

CAVAIGNAC: Die Tatsache ist unbestreitbar. Bedenken Sie die Konsequenzen Ihrer Antwort.

HENRY: Was soll ich Ihnen erzählen?

CAVAIGNAC: Was Sie getan haben.

HENRY: Ich habe keine Dokumente gefälscht.

CAVAIGNAC: Also bitte! Sie haben Bruchstücke des einen Schriftstücks in das andere eingefügt.

HENRY: [nach kurzem Zögern] Nun ja, ich bin eben darauf gekommen, weil die beiden Sachen so gut zusammengepasst haben.

Ist das Protokoll korrekt? Labori glaubt nicht, aber ich bin mir dessen einigermaßen sicher. Nur weil die Regierung manchmal lügt, heißt das nicht, dass sie immer lügt. Kein Theaterautor könnte die Stimme Henrys so authentisch nachempfinden, wie ich sie beim Lesen des Protokolls höre – aufgeblasen, eingeschnappt, schmeichelnd, gerissen, dumm.

CAVAIGNAC: Was hat Sie auf die Idee gebracht?

HENRY: Meine Vorgesetzten haben sich große Sorgen gemacht. Ich wollte sie beruhigen. Ich wollte ihnen ihren Seelenfrieden wiedergeben. Ich habe mir gesagt: Warum nicht eine Kleinigkeit hinzufügen? Stell dir vor, wir hätten Krieg.

CAVAIGNAC: Und Sie haben das ganz allein gemacht?

HENRY: Ja, Gribelin hat nichts davon gewusst.

CAVAIGNAC: Niemand hat davon gewusst? Überhaupt niemand?

HENRY: Ich habe es für mein Land getan. Es war ein Fehler.

CAVAIGNAC: Und die Umschläge?
HENRY: Mit den Umschlägen habe ich nichts angestellt, das schwöre ich! Warum hätte ich das tun sollen?
CAVAIGNAC: Ich rekapituliere: Sie haben 1896 einen Umschlag mit einem Brief erhalten, einem belanglosen Brief. Sie haben den Brief zurückgehalten und eine Fälschung hergestellt.
HENRY: Ja.

In der Dunkelheit meiner Zelle spiele ich diese Szene immer wieder durch. Ich sehe Cavaignac hinter seinem Schreibtisch – den von Ehrgeiz getriebenen jungen Minister, den Besessenen mit dem tollkühnen Glauben, diese Affäre ein für alle Mal beenden zu können, der nun über seine eigene Hybris stolpert. Ich sehe Gonse, wie er mit der Zigarette in der zitternden Hand die Befragung verfolgt. Ich sehe Boisdeffre, der so stoisch und unnahbar wie einer der Steinlöwen, die zweifellos das Tor seines herrschaftlichen Familiensitzes bewachen, am Fenster steht und ins Leere starrt. Und ich sehe Henry, auf den die Fragen niederprasseln und der stumm flehend seine Vorgesetzten anschaut: *Helft mir!* Die aber natürlich nichts sagen.

Und dann stelle ich mir Henrys Gesichtsausdruck vor, als Cavaignac – ein Zivilist als Kriegsminister, kein Soldat – ihn an Ort und Stelle verhaften lässt und befiehlt, ihn in die Festung Mont-Valérien zu bringen, wo er in dieselben Räume gesperrt wird wie ich im Winter. Nach einer schlaflosen Nacht schreibt er am nächsten Tag an Gonse (»Ich bitte Sie hochachtungsvoll, mich zu besuchen, weil ich unbedingt mit Ihnen sprechen muss«) und an seine Frau (»Meine verehrte Berthe, ich begreife nun, dass mich außer Dir alle im Stich lassen; nur Du weißt, in wessen Interesse ich gehandelt habe«).

Ich sehe ihn um die Mittagszeit ausgestreckt auf seinem Bett liegen und eine Flasche Rum trinken – das ist das letzte Mal, dass man ihn lebend gesehen hat – und dann sechs Stunden später, als ein Leutnant und ein Ordonnanzoffizier den Raum betreten und ihn finden: auf dem blutgetränkten Bett liegend, der Leichnam schon kalt und steif, die Kehle durch zwei Schnitte aufgeschlitzt mit einem Rasiermesser, das er – höchst merkwürdig – mit der linken Hand umklammert hält, obwohl er Rechtshänder ist.

Aber für den Zeitraum zwischen diesen beiden Bildern – zwischen Mittag und sechs Uhr abends, zwischen dem lebenden und dem toten Henry – versagt meine Vorstellungskraft. Labori glaubt, dass er wie Lemercier-Picard ermordet wurde, um ihn zum Schweigen zu bringen, und dass sein Selbstmord inszeniert war. Er zitiert befreundete Ärzte, die behaupten, ein Mensch könne sich unmöglich die Halsschlagader an beiden Seiten durchtrennen. Aber ich bin nicht davon überzeugt, dass Mord überhaupt nötig war, nicht bei einem Menschen wie Henry. Nachdem Boisdeffre und Gonse keine Anstalten gemacht haben, ihn zu verteidigen, wusste er, was man von ihm erwartete.

Ich erhalte den Befehl, einen Mann zu erschießen, also erschieße ich ihn.

◆

Am gleichen Nachmittag, etwa zur gleichen Zeit, als Henrys Blut sein Bett durchtränkt, schreibt Boisdeffre an den Kriegsminister:

Herr Minister,

gerade habe ich den Beweis erhalten, dass mein Vertrauen in Oberstleutnant Henry, Leiter der Geheimdienstabteilung, nicht gerechtfertigt war. Dieses bedingungslose Ver-

trauen hat mich dazu verführt, ein gefälschtes Dokument für authentisch zu erklären und Ihnen dieses als solches vorzulegen.

Unter diesen Umständen ersuche ich Sie hochachtungsvoll, mich von meinen Pflichten zu entbinden.

Boisdeffre

Er zieht sich sofort in den Ruhestand in die Normandie zurück.

Drei Tage später tritt auch Cavaignac zurück, wenn auch nicht ohne Widerspruch (»Ich bin nach wie vor von Dreyfus' Schuld überzeugt und so entschlossen wie eh, gegen eine Wiederaufnahme des Prozesses zu kämpfen«). Pellieux reicht seinen Abschied ein. Gonse muss das Kriegsministerium verlassen und geht bei Halbsold zu seinem Regiment zurück.

Wie die meisten Menschen gehe ich davon aus, dass damit alles ausgestanden ist. Wenn Henry die Fälschung eines Dokuments organisieren konnte, dann wird man einsehen, dass er das auch noch viele weitere Male konnte und dass damit der Fall Dreyfus in sich zusammengefallen ist.

Aber die Tage vergehen, und er ist immer noch auf der Teufelsinsel, und ich bin immer noch in La Santé. Allmählich wird klar, dass die Armee auch jetzt noch nicht gewillt ist, ihren Fehler einzugestehen. Mein Antrag auf Strafaussetzung wird abgelehnt. Stattdessen erhalte ich eine amtliche Mitteilung, dass ich mich in drei Wochen zusammen mit Louis vor einem normalen Strafgericht wegen gesetzwidriger Weitergabe von Geheimdokumenten zu verantworten habe.

Am Tag vor der Verhandlung besucht mich Labori im Gefängnis. Normalerweise ist er überschwänglich, ja streitlustig, aber diesmal sieht er besorgt aus. »Leider habe ich schlechte Nachrichten. Die Armee bringt neue Anschuldigungen gegen Sie vor.«

»Was ist es jetzt wieder?«

»Fälschung.«

»Sie werfen *mir* Fälschung vor?«

»Ja, sie behaupten, Sie hätten das Petit Bleu gefälscht.«

Ich kann nur lachen. »Humor haben sie, das muss man ihnen lassen.«

Aber Labori ist nicht nach Lachen zumute. »Sie werden argumentieren, dass eine militärische Untersuchung des Fälschungsvorwurfs Vorrang vor einem Zivilverfahren hat. Mit der Strategie wollen sie erreichen, dass Sie zurück in den Gewahrsam der Armee überführt werden. Ich nehme an, der Richter wird zustimmen.«

»Was soll's«, sage ich achselzuckend. »Schätze, ein Gefängnis ist wie das andere.«

»Und genau damit liegen Sie falsch, mein Freund. Die Behandlung im Gefängnis Cherche-Midi ist wesentlich rüder als hier. Außerdem gefällt mir der Gedanke nicht, dass Sie in die Fänge der Armee geraten. Wer weiß, was Ihnen da für Unfälle zustoßen könnten.«

Als ich am nächsten Tag ins Strafgericht des Département Seine gebracht werde, bitte ich den Richter, eine Erklärung abgeben zu dürfen. Der kleine Gerichtssaal ist voller Journalisten – und zwar nicht nur französischer, sondern auch ausländischer. Ich entdecke sogar den Glatzkopf und den ausladenden Backenbart des berühmtesten Auslandskorrespondenten der Welt, Monsieur de Blowitz von der Londoner *Times*. Ich richte meine Erklärung an die Journalisten.

»Es ist gut möglich, dass ich heute Abend ins Gefängnis Cherche-Midi gebracht werde. Vor Beginn der geheimen Ermittlungen habe ich wahrscheinlich jetzt zum letzten Mal die Gelegenheit, mich in der Öffentlichkeit zu äußern. Ich möchte Sie wissen lassen, sollten in meiner Zelle jemals Lemercier-Picards Schnürriemen oder Henrys Rasiermesser gefunden werden, dann handelt es sich um Mord, denn niemals würde ein Mensch wie ich, nicht einmal für eine Sekunde, Selbstmord in Erwägung ziehen. Ich werde mich dieser Anklage stellen, hocherhobenen Hauptes und mit der gleichen Gelassenheit, mit der ich meinen Anklägern immer gegenübergetreten bin.«

Zu meiner Überraschung bekomme ich lauten Applaus von den Reportern. Unter Rufen wie »Es lebe Picquart!«, »Es lebe die Wahrheit!«, »Es lebe die Gerechtigkeit!« werde ich aus dem Saal geführt.

Laboris Vorhersage stimmt. Die Armee erhält das Recht, ihre Anklage zuerst zu verhandeln. Am nächsten Tag werde ich ins Gefängnis Cherche-Midi überführt, wo man mich – wie man mir genüsslich mitteilt – in dieselbe Zelle sperrt, an deren Wänden sich vor genau vier Jahren der arme Dreyfus den Kopf blutig geschlagen hat.

◆

Ich sitze in Einzelhaft, darf kaum Besucher empfangen und habe nur einmal am Tag eine Stunde Hofgang – in einem winzigen Innenhof mit hohen Mauern, von denen ich eine mit sechs Schritten abgehen kann. Ich gehe diagonal von einer Ecke in die andere und trotte an den Wänden entlang wie eine gefangene Maus in einem Brunnenschacht.

Die Anklage lautet, dass ich den Namen des ursprünglichen Empfängers des Telegramms vom Papier gekratzt und durch Esterházys Namen ersetzt habe. Ein Verbrechen, das mit fünf Jahren Gefängnis bestraft wird. Die Befragung zieht sich über Wochen hin.

Erzählen Sie uns doch bitte noch einmal von den Um-

ständen, unter denen Sie in den Besitz des Petit Bleu gelangt sind …

Zum Glück habe ich nicht vergessen, dass ich Lauth, nachdem er das Petit Bleu zusammengesetzt hatte, gebeten habe, Fotos davon zu machen. Als diese schließlich herausgesucht und dem Gericht vorgelegt werden, zeigt sich eindeutig, dass die Adresse zu dieser Zeit noch nicht manipuliert war. Sie ist erst danach im Laufe der Verschwörung gegen mich geändert worden. Trotzdem bleibe ich weiter in Cherche-Midi. Pauline schreibt, dass sie mich besuchen will. Ich bin dagegen – die Zeitungen könnten Wind davon bekommen, und außerdem will ich nicht, dass sie mich in dieser Verfassung sieht. Mir fällt es leichter, allein durchzuhalten. Die gelegentlichen Ausflüge ins Gericht bringen etwas Abwechslung in die Langeweile. Im November breite ich zum wiederholten Mal mein gesamtes Beweismaterial aus. Diesmal vor zwölf altgedienten Richtern der Strafkammer, womit der Zivilprozess beginnt, der feststellen soll, ob das Urteil gegen Dreyfus rechtssicher ist.

Meine andauernde Inhaftierung ohne Urteil wird allgemein bekannt. Clemenceau darf mich besuchen und schlägt danach in *L'Aurore* vor, mich für den Posten des Staatsgefangenen Nummer 1 zu nominieren, der seit dem Mann mit der eisernen Maske unbesetzt ist. Wenn abends das Licht gelöscht wird und ich nicht mehr lesen kann, höre ich die Menschen, die auf der Rue du Cherche-Midi für wie auch gegen mich demonstrieren. Siebenhundert Soldaten müssen das Gefängnis bewachen. Die Hufe der Kavalleriepferde klappern auf dem Kopfsteinpflaster. Ich erhalte Tausende von Unterstützerbriefen, darunter einen von der alten Kaiserin Eugénie. Das alles wird so peinlich für die Regierung, dass Labori von Beamten des Justizministeriums gebeten wird, beim Zivilgericht auf meine Freilassung zu dringen.

Ich verweigere meine Zustimmung. Als Geisel bin ich nützlicher. Mit jedem Tag hinter Gittern steht die Armee verzweifelter und rachsüchtiger da.

Monate vergehen. Doch dann, am 3. Juni 1899, einem Samstagnachmittag, kommt Labori mich besuchen. Die Sonne scheint so grell, dass ihre Strahlen sogar das verdreckte Glas meines winzigen Zellenfensters durchdringen. Ich höre einen Vogel zwitschern. Labori legt seine große, dunkle Handfläche auf das Metallgitter. »Picquart, ich möchte Ihnen die Hand schütteln«, sagt er.

»Warum?«

»Müssen Sie immer so verdammt widerspenstig sein?« Er rüttelt mit seinen langen, dicken Fingern an den Eisenstäben. »Na los, tun Sie einmal das, was ich Ihnen sage!« Ich lege meine Handfläche gegen seine. »Herzlichen Glückwunsch, Georges«, sagt er leise.

»Wozu?«

»Das Oberste Berufungsgericht hat gerade entschieden, dass die Armee Dreyfus für ein Wiederaufnahmeverfahren zurückholen muss.«

So lange habe ich auf diese Nachricht gewartet, und doch fühle ich nichts. »Mit welcher Begründung?« ist alles, was ich sagen kann.

»Sie haben zwei Gründe angeführt, beide aus Ihrem Beweismaterial: Erstens, dass sich der Lump-D-Brief tatsächlich nicht auf Dreyfus bezieht und dass er den Richtern nicht hätte vorgelegt werden dürfen, ohne die Verteidigung darüber zu informieren. Und zweitens, dass … wie haben sie das genannt? Ah ja, hier steht es: ›Tatsachen, von denen die Richter im ersten Kriegsgerichtsprozess keine Kenntnis hatten, legen nahe, dass Dreyfus nicht der Verfasser des Bordereaus sein kann.‹«

»Juristen und ihre Sprache!« Ich lasse mir den Juristenjargon auf der Zunge zergehen, als wäre er eine Delikatesse. »Tatsachen, von denen die Richter im ersten Kriegsgerichtsprozess keine Kenntnis hatten, legen nahe ... Und die Armee kann dagegen keine Berufung einlegen?«

»Nein. Das ist durch. Es ist schon ein Kriegsschiff unterwegs, das Dreyfus für das neue Verfahren zurückholen soll. Und diesmal wird es kein Geheimprozess werden, diesmal wird die ganze Welt zuschauen.«

23

Am folgenden Freitag werde ich aus dem Gefängnis entlassen, am gleichen Tag, als das Kriegsschiff *Sfax* mit Dreyfus an Bord von der Teufelsinsel ablegt und sich auf die lange Reise nach Frankreich macht. Die Entscheidung des Obersten Gerichts besagt, dass alle Anklagen gegen mich aufgehoben sind. Edmond holt mich mit seinem neuesten Spielzeug, einem Automobil, am Gefängnistor ab, um mich nach Ville-d'Avray zu bringen. Den Journalisten, die mich auf dem Trottoir bedrängen, verweigere ich jeden Kommentar.

Die unerwartete Wendung meines Schicksals verwirrt mich. Die schiere *Lebendigkeit* der Farben und Geräusche des frühsommerlichen Paris, die lächelnden Gesichter meiner Freunde, die Mittagessen, Bankette und Empfänge, die zu meinen Ehren gegeben werden – all das überwältigt mich nach dem einsiedlerischen Trübsinn und der abgestandenen Luft in meiner Zelle. Erst jetzt, als ich wieder Kontakt zu anderen Menschen habe, erkenne ich, wie sehr mich das alles mitgenommen hat. Konversation mit mehr als einer Person bringt mich aus dem Gleichgewicht. Meine Stimme kommt mir schrill vor, ich gerate schnell außer Atem. Als Edmond mich in mein Zimmer bringt, muss ich auf der Treppe alle drei, vier Stufen stehen bleiben und mich am Handlauf festhalten. Die Muskeln, die meine Knie und Gelenke bewegen, sind kraftlos geworden. Mein Spiegelbild ist blass und fett. Beim Rasieren entdecke ich im Schnauzbart weiße Haare.

Edmond und Jeanne laden Pauline ein und geben ihr taktvollerweise das Zimmer neben meinem. Beim Abendessen hält sie unter dem Tisch meine Hand, und später, als alle schon schlafen, kommt sie in mein Zimmer und schlüpft zu mir ins Bett. Ihr zarter Körper ist vertraut und fremd zugleich, wie die Erinnerung an ein früheres Leben, das man verloren hat. Sie ist endlich geschieden, Philippe hat sich ins Ausland versetzen lassen. Sie hat eine eigene Wohnung, die Mädchen leben bei ihr.

Wir liegen im Kerzenschein im Bett und schauen uns an.

Ich streiche ihr das Haar aus dem Gesicht. Um Augen und Mund sehe ich Falten, die früher nicht da waren. Ich kenne sie seit Kindertagen. Wir sind zusammen alt geworden. Plötzlich empfinde ich eine überwältigende Zärtlichkeit für sie. »Dann bist du jetzt also ein freier Mensch.«

»Ja.«

»Möchtest du, dass ich dich bitte, meine Frau zu werden?«

Eine Pause.

»Nein, nicht besonders.«

»Warum?«

»So wie du die Frage stellst, Liebling, glaube ich nicht, dass eine Heirat sehr sinnvoll wäre, oder?«

»Tut mir leid. Ich bin nicht mehr sonderlich geübt in Konversation, geschweige denn in solcher. Ich versuche es noch einmal. Willst du meine Frau werden?«

»Nein.«

»Ernsthaft, du gibst mir einen Korb?«

Sie denkt kurz nach, bevor sie antwortet. »Du bist nicht für die Ehe geschaffen, Georges. Und jetzt nach meiner Scheidung weiß ich, dass ich es auch nicht bin.« Sie küsst meine

Hand. »Verstehst du? Von dir habe ich gelernt, wie man allein lebt. Ich danke dir.«

Ich weiß nicht, wie ich reagieren soll.

»Wenn du es so willst …«

»O ja, ich bin vollkommen zufrieden, so wie es ist.«

Und so wird mir etwas abgeschlagen, was ich eigentlich nie wollte. Warum habe ich trotzdem das dunkle Gefühl, beraubt worden zu sein? Schweigend liegen wir nebeneinander. »Was wirst du jetzt machen?«

»Wieder zu Kräften kommen, hoffe ich. Bilder anschauen. Musik hören.«

»Und dann?«

»Ich will die Armee zwingen, mich wieder aufzunehmen.«

»Obwohl sie so mit dir umgesprungen ist?«

»Wenn ich es nicht versuche, heißt das, dass sie damit durchkommen. Warum sollte ich das zulassen?«

»Jeder muss also bezahlen.«

»Natürlich. Wenn Dreyfus auf freien Fuß kommt, folgt daraus, dass die gesamte Führung der Armee verrottet ist. Sollte mich nicht wundern, wenn es noch ein paar Verhaftungen geben wird. Das ist der Anfang eines Krieges, der noch ziemlich lange andauern kann. Warum? Glaubst du, das ist falsch?«

»Nein, aber ich glaube, du läufst Gefahr, ein Besessener zu werden.«

»Wenn ich kein Besessener wäre, dann wäre Dreyfus noch immer auf der Teufelsinsel.«

Sie schaut mich an. Ihr Gesichtsausdruck ist unergründlich. »Bläst du bitte die Kerze aus, Liebling. Ich bin plötzlich todmüde.«

Wir liegen im Dunkeln wach. Ich stelle mich schlafend. Nach ein paar Minuten steht sie auf, und ich höre, wie sie ihren Morgenrock überzieht. Die Tür öffnet sich, im matten Licht des Flurs sehe ich für einen Augenblick ihre Umrisse, dann ist sie verschwunden. Wie ich hat sie sich daran gewöhnt, allein zu schlafen.

◆

Bei unruhiger See erreicht Dreyfus' Schiff mitten in der Nacht die Küste der Bretagne. Man hält es für zu gefährlich, ihn nach Paris zu bringen. Stattdessen wird er im Schutz der Dunkelheit in die bretonische Stadt Rennes überführt. Dort, so hat die Regierung entschieden, soll die Neuauflage seines Militärgerichtsprozesses stattfinden, sichere dreihundert Kilometer westlich von Paris. Der Prozessbeginn ist für Montag, 7. August, angesetzt.

Für den Fall, dass ich Schutz brauche, besteht Edmond darauf, mich nach Rennes zu begleiten, obwohl ich ihm versichere, dass das nicht nötig sei. »Die Regierung hat versprochen, mir eine Leibwache zur Seite zu stellen.«

»Noch ein Grund, jemand um dich zu haben, dem du vertrauen kannst.«

Ich lasse ihm seinen Willen. Die Atmosphäre ist hässlich und gewalttätig. Auf der Rennbahn ist ein antisemitischer Aristokrat mit einem Spazierstock auf den Präsidenten losgegangen. Bilder von Zola und Dreyfus werden verbrannt. *La Libre Parole* ermuntert ihre Leser mit verbilligten Bahnkarten, nach Rennes zu fahren und ein paar Dreyfusarden den Kopf einzuschlagen. Als Edmond und ich uns am Samstagmorgen auf den Weg zum Bahnhof von Versailles machen, haben wir Revolver im Gepäck. Ich komme mir vor, als stieße ich in Feindesland vor.

In Versailles nimmt uns eine vierköpfige Leibwache in Empfang: zwei Polizeikommissare und zwei Gendarmen. Der aus Paris kommende Zug rollt kurz nach acht in den

Bahnhof ein und ist restlos mit Journalisten und Zuschauern überfüllt, die den Prozess beobachten wollen. Die Polizei hat uns das hinterste Abteil der ersten Klasse reserviert. Unsere Leibwächter bestehen darauf, zwischen uns und der Tür zu sitzen. Ich komme mir wieder wie ein Gefangener vor. Die Leute gaffen durch die gläserne Trennwand. Es ist drückend heiß. Plötzlich ein Blitzlicht. Ich erstarre. Edmond tätschelt mir beruhigend die Hand. »Ruhig, Georges«, sagt er leise.

Die Fahrt zieht sich ewig hin. Es ist später Nachmittag, als wir schließlich in Rennes ankommen, einer Stadt mit siebzigtausend Einwohnern, aber anscheinend ohne Vororte. In der einen Minute sieht man noch Wald und Flussauen und einen von einem Pferd gezogenen Lastkahn auf einem breiten Fluss und plötzlich nur noch Fabrikschlote und vornehme graue und gelbe Steinhäuser mit blauen Schieferdächern, die in der Hitze flirren. Die beiden Kommissare springen auf den Perron und schauen sich um, erst dann dürfen Edmond und ich mit den beiden Gendarmen an den Fersen den Zug verlassen. Wir werden hastig durch den Bahnhof zu zwei wartenden Automobilen geführt. Undeutlich nehme ich die plötzliche Aufregung wahr, als die Menschen in der vollen Schalterhalle mich erkennen. Rufe wie »Es lebe Picquart!« sind zu hören, die sofort von höhnischem Buhen erwidert werden. Doch schon im nächsten Augenblick sitzen wir in den Wagen und fahren auf einer breiten, von Bäumen, Hotels und Cafés gesäumten Straße.

Nach kaum dreihundert Metern dreht sich der Kommissar, der neben dem Fahrer sitzt, zu uns um und zeigt aus dem Fenster. »Da findet der Prozess statt.«

Ich weiß, dass die Verhandlung in die Turnhalle einer Schule verlegt wurde, um dem Ansturm der Presse und der

Zuschauer Herr zu werden. Aber aus irgendeinem Grund habe ich mir einen tristen Gemeindebau vorgestellt und nicht so ein prächtiges Gebäude, ein Symbol ländlichen Stolzes, das fast wie ein Herrenhaus aussieht: vier Stockwerke mit hohen Fenstern, rosa Ziegel und helle Steine, gekrönt von einem hoch aufragenden Dach. Gendarmen bewachen die Absperrung, Arbeiter entladen einen Karren mit Bauholz.

Wir biegen um eine Ecke.

»Und das ist das Militärgefängnis, in dem Dreyfus sitzt«, fügt der Kommissar kurz darauf hinzu.

Es befindet sich genau gegenüber vom Seiteneingang der Schule. Der Fahrer drosselt das Tempo, und ich erhasche einen flüchtigen Blick auf das große Tor, das in eine hohe, mit Eisenspitzen bewehrte Mauer eingelassen ist, und die vergitterten Fenster der Festung dahinter. Auf der Straße patrouilliert Kavallerie, Infanteristen stehen einer kleinen gaffenden Menschenmenge gegenüber. Als Connaisseur zeitgenössischer Gefängnisse würde ich sagen, es sieht grausig aus. Dreyfus ist jetzt seit einem Monat dort eingesperrt.

»Merkwürdiger Gedanke, dass wir dem armen Burschen so nahe sind«, sagt Edmond. »In welcher Verfassung er wohl ist?«

◆

Das ist es, was jeder wissen will. Das hat dreihundert Journalisten aus aller Welt in diesen verschlafenen Winkel Frankreichs gelockt. Das ist der Grund dafür, dass eigens Telegrafisten angeheuert wurden, die die voraussichtliche Menge von 700 000 Wörtern pro Tag verarbeiten können, dass die Behörden sich genötigt sahen, in der Bourse de Commerce einhundertfünfzig Schreibtische für die Reporter aufzustellen, dass vor dem Militärgefängnis Kinematografen auf

Stativen stehen, um vielleicht ein paar Sekunden mit verwackelten Bildern von dem Häftling beim Hofgang einzufangen, und dass Königin Viktoria den Lord Chief Justice of England zur Beobachtung des Prozessbeginns entsandt hat.

Seit seiner Rückkehr nach Frankreich ist es nur vier Zivilisten gestattet worden, mit ihm zu sprechen: Lucie und Mathieu sowie seinen beiden Anwälten, dem treuen Edgar Demange, seinem Anwalt aus dem ersten Militärgerichtsprozess, und Labori, der von Mathieu hinzugezogen wurde und die Armee aggressiv unter Druck setzen soll. Ich habe mit keinem von ihnen gesprochen. Was ich über den Zustand des Häftlings weiß, habe ich in der Zeitung gelesen:

> *Bei Dreyfus' Ankunft in Rennes ließ der Präfekt Madame Dreyfus ausrichten, dass sie noch am gleichen Morgen ihren Mann sehen könne. Um 8 Uhr 30 ging sie zu Fuß zum Gefängnis. Sie wurde von ihrem Vater, ihrer Mutter und ihrem Bruder begleitet. Nur ihr wurde der Zutritt zu seiner Zelle im ersten Stock gestattet. Sie blieb bis 10 Uhr 15. Ein Hauptmann der Gendarmerie war anwesend, hielt sich jedoch diskret im Hintergrund. Sie soll ihren Mann weniger verändert angetroffen haben, als sie es befürchtet hatte, machte beim Verlassen des Gefängnisses aber dennoch einen sehr niedergeschlagenen Eindruck.*

Edmond hat bei einer gewissen verwitweten Madame Aubry Zimmer für uns gemietet. Das hübsche, von Glyzinen überwucherte Haus mit weißen Fensterläden befindet sich in der Rue de Fougères, einer ruhigen Wohnstraße. Eine niedrige Mauer trennt den winzigen Vorgarten von der Straße. Davor hat ein Gendarm Posten bezogen. Das Haus steht auf einem Hügel, nur einen Kilometer vom Gerichtssaal entfernt. Wegen der Sommerhitze beginnen die Sitzungen um sieben Uhr morgens und enden um Mittag. Wir haben vor, jeden Morgen sehr früh zu Fuß zum Gericht zu gehen.

Am Montag stehe ich um fünf auf. Die Sonne ist zwar noch nicht aufgegangen, aber zum Rasieren ist es hell genug. Ich lege einen feinen Gehrock an und stecke das Band der Ehrenlegion ins Knopfloch. Die Ausbuchtung des Webleys in meinem Schulterhalfter ist kaum zu sehen. Dann nehme ich Spazierstock und Zylinder, klopfe an Edmonds Tür, und mit den beiden Gendarmen im Schlepp gehen wir den Hügel hinunter zum Fluss.

Die Häuser, an denen wir vorbeikommen, sind solide Villen des wohlhabenden Bürgertums. Die Fensterläden sind geschlossen. Hier oben schlafen die Menschen noch, während unten am Fluss schon Wäscherinnen mit Spitzenhauben körbeweise schmutzige Wäsche auf die Ziegelstufen der Uferböschung kippen und drei Männer in Zuggeschirren einen Lastkahn mit Gerüstbalken und Leitern ziehen. Als wir – zwei Herren mit Zylinder, gefolgt von zwei Gendarmen – an ihnen vorbeigehen, drehen sie sich um und betrachten uns so gleichgültig, als wäre unser Anblick etwas völlig Normales um diese Uhrzeit.

Inzwischen ist die Sonne aufgegangen. Es ist schon heiß. Das trübe Wasser des Flusses ist algengrün. Wir gehen über eine Brücke, biegen in die Straße zur Schule ein und sehen uns einer Doppelreihe berittener Gendarmen gegenüber, die die leere Straße absperrt. Nachdem unsere Papiere kontrolliert worden sind, stellen wir uns an einer kurzen Schlange an und werden durch eine schmale Tür eingelassen. Wir gehen ein paar Steinstufen hinauf, dann durch eine weitere Tür, dann an einer Reihe Infanteristen mit aufgepflanztem Bajonett vorbei und stehen plötzlich im Gerichtssaal.

Der Raum ist etwa zwanzig Meter lang, fünfzehn Meter breit und zwei Stockwerke hoch. Durch zwei übereinander angeordnete Fensterreihen an den Längsseiten fällt klares bretonisches Tageslicht ins Innere. In dem luftigen Raum drängen sich mehrere Hundert Menschen. Am Kopfende befindet sich ein Podium, auf dem ein Tisch und sieben Stühle mit purpurfarben gepolsterten Rückenlehnen stehen. An der Wand dahinter hängt ein an ein schwarzes Kreuz genagelter Christus aus Gips. In der Mitte vor dem Podium stehen sich die Tische und Stühle für Verteidigung und Anklage gegenüber. An den Seiten reihen sich über die gesamte Länge des Raumes die schmalen Tische und Bänke für die Vertreter der Presse aneinander, die die Mehrheit der Anwesenden stellen. Im hinteren Teil, abgetrennt durch eine Reihe Infanteristen, befindet sich der Zuschauerraum, dessen mittlerer Abschnitt für die Zeugen reserviert ist. Und hier sehen wir uns alle wieder, wie Figuren in einem wiederkehrenden Traum, dazu verdammt, sich auf ewig zu umkreisen – Boisdeffre, Gonse, Billot, Pellieux, Lauth, Gribelin. Wir vermeiden peinlich jeden Blickkontakt.

»Pardon«, sagt hinter mir jemand mit einer leise krächzenden Stimme, die mir die Nackenhaare aufstellt. Ich trete zur Seite, und ohne mich anzuschauen, drückt sich Mercier an mir vorbei. Er geht durch den Gang und setzt sich zwischen Gonse und Billot. Sofort beginnen die Generäle ein flüsterndes Konklave. Boisdeffre sieht angeschlagen aus, sein Blick ist leer – es heißt, er sei zum Einsiedler geworden. Billot streicht sich abwesend über den Schnauzbart. Gonse nickt unterwürfig. Pellieux hat sich halb abgewendet. Der inzwischen pensionierte Mercier gestikuliert mit der Faust, er ist plötzlich wieder der Mann, der das Sagen hat. Er ist das Sprachrohr für die Sache der Armee. »In dieser Affäre muss es eine schuldige Partei geben«, hat er vor der Presse erklärt. »Und diese schuldige Partei ist entweder Dreyfus oder bin ich. Wenn ich es nicht bin, dann ist es Dreyfus. Dreyfus ist ein Verräter. Das werde ich beweisen.« Sein ledriges, maskenhaftes Gesicht wendet sich kurz zu mir um. Mit zusammengekniffenen Augen nimmt er mich für einen Augenblick ins Visier.

Es ist fast sieben. Ich setze mich direkt hinter Mathieu Dreyfus, der sich umdreht und mir die Hand schüttelt. Lucie nickt mir zu und ringt sich ein kurzes, angespanntes Lächeln ab. Ihr Gesicht ist so blass wie ein Mittagsmond. Die Anwälte in ihren schwarzen Roben und den merkwürdigen konischen schwarzen Hüten auf dem Kopf erscheinen in der Tür, wobei der riesige Labori mit theatralisch ausladender Geste dem älteren Demange den Vortritt lässt. Dann ertönt von hinten der Ruf »Präsentiert das Gewehr!«, fünfzig Stiefel stampfen in Habtachtstellung auf den Boden, und die Richter, angeführt vom dem zwergenhaften Oberst Jouaust, betreten nacheinander den Saal. Der buschige, weiße Schnauzbart des Obersten, der sogar noch größer ist als der von Billot, ist so gewaltig, dass der Mann darüber hinwegzuschielen scheint. Er steigt auf das Podium und setzt sich auf den Stuhl in der Mitte. »Bringen Sie den Angeklagten herein«, sagt er mit trockener, harter Stimme.

Der Gerichtsdiener, ein Feldwebel, geht zu einer Tür neben dem Richterpodium. In der plötzlichen Stille hallen seine Schritte laut wider. Er öffnet die Tür, und zwei Männer erscheinen. Einer ist ein Offizier, der andere Dreyfus. Die Zuschauer, auch ich, stöhnen auf, denn er ist ein alter Mann – ein kleiner alter Mann mit steifem Gang, der so abgemagert ist, dass ihm der Uniformrock lose am Leib herabhängt. Die Hosen schlottern um seine Knöchel. Er geht mit unsicheren Schritten in die Mitte des Gerichtssaals und hält vor den Stufen des Podiums, auf dem seine Anwälte sitzen, kurz inne, als müsste er erst frische Kräfte sammeln. Dann geht er schwerfällig die Stufen hinauf, hebt die rechte, in einem weißen Handschuh steckende Hand, salutiert vor den Richtern und nimmt dann die Mütze ab, unter der ein fast vollständig kahler Schädel zum Vorschein kommt. Nur ein paar silbrige Strähnen am Hinterkopf fallen auf seinen Kragen. Er setzt sich, und der Urkundsbeamte verliest die Gerichtsverfassung. Dann sagt Jouaust: »Angeklagter, erheben Sie sich.«

Mühsam steht Dreyfus auf.

»Wie heißen Sie?«

Die Antwort ist in der Stille kaum zu hören. »Alfred Dreyfus.«

»Alter?«

»Neununddreißig.« Wieder entsetztes Raunen.

»Geburtsort?«

»Mülhausen.«

»Rang?«

»Hauptmann, vorübergehend zum Generalstab abgeordnet.« Alle beugen sich vor und spitzen die Ohren. Er ist nur schwer zu verstehen. Anscheinend hat er vergessen, wie man ganze Sätze formuliert. Außerdem ist wegen seiner Zahnlücken ständig ein pfeifendes Geräusch zu hören.

Weitere verfahrenstechnische Punkte werden abgehakt, ehe Jouaust auf die Anklage zu sprechen kommt. »Sie werden des Verbrechens des Hochverrats beschuldigt, die in einem als Bordereau bezeichneten Schriftstück aufgeführten Dokumente an einen Agenten einer ausländischen Macht weitergegeben zu haben. Das Gesetz gibt Ihnen das Recht, sich zu Ihrer Verteidigung zu äußern. Hier ist der Bordereau.«

Er nickt einem Gerichtsbeamten zu, der dem Häftling den Bordereau überreicht. Dreyfus studiert ihn. Er zittert, ist einem Kollaps nahe. Schließlich antwortet er mit seiner eigentümlichen Stimme, die selbst dann noch ausdruckslos klingt, wenn sie voller Emotionen ist. »Ich schwöre, dass ich unschuldig bin, Herr Oberst. So wie ich es schon 1894 an Eides statt versichert habe.« Er hält inne. Es ist eine Qual, ihm beim Ringen um Haltung zuzuschauen. »Ich kann alles ertragen, Herr Oberst, aber ich wiederhole noch einmal, um der Ehre meines Namens und meiner Kinder willen, ich bin unschuldig.«

◆

Jouaust geht mit Dreyfus den gesamten Inhalt des Bordereaus durch, Punkt für Punkt. Seine Fragen sind barsch und anklagend. Dreyfus antwortet auf seine trockene, mechanische Art, als wäre er ein Sachverständiger in irgendeinem beliebigen Prozess: nein, er wusste nichts von der hydraulischen Bremse des 120-Millimeter-Geschützes; ja, er hätte sich Informationen über Bedeckungstruppen beschaffen können, aber er hat nie danach gefragt; das Gleiche trifft auf die Invasionspläne für Madagaskar zu – er hätte danach fragen können, hat es aber nie getan; nein, der Herr Oberst irrt – er war nicht in der Dritten Abteilung, als die Artillerieformationen verändert wurden; nein, der Offizier irrt, der behauptet, er habe sich von ihm eine Kopie der Schießvorschrift ausgeliehen – diese hat sich nie in seinem Besitz befunden; nein, er hat nie gesagt, dass es Frankreich unter deutscher Herrschaft besser gehe, natürlich nicht.

Die Sonne, die durch die doppelreihigen Fenster scheint, heizt den Gerichtssaal auf wie ein Treibhaus. Alle schwitzen, nur Dreyfus nicht. Vielleicht weil er die Tropen gewohnt ist. Nur einmal noch setzen ihm seine Gefühle arg zu. Und zwar als Jouaust auf die alte Falschmeldung zu sprechen kommt, dass er am Tag seiner Degradierung gegenüber Hauptmann Lebrun-Renault ein Geständnis abgelegt habe.

»Ich habe nicht gestanden.«

»Aber es gibt noch andere Zeugen.«

»Ich kann mich an keine erinnern.«

»Worum ging es dann in Ihrer Unterhaltung?«

»Das war keine Unterhaltung, Herr Oberst. Es war ein Monolog. Ich sollte wenige Minuten später einer riesigen, bebenden Menschenmenge vorgeführt werden, die in ihrem Patriotismus tief getroffen war, und ich habe zu Hauptmann Lebrun-Renault gesagt, dass ich am liebsten jedem Einzelnen ins Gesicht schreien würde, dass ich unschuldig sei. Ich wollte einfach sagen, dass ich nicht der Schuldige bin. Das war kein Geständnis.«

Um elf schließt Jouaust die Sitzung und verkündet, dass die nächsten vier Verhandlungstage hinter verschlossenen Türen stattfänden, damit die Richter das Geheimdossier begutachten könnten. Die Presse und die Öffentlichkeit, also auch ich, sind ausgeschlossen. Es wird mindestens noch eine Woche dauern, bevor ich meine Aussage machen kann.

Ohne nur einmal in meine Richtung zu blicken, verschwindet Dreyfus durch dieselbe Tür, durch die er gekommen ist. Alle anderen strömen hinaus in die Hitze des strahlenden Augusttages. Die Journalisten spurten zu den Telegrafisten, weil jeder seine Geschichte über den Gefangenen von der Teufelsinsel als Erster absetzen will.

◆

Edmond hat mit seinem Auge für die feineren Dinge des Lebens ein Restaurant in der Nähe unserer Bleibe entdeckt. »Ein verborgenes Juwel, Georges, könnte fast elsässisch sein!«

Les Trois Marches ist ein rustikales Wirtshaus in der Rue d'Antrain, wo die Stadt schon in offenes Land übergeht. Gefolgt von unserer Leibwache, quälen wir uns in der sengenden Mittagshitze den Hügel zu unserem Mittagessen hinauf. Das Gasthaus entpuppt sich als der Bauernhof eines Ehepaars namens Jarlet mit Garten, Obstwiese, Ställen, Scheune und Schweinekoben. Wir sitzen auf Bänken unter einem Baum, trinken von Bienen umschwirrt Cidre und diskutieren die Ereignisse des Morgens. Edmond, der Dreyfus noch nie zuvor gesehen hat, weist auf den merkwürdigen Umstand hin, dass Dreyfus kein Mitgefühl hervorruft. »Wenn er erklärt, ich bin unschuldig, wieso fehlt seinen Worten dann jede Überzeugungskraft, obwohl jeder weiß, dass er recht hat?« Während er dies sagt, sehe ich auf der anderen Straßenseite ein paar Gendarmen, die sich miteinander unterhalten.

Monsieur Jarlet bringt eine Platte Pâté de campagne. Ich mache ihn auf die Gendarmen aufmerksam. »Zwei von diesen Herren gehören zu uns, aber wer sind die anderen?«

»Die bewachen das Haus von General de Saint-Germain, Monsieur. Er ist der Kommandeur der Armee für diesen Bezirk.«

»Warum braucht er Polizeischutz?«

»Die sind nicht wegen ihm da, Monsieur. Sie sind für den Mann abgestellt, der in seinem Haus wohnt, für General Mercier.«

»Hast du das gehört, Edmond? Da drüben wohnt General Mercier.«

Edmond bricht in lautes Gelächter aus. »Ist das nicht herrlich? Dann müssen wir wohl einen ständigen Brückenkopf in Feindesland errichten.« Er wendet sich an den Wirt. »Monsieur Jarlet, ab sofort reserviere ich einen Tisch für zehn Personen, für jedes Mittag- und Abendessen, solange der Prozess dauert. Einverstanden?«

Und ob Monsieur Jarlet damit einverstanden ist. Und so beginnt die Verschwörung von Les Trois Marches, wie es die rechts stehenden Zeitungen nennen. Alle führenden Dreyfusarden treffen sich jeden Mittag und Abend bei Jarlet, um dessen gute und einfache bürgerliche Küche zu genießen. Zu den Stammgästen gehören die Brüder Clemenceau, die Sozialisten Jean Jaurès und René Viviani, die Journalisten Lacroix und Séverine und die Intellektuellen Octave Mirbeau, Gabriel Monod und Victor Basch. Warum Mercier eine Leibwache zum Schutz vor diesen Radaubrüdern braucht, ist nicht ganz klar. Hat er Angst, dass Professor Monod mit einer zusammengerollten Ausgabe der *Revue Historique* auf ihn losgeht? Am Mittwoch bitte ich darum, dass meine Leibwächter abgezogen werden. Ich halte sie nicht nur für überflüssig, ich habe auch den Verdacht, dass sie Informationen über mich an staatliche Stellen weitergeben.

Die ganze Woche herrscht ein reges Kommen und Gehen im Trois Marches. Auch Mathieu Dreyfus lässt sich einmal blicken, nicht aber Lucie, die in der Stadt bei einer Witwe wohnt. Labori, der in unserer Nähe wohnt, wandert fast jeden Abend nach der Besprechung mit seinem Mandanten im Militärgefängnis mit Marguerite den Hügel hinauf.

»Wie hält er sich?«, frage ich ihn eines Abends.

»Im Großen und Ganzen erstaunlich gut. Aber er ist schon ein seltsamer Mensch. Seit einem Monat sehe ich ihn fast jeden Tag, aber ich glaube nicht, dass ich ihn jetzt besser kenne als nach den ersten zehn Minuten. Er lässt nichts an sich herankommen. Schätze, das ist der Grund, warum er überlebt hat.«

»Und wie läuft die geheime Verhandlung? Was hält das Gericht von den Geheimdienstakten?«

»Diese Militärs sind ganz vernarrt in das Zeug! Hunderte

von Seiten – Liebesbriefe, schwules Süßholzgeraspel, Tratsch, Gerüchte, Fälschungen und falsche Fährten, die nirgendwohin führen. Wie die sibyllinischen Bücher: Man kann die Blätter zusammenbasteln, wie man will, und hineinlesen, was man will. Aber ich bezweifele, dass auch nur zwanzig Zeilen davon sich unmittelbar auf Dreyfus beziehen.«

Wir stehen etwas abseits von den anderen und rauchen eine Zigarette. Es dämmert. Hinter uns Gelächter. Jaurès' Stimme, die die Natur für ein Publikum von zehntausend erschaffen hat, dröhnt durch den Garten.

»Wir werden beobachtet«, sagt Labori plötzlich.

Auf der anderen Straßenseite, in einem der Fenster im ersten Stock, ist deutlich Mercier zu erkennen. Er blickt in unsere Richtung.

»Seine alten Kameraden waren gerade zum Abendessen bei ihm«, sage ich. »Boisdeffre, Gonse, Pellieux und Billot gehen ständig ein und aus.«

»Es heißt, er will für den Senat kandidieren. Dieser Prozess ist eine großartige Bühne. Ohne seinen politischen Ehrgeiz stünde die andere Seite ohne jede Führung da.«

»Ohne seinen politischen Ehrgeiz wäre diese ganze Geschichte vielleicht nie passiert«, sage ich. »Er hat geglaubt, dass ihn die Dreyfus-Affäre bis ins Präsidentenamt spült.«

»Das glaubt er immer noch.«

◆

Merciers Aussage ist für Samstag angesetzt – der erste Tag nach der Eröffnungssitzung, an dem Presse und Zuschauer wieder zugelassen sind. Sein Auftritt wird mit fast genauso viel Spannung erwartet wie der von Dreyfus. Er betritt den Gerichtssaal in der vollen Paradeuniform eines Generals – roter Rock, schwarze Hose, Mütze in Purpurrot und Gold.

An seiner Brust funkelt der Orden des Großoffiziers der Ehrenlegion. Als er aufgerufen wird, erhebt er sich von seinem Platz im Kreise der Zeugen für die Armee und geht mit einer Dokumentenmappe aus schwarzem Leder nach vorn. Er bleibt keine zwei Meter neben dem Stuhl stehen, auf dem Dreyfus sitzt, würdigt diesen aber keines Blickes.

»Meine Aussage wird ein bisschen Zeit in Anspruch nehmen«, sagt er mit leiser, rauer Stimme.

»Gerichtsdiener, einen Stuhl für den General«, sagt Jouaust salbungsvoll.

Mercier spricht drei Stunden lang, wobei er ein Dokument nach dem anderen aus der Mappe zieht. Darunter auch den Lump-D-Brief, den er hartnäckig mit Dreyfus in Verbindung bringt, und sogar die erfundenen Berichte von Guénée über einen Spion im Geheimdienst, auch wenn er den Namen der Quelle, Val Carlos, nicht erwähnt. Er übergibt die Schriftstücke Jouaust, der sie an seine Richterkollegen weiterreicht. Nach einiger Zeit lehnt sich Labori zurück und verrenkt den Hals, um mich anzusehen. Was tut der Idiot da, scheint sein fragender Gesichtsausdruck mir sagen zu wollen. Ich achte peinlich darauf, ein gleichgültiges Gesicht zu machen, aber ich denke das Gleiche. Indem er das Geheimdossier als Beweis vorlegt, bietet er Labori eine gefährlich offene Flanke für dessen Kreuzverhör.

Wie ein paranoider, ignoranter Leitartikler von *La Libre Parole,* der überall jüdische Verschwörungen wittert, schwadroniert Mercier vor sich hin. Er behauptet, aus England und Deutschland seien fünfunddreißig Millionen Francs geflossen, um Dreyfus' Freilassung zu betreiben. Er zitiert, als ob es sich dabei um Tatsachen handelte, was Dreyfus angeblich über die Besetzung von Elsass-Lothringen gesagt und immer wieder abgestritten habe: »Wir Juden denken anders darüber. Wo wir sind, da ist unser Gott.« Er zerrt wieder den alten Mythos von seinem Geständnis vor der Degradierung heraus. Er versteigt sich zu einer fantastischen Erklärung, warum er den Richtern des Kriegsprozesses das Geheimdossier gezeigt habe, und behauptet, dass das Land wegen der Dreyfus-Kontroverse nur zwei Finger breit von einem Krieg mit Deutschland entfernt gewesen sei. Deshalb habe er General Boisdeffre die Anweisung gegeben, sich bereitzuhalten, um gegebenenfalls die volle Mobilmachung befehlen zu können, während er, Mercier, mit Präsident Casimir-Perier im Élysée-Palast bis halb ein Uhr nachts gewartet habe, ob der deutsche Kaiser einen Rückzieher machen würde.

Casimir-Perier, der auf der Zeugenbank sitzt, steht auf, um dieser Lüge zu widersprechen, und als Jouaust ihm das Wort verweigert, schüttelt er nur den Kopf über diesen Unsinn, was für gewaltiges Aufsehen im Saal sorgt.

Mercier ignoriert ihn und redet weiter. Es ist die alte Paranoia gegenüber Deutschland, der anhaltende Gestank des Defätismus nach 1870. »Wäre für uns zu diesem Zeitpunkt ein Krieg erstrebenswert gewesen?«, fragt er. »Hätte ich als Kriegsminister unter diesen Umständen einen Krieg für mein Land anstreben sollen? Meine Antwort war klar: nein. Sollte ich andererseits das Kriegsgericht in Unkenntnis lassen über die Vorwürfe gegen Dreyfus? Diese Dokumente …« Er klopft auf die Mappe, die vor ihm auf der hölzernen Ablage liegt. »… sind das, was damals das Geheimdossier genannt wurde, und ich betrachtete es als unerlässlich, sie dem Gericht zukommen zu lassen. Hätte ich mich nicht auf die relative Vertraulichkeit eines Prozesses hinter verschlossenen Türen verlassen können? Nein, ich habe kein Vertrauen in verschlossene Türen. Früher oder später gelangt die Presse in den Besitz der Schriftstücke und macht sie trotz aller Drohungen der Regierung öffentlich. Unter diesen Umständen hielt ich es für angeraten, die geheimen Unterlagen in einem versiegelten Umschlag an den Vorsitzenden des Kriegsgerichts zu schicken.«

Dreyfus sitzt jetzt kerzengerade da und schaut Mercier an. In seinem Gesicht spiegelt sich äußerste Verwunderung und zum ersten Mal etwas, was weit darüber hinausgeht: glühender Zorn.

Mercier bemerkt nichts davon, weil er peinlich darauf achtet, Dreyfus nicht anzusehen. »Gestatten Sie mir zum Abschluss noch eine Bemerkung«, sagt er. »Ich habe mein hohes Alter nicht erreicht, ohne die traurige Erfahrung machen zu müssen, dass alles Menschliche dem Irrtum unterworfen ist. Aber wenn ich auch geistig träge bin, wie Monsieur Zola behauptet hat, so bin ich doch zumindest ein aufrichtiger Mann und der Sohn eines aufrichtigen Vaters. Wenn ich auch nur den geringsten Zweifel gehegt hätte, dann wäre ich der Erste gewesen, diesen Zweifel zu äußern ...« Jetzt wendet er sich doch noch an Dreyfus. »... und vor aller Welt zu sagen: Hauptmann Dreyfus, ich habe in gutem Glauben gehandelt, aber ich habe einen Fehler begangen ...«

Die billige Theatralik ist zu viel für Dreyfus. Mit unglaublicher Behändigkeit, ohne die geringste Spur von Steifheit in den Beinen, springt er plötzlich auf, schwingt, als wollte er Mercier schlagen, die geballte Faust und brüllt mit schauriger Stimme, halb kreischend, halb schluchzend: *»Dann sagen Sie es jetzt!«*

Jeder im Saal zieht hörbar die Luft ein. Die Gerichtsdiener sind wie erstarrt. Nur Mercier scheint völlig ungerührt zu sein. Er beachtet die Gestalt, die drohend vor ihm steht, gar nicht, sondern spricht weiter. »Ich würde zu Hauptmann Dreyfus sagen: Ich bedaure meinen Fehler aufrichtig, und ich werde alles in meiner Macht Stehende tun, um diesen fürchterlichen Fehler zu korrigieren.«

Dreyfus steht immer noch mit erhobener Faust vor ihm und schaut auf ihn hinunter. *»Das ist Ihre Pflicht!«*

Beifall wird laut. Vor allem die Journalisten applaudieren. Auch ich klatsche.

Mercier lächelt fein, schüttelt den Kopf, als hätte er es mit einer Horde überempfindlicher Kinder zu tun, und wartet, bis der Beifall wieder verstummt. »Aber dem ist nicht so. Ich habe meine Überzeugung seit 1894 nicht im Mindesten ändern müssen. Ich fühle mich in ihr sogar bestärkt, nicht nur aufgrund des eingehenden Studiums des Geheimdossiers, sondern auch wegen der jämmerlichen Kampagne derjenigen, die mit verzweifelten Bemühungen und Millionen von Francs Dreyfus' Unschuld beweisen wollten. Und damit ist alles gesagt.«

Mercier schiebt die Schriftstücke in die Ledermappe und verschließt sie, steht auf, verneigt sich vor den Richtern und nimmt seine Mütze von der Ablage. Dann dreht er sich um und geht unter höhnischen Rufen auf den Ausgang zu. Als er an den Pressebänken vorbeikommt, zischt einer der Reporter – es ist Georges Bourdon vom *Figaro:* »Attentäter!«

Mercier bleibt stehen und zeigt auf ihn. »Dieser Mann hat mich einen Attentäter genannt!«

Der Ankläger der Armee erhebt sich. »Herr Vorsitzender, ich verlange, dass der Mann wegen Ungebühr vor Gericht verhaftet wird.«

»Nehmen Sie den Mann in Gewahrsam«, sagt Jouaust zu dem Unteroffizier, der am Eingang Wache steht.

Während die Soldaten Bourdon ergreifen, steht Labori auf. »Herr Vorsitzender, ich hätte noch ein paar Fragen an den Zeugen.«

»Natürlich, Maître Labori«, sagt Jouaust und schaut kühl auf seine Uhr. »Allerdings ist es schon nach zwölf. Da morgen Sonntag ist, können Sie Ihre Fragen am Montag ab halb sieben stellen. Die Sitzung ist geschlossen.«

24

Von seinen Mitstreitern wird Merciers Aussage als Katastrophe betrachtet, als schwere Enttäuschung, da er den versprochenen Beweis für Dreyfus' Schuld nicht liefern konnte. Von uns wird sie als Chance gesehen, weil Labori, der allgemein als der angriffslustigste Pariser Anwalt gilt, das Geheimdossier nutzen kann, um Mercier im Zeugenstand unter Druck zu setzen. Er braucht jetzt nur noch ausreichend Munition. Also gehe ich am Sonntagmorgen zu seiner Herberge, um ihm bei der Vorbereitung zu helfen. Ich habe keine Bedenken, meinen Eid zur Verschwiegenheit endgültig zu brechen. Wenn Mercier über Belange der nationalen Sicherheit reden kann, dann kann ich es auch.

»Der entscheidende Punkt ist, dass es ohne Mercier gar keine Dreyfus-Affäre gegeben hätte«, sage ich, nachdem wir uns in Laboris provisorischem Arbeitszimmer niedergelassen haben. »Es war sein Befehl, die Suche nach dem Spion auf den Generalstab zu beschränken. Das war der ursprüngliche, der fundamentale Fehler. Es war sein Befehl, Dreyfus in Einzelhaft zu stecken, um seinen Willen zu brechen. Und es war sein Befehl, das Geheimdossier zusammenzustellen.«

»Auf diese drei Punkte werde ich ihn festnageln.« Labori macht sich fleißig Notizen. »Aber wir behaupten nicht, dass er die ganze Zeit wusste, dass Dreyfus unschuldig ist, oder?«

»Ganz am Anfang hat er es nicht gewusst. Aber als Dreyfus sich geweigert hat zu gestehen und sie erkannten, dass das Einzige, was sie gegen ihn in der Hand haben, die Handschrift in dem Bordereau ist, da sind sie meiner Meinung nach in Panik geraten und haben angefangen, das falsche Beweismaterial zusammenzustellen.«

»Und Sie glauben, Mercier hat davon gewusst?«

»Hundertprozentig.«

»Woher?«

»Anfang November hat das Außenministerium ein verschlüsseltes italienisches Telegramm geknackt, das bewies, dass Panizzardi noch nie von Dreyfus gehört hatte.«

Der eifrig schreibende Labori hebt die Augenbrauen. »Und das hat man Mercier vorgelegt?«

»Ja. Man hat den entschlüsselten Text Mercier persönlich übergeben.«

Labori hört auf zu schreiben, lehnt sich zurück und klopft mit dem Stift auf das Notizbuch. »Dann muss er schon über einen Monat vor dem Kriegsgerichtsprozess gewusst haben, dass dieser sogenannte Lump-D-Brief nichts mit Dreyfus zu tun hat.« Ich nicke. »Und trotzdem hat er ihn den Richtern präsentiert und sie auch noch auf seine Bedeutung als Schuldbeweis gegen Dreyfus hingewiesen?«

»Und genau das hat er auch gestern wieder behauptet. Ziemlich dreist.«

»Und was hat die Statistik-Abteilung mit dem italienischen Telegramm angefangen? Wahrscheinlich einfach ignoriert, oder?«

»Nein, schlimmer. Sie haben das Original aus dem Kriegsministerium vernichtet und durch eine falsche Version ersetzt, die das Gegenteil unterstellte – dass nämlich Panizzardi über Dreyfus Bescheid wusste.«

»Und der Mann, der letztlich die Verantwortung trägt, ist Mercier.«

»Nachdem ich Monate darüber nachgedacht habe, ja, das glaube ich auch. Es haben sich noch jede Menge anderer Leute die Hände schmutzig gemacht, Sandherr, Gonse, Henry, aber Mercier war die treibende Kraft. Er war es, der das Verfahren gegen Dreyfus in dem Augenblick hätte stoppen müssen, als er das Telegramm in Händen hielt. Aber er wusste, dass ihm das politisch erheblich schaden würde, wohingegen ein erfolgreicher Prozess gegen Dreyfus ihn bis in den Élysée-Palast tragen könnte. Ein dümmlicher Irrglaube, aber er ist ja im Grunde auch ein etwas beschränkter Geist.«

Labori macht sich wieder Notizen. »Und was hat es mit diesem anderen Schriftstück aus dem Geheimdossier auf sich, aus dem er gestern zitiert hat, diesem Bericht von dem Sûreté-Mann Guénée, kann ich ihn damit in die Mangel nehmen?«

»Der war gefälscht, ohne jeden Zweifel. Guénée hat behauptet, der spanische Militärattaché Marquis de Val Carlos habe ihm erzählt, dass die Deutschen einen Spion in unserem Geheimdienst hätten. Henry hat geschworen, dass Val Carlos ihm drei Monate später die gleiche Geschichte erzählt habe, was er dann im ersten Prozess gegen Dreyfus auch so wiederholt hat. Sie brauchen sich nur die Sprache anzuschauen: Da passt nichts zusammen. Ich habe Guénée gleich darauf angesprochen. Nie habe ich einen Mann mit so verschlagenen Augen gesehen.«

»Sollen wir Val Carlos als Zeugen aufrufen und ihn fragen, ob er das bestätigt?«

»Könnten Sie versuchen, aber er beruft sich sicherlich auf seine diplomatische Immunität. Warum rufen Sie nicht Guénée auf?«

»Guénée ist vor fünf Wochen gestorben.«

Ich schaue ihn überrascht an. »Woran?«

»Laut Totenschein an einem Schlaganfall.« Labori schüttelt seinen großen Kopf. »Sandherr, Henry, Lemercier-Picard, Guénée, dieses Geheimdossier ist ein wahrer Blutpakt.«

◆

Am Montag stehe ich um fünf Uhr auf, rasiere mich und ziehe mich sorgfältig an. Mein Revolver liegt auf dem Nachttisch. Ich nehme die Waffe, wiege sie nachdenklich in der Hand und lege sie dann in die Kommode. Ein leises Klopfen an der Tür, dann Edmonds Stimme. »Georges, bist du fertig?«

Edmond und ich haben uns angewöhnt, nicht nur zum Mittag- und Abendessen ins Trois Marches zu gehen, sondern auch zum Frühstück. Wir sitzen in der kleinen Stube und essen Omelette mit Baguette. Bei Mercier auf der anderen Straßenseite sind die Fensterläden noch geschlossen. Vor dem Haus wandert ein gähnender Gendarm auf und ab.

Um Viertel vor sechs machen wir uns auf den Weg den Hügel hinunter. Zum ersten Mal ist der Himmel voller Regenwolken. Das Grau passt zu den Steinhäusern in der ruhigen Stadt. Die Luft ist kühler, sie ist glasig. Kurz bevor wir den Kanal erreichen, ertönt hinter uns ein lautes »Guten Morgen, meine Herren«, und Labori eilt mit großen Schritten auf uns zu. Er trägt einen dunklen Anzug und einen steifen Strohhut und schwingt eine große, schwarze Aktentasche hin und her.

»Ich glaube, heute werden wir unseren Spaß haben.«

Er scheint ausgezeichneter Laune zu sein und es gar nicht erwarten zu können, in den Ring zu steigen. Er schiebt sich zwischen uns, und zusammen, ich zu seiner Rechten, Edmond zu seiner Linken, gehen wir auf dem breiten Treidelpfad am Kanal entlang. Er hat noch eine letzte Frage zu Mercier. »War eigentlich Boisdeffre im Raum, als der Minister Sandherr angewiesen hat, das Geheimdossier verschwinden zu lassen?« Ich will ihm gerade antworten, als ich hinter uns ein Geräusch höre. Ich drehe mich halb um, um sicherzugehen, dass wir nicht belauscht werden.

Und da ist tatsächlich jemand – ein großer junger Bursche, rotes Haar, schwarze Jacke, weiße Kappe. Er zielt mit einem Revolver auf uns. Dann ein ohrenbetäubender Knall. Die Enten auf dem Fluss machen sich panisch kreischend davon. Labori stößt ein verwundertes »Oh, oh, oh …« aus und lässt sich auf ein Knie sinken, als hätte er Atemnot. Ich strecke die Hand aus, während er, die Aktentasche noch in der Hand, mit dem Gesicht nach vorn auf den Boden fällt.

Ich knie mich besorgt neben ihn. Immer noch mehr aus Verblüffung als vor Schmerzen sagt er wieder: »Oh, oh, oh …« Ziemlich genau in der Mitte des Rückens klafft ein Loch in seiner Jacke. Ich schaue wieder hoch und sehe den Attentäter in etwa hundert Metern Entfernung am Kanal entlanglaufen. Jetzt packt mich der Instinkt des Soldaten.

»Bleib hier«, sage ich zu Edmond.

Ich mache mich auf die Verfolgung des Schützen. Nach ein paar Sekunden bemerke ich, dass Edmond hinter mir herläuft. »Georges, sei vorsichtig!«, ruft er.

Ich schaue über die Schulter. »Geh zurück zu Labori!«, rufe ich und laufe schneller.

Edmond bleibt mir noch kurz auf den Fersen, dann gibt er auf. Ich senke den Kopf und zwinge mich, noch schneller zu laufen. Ich hole auf. Was genau ich tun will, sollte ich ihn einholen, weiß ich nicht. Schließlich bin ich unbewaffnet, und er hat wahrscheinlich noch fünf Kugeln in seinem Revolver. Egal, das wird sich ergeben, wenn es so weit ist. Geradeaus vor mir sehe ich ein paar Kahnführer, und ich rufe ihnen zu, sich den Mann zu schnappen. Sie schauen zu dem Flüchtenden, lassen ihre Zugtaue fallen und stellen sich dem Mann in den Weg. Ich bin jetzt nur noch zwanzig Meter von ihm entfernt, nah genug, dass ich sehen kann, wie er seine Waffe hebt und auf die Männer zielt. »Aus dem Weg!«, schreit er. »Ich habe gerade Dreyfus erschossen!«

Ob es an der Waffe liegt oder an der Großmäuligkeit, jedenfalls funktioniert es. Die Kahnführer machen ihm Platz, und er läuft weiter. Als ich an den Männern vorbeikomme, kann ich gerade noch dem Bein ausweichen, das mir einer von ihnen in den Weg stellt.

Plötzlich sind die Häuser und Fabriken verschwunden, und vor uns liegt offenes bretonisches Land. Rechts, auf der anderen Seite des Kanals, sehe ich Eisenbahngleise und einen Zug, der gerade dampfend in den Bahnhof einfährt, links Wiesen, auf denen Kühe weiden, und dahinter in der Ferne Wälder. Dann verlässt der Attentäter den Treidelpfad und läuft nach links auf die Wälder zu. Vor einem Jahr hätte ich ihn noch erwischt. Aber die Monate im Gefängnis haben mich geschlaucht. Ich bin völlig außer Atem, habe Krämpfe und spüre ein seltsames Ziehen im Herzen. Bei einem Sprung über einen Graben stürze ich, und bis ich mich wieder aufgerappelt habe und schließlich den Waldrand erreiche, hat der Attentäter genügend Zeit gehabt, sich zu verstecken. Ich suche mir einen festen Knüppel und kämpfe mich noch eine halbe Stunde durchs Unterholz und zerhacke Farnbüsche und scheuche Fasanen auf, wobei mir die ganze Zeit bewusst ist, dass er mich beobachten könnte. Schließlich bleibe ich geschlagen mitten in dem stillen Wald stehen und mache mich dann humpelnd wieder auf den Weg zum Kanal.

•

Der Rückweg ist über drei Kilometer lang, weshalb ich nicht mitbekomme, was unmittelbar nach dem Schuss passiert ist. Edmond erzählt es mir später: Er läuft zu Labori zurück, der es irgendwie geschafft hat, mit seinem riesigen Körper über die Aktentasche zu kriechen, um sich einiger Passanten zu erwehren, die ihn erkannt haben und seine Unterlagen stehlen wollen; Marguerite kommt in einem schwarz-weißen Sommerkleid zum Tatort gelaufen, wiegt ihren Mann in den Armen und wedelt ihm mit einem kleinen japanischen Fächer Luft zu; Labori liegt auf der Seite, hat den Arm um sie gelegt und spricht ruhig mit ihr, blutet aber kaum – ein schlechtes Zeichen, da es oft auf innere Blutungen hindeutet; vier Soldaten legen den riesigen Mann auf einen abmontierten Fensterladen und tragen ihn mühsam zu seiner Pension; der Arzt sagt nach der Untersuchung, dass die Kugel zwischen dem fünften und sechsten Wirbel steckt, nur Millimeter vom Rückgrat entfernt, und dass der Zustand des Patienten, der ein Bein nicht bewegen kann, ernst ist; Laboris Anwaltskollege Demange eilt mit seinen Assistenten vom Gerichtssaal herüber. Labori nimmt Demanges Hand. »Vielleicht sterbe ich, alter Junge«, sagt er. »Aber Dreyfus ist gerettet.« Und auf dem Weg reden alle darüber, dass Dreyfus im Gerichtssaal die Nachricht von dem Attentat auf seinen Anwalt ohne die geringste Regung aufgenommen hat.

Als ich wieder in die Stadt zurückkomme, ich schätze, etwa eine knappe Stunde nach dem Überfall, bietet der Tatort einen merkwürdig verwaisten Anblick – als wäre nichts geschehen. Laboris Pensionswirtin sagt mir, dass man ihn bei Victor Basch untergebracht habe, einem Dreyfusarden und Professor an der örtlichen Universität, dessen Haus in derselben Straße liegt wie Les Trois Marches, in der Rue d'Antrain. Ich gehe den Hügel hinauf, wo ich vor Baschs Tür auf eine Gruppe Journalisten treffe und zwei Gendarmen, die das Haus bewachen. Der inzwischen bewusstlose Labori liegt in einem Zimmer im Erdgeschoss auf einer Matratze.

Marguerite sitzt neben ihm und hält seine Hand. Sein Gesicht ist leichenblass. Der Arzt hat einen Chirurgen zu Hilfe gerufen, der aber noch nicht eingetroffen ist. Seine eigene, vorläufige Diagnose lautet, dass eine Operation zu gefährlich sei, und man solle die Kugel am besten dort lassen, wo sie stecke. In den nächsten vierundzwanzig Stunden werde sich zeigen, wie schwer die Verletzung sei.

Im Wohnzimmer beantwortet Edmond die Fragen eines Polizeikommissars, und ich beschreibe ihm den Angreifer, schildere die Verfolgungsjagd und wo sich der Wald befinde, in dem er verschwunden sei. »Der Wald von Cesson«, sagt der Kommissar. »Ich schicke gleich einen Suchtrupp hin.« Er geht in den Flur und spricht mit einem seiner Leute.

»Alles in Ordnung mit dir?«, sagt Edmond, während der Kommissar draußen ist.

»Widerlich, was für ein körperliches Wrack ich geworden bin. Sonst bestens.« Ärgerlich schlage ich mit der Faust auf die Armlehne. »Wenn ich bloß meinen Revolver mitgenommen hätte. Ich hätte ihn locker erwischt.«

»Was meinst du, hatte er es auf Labori abgesehen oder auf dich?«

Daran hatte ich noch gar nicht gedacht. »Labori, da bin ich mir ganz sicher. Sie wollten um jeden Preis verhindern, dass er Mercier ins Kreuzverhör nimmt. Bis der Prozess fortgesetzt wird, müssen wir einen Ersatz für ihn finden.«

Edmond schaut mich verwundert an. »Mein Gott, hast du das nicht mitbekommen? Jouaust hat die Verhandlung nur für eine Dreiviertelstunde unterbrochen. Demange musste schon wieder ins Gericht, um Mercier ins Kreuzverhör zu nehmen.«

»Aber Demange ist völlig unvorbereitet. Er weiß überhaupt nicht, welche Fragen er stellen muss.«

Das ist eine Katastrophe. Ich laufe an den Journalisten

vorbei aus dem Haus und den Hügel hinunter zur Schule. Es fängt an zu regnen. Riesige, warme Tropfen klatschen auf das Straßenpflaster und erfüllen die Luft mit dem Geruch nach feuchtem Staub. Einige der Reporter haben sich mir an die Fersen geheftet. Sie laufen neben mir her, stellen mir Fragen und schaffen es irgendwie, meine Antworten aufzuschreiben.

»Dann befindet sich der Attentäter also noch auf freiem Fuß?«

»Soweit ich weiß, ja.«

»Glauben Sie, dass er gefasst wird?«

»Das ist gut möglich. Ob es aber wirklich dazu kommt, ist eine andere Frage.«

»Glauben Sie, die Armee steckt dahinter?«

»Ich hoffe nicht.«

»Sie schließen es aber nicht aus.«

»Lassen Sie mich so sagen: Ich finde es schon seltsam, dass in einer Stadt, in der sich fünftausend Polizisten und Soldaten aufhalten, ein Attentäter Dreyfus' Anwalt niederschießen und dann problemlos verschwinden kann.«

Mehr wollten sie nicht hören. Als wir die Schule erreichen, lassen sie mich stehen und laufen zur Bourse de Commerce, um ihre Geschichten an die Heimatredaktionen zu telegrafieren.

Im Gerichtssaal steht Mercier im Zeugenstand, und noch während ich mich auf meinen Platz setze, ist mir klar, dass Demange sich mit der Befragung schwertut. Demange ist ein anständiger, kultivierter Mann von knapp sechzig Jahren mit verschlafenen Augen, der seinen Mandanten seit knapp fünf Jahren treu und brav vertreten hat. Aber er ist auf das Kreuzverhör nicht vorbereitet, und selbst wenn er es wäre, wäre er im Gegensatz zu Labori unfähig, einen Kontrahenten festzunageln. Um es offen zu sagen, er ist ein Dampfplauderer.

Er hat die Angewohnheit, jede Frage mit einem Vortrag einzuleiten, was Mercier reichlich Zeit verschafft, über eine Antwort nachzudenken. Mercier lässt ihn locker abblitzen. Befragt nach dem gefälschten Panizzardi-Telegramm im Archiv des Kriegsministeriums, streitet er jede Kenntnis davon ab. Befragt, warum er das Telegramm nicht dem von ihm den Richtern vorgelegten Geheimdossier hinzugefügt habe, sagt er, das habe dem Außenministerium nicht gepasst. Nach ein paar weiteren Minuten mit ähnlichem Geplänkel wird er aus dem Zeugenstand entlassen. Als er durch den Gang zu seinem Platz zurückgeht, wandert sein unruhiger Blick auch in meine Richtung. Er bleibt stehen, verbeugt sich und streckt die Hand aus. Er weiß genau, dass der ganze Saal uns beobachtet. »Monsieur Picquart, das sind wirklich entsetzliche Nachrichten«, sagt er mit einschmeichelnder Stimme und so laut, dass es die Hälfte der Zuschauer hören kann. »Wie geht es Maître Labori?«

»Die Kugel steckt ihm noch im Leib, Herr General. Morgen werden wir mehr wissen.«

»Das ist ein zutiefst bestürzender Vorfall. Richten Sie bitte Madame Labori meine besten Wünsche zur Genesung Ihres Mannes aus.«

»Natürlich, Herr General.«

Seine seltsamen meergrünen Augen fixieren mich, und für den Bruchteil eines Lidschlags sehe ich wie eine im Wasser aufragende Flosse den Schatten seiner dumpfen Bösartigkeit. Dann nickt er und geht weiter.

◆

Am nächsten Tag ist Mariä Himmelfahrt, ein Feiertag, und das Gericht tagt nicht. Labori übersteht die Nacht, das Fieber sinkt. Es gibt Hoffnung, dass er sich erholt. Am Mittwoch beantragt Demange eine Unterbrechung der Verhandlung für zwei Wochen, bis entweder Labori sich so weit erholt habe, dass er seine Arbeit wieder aufnehmen könne, oder bis der neue Anwalt – Albert Clemenceau ist bereit einzuspringen – sich in den Fall eingearbeitet habe. Jouaust lehnt den Antrag rundheraus ab. Die Umstände seien unglücklich, aber die Verteidigung müsse eben, so gut es gehe, damit zurechtkommen.

Die Morgensitzung beschäftigt sich zunächst mit Dreyfus' Haftbedingungen auf der Teufelsinsel. Als die grauenhafte Brutalität seiner Behandlung geschildert wird, senken selbst die Zeugen der Anklage – sogar Boisdeffre und Gonse – beschämt die Augen angesichts der langen Liste an Qualen, die Dreyfus im Namen des Rechts zugefügt wurden. Als am Ende Jouaust den Angeklagten fragt, ob er dazu etwas sagen wolle, antwortet Dreyfus mir nur steif: »Ich bin hier, um meine Ehre und die meiner Kinder zu verteidigen. Zu der Folter, die ich ertragen musste, werde ich nichts sagen.« Er zieht den Hass der Armee ihrem Mitleid vor. Was wie Kälte erscheint, ist vor allem sein fester Wille, kein Opfer zu sein. Das wird mir jetzt klar, und dafür achte ich ihn.

Am Donnerstag werde ich aufgerufen.

Ich gehe nach vorn und steige die zwei Stufen zum Zeugenstand hinauf. Ich bin mir der Stille bewusst, die sich über den voll besetzten Gerichtssaal gelegt hat. Ich bin nicht nervös, ich habe nur den Wunsch, die Aussage schnell hinter mich zu bringen. An dem Geländer vor mir befindet sich eine Ablage, auf die der Zeuge seine Notizen oder seine Uniformmütze ablegen kann. Auf dem Podium davor sitzen die Richter – zwei Obersten, drei Majore und zwei Hauptleute. Links von mir, kaum zwei Meter entfernt, sitzt Dreyfus. Es ist ein seltsames Gefühl, so nah neben ihm zu stehen, dass ich ihm die Hand schütteln könnte, aber trotzdem nicht mit ihm sprechen kann. Ich versuche seine Anwesenheit zu vergessen, schaue geradeaus und schwöre, dass ich die ganze Wahrheit sagen werde.

Jouaust beginnt. »Kannten Sie den Angeklagten vor den Ereignissen, deretwegen er angeklagt ist?«

»Ja, Herr Oberst.«

»Woher kannten Sie ihn?«

»Ich war Dozent an der École Supérieure de Guerre, als Dreyfus dort Student war.«

»Und Sie hatten keine weiter gehenden Beziehungen zu ihm?«

»Richtig.«

»Sie waren weder sein Mentor noch sein Verbündeter?«

»So ist es, Herr Oberst.«

»Weder waren Sie ihm noch er Ihnen verpflichtet?«

»So ist es, Herr Oberst.«

Jouaust macht sich eine Notiz.

Erst jetzt wage ich einen kurzen Seitenblick auf Dreyfus. Er hat so lange im Mittelpunkt meines Lebens gestanden, hat mein Schicksal so sehr verändert, hat sich in meiner Vorstellung zu solcher Größe emporgeschwungen, dass es mir unmöglich erscheint, dass der Mann all dem, was er verkörpert, gerecht werden kann. Mir geht der merkwürdige Gedanke durch den Kopf, dass ich diesen stillen Fremden, müsste ich raten, für einen pensionierten kleinen Beamten aus dem Kolonialdienst halten würde, der mich durch seinen Kneifer anblinzelt, als hätten wir uns gerade auf einer sehr langen Reise zufällig im selben Zugabteil getroffen.

Jouausts trockene Stimme ruft mich in die Gegenwart zurück. »Schildern Sie, wie sich die Ereignisse aus Ihrer Sicht zugetragen haben …« Ich wende den Blick von Dreyfus ab.

◆

Meine Aussage beansprucht den ganzen Sitzungstag und fast den gesamten nächsten. Es erübrigt sich, die Einzelheiten zu wiederholen – Petit Bleu, Esterházy, Bordereau … Ich trage also alles noch einmal vor, als wäre es ein Referat, was es in gewisser Weise ja auch ist. Ich bin der Gründer der Schule für Dreyfus-Studien: ihre Koryphäe, ihr gefeierter Professor. Es gibt keine Frage über mein Spezialgebiet, auf die ich keine Antwort wüsste. Ich kenne jeden Brief und jedes Telegramm, jede Persönlichkeit, jede Fälschung, jede Lüge. Ab und zu stehen Offiziere des Generalstabs auf und stellen bestimmte Punkte infrage. Sie sind wie schwitzende Studenten, die ich mühelos in die Schranken weise. Während ich spreche, lasse ich wie früher bei meinen Studenten gelegentlich den Blick über die zerfurchten Gesichter der Richter schweifen und frage mich, was von alldem sie wohl verstehen.

Als Jouaust mich schließlich aus dem Zeugenstand entlässt und ich mich umdrehe, um zu meinem Platz zurückzugehen, habe ich den Eindruck – vielleicht zu Unrecht –, dass Dreyfus mir kaum merklich zunickt und ganz kurz dankbar lächelt.

◆

Laboris Genesung macht gute Fortschritte, sodass er noch mit der Kugel zwischen den Schulterblättern Mitte der folgenden Woche ins Gericht zurückkehren kann. Unter lautem Beifall betritt er zusammen mit Marguerite den Saal. Er winkt den Zuschauern zu und geht zu seinem Platz, wo man einen großen, bequemen Sessel für ihn bereitgestellt hat. Neben seinem feuchten, kalkweißen Gesicht ist das einzige sichtbare Zeichen seiner Verletzung der steife linke Arm, den er kaum bewegen kann. Dreyfus steht auf und schüttelt ihm herzlich die Rechte.

Labori behauptet, dass er fähig sei, die Arbeit wieder aufzunehmen und durchzustehen. Ich bin nicht davon überzeugt. Mit Schussverletzungen kenne ich mich aus. So ein Heilungsprozess ist langwieriger, als man glauben mag. Meiner Meinung nach hätte sich Labori operieren und die Kugel entfernen lassen sollen, was allerdings bedeutet hätte, dass der Prozess ohne ihn fortgeführt worden wäre. Er hat Schmerzen und kann nicht schlafen. Außerdem weigert er sich anzuerkennen, dass er unter hohem Leidensdruck stehe. Auf der Straße kann man das erkennen – er weicht leicht zurück, wenn jemand mit ausgestreckter Hand auf ihn zugeht, und zuckt zusammen, wenn er schnelle Schritte hinter sich hört. Im Gerichtssaal zeigt sich das daran, dass er leicht erregbar und unbeherrscht ist, besonders gegenüber dem Vorsitzenden des Gerichts, den er besonders gern reizt.

JOUAUST: Ich ermahne Sie, drücken Sie sich angemessen aus.
LABORI: Ich habe kein einziges unangemessenes Wort gesagt.
JOUAUST: Ihr ganzer Ton ist unangemessen.
LABORI: Meinen Ton kann ich nicht beherrschen.
JOUAUST: Nun, das sollten Sie aber. Jeder Mensch kann sich beherrschen.
LABORI: Ich kann mich beherrschen, nur nicht meinen Ton.
JOUAUST: Ich werde Ihnen das Wort entziehen.
LABORI: Nur zu.
JOUAUST: Setzen Sie sich.
LABORI: Ich werde mich setzen, wenn auch nicht auf Ihre Anordnung.

Später sitzen die Anwälte zu einer Strategiesitzung zusammen, bei der auch Mathieu Dreyfus und ich anwesend sind. »Wir dürfen nie unser wesentliches Anliegen außer Acht lassen, mein lieber Labori«, sagt Demange auf seine etwas hochtrabende Art. »Und das ist bei allem Respekt nicht, auf die Armee und ihre Unzulänglichkeiten einzuschlagen, sondern unserem Mandanten die Freiheit zu erstreiten. Und weil dies eine Militärverhandlung ist, über deren Ausgang militärische Offiziere entscheiden, müssen wir diplomatisch auftreten.«

»Oho, diplomatisch!«, sagt Labori. »Meinen Sie etwa die gleiche Diplomatie, die Ihrem Mandanten vier Jahre auf der Teufelsinsel eingebrockt hat?«

Demange läuft vor Zorn rot an, rafft seine Unterlagen zusammen und verlässt den Raum.

Genervt steht Mathieu auf, um ihm nachzugehen. »Ich verstehe Ihre Enttäuschung, Labori«, sagt er an der Tür. »Aber Edgar steht unserer Familie seit fünf Jahren treu zur Seite. Er hat das Recht, die Strategie vorzugeben.«

Bei diesem Thema teile ich Laboris Meinung. Ich kenne die Armee. Sie reagiert nicht auf Diplomatie, sie reagiert auf Druck. Aber selbst für meinen Geschmack geht Labori zu weit, als er ohne Rücksprache mit Demange dem deutschen Kaiser und dem König von Italien telegrafiert und sie darum ersucht, von Schwartzkoppen und Panizzardi (die beide in ihre Heimatländer zurückgerufen wurden) zu gestatten, für eine Zeugenaussage nach Rennes zu kommen. Der deutsche Reichskanzler Graf von Bülow antwortet, als hätte er es mit einem Wahnsinnigen zu tun:

Seine Majestät, der Kaiser und König,
unser allergnädigster Herrscher,
hält es natürlich für gänzlich abwegig,
Maître Laboris seltsamem Ansinnen auf
welche Weise auch immer zu entsprechen.

Danach erreicht die Verstimmung zwischen Labori und Demange ein solches Ausmaß, dass Labori sich, im Gericht vor Schmerzen ganz weiß, schließlich weigert, das Schlussplädoyer zu halten. »Ich kann nicht Teil einer Strategie sein, an die ich nicht glaube. Wenn dieser alter Trottel meint, mit Höflichkeit gegen diese mörderischen Dreckskerle gewinnen zu können, dann kann er es ja allein versuchen.«

◆

Als der Prozess sich seinem Ende nähert, kommt der Départementspräfekt, Monsieur Duréault, auf mich zu. Er spricht mich während einer Sitzungspause an, als sich alle im überfüllten Innenhof der Schule die Beine vertreten. »Wir haben vertrauliche Informationen erhalten, Monsieur Picquart«, sagt er mit leiser Stimmer. »Wir rechnen damit, dass eine große Zahl Nationalisten zur Urteilsverkündung nach Rennes kommen wird und im Falle eines Freispruchs ernste Ausschreitungen zu erwarten sind. Ich befürchte, unter diesen Umständen kann ich nicht für Ihre Sicherheit garantieren. Ich möchte Sie dringend bitten, die Stadt vorher zu verlassen. Ich hoffe, Sie verstehen das.«

»Danke, Monsieur Duréault. Ich weiß Ihre Offenheit zu schätzen.«

»Wenn ich Ihnen noch einen Rat geben darf. Nehmen Sie den Nachtzug, damit man Sie nicht sieht.«

Dann geht er. Ich lehne an der Mauer in der Sonne und rauche eine Zigarette. Ich werde meine Abreise nicht bedauern. Ich bin jetzt seit fast einem Monat hier. Wie alle. Da sind Gonse und Boisdeffre, die auf und ab gehen, Arm in Arm, als müssten sie sich gegenseitig stützen. Da sind Mercier und Billot, die wie Schuljungen mit baumelnden Beinen auf einem Mäuerchen sitzen. Da ist Madame Henry, die von

Kopf bis Fuß in Schwarz gehüllte Witwe der Nation, die am Arm von Lauth, mit dem sie ein intimes Verhältnis haben soll, wie der Todesengel durch den Innenhof schwebt. Da ist der untersetzte, vollbärtige Bertillon mit seinem Koffer voller Schaubilder, der immer noch darauf beharrt, dass Dreyfus im Bordereau die eigene Handschrift gefälscht habe. Da ist Gribelin, der unter einem Baum ein schattiges Plätzchen gefunden hat. Natürlich sind nicht alle da – es fehlen die Geister der Toten Sandherr, Henry, Lemercier-Picard und Guénée und der gar nicht geisterhafte du Paty, der Krankheit vorgeschoben hat, um sich vor einer Aussage zu drücken, sowie Scheurer-Kestner, der tatsächlich an Krebs leidet und angeblich nicht mehr lange zu leben hat, und Esterházy, der in einem englischen Dorf namens Harpenden untergetaucht ist. Aber sonst sind wir alle hier versammelt, wie die Insassen eines Irrenhauses oder die Passagiere eines juristischen *Fliegenden Holländers,* die dazu verdammt sind, sich und die Welt auf ewig zu umkreisen.

Eine Glocke ertönt und ruft uns zurück ins Gericht.

◆

Edmond und ich gehen am Donnerstag, dem 7. September, zu einem Abschiedsessen ins Trois Marches. Labori und Marguerite sind auch gekommen, Mathieu und Demange nicht. Wir erheben unsere Gläser in Richtung von Merciers Haus auf der anderen Straßenseite und stoßen ein letztes Mal auf den Sieg an. Dann bringt uns eine Droschke zum ausgestorbenen Bahnhof von Rennes, und wir steigen in den Nachtzug nach Paris. Niemand sieht uns. Die Stadt versinkt hinter uns in der Dunkelheit.

Die Urteilsverkündung ist für Samstagnachmittag angesetzt, und Aline Ménard-Dorian befindet, das sei ein wunderbarer Anlass für ein zwangloses Mittagessen. Einer ihrer Freunde, der Staatssekretär für das Post- und Telegrafenwesen, sorgt für eine direkte Telefonverbindung zwischen Alines Wohnzimmer und der Bourse de Commerce in Rennes, sodass wir den Richterspruch sofort nach seiner Verkündung erfahren werden. Sie lädt die regelmäßigen Besucher ihres Salons und einige andere Gäste für ein Uhr zu einem Buffet in die Rue de la Faisanderie.

Ich habe zwar keine Lust, aber sie beharrt hartnäckig auf meinem Kommen. »Es wäre uns ein außerordentliches Vergnügen, mein lieber Georges, wenn wir den Augenblick Ihres Ruhms mit Ihnen teilen dürften.« Da ich nicht ungehobelt erscheinen möchte, sage ich zu. Außerdem habe ich nichts anderes zu tun.

Der aus dem Exil zurückgekehrte Zola sowie Georges und Albert Clemenceau, Jean Jaurès und de Blowitz von der Londoner *Times* sind anwesend. Insgesamt sind etwa fünfzig, sechzig Gäste gekommen, darunter auch Blanche de Comminges mit einem jungen Mann namens d'Espic de Ginestet, den sie als ihren Verlobten vorstellt. Ein livrierter Diener sitzt neben dem Telefonapparat in der Ecke und ruft gelegentlich die Vermittlung an, um sicherzustellen, dass die Leitung steht. Nachdem wir gegessen oder, wie in meinem Fall, nichts gegessen haben, gibt er um Viertel nach drei unserem Gastgeber ein Zeichen. Paul Ménard, Alines Ehemann, ein Industrieller mit radikalen Ansichten, nimmt den Hörer mit ernster Miene und lauscht. »Die Richter haben sich gerade zur Beratung zurückgezogen«, sagt er, ehe er den Hörer dem Diener zurückgibt.

Ich möchte ein paar Minuten allein sein und gehe hinaus auf die Terrasse, aber einige Gäste schließen sich mir an. De Blowitz, der mit seinem kugelrunden Bauch und dem rötlichen Knollengesicht eine Figur aus einem Dickens-Roman sein könnte – Bumble vielleicht, oder Pickwick –, fragt mich, ob ich noch wisse, wie lange die Richter sich damals beim ersten Prozess beraten hätten.

»Eine halbe Stunde.«

»Wenn sie länger brauchen, was würden Sie sagen, Monsieur, ist das günstiger oder ungünstiger für den Angeklagten?«

»Das weiß ich wirklich nicht. Würden Sie mich bitte entschuldigen?«

Die folgenden Minuten sind eine Qual. Eine Kirchenglocke in der Nachbarschaft schlägt halb vier, dann vier. Unaufhörlich gehen wir auf dem Fleckchen Rasen hin und her. »Offenbar wägen sie das Beweismaterial sorgfältig ab«, sagt Zola. »Das ist ein gutes Zeichen. Das bedeutet, sie entscheiden für uns.«

»Nein«, sagt Georges Clemenceau. »Das sind Männer, die ihre Meinung ändern sollen, das kann nicht gut sein für Dreyfus.«

Ich gehe zurück ins Wohnzimmer und schaue aus dem Fenster auf die Straße. Dort hat sich eine Menschenmenge versammelt. Jemand ruft zu mir hoch, ob es schon Neuigkeiten gebe. Ich schüttele den Kopf. Um Viertel vor fünf gibt der Diener wieder ein Zeichen. Ménard geht zum Telefon.

Ménard lauscht in den Hörer. »Die Richter kommen zurück«, sagt er dann.

Sie haben also eineinhalb Stunden beraten. Ist das lang oder kurz? Gut oder schlecht? Ich weiß nicht, was ich davon halten soll.

Fünf Minuten vergehen. Zehn Minuten. Jemand macht einen Witz, um die Spannung zu lockern. Gelächter. Plötzlich hebt Ménard die Hand, und alle verstummen. Am anderen Ende der Leitung tut sich etwas. Ménard runzelt die Stirn. Zermürbend langsam senkt er den Arm. »Schuldig«, sagt er leise. »Fünf zu zwei Stimmen. Strafmaß auf zehn Jahre Gefängnis reduziert.«

◆

An einem Spätnachmittag gut eine Woche später bekomme ich Besuch von Mathieu Dreyfus. Ich bin überrascht, ihn vor meiner Tür stehen zu sehen. Er ist noch nie zuvor zu mir nach Hause gekommen. Zum ersten Mal sieht er grau und angegriffen aus, sogar die Blume in seinem Knopfloch ist verwelkt. Er sitzt auf der Kante meines Sofas und dreht mit den Händen nervös seine Melone hin und her. Er nickt zu meinem Sekretär. Der ist mit Papieren übersät, und die Schreibtischlampe ist angeschaltet. »Verzeihung, ich wollte Sie nicht bei der Arbeit stören.«

»Macht nichts. Ich habe mir gedacht, ich bringe das alles zu Papier, solange die Erinnerungen noch frisch sind. Es ist aber nicht zur Veröffentlichung bestimmt – zumindest nicht zu meinen Lebzeiten. Darf ich Ihnen etwas anbieten?«

»Nein danke. Ich bleibe nicht lange. Ich fahre mit dem Abendzug nach Rennes.«

»Ah, wie geht es ihm?«

»Offen gesagt, Monsieur Picquart, ich befürchte, er bereitet sich aufs Sterben vor.«

»Also wirklich, Monsieur Dreyfus!«, sage ich und setze mich ihm gegenüber auf einen Stuhl. »Wenn Ihr Bruder vier Jahre auf der Teufelsinsel übersteht, dann hält er auch noch ein paar Monate im Gefängnis aus. Ich bin mir sicher, viel länger kann es nicht mehr dauern. Die Regierung wird ihn bestimmt noch vor der Weltausstellung freilassen, ein Boykott ist das Letzte, was die wollen. Die können ihn unmöglich im Gefängnis sterben lassen.«

»Zum ersten Mal, seit sie ihn nach seiner Rückkehr eingesperrt haben, hat er gesagt, dass er seine Kinder sehen will. Können Sie sich vorstellen, was das für Auswirkungen auf sie hat, wenn sie ihren Vater in einer solchen Verfassung sehen? Das würde er ihnen nie antun, wenn er sich nicht verabschieden wollte.«

»Sind Sie sich sicher, dass es so schlecht um seine Gesundheit steht? Hat ihn ein Arzt untersucht?«

»Die Regierung hat einen Spezialisten nach Rennes geschickt. Er sagt, Alfred leidet an Fehlernährung und Malaria und möglicherweise an Rückenmarksschwindsucht. Wenn er im Gefängnis bleibt, wird er nicht mehr lange leben, meint der Arzt.« Er schaut mich elend an. »Deshalb bin ich gekommen ... ich wollte Ihnen sagen, dass ... es tut mir wirklich leid ... dass wir uns entschieden haben, das Angebot auf Begnadigung anzunehmen.«

Eine Pause. »Verstehe.« Ich wünschte, meine Stimme würde sich etwas mitfühlender anhören. »Dann liegt also das Angebot schon auf dem Tisch?«

»Der Premierminister macht sich Sorgen, dass das Land auf Dauer gespalten werden könnte.«

»Das glaube ich gern.«

»Ich weiß, dass das ein Schlag für Sie ist, und ich verstehe, dass Sie das in eine unangenehme Lage bringt ...«

»Da haben Sie ganz recht«, platzt es aus mir heraus. »Das ist ein Schuldeingeständnis.«

»Genau genommen, ja. Aber Jaurès hat eine Erklärung für Alfred aufgesetzt, die er bei Verlassen des Gefängnisses verlesen soll.« Er zieht ein zerknittertes Blatt Papier aus der Innentasche seiner Jacke und gibt es mir.

Die Regierung der Republik schenkt mir die Freiheit. Diese bedeutet mir jedoch nichts ohne meine Ehre. Beginnend mit dem heutigen Tag werde ich darauf hinarbeiten, den schrecklichen Justizirrtum zu korrigieren, dessen Opfer ich nach wie vor bin ...

Es geht noch weiter, aber ich habe genug gelesen. Ich gebe ihm das Blatt zurück. »Nun, das sind ehrenwerte Worte«, sage ich bitter. »Wie auch anders. Wenn es um ehrenwerte Worte geht, kann man sich auf Jaurès immer verlassen. Aber die Realität ist, dass die Armee gewonnen hat. Und das Mindeste, was sie als Gegenleistung dafür verlangen wird, ist die Amnestie für alle, die die Verschwörung gegen Ihren Bruder ins Werk gesetzt haben.« *Und gegen mich,* füge ich im Stillen hinzu. »Damit habe ich keine Möglichkeit mehr, meine Ansprüche gegen den Generalstab vor Gericht geltend zu machen.«

»Vielleicht, auf kurze Sicht. Aber auf lange Sicht, in einem veränderten politischen Klima, können wir vor Gericht vermutlich eine umfassende Entlastung erreichen.«

»Ich wünschte, ich hätte das gleiche Vertrauen in unser Rechtssystem wie Sie.«

Mathieu steckt die Erklärung wieder in die Tasche und steht auf. Aus seiner breitbeinigen Haltung spricht Auflehnung. »Tut mir leid, dass Sie so darüber denken, Monsieur Picquart. Ich verstehe, dass Sie um Ihrer Sache willen auch den Märtyrertod meines Bruders in Kauf nehmen würden. Aber seine Familie will ihn lebend zurück. Ehrlich gesagt, kann er sich selbst nicht recht abfinden mit dieser Entscheidung. Ich glaube, es würde ihm etwas bedeuten, wenn ich ihm sagen könnte, dass er Ihre Zustimmung hat.«

»*Meine* Zustimmung? Warum sollte die ihn kümmern?«

»Trotzdem glaube ich, dass es ihm wichtig wäre. Was darf ich ihm ausrichten?«

Er steht unversöhnlich vor mir.

»Was sagen die anderen?«

»Zola, Clemenceau und Labori sind dagegen. Reinach, Lazare, Basch und der Rest sind mehr oder weniger begeistert dafür.«

»Sagen Sie ihm, ich sei auch dagegen.«

Als hätte er nichts anderes erwartet, nickt Mathieu knapp und wendet sich zum Gehen.

»Sagen Sie ihm auch, dass ich ihn verstehe.«

◆

Dreyfus wird am Mittwoch, dem 20. September 1899, entlassen, bekannt gegeben wird die Nachricht aber erst am nächsten Tag, um ihm zu ermöglichen, Paris zu verlassen, ohne von der Öffentlichkeit belästigt zu werden. Wie jeder andere erfahre ich von seiner Freilassung aus der Zeitung. Er trägt einen dunkelblauen Anzug und einen weichen, schwarzen Hut, als er in der Abenddämmerung von Beamten der Sûreté mit einem Automobil vom Gefängnis in Rennes abgeholt und zum Bahnhof in Nantes gefahren wird, wo Mathieu auf ihn wartet und die beiden einen Nachtzug nach Süden besteigen. In einem Haus der Familie in der Provence wird er von seiner Frau und seinen Kindern erwartet. Dann reist er weiter in die Schweiz. Aus Angst vor einem Attentat kehrt er nicht nach Paris zurück.

Was mich angeht, so schlage ich mich mehr schlecht als recht durch und versuche mit Laboris Unterstützung, verschiedene Zeitungen wegen übler Nachrede zu belangen. Obwohl man mir anbietet, mich wieder in die Armee aufzunehmen und mit einem Kommando zu betrauen, lehne ich im Dezember das Angebot einer Generalamnestie der Regierung für alle in die Affäre Verwickelten ab. Warum sollte ich wieder die gleiche Uniform anziehen wie diese Verbrecherbande um Mercier, du Paty, Gonse und Lauth?

Im Januar zieht Mercier als Nationalist für das Département Loire-Inférieure in den Senat ein.

Von Dreyfus höre ich nichts. Doch dann, über ein Jahr nach seiner Freilassung, gehe ich an einem trüben Wintertag des Jahres 1900 die Treppe hinunter zu meinem Briefkasten, in dem sich ein in Paris abgestempelter Brief befindet. Die Adresse ist in einer Handschrift geschrieben, die mir nur aus Geheimakten und Beweismaterial aus dem Gerichtssaal bekannt ist.

Herr Oberstleutnant,

es ist mir eine Ehre, Sie um Festsetzung von Tag und Stunde für ein Treffen zu bitten, an dem ich Ihnen persönlich meine Dankbarkeit zum Ausdruck bringen kann.

Hochachtungsvoll,

A. Dreyfus

Der Absender ist eine Adresse in der Rue de Châteaudun.

Ich gehe wieder nach oben. Pauline ist über Nacht geblieben, was sie jetzt, da die Mädchen schon älter sind, ziemlich oft tut. Sie führt wieder ihren Mädchennamen Romazzotti. Die Leute halten sie für eine Witwe. Ich ziehe sie wegen des Namens auf, er höre sich an, als wäre sie eine Spiritistin vom Boulevard Saint-Germain.

»Irgendwas Wichtiges?«, ruft sie aus dem Schlafzimmer.

Ich lese den Brief noch einmal.

»Nein«, rufe ich.

Am Vormittag schreibe ich auf die Rückseite einer meiner Visitenkarten: *Monsieur, ich werde Sie wissen lassen, wann wir uns treffen können. Georges Picquart.*

Weiter unternehme ich nichts. Er ist die Sorte Mensch, der es unangenehm ist, sich zu bedanken. Na gut, und ich bin die Sorte Mensch, der es unangenehm ist, wenn man sich bei ihr bedankt. Also erspare ich uns das lächerliche Pathos einer solchen Begegnung. Später werfen mir die Zeitungen vor, ich hätte es rundheraus abgelehnt, mich mit Dreyfus zu treffen. Anonym schreibt ein Freund der Familie – der sich später als Bernard Lazare entpuppt, ein Verfasser zionistischer Flugschriften – der rechtsgerichteten Zeitung *L'Écho de Paris:*

> *Wir verstehen Picquart und seine Haltung nicht … wahrscheinlich ist Ihren Lesern und vielen anderen nicht bewusst, dass Picquart ein rigoroser Antisemit ist.*

Wie soll ich darauf reagieren? Wenn man den wahren Charakter eines Menschen nur an seinen Taten messen könne, wie Aristoteles sagt, dann kann man mich wohl kaum als einen rigorosen Antisemiten bezeichnen. Trotzdem kann man die alten Vorurteile mit nichts besser befeuern als mit dem Vorwurf des Antisemitismus. Verbittert schreibe ich an einen Freund: »Ich wusste, dass ich eines Tages von den Juden und insbesondere der Dreyfus-Familie aufs Korn genommen werden würde …«

Und so versinkt unsere wunderbare Sache in Trotz, Enttäuschung, Vorwürfen und Bitterkeit.

◆

Auf der braunen, festgestampften Erde des Exerzierplatzes der École Militaire drehen die Kadettenkompanien ihre Runden. Ich stehe wie so oft hinter dem Geländer auf der Place de Fontenoy und beobachte, wie sie ihre Schrittarten üben. Ein Großteil meines Lebens konzentriert sich auf diesen Platz. Hier wurde ich als junger Offizier ausgebildet, und hier habe ich unterrichtet. Hier wurde ich Zeuge von Dreyfus' Degradierung. In der Halle der Reitschule hat mein Duell mit Henry stattgefunden.

»Kompanien – *stillgestanden!*«

»Kompanien – *präsentiert das Gewehr!*«

Die jungen Männer marschieren an mir vorbei, die Augen rechts, die Schrittfolge akkurat. Das Schlimmste ist, dass sie mich nicht einmal sehen. Und wenn sie mich sehen, dann falle ich ihnen nicht auf – ich bin nur ein Zivilist mittleren Alters, der einen schwarzen Anzug und eine Melone trägt und ihnen von jenseits der Absperrung wehmütig zuschaut.

◆

Und doch tragen wir am Ende den Sieg davon – allerdings nicht mit einem triumphalen Paukenschlag, wie wir immer gehofft hatten, nicht als Krönung eines großen Prozesses, wenn der Verurteilte am Ende doch noch entlastet und auf den Schultern hinaus in die Freiheit getragen wird. Wir erringen einen stillen Sieg, hinter verschlossenen Türen in Konferenzräumen und Archiven, nachdem die erhitzten Gemüter sich abgekühlt und penible Juristen alle Fakten unablässig immer wieder durchgesiebt haben. Erst hält Jaurès, der Anführer der Sozialisten, in der Abgeordnetenkammer eine rhetorisch brillante Rede, die eineinhalb Tage dauert und in der er die gesamte Affäre so klar schildert, dass der neue Kriegsminister, General André, sich einverstanden erklärt, das gesamte Beweismaterial noch einmal zu sichten – das geschieht im Jahr 1903. Das Ergebnis von Andrés Untersuchung veranlasst den Strafgerichtshof, sich des Falles anzunehmen, der eine Überprüfung durch das Oberste Berufungsgericht anordnet – das nimmt das Jahr 1904 in Anspruch. Dann geht ein Jahr wegen des politischen Aufruhrs über die Trennung von Kirche und Staat verloren – 1905 adieu. Doch schließlich wird das Urteil von Rennes vom Obersten Berufungsgericht aufgehoben und Dreyfus vollständig entlastet – was am 12. Juli 1906 öffentlich verkündet wird.

Am 13. Juli wird ein Gesetzesantrag in die Abgeordnetenkammer eingebracht, durch den Dreyfus im Majorsrang wieder in die Armee aufgenommen und ihm die für ihn höchstmögliche Auszeichnung verliehen werden soll, das Kreuz der Ehrenlegion. Der Antrag wird mit 432 zu 32 Stimmen angenommen, und als Mercier sich im Senat dagegen ausspricht, wird er niedergebrüllt. Am gleichen Tag wird über einen zweiten Antrag debattiert, durch den ich in dem Rang wieder in die Armee aufgenommen werden soll, den ich angestrebt hätte, wäre ich nicht 1898 unehrenhaft entlassen worden. Dieser Antrag wird sogar mit der noch größeren Mehrheit von 449 zu 26 Stimmen angenommen. Als ich zu Dreyfus' Ordensverleihung zum Exerzierplatz der École Militaire gehe, wundere ich mich immer noch, dass ich die Uniform eines Brigadegenerals trage.

Am 25. Oktober wird mein Freund Georges Clemenceau Premierminister. Zu dieser Zeit bin ich in Wien. An jenem Abend trage ich Frack und weiße Krawatte und führe Pauline zu unserem Platz in der Wiener Staatsoper, um Gustav Mahler *Tristan und Isolde* dirigieren zu sehen. Seit Wochen habe ich mich darauf gefreut. Kurz bevor die Lichter gelöscht werden, bemerke ich einen Beamten der französischen Botschaft, der sich im Gang herumdrückt. Dann wandert von einer weiß behandschuhten und juwelenbehängten Hand zur nächsten ein Telegramm bis zu Pauline, die es mir gibt.

Hiermit setze ich Sie darüber in Kenntnis, dass ich Sie heute zum Kriegsminister ernannt habe. Bitte um unverzügliche Rückreise nach Paris. Clemenceau.

Epilog

Donnerstag, 29. November 1906

25

»Major Dreyfus für den Kriegsminister …«

Ich höre seine Stimme, als er sich am Fuß der Marmortreppe bei meinem Ordonanzoffizier meldet. Es ist die vertraute Stimme mit dem Hauch eines deutschen Akzents. Ich lausche dem klackenden Geräusch seiner Stiefel auf den Stufen, und dann rückt er langsam in mein Blickfeld – die Mütze, die Epauletten, die goldenen Knöpfe, die Tressen, der Säbel, die Streifen an der Hose. Alles an ihm ist genau so wie vor seiner Degradierung, nur dass jetzt noch das rote Band der Ehrenlegion den schwarzen Rock der Artillerieuniform schmückt.

Er bleibt auf dem Treppenabsatz stehen und salutiert. »General Picquart.«

»Major Dreyfus.« Ich lächele und strecke ihm die Hand entgegen. »Ich habe Sie schon erwartet. Treten Sie näher.«

Das Ministerbüro ist seit den Tagen, als Mercier und Billot hier das Sagen hatten, unverändert. Es ist immer noch in zartem Grünblau vertäfelt, allerdings stellt Pauline jeden Tag frische Blumen auf den großen Tisch zwischen den großen Fenstern, durch die man hinaus in den Garten blickt. Die Bäume sind kahl, die Lichter des Ministeriums leuchten hell an diesem dunklen Nachmittag Ende November.

»Setzen Sie sich, Herr Major«, sage ich. »Machen Sie es sich bequem. Sind Sie schon einmal hier gewesen?«

»Nein, Herr Minister.« Er setzt sich auf einen vergoldeten Stuhl. Seine Haltung ist sehr förmlich, der Rücken bleibt durchgedrückt.

Ich setze mich auf den Stuhl gegenüber. Er hat zugenommen und sieht gut aus, fast elegant in seiner teuren Uniform. Die hellblauen Augen hinter seinem Kneifer schauen mich wachsam an. »Also, Herr Major«, sage ich, lege die Fingerspitzen aneinander und betrachte ihn lange und eindringlich. »Worum geht es?«

»Es betrifft meinen Rang«, sagt er. »Die Beförderung vom Hauptmann zum Major lässt die Jahre außer Acht, die ich widerrechtlich auf der Teufelsinsel eingekerkert war. Wohingegen Ihre Beförderung vom Oberstleutnant zum Brigadegeneral – wenn Sie mir die Bemerkung gestatten – die acht Jahre, die Sie nicht in der Armee waren, so berücksichtigt, als hätten Sie im aktiven Dienst gestanden. Ich halte das für ungerecht, ja für voreingenommen.«

»Verstehe.« Ich spüre, dass sich mein Lächeln versteift. »Und was soll ich deswegen unternehmen?«

»Es korrigieren. Befördern Sie mich in den Rang, den ich erreicht hätte.«

»Und der wäre Ihrer Meinung nach?«

»Oberstleutnant.«

Ich antworte nicht sofort. »Aber das würde eine gesonderte Gesetzesregelung erfordern, Herr Major. Die Regierung müsste in der Abgeordnetenkammer ein neues Gesetz einbringen.«

»Dann sollte sie das tun. Es ist gerecht.«

»Das ist unmöglich.«

»Darf ich fragen, warum?«

»Weil es politisch unmöglich ist«, sage ich aufgebracht. »Das Gesetz ist im Juni nur deshalb durchgegangen, weil es am Tag nach Ihrer Entlastung eingebracht wurde, da hatten

Sie die überwältigende Mehrheit der Sympathien auf Ihrer Seite. Jetzt haben wir November, die Stimmung ist eine völlig andere. Außerdem ist meine Aufgabe – und ich bin mir sicher, Sie werden das verstehen – auch so schon schwierig genug. Als Kriegsminister muss ich mit vielen Offizieren zusammenarbeiten, die lange unsere erbitterten Feinde waren. Ich muss jeden Tag meinen Zorn hinunterschlucken und die alten Schlachten vergessen. Soll ich jetzt die alten Gräben wieder aufreißen?«

»Es wäre gerecht.«

»Tut mir leid, aber es geht einfach nicht.«

Wir sitzen schweigend da. Plötzlich trennt uns mehr als nur ein Streifen Teppich. Ein Abgrund trennt uns. Diese wenigen Sekunden würde ich zu den qualvollsten meines Lebens zählen. Schließlich halte ich es nicht mehr aus und stehe auf. »Wenn das alles ist ...«

Sofort erhebt sich auch Dreyfus. »Ja, das ist alles.«

Ich begleite ihn zur Tür. Schrecklich, mit so einer Bemerkung auseinanderzugehen.

»Ich habe es immer als sehr bedauerlich empfunden, Herr Major, dass wir uns bis heute nie privat getroffen haben«, sage ich vorsichtig.

»Das stimmt, nicht seit jenem Morgen meiner Verhaftung, als Sie mit mir in Ihr Büro gegangen sind und mich dann zu dem Treffen mit Oberst du Paty gelotst haben.«

Ich spüre, dass ich rot werde. »Ja, ich bitte um Entschuldigung dafür, dass ich an dieser kläglichen Farce teilgenommen habe.«

»Nun ja. Ich glaube, das haben Sie wiedergutgemacht!« Dreyfus schaut sich in meinem Büro um und nickt anerkennend. »Es ist großartig, wenn man das getan hat, was Sie getan haben, und dann wird man am Ende ins Kabinett der Französischen Republik berufen.«

»Aber die Wahrheit ist, so seltsam es sich anhört, dass ich das ohne Sie nie erreicht hätte.«

»Nein, Herr General«, sagt Dreyfus. »Sie haben das erreicht, weil Sie Ihre Pflicht getan haben.«

Danksagung

Ein Roman wie dieser ist in hohem Maße abhängig von der Arbeit anderer, und ich möchte all jenen meinen Dank aussprechen, deren Bücher mich in das Thema eingeführt haben. Die erste allgemeine Chronik, die ich gelesen habe, war *The Affair: The Case of Alfred Dreyfus* von Jean-Denis Bredin, die für den Durchschnittsleser immer noch herausragende Abhandlung. *The Man on Devil's Island: Alfred Dreyfus and the Affair that Divided France* war mir ebenfalls eine große Hilfe, und ich danke der Autorin, Dr. Ruth Harris vom New College, Oxford, für die zusätzlichen Informationen und ihre Ratschläge. Ich habe ebenso profitiert von *Dreyfus: A Family Affair 1789–1945* von Michael Burns, *Why the Dreyfus Affair Matters* von Louis Begley (deutsch: *Der Fall Dreyfus: Teufelsinsel, Guantánamo, Albtraum der Geschichte*), *France and the Dreyfus Affair* von Douglas Johnson, *The Dreyfus Affair* von Piers Paul Read und der monumentalen *Histoire de l'affaire Dreyfus* von Joseph Reinach, die unverzichtbar bleibt, obwohl sie schon 1908 erschienen ist. *Zola: A Life* von Frederick Brown und George Painters zweibändige Proust-Biografie waren mir ebenfalls von Nutzen.

Von den mehr ins Detail gehenden Büchern habe ich besonders viel George R. Whytes *The Dreyfus Affair: A Chronological History* (deutsch: *Die Dreyfus-Affäre: Die Macht des Vorurteils)* zu verdanken, das über ein Jahr lang mein ständiger Begleiter war. Eine weitere äußerst wertvolle Quelle war *Georges Picquart, dreyfusard, proscrit, ministre: La justice par l'exactitude* von Christian Vigouroux, die erste seit über hundert Jahren erschienene Biografie von Picquart, die Familienbriefe und Informationen aus Polizeiakten enthält. Glücklicherweise konnte ich mir die aktuellsten wissenschaftlichen Erkenntnisse über die Affäre zunutze machen, die in *Le dossier secret de l'affaire Dreyfus* von Pierre Gervais, Pauline Peretz und Pierre Stutin enthalten sind. Die zugehörige Website, die während der Arbeit an meinem Buch online ging, enthält eine Fülle an Informationen, einschließlich Links zu Fotografien und Transkripten aller Dokumente des Geheimdossiers, das kürzlich vom französischen Verteidigungsministerium freigegeben wurde.

Bei der Grundlagenrecherche habe ich Transkripte des Verleumdungsprozesses gegen Zola gelesen, des Kriegsgerichtsprozesses von Rennes und der verschiedenen Untersuchungen und Verhandlungen aus den Jahren 1898, 1904, 1905 und 1906. All das ist inzwischen online verfügbar. Die meisten großen französischen Zeitungen sind frei zugänglich auf der Webseite der Bibliothèque nationale de France, www.gallica.bnf.fr. Außerdem war mir das digitale Archiv der Londoner *Times,* zu dem ich über die London Library Zugang hatte, von unschätzbarem Wert.

Ich habe ausgiebig aus Dreyfus' eigenen Schriften zitiert, die in *Five Years of My Life, The Dreyfus Case* (zusammen mit seinem Sohn Pierre, deutsch: *Fünf Jahre meines Lebens: 1894–1899*) und *Carnets, 1899–1907* erschienen sind. Andere zeitgenössische Quellen sind *My Secret Diary of the Dreyfus Case* von Maurice Paléologue und *L'Affaire Dreyfus: L'iniquité. La réparation* von Louis Leblois. Schließlich habe ich mich bei *The Tragedy of Dreyfus* von G.W. Stevens bedient, einem Augenzeugenbericht der Vorgänge in Rennes, der im Gegensatz zu seinem Titel ein komischer Hochgenuss ist – die Affäre, wie sie Jerome K. Jerome beschrieben hätte. Seine Version von Bertillons schwachsinniger Zeugenaussage habe ich fast wörtlich übernommen.

Der Plan, die Geschichte des Dreyfus-Falles noch einmal zu erzählen, entstand Anfang 2012 in Paris bei einem Mittagessen mit Roman Polański: Für seine Großzügigkeit und Unterstützung werde ich ihm immer dankbar sein. Ich möchte ebenfalls meinen englischsprachigen Verlegern, Jocasta Hamilton von Hutchinson in London und Sonny Mehta von Knopf in New York, für ihre klugen Ratschläge und Empfehlungen danken. Ein Dank auch an meinen Literaturagenten Michael Carlisle. Seit vielen Jahren arbeitet mein deutscher Übersetzer Wolfgang Müller an meinen Manuskripten, noch während ich daran schreibe, und wie üblich hat er viele Vorschläge gemacht und viele Fehler korrigiert. Mein französischer Lektor Ivan Nabokov stand mir ebenfalls ständig unterstützend zur Seite.

Zum Schluss bleibt mir noch ein weiterer Name zu erwähnen. Im Laufe von fünfundzwanzig Jahren Eheleben – eine genau mit dem Abschluss dieses Buches erreichte Marke – war meine Frau Gill Hornby gezwungen, unser Haus mit einem steten Strom an Nazis, Codeknackern, KGB-Leuten, Hedgefonds-Managern, Ghostwritern und allerlei alten Römern zu teilen. Diesmal waren es Offiziere des französischen Generalstabs. Ich danke ihr für ein Vierteljahrhundert Liebe, Toleranz und scharfsinniger literarischer Urteilskraft.

Alle verbleibenden Irrtümer, ob faktisch oder stilistisch, sowie die diversen Taschenspielertricks bei Struktur und

Charakterisierung, die unweigerlich erforderlich sind, wenn man Fakt in Fiktion verwandeln will, sind allein mir anzulasten.